世界の児童文学 登場人物索引

単行本篇

2008-2010

An Index

of

The Characters

in

Foreign Children's Literature

Published in 2008-2010

刊行にあたって

　本書は、小社の既刊 「児童文学登場人物索引アンソロジー篇　2003-2014　日本と世界のお話」 の姉妹版にあたるものである。
　また、先に刊行した「世界の児童文学登場人物索引　単行本篇　2005-2007」に続く継続版にあたるものである。
　採録の対象期間は 2008（平成 20）〜2010（平成 22）年とし、その 3 年間に国内で翻訳刊行された海外の児童文学の単行本作品の中から主な登場人物を採録し、登場人物から引ける索引とした。

　前刊「世界の児童文学登場人物索引　単行本篇　2005-2007」と同様、図書館の児童書架に置かれた書籍群の中から翻訳された外国人作家による文学作品を採録対象として主な登場人物を拾い出し、名前、年齢や短いプロフィールを抜き出して、人物名から作品を探せる索引とした。

　この索引は、外国の児童文学の作品の中から登場人物の名をもとに目当てのものを探すための索引である。しかし、何らかの目的を持った探索だけでなく、これらの豊富な作品群の中から、読んでみたい、面白そう、内容に興味が涌く、といった作品の存在を知り、そしてまったく知ることのなかった作品に思いがけず出会うきっかけにもなり得る一覧リストである。

　学校内で子どもたちが読書をする場所や、図書館のレファレンスの現場で利用していただきたい。
　そして、これ自体も一つのブックガイド、または登場人物情報として、児童であれ成人であれ、まだ知らない児童文学作品や物語を知ることのきっかけになればとも望んでいる。

　既刊の「日本の児童文学登場人物索引」（アンソロジー篇・単行本篇）、「世界の児童文学登場人物索引」（アンソロジー篇・単行本篇）、「世界の児童文学登場人物索引　単行本篇　2005-2007」、続刊予定の登場人物索引などと合わせて活用いただけることを願ってやまない。

2018 年 1 月

DBジャパン編集部

凡例

1. 本書の内容
　本書は国内で翻訳刊行された海外の児童文学（絵本、詩を除く）の単行本に登場する主な登場人物を採録した人物索引である。

2. 採録の対象
　2008年（平成20年）～2010年（平成22年）の3年間に日本国内で翻訳刊行された海外の児童文学の単行本1,008作品に登場する主な登場人物のべ3,514人を採録した。

3. 記載項目
　登場人物名見出し / 人物名のよみ

　学年・身分・特長・肩書・職業 / 登場する単行本の書名 / 作家名;訳者名;挿絵画家名 /出版者（叢書名） / 刊行年月

（例）

遺書（ウィル）　いしょ（うぃる）

万物の創造主がのこしたという遺書の一部、生きる文字　「王国の鍵 1 アーサーの月曜日」

　　ガース・ニクス著;原田勝訳 主婦の友社 2009年4月

　1) 登場人物名に別名がある場合は（　）に別名を付し、見出しに副出した。
　2) 人物名のよみ方が不明のものについては末尾に＊（アステリスク）を付した。

4. 排列
　1) 登場人物名の姓名よみ下しの五十音順とした。「ヴァ」「ヴィ」「ヴ」「ヴェ」「ヴォ」はそれぞれ「バ」「ビ」「ブ」「ベ」「ボ」とみなし、「ヲ」は

「オ」、「ヂ」「ヅ」は「ジ」「ズ」とみなして排列した。
2） 濁音・半濁音は清音、促音・拗音はそれぞれ一字とみなして排列し、長音符は無視した。

5. 採録作品名一覧

巻末に索引の対象とした作品名一覧を掲載。
（並び順は児童文学作家の姓の表記順→名の順→出版社の字順排列とした。）

登場人物名目次

【あ】

アイエード医師　あいえーどいし	1
アイシャ	1
アイダ	1
アイーダ・リリー・ゼンダー（ゼンダーさん）	1
アイビー	1
アイビー・ベガ	1
アイリーン・パターソン	1
アイルマー	1
アウグスタ女王（ミックル）　あうぐすたじょおう（みっくる）	2
アウグステイン王　あうぐすてぃんおう	2
青い犬　あおいいぬ	2
青いトラ　あおいとら	2
青の王妃　あおのおうひ	2
青の王妃　あおのおうひ	3
アオハダ	3
アカイヌ	3
アガタ先生　あがたせんせい	3
赤の王　あかのおう	3
赤の女王　あかのくいーん	3
赤の女王　あかのじょおう	3
アキンボ	3
アクア	3
アクイラ	3
アークター	4
悪魔（妖精）　あくま（ようせい）	4
アークライト（ビル・アークライト）	4
アーサー	4
アーサー・クラークソン	4
アーサー・サングルアル	4
アーサー・ジェームズ・パリッシュ	4
アーサー・フレッチャー	4
アーサー・ヘイスティングズ	4
アーサー・ペンハリガン	4
アーサー・ペンハリガン（グリーン）	5
アシュレイ	5
アスタロト	5
アストリッド	5
アスドルバーレ	5
アスラン（ライオン）	5
アゼナ	5
アーダ	5
アダ	5
アダム	6
アダム・ウォーカー	6
アダム・シュミッツ	6
アダム・ダルストン	6
アダム・パーカー	6
アダ・リナルディ	6
アータルタール	6
アーチン	6
灰色の者　あっしぇんわん	6
アッシュ	6
アッフェルランプ	6
アッベ・ニルソン	7
アディ	7
アデュロ	7
アデーレ	7
アデレード・キュー大おばさん　あでれーどきゅーおおおばさん	7
アドラス	7
アナグマ（ミッドナイト）	7
アナさん	7
アナスタシア・ボルキン	7
アナベス・チェイス	7
アナベル	8
アナ・レーン（アナさん）	8
アニー	8
アニー（ムーンビーム）	9
アーニー・ケードル	9
アニー・バナニー	9
アーノルド・ウィギンズ	9
アーノルド・スピリット・ジュニア	9
アハカル	9
アバラー	9
アビー	9
アビーおばさん	9
アビゲイル（コブタ）	9
アビゲイル・キャメロン捜査官（アビーおばさん）　あびげいるきゃめろんそうさかん（あびーおばさん）	9

アフケ	10
アフマド王子　あふまどおうじ	10
アベドネゴー・トワイト(トワイト氏)	10
あべどねごーとわいと(とわいとし)	
アベラ	10
アーマ	10
アーミテージ氏　あーみてーじし	10
アーミテージ夫人　あーみてーじふじん	10
アムラ兄さん　あむらにいさん	10
アメディオ・カプラン	11
アメリア・イアハート	11
アーメンガード・セント・ジョン	11
アモス	11
アラ	11
アライグマ	11
アラクニド	11
アラザール	11
アラストリール	11
アラミンタ・キミワルーイ	11
アラミンタ・キミワルーイ(ミンティ)	12
アラン・フォークナー	12
アラン・ライヴス	12
アリ	12
アリ(アリソン・キャサリン・ミラー)	12
アリ(アリソン・キャサリン・ミラー)	13
アリアーネ	13
アリア・モンゴメリー	13
アリアンナ	13
アリシア・トッド	13
アリス	13
アリス	14
アリス・キングスレー	14
アリステア・オウ(アリステアおじさん)	14
アリステアおじさん	14
アリス・ディーン	14
アリストテレス	14
アリソン・キャサリン・ミラー	14
アリソン・キャサリン・ミラー	15
アリソン・ディローレンティス	15
アリッサ	15
アリプッラ姉妹(ハリセ・アリプッラ)	15
ありぷっらしまい(はりせありぷっら)	
アリプッラ姉妹(ヘルガ・アリプッラ)	15
ありぷっらしまい(へるがありぷっら)	
アリマン・キャンカー	15
RLSエンジェルズ　あーるえるえすえんじぇるず	15
アルゴス	15
アルゴス	16
アルシーア	16
アール・ゾプトン	16
アルテミス・ファウル二世　あるてみすふぁうるにせい	16
アルトゥーロ・タッコーネ	16
アルドヘス	16
アルバ	16
アルバート	16
アルビナ・クレッコー	16
アルビン	16
アルフィー・ブレンナ	16
アルベール	16
アルマンゾ・ワイルダー	17
アレク	17
アレクサンダー	17
アレクサンダー・スターリング	17
アレクサンドラ・ヘイスティング	17
アレクシオス・フラビウス・アクイラ	17
アレクシス	17
アレクシス・ホールデン	18
アレックス	18
アレックス・カッツ	18
アレックス・ローバー	18
アレッシア・メディチ	18
アーロン	18
アンガス	18
アンジェラ・フェイバリー	19
アン・シャーリー	19
アンスティブル	19
アンセル・プローバー	19
アンツィ	19
アンディ・ウォーカー	19
アンディ・デイビス	19
アントニー・ボナーノ(アンツィ)	19
アンドリュー	19
アンドリュー・ジャガリー	19

アンドルー・ブランドン・ホープ	19
アントレル	20
アンナ	20
アンヌ・ソフィー	20
アンバー	20
アン・バーデン	20
アンブロシウス・ブレンク	20
アン・ベディングフェルド	20
アンヘル・アレグリア	20
アンマリー・ロングデン	20

【い】

イーア	20
イアン・カブラ	21
イェミ	21
イカルス	21
イギー(イグナティウス・ソルヴォ・コロマンデル)	21
イグアル・オルウォフスキ	21
イグナティウス・ソルヴォ・コロマンデル	21
イコ	21
イゴール	22
イーサッキ	22
イザベル	22
イザベル・カブラ	22
イサボー	22
イザヤ	22
イザヤ・ストームワーグナー	22
イーサン・マシューズ	22
イジー	22
イシェル	23
イジキエル・ブルーア	23
イシドラ	23
イシュマエル	23
遺書(ウィル) いしょ(うぃる)	23
イ・ジョンシク	23
イ・ジョンミン	23
イス	23
イ・スホ(スホ)	23
イスランド	23
イズールト	23
イ・ソヨン	23
イーディ	24
イーデン	24
イニマイ	24
イヌ	24
ラッキー	24
犬 いぬ	24
犬(エルシー) いぬ(えるしー)	24
犬(ジャック) いぬ(じゃっく)	24
犬(チャンプ) いぬ(ちゃんぷ)	24
犬(デイジー) いぬ(でいじー)	24
犬(ディラン) いぬ(でぃらん)	24
犬(バスター) いぬ(ばすたー)	24
犬のおじさん いぬのおじさん	25
イバリン	25
イヴァンジェリーン	25
イーヴィ	25
イーヴィー	25
イービク	25
イブ	25
イプノズ	26
イ・プルム	26
イヴォール王子 いぼーるおうじ	26
イーヨー	26
イーリス	26
イリデッサ	26
イリーナ・スパスキー	26
イルゼ	27
イルマ・レアー	27
イレズミ男 いれずみおとこ	27
イーロ	27
インガおばさん	27
イングリッド・レヴィン・ヒル	27
イン参領 いんさんりょう	27
インディ	27
インディ(インディアナ・ジョーンズ)	28
インディアナ・ジョーンズ	28
インディアナ・ジョーンズ(インディ)	28
インナ	28
インペロープ	28

【う】

ウィギンズ	28
ウィギンズ（アーノルド・ウィギンズ）	28
ウィスプ	29
ウィッシュメイカー	29
ウィッティントン	29
ウィニー	29
ウィニー（ウィニフレッド・フレッチャー）	29
ウィニフレッド・フレッチャー	29
ウィリー	29
ウィリアム	29
ウィリアム・ウィルコックス	29
ウィリアム・カムクワンバ	29
ウィリアム・ハズリット	30
ウィリアム・ラッセル	30
ウィリー・スコット	30
ウィル	30
ウィル（ウィリアム・ラッセル）	30
ウィル・バローズ	30
ウィル・バンドム	31
ウィロー	31
ウィンカデル	31
ウィング・ファンチュウ	31
ウェイン・ローマン	31
ウェブスターさん	31
ウェリントン弁護士　うぇりんとんべんごし	31
ウェンズデー	31
ウェンディ	31
ウォーカー	31
ウォートン	32
ウォーリー	32
ウォルター	32
ウォルター・プレストン	32
ウォルドー	32
ウーグウェイ導師　うーぐうぇいどうし	32
ウサギ	32
ウッディ	33
ウッドロー	33
ウーフル	33
ウーヴェ	33
海魔女　うみまじょ	33
ウーリ（ウルリーケ・ダウラ）	33
ウーリー・オルウォフスキ	33
ウルスラ・オブ・ザ・ボー	33
ウルスラ・オブ・ザ・ボー	34
ウルフ	34
ウルフガー	34
ウルフガー	35
ウルリーケ・ダウラ	35
ウロコン（ウロッコ・ウロコン・ディビディ・ディダム）	35
ウロッコ・ウロコン・ディビディ・ディダム	35
ウンギョル	35
ウンジェ	35
ウンチャイ	35

【え】

A　えー	36
エイダン・ケイン	36
エイティアン	36
エイブル・ダークウォーター	36
エイミー	36
エイミー・ケイヒル	36
エイミー・ケイヒル	37
エイミー・レザラン	37
エスタリオル（カラスノエンドウ）	37
エダム	37
Xターミネーター　えっくすたーみねーたー	37
エディーおじさん	37
エドウィン	37
エドガー	37
エドヴィナ・アーモンド	37
エドマンド	37
エドマンド・ベル（ミスター・ベル）	37
エドワーズ	37
エドワード王子　えどわーどおうじ	37
エドワード王子　えどわーどおうじ	38
エバ・スノードロップ	38
エバーハート夫人　えばーはーとふじん	38
エヴァ・ミラー	38
ABC　えーびーしー	38

エビット大おじさん　えびっとおおおじさん	38
エブリンおばさん	38
エベラード	38
エベルト	38
エーベン・シャターストーン	38
エベン・マカリスター	38
エポス	39
エマ	39
エマ・ジーン・ラザルス	39
エミー	39
エミリー（エム）	39
エミリー（ハサミムシ）	39
エミリー・アロー	39
エミリー・フィールズ	39
エム	39
エメラルディア　えめらるでぃあ	40
エーメリ	40
エーメリ・グラスファイア	40
エラ	40
エラゴン	40
エラナー（エラン）	40
エラン	40
エリー	40
エリオン・ポートレト	40
エリカ・ニース	40
エリザベス	40
エリザベス（ベス）	41
エリザベス・アン	41
エリザベス・ペニーケトル（リズ）	41
エリーシャ・リー	41
エリス先生　えりすせんせい	41
エリック	41
エリック・アップルバウム	42
エリック・スワンストゥロム	42
エルキュール・ポアロ	42
エルギル	42
エルザ・シルク	42
エルシー	43
エルシー（エルザ・シルク）　えるしー（えるざしるく）	43
エルスペス・マギリカディ	43
エルデン・グラッドストン（エルデン副社長）　えるでんぐらっどすとん（えるでんふくしゃちょう）	43
エルデン副社長　えるでんふくしゃちょう	43
エルヴィおばさん	43
エルモ・ジンマー	43
エルレン	44
エレック・ユリシーズ・レックス	44
エレナ	44
エレナ	45
エレナ姫　えれなひめ	45
エロル夫人　えろるふじん	45
エロンモ	45
エンジー	45
エンマ	45

【お】

オーウェンズ	46
王子　おうじ	46
王子（幸せな王子）　おうじ（しあわせなおうじ）	46
オーエン・ランドル	46
オオカミ	46
オオカミおじいちゃん	46
オーガスタ	46
オーグ	46
おじいちゃん	46
おじいちゃん	47
おじいちゃん（オオカミおじいちゃん）	47
おじいちゃん（ムッシュ・ジョゼ）	47
おじいちゃん（ラファエル・ハメルマン）	47
オジオン	47
オジクマ	47
オズ	47
オスカー	47
オースティン・マイヤーズ	47
オースティン・マイヤーズ	48
オーズル	48
オター	48
織田 健太　おだ・けんた	48
オットー・マルペンス	48

オツリッサ	48
オッレ	48
オデット校長先生　おでっとこうちょうせんせい	48
オート	48
お父さん　おとうさん	48
お父さん（ジャック）　おとうさん（じゃっく）	49
オードラ	49
オドリス	49
オノバル	49
おばあさん	49
おばあちゃん	49
おばあちゃん（オールドノウ夫人）　おばあちゃん（おーるどのうふじん）	50
オーヴィル	50
オブリヴィア・ニュートン	50
オメガ・ボックス	50
おもちゃたち	50
オラーナ先生　おらーなせんせい	50
オラフ伯爵　おらふはくしゃく	50
オリー	50
オリー（トップショッププリンセス）	50
オリバー	51
オリバー・オーケン	51
オリバー・オルソン	51
オリビア	51
オリビア・アボット	51
オリビア・アボット	52
オリビア・キドニー	52
オリヴィエ（パパ）	52
オリヴィエ・ファブリ（パパ）	52
オーリ・ビグルズ	52
オリンピア	52
オルソン	52
オルドウィン	52
オールドノウ夫人　おーるどのうふじん	53
オルヤン	53
オルヤンおじいちゃん	53
オーレリア姫　おーれりあひめ	53
オロオロちゃん	53
オロス・カーテン	53
オーロラ・シルク	53
オーロラ・シルク	54
オーロラ・ロズマリノ	54

【か】

母さん（ジューン・オハラ）　かあさん（じゅーんおはら）	54
カイ（ロン・カイデュアン）	54
骸骨少年（魂食らい）　がいこつしょうねん（たましいぐらい）	54
怪人ブラウン　かいじんぶらうん	54
カイダンシター	54
ガイド	54
カイリー	54
カイル・ブルーマン	54
カイル・ブルーマン	55
カイロ・ジム	55
ガエターノ	55
カエル（ウォートン）	55
カエル（ウォートン）	56
カエル（ケロリーヌ）	56
カエル（トゥーリアおばさん）	56
カエル（年寄りガエル）　かえる（としよりがえる）	56
カエル（ファイアベリー）	56
カエル（モートン）	56
かかし	56
カグアン	56
影　かげ	57
カザール卿　かざーるきょう	57
カースティ・テイト	57
カースティ・テイト	58
カースティ・テイト	59
カスパール	59
カスピアン王子　かすぴあんおうじ	59
風のジャッカル　かぜのじゃっかる	59
カーソン	59
カーソン（ボブ・カーソン）	59
カーター	59
カタ―	59
カタリーナ・ビショップ	59
ガッシー	59

ガッシー	60		ガーリック・スティーブンズ	64
カッズ	60		カリバン・ダル・サラン	64
カッタ皇帝　かったこうてい	60		カリメロ	64
カット(カタリーナ・ビショップ)	60		カール	64
カティー・モラグ・マコール	60		カル(カリバン・ダル・サラン)	64
カテジナ	60		カル(カリバン・ダル・サラン)	65
ガードマン	60		カル(カレブ・ジェローム)	65
カトリン	60		カルウィン	65
ガナー	60		カール・オーバードーファー	65
ガーネット・リンデン	60		カルコン・カ・ドーロ	65
カーネル(コーネリアス・フレック)	60		ガルシア教授　がるしあきょうじゅ	65
カーネル(コーネリアス・フレック)	61		カール・ジョンソン	65
カバ(グロリア)	61		カルビン・アンダーズ	65
カバルス	61		カルビン・シュワ	65
ガーヴィー　がーびー	61		カルリカルラ	65
カヴィ(カヴィータ)	61		カルロス	66
ガヴィア	61		カルロス・モントヨ	66
カヴィータ	61		カレブ・ジェローム	66
ガブガブ	61		ガレリア	66
カー夫人　かーふじん	61		カロン	66
カブスケ	61		カンダリン(イズールト)	66
ガブちゃん	61		艦長　かんちょう	66
カブラ兄妹　かぶらきょうだい	62		監督(ゴードン・マッキンタイア監督)かんとく(ごーどんまっきんたいあかんとく)	66
カブリエラ姫(ガブちゃん)　かぶりえらひめ(がぶちゃん)	62			
ガブリエラ・モンテス	62		カンペキーノ	66
ガブリエル	62			

【き】

カミー	62	
カミー	63	
カミカジ	63	キアーラ	66
カミーラ(子バトちゃん)　かみーら(こばとちゃん)	63	キキ(リスづれキキ)	67
		キーク	67
カミラ・パストール	63	ギサム	67
ガムボール	63	騎士エベラード(エベラード)　きしえべらーど(えべらーど)	67
カム・ローソン	63		
カームンラー	63	ギスコ	67
カーメラ・ホイットモア	63	キース・ムーア	67
カメリア	63	キダー	67
カメレオンドラゴン	63	キッド	67
カーラ	64	キット・スリップ	67
カラス	64	狐川さん　きつねがわさん	67
カラスノエンドウ	64	ギデオン・シーモア	67
ガーランド・マディガン	64	ギブ	68

ギブソン・フィニー（ギブ）	68
ギブルワート	68
キム・ソンヒョン（ソンヒョン）	68
キム・ミョンオク	68
キム・ミョンス	68
キム・ミンジュン	68
キム・ミンジュン	69
キャサリン	69
キャシー	69
キャス	69
キャッティ・ブリー	69
キャッティー・ブリー	69
キャット	69
キャットキン	69
ギャビン・ブロムフィールド（サンドマン）	70
船長ジョン　きゃぷてんじょん	70
船長ナンシイ　きゃぷてんなんしい	70
船長フリント　きゃぷてんふりんと	70
キャム	70
キャメロン・ホワイト（キャム）	70
キャラモン	70
ギャリー	70
ギャリー	71
キャロライン	71
キャロライン・クワイナー	71
キャロライン・クワイナー（クワイナー先生）きゃろらいんくわいなー（くわいなーせんせい）	71
キャンベル・ハリス	71
キラー	71
キラン	71
キーラン・スティール	71
キリサキ・マッド	71
キリン（メルマン）	72
ギルサナス	72
キルディーン	72
ギルバート	72
ギルバート・ブライス	72
キング	72
キンジョウさん	72
金のドラゴン　きんのどらごん	72
ギンバ	72

【く】

クイック	72
クイニー	72
クイーン	73
クイン	73
クイーン・ドラゴン	73
クイーン・ドラゴン（ジンハウルト・フィエルダーゼ）	73
グウィナ	73
グウィム	73
クウィンティニウス・ヴェルジニクス	73
クウィント（クウィンティニウス・ヴェルジニクス）	74
空軍おじさん　くうぐんおじさん	74
グエンワイヴァー	74
クークー	74
ククシュカ（クークー）	74
クサイヒゲ船長　くさいひげせんちょう	74
クツカタッポ	74
クッレルボ・フォンニネン	74
クーノリクス	75
クーパー	75
クマ	75
クマ（スピリットベア）	75
クラウス・ボードレール	75
クラッド	75
グラブス（グルービッチ・グレイディ）	75
クララ・フォグワース	75
グラン	75
グランガー長官　ぐらんがーちょうかん	75
クランク	76
クリス（クリスタル・コールドウォーター）	76
クリスタル・コールドウォーター	76
クリスタル・コールドウォーター	77
クリスチナ・パーソンズ	77
クリスチナ・ラッセル	77
クリスチーネ	77
クリスティ	77

(8)

クリストファー・スミス	77
クリストファー・ロビン	77
クリストフ・バーテル	77
クリスピン（プリンセス・キャットキン）	78
グリッター	78
グリフィス博士　ぐりふぃすはくし	78
グリフィン・ジョーンズ	78
グリム夫人（レルダ・グリム）ぐりむふじん（れるだぐりむ）	78
クリモン	78
グリーン	78
グリーン先生　ぐりーんせんせい	78
グルービッチ・グレイディ	78
グルービッチ・グレイディ	79
クレア	79
クレア（プリンセス）	79
グレアム	79
クレージー・ルーイ	79
グレース・ケイヒル	79
グレース・テンペスト	79
グレース・テンペスト	80
グレース・マシューズ	80
グレース・マッカンス・スナイダー	80
グレッグ	80
グレッグ・ヘフリー	80
グレッグ・ヘフリー（にいパイ）	80
クレメンタイン	80
クレルボ	80
クロウ	81
クロウフェザー	81
クロウポー	81
クロエ・フォレスター	81
クロコダイル	81
グロック	81
クロティ	81
クロディーヌ	82
クロノス	82
クロノス（ルーク）	82
グローバー・アンダーウッド	82
グロリア	82
グロリアさん	82
グロリア・ダヴィール	82
黒リス　くろりす	82
クワイナー先生　くわいなーせんせい	82
グンナル・インゴルフソン	82

【け】

ケアウエ	83
ケイ	83
ケイティ	83
ケイティ・エリソン	83
ケイティ・エリン・フラナガン	83
ケイティおばあちゃん（ケイティ・エリン・フラナガン）	83
ケイティ・ガラハー	83
ケイト	83
ケイト・オープンショー	83
ケイト・ダイアー	84
ケイト・トルネード	84
ケイトリン	84
ケイトリン・バーク	84
ケイトリン・バーク（レイチェル）	84
ケイトリン・ヴォーゲル	84
ゲイブ・ベルジュ	85
ケイモン	85
ゲゲマー・アイタノ・シドイ	85
ケート	85
ゲド（ハイタカ）	85
ケニー	85
ケニー（ケネス）	85
ケネス	85
ケラック	85
ケリー・チャン	85
ケルップ	85
ケロリーヌ	85
ケンドル・ダンカン	86

【こ】

コイン	86
ゴインキョ	86
公爵　こうしゃく	86
こうのとり	86
氷の悪魔　こおりのあくま	86

コクア	86
ココ・ミリッチ	86
子ジカ　こじか	86
コーディー	86
コデックス	86
子どもたち　こどもたち	87
ゴードン	87
ゴードン・マッキンタイア監督　ごーどんまっきんたいあかんとく	87
コナー・テンペスト	87
コナー・テンペスト	88
コニー・ライオンハート	88
コーネリアス・フレック	88
コーネリア・ヘイル	88
コノリー	88
ゴハおじさん	89
子バトちゃん　こばとちゃん	89
コブタ	89
ゴブリン	89
ゴブリンたち	89
ゴーボ	90
コラン・マニク	90
ゴリアンじいさん	90
コリアンダー・ホウビー	90
ゴリラ（イプノズ）	90
ゴリラ（ハンノー）	90
コーリン	90
コリン・クラムワージー	90
コリーン・ポメランツ	90
コル	91
コル（コリン・クラムワージー）	91
ゴルゴス	91
ゴルゴン	91
ゴールト	91
ゴールドバーグ	91
ゴールドムーン	91
コルネリウス博士　こるねりうすはかせ	91
コール・マシューズ	92
コンスタンス・コンリンザイ	92
コンフォート・スノーバーガー	92
コンラ	92
コンラッド・グラント	92

【さ】

サイジョ	92
サイファ	92
サイモン	92
サイモン（バタシー公爵）　さいもん（ばたしーこうしゃく）	93
サイモン・ダウン	93
サイモン・ドイル	93
サイモン・マディソン	93
サイラス先生　さいらすせんせい	93
ザカリー	93
サクラソウ	93
サクランボ坊や　さくらんぼぼうや	93
サージ	93
サーズデー	93
ザッカリーア	93
ザック	94
ザック・パワー	94
ザック・パワー	95
ザナ	95
ザナ・ムーン	95
サニー	95
サニー（サンシャイン・マクドナルド）	95
サニー・チャン	95
サニー・チャン	96
サニー・ボードレール	96
サフィラ	96
サフラン	96
サブリナ	96
サブリナ・グリム	96
サー・ホラス	96
サミス	96
サミュエル・サバント	96
サミュエル・フォークナー	97
サミラ	97
サミール	97
サム	97
サム	98
サム（サミュエル・フォークナー）	98
サム・スパークス	98
サムソン（ヨハネス・マチアス）	98

サム・ビーバー	98
サラ	98
サラ	99
ザーラ・アスカー	99
サラ・エミリー	99
サラ・ジェローム	99
サリー	99
サリー・ガラハー	99
サリー・ロックハート（ヴェロニカ・ベアトリス）	99
サルニトロ	99
サルン	99
サレン姫　されんひめ	99
サロ	99
サンシャイン・マクドナルド	99
サンタ（ニック）	100
ザンダー・ホームズ	100
サンダーレ	100
サンディ	100
サンディ・チャンドラー	100
サンドマン	100
サンドリ（サンドリレン・ファ・トーレン）	100
サンドリレン・ファ・トーレン	100
サンドリレン・ファ・トーレン	101
ザンパーニ	101

【し】

シーア	101
幸せな王子　しあわせなおうじ	101
ジアンナ	101
ジェアー	101
ジェイ	101
ジェイク	101
ジェイク（バディ）	101
ジェイク・ライアン	101
ジェイ・グレイソン	101
ジェイク・ワイルダー	102
ジェイコブ	102
ジェイコブ先生　じぇいこぶせんせい	102
JJ・リディ　じぇいじぇいりでぃ	102
ジェイソン	102
ジェイソン・コヴナント	102
ジェイド・チャンス	102
ジェイミー	102
ジェイミー（ジェイムズ・クロフォード）	102
ジェイムズ・クロフォード	102
ジェイムズ・ハンター	103
シェキーラ	103
ジェシー（ヘクター・ド・シルヴァ）	103
ジェシカ・ジュニパー	103
ジェシー・シャープ	103
ジェズ・ステュークリー	103
ジェズ・ステュークリー（ステュークリー）	103
ジェズ・ステュークリー（ステュークリー）	104
ジェズ・ステュークリー（ステュークリー海尉）じぇずすてゅーくりー（すてゅーくりーかいい）	104
シエナ	104
ジェナ・ボーラー	104
ジェニー	104
ジェニー（ユージェニア）	104
ジェニファー・サマセット	104
ジェフ（ジェフリー・レイノルズ）	104
シェフィー	104
ジェフリー・レイノルズ	104
ジェベル・ラム	105
ジェマ	105
ジェーン・マープル（マープルさん）	105
ジェミー	105
シェムエル	105
ジェームズ・アダムズ	105
ジェームズ・アダムズ（ジェームズ・チョーク）	105
ジェームズ王子　じぇーむずおうじ	105
ジェームズ・チョーク	105
ジェームズ・パーカー	106
ジェームズ・ピール・エジャートン卿　じぇーむずぴーるえじゃーとんきょう	106
ジェラード・ウス・モンダール	106
ジェラルド・ブラウン（ブラッキー）	106
シェリー	106
ジェリー・ゴードン	106
シェルビー・トリニティ	106
ジェレス	106

ジェーン・オクスフォード	106
ジェンキンスじいさん	106
シェーン・グレイ	106
ジェンセン・フォルティーニ（スパイダーワート）	107
ジェーン・ターナー	107
ジェンナ・カヴァノフ	107
ジェーン・フィン	107
ジェーン・マープル（マープルさん）	107
潮読みの君　しおよみのきみ	107
ジコルカ（ジッケ）	107
ジジ	107
十二郎　じじろう	107
ジゼル	107
シーダ	107
ジータ・ガルデル	107
ジータ・ガルデル	108
ジッケ	108
ジップ	108
G・T・ストゥープ　じーてぃーすとぅーぷ	108
シードラゴン	108
シドリオ	108
シトロネーラ・ハウザー	108
シナバー（ヘレン・マイケルズ）	109
ジーナ・ホームズ	109
ジーニアス	109
シニシーピ	109
シノヴァーノ・ダ・モンタクート	109
ジプシー	109
シーフー老師　しーふーろうし	109
慈母ベンレ　じぼべんれ	109
ジマ	109
シマウマ（マーティ）	109
ジミー・シェイディ	110
清水 美咲　しみず・みさき	110
シム	110
ジム	110
ジムおじさん（船長フリント）　じむおじさん（きゃぷてんふりんと）	110
シム・ロルネス	110
シメオン（キング）	110
シモーネ・マルティーニ	110
シモリーン	110
シャイナー	110
シャイマー	111
ジャガー・マックスウェル	111
ジャガリー船長（アンドリュー・ジャガリー）　じゃがりーせんちょう（あんどりゅーじゃがりー）	111
ジャクソン・スチュワート	111
ジャクリーン・ド・ベルフォール	111
ジャコウネズミ	111
ジャコモ	111
ジャスティス・ジョナス	111
ジャスティス・ジョナス	112
ジャスパー	112
ジャスミン・アイエード	112
社長（ミセス・マデライン・グラッドストン）　しゃちょう（みせすまでらいんぐらっどすとん）	112
ジャッキー（ジャクリーン・ド・ベルフォール）	113
ジャック	113
ジャック	114
ジャック・エドワード	114
ジャック・スパロウ	114
ジャック・タッカー	114
ジャック・ダニエルスン	114
ジャック・ダニエルスン（ジェアー）	114
ジャック・ドゥラメール	114
ジャック・ハボック	114
ジャック・フロスト	114
ジャック・フロスト	115
ジャップ	115
シャーナ	115
ジャーニル	115
シャネル	115
シャノン	115
シャーパ	115
シャーパ	116
シャーペイ・エヴァンス	116
シャーミラ	116
ジャミーラ	116
ジャミール	116
ジャラム	116

ジャラール・ザ・ポー	116
シャルル	116
シャルルマーニュ	117
シャルロッテ	117
ジャレッド	117
シャーロック・ホームズ	117
シャーロック・ホームズ（ホームズ）	117
シャーロット	117
シャーロット・アッシャー	117
シャーロット・ドイル（ミス・ドイル）	117
シャンカル	117
ジャンヌ	118
ジャン・ユーグ・ド・モレンヌ（カリメロ）	118
じゅうたん	118
シュガー	118
ジュゼッペ・バッシ	118
ジュターおじさん	118
シュテフィ	118
シュトッフェル（クリストフ・バーテル）	118
ジューニー・スワン	118
ジュニパー	119
ジュベンタス	119
シュミット	119
ジュリー	119
ジュリア	119
ジュリア・コヴナント	119
ジュリアス・ハーシャイマー	119
ジュリアン・ヴァーガス	119
ジュリウスひいおじいちゃん	119
ジュリエッタ・ガルシア・ペレス・ベネディシィオナトリョ	119
ジュリエッタ・ガルシア・ペレス・ベネディシィオナトリョ	120
ジュールズ	120
ジュールズ（ジュリエッタ・ガルシア・ペレス・ベネディシィオナトリョ）	120
ジュロ	120
シュロッターベック夫人　しゅろったーべっくふじん	120
ジュン	120
ジューン・オハラ	120
巡査部長　じゅんさぶちょう	120
ジョー	120
ジョー	121
ジョー（ジョセフィン）	121
ジョー（ジョゼフィン）	121
ジョーイ	121
ジョイス	121
少女（ピン）　しょうじょ（ぴん）	121
しょうぼうたいいんたち	121
ジョエル	121
ジョエル・リーガン	121
女王　じょおう	121
女禍　じょか	121
ジョーク	121
ジョージ	122
ジョージア	122
ジョージア（ジョルジョ）	122
ジョージ・R・アダムズ　じょーじあーるあだむず	122
ジョージ・チャップマン	122
ジョージ・チャップマン	123
ジョージナ・ヘイズ	123
ジョジー・ベルジュ	123
ジョシュ	123
ジョシュ・ウッズ	123
ジョシュ・ガルシア	123
ジョージ・ワシントンン（スティッキー）	123
ジョスラン	124
ジョスリン・ブランドン	124
ジョセフィン	124
ジョゼフィン	124
ジョセリン・オズグッド	124
ジョーダン	124
ショート・ラウンド	124
ジョナサン	124
ジョナサン王子　じょなさんおうじ	124
ジョナサン・フィッツジェラルド	124
ジョナサン・ホワイトリーフ	125
ジョニー・デスペラード	125
ジョニー・ナドラー	125
ジョー・ブルックス	125
ジョー・ミッチ	125
ジョルジョ	125
ジョン	125
ジョン	126

ジョン・R・ルーミス　じょんあーるるーみす	126	スカイ・マッケンジー	129
ショーン・アンダーソン	126	スカイラー	129
ジョン・ウォーカー（船長ジョン）　じょんうぉーかー（きゃぷてんじょん）	126	スカルダガリー・プリーザント	129
		スカルダガリー・プレザント	129
ジョン・グレゴリー（魔使い）　じょんぐれごりー（まつかい）	126	スカーレット	129
		スカーレット・ケンジントン	129
ジョン・ゴドフスキー	126	スキーター・ブロンソン	129
ジョーンズ博士（ヘンリー・ジョーンズ）　じょーんずはかせ（へんりーじょーんず）	126	スギノ夫人　すぎのふじん	129
		スキピオ・ベロルム	129
		スクープ	129
ジョン・チート	126	スクルージ	129
ジョン・チャンス（レシター）	126	スクワーレルフライト	130
ジョン・ドリトル	126	スクワーレルポー	130
ジョン・マラーキー	126	スクワーレルポー（スクワーレルフライト）	130
シーラ・スマイソン	126		
死霊使い（ネクロマンサー）　しりょうつかい（ねくろまんさー）	127	スコール	130
		スーザン	130
シリン・フリア・ストロング・イン・ジ・アーム・リンデンシールド	127	スーザン・ウォーカー	130
		スーザン・キャロル・アンダーソン	130
ジル	127	スザンナ（スーズ）	130
シルヴァノシェイ	127	スザンナ・マーティンデイル（ザナ）	131
シルバー・リバー	127	スージー	131
シルヴァン（シルヴァノシェイ）	127	スーシン影役人　すーしんかげやくにん	131
シルヴィア	127		
シルヴィ・ウエスト	127	スーズ	131
シルヴィー・パロンブ	127	スターガール・キャラウェイ	131
白いドレスの女　しろいどれすのおんな	127	スターム	131
		スタン（犬のおじさん）　すたん（いぬのおじさん）	131
白の女王　しろのくいーん	127		
白の女王　しろのじょおう	127	スチュアート	131
シン・エルダリー	128	スティッキー	131
ジンクス	128	スティービー（スティーブン・トーマス）	132
シンディ	128	スティーブ	132
シンディ・エドワード	128	スティーブン	132
シンデレラ	128	スティーブン・トーマス	132
シンドバッド	128	ステファニー	132
ジンハウルト・フィエルダーゼ	128	ステファン王子　すてふぁんおうじ	132
ジーン・ハニーチャーチ（ジンクス）	128	ステユークリー	132
		ステユークリー海尉　すてゅーくりーかいい	132
【す】			
		ステラ	133
スア	128	ストックス神父　すとっくすしんぷ	133
スカイ	129	ストームファー	133

(14)

ストライダ	133
ストライプ	133
ストリーカ	133
スナッフル	133
スニータ	134
スニッカーズ	134
スネイプ	134
スパイダー・ケリー	134
スパイダーワート	134
スパーキー	134
スパロー	135
スピリットベア	135
スペックルズ	135
スヴェン	135
スペンサー・シャープ	135
スペンサー・ヘイスティングス	135
スホ	135
スモッグ	135
首陽　すやん	135
スヨン	135
スライカープ先生　すらいかーぷせんせい	136
スルタン	136
スルルンダ	136

【せ】

セアラ・クルー	136
セイディ	136
セェ	136
セオドア・ルーズベルト（テディ・ルーズベルト）	136
セス・ターナー	136
セス・ブランチ	136
ゼッペル	136
セドリック	137
セナ	137
セバスチャン	137
ゼブ	137
ゼフ（ゼファニア）	137
ゼファー	137
ゼファニア	137
ゼプおじさん	137
ゼプおじさん（ギンバ）	137
ゼフ・クララック	137
セブルス・スネイプ（スネイプ）	138
セプロン	138
セメント	138
セリッド	138
セリッド（ロレーナ）	138
セリーナ・スター	138
セルウィン・マレー	138
セル将軍　せるしょうぐん	138
ゼルダ	138
セレナ	139
セレーネ	139
セレーネ・パルマ	139
先生　せんせい	139
ゼンダーさん	139
船長　せんちょう	139
ゼンドリック	140

【そ】

ゾーイ	140
象　ぞう	140
ゾーエ	140
ゾーエ	141
ソニア・ルーイン	141
ソフィー	141
ソフィア	141
ソフィー・ラコンブ	141
ソラ	141
ゾラ	141
ゾルターン・ヴァルガ	142
ソルトラ	142
ソーレン	142
ソーンダーズ	142
ゾンビ	142
ソンヒョン	142

【た】

タイ	142
ダイアナ・バーリー	142
タイガー	143

タイガースター	143
大佐（ダーク・ロード）　たいさ（だーくろーど）	143
タイソン	143
タイタスおじさん	143
タイタス・オーツ	143
タイタス・ジョナス（タイタスおじさん）	143
ダイダロス	143
ダイチ	143
ダイドー・トワイト	143
大魔法使い　だいまほうつかい	143
タイモン	143
ダイヤー博士　だいやーはかせ	144
タイ・ラン	144
ダーウィン	144
ダーク・アーミー	144
ダグラスさん	144
ダーク・ロード	144
ダーゴン	144
ターシャ（ナターシャ）	144
ダジャ・キスーボ	144
ダシュティ	145
タッスル・ホッフ	145
タッスルホッフ	145
タッド・クーパー	145
ダッドリー・マーティン	145
ダーティ	145
ダーティ（ジョージ）	145
ダドウィン	145
タナトス・アルゴス・バスカニア	145
ダニー	146
ダニエル	146
タニス（ハーフ・エルフ）	146
ターニャ・コズミナ	146
タハマパー	146
タビーおばさん	146
ダ・ヴィンチ	146
タブス夫人　たぶすさん	146
ダブダブ	146
ダフネ・グリム	146
ダフネ・グリム	147
W・W・ヘール五世　だぶりゅーだぶりゅーへーるごせい	147
タペンス（プルーデンス・カウリイ）	147
魂食らい　たましいぐらい	147
ダーマス先生　だーますせんせい	147
タマリンド	147
タムシン・スペルウェル	147
ダーメン・ディラン	147
ダライアス	147
タラ・ダンカン	147
タラニー・クック	147
タラニー・クック	148
ダラマール・アージェント	148
タラル王子　たらるおうじ	148
ダリウス	148
タル	148
ダルシー	148
タルパ	148
タルボット・スミール	148
タールマン	148
タールマン（アオハダ）	149
タルーラ	149
タルレーナ	149
タロア	149
ダロウ	149
ダン	149
ダン	150
ダングラール	150
ダン・ケイヒル	150
タンジー	150
タンジー姫　たんじーひめ	150
端宗　たんじょん	150
ダンテス（モンテ・クリスト伯）　だんてす（もんてくりすとはく）	151
ダントラグ・ベンレ	151
ダンナ	151
タンピ	151

【ち】

チェイン	151
チェーザレ	151
チェスコ	151
チェスター・ロールズ	151
チェリル・ヴァンダヴァー	151

チェンジ	151
チェンジェン	151
チェン・リー	151
チェン・リー	152
チーチー	152
チップ・グレイバー	152
チベット老人　ちべっとろうじん	152
チポリーノ	152
チム	152
チャイブ	152
チャスティーン	152
チャス・マッギル	152
チャド・ダンフォース	153
チャ・ヒョンジェ(ヒョンジェ)	153
チャーリー	153
チャーリー・インガルス	153
チャーリー・フレクソン	153
チャーリー・ベンジャミン	153
チャーリー・ボーン	153
チャールズ	153
チャールズ・インガルス	154
チャールズ・ベガ	154
チャン・ハンナ	154
チャンプ	154
チューズデー	154
チューリップ	154
チョ・ウンジェ(ウンジェ)	154
チョークさん	154
チリ	154

【つ】

ツァップ	154
ツォディク	154
月の顔　つきのかお	155
月の精　つきのせい	155
月姫　つきひめ	155
ツパイ・ホワイト	155
ツバメ	155

【て】

デア	155
デ・アンブロジイース教授　であんぶろじいーすきょうじゅ	155
ティア	155
ティアナ	155
ティアナ	156
ティエリー	156
ティーグ	156
ティコ・バルタリン	156
ティジー	156
ディジー	156
デイジー	156
デイジー	157
ティタニア女王　ていたにあじょおう	157
ディック・ウィッティントン	157
ディック・ライト	157
ディック・ライト	158
ディッパー(ルイ・アームストロング)	158
ティティ・ウォーカー	158
ティナー	158
ティナ・アミュモネ	158
ディニン・ドゥアーデン	158
ディネオ	158
ディーバ・リーシャム	158
ティバルトさん(ネコばあさん)	158
デイビー	158
デイビッド	158
デイビッド	159
デイヴィッド・バーナード・ヤッフェ	159
デイビッド・リンパート	159
デイブ	159
ティファート先生　ていふぁーとせんせい	159
ティファニー・アンドルーズ	159
ティファニー・エイキング	159
ティボー・ド・シャトー・ユルラン	159
ティミー	160
ティム・ダイヤモンド	160
ティム・ダイヤモンド	161
ティムール	161
テイラー・ブキャナン(サクラソウ)	161
テイラー・マッカーシー	161
ディラン	161
ティリー	161

ティルダ	162
ティルダ（マティルダ・ジェイン）	162
ディレッタ	162
ティロ	162
ティン	162
ティンカー・ベル	162
ティンカー・ベル（ティンク）	162
ティンカー・ベル（ティンク）	163
ティンク	163
ティン・パン・アレイ	163
ディンペルモーザー氏（巡査部長）でぃんぺるもーざーし（じゅんさぶちょう）	163
テオ	163
テオバルト伯父　ておばるとおじ	164
テオバルト・ヴォルケンシュタイン（テオバルト伯父）ておばるとぼるけんしゅたいん（ておばるとおじ）	164
テーガス	164
テガス王　てがすおう	164
デクスター・ジョーンズ	164
デクスター船長　でくすたーせんちょう	164
テス・タイラー	164
テッサ・スコット	164
テッド	164
テディ・ルーズベルト	164
デーナ・スミス	164
デニス	164
デービー（ビリビリ）	164
デービッド	165
デイヴィッド・アラード	165
デヴィッド・バーンズ	165
デビド・メンロウ	165
デービッド・レイン	165
デヴニー・ファウンテン	165
デーヴ・モス	165
デューベリー	165
テル	165
テル・ヒサニ	165
デルフィ・デュランド	166
デルフィーヌ	166
デレイリス	166
テレジア・マリア（レジア）	166
テレンス	166
テレンス・マカファティ	166

【と】

トイヴォ	166
トウィクス	167
トゥイードゥルディーとトゥイードゥルダム	167
トウィンクル	167
トゥーカ	167
父さん　とうさん	167
父さん（アラン・フォークナー）とうさん（あらんふぉーくなー）	167
父さん（カーター）とうさん（かーたー）	167
父さん（チャールズ）とうさん（ちゃーるず）	167
父さん（ビリグじいさん）とうさん（びりぐじいさん）	167
父さん（ロリスタン）とうさん（ろりすたん）	167
トゥースレス	168
ドゥーツィ・プリングル	168
トゥートゥー	168
ドゥーリー	168
トゥーリアおばさん	168
トゥルビン	168
トービー　とーびー	168
ドクター・ドラスティック	168
ドクター・ファシリエ	169
ドクター・マイ	169
トーゴー	169
年寄りガエル　としよりがえる	169
トスウィア・グリーン（イーヴィー）	169
トーズランド	169
トッス	169
ドッドマン	169
トップショッププリンセス	169
ドド	169
トーニーペルト	170
トビー	170
トビアス	170

トビー・カヴァノフ	170	トリサーナ・チャンドラー	176
トビー・ロルネス	170	ドリス	176
ド・ブローズ	170	トリス（トリサーナ・チャンドラー）	176
トーペ	170	ドリスコル	176
トーマス	170	トリックスター	176
トマス	171	ドリッズト・ドゥアーデン	176
トーマス・クロッペル	171	ドリッズト・ドゥアーデン	177
トーマス・J・ウォード　とーますじぇいうぉーど	171	ドリトル先生（ジョン・ドリトル）　どりとるせんせい（じょんどりとる）	177
トーマス・J・ウォード（トム）　とーますじぇいうぉーど（とむ）	171	ドリーム・スパイダー	177
トマス・バクスター	171	トリリオン	177
トーマス・ベレズフォード	171	トーリン	177
トーマス・ポッター	171	ドリンコート伯爵　どりんこーとはくしゃく	177
トマト騎士　とまときし	171	ドリンダ	177
トミー（トーマス・ベレズフォード）	171	ドルトン	177
トミー・サリヴァン	171	トルネード	178
ドミニクおじさん	171	ドルフィ	178
ドミニク神父　どみにくしんぷ	171	ドルフィ	179
トム	172	ドルムント	179
トム	173	トレイシー・ビーカー	179
ドム	173	トレッリおばあちゃん	179
トム（トーマス・J・ウォード）　とむ（とーますじぇいうぉーど）	173	トレバー	179
トム（トマス・バクスター）	173	トレバー・アンダーソン	179
トム（トーマス・ポッター）	173	トレヴァー・ミッチェル	179
トム・ウォルシュ	174	トレバー・ラッド	179
トム・カリスフォード	174	トレンス	180
トム船長　とむせんちょう	174	トーレンツ船長　とーれんつせんちょう	180
トム・モイステン	174	トロイ・ボルトン	180
トモ・ブランツ	174	ドロシー	180
ドーラ	174	ドロシー・ラッセル	180
トラ（青いトラ）　とら（あおいとら）	174	ドロテア	180
トラウトシュタイン	174	ドロメラック	180
トラウトマン（トラウトシュタイン）	174	トワイト氏　とわいとし	180
トラウトマン（トラウトシュタイン）	175	ドン	181
ドラグウェナ	175	トンス	181
ドラン	175	ドンビン	181
トーリー	175	トンベ	181
トーリー（トーズランド）	175	ドンホ	181
トーリー・ガーディナー	175	ドーン・ロシェル	181
トリクシィ	175		
トリサーナ・チャンドラー	175		

【な】

ナ・イェビョル	181
ナイジェル・ブリストウ	181
ナイチンゲール	181
ナイマ	182
ナイラ	182
ナイロック	182
ナイロック(コーリン)	182
ナーガ	182
中澤 隆　なかざわ・たかし	182
ナクソス	182
ナスアダ	182
ナターシャ	182
ナ・ダプケ	183
ナタリー・カブラ	183
ナック・マック・フィーグルズ	183
ナットジョブ	183
ナディア	183
ナヌーク	183
ナビーン王子　なびーんおうじ	183
ナリッサ女王　なりっさじょおう	183
ナレディ	184
ナンシイ・ブラケット(船長ナンシイ)　なんしいぶらけっと(きゃぷてんなんしい)	184
ナンシー・ドルー	184
ナンバー1　なんばーわん	184

【に】

兄ちゃん(ロドリック・ヘフリー)　にいちゃん(ろどりっくへふりー)	184
にいパイ	184
ニクラーレン・ゴールドアイ	184
ニコ(ニクラーレン・ゴールドアイ)	185
ニコ・ディ・アンジェロ	185
ニコ・ミントフ	185
ニコラ	185
ニコラス	185
ニコラス・スミス(ニック)	185
ニコラス・デューク	185
ニコラス・ヴァーガス	185
ニコラス・ヴァーガス	186
ニコラス・ライヴス	186
ニコラ・フラメル	186
ニコロ公爵　にころこうしゃく	186
ニコロ・スピーニ	186
ニコロ・マキャベリ	186
ニック	186
ニック(ニコラス・ライヴス)	186
ニック・コンテリス	187
ニック・ダイヤモンド	187
ニーナ・デ・ノービリ	187
ニーナ・ファブリ	187
ニーナ・ファブリ	188
ニーナ・ファブリ(子ジカ)　にーなふぁぶり(こじか)	188
ニミアン	188
ニム	188
ニャンウィック・カナエール・プライドー・B　にゃんういっくかなえーるぷらいどーびー	188
ニャンウィック・カナエール・プライドー・B　にゃんういっくかなえーるぷらいどーびー	189
ニルス・アメン	189

【ぬ】

ヌーラ	189

【ね】

ネイト・クウォーター	189
ねがいごと大妖精　ねがいごとだいようせい	189
ネーグル先生　ねーぐるせんせい	189
ネクロマンサー	189
ネコ	189
猫　ねこ	190
ネコ(ニャンウィック・カナエール・プライドー・B)　ねこ(にゃんういっくかなえーるぷらいどーびー)	190
ネコ(ブラックパッチ)	190
ネコばあさん	190

ネスター	190
ネズミ(オーヴィル)	190
ネズミ(ガードマン)	191
ネズミ(カブスケ)	191
ネズミ(クツカタッポ)	191
ネズミ(ゴインキョ)	191
ネズミ(ハイラム)	191
ネズミ(バート)	191
ネズミ(ルチル)	191
ねずみ王　ねずみおう	191
ネズミさん	192
ネッリ・ペルホネン	192
ネプチューン・ボーン	192
ネリー	192
ネリア	192
ネリー・ゴメス	192
ネロ博士(マクシミリアン)　ねろはかせ(まくしみりあん)	193

【の】

ノア・ロビンス	193
ノイ	193
ノエル先生(ユベール・ノエル)　のえるせんせい(ゆべーるのえる)	193
ノーク	193
ノコ	193
ノース先生　のーすせんせい	193
ノーマン・シュミット	193
ノミ	193
ノーラ	193
ノーラ	194
ノラ・クーパー	194
ノリータ・ニューバック	194
ノルベール・ド・リッシュヴァル	194
ノンニ	194

【は】

ヴァイオレット	194
ヴァイオレット・アン	194
ヴァイオレット・パーク	195
ヴァイオレット・ボードレール	195
ハイキ	195
バイキング	195
俳句のお姫さま　はいくのおひめさま	195
ハイタカ	195
ハイドン先生　はいどんせんせい	195
ハイヴァー	195
ハイラム	195
ハインリヒ・テラー	195
パオロ・ポロヴェルド	195
パオロ・レヴィ	195
ハガサ・アガサ・マジョサ(ハギー・アギー)	195
ハガサ・アガサ・マジョサ(ハギー・アギー)	196
ハギー・アギー	196
バーギニヨン・ベンレ	196
パク・ギサム(ギサム)	196
バグショー兄弟　ばぐしょーきょうだい	196
白鳥(ルイ)　はくちょう(るい)	196
パク・ヒョナ	196
パコ	197
バーコウィッツ先生　ばーこういっつせんせい	197
バーサ	197
ハサミムシ	197
パーシー	197
パーシー・ジャクソン	197
パーシー・ジャクソン(ペルセウス・ジャクソン)	197
バージャック・ポー	198
芭蕉　ばしょう	198
ハース	198
バスカニア(タナトス・アルゴス・バスカニア)	198
バスター	198
バズ・ライトイヤー	198
バーソロミュー(バート)	198
バタシー公爵　ばたしーこうしゃく	198
パット	198
ハティ	198
ハティ	199
バディ	199
パーディー	199

バーディー・ダーリントン	199
パディントン	199
バート	199
バート	200
バート・ケードル	200
バトラー	200
バート・ランディ	200
パトリック	200
パトリック・ピンク(ピンク)	200
ハドン大おじさん　はどんおおおじさん	200
ハナ	200
バーナ	201
ハナ・ブルックス	201
ヴァーナ・ラヴォーン	201
バニラ	201
ヴァネッサ	201
バーノン・マントイフェル	201
母　はは	202
パパ	202
パパ(アイエード医師)　ぱぱ(あいえーどいし)	202
パパ(ジョージ・R・アダムズ)　ぱぱ(じょーじあーるあだむず)	202
母親(ジョイス)　ははおや(じょいす)	202
ババク	202
パパ・ジョルジュ	202
バーバラ・アン・ファルーチ	202
パピ	202
ハヴィシャム氏　はびしゃむし	203
ハーフ・エルフ	203
パヴレ	203
ハーマイオニー・グレンジャー	203
ハーマン	203
ハミルトン・ホルト	203
パム	203
バムス	203
ハメツドラゴン	203
ハーモニー	203
バラク・オバマ	204
ハーラル・グンナルソン	204
ハーラル・シルケンヘア	204
ハーラル・シルケンヘア(ハーラル・グンナルソン)	204
ハーリー	204
ハリエット	204
ハリエット・ローザ	205
ハリケーン・ストート	205
ハリス	205
ハリス・シルク	205
ハリ・スヴェンソン	205
ハリセ・アリプッラ	205
パリー先生　ぱりーせんせい	205
ハリソンさん	205
パリッシュ(アーサー・ジェームズ・パリッシュ)	205
ハリー・ポッター	205
パリン・マジェーレ	205
ハル	205
バルタザール(マギ)	205
バルデマール	206
バルバロッサ	206
ハル・ミッチェル	206
ハレー	206
バレンティナ・ド・ラ・フロー	206
バロン・ベンジャス	206
ハワード・カー	207
パンウル	207
パンク	207
ハンスぼうや	207
ハンター	207
バンディ	207
ハンナ・アスゲリソン	207
ハンナ・カッティラコスキ	207
ハンナ・マイ(ドクター・マイ)	207
ハンナ・マリン	207
ハンナ・モンタナ(マイリー・スチュワート)	207
ハンナ・モンタナ(マイリー・スチュワート)	208
ハンノー	208
ヴァンパイア	208
バンビ	208
ハンプティ・ダンプティ	208
バンポ王子　ばんぽおうじ	208

ハンマード・イブン・アルハッダード	208

【ひ】

ビアトリス・クインビー	209
ひいおじいちゃん(ジュリウスひいおじいちゃん)	209
ひいおばあちゃん	209
ピエトロ(ティン・パン・アレイ)	209
ヴィエーナ・ドゥアーデン	209
ピエール・ロンダン	209
ヒエロニムス	209
ビオラ	209
ビオラ　びおら	209
ビギン博士(モード・ビギン博士)　びぎんはかせ(もーどびぎんはかせ)	209
ビクターおじさん	210
ヴィクター・ヴィシンスキー(ヴィシンスキー)	210
ヴィクトリア	210
ビーザス(ビアトリス・クインビー)	210
BZ　びーじー	210
PJ　ぴーじぇい	210
ヴィシンスキー	210
ヒスイ	210
ビースト	210
ビースト	211
ピーター	211
ピーター(ピーター・オーガスタス・デュシェン)	211
ピーター・オーガスタス・デュシェン	211
ピーターおじさん	211
ピーター・ショー	211
ピーター・ショー	212
ピーター・ショック	212
ピーター・ドリスカル	212
ピーター・パン	212
ピーター・パンク(パンク)	212
ピーチ	212
ピッカリ校長先生　ぴっかりこうちょうせんせい	212
ヴィッキー	212
ビッキー	212
ビッキー	213
ヒッグ	213
ビッグ	213
ヒック(モジャモジャゾク・キタイノアトツギ・ヒック・ホレンダス・ハドック三世)　ひっく(もじゃもじゃぞくきたいのあとつぎひっくほれんだすはどっくさんせい)	213
ヒック・ホレンダス・ハドック三世　ひっくほれんだすはどっくさんせい	213
ピッパ	213
ビッフィ(エリック)	213
ビディー	214
ヴィディア	214
ビディア	214
ピーティ・コービン	214
ピート	214
ビネガー園長　びねがーえんちょう	214
ビビラス	215
微風　びふう	215
ヴィープケ・シュナイダー	215
ビフテキ野郎　びふてきやろう	215
ヒーブラ	215
ヴィペロ	215
ヒムチャン	215
ビャーカ	215
ヒュー・コプルストーン	215
ピヨ	215
ヒョロヒョロ総督　ひょろひょろそうとく	215
ヒョンジェ	215
ヒラリオン	215
ビリー	216
ビリー(ビルキス・サングリアル)	216
ビリグじいさん	216
ビリビリ	216
ビル・アークライト	216
ビルキス・サングリアル	216
ヒルデ	216
ビル・フィッツジェラルド	216
ヴィルフォール	216
ヒルモンド氏　ひるもんどし	216
ピン	217
ヴィンカ・シンプソン(ペリウィンクル)	217

ピンカートン氏　ぴんかーとんし	217
ビング	217
ピンク	217
ビング・ステーサム	217
ヴィンニ	217

【ふ】

プー	217
ファイアードレイク	218
ファイアベリー	218
ファイヤースター	218
ファイヤードラゴン	218
ファ・L・グラシエル　ふぁえるぐらしえる	218
ファーガス・ファズ	218
ファシュネック	218
ファティマ	218
ファティマ姫　ふぁてぃまひめ	218
ファニー・ラ・ローズ	218
ファフニエル	218
ファブリス・ド・ブゾワ・ジロン	219
ファラウェイ教授　ふぁらうぇいきょうじゅ	219
ファリア司祭　ふぁりあしさい	219
ファリーネ	219
ファルコ（ニコラス・デューク）	219
ファルゴン	219
ファレス	219
ファーン	219
フィオーレ	219
フィーグルズたち（ナック・マック・フィーグルズ）	220
フィザー・ボイド	220
フィッシュ	220
フィッツ	220
フィッツウィリアム	220
フィドル	220
フィドルス	220
フィーバフュー	220
フィーフィー	220
フィラ	220
フィリス	221
フィリップ王　ふぃりっぷおう	221
フィリッポ	221
フィールディング博士　ふぃーるでぃんぐはかせ	221
フィンチさん	221
フゥ	221
フェアリーたち	221
フェアリー・メアリー	221
飛卿　ふぇいきん	222
フェイス	222
フェザーテイル	222
笛使い　ふえつかい	222
フェラダック・ドゥ	222
フェリシティ	222
フェリシティ・ウィッシュ	222
フェリシティ・ウィッシュ	223
フェリックス	223
フェリックス・ブルーム	223
フェリーン	223
フェルシ	223
フェルダ	223
フェルナン（モルセール伯爵）　ふぇるなん（もるせーるはくしゃく）	223
フェルノ	223
フェルミン	223
フォス	223
フォス	224
フォーン	224
プーカ	224
フクロウ	224
フーさん	224
プーさん	224
フタマッタ	224
フック	224
プフ	224
ブーマー	224
ブーラー	224
フライ	224
ブライアー・モス	225
フライトフル	225
フライヤ	225
ブラウンリーさん	225
ブラスター	225

ブラッキー	225
ブラック・アーサー	225
ブラック伯爵　ぶらっくはくしゃく	225
ブラックパッチ	225
フラッシュ	226
フラニー（フラニー・K・シュタイン）　ふらにー（ふらにーけーしゅたいん）	226
フラニー・K・シュタイン　ふらにーけーしゅたいん	226
フラニー・スミザーズ	226
フラビア	226
プラム	226
ブランカ	226
フランキー	226
フランク	226
フランクおじさん	226
ブランコ・バビッチュ	227
フランチェスコ・モンティ	227
ブランチ先生（セス・ブランチ）　ぶらんちせんせい（せすぶらんち）	227
ブランブルクロー	227
ブリキのきこり	227
プリジオ王子　ぷりじおおうじ	227
ブリジット	227
プリシラ	227
ブリッタ	228
ブリッツェンバーグ男爵（辺境伯アイゼングリム）　ぶりっつぇんばーぐだんしゃく（へんきょうはくあいぜんぐりむ）	228
ブリーナ	228
フリーボディさん	228
プリムローズ・ダフィー	228
プリラ	228
プリン	228
プリンシペッサ・クリスティナ・リリー	228
プリンセス	228
プリンセス・キャットキン	228
フリント	228
フリント	229
フリント・ロックウッド	229
フール	229
ブルー	229
フルエニ	229
ブルース・ウォーカー	229
ブルース・ピッグゴット	229
ブルック	229
プルーデンス・カウリイ	229
フルート	230
ブルーノ	230
ブルーノ	230
ブルーノ・バトルハンマー	230
フレイア・ハリソン	230
ブレイズ	230
フレッチャー・レン	230
フレッド	230
ブレッドー	230
フレディ・クロス	230
ブレンダ	231
ブレント・チャンドラー	231
ブレンナ	231
フロー	231
フローおばさん	232
ブロッケンブロル	232
フローネ	232
フロリアン	232
フロリモンド王子　ふろりもんどおうじ	232
フローン	232
フローレンス・ナイチンゲール（フロー）	233
フワンおじいちゃん	233

【ヘ】

ベア先生　べあせんせい	233
ベアトリス	233
ヘアリー図書館員　へありーとしょかんいん	233
ヘイスティングズ（アーサー・ヘイスティングズ）	233
ヴェイッコ	233
ヘイナ	233
ベイリー	233
ベイリー・リチャードソン	234
ヘイ・リン	234
ペギィ・ブラケット	234

ペギー・ジェーン(PJ)　ぺぎーじぇーん(ぴーじぇい)	234	ヘリナ	238
ペギー・スー・フェアウェイ	234	ヘール(W・W・ヘール五世)　へーる(だぶりゅーだぶりゅーへーるごせい)	238
ペギー・スー・フェアウェイ(アンヌ・ソフィー)	234	ペール・ウルフソン	238
ペグ	234	ヘルガ・アリブッラ	238
ヘクター	235	ベルシカ	238
ヘクター・ド・シルヴァ	235	ペルセウス・ジャクソン	238
ヘザー	235	ペルセウス・ジャクソン	239
ベサニー・エバリー	235	ベルベット	239
ベス	235	ペレス校長(マダム・ガミガミ・ペレス)　ぺれすこうちょう(まだむがみがみぺれす)	239
ベス(エリザベス)	235	ペレネル	239
ベス・パリッシュ	235	ヘレン・マイケルズ	239
ペーター	235	ヴェロニカ・ベアトリス	239
ペチュラ・ケンジントン	235	ヘロルド博士　へろるどはかせ	239
ベッキー	235	ベン	239
ベッキー・マスターズ	236	ベン(ベンジャミン・クリストファー・アーノルド)	239
ベッキー・モーリー	236	ベン(ベンジャミン・ポッター)	239
ベック	236	辺境伯アイゼングリム　へんきょうはくあいぜんぐりむ	240
ベック	236	ヘンゲスト	240
ベック・マッコン	236	ベンジャミン・クリストファー・アーノルド	240
ベッツィー(エリザベス・アン)	236	ベンジャミン・ディキンソン・カー	240
ペッパー(ストライプ)	236	ベンジャミン・ポッター	240
ベティ・チャーレディ	236	ヘンドリーク・ヴェンデンパップ	240
ベドラ	237	ヘンリー	240
ペトロジリウス・ツワッケルマン(大魔法使い)　ぺとろじりうすつわっけるまん(だいまほうつかい)	237	ヘンリー・ウェストン	240
ペ・ドンビン(ドンビン)	237	ヘンリエッタ	240
ペニー	237	ヘンリー・グライムズ	240
ペニー(バーバラ・アン・ファルーチ)	237	ヘンリー・ジョーンズ	241
ベニアミーノ(ドム)	237	ヘンリー・ハギンズ	241
ベニーシオ	237	ヘンリー・モーズリー	241
ヘビ	237	ヘンリー・ヨーク	241
ベービス・ダグイヨン	237	ヘンリー・リー(ツォディク)	241
ベファーナ	237		
ベベ	237	【ほ】	
ヘミ	237	ポー	241
ベラ	237	ポアロ(エルキュール・ポアロ)	241
ベラ・ドンナ	238	ポアロ(エルキュール・ポアロ)	242
ベラナバス	238	ホイッティカーさん	242
ペリウィンクル	238		
ペリーコ	238		

ボーイフレンジー	242	ポンク	247
ホークフロスト	242		
ホック	242	【ま】	
ホッツェンプロッツ	242		
ホットショット	242	マァラオ	248
ボーツマン	243	マイア・ロルネス	248
ボーディガン	243	マイカ	248
ホーテンス	243	マイク	248
ボドル	243	マイク・ハーベンジャー	248
ボニー	243	マイク・ワトソン	249
ボニー・グリーン	243	マイケル	249
ボーヒー	243	マイケル・アロヨ(ミゲル)	249
ボビー	243	マイケル・メディチ	249
ボビー	244	マイケル・ルイス	249
ポピ	244	マイダー	249
ポピー・ヴァーノン	244	マイヤーくん	249
ボヒー・ビショップ	244	マイラス	249
ホープ	244	マイリー・スチュワート	249
ボブ・アンドリュース	244	マイリー・スチュワート	250
ボブ・アンドリュース	245	マイルズ	250
ボブ・カーソン	245	マウス	250
ホブスさん	245	マウントジョイ婦人　まうんとじょいふじん	250
ボブル	245		
ホームズ	245	魔王　まおう	250
ポラックス	245	マーカス・ミラー	250
ホリー	245	マーガレット	250
ホリー	246	マーガレット・サリバン	250
ポリー	246	マーガレット・ハモンド	250
ポリアム	246	マギ	251
ホリー・ショート	246	マギー	251
ポリネシア	246	マギー(マーガレット・サリバン)	251
ポリー・ポンク(ポンク)	247	マギー・アダムズ	251
ポーリーン・ビンガム・ジョーンズ	247	マギー・ブラウン	251
ポール	247	マギー・マッケンジー	251
ポール・アービング	247	マギリカディ夫人(エルスペス・マギリカディ)　まぎりかでぃふじん(えるすぺすまぎりかでぃ)	251
ボルスト卿　ぼるすときょう	247		
ボルテ	247		
ヴォルデモート卿　ぼるでもーときょう	247	マーク	251
		マクシミリアン	252
ボルト	247	マクシミリアン・キミワルーイ(マックス)	252
ポルフィ(ポルフィラス・パタゴス)	247		
ポルフィラス・パタゴス	247	マグナス	252
ボーン	247	マーク・ラッセル	252

(27)

マゴス	252
マコーネ	252
マゴリアムおじさん	252
マジコ	252
マジコ	253
マジスター	253
マジック・ベルベル	253
マジッド(マジック・ベルベル)	253
マジマジ	253
マシュウ・クスバート	253
マシュー・ジャクソン	253
魔術師　まじゅつし	253
マシュー・ハロウェル(マット)	254
魔女　まじょ	254
魔女(ゼルダ)　まじょ(ぜるだ)	254
マージョリー	254
マスカ	254
マータグ	254
マダム・ガミガミ・ペレス	254
マダム・クラリス	254
マダム・デュポン	254
マダム・デュポン	255
マダム・ブレンダ	255
マチアーシ・キトカ	255
マチェン	255
マチルダばあや	255
魔使い　まつかい	255
マック	255
マック(テレンス・マカファティ)	255
マックス	255
マックス・アンダーソン	256
マックス・マクダニエルズ	256
マックス・レミー	256
マック先生(マッケンジー先生)　まっくせんせい(まっけんじーせんせい)	256
マッケンジー先生　まっけんじーせんせい	256
マッティ・カッティラコスキ	256
マット	256
マッドクロー	256
マッドハッター	256
マーティ	256
マティウス	256
マディケン	257
マディソン(サイモン・マディソン)	257
マティルダ・ジェイン	257
マティルダ・ジェイン(ティルダ)	257
マーティン・ブライス	257
マデック	257
マートル	257
マニー・カブレラ	257
マニー・ヘフリー	257
マニュエロ	257
マニュエロ	258
マネルー先生　まねるーせんせい	258
マヒタベルおばさん	258
マーヴィン・レッドポスト	258
マーフィー・マクゴーウェン	258
マブ・モールドヒール	258
マープルさん	258
魔法使いワーズル　まほうつかいわーずる	258
ママ	258
ママ	259
ママ・オーディ	259
まま母　ままはは	259
マヤ	259
マラカイ	259
マラカイ	260
マリア	260
マリア・フィールディング	260
マリア・プロフェテッサ	260
マリア・ミンチン	260
マリアン・ピンホー	260
マリウス	260
マリー・ジェヌヴィエーヴ	260
マリス・パリタクス	260
マリッサ	260
マリーナ・パタゴス	261
マリネット	261
マーリー・ホッジズ	261
マリラ・クスバート	261
マリリン	261
マルカ・マイ	261
マルク	261
マルクス	261

マルコヴァルドさん	261
マルコ・ルカリッチ（バルバロッサ）	261
マルコ・ロリスタン	261
マルティナ	261
マルティン	262
マルベル	262
マルベロさん	262
マレー（セルウィン・マレー）	262
マーレイ	262
マロリー	262
マンデー	262
マンディ	262
マンディ・ホープ	262
マンディ・マターソン	263
マンニ	263
マンフレッド・ブルーア	263

【み】

ミア	263
見えずのジャック　みえずのじゃっく	263
ミーガン	263
ミゲル	263
ミシェル・オバマ	264
ミシェル・デヴルー	264
ミシェル・ミッツォフ	264
ミス・シビラ・バン	264
ミスター・ウルフ	264
ミスター・ブラウン	264
ミスター・ベネディクト	264
ミスター・ベル	264
ミスター・ミー	264
ミスター・メルキオール	264
ミスター・リンドベリ	264
ミスティ	265
ミス・ドイル	265
ミストレス・ウェザーワックス	265
ミス・ヘイスティングス	265
ミズ・マクファーレン	265
ミス・レベル	265
ミセス・アバクロンビー	265
ミセス・コーラ（ミセス・C）　みせすこーら（みせすしー）	265
ミセス・C　みせすしー	265
ミセス・ジュールズ	265
ミセス・ピンセント	265
ミセス・マクビティー	265
ミセス・マデライン・グラッドストン	265
ミックル	266
ミッジ	266
ミッチ（ジョー・ミッチ）	266
ミッチー・トーレズ	266
ミッドナイト	266
ミツラ	267
ミトラ（ラーミン）	267
ミトンズ	267
ミーナ	267
ミナ	267
ミーナ（マリーナ・パタゴス）	267
ミネルバ・パラディーゾ	267
ミノタウルス	267
ミハエル	267
ミ・V・グラシエル　みぶいぐらしえる	267
ミミズク	267
ミミ・ラングランダー	268
ミムス	268
ミモザ（アレクサンドラ・ヘイスティング）	268
ミラ	269
ミラー	269
ミラース	269
ミラー先生　みらーせんせい	269
ミランダ（ジェシー・シャープ）	269
ミランダ（ランディ）	269
ミランダ・ホルバイン	269
ミリ	269
ミルコ・コマン	269
ミルディン	269
ミルトル（海魔女）　みるとる（うみまじょ）	269
ミロ	269
ミンジェ	270
ミンティ	270
ミンティ（アラミンタ・キミワルーイ）	270
ミントン先生　みんとんせんせい	270

【む】

ムクドリ	270
ムシバ先生　むしばせんせい	270
ムーチ	270
ムッシュ・ジョゼ	270
ムーマ	271
ムーリア（イニマイ）	271
ムーンビーム	271
ムーン・ブレイク	271

【め】

メアリー	271
メアリー	272
メアリアン	272
メアリー・シェリダン	272
メアリ・ジェーン・パディントン	272
メイ・クロフォード	272
メイシー	272
メガン	272
メグ（マーガレット）	272
メグ・スケルトン	272
メサン	272
メタルビーク	273
メディア	273
メドゥイン	273
メラニー・デリア・パワーズ	273
メラ・ブゴシ	273
メリンダ・ポッター	273
メル・ウォンパー	273
メルキオール（マギ）	273
メルクリン	273
メルセデス（モルセール伯爵夫人）めるせです（もるせーるはくしゃくふじん）	273
メルマン	273
メロディ	273
メロディ	274

【も】

モー	274
モーア	274
モアメッド（モー）	275
モイラ	275
モーウィーナ	275
モーウェン	275
モーガン	275
モグモグ	275
モグラ（モンロー）	275
モグラくん	276
モジャモジャゾク・キタイノアトツギ・ヒック・ホレンダス・ハドック三世　もじゃもじゃぞくきたいのあとつぎひっくほれんだすはどっくさんせい	276
モスウィング	276
モーセ	276
モッシュ・ズー・カルマ	276
モード・ビギン博士　もーどびぎんはかせ	276
モートン	276
モナ	276
モーバレン	276
モリー	277
モリネズミ（バンディ）	277
モリネズミ（ヒッグ）	277
モリー・マホーニー	277
モルセール伯爵　もるせーるはくしゃく	277
モルセール伯爵夫人　もるせーるはくしゃくふじん	277
モルペス	277
モロッコ・レイス（レイス船長）　もろっこれいす（れいすせんちょう）	277
モワノー（グロリア・ダヴィール）	277
モンタギューおじさん	278
モンタヌス	278
モンテ・クリスト伯　もんてくりすとはく	278
モントヨ（カルロス・モントヨ）	278
モンロー	278

【や】

ヤガー	278
ヤーコブ	278

ヤーラクスル	278
ヤンカー	278
ヤン・テラー	279

【ゆ】

ユウキ	279
幽霊　ゆうれい	279
雪の女王　ゆきのじょおう	279
ユゴー・カブレ	279
ユサフ王子　ゆさふおうじ	279
ユージェニア	280
ユードキシア・プレイド	280
ユベール・ノエル	280
ユリシーズ・ムーア	280

【よ】

妖精　ようせい	280
ヨゴレータ家　よごれーたけ	280
ヨーゼフ・ヌリンガー	280
ヨッヘン	281
ヨナ・サッカレー	281
ヨハネス・マチアス	281
ヨハンカ・ゲルジョヴァー	281
ヨランデッラ	281
ヨンキ	281

【ら】

ライアム・ウェブ	281
ライアン	281
ライアン・エヴァンス	281
ライアン・エヴァンス	282
ライアン・クイン	282
ライオン	282
ライオン（アレックス）	282
ライサンダー先生　らいさんだーせんせい	282
ライサンドラ姫　らいさんどらひめ	282
ライノ	282
ライラ	282
ライラ	283
ライリー	283
ライリー・ウォルタース	283
ライリー・オローク	283
ラウディ	283
ラウハおばさん	283
ラウレンゾー	284
ラクソン卿　らくそんきょう	284
ラスティ	284
ラス・ボンバス伯爵　らすぼんばすはくしゃく	284
ラスムス	284
ラッキー	284
犬（ラッキー）　らっきー（いぬ）	284
ラッキー・トリンブル	284
ラッグルスさん	284
ラッシュ	284
ラッセ	284
ラッセ	285
ラッセル	285
ラット	285
ラティファ	285
ラニー	285
ラヴィ（ラヴィンドラナータラム）	286
ラヴィンドラナータラム	286
ラファエル	286
ラファエル・ハメルマン	286
ラープスケンジャ	286
ラブレター	286
ラーミン	286
ラモーナ・クインビー	286
ラリー・デリー	286
ラルフ・オールダニー・ウィンクラー	286
ラルフ・フレッチャー	287
ランダル	287
ランディ	287
ランプー	287

【り】

リー	287
離　りー	287
リアおばあちゃん	287
リアサン	287

リアナ	287
リアム	287
リーガリア・メイソン（マリア・プロフェテッサ）	287
リーコ	288
リサベット	288
リジー	288
リジー・ベケル（ディジー）	288
リス	288
リズ	288
リスづれキキ	288
リスト・ラッパーヤ	288
リスト・ラッパーヤ	289
リズ・フリー	289
リーゼ	289
リゼット・ベルジュ（リズ）	289
リーダ・コーリー・スミス	289
リチャード・ベスト（ビースト）	289
リチャード・ベスト（ビースト）	290
リック・バナー	290
リッチェル・ブリンクレイ	290
リッチ・チャンス	290
リディア・タッカー	290
リディア・ランプレヒト	290
リトル・ジーニー	290
リトル・ジーニー	291
リトレスト	291
リーナス・イダ	291
リネット	291
リネット・ドイル	292
リネット・リッジウェイ（リネット・ドイル）	292
リヴァーウィンド	292
リヒター学院長　りひたーがくいんちょう	292
リーフ	292
リーフプール	292
リーフポー	292
リーフポー	293
リーフポー（リーフプール）	293
竜（ファフニエル）　りゅう（ふぁふにえる）	293
リュウチャ	293
リュシー	293
リリ	293
リリー	293
リリー	294
リリ（リリアーネ・スーゼウィンド）	294
リリアーネ・スーゼウィンド	294
リリー・クエンチ	294
リリー・クエンチ	295
リリー・トラスコット	295
リリー・トラスコット（ローラ・ルフォンダ）	295
リリー・メルカン	295
リリー・モラハン	295
リリー・ローズ	296
リロ（リリー・メルカン）	296
リンカン	296
リンクス	296
リンゴ	296
リンコ・ツジムラ	296
リンダ・レーベルト	296
リンダ・ローカ	296
リンティ	296
リンディ（メリンダ・ポッター）	296
リンデン・フランクリン	296

【る】

ルー	296
ルー（ルーシー・ジェシカ・ハートリー）	297
ルー（ルーピンダー）	297
ルイ	297
ルイ・アームストロング	297
ルーイ・ジェンキンス（クレージー・ルーイ）	297
ルイス	297
ルイーズ	297
ルイズ	297
ルイーズ・レイドナー	297
ルウ	297
ルカ	297
ルーカス	298
ルーカス・ウィンドチル	298
ルーカス・スウェイン	298
ルーク	298

ルーク・チャップマン	298
ルーシー	298
ルシア	298
ルシアン	299
ルシアン(ルチアーノ)	299
ルーシーおばさん	299
ルーシー・ジェシカ・ハートリー	299
ルーシー・スチュワート	299
ルーシー・ペニーケトル	299
ルース	299
ルース(ルーシー・ペニーケトル)	299
ルチアーノ	299
ルチアーノ	300
ルチル	300
ルーデガー・フォム・ドルフ	300
ルーデン・ダッソウ	300
ルド・クリーフ	300
ルドルフ	300
ルドルフォ	300
ルナ・マックスウェル	300
ルビー	300
ルーピンダー	300
ルベリーナ・グッドフェロー	300
ルベリーナ・グッドフェロー	301
ルーミスさん(ジョン・R・ルーミス)	301
るーみすさん(じょんあーるるーみす)	
ルル	301
ルル・チエロ	301
ルレット(ルウ)	301

【れ】

レア・ヴァイス	301
レイ	301
レイ・グレイソン	301
レイシー	301
レイス船長　れいすせんちょう	301
レイス船長　れいすせんちょう	302
レイス大佐　れいすたいさ	302
レイストリン	302
レイチェル	302
レイチェル・ウォーカー	302
レイチェル・ウォーカー	303
レイチェル・ウォーカー	304
レイチェル・エリザベス・デア	304
レイチェル・エリザベス・デア	305
レイチェル・ワージー	305
レイドナー博士　れいどなーはかせ	305
レイニー・ポーツネン	305
レイブンヒルの目　れいぶんひるのめ	305
レイヴン・マディソン	305
レインボー	305
レイン・マクドナルド	305
レイン・マクドナルド	306
レオ	306
レオ(レオンハルト・サエズリー)	306
レオ・ジフカック	306
レオ・ジフカック	307
レオナルド・ダ・ヴィンチ(ダ・ヴィンチ)	307
レオ・ブルー	307
レオン・タラソフ	307
レオンツィオ王　れおんつぃおおう	307
レオンハルト・サエズリー	307
レオン・ルードヴィヒ	307
レギス	308
レジア	308
レシター	308
レジナルド・フェアウェザー	308
レスリー・マキンリー	308
レダ	308
レッド・ローバー	308
レディ・ウェンズデー(ウェンズデー)	309
レディ・ローラ・ロックウッド	309
レトロ	309
レノックス・ハート	309
レヴィン	309
レベッカ	309
レベッカ・バローズ	309
レミー・スター	309
レモラ	309
レモン大公　れもんたいこう	309
レルダ・グリム	310

【ろ】

老人（パパ・ジョルジュ）　ろうじん（ぱぱじょるじゅ）	310
ロウリー	310
ローカン・フューリー	310
ロキシー	310
ロクサーヌ	311
ロクシー	311
ローザ	311
ロザリンド	311
ロージー	311
ロージー　ろーじー	311
ロジーナ	312
ロジャー	312
ロジャー・ドルノー	312
ロジャ・ウォーカー	312
ロジャー・バローズ	312
ローズ	312
ローズソーン	312
ローズ・ベドフォード	312
ローズマリー（ベイリー・リチャードソン）	312
ローチ（ブライアー・モス）	313
ロッキー（ロッキンヴァー）	313
ロッキンヴァー	313
ロッタ	313
ロッティ	313
ロドリック・ヘフリー	313
ロドルフォ	314
ロード・ロス	314
ローナン	314
ロナン	314
ロバート・ハーパー	314
ロバート・フィリップ	314
ロバート・フォスター	314
ロバン・マンジル	314
ロビー・エインズリー	314
ロビー・ジェニングズ	314
ロビー・ジェニングズ	315
ロビー・スチュワート	315
ロブ	315
ロブ・ロシェル	315
ロボ	315
ロボ・ワン	315
ローラ・インガルス	315
ローラ・ギルロイ	315
ローラ・ブランド	316
ローラ・ベラ・ベルガモッタ	316
ローラ・ルフォンダ	316
ローラン	316
ローリー	317
ロリー（オーロラ・シルク）	317
ロリスタン	317
ローリー・ヴァーガス	317
ロルネス教授（シム・ロルネス）　ろるねすきょうじゅ（しむろるねす）	317
ロルネス教授（シム・ロルネス）　ろるねすきょうじゅ（しむろるねす）	318
ローレナ	318
ローレン	318
ローレン・アダムス	318
ローレン・アダムズ	318
ローレン・アダムス（ローレン・アニアンズ）	318
ローレン・アニアンズ	318
ローレン・ウルフ	319
ローレン・ケリー（デューベリー）	319
ロロ	319
ロン	319
ロン・ウィーズリー	319
ロン・カイデュアン	319

【わ】

わし	319
ワトソン	319
ワトソン	320
ワーマルド	320
ワリード・イブン・ホジュル	320
わるい妖精　わるいようせい	320
ワルキューレ・カイン（ステファニー）	320
ワンダ	320
ワンダ・マホーツカイ	320

登場人物索引

【あ】

アイエード医師　あいえーどいし
10才の女の子ジャスミンのパパ、大のバレエぎらい「バレリーナ・ドリームズ2 ジャスミンの幸運の星」アン・ブライアント著;神戸万知訳;武蔵野ルネ絵　新書館　2008年11月

アイシャ
古代エジプトのアメノフィス王のプリンセス「リトル・プリンセス エジプトのアイシャ姫」ケイティ・チェイス作;日当陽子訳;泉リリカ絵　ポプラ社　2008年6月

アイダ
ビギン博士が夏休みのあいだイギリスの田舎にあるやしきグリーン・ノウへ招待した親戚の娘「グリーン・ノウの川－グリーン・ノウ物語3」ルーシー・M・ボストン作;ピーター・ボストン絵;亀井俊介訳　評論社　2008年7月

アイーダ・リリー・ゼンダー（ゼンダーさん）
ミドルスクールに通うアメディオの家の隣人、大邸宅にひとりで暮らす変わり者のおばあさん「ムーンレディの記憶」E.L.カニグズバーグ作;金原瑞人訳　岩波書店　2008年10月

アイビー
きつねの女の子・ゼルダの妹、甘えん坊のきつねの女の子「ゼルダとアイビー」ローラ・マギー・クヴァスナースキー作;小島希里訳　BL出版　2008年7月

アイビー
きつねの女の子・ゼルダの妹、甘えん坊のきつねの女の子「ゼルダとアイビーのクリスマス」ローラ・マギー・クヴァスナースキー作;小島希里訳　BL出版　2008年11月

アイビー・ベガ
フランクリン中学の新聞部の部員、オリビアに顔がうりふたつの十三歳の少女「バンパイアガールズ no.1」シーナ・マーサー作;田中亜希子訳　理論社　2008年8月

アイビー・ベガ
フランクリン中学の新聞部の部員のバンパイア、生まれて別々の親にひきとられたオリビアと双子の十三歳「バンパイアガールズ no.2」シーナ・マーサー作;田中亜希子訳　理論社　2009年1月

アイビー・ベガ
フランクリン中学の新聞部の部員のバンパイア、生まれて別々の親にひきとられたオリビアと双子の十三歳「バンパイアガールズ no.3」シーナ・マーサー作;田中亜希子訳　理論社　2009年8月

アイビー・ベガ
フランクリン中学の新聞部員、オリビアと双子の十三歳のバンパイア「バンパイアガールズ no.4 吸血鬼のプレゼント!」シーナ・マーサー作;田中亜希子訳　理論社　2010年1月

アイリーン・パターソン
クレア学院三年の新入生、母親である新しい寮母先生に告げ口ばかりしている娘「おちゃめなふたごのすてきな休暇」エニド・ブライトン作;佐伯紀美子訳　ポプラ社（ポプラポケット文庫）2009年9月

アイルマー
中学生のイングリッドの祖父、エコー・フォールズの町で最後まで残った農場をしているおじいちゃん「暗い森のなかへ（イングリッドの謎解き大冒険）」ピーター・エイブラハムズ著;奥村章子訳　ソフトバンククリエイティブ　2009年8月

あうぐ

アウグスタ女王（ミックル）　あうぐすたじょおう（みっくる）
ウェストマーク王国女王、幼少時を浮浪児として過ごしたが戦争指揮に手腕を発揮している娘　「ウェストマーク戦記 2 ケストレルの戦争」ロイド・アリグザンダー作;宮下嶺夫訳　評論社　2008年11月

アウグスタ女王（ミックル）　あうぐすたじょおう（みっくる）
ウェストマーク王国女王、隣国レギア王国に侵攻された後は婚約者のテオとともに反カバルス運動を指導する娘　「ウェストマーク戦記 3 マリアンシュタットの嵐」ロイド・アリグザンダー作;宮下嶺夫訳　評論社　2008年11月

アウグステイン王　あうぐすてぃんおう
一人娘を失った悲しみで心身を病んでいるウェストマーク王国国王　「ウェストマーク戦記 1 王国の独裁者」ロイド・アリグザンダー作;宮下嶺夫訳　評論社　2008年11月

青い犬　あおいいぬ
「見えざる者」が見えるペギー・スーのテレパシー能力をもつ犬の相棒　「ペギー・スー 9 光の罠と明かされた秘密」セルジュ・ブリュソロ著;金子ゆき子訳;町田尚子絵　角川書店　2008年3月

青い犬　あおいいぬ
アンカルタ星の王国の王女・ペギーのテレパシー能力をもつ犬の相棒　「ペギー・スー 10 魔法の星の嫌われ王女」セルジュ・ブリュソロ著;金子ゆき子訳;町田尚子絵　角川書店　2009年2月

青い犬　あおいいぬ
アンカルタ星の王国の王女・ペギーのテレパシー能力をもつ犬の相棒　「ペギー・スー 11 呪われたサーカス団の神さま」セルジュ・ブリュソロ著;金子ゆき子訳;町田尚子絵　角川書店　2010年7月

青い犬　あおいいぬ
悪いおばけ「見えざる者」が見えるペギー・スーにテレパシーで話しかけることのできる犬　「ペギー・スー 1 魔法の瞳をもつ少女」セルジュ・ブリュソロ作;金子ゆき子訳;町田尚子絵　角川書店（角川つばさ文庫）2009年3月

青い犬　あおいいぬ
悪いおばけ「見えざる者」の計略で高度な知性とテレパシーを持つようになった犬、ペギー・スーの相棒　「ペギー・スー 2 蜃気楼の国へ飛ぶ」セルジュ・ブリュソロ作;金子ゆき子訳;町田尚子絵　角川書店（角川つばさ文庫）2009年12月

青いトラ　あおいとら
ある時突然現れた世にも珍しい青色をした小さな内気な迷子のトラ　「青いトラ」テレザ・ホルヴァートヴァー文;ユライ・ホルヴァート絵;関沢明子訳　求龍堂　2008年11月

青の王妃　あおのおうひ
オルゴールの中にある異世界・ロンド国の冷酷な魔女　「ロンド国物語 1」エミリー・ロッダ作;神戸万知訳;水野真帆絵　岩崎書店　2008年10月

青の王妃　あおのおうひ
オルゴールの中の異世界・ロンド国の冷酷な魔女　「ロンド国物語 6 天空の城」エミリー・ロッダ作;神戸万知訳;水野真帆絵　岩崎書店　2010年3月

青の王妃　あおのおうひ
オルゴールの中の異世界・ロンド国の冷酷な魔女　「ロンド国物語 7 崖の怪物」エミリー・ロッダ作;神戸万知訳;水野真帆絵　岩崎書店　2010年6月

青の王妃　あおのおうひ
オルゴールの中の異世界・ロンド国の冷酷な魔女　「ロンド国物語 8 潮読みの洞くつ」エミリー・ロッダ作;神戸万知訳;水野真帆絵　岩崎書店　2010年9月

青の王妃　あおのおうひ
オルゴールの中の異世界・ロンド国の冷酷な魔女　「ロンド国物語9 ロンドの戦い」エミリー・ロッダ作;神戸万知訳;水野真帆絵　岩崎書店　2010年12月

アオハダ
18世紀の英国貴族ラクソン卿の懐刀で才知にたけた危険な悪者、金髪の青年ギデオンのじつの兄　「タイムトラベラー3 さらば反重力マシン」リンダ・バックリー・アーチャー著;小原亜美訳　ソフトバンククリエイティブ　2010年10月

アカイヌ
『ハンスぼうやの国』の住人、年老いたみじめな姿をなげくアカイヌのぬいぐるみ　「ハンスぼうやの国」バルブロ・リンドグレーン文;エヴァ・エリクソン絵;木村由利子訳　あすなろ書房　2009年2月

アガタ先生　あがたせんせい
スケートスクール「アイスマジック」スノードロップ組のコーチ、とてもきびしい指導者　「フィギュア☆ドリーム3 ドッキドキの競技会」リア・チェリ著;サラ・ノット絵;飯田亮介訳　メディアファクトリー　2010年1月

赤の王　あかのおう
伝説の魔術師、ふしぎな力を受け継いだめぐまれし者たちの祖先　「王の森のふしぎな木（チャーリー・ボーンの冒険5）」ジェニー・ニモ作;田中薫子訳;ジョン・シェリー絵　徳間書店　2008年1月

赤の女王　あかのくいーん
少女アリスが迷い込んだ鏡の国の尊大な赤の女王、鏡の国のチェスゲームの女王さま　「鏡の国のアリス」ルイス=キャロル作;高杉一郎訳;山本容子絵　講談社（青い鳥文庫）2010年4月

赤の女王　あかのじょおう
地下の国「アンダーランド」を恐怖で支配している残酷な女王、白の女王の姉　「アリス・イン・ワンダーランド」T.T.サザーランド作;しぶやまさこ訳　偕成社（ディズニーアニメ小説版）2010年4月

アキンボ
たくさんの動物がくらすアフリカの動物保護区のそばの家に住む男の子　「アキンボとクロコダイル」アレグザンダー・マコール・スミス作;もりうちすみこ訳;広野多珂子絵　文研出版（文研ブックランド）2009年1月

アキンボ
たくさんの動物がくらすアフリカの動物保護区のそばの家に住む男の子　「アキンボと毒ヘビ」アレグザンダー・マコール・スミス作;もりうちすみこ訳;広野多珂子絵　文研出版（文研ブックランド）2010年7月

アクア
バルセロナの新人コンテストに応募した四人組バンド「チーター・ガールズ」の一人　「チーター・ガールズ2 スペイン音楽祭の熱い夏」デボラ・グレゴリー文;窪田僚訳　講談社（ディズニー文庫）2008年10月

アクア
マンハッタン・マグネットスクールの高校生四人組バンド「チーター・ガールズ」の一人　「チーター・ガールズ 超人気ガールズ・バンド誕生！」デボラ・グレゴリー文;窪田僚訳　講談社（ディズニー文庫）2008年8月

アクイラ
ローマ帝国のブリテン地方軍団の指揮官、軍を脱走し故郷ブリテンに残った男　「ともしびをかかげて 上下」ローズマリ・サトクリフ作;猪熊葉子訳　岩波書店（岩波少年文庫）2008年4月

あくた

アークター
アバンティア王国を守っていたが呪いをかけられ凶暴化してしまった六匹の伝説のビーストの一匹、山男 「ビースト・クエスト 3 山男アークタ」 アダム・ブレード作;浅尾敦則訳 ゴマブックス 2008年2月

悪魔(妖精)　あくま(ようせい)
砂漠の蜃気楼の世界で眠って見る夢で幻想的な世界をつくっている悪魔 「ペギー・スー 2 蜃気楼の国へ飛ぶ」 セルジュ・ブリュソロ作;金子ゆき子訳;町田尚子絵　角川書店(角川つばさ文庫)　2009年12月

アークライト(ビル・アークライト)
悪を封じる職人の魔使い、トムの師匠で怒りっぽくて酒ぐせの悪い男 「魔使いの過ち 上下 (魔使いシリーズ)」 ジョゼフ・ディレイニー著;金原瑞人・田中亜希子訳　東京創元社 (sogen bookland)　2010年3月

アーサー
紀元五百年ごろブリテン島の統一を目指し騎馬軍団を率いていた司令官 「アーサー王ここに眠る」 フィリップ・リーヴ著;井辻朱美訳　東京創元社(sogen bookland)　2009年4月

アーサー
月の近くに浮かぶ宇宙住居「ラークライト」で暮らすもうすぐ十二歳になる少年、マートルの弟 「スタークロス」 フィリップ・リーヴ著;松山美保訳;デイヴィッド・ワイアット画　理論社　2008年9月

アーサー・クラークソン
十二歳のロリーと七歳のエルシーが大切に飼っているペット、気分によって体の色が変わるカメレオン 「ピンク☆カメレオン(ロリー&エルシーのおしゃれマジック1)」 フィオナ・ダンバー作;露久保由美子訳;沖ふみか絵　フレーベル館　2008年7月

アーサー・サングルアル
テンプル騎士団の総長、入団した十五歳のビリーの父親 「デビルズ・キス テンプル騎士団の少女」 サルワット・チャダ著;金原瑞人訳　メディアファクトリー　2010年1月

アーサー・ジェームズ・パリッシュ
一八八一年の英国に暮らす財政コンサルタントのサリーに離婚訴訟を起こした男、委託代理業者 「井戸の中の虎 上下 サリー・ロックハートの冒険」 フィリップ・プルマン著;山田順子訳　東京創元社(sogen bookland)　2010年11月

アーサー・フレッチャー
英国グロスターシャー州の農家の次男、十二歳のグリフィンの同い年の親友 「少年グリフィン」 C.W ニコル作;栗原紀子訳;松岡達英絵　小学館　2010年7月

アーサー・ヘイスティングズ
ロンドンで暮らす名探偵ポアロの古い友人、大英帝国四等勲士 「ABC殺人事件」 アガサ・クリスティー著;田口俊樹訳　早川書房(クリスティー・ジュニア・ミステリ7)　2008年5月

アーサー・ペンハリガン
ぜんそくで体の弱い七年生、万物の創造主の後継者に選ばれた少年 「王国の鍵 1 アーサーの月曜日」 ガース・ニクス著;原田勝訳　主婦の友社　2009年4月

アーサー・ペンハリガン
万物の創造主の後継者、創造主の七つに分断された遺書を集める少年 「王国の鍵 2 地の底の火曜日」 ガース・ニクス著;原田勝訳　主婦の友社　2009年8月

アーサー・ペンハリガン
万物の創造主の後継者、創造主の七つに分断された遺書を集める少年 「王国の鍵 3 海に沈んだ水曜日」 ガース・ニクス著;原田勝訳　主婦の友社　2009年12月

あだ

アーサー・ペンハリガン(グリーン)
万物の創造主の後継者、創造主の七つに分断された遺書を集める少年 「王国の鍵4 戦場の木曜日」 ガース・ニクス著;原田勝訳 主婦の友社 2010年4月

アシュレイ
じつは全米で大人気のアイドル「ハンナ・モンタナ」であるマイリーのクラスメート、自己チューで目立ちたがりやの二人組のひとり 「ハンナ・モンタナ2 ニキビとメガネと友情と」 アリス・アルフォンシ文;野田香里訳 講談社(ディズニー文庫) 2008年10月

アスタロト
大きな悪意と力をもつ者 「タペストリー 下 封じられた物語」 ヘンリー・H.ネフ著;大嶌双恵訳 ヴィレッジブックス 2010年4月

アスタロト
大きな悪意と力をもつ者 「タペストリー 上 運命の光る糸」 ヘンリー・H.ネフ著;大嶌双恵訳 ヴィレッジブックス 2010年4月

アストリッド
バイキング船ウォーター・スネークの船長・グンナルの若い後妻、トロールの血が流れている女 「トロール・ブラッド 下 長い旅路の果て」 キャサリン・ラングリッシュ作;金原瑞人訳;杉田七重訳 あかね書房 2008年6月

アストリッド
バイキング船ウォーター・スネークの船長・グンナルの若い後妻、トロールの血が流れている女 「トロール・ブラッド 上 呪われた船」 キャサリン・ラングリッシュ作;金原瑞人訳;杉田七重訳 あかね書房 2008年6月

アスドルバーレ
大おじさんのばくだいな遺産をあてにして働きもせずに怠けて暮らしてきた青年 「赤ちゃんは魔女」 ビアンカ・ピッツォルノ作;杉本あり訳;高橋由為子絵 徳間書店 2010年10月

アスラン(ライオン)
ナルニア国の創造主で偉大なる王、すばらしく大きく威厳に満ち豊かな金色のたてがみをもったライオン 「ナルニア国物語カスピアン王子の角笛」 C.S.ルイス原作;間所ひさこ訳 講談社(映画版ナルニア国物語文庫) 2008年5月

アゼナ
アンカルタ星の王国の王妃、王女ペギー・スーの実の母親 「ペギー・スー 10魔法の星の嫌われ王女」 セルジュ・ブリュソロ著;金子ゆき子訳;町田尚子絵 角川書店 2009年2月

アゼナ
悪いおばけ「見えざる者」が見えるペギー・スーの魔法の眼鏡を取り替えてくれる赤毛の妖精 「ペギー・スー 1魔法の瞳をもつ少女」 セルジュ・ブリュソロ作;金子ゆき子訳;町田尚子絵 角川書店(角川つばさ文庫) 2009年3月

アーダ
コルバキヨの漁師村に住んでいた貧しい一家の子ども、ニコラスの妹 「クリスマス物語」 マルコ・レイノ著;末延弘子訳 講談社 2010年11月

アダ
スケートスクール「アイスマジック」の生徒、スケートが大好きな十歳の少女 「フィギュア☆ドリーム1 アダはフィギュアスケーター」 リア・チェリ著;飯田亮介訳;サラ・ノット絵 メディアファクトリー 2009年11月

アダ
スケートスクール「アイスマジック」の生徒、スケートが大好きな十歳の少女 「フィギュア☆ドリーム2 アイスショーにデビュー?」 リア・チェリ著;飯田亮介訳;サラ・ノット絵 メディアファクトリー 2009年12月

あだむ

アダム
十七歳のミアの恋人で十八歳の少年、ロックバンド"シューティング・スター"のギタリスト 「ミアの選択」 ゲイル・フォアマン著;三辺律子訳 小学館(SUPER!YA) 2009年11月

アダム
末期癌におかされた十六歳のテッサの隣の家の住人、母親のことで悩みを抱えている少年 「16歳。死ぬ前にしてみたいこと」 ジェニー・ダウンハム著;代田亜香子訳 PHP研究所 2008年10月

アダム・ウォーカー
カヌーこぎの初心者講座をぬけだして友だちのデヴィッドといっしょに勝手に港の外に出た少年 「ニック・シャドウの真夜中の図書館 8 死のハンター」 ニック・シャドウ著;堂田和美訳 ゴマブックス 2008年9月

アダム・シュミッツ
楽器店の店主、経済のことをよく知っている変わり者 「フェリックスとお金の秘密」 ニコラウス・ピーパー作;天沼春樹訳 徳間書店 2008年7月

アダム・ダルストン
死の神アー・プチュ役になりきるためにとりよせた"死の神マスク"を身につけてから言動がおかしくなりはじめた目立ちたがり屋の少年 「ニック・シャドウの真夜中の図書館 13 呪いのマスク」 ニック・シャドウ著;野村有美子訳 ゴマブックス 2009年1月

アダム・パーカー
デヴィッド・ベッカム・アカデミーに入った双子の兄弟の兄、弟のかげにかくれて目立たない少年 「デヴィッド・ベッカム・アカデミー 1 ふたりはひとつ」 バリー・ハッチソン著;かとうりつこ訳 主婦の友社 2010年4月

アダ・リナルディ
スケートスクール「アイスマジック」スノードロップ組に通うもうすぐ中学1年生の女の子 「フィギュア☆ドリーム4 伝説のコーチあらわる!」 リア・チェリ著;サラ・ノット絵;飯田亮介訳 メディアファクトリー 2010年2月

アダ・リナルディ
スケートスクール「アイスマジック」スノードロップ組に通う小学5年生の女の子 「フィギュア☆ドリーム3 ドッキドキの競技会」 リア・チェリ著;サラ・ノット絵;飯田亮介訳 メディアファクトリー 2010年1月

アータルタール
数千年にわたる戦いを経て神々に抗いつづけてきた変幻自在の謎のダークエルフ 「エバークエスト 連合帝国の興亡」 スチュアート・ウィーク著;R.A.サルバトーレ監修;荒俣宏訳 アスキー・メディアワークス 2008年4月

アーチン
ミストマントル島の勇敢な若者、流れ星の降る夜に拾われたみなしごリス 「ミストマントル・クロニクル3 アーチンとプリンセス」 マージ・マカリスター著;嶋田水子訳 小学館 2008年4月

灰色の者　あっしぇんわん
クラッシュボーンに住むオークの呪術師、ウッドエルフとの戦いで戦死したのち蘇った灰色の者 「エバークエスト 連合帝国の興亡」 スチュアート・ウィーク著;R.A.サルバトーレ監修;荒俣宏訳 アスキー・メディアワークス 2008年4月

アッシュ
トラックにひかれて意識不明となったロキシーの兄・ギブの親友 「時間をまきもどせ!」 ナンシー・エチメンディ作;吉上恭太訳;杉田比呂美画 徳間書店 2008年10月

アッフェルランプ
地球を捨てた人間たちがたどり着いた星「アスカリス第二惑星」に生息していた動物 「グリーンワールド 上下」 ドゥーガル・ディクソン著;金原瑞人・大谷真弓訳 ダイヤモンド社 2010年1月

アッベ・ニルソン
マディケンの家のとなりの「きらく荘」にすむかっこいい男の子 「おもしろ荘の子どもたち」アストリッド・リンドグレーン作;石井登志子訳 岩波書店(岩波少年文庫) 2010年7月

アディ
田舎町の食堂でウェイトレスをする高校生・ホープと暮らすおば、食堂のマネージャー兼コック 「希望(ホープ)のいる町」ジョーン・バウアー著;中田香訳 作品社 2010年3月

アデュロ
アバンティア王国のヒューゴ王の宮殿を守る善の魔法使い 「ビースト・クエスト 1 火龍フェルノ」アダム・ブレード作;浅尾敦則訳 ゴマブックス 2008年2月

アデュロ
アバンティア王国のヒューゴ王の宮殿を守る善の魔法使い 「ビースト・クエスト 2 海竜セプロン」アダム・ブレード作;浅尾敦則訳 ゴマブックス 2008年2月

アデーレ
正義のみかた「くろて団」の団員、頭の回転のはやい女の子 「くろて団は名探偵」ハンス・ユルゲン・プレス作;大社玲子訳 岩波書店(岩波少年文庫) 2010年9月

アデレード・キュー大おばさん　あでれーどきゅーおおおばさん
ロンドンに住むお金持ち、ブラウンさん夫婦が海外旅行にいくあいだぎょうぎの悪い子どもたちがおとまりにいくことになったおそろしいおばあさん 「マチルダばあや、ロンドンへ行く」クリスティアナ・ブランド作;エドワード・アーディゾーニ絵;こだまともこ訳 あすなろ書房 2008年5月

アドラス
男の嵐の精、魔法の国アイニールのモンスター 「セブンスタワー 5 戦い」ガース・ニクス作;西本かおる訳 小学館(小学館ファンタジー文庫) 2008年3月

アドラス
魔法の国アイニールの男の嵐の精 「セブンスタワー 4 キーストーン」ガース・ニクス作;西本かおる訳 小学館(小学館ファンタジー文庫) 2008年2月

アドラス
魔法の国アイニールの男の嵐の精 「セブンスタワー 6 紫の塔」ガース・ニクス作;西本かおる訳 小学館(小学館ファンタジー文庫) 2008年4月

アナグマ(ミッドナイト)
予言の夢を見て旅に出た猫たちが出会った海のそばにあるほら穴にすむアナグマ 「ウォーリアーズ[2]－2月明り」エリン・ハンター作;高林由香子訳 小峰書店 2009年3月

アナさん
6年生の女の子・ジャスミンがあこがれるバレリーナ、やさしくてきさくな人 「バレリーナ・ドリームズ 5 スターをめざして」アン・ブライアント著;神戸万知訳;武蔵野ルネ絵 新書館 2009年5月

アナスタシア・ボルキン
コカ・コーラ本社の警備部長、ロシアの血をひく美人 「盗まれたコカ・コーラ伝説」ブライアン・フォークナー作;三辺律子訳 小学館 2010年4月

アナベス・チェイス
女神アテナの十五歳の娘、ハーフ訓練所の長期訓練生の少女 「パーシー・ジャクソンとオリンポスの神々 5 最後の神」リック・リオーダン作;金原瑞人訳;小林みき訳 ほるぷ出版 2009年12月

アナベス・チェイス
女神アテナの十四歳の娘、ハーフ訓練所の長期訓練生の少女 「パーシー・ジャクソンとオリンポスの神々 4 迷宮の戦い」リック・リオーダン作;金原瑞人訳;小林みき訳 ほるぷ出版 2008年12月

あなべ

アナベル
女子校から共学校に転校した十一歳の女の子、毛むくじゃらの子犬・ペッパーの飼い主
「男子って犬みたい!」レスリー・マーゴリス作;代田亜香子訳　PHP研究所　2010年8月

アナ・レーン(アナさん)
6年生の女の子ジャスミンがあこがれるバレリーナ、やさしくてきさくな人「バレリーナ・ドリームズ5 スターをめざして」アン・ブライアント著;神戸万知訳;武蔵野ルネ絵　新書館　2009年5月

アニー
ジョージの家の隣に住む科学者エリックのむすめ「宇宙に秘められた謎(ホーキング博士のスペース・アドベンチャー)」ルーシー・ホーキング作;スティーヴン・ホーキング作　岩崎書店　2009年7月

アニー
ジョージの家の隣に住む科学者エリックのむすめ「宇宙への秘密の鍵(ホーキング博士のスペース・アドベンチャー)」ルーシー・ホーキング作;スティーヴン・ホーキング作　岩崎書店　2008年2月

アニー
ペンシルバニア州に住む九歳、マジック・ツリーハウスに乗って兄のジャックとウィーンへふしぎな旅をした女の子「モーツァルトの魔法の笛」メアリー・ポープ・オズボーン著;食野雅子訳　メディアファクトリー(マジック・ツリーハウス27)　2009年11月

アニー
ペンシルバニア州に住む九歳、マジック・ツリーハウスに乗って兄のジャックとニューヨークへふしぎな旅をした女の子「ユニコーン奇跡の救出」メアリー・ポープ・オズボーン著;食野雅子訳　メディアファクトリー(マジック・ツリーハウス22)　2008年2月

アニー
ペンシルバニア州に住む九歳、マジック・ツリーハウスに乗って兄のジャックとフィレンツェへふしぎな旅をした女の子「ダ・ヴィンチ空を飛ぶ」メアリー・ポープ・オズボーン著;食野雅子訳　メディアファクトリー(マジック・ツリーハウス24)　2008年11月

アニー
ペンシルバニア州に住む九歳、マジック・ツリーハウスに乗って兄のジャックと江戸の町へふしぎな旅をした女の子「江戸の大火と伝説の龍」メアリー・ポープ・オズボーン著;食野雅子訳　メディアファクトリー(マジック・ツリーハウス23)　2008年6月

アニー
ペンシルバニア州に住む九歳、マジック・ツリーハウスに乗って兄のジャックと南の島へふしぎな旅をした女の子「巨大ダコと海の神秘」メアリー・ポープ・オズボーン著;食野雅子訳　メディアファクトリー(マジック・ツリーハウス25)　2009年2月

アニー
ペンシルバニア州に住む九歳、マジック・ツリーハウスに乗って兄のジャックと南極大陸へふしぎな旅をした女の子「南極のペンギン王国」メアリー・ポープ・オズボーン著;食野雅子訳　メディアファクトリー(マジック・ツリーハウス26)　2009年6月

アニー
魔法のツリーハウスで兄のジャックと一九一五年のニューオリンズに来た九歳の女の子「嵐の夜の幽霊海賊」メアリー・ポープ・オズボーン著;食野雅子訳　メディアファクトリー(マジック・ツリーハウス28)　2010年6月

アニー
魔法のツリーハウスで兄のジャックと一八六二年のアイルランドに来た九歳の女の子「ふしぎの国の誘拐事件」メアリー・ポープ・オズボーン著;食野雅子訳　メディアファクトリー(マジック・ツリーハウス29)　2010年11月

アニー（ムーンビーム）
お兄ちゃんを病気で亡くしてから心配ばかりするようになってしまった十歳の元気な女の子 「アニーのかさ」リサ・グラフ作;武富博子訳 講談社 2010年7月

アーニー・ケードル
母が亡くなり兄といっしょにウルフ谷に住む伯父さんに引き取られることになった九歳の少年 「ウルフ谷の兄弟」デーナ・ブルッキンズ作;宮下嶺夫訳 評論社（海外ミステリーBOX）2010年1月

アニー・バナニー
走ることと絵を描くことが好きな十二歳の女の子、気分屋のマックスの幼なじみ 「ハートビート」シャロン・クリーチ作;もきかずこ訳;堀川理万子絵 偕成社 2009年3月

アーノルド・ウィギンズ
ロンドンで暮らす十四歳くらいの少年、浮浪児集団〈ベイカー少年探偵団〉の一番年嵩でホームズからの信頼も厚いリーダー 「ベイカー少年探偵団 3 呪われたルビー」アンソニー・リード著;池央耿訳 評論社（児童図書館・文学の部屋） 2008年4月

アーノルド・ウィギンズ
ロンドンで暮らす十四歳くらいの少年、浮浪児集団〈ベイカー少年探偵団〉の一番年嵩でホームズからの信頼も厚いリーダー 「ベイカー少年探偵団 4 ドラゴンを追え！」アンソニー・リード著;池央耿訳 評論社（児童図書館・文学の部屋） 2008年8月

アーノルド・ウィギンズ
ロンドンで暮らす十四歳くらいの少年、浮浪児集団〈ベイカー少年探偵団〉の一番年嵩でホームズからの信頼も厚いリーダー 「ベイカー少年探偵団 5 盗まれた宝石」アンソニー・リード著;池央耿訳 評論社（児童図書館・文学の部屋） 2009年1月

アーノルド・スピリット・ジュニア
インディアンの保留地で生まれ育ち十四歳で白人のエリート学校「リアダンハイスクール」に転校した少年 「はみだしインディアンのホントにホントの物語」シャーマン・アレクシー著;エレン・フォーニー絵;さくまゆみこ訳 小学館（SUPER!YA）2010年2月

アハカル
ハティ島の原住民パフーマ族の老酋長、火山の神オグディのいけにえとして火山学者のジャックの妻と仲間たちを捕えた男 「ノーチラス号の冒険 10 火山の島」ヴォルフガング・ホールバイン著;平井吉夫訳 創元社 2008年10月

アバラー
ヘンリーの飼い犬、ショッピングセンターで家族とはぐれてしまった犬 「アバラーのぼうけん（ゆかいなヘンリーくんシリーズ）」ベバリイ・クリアリー作;松岡享子訳;ルイス・ダーリング絵 学研 2008年1月

アビー
学校の帰り道に友だちと犬のホテルだという家「サマーハウス」に行った女の子 「サマーハウス」アリソン・プリンス作;鈴木佑梨訳 小峰書店（Y.A.Books）2008年7月

アビーおばさん
副大統領候補の娘を警護する捜査官、スパイ養成学校の生徒・カミーのおば 「スパイガール episode3 セレブ警護！」アリー・カーター作;橋本恵訳 理論社 2009年9月

アビゲイル（コブタ）
特別学校に通うディジーの村にひっこしてきたばかりの金髪の巻き毛の太った女の子 「コブタのしたこと」ミレイユ・ヘウス著;野坂悦子訳 あすなろ書房 2010年1月

アビゲイル・キャメロン捜査官（アビーおばさん）　あびげいるきゃめろんそうさかん（あびーおばさん）
副大統領候補の娘を警護する捜査官、スパイ養成学校の生徒・カミーのおば 「スパイガール episode3 セレブ警護！」アリー・カーター作;橋本恵訳 理論社 2009年9月

あふけ

アフケ
オランダに住む九歳のふたごのきょうだいの妹、学校でスケート遠足にでかけた女の子 「楽しいスケート遠足」ヒルダ・ファン・ストックム作絵;ふなとよし子訳　福音館書店(世界傑作童話シリーズ)　2009年10月

アフマド王子　あふまだおうじ
父ムラード王が病気だといとこのユサフ王子から知らされた王子 「プリンセス♡クラブ 2 ステキな王子にごようじん!」スザンヌ・ウィリアムス作;泉リリカ絵;灰島かり訳　ポプラ社　2009年4月

アベドネゴー・トワイト(トワイト氏)　あべどねごーとわいと(とわいとし)
少女ダイドーの音楽家の父、ハノーバー党といつも悪だくみばかりしている男 「ダイドーと父ちゃん－「ダイドーの冒険」シリーズ」ジョーン・エイキン作;こだまともこ訳　冨山房　2008年1月

アベラ
アフリカ・タンザニアの村の孤児、だまされてロンドンに連れていかれた九歳の少女 「ライオンとであった少女」バーリー・ドハーティ著;斎藤倫子訳　主婦の友社　2010年2月

アーマ
メリーランド州ベセズダの高校一年生でアフリカ系アメリカ人の女の子、ポリーとジョーの小学校からの親友 「フレンズ・ツリー」アン・ブラッシェアーズ作;大嶌双恵訳　理論社　2009年5月

アーミテージ氏　あーみてーじし
イギリスに住むとっぴなことばかりのアーミテージ家の父親、マークとハリエットの父親 「ゾウになった赤ちゃん」ジョーン・エイキン作;猪熊葉子訳　岩波書店(岩波少年文庫)　2010年11月

アーミテージ氏　あーみてーじし
月曜日にびっくりするようなことが起こるアーミテージ一家の主人 「おとなりさんは魔女－アーミテージ一家のお話1」ジョーン・エイキン作;猪熊葉子訳　岩波書店(岩波少年文庫)　2010年6月

アーミテージ氏　あーみてーじし
週に一日はふしぎなことがあるアーミテージ家の父親 「ねむれなければ木にのぼれ」ジョーン・エイキン作;猪熊葉子訳　岩波書店(岩波少年文庫)　2010年8月

アーミテージ夫人　あーみてーじふじん
イギリスに住むアーミテージ家の妻、週に一日はふしぎなことがある家の母親 「ねむれなければ木にのぼれ」ジョーン・エイキン作;猪熊葉子訳　岩波書店(岩波少年文庫)　2010年8月

アーミテージ夫人　あーみてーじふじん
イギリスに住むとっぴなことばかりのアーミテージ家の妻、マークとハリエットの母親 「ゾウになった赤ちゃん」ジョーン・エイキン作;猪熊葉子訳　岩波書店(岩波少年文庫)　2010年11月

アーミテージ夫人　あーみてーじふじん
月曜日にびっくりするようなことが起こるアーミテージ一家の夫人 「おとなりさんは魔女－アーミテージ一家のお話1」ジョーン・エイキン作;猪熊葉子訳　岩波書店(岩波少年文庫)　2010年6月

アムラ兄さん　あむらにいさん
モロッコの商業都市・カサブランカのせまい小屋にくらしている八人家族の長男、学生運動をしていたことで投獄された少年 「みんながそろう日」ヨーケ・ファン・レーウェン作;マリカ・ブライン作;野坂悦子訳　鈴木出版(鈴木出版の海外児童文学)　2009年11月

アメディオ・カプラン
ミドルスクールの生徒、隣人ゼンダーさんの家財道具の整理を手伝った男の子 「ムーンレディの記憶」E.L.カニグズバーグ作;金原瑞人訳 岩波書店 2008年10月

アメリア・イアハート
ワシントンD.C.にあるスミソニアン博物館の展示物、伝説の女パイロットの人形 「小説ナイトミュージアム2 バトル・オブ・スミソニアン」マイケル・A・スティール著;ホンヤク社訳 講談社 2009年8月

アーメンガード・セント・ジョン
イギリスの上流子女寄宿学校の生徒、ぶきっちょで学校いちばんの劣等生 「リトル・プリンセス」バーネット著;秋川久美子訳;グラハム・ラスト絵 西村書店 2008年12月

アモス
スケート夏期合宿でアダが出会ったふたごの弟、マンガを描くのが上手なやさしい少年 「フィギュア☆ドリーム4 伝説のコーチあらわる!」リア・チェリ著;サラ・ノット絵;飯田亮介訳 メディアファクトリー 2010年2月

アラ
スーパーを経営する家の子ども、小学校の同級生・ドンホの家の隣に住む女の子 「ぼくらのスーパー大戦争」ユン・スチョン 文;イ・ヒョンミ絵 現文メディア(韓国人気童話シリーズ14) 2010年3月

アライグマ
冬眠していたクイーシーのビャーカの家をとったアライグマの子ども 「ビャーカのすてきな家(森のクイーシーものがたり)」ミーラ・ブリノワ文;セルゲイ・ボルジュク絵;柴田友子訳 静山社 2010年9月

アラクニド
暗黒の魔法使い・マルベルが新たに生みだした邪悪な六匹のビーストの一匹、巨大クモ 「ビースト・クエスト11 巨大グモアラクニド」アダム・ブレード作;浅尾敦則訳 ゴマブックス 2009年1月

アラザール
ミルドハン王国の農民の子、地下洞窟に子どもたちの王国を築こうとした孤児 「ドラゴンゲート 上下」ジェニー=マイ・ニュエン著;天沼春樹訳 柏書房 2009年3月

アラストリール
魔法都市シルヴァリームーンを治める公正で寛容な女領主、強大な魔力を持つ人間でありダークエルフ・ドリッズトの友 「ダークエルフ物語 暗黒の包囲」R.A.サルバトーレ著;安田均監訳;笠井道子訳 アスキー・メディアワークス 2010年6月

アラストリール
魔法都市シルヴァリームーンを治める公正で寛容な女領主、強大な魔力を持つ人間でありダークエルフ・ドリッズトの友 「ダークエルフ物語 星なき夜」R.A.サルバトーレ著;安田均監訳;笠井道子訳 アスキー・メディアワークス 2009年6月

アラミンタ・キミワルーイ
幽霊屋敷「キミワルーイ屋敷」に住みキミワルーイ探偵事務所をひらいた少女 「カエルはどこだー いたずらアラミンタ3」アンジー・セイジ著;斎藤倫子訳 東京創元社(sogen bookland) 2010年5月

アラミンタ・キミワルーイ
幽霊屋敷「キミワルーイ屋敷」に住んでいる幽霊好きの少女 「お誕生日の剣ーいたずらアラミンタ2」アンジー・セイジ著;斎藤倫子訳 東京創元社(sogen bookland) 2010年1月

アラミンタ・キミワルーイ
幽霊屋敷「キミワルーイ屋敷」に住んでいる幽霊好きの少女 「ちび吸血鬼捕獲作戦ーいたずらアラミンタ4」アンジー・セイジ著;斎藤倫子訳 東京創元社(sogen bookland) 2010年6月

あらみ

アラミンタ・キミワルーイ（ミンティ）
幽霊がすむ「キミワルーイ屋敷」に住んでいる幽霊好きの少女 「ようこそキミワルーイ屋敷へーいたずらアラミンタ1」 アンジー・セイジ著;斎藤倫子訳 東京創元社(sogen bookland) 2009年12月

アラン・フォークナー
ドラキュラのいる中世のブラン城から瀕死の状態で救出され現代にもどったサムの父親、古書店の店主 「時の書Ⅲ黄金の環」 ギヨーム・プレヴォー作;伊藤直子訳;建石修志絵 くもん出版 2010年1月

アラン・フォークナー
典型的な変人で古書店店主、十四歳の少年サムの行方不明になった父親 「時の書1 彫刻された石」 ギヨーム・プレヴォー作;伊藤直子訳;建石修志絵 くもん出版 2009年11月

アラン・フォークナー
典型的な変人で古書店店主、十四歳の少年サムの行方不明になった父親 「時の書2 七枚のコイン」 ギヨーム・プレヴォー作;伊藤直子訳;建石修志絵 くもん出版 2009年11月

アラン・ライヴス
十六歳のニコラスの兄、少し足が悪いが銃の腕は誰にも負けない赤い髪に青い瞳の十九歳の少年 「デーモンズ・レキシコン1 魔術師の息子」 サラ・リース・ブレナン著;番由美子訳 メディアファクトリー 2009年4月

アリ
クラスのみんなとキャンプにいくことになった小学四年生の女の子、ランプの精のリトル・ジーニーのごしゅじんさま 「ランプの精リトル・ジーニー14 うきうき★キャンプ」 ミランダ・ジョーンズ作;宮坂宏美訳;サトウユカ画 ポプラ社 2010年3月

アリ
ジーニーランドのようちえんにしょうたいされた小学四年生の女の子、ランプの精のリトル・ジーニーのごしゅじんさま 「ランプの精リトル・ジーニー15 ちびっこジーニーをさがせ!」 ミランダ・ジョーンズ作;宮坂宏美訳;サトウユカ画 ポプラ社 2010年7月

アリ
親友のメアリーと犬のナゲットがドッグ・コンテストにでることになった小学四年生の女の子、ランプの精のリトル・ジーニーのごしゅじんさま 「ランプの精リトル・ジーニー16 ようこそ女王さま」 ミランダ・ジョーンズ作;宮坂宏美訳;サトウユカ画 ポプラ社 2010年10月

アリ（アリソン・キャサリン・ミラー）
ランプの精のリトル・ジーニーのごしゅじんさま、モンゴメリー小学校に通う四年生の少女 「ランプの精リトル・ジーニー10 ハッピー・クリスマス!」 ミランダ・ジョーンズ作;宮坂宏美訳;サトウユカ絵 ポプラ社 2008年11月

アリ（アリソン・キャサリン・ミラー）
ランプの精のリトル・ジーニーのごしゅじんさま、モンゴメリー小学校に通う四年生の少女 「ランプの精リトル・ジーニー11 ゴキゲンなダンスコンテスト」 ミランダ・ジョーンズ作;宮坂宏美訳;サトウユカ絵 ポプラ社 2009年3月

アリ（アリソン・キャサリン・ミラー）
ランプの精のリトル・ジーニーのごしゅじんさま、モンゴメリー小学校に通う四年生の少女 「ランプの精リトル・ジーニー12 名たんていにおまかせ!」 ミランダ・ジョーンズ作;宮坂宏美訳;サトウユカ絵 ポプラ社 2009年7月

アリ（アリソン・キャサリン・ミラー）
ランプの精のリトル・ジーニーのごしゅじんさま、モンゴメリー小学校に通う四年生の少女 「ランプの精リトル・ジーニー13 ときめきのドールショップ」 ミランダ・ジョーンズ作;宮坂宏美訳;サトウユカ絵 ポプラ社 2009年11月

アリ（アリソン・キャサリン・ミラー）
ランプの精のリトル・ジーニーのごしゅじんさま、モンゴメリー小学校に通う四年生の少女 「ランプの精リトル・ジーニー 8 アイドルにドキドキ！」 ミランダ・ジョーンズ作;宮坂宏美訳;サトウユカ絵 ポプラ社 2008年4月

アリ（アリソン・キャサリン・ミラー）
ランプの精のリトル・ジーニーのごしゅじんさま、モンゴメリー小学校に通う四年生の少女 「ランプの精リトル・ジーニー 9 キュートなペット」 ミランダ・ジョーンズ作;宮坂宏美訳;サトウユカ絵 ポプラ社 2008年8月

アリアーネ
スケリグ・モール島の灯台守の少女 「リリーと秘宝の島―リリー・クエンチ冒険ファンタジー4」 ナタリー・ジェーン・プライアー作;岡田好惠訳 学研 2008年9月

アリア・モンゴメリー
アイスランド帰りでローズウッド学院に通う個性的な女の子、失踪したアリソンの元親友 「ライアーズ2 崩壊のはじまり」 サラ・シェパード著;中尾眞樹訳 AC Books 2010年7月

アリア・モンゴメリー
アイスランド帰りでローズウッド学院に通う個性的な女の子、失踪したアリソンの親友 「ライアーズ1 ひみつ同盟、16歳の再会」 サラ・シェパード著;中尾眞樹訳 AC Books 2010年5月

アリアンナ
17世紀のヴェネツィアそっくりの美しい都・ベレッツァに住む十五歳の美少女 「ストラヴァガンザ 仮面の都 上下」 メアリ・ホフマン著;乾侑美子訳 小学館(SUPER!YA) 2010年7月

アリアンナ
ベレッツァ公国の元首・女公主ドゥチェッサ、十六歳の美しい少女 「ストラヴァガンザ 星の都 上下」 メアリ・ホフマン著;乾侑美子訳 小学館(SUPER!YA) 2010年11月

アリシア・トッド
古書店の息子のサムの幼なじみで初恋の相手、十四歳の女の子 「時の書Ⅲ 黄金の環」 ギヨーム・プレヴォー作;伊藤直子訳;建石修志絵 くもん出版 2010年1月

アリス
ウサギを追って深い穴に落ちてふしぎの国へ行った女の子 「ふしぎの国のアリス」 ルイス・キャロル作;河合祥一郎訳 アスキー・メディアワークス(角川つばさ文庫) 2010年3月

アリス
かがみをくぐりぬけてかがみの国へいった女の子 「かがみの国のアリス」 ルイス・キャロル作;河合祥一郎訳 アスキー・メディアワークス(角川つばさ文庫) 2010年8月

アリス
ジェマと同じ日に同じ病院で生まれた本とバレエが大好きな女の子、ジェマの大親友 「ベストフレンズいつまでも！」 ジャクリーン・ウィルソン作;ニック・シャラット絵;尾高薫訳 理論社 2010年9月

アリス
ストックホルムの学校にきた転校生、母親の両親に預けられた四年生の女の子 「アリスは友だちをつくらない」 グニラ・リン・ペルソン作;松沢あさか訳;陣崎草子画 さ・え・ら書房 2008年4月

アリス
チョッキのポケットからとけいをとりだしたうさぎを追いかけてふしぎな冒険をした女の子 「ふしぎの国のアリス」 ルイス＝キャロル作;高杉一郎訳 講談社(青い鳥文庫) 2008年5月

ありす

アリス
急いで走っていく白ウサギを追いかけて穴に飛びこんで不思議の国へまよいこんだ少女 「不思議の国のアリス」ルイス・キャロル作;リスベート・ツヴェルガー絵;石井睦美訳 BL出版 2008年11月

アリス
飼い猫と空想ごっこをしているうちに鏡の国の家へ迷い込んだ七歳の少女 「鏡の国のアリス」ルイス=キャロル作;高杉一郎訳;山本容子絵 講談社(青い鳥文庫) 2010年4月

アリス
少年・トムの友だち、とんがった靴をはいたかわいい女の子 「魔使いの戦い 上下(魔使いシリーズ)」ジョゼフ・ディレイニー著;金原瑞人・田中亜希子訳 東京創元社(sogen bookland) 2009年2月

アリス
少年・トムの友だち、とんがった靴をはいたかわいい女の子 「魔使いの秘密(魔使いシリーズ)」ジョゼフ・ディレイニー著;金原瑞人・田中亜希子訳 東京創元社(sogen bookland) 2008年2月

アリス
大学を卒業してロースクールに通う予定の女の子、二歳上の姉ライリーの妹で別荘の隣人ポールの幼なじみ 「ラストサマー―さよならの季節に」アン・ブラッシェアーズ著;雨海弘美訳 ヴィレッジブックス 2009年5月

アリス・キングスレー
ロンドン上流階級の空想好きな娘、地下の国「アンダーランド」に迷い込んだ十九歳 「アリス・イン・ワンダーランド」T.T.サザーランド作;しぶやまさこ訳 偕成社(ディズニーアニメ小説版) 2010年4月

アリステア・オウ(アリステアおじさん)
ケイヒル一族の分家エカテリーナ家の一員、39の手がかりを探すレースに参加する韓国系の発明家 「サーティーナイン・クルーズ 7 毒蛇の巣窟」ピーター・ルランジス著;小浜杏訳;HACCANイラスト メディアファクトリー 2010年11月

アリステアおじさん
ケイヒル一族の分家エカテリーナ家の一員、39の手がかりを探すレースに参加する韓国系の発明家 「サーティーナイン・クルーズ 7 毒蛇の巣窟」ピーター・ルランジス著;小浜杏訳;HACCANイラスト メディアファクトリー 2010年11月

アリス・ディーン
魔使いの弟子トムの友だち、魔女の血をひくかわいい女の子 「魔使いの過ち 上下(魔使いシリーズ)」ジョゼフ・ディレイニー著;金原瑞人・田中亜希子訳 東京創元社(sogen bookland) 2010年3月

アリストテレス
むこうみずでこわいもの知らずな白い子ネコ、よい魔女のベラ・ドンナにもらわれた九つの命をもつネコ 「ネコのアリストテレス」ディック・キング=スミス作;ボブ・グラハム絵;石随じゅん訳 評論社(児童図書館・文学の部屋) 2008年10月

アリソン・キャサリン・ミラー
ランプの精のリトル・ジーニーのごしゅじんさま、モンゴメリー小学校に通う四年生の少女 「ランプの精リトル・ジーニー 10 ハッピー・クリスマス!」ミランダ・ジョーンズ作;宮坂宏美訳;サトウユカ絵 ポプラ社 2008年11月

アリソン・キャサリン・ミラー
ランプの精のリトル・ジーニーのごしゅじんさま、モンゴメリー小学校に通う四年生の少女 「ランプの精リトル・ジーニー 11 ゴキゲンなダンスコンテスト」ミランダ・ジョーンズ作;宮坂宏美訳;サトウユカ絵 ポプラ社 2009年3月

アリソン・キャサリン・ミラー
ランプの精リトル・ジーニーのごしゅじんさま、モンゴメリー小学校に通う四年生の少女「ランプの精リトル・ジーニー 12 名たんていにおまかせ!」ミランダ・ジョーンズ作;宮坂宏美訳;サトウユカ絵 ポプラ社 2009年7月

アリソン・キャサリン・ミラー
ランプの精リトル・ジーニーのごしゅじんさま、モンゴメリー小学校に通う四年生の少女「ランプの精リトル・ジーニー 13 ときめきのドールショップ」ミランダ・ジョーンズ作;宮坂宏美訳;サトウユカ絵 ポプラ社 2009年11月

アリソン・キャサリン・ミラー
ランプの精リトル・ジーニーのごしゅじんさま、モンゴメリー小学校に通う四年生の少女「ランプの精リトル・ジーニー 8 アイドルにドキドキ!」ミランダ・ジョーンズ作;宮坂宏美訳;サトウユカ絵 ポプラ社 2008年4月

アリソン・キャサリン・ミラー
ランプの精リトル・ジーニーのごしゅじんさま、モンゴメリー小学校に通う四年生の少女「ランプの精リトル・ジーニー 9 キュートなペット」ミランダ・ジョーンズ作;宮坂宏美訳;サトウユカ絵 ポプラ社 2008年8月

アリソン・ディローレンティス
ローズウッド学院に通うパーフェクトな人気者、八年生になる前の夏に失踪した女の子「ライアーズ1 ひみつ同盟、16歳の再会」サラ・シェパード著;中尾眞樹訳 AC Books 2010年5月

アリソン・ディローレンティス
ローズウッド学院に通うパーフェクトな人気者、八年生になる前の夏に失踪した女の子「ライアーズ2 崩壊のはじまり」サラ・シェパード著;中尾眞樹訳 AC Books 2010年7月

アリッサ
塔のある家に引っ越してきた転校生・デヴニーのパートナーになった美少女「ヴァンパイアの帰還」キャロライン・B.クーニー著;神戸万知訳 講談社(YA! entertainment) 2008年8月

アリプッラ姉妹(ハリセ・アリプッラ)　ありぷっらしまい(はりせありぷっら)
カッティラコスキ家のお隣さん、アリプッラ姉妹のひとり「ヒラメ釣り漂流記(ヘイナとトッスの物語4)」シニッカ・ノポラ&ティーナ・ノポラ作;末延弘子訳;佐古百美絵 講談社(青い鳥文庫) 2008年7月

アリプッラ姉妹(ヘルガ・アリプッラ)　ありぷっらしまい(へるがありぷっら)
カッティラコスキ家のお隣さん、アリプッラ姉妹のひとり「ヒラメ釣り漂流記(ヘイナとトッスの物語4)」シニッカ・ノポラ&ティーナ・ノポラ作;末延弘子訳;佐古百美絵 講談社(青い鳥文庫) 2008年7月

アリマン・キャンカー
別名「恐ろしのアリマン」とよばれている偉大な魔法使い、花嫁を探すコンテストを開いたダーキントン館の主「黒魔女コンテスト」エヴァ・イボットソン著;三辺律子訳 偕成社 2009年10月

RLSエンジェルズ　あーるえるえすえんじぇるず
カリフォルニア・ハイウェイで車の事故で死んだ四人のRLSの生徒のゴースト「メディエータ0 episode3 復讐のハイウェイ」メグ・キャボット作;代田亜香子訳 理論社 2008年1月

アルゴス
かつて滅亡したとされている伝説のアトランティス王国最後の国王だと名乗る男「ノーチラス号の冒険 8 灰色の監視者」ヴォルフガンク・ホールバイン著;平井吉夫訳 創元社 2008年3月

あるご

アルゴス
海底都市レムラの支配者、伝説のアトランティス王国の国王だと称しマイクたちに近づいた男「ノーチラス号の冒険 9 失われた人びとの街」ヴォルフガンク・ホールバイン著;平井吉夫訳　創元社　2008年6月

アルシーア
学校で人気者になるためにヴァンパイアと恐ろしい契約を結んだ地味な女子高生「ヴァンパイアの契約 1 死を招く提案」キャロライン・B.クーニー著;神戸万知訳　講談社（YA! entertainment）　2008年3月

アール・ゾプトン
ルルの魔法のぼうしを森のなかで見つけたいたずら好きな男の子「ルルと魔法のぼうし」スーザン・メドー作;おおつかのりこ訳;こやまこいこ絵　徳間書店　2009年7月

アルテミス・ファウル二世　あるてみすふぁうるにせい
伝説的な犯罪一家に生まれた十四歳の天才少年「アルテミス・ファウル 失われし島」オーエン・コルファー著;大久保寛訳　角川書店　2010年8月

アルトゥーロ・タッコーネ
ローマ郊外の邸宅から秘蔵の絵画5枚を盗まれた美術品収集家「快盗ビショップの娘」アリー・カーター著;橋本恵訳　理論社　2010年4月

アルドヘス
エルフ族の最後の王国に生まれた王女「ドラゴンゲート 上下」ジェニー=マイ・ニュエン著;天沼春樹訳　柏書房　2009年3月

アルバ
マディケンのすむ「おもしろ荘」ではたらくお手伝いのおねえさん「おもしろ荘の子どもたち」アストリッド・リンドグレーン作;石井登志子訳　岩波書店（岩波少年文庫）　2010年7月

アルバート
少女・リリーがニューヨーク郊外の避暑地で出会った少年、ナチスから逃げてきた男の子「リリー・モラハンのうそ」パトリシア・ライリー・ギフ作;もりうちすみこ訳;吉川聡子画　さ・え・ら書房　2008年2月

アルビナ・クレッコー
小さなドーナツ・ショップの店員、おこりっぽくて攻撃的な女の子「ラブ、スターガール」ジェリー・スピネッリ作;千葉茂樹訳　理論社　2008年4月

アルビン
ヤバン諸島でもっとも邪悪で危険な男、バイキングの少年ヒックの宿敵「ヒックとドラゴン 3 天牢の女海賊」クレシッダ・コーウェル作;相良倫子・陶浪亜希訳　小峰書店　2010年1月

アルフィー・ブレンナ
母のいない週末を祖母の家ですごすことになり若くして亡くなったおじさんの使っていた部屋で寝泊まりすることになった十歳の少年「ニック・シャドウの真夜中の図書館 12 夢からでた悪魔」ニック・シャドウ著;野村有美子訳　ゴマブックス　2009年1月

アルベール
不気味なゲームソフト「ゴーレム」の開発者、「ゲーム界のアインシュタイン」とも呼ばれる天才プログラマー「ゴーレム 1 究極のゲームソフト」エルヴィール・ミュライユ著;ロリス・ミュライユ著;マリー＝オード・ミュライユ著;後平澪子訳　新樹社　2009年9月

アルベール
不気味なゲームソフト「ゴーレム」の開発者、「ゲーム界のアインシュタイン」とも呼ばれる天才プログラマー「ゴーレム 2 地下室のトモダチ」エルヴィール・ミュライユ著;ロリス・ミュライユ著;マリー＝オード・ミュライユ著;後平澪子訳　新樹社　2009年10月

アルマンゾ・ワイルダー
週末にローラを下宿先のブルースターさんの家から自宅までそりで送迎した青年 「この輝かしい日々」 ローラ・インガルス・ワイルダー作;足沢良子訳 そうえん社(大草原の小さな家) 2008年1月

アレク
学校がきらいな小学二年生、アイスホッケーのせんしゅになりたい男の子 「校長先生はごほうびがすき!?－きょうもトンデモ小学校」 ダン・ガットマンさく;宮坂宏美やく;すずめくらぶ画 ポプラ社 2008年1月

アレク
学校がきらいな小学二年生、アクロバットじてんしゃがすきな男の子 「マネルー先生まねーるだいすき!－きょうもトンデモ小学校」 ダン・ガットマンさく;宮坂宏美やく;すずめくらぶ画 ポプラ社 2008年4月

アレク
学校がきらいな小学二年生、アクロバットじてんしゃがすきな男の子 「マネルー先生まねーるだいすき!－きょうもトンデモ小学校」 ダン・ガットマンさく;宮坂宏美やく;すずめくらぶ画 ポプラ社 2008年4月

アレクサンダー
三百年前にイギリスの田舎にあるおやしきグリーン・ノウで生きていた男の子 「グリーン・ノウの子どもたち－グリーン・ノウ物語1」 ルーシー・M・ボストン作;ピーター・ボストン絵;亀井俊介訳 評論社 2008年5月

アレクサンダー・スターリング
ヴァンパイア、呪われていると噂されている丘の上の屋敷に引っ越してきた少年 「ヴァンパイア・キス2 恋する棺桶」 エレン・シュライバー著;高橋結花訳;カズアキイラスト メディアファクトリー 2009年9月

アレクサンダー・スターリング
ヴァンパイア、呪われていると噂されている丘の上の屋敷に引っ越してきた少年 「ヴァンパイア・キス3 ライバルはルーマニアから」 エレン・シュライバー著;高橋結花訳;カズアキイラスト メディアファクトリー 2009年11月

アレクサンダー・スターリング
呪われていると噂されている丘の上の屋敷の住人、昼間はほとんど外出しない謎が多い少年 「ヴァンパイア・キス1 転校生は吸血鬼」 エレン・シュライバー著;高橋結花訳;カズアキイラスト メディアファクトリー 2009年6月

アレクサンドラ・ヘイスティング
人の気持ちを細やかに察し深く思いやれる才能をもちエミューのはねの杖をもつフェアリー 「NEWフェアリーズ 秘密の妖精たち2 シナバーと影の島」 J.H.スイート作;津森優子訳;唐橋美奈子絵 文溪堂 2010年8月

アレクサンドラ・ヘイスティング
人の気持ちを細やかに察し深く思いやれる才能をもちエミューのはねの杖をもつフェアリー 「NEWフェアリーズ 秘密の妖精たち3 ミモザと知恵の川」 J.H.スイート作;津森優子訳;唐橋美奈子絵 文溪堂 2010年9月

アレクシオス・フラビウス・アクイラ
辺境のオオカミと呼ばれるローマ軍の辺境守備隊の指揮官 「辺境のオオカミ」 ローズマリ・サトクリフ作;猪熊葉子訳 岩波書店(岩波少年文庫) 2008年10月

アレクシス
バレエ学校のロンドン研修で少女ゾーエが知りあったフランス人の男の子 「バレエ・アカデミア5バレリーナの挑戦!」 ベアトリーチェ・マジーニ作;長野徹訳 ポプラ社 2008年7月

あれく

アレクシス・ホールデン
スタイル抜群の新人女優、ティーンアイドルのケイトリンと共演することになった十七歳の少女 「ハリウッドスターと謎のライバル」 ジェン・キャロニタ著;灰島かり訳;松村紗耶訳　小学館(SUPER!YA)　2010年7月

アレックス
ジョナサンの兄、段ボールで宇宙船を作って大きらいな弟がいない宇宙のはてに行こうとした少年 「天才少年ダンボール博士の日記」 フランク・アッシュ作;白井澄子;矢島眞澄絵　ポプラ社(ポップコーン・ブックス)　2009年5月

アレックス
親友のキリンのメルマン、シマウマのマーティ、カバのグロリアとニューヨーク・セントラパーク動物園を脱出したライオン 「マダガスカル2」 J.E.ブライト作;杉田七重訳　角川書店(ドリームワークスアニメーションシリーズ)　2009年3月

アレックス
嵐の夜になかま三人を自宅に招いてB級ホラー映画を見た映画好きの少年 「ニック・シャドウの真夜中の図書館11 ホラーパーティ」 ニック・シャドウ著;金井真弓訳　ゴマブックス　2008年12月

アレックス・カッツ
レアのおじいちゃん、ユダヤ人大量虐殺の生き残りだった気難しい老人 「わたしは忘れない」 ヤエル・ハッサン作;ダニエル遠藤みのり訳;金藤櫂絵　文研出版(文研じゅべにーる)　2008年7月

アレックス・ローバー
無人島に住む少女・ニムとメールのやりとりをするようになった有名な作家 「秘密の島のニム」 ウェンディー・オルー著;田中亜希子訳　あすなろ書房　2008年7月

アレッシア・メディチ
天空の民を統べる大公のあまやかされて育った娘 「天空の少年ニコロ1 消えた龍王の謎」 カイ・マイヤー著;遠山明子訳;佐竹美保画　あすなろ書房　2010年2月

アーロン
「かいぞく船・海ネズミ号」にある『かいぞく学校』のまけずぎらいで目たちがりやの男の子、ビッキーのふたごの弟 「パイレーツスクール1 へび島ののろい」 ブライアン・ジェームズ作;中井はるの訳;大岩ピュン絵　ポプラ社　2009年2月

アーロン
「かいぞく船・海ネズミ号」にある『かいぞく学校』のまけずぎらいで目たちがりやの男の子、ビッキーのふたごの弟 「パイレーツスクール2 ゆうれい船がやってきた!」 ブライアン・ジェームズ作;中井はるの訳;大岩ピュン絵　ポプラ社　2009年6月

アーロン
「かいぞく船・海ネズミ号」にある『かいぞく学校』のまけずぎらいで目たちがりやの男の子、ビッキーのふたごの弟 「パイレーツスクール3 フケツ号をやっつけろ!」 ブライアン・ジェームズ作;中井はるの訳;大岩ピュン絵　ポプラ社　2009年11月

アーロン
「かいぞく船・海ネズミ号」にある『かいぞく学校』のまけずぎらいで目たちがりやの男の子、ビッキーのふたごの弟 「パイレーツスクール4 港のスパイに気をつけろ!」 ブライアン・ジェームズ作;中井はるの訳　ポプラ社　2010年2月

アンガス
ドラゴン・スレイヤー・アカデミーのモードレッド校長のおいっ子、ウィリーのともだちでくいしんぼうの男の子 「ドラゴン・スレイヤー・アカデミー2-8 トロールのご用心」 ケイト・マクミュラン作;神戸万知訳;舵真秀斗画　岩崎書店　2010年6月

アンジェラ・フェイバリー
クレア学院三年の新入生、家柄や財産を自慢ばかりしている貴族の娘 「おちゃめなふたごのすてきな休暇」エニド・ブライトン作;佐伯紀美子訳 ポプラ社(ポプラポケット文庫) 2009年9月

アン・シャーリー
プリンスエドワード島で暮らすクスバート兄妹のもとにやってきた十一歳の孤児、夢見がちでおしゃべりな女の子 「赤毛のアン」L・M・モンゴメリ作;村岡花子訳;HACCAN画 講談社(青い鳥文庫) 2008年7月

アン・シャーリー
プリンスエドワード島のアヴォンリー村の小学校教師、村の改善会をはじめた少女 「アンの青春」L・M・モンゴメリ作;村岡花子訳;HACCAN画 講談社(青い鳥文庫) 2009年9月

アンスティブル
敵・スモッグの情報を集めに探索に出かけた裏ロンドンの英雄 「アンランダン 上 ザナと傘飛び男の大冒険」チャイナ・ミエヴィル著;内田昌之訳 河出書房新社 2010年8月

アンスティブル
裏ロンドンの英雄・アンスティブルを名乗っていた偽物の男 「アンランダン 下 ディーバとさかさま銃の大逆襲」チャイナ・ミエヴィル著;内田昌之訳 河出書房新社 2010年8月

アンセル・プローバー
十二歳のオリビアと父さんがあらたに住みこむことになった家の主、とてもハンサムで金髪の若者 「真夜中の秘密学校(ちいさな霊媒師オリビア)」エレン・ポッター著;海後礼子訳 主婦の友社 2008年1月

アンツィ
ブルックリンの学校に通う少年、クラスメートのシュワのことが気になる男の子 「シュワはここにいた」ニール・シャスタマン作;金原瑞人・市川由季子訳 小峰書店(Y.A.Books) 2008年6月

アンディ・ウォーカー
中学生のブルースの妹、引っこし先の小学校で友だちがうまくつくれない女の子 「ホテル・フォー・ドッグズ」ロイス・ダンカン作;桜田直美訳 主婦の友社 2009年4月

アンディ・デイビス
大学に行くために家を出ることになった青年、たくさんのおもちゃたちの持ち主 「トイ・ストーリー3」ジャスミン・ジョーンズ作;倉田真木訳 偕成社(ディズニーアニメ小説版) 2010年6月

アントニー・ボナーノ(アンツィ)
ブルックリンの学校に通う少年、クラスメートのシュワのことが気になる男の子 「シュワはここにいた」ニール・シャスタマン作;金原瑞人・市川由季子訳 小峰書店(Y.A.Books) 2008年6月

アンドリュー
ロンドンにある「名探偵保存協会」で姉弟ジーナとザンダーにあった皮肉っぽい少年 「XX・ホームズの探偵ノート1 名画「すみれ色の少女」の謎」トレーシー・バレット作;こだまともこ訳;十々夜絵 フレーベル館 2010年11月

アンドリュー・ジャガリー
良家の子女・シャーロットが乗り込んだ商船「シーホーク号」の船長、立派な紳士 「シャーロット・ドイルの告白」アヴィ作;茅野美ど里訳 あすなろ書房 2010年7月

アンドルー・ブランドン・ホープ
魔術師だった祖父・ジョスリンの遺産を受け継いだ三十代の孫息子、大学教員 「メルストーン館の不思議な窓」ダイアナ・ウィン・ジョーンズ著;原島文世訳 東京創元社(sogen bookland) 2010年12月

アントレル
魔法使い協会の会長・ゼメナーの息子、魔法使いの男 「はみだしちゃった魔女」 パトリシア・C.リーデ著;田中亜希子訳 東京創元社(sogen bookland) 2010年9月

アンナ
西暦二一四〇年子どもが不要になった世界に産まれ収容所の「グレンジ・ホール」で育てられた少女 「2140 サープラス・アンナの日記」 ジェマ・マリー著;橋本恵訳 ソフトバンククリエイティブ 2008年7月

アンヌ・ソフィー
アンカルタ星の王国の王家の血筋を引く王女、本当の名前はアンヌ・ソフィー・デ・テールノワール 「ペギー・スー 10魔法の星の嫌われ王女」 セルジュ・ブリュソロ著;金子ゆき子訳;町田尚子絵 角川書店 2009年2月

アンヌ・ソフィー
国家反逆罪で指名手配となったアンカルタ星の王国の王女、本当の名前はアンヌ・ソフィー・デ・テールノワール 「ペギー・スー 11呪われたサーカス団の神さま」 セルジュ・ブリュソロ著;金子ゆき子訳;町田尚子絵 角川書店 2010年7月

アンバー
じつは全米で大人気のアイドル「ハンナ・モンタナ」であるマイリーのクラスメート、自己チューで目立ちたがりやの二人組のひとり 「ハンナ・モンタナ2 ニキビとメガネと友情と」 アリス・アルフォンシ文;野田香里訳 講談社(ディズニー文庫) 2008年10月

アンバー
フェアリーランドのすべての色をつかさどる虹の妖精の姉妹の一人、オレンジの妖精 「レインボーマジック虹の妖精(フェアリー) 上下」 デイジー・メドウズ著;田内志文訳 ゴマブックス 2009年4月

アン・バーデン
放射能汚染をまぬかれた谷間でたったひとり生き残った少女 「死の影の谷間」 ロバート・C.オブライエン作;越智道雄訳 評論社(海外ミステリーBOX) 2010年2月

アンブロシウス・ブレンク
ネム王国で広大な工房を持つ天才画家 「ミラースケープ」 マイク・ウィルクス著;三辺律子訳 ソフトバンククリエイティブ 2008年7月

アン・ベディングフェルド
父親を亡くしロンドンへ越してきたばかりの娘、女流冒険家 「茶色の服の男」 アガサ・クリスティー著;深町眞理子訳 早川書房(クリスティー・ジュニア・ミステリ10) 2008年8月

アンヘル・アレグリア
南米最果ての地にアンヘルという少年と暮らす逃亡中の殺人者 「殺人者の涙」 アン・ロール・ボンドゥ著;伏見操訳 小峰書店(Y.A.Books) 2008年12月

アンマリー・ロングデン
クレア学院新入生の五年生、詩人を自称する少女 「おちゃめなふたごのさいごの秘密」 ブライトン作;佐伯紀美子訳 ポプラ社(ポプラポケット文庫) 2010年11月

【い】

イーア
ミーナの三つ年上のいとこでマルクスの姉、おじいちゃんと〈三つ穴山〉へ探検に行くことになった孫 「三つ穴山へ、秘密の探検」 ペール・オーロフ・エンクイスト作;菱木晃子訳;中村悦子画 あすなろ書房 2008年11月

イアン・カブラ
ケイヒル一族の分家ルシアン家の一員、39の手がかりを探すレースに参加するロンドン在住の14歳の少年 「サーティーナイン・クルーズ 7 毒蛇の巣窟」 ピーター・ルランジス著;小浜杏訳;HACCANイラスト メディアファクトリー 2010年11月

イアン・カブラ
ケイヒル一族の分家ルシアン家の一員、39の手がかりを探すレースに参加するロンドン在住のハンサムな14歳の少年 「サーティーナイン・クルーズ 5 闇の包囲網」 パトリック・カーマン著;小浜杏訳;HACCANイラスト メディアファクトリー 2010年2月

イアン・カブラ
ケイヒル一族の分家ルシアン家の一員、39の手がかりを探すレースに参加するロンドン在住のハンサムな14歳の少年 「サーティーナイン・クルーズ 6 遠い記憶」 ジュード・ワトソン著;小浜杏訳;HACCANイラスト メディアファクトリー 2010年6月

イェミ
アフリカのナイジェリアにある村に住む驚くべき魔法をつかう赤ん坊の男の子 「魔法少女レイチェル 滅びの呪文 上下」 クリフ・マクニッシュ作;亜沙美画;金原瑞人訳 理論社(フォア文庫) 2008年9月

イカルス
恒星プロキシマに送り出された探検隊の初代隊長のひまご、宇宙船で生まれ死んでいく運命の十四歳の少年 「宇宙船プロキシマ号の伝説」 ブライアン・グリーン作;さくまゆみこ訳 あすなろ書房 2009年10月

イギー(イグナティウス・ソルヴォ・コロマンデル)
秘密の国アイドロンの金色の目をしたネコ、少年ベンの友だち 「アイドロン 2 闇の世界へ」 ジェーン・ジョンソン作;神戸万知訳;佐野月美絵 フレーベル館 2008年3月

イギー(イグナティウス・ソルヴォ・コロマンデル)
秘密の国アイドロンの金色の目をしたネコ、少年ベンの友だち 「アイドロン 3 復活の光」 ジェーン・ジョンソン作;神戸万知訳;佐野月美絵 フレーベル館 2008年12月

イグアル・オルウォフスキ
終戦後イスラエルに移り住み一年以上になる両親のいない兄弟の弟、キブツ・ギネガールで暮らす十一歳の男の子 「遠い親せき」 ウーリー・オルレブ作;母袋夏生訳;小林豊画 岩波書店 2010年11月

イグナティウス・ソルヴォ・コロマンデル
秘密の国アイドロンの金色の目をしたネコ、少年ベンの友だち 「アイドロン 2 闇の世界へ」 ジェーン・ジョンソン作;神戸万知訳;佐野月美絵 フレーベル館 2008年3月

イグナティウス・ソルヴォ・コロマンデル
秘密の国アイドロンの金色の目をしたネコ、少年ベンの友だち 「アイドロン 3 復活の光」 ジェーン・ジョンソン作;神戸万知訳;佐野月美絵 フレーベル館 2008年12月

イコ
高校三年生のジャックを助けに千年後の未来から来た強靭な女の子 「ターニング・ポイント 1 ファイヤーストーム 神秘の光」 デイヴィッド・クラス作;金原瑞人訳;西田登訳 岩崎書店 2008年5月

イコ
千年後の未来の女司祭、頭脳明晰で運動能力抜群の美しい女性 「ターニング・ポイント 3 タイムロック最後の選択」 デイヴィッド・クラス作;西田登訳 岩崎書店 2010年2月

イコ
地球を救うという使命を背負って千年後の未来から来た強靭な女の子 「ターニング・ポイント 2 ワールウィンド 運命の嵐」 デイヴィッド・クラス作;金原瑞人訳;西田登訳 岩崎書店 2008年12月

いごる

イゴール
マッドサイエンティストのフラニーの犬、実験の助手 「キョーレツ科学者・フラニー7」 ジム・ベントン作;杉田七重訳 あかね書房 2009年6月

イーサッキ
コルバキヨの漁師村にやってくる木工細工の行商人 「クリスマス物語」 マルコ・レイノ著;末延弘子訳 講談社 2010年11月

イザベル
サリバン家のふたご姉妹、クレア学院五年生 「おちゃめなふたごのさいごの秘密」 ブライトン作;佐伯紀美子訳 ポプラ社(ポプラポケット文庫) 2010年11月

イザベル
家の中でストライキをはじめた少女リュシーの継母 「あたしが部屋から出ないわけ」 アメリー・クーテュール作;末松氷海子訳;小泉るみ子絵 文研出版(文研ブックランド) 2008年12月

イザベル
孤児の少年・ユゴーが隠れ住んでいたパリ駅構内にある小さなおもちゃ屋から出てきた少女 「ユゴーの不思議な発明」 ブライアン・セルズニック著;金原瑞人訳 アスペクト 2008年1月

イザベル・カブラ
ケイヒル一族の分家ルシアン家の幹部、39の手がかりを探すレースに参加するカブラ兄妹の母親 「サーティーナイン・クルーズ6 遠い記憶」 ジュード・ワトソン著;小浜杏訳;HACCANイラスト メディアファクトリー 2010年6月

イザベル・カブラ
ケイヒル一族の分家ルシアン家の幹部、39の手がかりを探すレースに参加するカブラ兄妹の母親 「サーティーナイン・クルーズ7 毒蛇の巣窟」 ピーター・ルランジス著;小浜杏訳;HACCANイラスト メディアファクトリー 2010年11月

イサボー
魔女メガンに森で拾われ育てられた十六歳の少女 「エリアナンの魔女1 魔女メガンの弟子(上)」 ケイト・フォーサイス作;井辻朱美訳 徳間書店 2010年12月

イザヤ
転校してきたリリのとなりの家に住む五年生の男の子、学校一の人気者 「動物と話せる少女リリアーネ1 動物園は大さわぎ!」 タニヤ・シュテーブナー著;中村智子訳;駒形イラスト 学研教育出版 2010年7月

イザヤ・ストームワーグナー
四年生のリリのとなりの家に住む親友、ギフテッドと呼ばれる五年生の天才少年 「動物と話せる少女リリアーネ2 トラはライオンに恋してる!」 タニヤ・シュテーブナー著;中村智子訳;駒形イラスト 学研教育出版 2010年9月

イザヤ・ストームワーグナー
小学五年生、親友のリリの家族といっしょにバカンスで海に来た少年 「動物と話せる少女リリアーネ3 イルカ救出大作戦!」 タニヤ・シュテーブナー著;中村智子訳;駒形イラスト 学研教育出版 2010年12月

イーサン・マシューズ
断崖のてっぺんにある古い宿屋の子ども、妹のキャシーと嵐の夜にやってきた船乗り・サッカレーを家に入れた兄 「船乗りサッカレーの怖い話」 クリス・プリーストリー著;デイヴィッド・ロバーツ画;三辺律子訳 理論社 2009年10月

イジー
フェアリーランドのすべての色をつかさどる虹の妖精の姉妹の一人、あい色の妖精 「レインボーマジック虹の妖精(フェアリー)上下」 デイジー・メドウズ著;田内志文訳 ゴマブックス 2009年4月

イシェル
マヤの秘密都市「エク・ナーブ」の秘密の入り口を見つけてジョシュと入ったマヤの少女 「ジョシュア・ファイル4 未来からの使者 下」マリア・G.ハリス作;石随じゅん訳 評論社 2010年11月

イジキエル・ブルーア
ブルーア学園の校長の祖父、いつも悪事をたくらんでいる邪悪な老人 「王の森のふしぎな木(チャーリー・ボーンの冒険5)」ジェニー・ニモ作;田中薫子訳;ジョン・シェリー絵 徳間書店 2008年1月

イシドラ
古代ローマのプリンセス 「リトル・プリンセス 愛のまほうとイシドラ姫」ケイティ・チェイス作;日当陽子訳;泉リリカ絵 ポプラ社 2008年9月

イシュマエル
孤児であるボードレール三姉弟妹が漂流してながれついた島にいた足の悪い老人 「世にも不幸なできごと 13 終わり」レモニー・スニケット著;宇佐川晶子訳 草思社 2008年11月

遺書(ウィル) いしょ(うぃる)
万物の創造主がのこしたという遺書の一部、生きる文字 「王国の鍵 1 アーサーの月曜日」ガース・ニクス著;原田勝訳 主婦の友社 2009年4月

イ・ジョンシク
十五年間家族と離れ修道女だった親戚のおばあさんに育てられてきた脳性麻痺という重い障害をもつ少年 「ぼくのすてきなお兄ちゃん」コ・ジョンウク文;ソン・ジンホン絵;吉田昌喜訳 現文メディア(韓国人気童話シリーズ) 2008年11月

イ・ジョンミン
ある日突然重い障害を持つ十五歳の兄がいると知らされなかなか受け入れることができない三年生の少年 「ぼくのすてきなお兄ちゃん」コ・ジョンウク文;ソン・ジンホン絵;吉田昌喜訳 現文メディア(韓国人気童話シリーズ) 2008年11月

イス
おじの家出したひとり息子をさがしに大勢の子どもたちがすがたを消していくロンドンの街へ向かった少女 「少女イス 地下の国へ(「ダイドーの冒険」シリーズ)」ジョーン・エイキン作;こだまともこ訳 冨山房 2010年3月

イ・スホ(スホ)
ノンドゥル小学校の二年生・ドンビンの同級生、背が低く体が小さい男の子 「太ってたってぼくはぼく」イ・ミエ文;チェ・チョルミン絵;吉田昌喜 現文メディア(韓国人気童話シリーズ 15) 2010年3月

イスランド
いなか町に住む4人の少年のひとり、町のピンチを救う少年グループ「半ズボン隊」のメンバー 「帰ってきた半ズボン隊 上下」ゾラン・ドヴェンカー作;木本栄訳 岩波書店 2009年10月

イスランド
カナダのいなか町に住む11歳の少年、町のピンチを救う少年グループ「半ズボン隊」のメンバー 「走れ!半ズボン隊」ゾラン・ドヴェンカー作;木本栄訳 岩波書店 2008年6月

イズールト
カンコーバンの火竜族に育てられた少女、イサボーの双子の姉 「エリアナンの魔女1 魔女メガンの弟子(上)」ケイト・フォーサイス作;井辻朱美訳 徳間書店 2010年12月

イ・ソヨン
お母さんのお産が落ち着くまで珍島のおばあちゃんの家で暮らすことになった少女 「帰ってきた珍島(チンド)犬ペック」ソン・ジェチャン文;ソン・ジンホン絵;榊原咲月訳 現文メディア(韓国人気童話シリーズ) 2008年10月

いでい

イーディ
過去を見る能力をもつ「グリント」、裏ロンドンで少年ジョージと出会った少女 「アイアンハンド」 チャーリー・フレッチャー著;大嶌双恵訳 理論社(THE STONE HEART TRILOGY) 2008年4月

イーディ
時が止まり人間たちが消えたロンドンにもどってきた少女、「グリント」という種類の人間 「シルバータン」 チャーリー・フレッチャー著;大嶌双恵訳 理論社(THE STONE HEART TRILOGY) 2009年4月

イーデン
サーカス一座「ファンダジア」に兄弟で加わった新メンバー、タイモンの弟 「マディガンのファンタジア 上下」 マーガレット・マーヒー作;山田順子訳;佐竹美保画 岩波書店 2008年2月

イニマイ
ソートラント王国の若き王・エルギルのかつての乳母、エルギルの母のヴェーニア王妃の親友 「ミラート年代記3 シルマオの聖水」 ラルフ・イーザウ著;酒寄進一訳;佐竹美保画 あすなろ書房 2010年4月

イヌ
気分屋の少女リンゴが旅先でひろったおせじにもかわいいとはいえないすて犬 「気まぐれ少女と家出イヌ」 ダニエル・ペナック著;中井珠子訳 白水社 2008年12月

ラッキー
事故で昏睡状態となっている少年ロビーとともに交通事故にあった飼い犬 「負けるな、ロビー!」 マイケル・モーパーゴ作;マイケル・フォアマン絵;佐藤見果夢訳 評論社(児童図書館・文学の部屋) 2008年9月

犬 いぬ
高速道路のサービスエリアで飼い主たちに捨てられた大きな黒い犬 「リリとことばをしゃべる犬」 ヴァレリー・デール著;堀内久美子訳 ポプラ社 2008年7月

犬(エルシー) いぬ(えるしー)
少女エリザベスの祖母の農場で飼われている犬、六匹の子犬を生んだコリー犬 「しあわせの子犬たち」 メアリー・ラバット作;若林千鶴訳;むかいながまさ絵 文研出版(文研ブックランド) 2008年11月

犬(ジャック) いぬ(じゃっく)
突然カリフォルニアの羊農場の家族から引きはなされ放浪の旅にでることになった子犬、牧羊犬のボーダーコリー 「ぼくの羊をさがして」 ヴァレリー・ハブズ著;片岡しのぶ訳 あすなろ書房 2008年4月

犬(チャンプ) いぬ(ちゃんぷ)
少年ライリーにひきとられたショードッグのチャンピオン犬、交通事故で片方の前脚を失ったボーダーコリー 「チャンプ 風になって走れ!」 マーシャ・ソーントン・ジョーンズ作;もきかずこ訳;鴨下潤絵 あかね書房(スプラッシュ・ストーリーズ) 2008年5月

犬(デイジー) いぬ(でいじー)
「パピークラブ」の少女ケイトリンの本物の子犬に変身することがあるヨークシャーテリアのぬいぐるみ 「ミステリー・パピークラブ 2 消えた名画をさがせ!」 ジョディー・メラー作;もん訳 PHP研究所 2009年9月

犬(ディラン) いぬ(でいらん)
「パピークラブ」の少女ミーガンの飼い犬、黒いラブラドールの子犬 「ミステリー・パピークラブ 2 消えた名画をさがせ!」 ジョディー・メラー作;もん訳 PHP研究所 2009年9月

犬(バスター) いぬ(ばすたー)
「パピークラブ」の少女ローレンの飼い犬、茶色の雑種の子犬 「ミステリー・パピークラブ 2 消えた名画をさがせ!」 ジョディー・メラー作;もん訳 PHP研究所 2009年9月

いぶ

犬のおじさん　いぬのおじさん
作家、犬のホテルだという家「サマーハウス」に住んでいるおじさん　「サマーハウス」　アリソン・プリンス作；鈴木佑梨訳　小峰書店（Y.A.Books）　2008年7月

イバリン
「アイス王国」のミラクル・ダイヤを取りもどしに行った「マーメイド・ガールズ」の人魚　「マーメイド・ガールズ 2-1 バニラと白いゆうれい」　ジリアン・シールズ作；宮坂宏美訳；田中亜希子訳；つじむらあやこ絵　あすなろ書房　2008年7月

イバリン
「アイス王国」のミラクル・ダイヤを取りもどしに行った「マーメイド・ガールズ」の人魚　「マーメイド・ガールズ 2-2 メロディのマーメイド・ハープ」　ジリアン・シールズ作；宮坂宏美訳；田中亜希子訳；つじむらあゆこ絵　あすなろ書房　2008年7月

イバリン
「アイス王国」のミラクル・ダイヤを取りもどしに行った「マーメイド・ガールズ」の人魚　「マーメイド・ガールズ 2-4 ユウキとクジラの友だち」　ジリアン・シールズ作；宮坂宏美訳；田中亜希子訳；つじむらあゆこ絵　あすなろ書房　2008年7月

イバリン
ミラクル・ダイヤを探しに「黄金海岸」へ行った「マーメイド・ガールズ」の人魚　「マーメイド・ガールズ 2-3 ハティと空飛ぶじゅうたん」　ジリアン・シールズ作；宮坂宏美訳；田中亜希子訳；つじむらあゆこ絵　あすなろ書房　2008年7月

イバリン
ミラクル・ダイヤを探しに「禁じられた山」へ行った「マーメイド・ガールズ」の人魚　「マーメイド・ガールズ 2-6 イバリンとひみつの火山」　ジリアン・シールズ作；宮坂宏美訳；田中亜希子訳；つじむらあゆこ絵　あすなろ書房　2008年8月

イバリン
五つめのダイヤを探しに人間のいる港へ行った「マーメイド・ガールズ」の人魚　「マーメイド・ガールズ 2-5 フローネのマジック・ロケット」　ジリアン・シールズ作；宮坂宏美訳；田中亜希子訳；つじむらあゆこ絵　あすなろ書房　2008年8月

イヴァンジェリーン
ロンドンに住むお金持ちのアデレード大おばさんの養子、もとはブラウンさんの家の下ばたらきをしていたむすめ　「マチルダばあや、ロンドンへ行く」　クリスティアナ・ブランド作；エドワード・アーディゾーニ絵；こだまともこ訳　あすなろ書房　2008年5月

イーヴィ
ミネソタ州に住む母親を亡くした十一歳の少女、「おとむらい師」の伯母・フローおばさんと暮らすことになった娘　「とむらう女」　ロレッタ・エルスワース著；代田亜香子訳；金原瑞人選作品社　2009年11月

イーヴィー
殺人事件を目撃したデンバー管区でただひとりの黒人警官の娘、十三歳の黒人の少女　「わたしは、わたし」　ジャクリーン・ウッドソン作；さくまゆみこ訳　鈴木出版（鈴木出版の海外児童文学）　2010年7月

イービク
グリーンランドに暮らすエスキモー、セイウチ漁の最中に父親をなくした少年　「北のはてのイービク」　ピーパルク・フロイゲン作；野村法訳　岩波書店（岩波少年文庫）　2008年5月

イブ
二十九世紀の植物探査機、宇宙船から地球に派遣されてきたロボット　「WALL・Eウォーリー」　アイリーン・トリンブル作；しぶやまさこ訳　偕成社（ディズニーアニメ小説版）　2008年11月

いぷの

イプノズ
ディアブロ・サーカス団の団長、白髪交じりの老いた巨大ゴリラの姿をした神 「ペギー・スー 11呪われたサーカス団の神さま」 セルジュ・ブリュソロ著;金子ゆき子訳;町田尚子絵 角川書店 2010年7月

イ・プルム
お父さんの友だちの子どものミョンスやハンナと比較されることにうんざりしている四年生の少女 「お父さんみたいになりたいな」 イ・ブン文;イ・ウンギ絵;榊原咲月訳 現文メディア (韓国人気童話シリーズ) 2009年12月

イヴォール王子　いぼーるおうじ
五百年ほどまえにサマヴィアから姿を消した気品にあふれ人気のあった王子 「消えた王子 上下」 フランシス・ホジソン・バーネット作;中村妙子訳 岩波書店(岩波少年文庫) 2010年2月

イーヨー
クリストファー・ロビンのぬいぐるみ、年とった灰色ロバ 「プー横丁にたった家」 A.A.ミルン作;石井桃子訳 岩波書店 2008年2月

イーリス
ひみつ結社「カエデ騎士団」の騎士の一人となったネズミ 「カエデ騎士団と月の精」 リーッカ・ヤンッティ作;末延弘子訳 評論社(児童図書館・文学の部屋) 2010年9月

イリデッサ
きちんと計画をたてて実行できるかしこくて勇敢な光の妖精 「イリデッサとティンクの大冒険」 リサ・パパディメトリュー作;小宮山みのり訳; 講談社(ディズニーフェアリーズ文庫) 2008年6月

イリーナ・スパスキー
ケイヒル一族の分家ルシアン家の一員、39の手がかりを探すレースに参加する唯一のロシア人 「サーティーナイン・クルーズ 5 闇の包囲網」 パトリック・カーマン著;小浜杏訳;HACCANイラスト メディアファクトリー 2010年2月

イリーナ・スパスキー
ケイヒル一族の分家ルシアン家の一員、39の手がかりを探すレースに参加する唯一のロシア人 「サーティーナイン・クルーズ 6 遠い記憶」 ジュード・ワトソン著;小浜杏訳;HACCANイラスト メディアファクトリー 2010年6月

イリーナ・スパスキー
リアリティ番組で人気のテレビタレント、旧ソ連時代は国家保安委員会のスパイだったロシア人の娘 「サーティーナイン・クルーズ 1 骨の迷宮」 リック・リオーダン著;小浜杏訳; メディアファクトリー 2009年6月

イリーナ・スパスキー
リアリティ番組で人気のテレビタレント、旧ソ連時代は国家保安委員会のスパイだったロシア人の娘 「サーティーナイン・クルーズ 2 偽りの楽譜」 ゴードン・コーマン著;小浜杏訳 メディアファクトリー 2009年7月

イリーナ・スパスキー
リアリティ番組で人気のテレビタレント、旧ソ連時代は国家保安委員会のスパイだったロシア人の娘 「サーティーナイン・クルーズ 3 奪われた刀」 ピーター・ルランジス著;小浜杏訳; メディアファクトリー 2009年9月

イリーナ・スパスキー
リアリティ番組で人気のテレビタレント、旧ソ連時代は国家保安委員会のスパイだったロシア人の娘 「サーティーナイン・クルーズ 4 死者の伝言」 ジュード・ワトソン著;小浜杏訳; メディアファクトリー 2009年11月

イルゼ
担任のジェイコブ先生にホラーツアーに連れていかれた生徒、五年生の女の子「ホラーバス 第2期 呪いのバス旅行1・2」パウル・ヴァン・ローン作;岩井智子訳;浜野史子絵 学研 2008年6月

イルマ・レアー
宇宙を悪から守る5人の少女「聖戦の騎士」のメンバー、中学生の女の子「ウィッチ1 選ばれた少女たち」エリザベス・レンハード文;岡田好恵訳;久堂仁希絵 講談社(ドリーム&マジック文庫) 2008年6月

イルマ・レアー
宇宙を悪から守る5人の少女「聖戦の騎士」のメンバー、中学生の女の子「ウィッチ2 消えた友だち」エリザベス・レンハード文;岡田好恵訳;久堂仁希絵 講談社(ドリーム&マジック文庫) 2008年12月

イルマ・レアー
宇宙を悪から守る5人の少女「聖戦の騎士」のメンバー、中学生の女の子「ウィッチ3 悪の都メリディアン」エリザベス・レンハード文;岡田好恵訳;久堂仁希絵 講談社(ドリーム&マジック文庫) 2009年7月

イレズミ男　いれずみおとこ
少年サムが博物館で遭遇した肩にイレズミのある泥棒男「時の書2 七枚のコイン」ギョーム・プレヴォー作;伊藤直子訳;建石修志絵 くもん出版 2009年11月

イレズミ男　いれずみおとこ
少年サムのタイムスリップを邪魔する肩にイレズミのある泥棒男「時の書Ⅲ 黄金の環」ギョーム・プレヴォー作;伊藤直子訳;建石修志絵 くもん出版 2010年1月

イーロ
大きなクマのタハマパーの森のなかま、ロマンチックなヘラジカ「大きなクマのタハマパー 家をたてるのまき」ハンネレ・フオヴィ作;末延弘子訳;いたやさとし絵 ひさかたチャイルド(SHIRAKABA BUNKO) 2010年3月

インガおばさん
パパが行方不明になった少年ダリウスが引き取られたただひとりの親戚、性格の悪いおばさん「ダリウスが飛んだ!」ビル・ハーレイ作;日当陽子訳 PHP研究所 2009年9月

イングリッド・レヴィン・ヒル
プレスコット劇団の団員の中学生、名探偵シャーロック・ホームズを尊敬している少女探偵「暗い森のなかへ(イングリッドの謎解き大冒険)」ピーター・エイブラハムズ著;奥村章子訳 ソフトバンククリエイティブ 2009年8月

イン参領　いんさんりょう
蔵真寺を皇帝軍と共に襲った元蔵真寺にいた僧、鷹爪拳の遣い手の十六歳「カンフーファイブ1 ほえろフゥ!怒りの虎拳」ジェフ・ストーン作;もきかずこ訳;スカイエマ絵 ランダムハウス講談社 2009年6月

イン参領　いんさんりょう
蔵真寺を皇帝軍と共に襲った元蔵真寺にいた僧、鷹爪拳の遣い手の十六歳「カンフーファイブ2 とべ!マァラオ樹上の猿拳」ジェフ・ストーン作;もきかずこ訳;スカイエマ絵 ランダムハウス講談社 2009年9月

インディ
世界的に有名な考古学者にして世界中を旅するアメリカ人の冒険家「インディ・ジョーンズ 最後の聖戦(アドベンチャーズ・オブ・インディ・ジョーンズ3)」ライダー・ウィンダム著;石川裕人監訳 ヴィレッジブックス 2008年5月

いんで

インディ(インディアナ・ジョーンズ)
世界的に有名な考古学者にして世界中を旅するアメリカ人の冒険家 「インディ・ジョーンズ 魔宮の伝説(アドベンチャーズ・オブ・インディ・ジョーンズ2)」 スザンヌ・ウェイン著;石川裕人監訳 ヴィレッジブックス 2008年5月

インディアナ・ジョーンズ
世界的に有名な考古学者にして世界中を旅するアメリカ人の冒険家 「インディ・ジョーンズ 魔宮の伝説(アドベンチャーズ・オブ・インディ・ジョーンズ2)」 スザンヌ・ウェイン著;石川裕人監訳 ヴィレッジブックス 2008年5月

インディアナ・ジョーンズ(インディ)
世界的に有名な考古学者にして世界中を旅するアメリカ人の冒険家 「インディ・ジョーンズ 最後の聖戦(アドベンチャーズ・オブ・インディ・ジョーンズ3)」 ライダー・ウィンダム著;石川裕人監訳 ヴィレッジブックス 2008年5月

インナ
「かいぞく船・海ネズミ号」にある『かいぞく学校』のせいと、頭がよくておしゃれな女の子 「パイレーツスクール 1 へび島ののろい」 ブライアン・ジェームズ作;中井はるの訳;大岩ピュン絵 ポプラ社 2009年2月

インナ
「かいぞく船・海ネズミ号」にある『かいぞく学校』のせいと、頭がよくておしゃれな女の子 「パイレーツスクール 2 ゆうれい船がやってきた!」 ブライアン・ジェームズ作;中井はるの訳;大岩ピュン絵 ポプラ社 2009年6月

インナ
「かいぞく船・海ネズミ号」にある『かいぞく学校』のせいと、頭がよくておしゃれな女の子 「パイレーツスクール 3 フケツ号をやっつけろ!」 ブライアン・ジェームズ作;中井はるの訳;大岩ピュン絵 ポプラ社 2009年11月

インペロープ
地球を捨てた人間たちがたどり着いた星「アスカリス第二惑星」に生息していた動物 「グリーンワールド 上下」 ドゥーガル・ディクソン著;金原瑞人・大谷真弓訳 ダイヤモンド社 2010年1月

【う】

ウィギンズ
「ベーカー街不正規隊」の仲間たちから制裁を受け追放されたリーダーの少年 「<カラス同盟>事件簿 シャーロック・ホームズ外伝」 アレックス・シモンズ著;ビル・マッケイ著;片岡しのぶ訳;佐竹美保画 あすなろ書房 2008年2月

ウィギンズ(アーノルド・ウィギンズ)
ロンドンで暮らす十四歳くらいの少年、浮浪児集団〈ベイカー少年探偵団〉の一番年嵩でホームズからの信頼も厚いリーダー 「ベイカー少年探偵団 3 呪われたルビー」 アンソニー・リード著;池央耿訳 評論社(児童図書館・文学の部屋) 2008年4月

ウィギンズ(アーノルド・ウィギンズ)
ロンドンで暮らす十四歳くらいの少年、浮浪児集団〈ベイカー少年探偵団〉の一番年嵩でホームズからの信頼も厚いリーダー 「ベイカー少年探偵団 4 ドラゴンを追え!」 アンソニー・リード著;池央耿訳 評論社(児童図書館・文学の部屋) 2008年8月

ウィギンズ(アーノルド・ウィギンズ)
ロンドンで暮らす十四歳くらいの少年、浮浪児集団〈ベイカー少年探偵団〉の一番年嵩でホームズからの信頼も厚いリーダー 「ベイカー少年探偵団 5 盗まれた宝石」 アンソニー・リード著;池央耿訳 評論社(児童図書館・文学の部屋) 2009年1月

ウィスプ
魔法の島ネバーランドの妖精の谷ピクシー・ホロウにきた新しい高速飛行の妖精「ヴィディアとはじめての友だち」キキ・ソープ作;小宮山みのり訳 講談社(ディズニーフェアリーズ文庫) 2009年5月

ウィッシュメイカー
魔法の雪見玉をつかって願いごとをかなえる力をもつ魔法の精「NEWフェアリーズ 秘密の妖精たち4 サクラソウと魔法の玉」J.H.スイート作;津森優子訳;唐橋美奈子絵 文渓堂 2010年11月

ウィッティントン
農場の納屋で動物たちに物語を語りはじめた鉄色のはぐれ猫「ウィッティントン」アラン・アームストロング作;S.D.シンドラー絵;もりうちすみこ訳 さ・え・ら書房 2009年11月

ウィニー
頭のいいゾーイといちばんの役者のヴァネッサとなかよし三人組の4年生の女の子「いちばんに、なりたい!」ジェニファー・リチャード・ジェイコブソン作;武富博子訳 講談社 2009年7月

ウィニー(ウィニフレッド・フレッチャー)
ゾーイとヴァネッサと赤ちゃんのときからの友だち、パパとくらしている三年生「バレエなんて、きらい」ジェニファー・リチャード・ジェイコブソン作;武富博子訳 講談社 2008年3月

ウィニー(ウィニフレッド・フレッチャー)
ようちえんからなかよしのゾーイとヴァネッサといっしょに生まれてはじめてのサマーキャンプに出かけた女の子「キャンプで、おおあわて」ジェニファー・リチャード・ジェイコブソン作;武富博子訳 講談社 2008年9月

ウィニフレッド・フレッチャー
ゾーイとヴァネッサと赤ちゃんのときからの友だち、パパとくらしている三年生「バレエなんて、きらい」ジェニファー・リチャード・ジェイコブソン作;武富博子訳 講談社 2008年3月

ウィニフレッド・フレッチャー
ようちえんからなかよしのゾーイとヴァネッサといっしょに生まれてはじめてのサマーキャンプに出かけた女の子「キャンプで、おおあわて」ジェニファー・リチャード・ジェイコブソン作;武富博子訳 講談社 2008年9月

ウィリー
ドラゴン・スレイヤー・アカデミーの二年生、ドラゴンをたおして勇者になるのが夢の小さくて気の弱い男の子「ドラゴン・スレイヤー・アカデミー 2-8 トロールのご用心」ケイト・マクミュラン作;神戸万知訳;舵真秀斗画 岩崎書店 2010年6月

ウィリー
母と弟3人で車でみじめな生活をする女の子・ジョージナがぬすんだかわいい子犬「犬どろぼう完全計画」バーバラ・オコーナー作;三辺律子訳 文渓堂 2010年10月

ウィリアム
下町のふくろ小路一番地に住む子だくさんのラッグルスさん一家の末っ子「ふくろ小路一番地」イーヴ・ガーネット作;石井桃子訳 岩波書店(岩波少年文庫) 2009年5月

ウィリアム・ウィルコックス
ミドルスクールに通うアメディオの友だち、近所の屋敷にある家財道具の整理を手伝った男の子「ムーンレディの記憶」E.L.カニグズバーグ作;金原瑞人訳 岩波書店 2008年10月

ウィリアム・カムクワンバ
食糧危機に瀕したアフリカ・マラウイで物理を独学して風力発電できる風車をつくった少年「風をつかまえた少年―十四歳だったぼくはたったひとりで風力発電をつくった」ウィリアム・カムクワンバ著;ブライアン・ミーラー著;田口俊樹訳;池上彰解説 文藝春秋 2010年11月

うぃり

ウィリアム・ハズリット
英才教育の公立の実験校であるアストラ校で一ばん名高い生徒のひとり 「ぼくとくジョージ〉」 E.L.カニグズバーグ作;松永ふみ子訳　岩波書店(岩波少年文庫) 2008年1月

ウィリアム・ラッセル
フランバーズ屋敷の次男で十三歳の繊細な少年、兄マークとは相反する価値観を持った弟 「フランバーズ屋敷の人びと1 愛の旅だち」 K.M.ペイトン作;掛川恭子訳　岩波書店(岩波少年文庫)　2009年9月

ウィリアム・ラッセル
孤児の少女クリスチナと結婚の約束をしたフランバーズ屋敷の次男、飛行機に熱中している十八歳の少年 「フランバーズ屋敷の人びと2 雲のはて」 K.M.ペイトン作;掛川恭子訳　岩波書店(岩波少年文庫)　2009年10月

ウィリー・スコット
上海のクラブ歌手、冒険家・インディの旅になりゆきで同行したアメリカ人女性 「インディ・ジョーンズ魔宮の伝説(アドベンチャーズ・オブ・インディ・ジョーンズ2)」 スザンヌ・ウェイン著;石川裕人監訳　ヴィレッジブックス　2008年5月

ウィル
万物の創造主がのこしたという遺書の一部、生きる文字 「王国の鍵1 アーサーの月曜日」 ガース・ニクス著;原田勝訳　主婦の友社　2009年4月

ウィル
万物の創造主がのこしたという遺書の化身、カエル 「王国の鍵1 アーサーの月曜日」 ガース・ニクス著;原田勝訳　主婦の友社　2009年4月

ウィル
万物の創造主がのこしたという遺書の化身、クマ 「王国の鍵2 地の底の火曜日」 ガース・ニクス著;原田勝訳　主婦の友社　2009年8月

ウィル
万物の創造主がのこした遺書の化身、銀色に光る蛇 「王国の鍵4 戦場の木曜日」 ガース・ニクス著;原田勝訳　主婦の友社　2010年4月

ウィル
万物の創造主がのこした遺書の化身、小さな金魚 「王国の鍵3 海に沈んだ水曜日」 ガース・ニクス著;原田勝訳　主婦の友社　2009年12月

ウィル(ウィリアム・ラッセル)
フランバーズ屋敷の次男で十三歳の繊細な少年、兄マークとは相反する価値観を持った弟 「フランバーズ屋敷の人びと1 愛の旅だち」 K.M.ペイトン作;掛川恭子訳　岩波書店(岩波少年文庫)　2009年9月

ウィル(ウィリアム・ラッセル)
孤児の少女クリスチナと結婚の約束をしたフランバーズ屋敷の次男、飛行機に熱中している十八歳の少年 「フランバーズ屋敷の人びと2 雲のはて」 K.M.ペイトン作;掛川恭子訳　岩波書店(岩波少年文庫)　2009年10月

ウィル・バローズ
博物館館長の息子、採掘が趣味で青い顔色の十四歳の少年 「トンネル2 謎の暗黒世界ディープス 上下」 ロデリック・ゴードン著;ブライアン・ウィリアムズ著;堀江里美訳;田内志文訳　ゴマブックス　2008年8月

ウィル・バローズ
博物館館長の息子、採掘が趣味で青い顔色の十四歳の少年 「トンネル 上下」 ロデリック・ゴードン著;ブライアン・ウィリアムズ著;堀江里美訳;田内志文訳　ゴマブックス　2008年1月

ウィル・バンドム
宇宙を悪から守る5人の少女「聖戦の騎士」のメンバー、中学生の女の子 「ウィッチ1 選ばれた少女たち」 エリザベス・レンハード文;岡田好恵訳;久堂仁希絵 講談社(ドリーム&マジック文庫) 2008年6月

ウィル・バンドム
宇宙を悪から守る5人の少女「聖戦の騎士」のメンバー、中学生の女の子 「ウィッチ2 消えた友だち」 エリザベス・レンハード文;岡田好恵訳;久堂仁希絵 講談社(ドリーム&マジック文庫) 2008年12月

ウィル・バンドム
宇宙を悪から守る5人の少女「聖戦の騎士」のメンバー、中学生の女の子 「ウィッチ3 悪の都メリディアン」 エリザベス・レンハード文;岡田好恵訳;久堂仁希絵 講談社(ドリーム&マジック文庫) 2009年7月

ウィロー
フェアリーランドの曜日の妖精のひとり、水曜日の妖精 「水曜日の妖精(フェアリー)ウィロー(レインボーマジック)」 デイジー・メドウズ作;田内志文訳 ゴマブックス 2008年10月

ウィンカデル
ソートラント王国のトアルント王の二歳下の弟、王を殺した謀反人 「ミラート年代記1 古の民シリリム」 ラルフ・イーザウ著;酒寄進一訳 あすなろ書房 2008年7月

ウィング・ファンチュウ
悪人養成機関「HIVE」に入学させられたアジア系の十三歳の少年、武術の達人 「ハイブ 悪のエリート養成機関－volume1」 マーク・ウォールデン作;三辺律子訳 ほるぷ出版 2008年6月

ウィング・ファンチュウ
悪人養成機関「HIVE」の生徒、父親の葬式で東京に行くことになった少年 「ハイブ 悪のエリート養成機関－volume2 オーバーロード・プロトコル」 マーク・ウォールデン作;三辺律子訳 ほるぷ出版 2010年5月

ウェイン・ローマン
ファッションデザイナーを目指すルーシーが衣装をデザインすることになったバンド「ブラック・ストーン」のボーカル、うぬぼれやの男の子 「ファッション・ガールズ3 ときめきのアイドル・バンド結成!」 ケリー・マケイン作;小竹由美子訳;魚住あお画 ポプラ社 2010年2月

ウェブスターさん
小さな商店街のお菓子屋さん「ウェブスター・スイートショップ」の店主、あわてたり怒ったりするとどもってしまうおじさん 「ニック・シャドウの真夜中の図書館6 口は災いのもと」 ニック・シャドウ著;鮎川晶訳 ゴマブックス 2008年8月

ウェリントン弁護士　うぇりんとんべんごし
少年・ムーンが住んでいた森を製紙会社から購入した新しい地主、銀髪の男 「風の少年ムーン」 ワット・キー作;茅野美ど里訳 偕成社 2010年11月

ウェンズデー
万物の創造主の不誠実な七人の管財人のうちの一人、、空腹に悩む女 「王国の鍵3 海に沈んだ水曜日」 ガース・ニクス著;原田勝訳 主婦の友社 2009年12月

ウェンディ
永遠に大人にならない少年ピーター・パンとネバーランドにやってきた女の子 「ピーター・パンとウェンディ」 ジェームズ・マシュー・バリ作;高杉一郎訳 講談社(青い鳥文庫) 2010年11月

ウォーカー
裏ロンドンにいるジョージとイーディをしつこく追いつめる不気味な男 「アイアンハンド」 チャーリー・フレッチャー著;大嶌双恵訳 理論社(THE STONE HEART TRILOGY) 2008年4月

うぉと

ウォートン
モートンのきょうだい、そうじがだいすきなヒキガエル 「SOS!あやうし空の王さま号―ヒキガエルとんだ大冒険4」 ラッセル・E・エリクソン作;ローレンス・ディ・フィオリ絵;佐藤涼子訳 評論社(児童図書館・文学の部屋) 2008年4月

ウォートン
モートンのきょうだい、そうじがだいすきなヒキガエル 「ウォートンとモリネズミの取引屋―ヒキガエルとんだ大冒険5」 ラッセル・E・エリクソン作;ローレンス・ディ・フィオリ絵;佐藤涼子訳 評論社(児童図書館・文学の部屋) 2008年1月

ウォートン
モートンのきょうだい、そうじがだいすきなヒキガエル 「ウォートンのとんだクリスマス・イブ―ヒキガエルとんだ大冒険3」 ラッセル・E・エリクソン作;ローレンス・ディ・フィオリ絵;佐藤涼子訳 評論社(児童図書館・文学の部屋) 2008年4月

ウォートン
モートンのきょうだい、そうじがだいすきなヒキガエル 「火曜日のごちそうはヒキガエル―ヒキガエルとんだ大冒険1」 ラッセル・E・エリクソン作;ローレンス・ディ・フィオリ絵;佐藤涼子訳 評論社(児童図書館・文学の部屋) 2008年2月

ウォートン
モートンのきょうだい、そうじがだいすきなヒキガエル 「消えたモートンとんだ大そうさく―ヒキガエルとんだ大冒険2」 ラッセル・E・エリクソン作;ローレンス・ディ・フィオリ絵;佐藤涼子訳 評論社(児童図書館・文学の部屋) 2008年2月

ウォーリー
二十九世紀の地球で働きつづけている七百年前にできたごみ処理ロボット 「WALL・E ウォーリー」 アイリーン・トリンブル作;しぶやまさこ訳 偕成社(ディズニーアニメ小説版) 2008年11月

ウォルター
ロンドンからきた少女・ケイトが引っ越した田舎で出会った老人、畑仕事をするおじいちゃん 「グリーンフィンガー〈約束の庭〉」 ポール・メイ作;シャーン・ベイリー絵;横山和江訳 さ・え・ら書房 2009年6月

ウォルター・プレストン
生物学者としてかつて政府で働いていた老人 「スパイ・ガール4 破壊者を止めろ」 クリスティーヌ・ハリス作;前沢明枝訳 岩崎書店 2008年1月

ウォルドー
ノース先生の飼い犬、クラスの生徒・マーヴィンにるすのあいだ世話をたのまれた老犬 「先生と老犬とぼく」 ルイス・サッカー作;はらいう訳;むかいながまさ絵 文研出版(文研ブックランド) 2008年4月

ウーグウェイ導師　うーぐうぇいどうし
平和の谷に住む偉大なる賢人、年老いたカメ 「カンフー・パンダ」 スーザン・コーマン作;杉田七重訳 角川書店(ドリームワークスアニメーションシリーズ) 2008年6月

ウサギ
チョッキのポケットから時計を取りだし急いで走っていった白ウサギ 「不思議の国のアリス」 ルイス・キャロル作;リスベート・ツヴェルガー絵;石井睦美訳 BL出版 2008年11月

ウサギ
八十年ぶりに森にかえってきた少年・クリストファー・ロビンを迎えるパーティをひらいたウサギ 「プーさんの森にかえる」 デイヴィッド・ベネディクタス文;マーク・バージェス絵;こだまともこ訳 小学館 2010年10月

ウッディ
アンディ青年が小さいころよく遊んでいたカウボーイ人形、おもちゃたちのリーダー 「トイ・ストーリー3」 ジャスミン・ジョーンズ作;倉田真木訳 偕成社(ディズニーアニメ小説版) 2010年6月

ウッドロー
ベルおばさんの息子でジプシーのいとこ、お母さんが突然失踪してしまいおじいちゃんの家にひきとられた十二歳の少年 「ベルおばさんが消えた朝」 ルース・ホワイト作;光野多惠子訳 徳間書店 2009年3月

ウーフル
地球を捨てた人間たちがたどり着いた星「アスカリス第二惑星」に生息していた動物 「グリーンワールド 上下」 ドゥーガル・ディクソン著;金原瑞人・大谷真弓訳 ダイヤモンド社 2010年1月

ウーヴェ
海辺に住む子犬・ボーツマンとあそぼうと雪のなかやってきた七歳の男の子 「氷の上のボーツマン」 ベンノー・プルードラ作;上田真而子訳;ヴェルナー・クレムケ絵 岩波書店 2009年11月

海魔女　うみまじょ
なんでもあつめるのがすきなとても年おいた人魚 「リトル・プリンセス 人魚のマリッサ姫」 ケイティ・チェイス作;日当陽子訳;泉リリカ絵 ポプラ社 2008年3月

ウーリ(ウルリーケ・ダウラ)
イタリアからの転校生、世界に誇る一流の音楽家の娘でもの静かな十歳の少女 「フィギュア☆ドリーム1 アダはフィギュアスケーター」 リア・チェリ著;飯田亮介訳;サラ・ノット絵 メディアファクトリー 2009年11月

ウーリ(ウルリーケ・ダウラ)
スケートスクール「アイスマジック」スノードロップ組に通う新しい仲間、フィギュアの選手だった母をもつ少女 「フィギュア☆ドリーム3 ドッキドキの競技会」 リア・チェリ著;サラ・ノット絵;飯田亮介訳 メディアファクトリー 2010年1月

ウーリー・オルウォフスキ
終戦後イスラエルに移り住み一年以上になる両親のいない兄弟の兄、キブツ・ギネガールで暮らす十五歳の男の子 「遠い親せき」 ウーリー・オルレブ作;母袋夏生訳;小林豊画 岩波書店 2010年11月

ウルスラ・オブ・ザ・ボー
魔法の王国の王立バレエスクールに通うバレリーナのたまご、引っこみ思案だけど芯は強い少女 「魔法の国の小さなバレリーナ1 バレエ学校は大さわぎ!」 エメラルド・エバーハート著;岡田好惠訳 学研教育出版 2009年11月

ウルスラ・オブ・ザ・ボー
魔法の王国の王立バレエスクールに通うバレリーナのたまご、引っこみ思案だけど芯は強い少女 「魔法の国の小さなバレリーナ2 伝説のプリマとクリスの秘密」 エメラルド・エバーハート著;岡田好惠訳 学研教育出版 2009年11月

ウルスラ・オブ・ザ・ボー
魔法の王国の王立バレエスクールに通うバレリーナのたまご、引っこみ思案だけど芯は強い少女 「魔法の国の小さなバレリーナ3 ローラ=ベラと春の祭り」 エメラルド・エバーハート著;岡田好惠訳 学研教育出版 2010年2月

ウルスラ・オブ・ザ・ボー
魔法の王国の王立バレエスクールに通うバレリーナのたまご、引っこみ思案だけど芯は強い少女 「魔法の国の小さなバレリーナ4 オーディション大作戦!」 エメラルド・エバーハート著;岡田好惠訳 学研教育出版 2010年4月

うるす

ウルスラ・オブ・ザ・ボー
魔法の王国の王立バレエスクールに通うバレリーナのたまご、引っこみ思案だけど芯は強い少女 「魔法の国の小さなバレリーナ5 ウルスラと消えたプリンセス」エメラルド・エバーハート著;岡田好惠訳 学研教育出版 2010年6月

ウルスラ・オブ・ザ・ボー
魔法の王国の王立バレエスクールに通う少女、ジェシカ・ジュニパーの親友 「魔法の国のかわいいバレリーナ1 ジェシカと秘密のスパイ」エメラルド・エバーハート著;岡田好惠訳 学研教育出版 2010年9月

ウルスラ・オブ・ザ・ボー
魔法の王国の王立バレエスクールに通う少女、ジェシカ・ジュニパーの親友 「魔法の国のかわいいバレリーナ2 クリスとアイスミステリー」エメラルド・エバーハート著;岡田好惠訳 学研教育出版 2010年12月

ウルフ
運動神経がなくておくびょうものだがめぐまれた家庭にそだった近所でも評判のいい少年 「パーシーとアラビアの王子さま」ウルフ・スタルク著;菱木晃子訳;はたこうしろう画 小峰書店 2009年7月

ウルフ
運動神経がなくておくびょうものだがめぐまれた家庭にそだった近所でも評判のいい少年 「パーシーと気むずかし屋のカウボーイ」ウルフ・スタルク著;菱木晃子訳;はたこうしろう画 小峰書店 2009年7月

ウルフ
運動神経がなくておくびょうものだがめぐまれた家庭にそだった近所でも評判のいい少年 「パーシーの魔法の運動ぐつ」ウルフ・スタルク著;菱木晃子訳;はたこうしろう画 小峰書店 2009年7月

ウルフ
王立ビースト愛護協会で暮らしているオオカミ男の少年 「ビースト☆レスキュー2 恐怖のビースト晩餐会」ビーストリー・ボーイズ著;中井はるの訳;亜沙美画 金の星社 2010年2月

ウルフ
王立ビースト愛護協会で暮らしているオオカミ男の少年 「ビースト☆レスキュー3 禁断のビースト狩り」ビーストリー・ボーイズ著;中井はるの訳;亜沙美画 金の星社 2010年7月

ウルフ
王立ビースト愛護協会で暮らしているオオカミ男の少年 「ビースト☆レスキュー4 幻のジャングル・ビースト」ビーストリー・ボーイズ著;中井はるの訳;亜沙美画 金の星社 2010年11月

ウルフ
絶滅寸前のめずらしいビーストを保護するセンター「王立ビースト協会」で暮らしているオオカミ男 「ビースト☆レスキュー1 王立ビースト愛護協会」ビーストリー・ボーイズ著;中井はるの訳;亜沙美画 金の星社 2009年11月

ウルフガー
ダークエルフのドリッズトを師と仰ぎ老ドワーフ戦士のブルーノーを父と慕う蛮人の若者 「ダークエルフ物語ドロウの遺産」R.A.サルバトーレ著;安田均監訳;笠井道子訳 アスキー・メディアワークス 2008年11月

ウルフガー
たかいの末にドワーフ族の老戦士・ブルーノーにたすけられた野蛮人バーバリアン、優しい若き戦士 「アイスウィンド・サーガ 暗黒竜の冥宮」R.A.サルバトーレ著 アスキー・メディアワークス 2008年7月

ウルフガー
たかかいの末にドワーフ族の老戦士・ブルーノーにたすけられた野蛮人バーバリアン、優しい若き戦士 「アイスウィンド・サーガ 冥界の門」R.A.サルバトーレ著 アスキー・メディアワークス 2009年9月

ウルリーケ・ダウラ
イタリアからの転校生、世界に誇る一流の音楽家の娘でもの静かな十歳の少女 「フィギュア☆ドリーム1 アダはフィギュアスケーター」リア・チェリ著;飯田亮介訳;サラ・ノット絵 メディアファクトリー 2009年11月

ウルリーケ・ダウラ
スケートスクール「アイスマジック」スノードロップ組に通う新しい仲間、フィギュアの選手だった母をもつ少女 「フィギュア☆ドリーム3 ドッキドキの競技会」リア・チェリ著;サラ・ノット絵;飯田亮介訳 メディアファクトリー 2010年1月

ウロコン(ウロッコ・ウロコン・ディビディ・ディダム)
公園で小学生のサムに助けてもらいいっしょに学校へ行った子ドラゴン 「ドラゴンが教室にやってきた!」ジューン・カウンスル作;こだまともこ訳;いたやさとし画 日本標準(シリーズ本のチカラ) 2010年4月

ウロコン(ウロッコ・ウロコン・ディビディ・ディダム)
小学生サムと大親友になった子ドラゴン、冬眠からめざめないドラゴン 「ドラゴンとみんなの新学期!」ジューン・カウンスル作;こだまともこ訳;いたやさとし画 日本標準(シリーズ本のチカラ) 2010年9月

ウロコン(ウロッコ・ウロコン・ディビディ・ディダム)
小学生サムの大親友でいっしょのクラスにかよっている子ドラゴン 「一組のドラゴンとまほうの山!」ジューン・カウンスル作;こだまともこ訳;いたやさとし画 日本標準(シリーズ本のチカラ) 2010年12月

ウロッコ・ウロコン・ディビディ・ディダム
公園で小学生のサムに助けてもらいいっしょに学校へ行った子ドラゴン 「ドラゴンが教室にやってきた!」ジューン・カウンスル作;こだまともこ訳;いたやさとし画 日本標準(シリーズ本のチカラ) 2010年4月

ウロッコ・ウロコン・ディビディ・ディダム
小学生サムと大親友になった子ドラゴン、冬眠からめざめないドラゴン 「ドラゴンとみんなの新学期!」ジューン・カウンスル作;こだまともこ訳;いたやさとし画 日本標準(シリーズ本のチカラ) 2010年9月

ウロッコ・ウロコン・ディビディ・ディダム
小学生サムの大親友でいっしょのクラスにかよっている子ドラゴン 「一組のドラゴンとまほうの山!」ジューン・カウンスル作;こだまともこ訳;いたやさとし画 日本標準(シリーズ本のチカラ) 2010年12月

ウンギョル
お母さんがこつこつお金を貯めている財布からこっそり一万ウォン札をぬすんだ八歳の少年 「心に刺さったガラスの破片」ファン・ソンミ文;キム・ユデ絵;高橋宣壽訳 現文メディア(韓国人気童話シリーズ) 2008年7月

ウンジェ
十六歳の女の子、部屋に亡くなったおばあちゃんが現れておどろいた孫娘 「ゴーストばあちゃん」チェミンギョン文;梅澤美貴訳 現文メディア 2010年3月

ウンチャイ
バイサスに潜入したジャイファンの元スパイでとらえられて転向した男、グランとネリアとともに反逆者を追う男 「フューチャーウォーカー1 彼女は飛ばない」イヨンド作;ホンカズミ訳;金田榮路画 岩崎書店 2010年11月

【え】

A えー
ローズウッド学院に通うスペンサーたちに謎のメールを送る差出人 「ライアーズ1 ひみつ同盟、16歳の再会」 サラ・シェパード著;中尾眞樹訳 AC Books 2010年5月

A えー
ローズウッド学院に通うスペンサーたちに謎のメールを送る差出人 「ライアーズ2 崩壊のはじまり」 サラ・シェパード著;中尾眞樹訳 AC Books 2010年7月

エイダン・ケイン
魔術師だった老人・ジョスリンを頼ってロンドンからメルストーンという田舎にきた孤児の少年 「メルストーン館の不思議な窓」 ダイアナ・ウィン・ジョーンズ著;原島文世訳 東京創元社(sogen bookland) 2010年12月

エイティアン
十二歳のマットに本の読み方を教わるかわりに狩りを教えることになったインディアンの少年 「ビーバー族のしるし」 エリザベス・ジョージ・スピア著;こだまともこ訳 あすなろ書房 2009年2月

エイブル・ダークウォーター
もとエジプトの太陽神ラーの神官、魔術で永遠の命を手に入れた時計収集家 「タングルレック」 ジャネット・ウィンターソン著;瓜生知寿子訳 小学館 2008年11月

エイミー
アメリカの片田舎にくらすマーチ家の四姉妹の末っ子、芸術家をめざす16歳 「若草物語2 夢のお城」 オルコット作;谷口由美子訳;藤田香絵 講談社(青い鳥文庫) 2010年5月

エイミー・ケイヒル
内向的で本を読むのが好きなボストンのミドルスクールに通う十四歳の少女 「サーティーナイン・クルーズ1 骨の迷宮」 リック・リオーダン著;小浜杏訳;メディアファクトリー 2009年6月

エイミー・ケイヒル
内向的で本を読むのが好きなボストンのミドルスクールに通う十四歳の少女 「サーティーナイン・クルーズ2 偽りの楽譜」 ゴードン・コーマン著;小浜杏訳 メディアファクトリー 2009年7月

エイミー・ケイヒル
内向的で本を読むのが好きなボストンのミドルスクールに通う十四歳の少女 「サーティーナイン・クルーズ3 奪われた刀」 ピーター・ルランジス著;小浜杏訳;メディアファクトリー 2009年9月

エイミー・ケイヒル
内向的で本を読むのが好きなボストンのミドルスクールに通う十四歳の少女 「サーティーナイン・クルーズ4 死者の伝言」 ジュード・ワトソン著;小浜杏訳;メディアファクトリー 2009年11月

エイミー・ケイヒル
名門ケイヒル一族の女当主だったグレースの孫でダンの姉、遺産相続人候補となり39の手がかりを探すレースに参加する14歳の女の子 「サーティーナイン・クルーズ5 闇の包囲網」 パトリック・カーマン著;小浜杏訳;HACCANイラスト メディアファクトリー 2010年2月

エイミー・ケイヒル
名門ケイヒル一族の女当主だったグレースの孫でダンの姉、遺産相続人候補となり39の手がかりを探すレースに参加する14歳の女の子 「サーティーナイン・クルーズ6 遠い記憶」 ジュード・ワトソン著;小浜杏訳;HACCANイラスト メディアファクトリー 2010年6月

エイミー・ケイヒル
名門ケイヒル一族の女当主だったグレースの孫でダンの姉、遺産相続人候補となり39の手がかりを探すレースに参加する14歳の女の子 「サーティーナイン・クルーズ 7 毒蛇の巣窟」ピーター・ルランジス著;小浜杏訳;HACCANイラスト メディアファクトリー 2010年11月

エイミー・レザラン
イギリス人の優秀な看護婦、テル・ヤリミア遺跡で起きた事件の記録を頼まれた三十代の女性 「メソポタミヤの殺人」アガサ・クリスティー著;田村義進訳 早川書房(クリスティー・ジュニア・ミステリ3) 2008年1月

エスタリオル(カラスノエンドウ)
少年ゲドがロークの学院で出会った武骨者、すばらしい親切心の持ち主でゲドと心からの友情をもった若者 「ゲド戦記1 影との戦い」アーシュラ・K.ル=グウィン作;清水真砂子訳 岩波書店(岩波少年文庫) 2009年1月

エダム
冒険家のネズミ・クツカタッポが見つけた小ビンから出てきたねがいごとをかなえてくれるビンの精霊 「クツカタッポと三つのねがいごと(チュウチュウ通り2番地)」エミリー・ロッダ作;さくまゆみこ訳;たしろちさと絵 あすなろ書房(チュウチュウ通り2番地) 2009年9月

Xターミネーター　えっくすたーみねーたー
ラヴァラウト島にある地下牢の看守・アルが飼っていた極悪種の危険なドラゴン 「ヒックとドラゴン5 灼熱の予言」クレシッダ・コーウェル作;相良倫子・陶浪亜希訳 小峰書店 2010年6月

エディーおじさん
大泥棒一族ビショップ家の娘カットの大おじ、一族のリーダー 「快盗ビショップの娘」アリー・カーター著;橋本恵訳 理論社 2010年4月

エドウィン
アラスカ南東部にある島・ドレイクにいるインディアンの古老 「スピリットベアにふれた島」ベン・マイケルセン作;原田勝訳 鈴木出版(鈴木出版の海外児童文学) 2010年9月

エドガー
学校がないときに森のはずれの屋敷に住んでいるモンタギューおじさんのところへ行く少年 「モンタギューおじさんの怖い話」クリス・プリーストリー著;デイヴィッド・ロバーツ画;三辺律子訳 理論社 2008年11月

エドヴィナ・アーモンド
奇妙なことが次々とおこる古い屋敷に住んでいるもうすぐ八十歳の誕生日をむかえる老婦人 「少年探偵団ザ・スリー7 ゴースト・ハンターズ」ウルフ・ブランク作;イムケ・シュターツ絵;加納教孝訳 草土文化 2009年4月

エドマンド
ロンドンでくらすペベンシー家4人きょうだいの二男、ナルニア国で伝説の王「正義王」とされる少年 「ナルニア国物語カスピアン王子の角笛」C.S.ルイス原作;間所ひさこ訳 講談社(映画版ナルニア国物語文庫) 2008年5月

エドマンド・ベル(ミスター・ベル)
シカゴ美術館のミニチュアルームのメンテナンス担当の警備員、もと写真家 「12分の1の冒険」マリアン・マローン作;橋本恵訳 ほるぷ出版 2010年12月

エドワーズ
インディアン居留地の大草原に移住してきたインガルス一家の家作りを手伝ったひとり者の男 「大草原の小さな家」ローラ・インガルス・ワイルダー作;足沢良子訳 草炎社(大草原の小さな家) 2008年7月

エドワード王子　えどわーどおうじ
おとぎの世界の魔法の王国・アンダレーシアの王子 「魔法にかけられて」ジャスミン・ジョーンズ作;橘高弓枝訳 偕成社(ディズニーアニメ小説版) 2008年2月

えどわ

エドワード王子　えどわーどおうじ
九歳のタンジー姫のいちばんうえの十九さいの兄、らんぼうでおこりんぼ「プリンセス♡クラブ3 かいぶつなんてこわくない!?」スザンヌ・ウィリアムス作;泉リリカ絵;灰島かり訳　ポプラ社　2009年8月

エバ・スノードロップ
名もない漁師と恋に落ち結婚を機に引退した国民的に有名な元プリマバレリーナ「魔法の国の小さなバレリーナ2 伝説のプリマとクリスの秘密」エメラルド・エバーハート著;岡田好惠訳　学研教育出版　2009年11月

エバーハート夫人　えばーはーとふじん
イーソーの谷という小さな村に住む九歳の少女シトロネーラのひいおばあさん「指ぬきの夏」エリザベス・エンライト作・絵;谷口由美子訳　岩波書店（岩波少年文庫）　2009年6月

エヴァ・ミラー
トップバレリーナでパリ・オペラ座バレエ団のエトワール「バレエ! 6 ファースト・キス」アンヌ=マリー・ポル著;寺澤孝子訳;松尾日出子訳　メディアファクトリー　2010年1月

ABC　えーびーしー
ロンドンで暮らす名探偵ポアロに奇妙な挑戦状を送った正体不明の犯人「ABC殺人事件」アガサ・クリスティー著;田口俊樹訳　早川書房（クリスティー・ジュニア・ミステリ7）　2008年5月

エビット大おじさん　えびっとおおおじさん
闇の国の選民タルの大おじさん、最下位のレッド階級にぞくする消民の老人「セブンスタワー4 キーストーン」ガース・ニクス作;西本かおる訳　小学館（小学館ファンタジー文庫）　2008年2月

エビット大おじさん　えびっとおおおじさん
闇の国の選民タルの大おじさん、最下位のレッド階級にぞくする消民の老人「セブンスタワー6 紫の塔」ガース・ニクス作;西本かおる訳　小学館（小学館ファンタジー文庫）　2008年4月

エブリンおばさん
九歳のベスとおなじ町に住むおばさん、モナーク蝶のフェアリー「フェアリーズ―妖精たちの冒険1 マリーゴールドと希望のはね」J.H.スイート作;津森優子訳;唐橋美奈子絵　文溪堂　2008年9月

エベラード
ノルマンディからイギリスを征服しにやってきたウィリアム公の家臣ド・ブローズに従う騎士、ディーンの領地の主「運命の騎士」ローズマリ・サトクリフ作;猪熊葉子訳　岩波書店（岩波少年文庫）　2009年8月

エベルト
オランダに住む九歳のふたごのきょうだいのお兄さん、学校でスケート遠足にでかけた男の子「楽しいスケート遠足」ヒルダ・ファン・ストックム作絵;ふなとよし子訳　福音館書店（世界傑作童話シリーズ）　2009年10月

エーベン・シャターストーン
「暗黒の女王」軍と戦うタニスたちの仲間に加わった戦士、ゲイトウェイから来た男「ドラゴンランス3 城砦の赤竜」マーガレット・ワイス作;トレイシー・ヒックマン作;安田均訳;ともひ絵　アスキー・メディアワークス（角川つばさ文庫）　2009年11月

エベン・マカリスター
父親と生まれ育った田舎町ササフラス・スプリングで七不思議を発見できるか賭けをした少年「ササフラス・スプリングスの七不思議」ベティ・G・バーニィ作;マット・フェラン絵;清水奈緒子訳　評論社（児童図書館・文学の部屋）　2009年5月

えむ

エポス
アバンティア王国を守っていたが呪いをかけられ凶暴化してしまった六匹の伝説のビーストの一匹、炎鳥 「ビースト・クエスト6 炎鳥エポス」 アダム・ブレード作;浅尾敦則訳 ゴマブックス　2008年2月

エマ
昔とそっくりの町「アメリカ植民地体験パーク」になかまたちとおとずれた少女 「ニック・シャドウの真夜中の図書館 10 逃げられない」 ニック・シャドウ著;金井真弓訳 ゴマブックス 2008年12月

エマ・ジーン・ラザルス
ミドルスクールの七年生、トイレで泣いていた同級生・コリーンを助けようとした少女 「エマ・ジーン・ラザルス、木から落ちる」 ローレン・ターシス作;部谷真奈実訳 主婦の友社 2008年9月

エミー
アメリカの片田舎に住むマーチ家の四姉妹の末っ子、十二歳の少女 「若草物語」 オルコット作;中山知子訳;藤田香絵 講談社(青い鳥文庫) 2009年3月

エミリー(エム)
高校四年生のジェーンの頼れる親友、成績優秀で大学の法学部を目指している少女 「バリスタ少女の恋占い」 クリスティーナ・スプリンガー著;代田亜香子訳 小学館(SUPER!YA) 2010年11月

エミリー(ハサミムシ)
記憶喪失になりブラックロックの町をうろつく十三歳くらいの少女 「エミリーの記憶喪失ワンダーランド」 ロブ・リーガー作・画;ジェシカ・グルーナー作;バズ・パーカー画;西田佳子訳 理論社　2010年2月

エミリー・アロー
ポークストリート小学校の二年生、小さなゴム製のユニコーンをおまもりにもつ女の子 「からまっちゃんスパゲッティの宙返り」 パトリシア・ライリー・ギフ作;もりうちすみこ訳;矢島眞澄絵 さ・え・ら書房(ポークストリート小学校のなかまたち7)　2008年12月

エミリー・アロー
ポークストリート小学校の二年生、小さなゴム製のユニコーンをおまもりにもつ女の子 「コンクリートで目玉やき」 パトリシア・ライリー・ギフ作;もりうちすみこ訳;矢島眞澄絵 さ・え・ら書房(ポークストリート小学校のなかまたち10)　2009年4月

エミリー・アロー
ポークストリート小学校の二年生、小さなゴム製のユニコーンをおまもりにもつ女の子 「みんなそろって、はい、チーズ!」 パトリシア・ライリー・ギフ作;もりうちすみこ訳;矢島眞澄絵 さ・え・ら書房(ポークストリート小学校のなかまたち9)　2009年4月

エミリー・フィールズ
ローズウッド学院に通うまじめな水泳部のエース、失踪したアリソンの元親友 「ライアーズ1 ひみつ同盟、16歳の再会」 サラ・シェパード著;中尾眞樹訳　AC Books　2010年5月

エミリー・フィールズ
ローズウッド学院に通うまじめな水泳部のエース、失踪したアリソンの元親友 「ライアーズ2 崩壊のはじまり」 サラ・シェパード著;中尾眞樹訳　AC Books　2010年7月

エム
高校四年生のジェーンの頼れる親友、成績優秀で大学の法学部を目指している少女 「バリスタ少女の恋占い」 クリスティーナ・スプリンガー著;代田亜香子訳 小学館(SUPER!YA) 2010年11月

えめら

エメラルディア　えめらるでぃあ
ランプの精のリトル・ジーニーのもとクラスメイト、ジーニー・スクールに通う自慢話ばかりする女の子「ランプの精リトル・ジーニー 11 ゴキゲンなダンスコンテスト」ミランダ・ジョーンズ作;宮坂宏美訳;サトウユカ絵　ポプラ社　2009年3月

エーメリ
コルバキョの漁師村に住んでいた貧しい一家の子ども、孤児のニコラスの幼なじみ「クリスマス物語」マルコ・レイノ著;末延弘子訳　講談社　2010年11月

エーメリ・グラスファイア
天気を操る魔法使い・トリスの従兄、ライツブリッジ大学の大学院生「サークル・マジック―ダジャと炎の絆」タモラ・ピアス著;西広なつき訳　小学館(小学館ルルル文庫)　2008年1月

エラ
フェアリーランドにいる七人の花びらの妖精たちのひとり、バラの妖精「バラの妖精(フェアリー)エラ(レインボーマジック)」デイジー・メドウズ作;田内志文訳　ゴマブックス　2009年6月

エラ
犯罪と戦う「スパイフォース」のスパイになったロンドンに住む女の子「マックス・レミースーパースパイ Mission3 悪夢のうずを食い止めろ!」デボラ・アベラ作;ジョービー・マーフィー絵;三石加奈子訳　童心社　2008年4月

エラゴン
青き竜・サフィアのライダー、ヴァーデン軍とともに帝国アラゲイジアと戦う少年「ブリジンガー―炎に誓う絆 上下(ドラゴンライダー3)」クリストファー・パオリーニ著;大嶌双恵訳　ヴィレッジブックス　2009年3月

エラナー(エラン)
霧の森に住み人間の支配からドラゴンを救おうとするエルフ族の女性「ドラゴンゲート 上下」ジェニー=マイ・ニュエン著;天沼春樹訳　柏書房　2009年3月

エラン
霧の森に住み人間の支配からドラゴンを救おうとするエルフ族の女性「ドラゴンゲート 上下」ジェニー=マイ・ニュエン著;天沼春樹訳　柏書房　2009年3月

エリー
少年ベンの姉、秘密の国アイドロンの世界へ勝手にとびこんでしまった少女「アイドロン 2 闇の世界へ」ジェーン・ジョンソン作;神戸万知訳;佐野月美絵　フレーベル館　2008年3月

エリオン・ポートレト
中学生のコーネリアのクラスメイト、悪の都・メリディアンから来た少女「ウィッチ3 悪の都メリディアン」エリザベス・レンハード文;岡田好恵訳;久堂仁希絵　講談社(ドリーム&マジック文庫)　2009年7月

エリカ・ニース
ロンドンからパリへ行く列車に乗っていたおばあさん、パリの洋菓子店の主「ダイヤモンドブラザーズ ケース4 空とぶフランス菓子」アンソニー・ホロヴィッツ作;樋渡正人訳;藤倉麻子絵　文溪堂　2009年3月

エリザベス
アメリカの片田舎に住むマーチ家の四姉妹の三女、はにかみ屋の十三歳の少女「若草物語」オルコット作;中山知子訳;藤田香絵　講談社(青い鳥文庫)　2009年3月

エリザベス
毎年夏におばあちゃんの農場へいくのを楽しみにしている少女「しあわせの子犬たち」メアリー・ラバット作;若林千鶴訳;むかいながまさ絵　文研出版(文研ブックランド)　2008年11月

エリザベス（ベス）
アメリカの片田舎にくらすマーチ家の四姉妹の三女、おっとりした17歳 「若草物語 2 夢のお城」 オルコット作;谷口由美子訳;藤田香絵 講談社(青い鳥文庫) 2010年5月

エリザベス・アン
赤ちゃんのときに両親をなくした女の子、パットニー農場にあずけられることになった泣き虫の九歳 「リンゴの丘のベッツィー」 ドロシー・キャンフィールド・フィッシャー作;多賀京子訳;佐竹美保絵 徳間書店 2008年11月

エリザベス・ペニーケトル（リズ）
北極で行方不明となった青年デービッドの大家さん、陶器の龍に命を吹き込む力を持った陶芸家 「永遠の炎－龍のすむ家4」 クリス・ダレーシー著;三辺律子訳 竹書房 2009年9月

エリーシャ・リー
身長1.5mmの少年トビーが暮らす大きな木の下枝で出会った不思議な少女 「トビー・ロルネス 1 空に浮かんだ世界」 ティモテ・ド・フォンベル作;フランソワ・プラス画;伏見操訳 岩崎書店 2008年7月

エリーシャ・リー
身長1.5mmの少年トビーが暮らす大きな木の下枝で出会った不思議な少女 「トビー・ロルネス 2 逃亡者」 ティモテ・ド・フォンベル作;フランソワ・プラス画;伏見操訳 岩崎書店 2008年10月

エリーシャ・リー
身長1.5mmの少年トビーの親友、捕らえられた下枝の少女 「トビー・ロルネス 3 エリーシャの瞳」 ティモテ・ド・フォンベル作;フランソワ・プラス画;伏見操訳 岩崎書店 2009年2月

エリーシャ・リー
身長1.5mmの少年トビーの親友、捕らえられた下枝の少女 「トビー・ロルネス 4 最後の戦い」 ティモテ・ド・フォンベル作;フランソワ・プラス画;伏見操訳 岩崎書店 2009年3月

エリス先生　えりすせんせい
社会見学でマンストンにあるリトル・ホラー博物館へ行き展示品をさわってしまった小学校の先生 「透明人間のくつ下」 アレックス・シアラー著;金原瑞人訳 竹書房 2008年8月

エリック
ジョージの家の隣に住む科学者 「宇宙に秘められた謎(ホーキング博士のスペース・アドベンチャー)」 ルーシー・ホーキング作;スティーヴン・ホーキング作 岩崎書店 2009年7月

エリック
ジョージの家の隣に住む科学者 「宇宙への秘密の鍵 (ホーキング博士のスペース・アドベンチャー)」 ルーシー・ホーキング作;スティーヴン・ホーキング作 岩崎書店 2008年2月

エリック
姉のレイチェルとともに暗黒の星イスレアへ連れ去られた少年 「魔法少女レイチェル 滅びの呪文 上下」 クリフ・マクニッシュ作;亜沙美画;金原瑞人訳 理論社(フォア文庫) 2008年9月

エリック
十一歳の女の子・アナベルの同級生、アナベルをからかういじわるな男子 「男子って犬みたい!」 レスリー・マーゴリス作;代田亜香子訳 PHP研究所 2010年8月

エリック
十二歳の少女・キャットの飼い猫、でっぷり太った年寄りネコ 「キャットとアラバスターの石」 ケイト・ソーンダズ作;三辺律子訳 小峰書店(Y.A.Books) 2008年12月

えりっ

エリック・アップルバウム
「マゴリアムおじさんの不思議なおもちゃ屋」が大好きだが友だちづくりが苦手な九歳の少年 「マゴリアムおじさんの不思議なおもちゃ屋」スザンヌ・ウェイン作;杉田七重訳 角川書店 2008年1月

エリック・スワンストゥロム
スウェーデンからきた孤児、働きながらアメリカ東部を目指してヒッチハイクをしていた十三歳の少年 「指ぬきの夏」エリザベス・エンライト作・絵;谷口由美子訳 岩波書店(岩波少年文庫) 2009年6月

エルキュール・ポアロ
エジプトへハネムーンに出かけたリネット夫妻の旅の道連れとなった名探偵、私立探偵 「ナイルに死す 上下」アガサ・クリスティー著;佐藤耕士訳 早川書房(クリスティー・ジュニア・ミステリ8) 2008年6月

エルキュール・ポアロ
ロンドンで暮らす元ベルギー警察の刑事、ABCと名乗る人物から奇妙な挑戦状を送られた名探偵 「ABC殺人事件」アガサ・クリスティー著;田口俊樹訳 早川書房(クリスティー・ジュニア・ミステリ7) 2008年5月

エルキュール・ポアロ
ロンドンで暮らす元ベルギー警察の刑事、パリからロンドンへの機内で事件に遭遇した名探偵 「雲をつかむ死」アガサ・クリスティー著;田中一江訳 早川書房(クリスティー・ジュニア・ミステリ6) 2008年4月

エルキュール・ポアロ
私立探偵、中近東のテル・ヤリミア遺跡の発掘調査団で起きた殺人事件のためにやってきた名探偵 「メソポタミヤの殺人」アガサ・クリスティー著;田村義進訳 早川書房(クリスティー・ジュニア・ミステリ3) 2008年1月

エルギル
ソートラント王国の正反対の性格の双子の王子、思慮深いが並はずれた好奇心を持っている十二歳の少年 「ミラート年代記1 古の民シリリム」ラルフ・イーザウ著;酒寄進一訳 あすなろ書房 2008年7月

エルギル
ソートラント王国の正反対の性格の双子の王子、新王となった若者 「ミラート年代記2 タリンの秘密」ラルフ・イーザウ著;酒寄進一訳 あすなろ書房 2009年4月

エルギル
人間の王家とシリリム王家の血を受けつぐソートラント王国の若き王 「ミラート年代記3 シルマオの聖水」ラルフ・イーザウ著;酒寄進一訳;佐竹美保画 あすなろ書房 2010年4月

エルザ・シルク
ファッション界の超有名人と暮らすことになったなかよし姉妹の妹、おしゃれがイノチの七歳の少女 「ブルー☆ロックガール(ロリー&エルシーのおしゃれマジック2)」フィオナ・ダンバー作;露久保由美子訳;沖ふみか絵 フレーベル館 2008年11月

エルザ・シルク
悪の巨大組織に狙われながらママとパパをさがすなかよし姉妹の妹 「ゴールド☆タイガーリリー[ロリー&エルシーのおしゃれマジック](3)」フィオナ・ダンバー作;露久保由美子訳 フレーベル館 2010年2月

エルザ・シルク
突然両親が行方不明になり寄宿学校に転校したなかよし姉妹の妹、おしゃれがイノチの七歳の少女 「ピンク☆カメレオン(ロリー&エルシーのおしゃれマジック1)」フィオナ・ダンバー作;露久保由美子訳;沖ふみか絵 フレーベル館 2008年7月

エルシー
少女エリザベスの祖母の農場で飼われている犬、六匹の子犬を生んだコリー犬 「しあわせの子犬たち」 メアリー・ラバット作;若林千鶴訳;むかいながまさ絵 文研出版(文研ブックランド) 2008年11月

エルシー(エルザ・シルク)　えるしー(えるざしるく)
ファッション界の超有名人と暮らすことになったなかよし姉妹の妹、おしゃれがイノチの七歳の少女 「ブルー☆ロックガール(ロリー&エルシーのおしゃれマジック2)」 フィオナ・ダンバー作;露久保由美子訳;沖ふみか絵 フレーベル館 2008年11月

エルシー(エルザ・シルク)　えるしー(えるざしるく)
悪の巨大組織に狙われながらママとパパをさがすなかよし姉妹の妹 「ゴールド☆タイガーリリー [ロリー&エルシーのおしゃれマジック](3)」 フィオナ・ダンバー作;露久保由美子訳 フレーベル館 2010年2月

エルシー(エルザ・シルク)　えるしー(えるざしるく)
突然両親が行方不明になり寄宿学校に転校したなかよし姉妹の妹、おしゃれがイノチの七歳の少女 「ピンク☆カメレオン(ロリー&エルシーのおしゃれマジック1)」 フィオナ・ダンバー作;露久保由美子訳;沖ふみか絵 フレーベル館 2008年7月

エルスペス・マギリカディ
老婦人マープルさんの友だち、列車の窓から殺人現場を目撃した女性 「パディントン発4時50分」 アガサ・クリスティー著;小尾芙佐訳　早川書房(クリスティー・ジュニア・ミステリ9) 2008年7月

エルデン・グラッドストン(エルデン副社長)　えるでんぐらっどすとん(えるでんふくしゃちょう)
靴を売る才能があるジェナが働くグラッドストン靴店の老・女社長の会社を乗っ取ろうとしている息子 「靴を売るシンデレラ」 ジョーン・バウアー著;灰島かり訳　小学館(SUPER!YA) 2009年7月

エルデン副社長　えるでんふくしゃちょう
靴を売る才能があるジェナが働くグラッドストン靴店の老・女社長の会社を乗っ取ろうとしている息子 「靴を売るシンデレラ」 ジョーン・バウアー著;灰島かり訳　小学館(SUPER!YA) 2009年7月

エルヴィおばさん
ラウハおばさんのいとこ、変わり者のおばさん 「リストとゆかいなラウハおばさん 6 こまったニキビで大事件の巻」 S.ノポラ作;T.ノポラ作;末延弘子訳;S.トイヴォネン＆A.ハヴカイネン絵　小峰書店 2009年2月

エルヴィおばさん
足が折れたラウハおばさんの代わりにリストのお世話をすることになった変わり者のおばさん 「リストとゆかいなラウハおばさん 4 ヘンテコおばさんやってきたの巻」 S.ノポラ作;T.ノポラ作;末延弘子訳;S.トイヴォネン＆A.ハヴカイネン絵　小峰書店 2008年12月

エルモ・ジンマー
中学生の仲良しグループが開業した便利屋「ティーン・パワー」株式会社のメンバー、町の新聞社『ペン』の社長の一人息子 「ティーン・パワーをよろしく10 謎の脅迫状」 エミリー・ロッダ著;岡田好惠訳　講談社(YA! entertainment) 2008年5月

エルモ・ジンマー
中学生の仲良しグループが開業した便利屋「ティーン・パワー」株式会社のメンバー、町の新聞社『ペン』の社長の一人息子 「ティーン・パワーをよろしく11 百万長者を救え!」 エミリー・ロッダ著;岡田好惠訳　講談社(YA! entertainment) 2008年12月

エルモ・ジンマー
中学生の仲良しグループが開業した便利屋「ティーン・パワー」株式会社のメンバー、町の新聞社『ペン』の社長の一人息子 「ティーン・パワーをよろしく12 名画の秘密」 エミリー・ロッダ著;岡田好惠訳　講談社(YA! entertainment) 2009年2月

えるれ

エルレン
雪の女王が手もとに置いているしゃべれない少年 「氷の心臓」 カイ・マイヤー著;遠山明子訳 あすなろ書房 2008年11月

エレック・ユリシーズ・レックス
魔法の王国「アリピウム」の次代の王になる運命だと知らされた十二歳の少年 「エレック・レックス 2 闇の王子の誕生」 カザ・キングスレイ著;服部千佳子訳;上川典子訳 エンターブレイン 2008年3月

エレック・ユリシーズ・レックス
養母を探して魔法が存在する「キーパー」の国に来てしまった十二歳の少年 「エレック・レックス 1 竜の魔眼」 カザ・キングスレイ著;服部千佳子訳;富原まさ江訳 エンターブレイン 2008年3月

エレナ
アバンティア王国の守り神・海竜セプロンを救出しに行った少年トムの相棒の少女 「ビースト・クエスト 15 海獣ナーガ」 アダム・ブレード作;浅尾敦則訳;大庭賢哉イラスト ゴマブックス 2010年8月

エレナ
アバンティア王国の守り神・雪獣ナヌークを救出しに行った少年トムの相棒の少女 「ビースト・クエスト 16 ゴルゴン犬ケイモン」 アダム・ブレード作;浅尾敦則訳;大庭賢哉イラスト ゴマブックス 2010年10月

エレナ
トムと一緒に魔法使いのマルベルが支配する王国「ゴルゴニア」の六匹のビーストに立ちむかう少女 「ビースト・クエスト 13 牛怪人トーゴー」 アダム・ブレード作;浅尾敦則訳 ゴマブックス 2009年7月

エレナ
トムと一緒に魔法使いのマルベルが支配する王国「ゴルゴニア」の六匹のビーストに立ちむかう少女 「ビースト・クエスト 14 魔馬スコール」 アダム・ブレード作;浅尾敦則訳 ゴマブックス 2009年9月

エレナ
トムと一緒に魔法使いのマルベルが新たに生みだした邪悪な六匹のビーストに立ちむかう少女 「ビースト・クエスト 10 蛇男ヴィペロ」 アダム・ブレード作;浅尾敦則訳 ゴマブックス 2008年12月

エレナ
トムと一緒に魔法使いのマルベルが新たに生みだした邪悪な六匹のビーストに立ちむかう少女 「ビースト・クエスト 11 巨大グモアラクニド」 アダム・ブレード作;浅尾敦則訳 ゴマブックス 2009年1月

エレナ
トムと一緒に魔法使いのマルベルが新たに生みだした邪悪な六匹のビーストに立ちむかう少女 「ビースト・クエスト 12 三頭ライオントリリオン」 アダム・ブレード作;浅尾敦則訳 ゴマブックス 2009年1月

エレナ
トムと一緒に魔法使いのマルベルが新たに生みだした邪悪な六匹のビーストに立ちむかう少女 「ビースト・クエスト 7 怪物イカゼファー」 アダム・ブレード作;浅尾敦則訳 ゴマブックス 2008年11月

エレナ
トムと一緒に魔法使いのマルベルが新たに生みだした邪悪な六匹のビーストに立ちむかう少女 「ビースト・クエスト 8 大猿クロウ」 アダム・ブレード作;浅尾敦則訳 ゴマブックス 2008年11月

エレナ
トムと一緒に魔法使いのマルベルが新たに生みだした邪悪な六匹のビーストに立ちむかう少女 「ビースト・クエスト9 石魔女ソルトラ」アダム・ブレード作;浅尾敦則訳 ゴマブックス 2008年12月

エレナ
トムと一緒に魔法使いのマルベルに呪いをかけられた六匹のビーストを探す旅に出た女の子 「ビースト・クエスト2 海竜セプロン」アダム・ブレード作;浅尾敦則訳 ゴマブックス 2008年2月

エレナ
トムと一緒に魔法使いのマルベルに呪いをかけられた六匹のビーストを探す旅に出た女の子 「ビースト・クエスト3 山男アークタ」アダム・ブレード作;浅尾敦則訳 ゴマブックス 2008年2月

エレナ
トムと一緒に魔法使いのマルベルに呪いをかけられた六匹のビーストを探す旅に出た女の子 「ビースト・クエスト4 馬人テーガス」アダム・ブレード作;浅尾敦則訳 ゴマブックス 2008年2月

エレナ
トムと一緒に魔法使いのマルベルに呪いをかけられた六匹のビーストを探す旅に出た女の子 「ビースト・クエスト5 雪獣ナヌーク」アダム・ブレード作;浅尾敦則訳 ゴマブックス 2008年2月

エレナ
トムと一緒に魔法使いのマルベルに呪いをかけられた六匹のビーストを探す旅に出た女の子 「ビースト・クエスト6 炎鳥エポス」アダム・ブレード作;浅尾敦則訳 ゴマブックス 2008年2月

エレナ
兵士におわれていたところをトムに救ってもらった女の子 「ビースト・クエスト1 火龍フェルノ」アダム・ブレード作;浅尾敦則訳 ゴマブックス 2008年2月

エレナ姫　えれなひめ
ある日海辺でまほうのクシをひろった姫、いつもいそがしいフィリップ王の娘 「プリンセス♡クラブ 4 わたしのかみにまほうをかけて」スザンヌ・ウィリアムス作;灰島かり訳 泉リリカ絵 ポプラ社 2009年12月

エロル夫人　えろるふじん
セドリックのママ、イギリス人の伯爵セドリック・エロル大尉と結婚したアメリカ人女性 「小公子セドリック」バーネット著;グラハム・ラスト絵;西田佳子訳 西村書店 2010年2月

エロンモ
自然博物館に展示されているジオラマの中にある不思議な国エドで王さまにつかえる猟師頭をしているという男 「お城の魔女」ルース・チュウ作;日当陽子訳;たんじあきこ絵 フレーベル館 2010年11月

エンジー
ミラクル・ダイヤを探す「マーメイド・ガールズ」を助けたエンペラーエンゼルフィッシュ 「マーメイド・ガールズ 2-4 ユウキとクジラの友だち」ジリアン・シールズ作;宮坂宏美訳;田中亜希子訳;つじむらあゆこ絵 あすなろ書房 2008年7月

エンマ
トーベの親友、歌がじょうずでクラスの人気者 「つぐみ通りのトーベ」ビルイット・ロン作;佐伯愛子訳;いちかわなつこ絵 徳間書店 2008年3月

【お】

おうえ

オーウェンズ
「ベーカー街不正規隊」の仲間たちになぐられていたウィギンズを助けた少年 「〈カラス同盟〉事件簿 シャーロック・ホームズ外伝」 アレックス・シモンズ著;ビル・マッケイ著;片岡しのぶ訳;佐竹美保画 あすなろ書房 2008年2月

王子　おうじ
森のおくの城にとじこめられまどから顔をだしていた美しいむすめをみつけたある国の王子 「カナリア王子―イタリアのむかしばなし」 イタロ・カルヴィーノ再話;安藤美紀夫訳;安野光雅画 福音館書店(福音館文庫) 2008年10月

王子(幸せな王子)　おうじ(しあわせなおうじ)
高い円柱の上に立つ金ぱくでおおわれた王子の像、ツバメに使いをたのんだ王子 「幸せな王子」 オスカー・ワイルド作;天川佳代子訳 ポプラ社(ポプラポケット文庫) 2008年11月

オーエン・ランドル
モンゴメリー小学校の転校生、マジックがだいすきな四年生の男の子 「ランプの精リトル・ジーニー12 名たんていにおまかせ!」 ミランダ・ジョーンズ作;宮坂宏美訳;サトウユカ絵 ポプラ社 2009年7月

オオカミ
モンタナの荒野に群れでくらすこはく色の目をした黒オオカミ 「こはく色の目」 リッケ・ランゲベック作;木村由利子訳;かみやしん画 文研出版(文研じゅべにーる) 2008年7月

オオカミおじいちゃん
オオカミ森に住むオオカミ男、オオカミ少年・ドルフィのおじいちゃん 「オオカミ少年ドルフィ2期1 オオカミ森を守れ! 1」 パウル・ヴァン・ローン作;西村由美訳;小倉正巳絵 学研教育出版 2009年10月

オオカミおじいちゃん
オオカミ森に住むオオカミ男、オオカミ少年・ドルフィのおじいちゃん 「オオカミ少年ドルフィ2期2 オオカミ森を守れ! 2」 パウル・ヴァン・ローン作;西村由美訳;小倉正巳絵 学研教育出版 2009年10月

オオカミおじいちゃん
オオカミ男、オオカミ少年になってしまったドルフィのおじいちゃん 「オオカミ少年ドルフィ1期4 満月の夜2」 パウル・ヴァン・ローン作;西村由美訳;小倉正巳絵 学研 2009年4月

オーガスタ
現代から一八六二年のアイルランドに来た兄妹・ジャックとアニーに会ったおじょうさま 「ふしぎの国の誘拐事件」 メアリー・ポープ・オズボーン著;食野雅子訳 メディアファクトリー(マジック・ツリーハウス29) 2010年11月

オーグ
オルゴールの中の異世界・ロンド国の残酷崖の城に住む怪物 「ロンド国物語7 崖の怪物」 エミリー・ロッダ作;神戸万知訳;水野真帆絵 岩崎書店 2010年6月

オーグ
オルゴールの中の異世界・ロンド国の残酷崖の城に住む怪物 「ロンド国物語8 潮読みの洞くつ」 エミリー・ロッダ作;神戸万知訳;水野真帆絵 岩崎書店 2010年9月

おじいちゃん
ウルフのバルト海の島で暮らす怒りっぽくて気むずかしいおじいちゃん 「パーシーと気むずかし屋のカウボーイ」 ウルフ・スタルク著;菱木晃子訳;はたこうしろう画 小峰書店 2009年7月

おじいちゃん
少女ミーナのストックホルム郊外でくらしている祖父、頭がよくて物知りな小説を書いているおじいちゃん 「三つ穴山へ、秘密の探検」 ペール・オーロフ・エンクイスト作;菱木晃子訳;中村悦子画 あすなろ書房 2008年11月

おじいちゃん
庭がないアパートのベランダに女の子のテオと庭をつくることにしたおじいちゃん 「おじいちゃんとテオのすてきな庭」 アンドリュー・ラーセン文;アイリーン・ルックスバーカー絵;みはらいずみ訳 あすなろ書房 2009年10月

おじいちゃん（オオカミおじいちゃん）
オオカミ森に住むオオカミ男、オオカミ少年・ドルフィのおじいちゃん 「オオカミ少年ドルフィ2期1 オオカミ森を守れ！1」 パウル・ヴァン・ローン作;西村由美訳;小倉正巳絵 学研教育出版 2009年10月

おじいちゃん（オオカミおじいちゃん）
オオカミ森に住むオオカミ男、オオカミ少年・ドルフィのおじいちゃん 「オオカミ少年ドルフィ2期2 オオカミ森を守れ！2」 パウル・ヴァン・ローン作;西村由美訳;小倉正巳絵 学研教育出版 2009年10月

おじいちゃん（オオカミおじいちゃん）
オオカミ男、オオカミ少年になってしまったドルフィのおじいちゃん 「オオカミ少年ドルフィ1期4 満月の夜2」 パウル・ヴァン・ローン作;西村由美訳;小倉正巳絵 学研 2009年4月

おじいちゃん（ムッシュ・ジョゼ）
少女・ルウの祖父、おばあちゃんと死別して悲しみの淵に立つおじいちゃん 「ルウとおじいちゃん」 クレール・クレマン作;藤本優子訳 講談社 2008年8月

おじいちゃん（ラファエル・ハメルマン）
エルサレムのお屋敷に公認の間がらの家政婦さんと住むミハエルのおじいちゃん 「くじらの歌」 ウーリー・オルレブ作;母袋夏生訳;下田昌克画 岩波書店 2010年6月

オジオン
ル・アルビの大魔法使い、少年ゲドに真の名まえを授け弟子とした男 「ゲド戦記1 影との戦い」 アーシュラ・K.ル=グウィン作;清水真砂子訳 岩波書店（岩波少年文庫） 2009年1月

オジクマ
『ハンスぼうやの国』の住人、ベートーベンに聴き入る陰気なオジクマのぬいぐるみ 「ハンスぼうやの国」 バルブロ・リンドグレーン文;エヴァ・エリクソン絵;木村由利子訳 あすなろ書房 2009年2月

オズ
エメラルドの街に住む大きな力を持っている偉大な魔法使い 「オズの魔法使い」 L.フランク・ボウム作;リスベート・ツヴェルガー絵;江國香織訳 BL出版 2008年11月

オスカー
特別支援学級に通うリーコの親友 「リーコとオスカーともっと深い影」 アンドレアス・シュタインヘーフェル作;森川弘子訳 岩波書店 2009年4月

オスカー
特別支援学校に通うリーコの親友、高い才能にめぐまれた少年 「リーコとオスカーとつぶれそうな心臓たち」 アンドレアス・シュタインヘーフェル作;森川弘子訳 岩波書店 2010年3月

オスカー
父親を殺されて東欧の国から逃げてきた難民、夏のあいだイギリスにあるやしきグリーン・ノウへ招待された少年 「グリーン・ノウの川 ―グリーン・ノウ物語3」 ルーシー・M・ボストン作;ピーター・ボストン絵;亀井俊介訳 評論社 2008年7月

オースティン・マイヤーズ
ティーンアイドルのケイトリンのボーイフレンド、クラーク・ホール高校に通う十六歳の少年 「ハリウッドスター、撮影開始！」 ジェン・キャロニタ著;灰島かり訳;松村紗耶訳 小学館（SUPER!YA） 2009年11月

おすて

オースティン・マイヤーズ
ティーンアイドルのケイトリンのボーイフレンド、クラーク・ホール高校に通う十六歳の少年　「ハリウッドスターと謎のライバル」ジェン・キャロニタ著;灰島かり訳;松村紗耶訳　小学館（SUPER!YA）2010年7月

オースティン・マイヤーズ
ティーンアイドルのケイトリンのボーイフレンド、クラーク・ホール高校に通う十六歳の少年　「転校生は、ハリウッドスター」ジェン・キャロニタ著;灰島かり訳;松村紗耶訳　小学館（SUPER!YA）2009年6月

オーズル
サーカス一座「ファンダジア」にまぎれこんだ三人兄弟をつけねらう二人組の男　「マディガンのファンタジア　上下」マーガレット・マーヒー作;山田順子訳;佐竹美保画　岩波書店　2008年2月

オター
ロング・サーペントの船長・ソロルフとヴィンランドに渡った息子　「トロール・ブラッド　下　長い旅路の果て」キャサリン・ラングリッシュ作;金原瑞人訳;杉田七重訳　あかね書房　2008年6月

織田 健太　おだ・けんた
十六回目の命を授かっている再生者で十四歳の少年　「健太、斧を取れ!」クリストファー・ベルトン著;渡辺順子訳　幻冬舎　2010年11月

オットー・マルペンス
悪人養成機関「HIVE」に入学させられた孤児、超人的頭脳を持つ十三歳の少年　「ハイブ　悪のエリート養成機関－volume1」マーク・ウォールデン作;三辺律子訳　ほるぷ出版　2008年6月

オットー・マルペンス
悪人養成機関「HIVE」の生徒、友だちのウィングと東京に行くことになった少年　「ハイブ　悪のエリート養成機関－volume2　オーバーロード・プロトコル」マーク・ウォールデン作;三辺律子訳　ほるぷ出版　2010年5月

オツリッサ
伝説の木・ガフールの神木の洞にいる教授、メスのフクロウ　「ガフールの勇者たち8＜新しい王＞の誕生」キャスリン・ラスキー著;食野雅子訳　メディアファクトリー　2008年12月

オッレ
八歳の女の子・ヴィンニの友だち、ストックホルムの近くの日曜日島に住む男の子　「日曜日島のパパ［ヴィンニ!］(1)」ペッテル・リードベック作;菱木晃子訳　岩波書店　2009年6月

オデット校長先生　おでっとこうちょうせんせい
魔法の王国の王立バレエスクールの校長、きびしくも温かく見守ってくれる先生　「魔法の国の小さなバレリーナ3　ローラ＝ベラと春の祭り」エメラルド・エバーハート著;岡田好惠訳　学研教育出版　2010年2月

オート
二十九世紀の宇宙船・アクシオム艦をささえてきた自動操縦装置　「WALL・Eウォーリー」アイリーン・トリンブル作;しぶやまさこ訳　偕成社（ディズニーアニメ小説版）2008年11月

お父さん　おとうさん
家の中でストライキをはじめた少女リュシーのお父さん　「あたしが部屋から出ないわけ」アメリー・クーテュール作;末松氷海子訳;小泉るみ子絵　文研出版（文研ブックランド）2008年12月

お父さん　おとうさん
四年生のプルムの世界で一番かっこよくて賢いお父さん　「お父さんみたいになりたいな」イ・ブン文;イ・ウンギ絵;榊原咲月訳　現文メディア（韓国人気童話シリーズ）2009年12月

お父さん(ジャック)　おとうさん(じゃっく)
無人島に娘のニムと二人で住んでいる海洋生物研究者 「秘密の島のニム」 ウェンディー・オルー著;田中亜希子訳 あすなろ書房 2008年7月

オードラ
暗黒の魔法使いマルベルと戦う反乱軍の少女、海の怪物に殺されたデイコの妹 「ビースト・クエスト 15 海獣ナーガ」 アダム・ブレード作;浅尾敦則訳;大庭賢哉イラスト ゴマブックス 2010年8月

オドリス
女の嵐の精、魔法の国アイニールのモンスター 「セブンスタワー 5 戦い」 ガース・ニクス作;西本かおる訳 小学館(小学館ファンタジー文庫) 2008年3月

オドリス
魔法の国アイニールの女の嵐の精 「セブンスタワー 4 キーストーン」 ガース・ニクス作;西本かおる訳 小学館(小学館ファンタジー文庫) 2008年2月

オドリス
魔法の国アイニールの女の嵐の精 「セブンスタワー 6 紫の塔」 ガース・ニクス作;西本かおる訳 小学館(小学館ファンタジー文庫) 2008年4月

オノバル
ホラーストーリーを書く青白い顔をした二十八歳の青年 「ホラーバス 第2期 暗黒の世界1・2」 パウル・ヴァン・ローン作;岩井智子訳;浜野史子絵 学研 2008年10月

オノバル
子どもたちにホラー話を聞かせるホラー作家の男 「ホラーバス 第2期 恐怖のウイルス1・2」 パウル・ヴァン・ローン作;岩井智子訳;浜野史子絵 学研 2008年8月

オノバル
子どもたちにホラー話を聞かせるホラー作家の男 「ホラーバス 第2期 呪いのバス旅行1・2」 パウル・ヴァン・ローン作;岩井智子訳;浜野史子絵 学研 2008年6月

おばあさん
ファーンのおばあさん、下宿屋をやっていていつだって本の世界にどっぷりつかっている老婆 「本だらけの家でくらしたら」 N.E.ボード作;柳井薫訳;ひらいたかこ絵 徳間書店 2009年12月

おばあさん
韓国の南方にある珍島で一人で暮らしているおばあさん 「帰ってきた珍島(チンド)犬ペック」 ソン・ジェチャン文;ソン・ジンホン絵;榊原咲ških訳 現文メディア(韓国人気童話シリーズ) 2008年10月

おばあさん
八歳のジョンの里親、愛犬とともにおだやかな日々をすごしているひとり暮らしのおだやかな老婦人 「ドリーム・ギバー」 ロイス・ローリー作;西川美樹訳 金の星社 2008年12月

おばあちゃん
バレエ教室に通う女の子・ローズのいちばんの理解者であるおばあちゃん 「バレリーナ・ドリームズ 3 ローズの大決心」 アン・ブライアント著;神戸万知訳;武蔵野ルネ絵 新書館 2009年1月

おばあちゃん
十六歳の孫娘・ウンジェの亡くなった祖母、ウンジェの部屋に現れたおばあちゃん 「ゴーストばあちゃん」 チェミンギョン文;梅澤美貴訳 現文メディア 2010年3月

おばあちゃん
赤ん坊の時に両親を事故で亡くしたふたごの兄妹・トムとパムの育ての親 「真夜中の子ネコ」 ドディー・スミス著;J.グラハム=ジョンストン絵;水間千恵訳 文溪堂(Modern Classic Selection6) 2008年12月

おばあ

おばあちゃん(オールドノウ夫人)　おばあちゃん(おーるどのうふじん)
イギリスでもいちばん古いおやしきのひとつグリーン・ノウの女主人、とても年よりの老婦人「グリーン・ノウのお客さま－グリーン・ノウ物語4」ルーシー・M・ボストン作;ピーター・ボストン絵;亀井俊介訳　評論社　2008年9月

おばあちゃん(オールドノウ夫人)　おばあちゃん(おーるどのうふじん)
少年トーリーのひいおばあさん、イギリスでいちばん古いおやしきのひとつグリーン・ノウの女主人「グリーン・ノウの煙突－グリーン・ノウ物語2」ルーシー・M・ボストン作;ピーター・ボストン絵;亀井俊介訳　評論社　2008年5月

おばあちゃん(オールドノウ夫人)　おばあちゃん(おーるどのうふじん)
少年トーリーのひいおばあさん、イギリスでいちばん古いおやしきのひとつグリーン・ノウの女主人「グリーン・ノウの子どもたち－グリーン・ノウ物語1」ルーシー・M・ボストン作;ピーター・ボストン絵;亀井俊介訳　評論社　2008年5月

おばあちゃん(オールドノウ夫人)　おばあちゃん(おーるどのうふじん)
少年トーリーのひいおばあさん、イギリスでもいちばん古いおやしきのひとつグリーン・ノウの女主人「グリーン・ノウの魔女－グリーン・ノウ物語5」ルーシー・M・ボストン作;ピーター・ボストン絵;亀井俊介訳　評論社　2008年12月

オーヴィル
沼に住んでいるマスクラット、ハイラムのきょうだいで大型の水生ネズミ「消えたモートンとんだ大そうさく－ヒキガエルとんだ大冒険2」ラッセル・E・エリクソン作;ローレンス・ディ・フィオリ絵;佐藤凉子訳　評論社(児童図書館・文学の部屋)　2008年2月

オブリヴィア・ニュートン
ふたごのジェイソンとジュリアが引っこしてきたアルゴ邸を手に入れたがっている若き美人実業家「ユリシーズ・ムーアとなぞの地図」Pierdomenico Baccalario著;金原瑞人訳　学研パブリッシング　2010年10月

オブリヴィア・ニュートン
ふたごのジェイソンとジュリアが引っこしてきたアルゴ邸を手に入れたがっている若き美人実業家「ユリシーズ・ムーアと鏡の館」Pierdomenico Baccalario著;金原瑞人訳　学研パブリッシング　2010年12月

オメガ・ボックス
カルト集団「ジャサイ」が造った意思を持つ人類絶滅装置「ターニング・ポイント3 タイムロック最後の選択」デイヴィッド・クラス作;西田登訳　岩崎書店　2010年2月

おもちゃたち
まずしいフランチェスコの家をめざしてお店をぬけだしたおもちゃたち「青矢号 おもちゃの夜行列車」ジャンニ・ロダーリ作;関口英子訳　岩波書店(岩波少年文庫)　2010年5月

オラーナ先生　おらーなせんせい
お妃候補を教育する「プリンセス・アカデミー」の厳しい女性教師「プリンセス・アカデミー」シャノン・ヘイル作;代田亜香子訳　小学館　2009年6月

オラフ伯爵　おらふはくしゃく
孤児であるボードレール三姉弟妹の後見人だった男、ボードレール家の遺産をねらう悪党「世にも不幸なできごと13 終わり」レモニー・スニケット著;宇佐川晶子訳　草思社　2008年11月

オリー
父親を事故で亡くしたジョシュのブログにコメントしてきたオックスフォードに住む少女「ジョシュア・ファイル3 未来からの使者 上」マリア・G.ハリス作;石随じゅん訳　評論社　2010年11月

オリー(トップショッププリンセス)
考古学者の父が事故死した少年・ジョシュがブログを通じて知り合った女の子「ジョシュア・ファイル1 見えない都市 上」マリア・G.ハリス作;石随じゅん訳　評論社　2010年9月

オリバー
いなかの村にすんでいるふくろう、おばけのジョージのともだち 「おばけのジョージーのハロウィーン」 ロバート・ブライト作絵;なかがわちひろ訳　徳間書店 2008年8月

オリバー
ニューヨークに住むメレンディ家の四人きょうだいの末っ子、おとなしくて落ち着いた性格の六歳の男の子 「土曜日はお楽しみ」 エリザベス・エンライト作;谷口由美子訳　岩波書店(岩波少年文庫) 2010年12月

オリバー・オーケン
じつは全米で大人気のアイドル「ハンナ・モンタナ」であるマイリーのクラスメート 「ハンナ・モンタナ シーズン2 離れられない二人」 ローリー・マッケロイ文;野田香里訳　講談社(ディズニー文庫) 2009年8月

オリバー・オーケン
じつは全米で大人気のアイドル「ハンナ・モンタナ」であるマイリーのクラスメート 「ハンナ・モンタナ2 ニキビとメガネと友情と」 アリス・アルフォンシ文;野田香里訳　講談社(ディズニー文庫) 2008年10月

オリバー・オーケン
じつは全米で大人気のアイドル「ハンナ・モンタナ」であるマイリーのクラスメート 「ハンナ・モンタナ4 愛されちゃってオリバー」 M.C.キング文;野田香里訳　講談社(ディズニー文庫) 2009年2月

オリバー・オーケン
じつは全米で大人気のアイドル「ハンナ・モンタナ」であるマイリーのクラスメート 「ハンナ・モンタナ5 ステージがこわい!」 ローリー・マッケロイ文;野田香里訳　講談社(ディズニー文庫) 2009年4月

オリバー・オーケン
じつは全米で大人気のアイドル「ハンナ・モンタナ」であるマイリーのクラスメート 「ハンナ・モンタナ6 ジェイクに告白!?」 ベス・ビーチウッド文;野田香里訳　講談社(ディズニー文庫) 2009年6月

オリバー・オーケン
ハンナ・モンタナの熱狂的なファン、クラスメートのマイリーがハンナ・モンタナであることを知らないちょっとダサい十四歳の少年 「ハンナ・モンタナ1 ハンナ・モンタナの秘密」 ベス・ビーチウッド文;野田香里訳　講談社(ディズニー文庫) 2008年8月

オリバー・オルソン
小学三年生、小さいころ病気がちで幼稚園に一年おくれてはいった男の子 「オリバー、世界を変える!」 クラウディア・ミルズ作;渋谷弘子訳　さ・え・ら書房 2010年12月

オリビア
フェアリーランドにいる七人の花びらの妖精たちのひとり、ランの妖精 「ランの妖精(フェアリー)オリビア(レインボーマジック)」 デイジー・メドウス作;田内志文訳　ゴマブックス 2009年5月

オリビア・アボット
フランクリン中学の転入生、チアリーダーをめざす元気な十三歳 「バンパイアガールズ no.1」 シーナ・マーサー作;田中亜希子訳　理論社 2008年8月

オリビア・アボット
フランクリン中学の転入生、チアリーダーをやっている元気な十三歳 「バンパイアガールズ no.4 吸血鬼のプレゼント!」 シーナ・マーサー作;田中亜希子訳　理論社 2010年1月

オリビア・アボット
フランクリン中学の転入生、生まれて別々の親にひきとられたアイビーと双子の十三歳 「バンパイアガールズ no.2」 シーナ・マーサー作;田中亜希子訳　理論社 2009年1月

おりぴ

オリビア・アボット
フランクリン中学の転入生、生まれて別々の親にひきとられたアイビーと双子の十三歳 「バンパイアガールズ no.3」 シーナ・マーサー作;田中亜希子訳 理論社 2009年8月

オリビア・キドニー
管理人の仕事をしている父さんとベンダーズ高級子女教育学校のとなりにあるマンションに住みこむことになった降霊術を勉強中の十二歳の少女 「真夜中の秘密学校(ちいさな霊媒師オリビア)」 エレン・ポッター著;海後礼子訳 主婦の友社 2008年1月

オリビア・キドニー
父さんのすすめで有名なマルコム・フラビアス芸術学校に入学することになった降霊術を勉強中の十二歳の少女 「地下の幽霊トンネル1(ちいさな霊媒師オリビア)」 エレン・ポッター著;海後礼子訳 主婦の友社 2008年4月

オリビア・キドニー
父さんのすすめで有名なマルコム・フラビアス芸術学校に入学することになった降霊術を勉強中の十二歳の少女 「地下の幽霊トンネル2(ちいさな霊媒師オリビア)」 エレン・ポッター著;海後礼子訳 主婦の友社 2008年4月

オリヴィエ(パパ)
バレエが好きな13歳の女の子・ニーナのパパ 「ダンス!2 選ぶのはわたし」 アンヌ=マリー・ポル著;阪田由美子訳 草思社 2008年1月

オリヴィエ・ファブリ(パパ)
13歳の女の子・ニーナのバレエに理解がないお父さん 「バレエ!2 選ぶのはニーナ」 アンヌ=マリー・ポル著;寺澤孝子・松尾日出子訳;小川彌生画 メディアファクトリー 2009年6月

オーリ・ビグルズ
母親交換取次店の「ママ・ショップ」でほんとうのママを新しいママにとりかえた十一歳の男の子 「ママ・ショップ 母親交換取次店」 セシ・ジェンキンソン著;斎藤静代訳 主婦の友社 2009年10月

オリンピア
魔法の王国の王立バレエスクールに通う少女バレンティナのペット、明るくて優しい性格のワシ 「魔法の国の小さなバレリーナ4 オーディション大作戦!」 エメラルド・エバーハート著;岡田好惠訳 学研教育出版 2010年4月

オルソン
王立ビースト愛護協会のビースト・パークの警備を担当する心のやさしい巨人の男 「ビースト☆レスキュー 2 恐怖のビースト晩餐会」 ビーストリー・ボーイズ著;中井はるの訳;亜沙美画 金の星社 2010年2月

オルソン
王立ビースト愛護協会のビースト・パークの警備を担当する心のやさしい巨人の男 「ビースト☆レスキュー 3 禁断のビースト狩り」 ビーストリー・ボーイズ著;中井はるの訳;亜沙美画 金の星社 2010年7月

オルソン
王立ビースト愛護協会のビースト・パークの警備を担当する心のやさしい巨人の男 「ビースト☆レスキュー 4 幻のジャングル・ビースト」 ビーストリー・ボーイズ著;中井はるの訳;亜沙美画 金の星社 2010年11月

オルドウィン
ヴァスティア国にいた野良猫、魔法使いの弟子・ジャックの使い魔となった猫 「黒猫オルドウィンの冒険-三びきの魔法使い、旅に出る」 アダム・ジェイ・エプスタイン著;アンドリュー・ジェイコブスン著;大谷真弓訳 早川書房 2010年11月

オールドノウ夫人　おーるどのうふじん
イギリスでもいちばん古いおやしきのひとつグリーン・ノウの女主人、とても年よりの老婦人「グリーン・ノウのお客さま－グリーン・ノウ物語4」ルーシー・M・ボストン作;ピーター・ボストン絵;亀井俊介訳　評論社　2008年9月

オールドノウ夫人　おーるどのうふじん
少年トーリーのひいおばあさん、イギリスでいちばん古いおやしきのひとつグリーン・ノウの女主人「グリーン・ノウの煙突－グリーン・ノウ物語2」ルーシー・M・ボストン作;ピーター・ボストン絵;亀井俊介訳　評論社　2008年5月

オールドノウ夫人　おーるどのうふじん
少年トーリーのひいおばあさん、イギリスでいちばん古いおやしきのひとつグリーン・ノウの女主人「グリーン・ノウの子どもたち－グリーン・ノウ物語1」ルーシー・M・ボストン作;ピーター・ボストン絵;亀井俊介訳　評論社　2008年5月

オールドノウ夫人　おーるどのうふじん
少年トーリーのひいおばあさん、イギリスでもいちばん古いおやしきのひとつグリーン・ノウの女主人「グリーン・ノウの魔女－グリーン・ノウ物語5」ルーシー・M・ボストン作;ピーター・ボストン絵;亀井俊介訳　評論社　2008年12月

オルヤン
おばあちゃんがはいった老人ホームで自分と同じ名前のおじいちゃんと出会った八さいの男の子「だいすきだよ、オルヤンおじいちゃん」カミラ・ボルイストレム作;石井登志子訳;千葉史子絵　徳間書店　2010年8月

オルヤンおじいちゃん
八さいのオルヤンがおばあちゃんのいる老人ホームで出会った自分と同じ名前のお話じょうずで楽しいおじいちゃん「だいすきだよ、オルヤンおじいちゃん」カミラ・ボルイストレム作;石井登志子訳;千葉史子絵　徳間書店　2010年8月

オーレリア姫　おーれりあひめ
魔法の国・エンチャンティアの姫「マジック・バレリーナ 3 デルフィと仮面舞踏会」ダーシー・バッセル著;ケイティ・メイ絵　新書館　2010年4月

オーレリア姫　おーれりあひめ
魔法の国・エンチャンティアの姫、婚約者のフロリモンド王子にふられた姫「マジック・バレリーナ 6 デルフィと魔法のほれ薬」ダーシー・バッセル著;ケイティ・メイ絵;神戸万知訳　新書館　2010年10月

オロオロちゃん
アメリカのイーソーの谷という小さな村に住む女の子ガーネットがかわいがっている弱虫ブタ「指ぬきの夏」エリザベス・エンライト作・絵;谷口由美子訳　岩波書店（岩波少年文庫）2009年6月

オロス・カーテン
ヒトハ＝シマデナシ島にある天才アカデミーの校長、天才科学者として名をはせた人物「秘密結社ベネディクト団 下 素直になったら負け」トレントン・リー・スチュワート著;久米真麻子訳　ヴィレッジブックス　2010年3月

オロス・カーテン
ヒトハ＝シマデナシ島にある天才アカデミーの校長、天才科学者として名をはせた人物「秘密結社ベネディクト団 上 孤独な子どもをねらえ」トレントン・リー・スチュワート著;久米真麻子訳　ヴィレッジブックス　2010年3月

オーロラ・シルク
ファッション界の超有名人と暮らすことになったなかよし姉妹の姉、ある日突然ふしぎな力が宿った十二歳の少女「ブルー☆ロックガール（ロリー＆エルシーのおしゃれマジック2）」フィオナ・ダンバー作;露久保由美子訳;沖ふみか絵　フレーベル館　2008年11月

おろら

オーロラ・シルク
悪の巨大組織に狙われながらママとパパをさがすなかよし姉妹の姉 「ゴールド☆タイガーリリー [ロリー&エルシーのおしゃれマジック] (3)」フィオナ・ダンバー作;露久保由美子訳 フレーベル館 2010年2月

オーロラ・シルク
突然両親が行方不明になり寄宿学校に転校したなかよし姉妹の姉、かわいいのに自信がもてない十二歳の少女 「ピンク☆カメレオン(ロリー&エルシーのおしゃれマジック1)」フィオナ・ダンバー作;露久保由美子訳;沖ふみか絵 フレーベル館 2008年7月

オーロラ・ロズマリノ
魔法の王国の王立バレエ団のプリマ・バレリーナ、バレリーナを目指す女の子たちのあこがれのまと 「魔法の国の小さなバレリーナ4 オーディション大作戦!」エメラルド・エバーハート著;岡田好惠訳 学研教育出版 2010年4月

【か】

母さん(ジューン・オハラ)　かあさん(じゅーんおはら)
十二歳の少年・エレックの行方不明になった養母 「エレック・レックス1 竜の魔眼」カザ・キングスレイ著;服部千佳子訳;富原まさ江訳 エンターブレイン 2008年3月

カイ(ロン・カイデュアン)
いたずらが大好きな紫色のオスの幼龍、老龍ダンザが少女ピンに託した子 「ドラゴンキーパー 紫の幼龍」キャロル・ウィルキンソン作;もきかずこ訳 金の星社 2009年1月

カイ(ロン・カイデュアン)
姿替えが得意な紫色のオスの幼龍、龍守りの少女・ピンと頭の中で会話ができる老龍ダンザの子 「ドラゴンキーパー 月下の翡翠龍」キャロル・ウィルキンソン作;もきかずこ訳 金の星社 2009年11月

骸骨少年(魂食らい)　がいこつしょうねん(たましいぐらい)
創造主の後継者の少年・アーサーにそっくりな少年、化け物 「王国の鍵4 戦場の木曜日」ガース・ニクス著;原田勝訳 主婦の友社 2010年4月

怪人ブラウン　かいじんぶらうん
悪の組織のボス、正体不明の怪人 「秘密機関 上下」アガサ・クリスティー著;嵯峨静江訳 早川書房(クリスティー・ジュニア・ミステリ5) 2008年3月

カイダンシター
魔女ネコ・ブラックパッチがつかえるとてもりっぱな魔女 「おてんば魔女魔女料理は☆☆☆料理!!－魔女ネコ日記4」ハーウィン・オラム作;サラ・ウォーバートン絵;田中亜希子訳 ポプラ社 2009年1月

ガイド
内戦に苦しむ村を出て国境を超える一家の旅を助けた現地のガイド 「フィッシュ」L.S.マシューズ作;三辺律子訳 鈴木出版(鈴木出版の海外児童文学) 2008年2月

カイリー
フェアリーランドのカーニバルの妖精、カーニバルを成功させる役目のフェアリー 「カーニバルの妖精(フェアリー)カイリー(レインボーマジック夏休みスペシャルブック)」デイジー・メドウズ作;田内志文訳 ゴマブックス 2008年7月

カイル・ブルーマン
英国情報局の指揮下にある秘密組織「チェラブ」の部員、十二歳のジェームズをスカウトした少年 「チェラブ Mission2 クラスA」ロバート・マカモア作;大澤晶訳 ほるぷ出版 2008年2月

かえる

カイル・ブルーマン
英国情報局の指揮下にある秘密組織「チェラブ」の部員、人材発掘ミッションで十一歳のジェームズが入居する施設に送り出された少年 「チェラブ Mission1 スカウト」ロバート・マカモア作;大澤晶訳　ほるぷ出版　2008年2月

カイル・ブルーマン
英国情報局の裏組織で十七歳以下の子どもが活躍する極秘スパイ機関「チェラブ」の十六歳のエージェント、チェラブの一員・ジェームズの親友 「英国情報局秘密組織 CHERUB（チェラブ）Mission6 リベンジ」ロバート・マカモア作;大澤晶訳　ほるぷ出版　2010年8月

カイロ・ジム
若手の考古学者、カイロにある古代遺跡協会のメンバー 「カイロ・ジム 1 インディオの秘薬と謎の空中都市」ジェフリー・マクスキミング著;貴美島紀訳　ランダムハウス講談社　2008年3月

カイロ・ジム
若手の考古学者、カイロにある古代遺跡協会のメンバー 「カイロ・ジム 2 ファラオの秘宝とうもれた死者の扉」ジェフリー・マクスキミング著;貴美島紀訳　ランダムハウス講談社　2008年7月

カイロ・ジム
若手の考古学者、カイロにある古代遺跡協会のメンバー 「カイロ・ジム 3 黄金の棺と謎の海底都市」ジェフリー・マクスキミング著;貴美島紀訳　ランダムハウス講談社　2008年11月

カイロ・ジム
若手の考古学者、カイロにある古代遺跡協会のメンバー 「カイロ・ジム 4 わすれられたギリシャの神々と謎の壺」ジェフリー・マクスキミング著;奥沢しおり訳　ランダムハウス講談社　2009年3月

ガエターノ
キミチー家の当主・ニコロ公爵の三男、誠実で書物と芸術を愛する魅力的な人物 「ストラヴァガンザ 星の都 上下」メアリ・ホフマン著;乾侑美子訳　小学館(SUPER!YA)　2010年11月

ガエターノ
ニューヨークのマルベリーストリートをねじろにしている一匹狼の少年 「マルベリーボーイズ」ドナ・ジョー・ナポリ作;相山夏奏訳　偕成社　2009年11月

カエル（ウォートン）
モートンのきょうだい、そうじがだいすきなヒキガエル 「SOS!あやうし空の王さま号―ヒキガエルとんだ大冒険4」ラッセル・E・エリクソン作;ローレンス・ディ・フィオリ絵;佐藤涼子訳　評論社(児童図書館・文学の部屋)　2008年4月

カエル（ウォートン）
モートンのきょうだい、そうじがだいすきなヒキガエル 「ウォートンとモリネズミの取引屋―ヒキガエルとんだ大冒険5」ラッセル・E・エリクソン作;ローレンス・ディ・フィオリ絵;佐藤涼子訳　評論社(児童図書館・文学の部屋)　2008年1月

カエル（ウォートン）
モートンのきょうだい、そうじがだいすきなヒキガエル 「ウォートンのとんだクリスマス・イブ―ヒキガエルとんだ大冒険3」ラッセル・E・エリクソン作;ローレンス・ディ・フィオリ絵;佐藤涼子訳　評論社(児童図書館・文学の部屋)　2008年4月

カエル（ウォートン）
モートンのきょうだい、そうじがだいすきなヒキガエル 「火曜日のごちそうはヒキガエル―ヒキガエルとんだ大冒険1」ラッセル・E・エリクソン作;ローレンス・ディ・フィオリ絵;佐藤涼子訳　評論社(児童図書館・文学の部屋)　2008年2月

かえる

カエル（ウォートン）
モートンのきょうだい、そうじがだいすきなヒキガエル 「消えたモートンとんだ大そうさく―ヒキガエルとんだ大冒険2」ラッセル・E・エリクソン作;ローレンス・ディ・フィオリ絵;佐藤涼子訳 評論社（児童図書館・文学の部屋） 2008年2月

カエル（ケロリーヌ）
おてんば魔女ハギー・アギーのペット、カエルの女の子 「おてんば魔女ガールズバンドで大スター!?―魔女ネコ日記2」ハーウィン・オラム作;サラ・ウォーバートン絵;田中亜希子訳 ポプラ社 2008年7月

カエル（トゥーリアおばさん）
ヒキガエルのウォートンとモートンのいなくなってしまったおばさん 「ウォートンとモリネズミの取引屋―ヒキガエルとんだ大冒険5」ラッセル・E・エリクソン作;ローレンス・ディ・フィオリ絵;佐藤涼子訳 評論社（児童図書館・文学の部屋） 2008年1月

カエル（年寄りガエル）　かえる（としよりがえる）
ペットショップのカエルの中で一番の長老、一日中ほとんど動かないもとは野生のガマガエル 「ファイアベリー 考えるカエル、旅に出る」J.C.マイケルズ著;小田島則子訳;小田島恒志訳 日本放送出版協会 2008年9月

カエル（ファイアベリー）
養殖場で生まれ野生を知らない足がふたつしかないカエル 「ファイアベリー 考えるカエル、旅に出る」J.C.マイケルズ著;小田島則子訳;小田島恒志訳 日本放送出版協会 2008年9月

カエル（モートン）
ウォートンのきょうだい、料理がだいすきなヒキガエル 「SOS!あやうし空の王さま号―ヒキガエルとんだ大冒険4」ラッセル・E・エリクソン作;ローレンス・ディ・フィオリ絵;佐藤涼子訳 評論社（児童図書館・文学の部屋） 2008年4月

カエル（モートン）
ウォートンのきょうだい、料理がだいすきなヒキガエル 「ウォートンのとんだクリスマス・イブ―ヒキガエルとんだ大冒険3」ラッセル・E・エリクソン作;ローレンス・ディ・フィオリ絵;佐藤涼子訳 評論社（児童図書館・文学の部屋） 2008年4月

カエル（モートン）
ウォートンのきょうだい、料理がだいすきなヒキガエル 「火曜日のごちそうはヒキガエル―ヒキガエルとんだ大冒険1」ラッセル・E・エリクソン作;ローレンス・ディ・フィオリ絵;佐藤涼子訳 評論社（児童図書館・文学の部屋） 2008年2月

カエル（モートン）
ウォートンのきょうだい、料理がだいすきなヒキガエル 「消えたモートンとんだ大そうさく―ヒキガエルとんだ大冒険2」ラッセル・E・エリクソン作;ローレンス・ディ・フィオリ絵;佐藤涼子訳 評論社（児童図書館・文学の部屋） 2008年2月

かかし
脳みそをもらうために少女ドロシーと一緒に魔法使いオズのいるエメラルドの街をめざすことにしたかかし 「オズの魔法使い」L.フランク・ボウム作;リスベート・ツヴェルガー絵;江國香織訳 BL出版 2008年11月

カグアン
闇の神マゴスの手下、カメレオン人 「ミラート年代記3 シルマオの聖水」ラルフ・イーザウ著;酒寄進一訳;佐竹美保画 あすなろ書房 2010年4月

カグアン
皮膚の色や模様を変えることができ顔の形も自在に形作ることができるカメレオン人の生き残り 「ミラート年代記2 タリンの秘密」ラルフ・イーザウ著;酒寄進一訳 あすなろ書房 2009年4月

影　かげ
ローク学院で少年ゲドが禁じられた呪文で呼び出した邪悪な影　「ゲド戦記 1 影との戦い」　アーシュラ・K.ル=グウィン作;清水真砂子訳　岩波書店(岩波少年文庫)　2009年1月

カザール卿　かざーるきょう
ソウス・オブ・アンダー国を治める貴族、サレン姫を力ずくで手に入れようとする男　「ふたりのプリンセス」シャノン・ヘイル作;代田亜香子訳　小学館　2010年5月

カースティ・テイト
フェアリーランドに住む妖精たちの友だち、人間の女の子　「ハムスターの妖精(フェアリー)ハリエット(レインボーマジック)」デイジー・メドウズ作;田内志文訳　ゴマブックス　2008年4月

カースティ・テイト
フェアリーランドに住む妖精たちの友だち、人間の女の子　「バラの妖精(フェアリー)エラ(レインボーマジック)」デイジー・メドウズ作;田内志文訳　ゴマブックス　2009年6月

カースティ・テイト
フェアリーランドに住む妖精たちの友だち、人間の女の子　「ひまわりの妖精(フェアリー)シャーロット(レインボーマジック)」デイジー・メドウズ作;田内志文訳　ゴマブックス　2009年3月

カースティ・テイト
フェアリーランドに住む妖精たちの友だち、人間の女の子　「モルモットの妖精(フェアリー)ジョージア(レインボーマジック)」デイジー・メドウズ作;田内志文訳　ゴマブックス　2008年3月

カースティ・テイト
フェアリーランドに住む妖精たちの友だち、人間の女の子　「ゆりの妖精(フェアリー)ルイズ(レインボーマジック)」デイジー・メドウズ作;田内志文訳　ゴマブックス　2009年3月

カースティ・テイト
フェアリーランドに住む妖精たちの友だち、人間の女の子　「ランの妖精(フェアリー)オリビア(レインボーマジック)」デイジー・メドウズ作;田内志文訳　ゴマブックス　2009年5月

カースティ・テイト
フェアリーランドに住む妖精たちの友だち、人間の女の子　「火曜日の妖精(フェアリー)タルーラ (レインボーマジック)」デイジー・メドウズ作;田内志文訳　ゴマブックス　2008年9月

カースティ・テイト
フェアリーランドに住む妖精たちの友だち、人間の女の子　「海の妖精(フェアリー)シャノン(レインボーマジック夏休みスペシャルブック)」デイジー・メドウズ作;田内志文訳　ゴマブックス　2009年8月

カースティ・テイト
レインスペル島で出会ったレイチェルと虹の妖精たちを探す手だすけをすることになった女の子　「レインボーマジック虹の妖精(フェアリー) 上下」デイジー・メドウズ著;田内志文訳　ゴマブックス　2009年4月

カースティ・テイト
友だちのレイチェルといっしょに花の妖精たちの魔法の花びらを探している女の子　「チューリップの妖精(フェアリー)ティア (レインボーマジック)」デイジー・メドウズ作;田内志文訳　ゴマブックス　2009年2月

カースティ・テイト
友だちのレイチェルといっしょに花の妖精たちの魔法の花びらを探している女の子　「デイジーの妖精(フェアリー)ダニエル(レインボーマジック)」デイジー・メドウズ作;田内志文訳　ゴマブックス　2009年5月

かすて

カースティ・テイト
友だちのレイチェルといっしょに花の妖精たちの魔法の花びらを探している女の子 「ポピーの妖精(フェアリー)ピッパ(レインボーマジック)」 デイジー・メドウズ作;田内志文訳 ゴマブックス 2009年2月

カースティ・テイト
友だちのレイチェルといっしょに妖精たちの魔法のペットを探している女の子 「ウサギの妖精(フェアリー)ベラ(レインボーマジック)」 デイジー・メドウズ作;田内志文訳 ゴマブックス 2008年3月

カースティ・テイト
友だちのレイチェルといっしょに妖精たちの魔法のペットを探している女の子 「ポニーの妖精(フェアリー)ペニー(レインボーマジック)」 デイジー・メドウズ作;田内志文訳 ゴマブックス 2008年5月

カースティ・テイト
友だちのレイチェルといっしょに妖精たちの魔法のペットを探している女の子 「金魚の妖精(フェアリー)モリー(レインボーマジック)」 デイジー・メドウズ作;田内志文訳 ゴマブックス 2008年5月

カースティ・テイト
友だちのレイチェルといっしょに妖精たちの魔法のペットを探している女の子 「子ねこの妖精(フェアリー)ケイティ(レインボーマジック)」 デイジー・メドウズ作;田内志文訳 ゴマブックス 2008年3月

カースティ・テイト
友だちのレイチェルといっしょに妖精たちの魔法のペットを探している女の子 「子犬の妖精(フェアリー)ローレン(レインボーマジック)」 デイジー・メドウズ作;田内志文訳 ゴマブックス 2008年4月

カースティ・テイト
友だちのレイチェルといっしょに曜日の妖精たちの魔法の旗を探している女の子 「金曜日の妖精(フェアリー)フライヤ(レインボーマジック)」 デイジー・メドウズ作;田内志文訳 ゴマブックス 2008年11月

カースティ・テイト
友だちのレイチェルといっしょに曜日の妖精たちの魔法の旗を探している女の子 「月曜日の妖精(フェアリー)ミーガン(レインボーマジック)」 デイジー・メドウズ作;田内志文訳 ゴマブックス 2008年9月

カースティ・テイト
友だちのレイチェルといっしょに曜日の妖精たちの魔法の旗を探している女の子 「水曜日の妖精(フェアリー)ウィロー(レインボーマジック)」 デイジー・メドウズ作;田内志文訳 ゴマブックス 2008年10月

カースティ・テイト
友だちのレイチェルといっしょに曜日の妖精たちの魔法の旗を探している女の子 「土曜日の妖精(フェアリー)シエナ(レインボーマジック)」 デイジー・メドウズ作;田内志文訳 ゴマブックス 2008年11月

カースティ・テイト
友だちのレイチェルと一緒にフェアリーランドのぬすまれた旗を探している女の子 「日曜日の妖精(フェアリー)サラ(レインボーマジック)」 デイジー・メドウズ作;田内志文訳 ゴマブックス 2008年12月

カースティ・テイト
友だちのレイチェルと一緒にフェアリーランドのぬすまれた旗を探している女の子 「木曜日の妖精(フェアリー)シーア(レインボーマジック)」 デイジー・メドウズ作;田内志文訳 ゴマブックス 2008年10月

カースティ・テイト
妖精ジャック・フロストにぬすまれた結婚式の妖精ミアの魔法アイテムを探す女の子 「結婚式の妖精(フェアリー)ミア(レインボーマジック夏休みスペシャルブック)」 デイジー・メドウズ作;田内志文訳 ゴマブックス 2010年8月

カースティ・テイト
妖精ジャック・フロストにぬすまれた魔法のカーニバル帽子を探す女の子 「カーニバルの妖精(フェアリー)カイリー(レインボーマジック夏休みスペシャルブック)」 デイジー・メドウズ作;田内志文訳 ゴマブックス 2008年7月

カースティ・テイト
妖精ジャック・フロストにぬすまれた魔法のクリスマスデコレーションを探す女の子 「クリスマス星の妖精(フェアリー)ステラ(レインボーマジック)」 デイジー・メドウズ作;田内志文訳 ゴマブックス 2008年11月

カスパール
大どろぼうホッツェンプロッツが留置場から脱走したことを知った少年 「大どろぼうホッツェンプロッツふたたびあらわる」 プロイスラー作;トリップ絵;中村浩三訳 偕成社(ドイツのゆかいな童話) 2010年10月

カスパール
友だちのゼッペルといっしょに大どろぼうをつかまえる決心をした少年 「大どろぼうホッツェンプロッツ」 プロイスラー作;トリップ絵;中村浩三訳 偕成社(ドイツのゆかいな童話) 2010年9月

カスピアン王子　かすぴあんおうじ
ナルニア国の正統な世継ぎ、摂政である叔父ミラースに命を狙われている王子 「ナルニア国物語カスピアン王子の角笛」 C.S.ルイス原作;間所ひさこ訳 講談社(映画版ナルニア国物語文庫) 2008年5月

風のジャッカル　かぜのじゃっかる
クウィントの父、空賊船ゲイルライダー号の船長 「崖の国物語 9 大飛空船団の壊滅」 ポール・スチュワート作;クリス・リデル絵;唐沢則幸訳 ポプラ社(ポプラ・ウイング・ブックス) 2008年10月

カーソン
叔父さんの書斎に隠してあったたばこ・シャムロック・ティーを吸った北アイルランドの少年 「シャムロック・ティー」 キアラン・カーソン著;栩木伸明訳 東京創元社(海外文学セレクション) 2009年1月

カーソン(ボブ・カーソン)
地球軍の隊員、人類の運命をかけ宇宙でたった一人で戦う男 「闘技場」 フレドリック・ブラウン著;星新一訳 福音館書店(ボクラノSF) 2009年2月

カーター
四年生のジョーイの父さん、ジョーイが小さいころに家を出ていった父親 「父さんと、キャッチボール?(もう、ジョーイったら! 2)」 ジャック・ギャントス作;前沢明枝訳 徳間書店 2009年9月

カター
お妃候補を教育する「プリンセス・アカデミー」の生徒、勝ち気な十七歳の少女 「プリンセス・アカデミー」 シャノン・ヘイル作;代田亜香子訳 小学館 2009年6月

カタリーナ・ビショップ
大泥棒一族ビショップ家の十五歳の娘、一度泥棒家業から手を引いていた少女 「快盗ビショップの娘」 アリー・カーター著;橋本恵訳 理論社 2010年4月

ガッシー
リスのソフィーとむかしからのともだちのリス 「ソフィーとガッシー いつもいっしょに」 マージョリー・ワインマン・シャーマット文;リリアン・ホーバン絵 BL出版 2008年5月

がっし

ガッシー
リスのソフィーとむかしからのともだちのリス 「ソフィーとガッシー」 マージョリー・ワインマン・シャーマット文;リリアン・ホーバン絵 BL出版 2008年3月

カッズ
GIBの秘密捜査官のふりをしていた悪の組織BIGのスパイ、消えるピラミッドの警備中に行方不明になった少女 「ザック・パワー 任務その5」 H.I.ラリー作;富原まさ江訳 ゴマブックス 2009年5月

カッタ皇帝　かったこうてい
さまざまな種族によって構成される共同体・連合帝国の若き人間皇帝 「エバークエスト 連合帝国の興亡」 スチュアート・ウィーク著;R.A.サルバトーレ監修;荒俣宏訳 アスキー・メディアワークス 2008年4月

カット(カタリーナ・ビショップ)
大泥棒一族ビショップ家の十五歳の娘、一度泥棒家業から手を引いていた少女 「快盗ビショップの娘」 アリー・カーター著;橋本恵訳 理論社 2010年4月

カティー・モラグ・マコール
スコットランドの小さな島ストレイ島でくらすおてんばな女の子 「カティーにおまかせ!」 マイリー・ヘダーウィック作絵;はらるい訳 文研出版(文研ブックランド) 2010年10月

カテジナ
チェコの森のそばに住んでいた猟師の小さな娘、いつも森で過ごす少女 「なかないで、毒きのこちゃん」 デイジー・ムラースコヴァー作;関沢明子訳 理論社 2010年5月

ガードマン
チュウチュウ通り1番地にすむお金持ち・ゴインキョの家にやってきた三びきの大きなネズミのガードマン 「ゴインキョとチーズどろぼう(チュウチュウ通り1番地)」 エミリー・ロッダ作;さくまゆみこ訳;たしろちさと絵 あすなろ書房(チュウチュウ通り1番地) 2009年9月

カトリン
海辺に住む子犬・ボーツマンとあそぼうと雪のなかやってきた五歳の女の子 「氷の上のボーツマン」 ベンノー・プルードラ作;上田真而子訳;ヴェルナー・クレムケ絵 岩波書店 2009年11月

ガナー
裏ロンドンで敵と戦う砲兵のブロンズ像、謎の男・ウォーカーの手中に堕ちてしまった兵士 「アイアンハンド」 チャーリー・フレッチャー著;大嶌双恵訳 理論社(THE STONE HEART TRILOGY) 2008年4月

ガーネット・リンデン
アメリカのイーソーの谷という小さな村に住む女の子、川で銀の指ぬきを見つけた九歳半のおてんば娘 「指ぬきの夏」 エリザベス・エンライト作・絵;谷口由美子訳 岩波書店(岩波少年文庫) 2009年6月

カーネル(コーネリアス・フレック)
魔術同盟設立者のベラナバスの手下となったほかの人にはみえない不思議な光を見ることができる少年 「デモナータ6幕 悪魔の黙示録」 ダレン・シャン作;橋本恵訳;田口智子画 小学館 2008年3月

カーネル(コーネリアス・フレック)
魔術同盟設立者のベラナバスの手下となったほかの人にはみえない不思議な光を見ることができる少年 「デモナータ8幕 狼島」 ダレン・シャン作;橋本恵訳;田口智子画 小学館 2009年2月

カーネル(コーネリアス・フレック)
魔力をはらんだ古の武器カーガッシュの三つの破片のうちのひとつ、ほかの人にはみえない不思議な光を見ることができる少年 「デモナータ10幕 地獄の英雄たち」 ダレン・シャン作;橋本恵訳;田口智子画 小学館 2009年12月

カーネル(コーネリアス・フレック)
魔力をはらんだ古の武器カーガッシュの三つの破片のうちのひとつ、ほかの人にはみえない不思議な光を見ることができる少年 「デモナータ9幕 暗黒のよび声」 ダレン・シャン作;橋本恵訳;田口智子画 小学館 2009年8月

カバ(グロリア)
親友のライオンのアレックス、シマウマのマーティ、キリンのメルマンとニューヨーク・セントラパークル動物園を脱出したカバ 「マダガスカル2」 J.E.ブライト作;杉田七重訳 角川書店(ドリームワークスアニメーションシリーズ) 2009年3月

カバルス
ウェストマーク王国宰相、国王が心身を病んでいるため独裁権力を振るっている男 「ウェストマーク戦記1 王国の独裁者」 ロイド・アリグザンダー作;宮下嶺夫訳 評論社 2008年11月

カバルス
もとウェストマーク王国宰相、国外追放されたが国家の総統として帰国した男 「ウェストマーク戦記3 マリアンシュタットの嵐」 ロイド・アリグザンダー作;宮下嶺夫訳 評論社 2008年11月

カバルス
もとウェストマーク王国宰相、国外追放され隣国レギア王国に亡命した男 「ウェストマーク戦記2 ケストレルの戦争」 ロイド・アリグザンダー作;宮下嶺夫訳 評論社 2008年11月

ガーヴィー　がーびー
傷害事件を引きおこした少年・コールの保護観察官、ずんぐりした体つきの男 「スピリットベアにふれた島」 ベン・マイケルセン作;原田勝訳 鈴木出版(鈴木出版の海外児童文学) 2010年9月

カヴィ(カヴィータ)
中央アジアにある巨大な帝国・ティムール国の遊牧軍につかまったゾウ使いの少年 「ティムール国のゾウ使い」 ジェラルディン・マコックラン作;こだまともこ訳 小学館 2010年3月

ガヴィア
都市国家エトラのアルカ館にいる奴隷、幻を見る力がある少年 「パワー―西のはての年代記3」 ル=グウィン著;谷垣暁美訳 河出書房新社 2008年8月

カヴィータ
中央アジアにある巨大な帝国・ティムール国の遊牧軍につかまったゾウ使いの少年 「ティムール国のゾウ使い」 ジェラルディン・マコックラン作;こだまともこ訳 小学館 2010年3月

ガブガブ
動物の言葉が話せるお医者さん・ドリトル先生が飼っている子ブタ 「ドリトル先生」 ロフティング作;小林みき訳 ポプラ社(ポプラポケット文庫) 2009年9月

カー夫人　かーふじん
ベンジャミンの父親と離婚した母親 「ぼくとくジョージ〉」 E.L.カニグズバーグ作;松永ふみ子訳 岩波書店(岩波少年文庫) 2008年1月

カブスケ
メスネズミのルチルのなかよしネズミ、オスネズミ 「ネズミだって考える ルチルとカブスケの、うるさいおはなしと静かなおはなし」 フレドリック・ヴァーレ文;ヴェレーナ・バルハウス絵;小森香折訳 BL出版 2009年11月

ガブちゃん
ライサンドラ姫のもうすぐ赤ちゃんがうまれるお姉さま 「プリンセス♡クラブ5 めざめのキスはリンゴ味」 スザンヌ・ウィリアムス作;灰島かり訳;泉リリカ画 ポプラ社 2010年4月

かぶら

カブラ兄妹　かぶらきょうだい
ロンドン在住で十四歳のハンサムな少年イアンと十一歳の意地悪な美少女ナタリーの裕福な兄妹「サーティーナイン・クルーズ１ 骨の迷宮」リック・リオーダン著;小浜杏訳; メディアファクトリー　2009年6月

カブラ兄妹　かぶらきょうだい
ロンドン在住で十四歳のハンサムな少年イアンと十一歳の意地悪な美少女ナタリーの裕福な兄妹「サーティーナイン・クルーズ２ 偽りの楽譜」ゴードン・コーマン著;小浜杏訳　メディアファクトリー　2009年7月

カブラ兄妹　かぶらきょうだい
ロンドン在住で十四歳のハンサムな少年イアンと十一歳の意地悪な美少女ナタリーの裕福な兄妹「サーティーナイン・クルーズ３ 奪われた刀」ピーター・ルランジス著;小浜杏訳; メディアファクトリー　2009年9月

カブラ兄妹　かぶらきょうだい
ロンドン在住で十四歳のハンサムな少年イアンと十一歳の意地悪な美少女ナタリーの裕福な兄妹「サーティーナイン・クルーズ４ 死者の伝言」ジュード・ワトソン著;小浜杏訳; メディアファクトリー　2009年11月

カブリエラ姫（ガブちゃん）　かぶりえらひめ（がぶちゃん）
ライサンドラ姫のもうすぐ赤ちゃんがうまれるお姉さま「プリンセス♡クラブ５ めざめのキスはリンゴ味」スザンヌ・ウィリアムス作;灰島かり訳;泉リリカ画　ポプラ社　2010年4月

ガブリエラ・モンテス
イースト高校の転校生、運動神経抜群で数学や科学が得意な天才少女「ハイスクール・ミュージカル イースト高校 スピリット・ウイーク」キャサリン・ハプカ文;橘もも訳　講談社（ディズニー文庫）2008年7月

ガブリエラ・モンテス
イースト高校の転校生、運動神経抜群で数学や科学が得意な天才少女「ハイスクール・ミュージカル イースト高校 バンド・バトル」N.B.グレース文;橘もも訳　講談社（ディズニー文庫）2008年5月

ガブリエラ・モンテス
イースト高校の転校生、運動神経抜群で数学や科学が得意な天才少女「ハイスクール・ミュージカル イースト高校 ポエム・コンテスト」アリス・アルフォンシ文;橘もも訳　講談社（ディズニー文庫）2008年9月

ガブリエラ・モンテス
イースト高校の転校生、運動神経抜群で数学や科学が得意な天才少女「ハイスクール・ミュージカル イースト高校 未来の僕たち」N.B.グレース文;橘もも訳　講談社（ディズニー文庫）2008年11月

ガブリエラ・モンテス
イースト高校の転校生、運動神経抜群で数学や科学が得意な天才少女「ハイスクール・ミュージカル ザ・ムービー」N.B.グレース文;橘もも訳　講談社（ディズニー文庫）2009年1月

ガブリエル
ロンドンの地下で暮らす十八世紀に魔術師の手で改造されたスローバック一族の男の子「タングルレック」ジャネット・ウィンターソン著;瓜生知寿子訳　小学館　2008年11月

ガブリエル
大泥棒一族ビショップ家の娘カットと水と油のような性格の従姉、プロの詐欺師で泥棒「快盗ビショップの娘」アリー・カーター著;橋本恵訳　理論社　2010年4月

カミー
スパイ養成学校・ギャラガー・アカデミーの生徒、十六歳の女の子「スパイガール episode2 男子禁制！」アリー・カーター作;橋本恵訳　理論社　2008年2月

カミー
スパイ養成学校・ギャラガー・アカデミーの生徒、十六歳の女の子 「スパイガール episode3 セレブ警護！」 アリー・カーター作;橋本恵訳 理論社 2009年9月

カミカジ
ドロドロ族という女海賊のカシラの跡継ぎ、やんちゃ娘 「ヒックとドラゴン3 天牢の女海賊」 クレシッダ・コーウェル作;相良倫子・陶浪亜希訳 小峰書店 2010年1月

カミカジ
ドロドロ族という女海賊のカシラの跡継ぎ、やんちゃ娘 「ヒックとドラゴン7 復讐の航海」 クレシッダ・コーウェル作;相良倫子・陶浪亜希訳 小峰書店 2010年12月

カミーラ（子バトちゃん）　かみーら（こばとちゃん）
新しい家にひっこしたばかりでさびしくてたまらない女の子 「おじいちゃんとケーキをつくろう」 マリサ・ロペス=ソリア作;宇野和美訳;つちだよしはる絵　日本標準（シリーズ本のチカラ） 2010年4月

カミラ・パストール
父が事故死した少年・ジョシュの異母姉妹、メキシコのチェトゥマルで暮らしている女性 「ジョシュア・ファイル1 見えない都市 上」 マリア・G.ハリス作;石随じゅん訳 評論社 2010年9月

ガムボール
洞窟をすみかにするゴブリンというビースト、王立ビースト愛護協会のボランティア会員 「ビースト☆レスキュー 3 禁断のビースト狩り」 ビーストリー・ボーイズ著;中井はるの訳;亜沙美画 金の星社 2010年7月

カム・ローソン
小学三年生のトレイシーがくらす養護施設「子どもの家」を取材した女流作家 「トレイシー・ビーカー物語 1 おとぎ話はだいきらい」 ジャクリーン・ウィルソン作;ニック・シャラット絵;稲岡和美訳　偕成社 2010年9月

カム・ローソン
養護施設でくらしていた小学三年生の女の子・トレイシーの里親、女流作家 「トレイシー・ビーカー物語 3 わが家がいちばん！」 ジャクリーン・ウィルソン作;ニック・シャラット絵;稲岡和美訳　偕成社 2010年9月

カム・ローソン
養護施設でくらす小学三年生のトレイシーと意気投合した女流作家 「トレイシー・ビーカー物語 2 舞台の上からママへ」 ジャクリーン・ウィルソン作;ニック・シャラット絵;稲岡和美訳　偕成社 2010年9月

カームンラー
スミソニアン博物館の地下にいた古代の王、古代エジプトのファラオ・アクメンラーの兄 「小説ナイトミュージアム2 バトル・オブ・スミソニアン」 マイケル・A・スティール著;ホンヤク社訳　講談社 2009年8月

カーメラ・ホイットモア
かわいい子犬・ウィリーの飼いぬし、大柄の太った女の人 「犬どろぼう完全計画」 バーバラ・オコーナー作;三辺律子訳 文溪堂 2010年10月

カメリア
雪国に住む子どもがほしいと願っている夫婦の家にとつぜん現れた肌の黒い女の子 「ねがいごと」 マリー・ンディアイ著;アリス・シャルバン絵;笠間直穂子訳 駿河台出版社 2008年11月

カメレオンドラゴン
カメレオンのようにまわりに溶けこむドラゴン、キリサキ族というバイキングの秘密兵器 「ヒックとドラゴン6 迷宮の図書館」 クレシッダ・コーウェル作;相良倫子・陶浪亜希訳 小峰書店 2010年8月

から

カーラ
シーヘイブン島にあるドラゴン育成牧場「ドラゴンズテール」の娘 「ドラゴンの谷1 舞え、大空へ」 サラマンダ・ドレイク作;今居美月訳;田上俊介絵 学研教育出版 2009年10月

カーラ
シーヘイブン島にある牧場「ドラゴンズテール」の娘、念願のドラゴン騎手になれた少女 「ドラゴンの谷2 嵐を越えて」 サラマンダ・ドレイク作;今居美月訳;田上俊介絵 学研教育出版 2010年1月

カラス
記憶喪失のエミリーが逃げこんだカフェ「エル・ダンジョン」のカウンターの女の人 「エミリーの記憶喪失ワンダーランド」 ロブ・リーガー作・画;ジェシカ・グルーナー作;バズ・パーカー画;西田佳子訳 理論社 2010年2月

カラスノエンドウ
少年ゲドがロークの学院で出会った武骨者、すばらしい親切心の持ち主でゲドと心からの友情をもった若者 「ゲド戦記1 影との戦い」 アーシュラ・K.ル=グウィン作;清水真砂子訳 岩波書店(岩波少年文庫) 2009年1月

ガーランド・マディガン
世界一のサーカス一座「ファンダジア」の一員、座長の十二歳の娘 「マディガンのファンタジア 上下」 マーガレット・マーヒー作;山田順子訳;佐竹美保画 岩波書店 2008年2月

ガーリック・スティーブンズ
フランクリン中学でもサイアクなバンパイアの一人 「バンパイアガールズ no.2」 シーナ・マーサー作;田中亜希子訳 理論社 2009年1月

カリバン・ダル・サラン
人間とドラゴンの国であるランコヴィ王国の初級魔術師、公認泥棒大学に通う由緒正しい泥棒家系に生まれた少年 「タラ・ダンカン 5 禁じられた大陸 上下」 ソフィー・オドゥワン・マミコニアン著;山本知子訳;加藤かおり訳 メディアファクトリー 2008年7月

カリバン・ダル・サラン
人間とドラゴンの国であるランコヴィ王国の初級魔術師、公認泥棒大学に通う由緒正しい泥棒家系に生まれた少年 「タラ・ダンカン 6 マジスターの罠 上下」 ソフィー・オドゥワン・マミコニアン著;山本知子訳 メディアファクトリー 2009年7月

カリメロ
中学校の新任のフランス語教師、ゲームソフトで自らつくりあげたゴレメットの少女ナターシャに夢中になっている男 「ゴーレム2 地下室のトモダチ」 エルヴィール・ミュライユ著;ロリス・ミュライユ著;マリー=オード・ミュライユ著;後平澪子訳 新樹社 2009年10月

カリメロ
中学校の新任のフランス語教師、コンピューターを手に入れた生徒マジッドに扱い方を教えてあげたゲームオタク 「ゴーレム1 究極のゲームソフト」 エルヴィール・ミュライユ著;ロリス・ミュライユ著;マリー=オード・ミュライユ著;後平澪子訳 新樹社 2009年9月

カール
家に風船をつけて家ごと旅に出ることにした無口でがんこな七十八歳のおじいさん 「カールじいさんの空飛ぶ家」 ジャスミン・ジョーンズ作;しぶやまさこ訳 偕成社(ディズニーアニメ小説版) 2009年10月

カル(カリバン・ダル・サラン)
人間とドラゴンの国であるランコヴィ王国の初級魔術師、公認泥棒大学に通う由緒正しい泥棒家系に生まれた少年 「タラ・ダンカン 5 禁じられた大陸 上下」 ソフィー・オドゥワン・マミコニアン著;山本知子訳;加藤かおり訳 メディアファクトリー 2008年7月

カル（カリバン・ダル・サラン）
人間とドラゴンの国であるランコヴィ王国の初級魔術師、公認泥棒大学に通う由緒正しい泥棒家系に生まれた少年 「タラ・ダンカン 6 マジスターの罠 上下」ソフィー・オドゥワン・マミコニアン著;山本知子訳 メディアファクトリー 2009年7月

カル（カレブ・ジェローム）
謎につつまれた地下世界"コロニー"の住人、十四歳のウィルの弟 「トンネル 2 謎の暗黒世界ディープス 上下」ロデリック・ゴードン著;ブライアン・ウィリアムズ著;堀江里美訳;田内志文訳 ゴマブックス 2008年8月

カル（カレブ・ジェローム）
謎につつまれた地下世界"コロニー"の住人で地表世界に住む十四歳のウィルの弟だという少年 「トンネル 上下」ロデリック・ゴードン著;ブライアン・ウィリアムズ著;堀江里美訳;田内志文訳 ゴマブックス 2008年1月

カルウィン
歌術を失い逃げ帰るように故郷アンタリスへ戻った少女 「トレマリスの歌術師 3. 第十の力」ケイト・コンスタブル著;浅羽莢子+小竹由加里訳 ポプラ社 2009年1月

カルウィン
氷の壁に囲まれた小国アンタリスの見習い巫女、十六歳の少女 「トレマリスの歌術師 1 万歌の歌い手」ケイト・コンスタブル著;浅羽莢子+小竹由加里訳 ポプラ社 2008年6月

カルウィン
氷招きの歌術を操る歌術師、歌術の才を持つ子どもが幽閉されている砂漠の帝国・メリツロスに向かった少女 「トレマリスの歌術師 2 水のない海」ケイト・コンスタブル著;浅羽莢子+小竹由加里訳 ポプラ社 2008年9月

カール・オーバードーファー
第二次世界大戦直後のアメリカの小学生ノーマンのクラスにきた転校生の少年 「片腕のキャッチ」M.J.アウク作;日当陽子訳 フレーベル館 2010年8月

カルコン・カ・ドーロ
宇宙支配を企む闇の錬金術師 「ルナ・チャイルド4 ニーナと水の迷宮の秘密」ムーニー・ウィッチャー作;荒瀬ゆみこ訳;佐竹美保画 岩崎書店 2008年2月

ガルシア教授　がるしあきょうじゅ
マヤ遺跡の調査に出かけてメキシコで死んだ考古学者、十三歳のジョシュの父親 「ジョシュア・ファイル1 見えない都市 上」マリア・G.ハリス作;石随じゅん訳 評論社 2010年9月

カール・ジョンソン
有名男子校キングズミア中学一年生、十三歳のシルヴィの幼なじみでガラス細工を集めるのが趣味の少年 「キスはオトナの味」ジャクリーン・ウィルソン作;尾高薫訳 理論社 2008年1月

カルビン・アンダーズ
人生の大半を精神病患者収容施設ですごした脳性まひの男性、脳性まひの患者・ピーティの親友 「ピーティ」ベン・マイケルセン作;千葉茂樹訳　鈴木出版（鈴木出版の海外児童文学） 2010年5月

カルビン・シュワ
ブルックリンの学校に通う少年、影がうすく友だちも少ない男の子 「シュワはここにいた」ニール・シャスタマン作;金原瑞人・市川由季子訳 小峰書店（Y.A.Books） 2008年6月

カルリカルラ
ゼップ家の七人姉妹の長女で赤ちゃんのヨランデッラの姉、十四歳の女の子 「赤ちゃんは魔女」ビアンカ・ピッツォルノ作;杉本あり訳;高橋由為子絵 徳間書店 2010年10月

かるろ

カルロス
パピと弟のマイケルと3人でキューバからアメリカにきた移民の少年 「真夏のマウンド」 マイク・ルピカ著;伊達淳訳 あかね書房 2010年7月

カルロス・モントヨ
ジョシュの事故死した父親が古代マヤ写本を解明するために助力を求めたユカタン大学の考古学の先生 「ジョシュア・ファイル2 見えない都市 下」 マリア・G.ハリス作;石随じゅん訳 評論社 2010年9月

カレブ・ジェローム
謎につつまれた地下世界"コロニー"の住人、十四歳のウィルの弟 「トンネル 2 謎の暗黒世界ディープス 上下」 ロデリック・ゴードン著;ブライアン・ウィリアムズ著;堀江里美訳;田内志文訳 ゴマブックス 2008年8月

カレブ・ジェローム
謎につつまれた地下世界"コロニー"の住人で地表世界に住む十四歳のウィルの弟だという少年 「トンネル 上下」 ロデリック・ゴードン著;ブライアン・ウィリアムズ著;堀江里美訳;田内志文訳 ゴマブックス 2008年1月

ガレリア
バルセロナの新人コンテストに応募した四人組バンド「チーター・ガールズ」の一人 「チーター・ガールズ 2 スペイン音楽祭の熱い夏」 デボラ・グレゴリー文;窪田僚訳 講談社(ディズニー文庫) 2008年10月

ガレリア
マンハッタン・マグネットスクールの高校生四人組バンド「チーター・ガールズ」の一人 「チーター・ガールズ 超人気ガールズ・バンド誕生!」 デボラ・グレゴリー文;窪田僚訳 講談社(ディズニー文庫) 2008年8月

カロン
ロシアの要人・クセノフの暗殺をくわだてる謎の暗殺者 「ダイヤモンドブラザーズ ケース3 逆転のオークション」 アンソニー・ホロヴィッツ作;金原瑞人・天川佳代子訳;藤倉麻子絵 文溪堂 2009年2月

カンダリン(イズールト)
カンコーバンの火竜族に育てられた少女、イサボーの双子の姉 「エリアナンの魔女1 魔女メガンの弟子(上)」 ケイト・フォーサイス作;井辻朱美訳 徳間書店 2010年12月

艦長　かんちょう
二十九世紀の宇宙船・アクシオム艦艦長、自動操縦装置にまかせっきりの人 「WALL・E ウォーリー」 アイリーン・トリンブル作;しぶやまさこ訳 偕成社(ディズニーアニメ小説版) 2008年11月

監督(ゴードン・マッキンタイア監督)　かんとく(ごーどんまっきんたいあかんとく)
リバーハイツという町で映画のロケをするハリウッド映画監督、ハンサムな男 「少女探偵ナンシー・ドルー ハリウッド映画殺人事件」 キャロリン・キーン作;小林淳子訳;甘塩コメコ絵 金の星社 2008年9月

カンペキーノ
おてんば魔女ハギー・アギーの親せきのおばさん、唯一ハギー・アギーを反省させることができるおばあちゃま魔女 「おてんば魔女パジャマパーティーで人気者!?―魔女ネコ日記 3」 ハーウィン・オラム作;サラ・ウォーバートン絵;田中亜希子訳 ポプラ社 2008年10月

【き】

キアーラ
かつては裕福だった家の娘、実の兄にやっかい払いされて清貧のキアーラ女子修道院に入れられた少女 「聖人と悪魔」 メアリ・ホフマン作;乾侑美子訳 小学館 2008年10月

キキ（リスづれキキ）
正義のみかた「くろて団」の団員、いつもリスといっしょの男の子 「くろて団は名探偵」ハンス・ユルゲン・プレス作;大社玲子訳 岩波書店（岩波少年文庫） 2010年9月

キーク
オランダに住む少女、戦場に行った医者のパパを心配する娘 「小さな可能性」マルヨライン・ホフ著;野坂悦子訳 小学館 2010年5月

ギサム
貧しい少年・ヨンキが働きはじめた中華料理屋「黄金飯店」の先輩店員 「ジャージャー麺がのびちゃうよ!」イヒョン文;ユンジョンジュ絵;吉田昌喜翻訳 現文メディア（韓国人気童話シリーズ12） 2010年3月

騎士エベラード（エベラード）　きしえべらーど（えべらーど）
ノルマンディからイギリスを征服しにやってきたウィリアム公の家臣ド・ブローズに従う騎士、ディーンの領地の主 「運命の騎士」ローズマリ・サトクリフ作;猪熊葉子訳 岩波書店（岩波少年文庫） 2009年8月

ギスコ
高校三年生のジャックを助けに千年後の未来から来たテレパシーが使える大型犬 「ターニング・ポイント 1 ファイヤーストーム 神秘の光」デイヴィッド・クラス作;金原瑞人訳;西田登訳 岩崎書店 2008年5月

ギスコ
千年後の未来から高校三年生のジャックを助けに来たテレパシーが使える大型犬 「ターニング・ポイント 2 ワールウィンド 運命の嵐」デイヴィッド・クラス作;金原瑞人訳;西田登訳 岩崎書店 2008年12月

キース・ムーア
国内最大級麻薬密売組織「KMG」のボス 「チェラブ Mission2 クラスA」ロバート・マカモア作;大澤晶訳 ほるぷ出版 2008年2月

キダー
千年後の未来から来た伝説の魔術師で預言者 「ターニング・ポイント 3 タイムロック最後の選択」デイヴィッド・クラス作;西田登訳 岩崎書店 2010年2月

キダー
魔術師にして科学者、千年後の未来からアマゾンに来ているという預言者 「ターニング・ポイント 2 ワールウィンド 運命の嵐」デイヴィッド・クラス作;金原瑞人訳;西田登訳 岩崎書店 2008年12月

キッド
五年生の女の子・エリの担任の先生が使うパソコンのチャットネーム 「ホラーバス 第2期 恐怖のウイルス1・2」パウル・ヴァン・ローン作;岩井智子訳;浜野史子絵 学研 2008年8月

キット・スリップ
十歳の少年・ムーンの友人、少年保護施設にいた男の子 「風の少年ムーン」ワット・キー作;茅野美ど里訳 偕成社 2010年11月

狐川さん　きつねがわさん
フーサンが引っ越してきた大きな家の一階の住人、ロッタの父親 「フーさん引っ越しをする」ハンヌ・マケラ作;上山美保子訳 国書刊行会 2008年2月

ギデオン・シーモア
18世紀にタイムトラベルしたピーターとケイトを助けてくれる金髪の青年 「タイムトラベラー 3 さらば反重力マシン」リンダ・バックリー・アーチャー著;小原亜美訳 ソフトバンククリエイティブ 2010年10月

ギブ
森で出会った不思議な老人に失敗を取り消すことができる〈パワー・オブ・アン〉という機械をもらった少年 「時間をまきもどせ!」 ナンシー・エチメンディ作;吉上恭太訳;杉田比呂美画 徳間書店 2008年10月

ギブソン・フィニー(ギブ)
森で出会った不思議な老人に失敗を取り消すことができる〈パワー・オブ・アン〉という機械をもらった少年 「時間をまきもどせ!」 ナンシー・エチメンディ作;吉上恭太訳;杉田比呂美画 徳間書店 2008年10月

ギブルワート
アイルランドからゆうびんぶくろにはいって南の国オーストラリアへいった妖精ゴブリン 「いたずらゴブリン 1 南の国なんて大きらい」 ビクター・ケラハー作;幾島幸子訳 小学館 2010年10月

ギブルワート
アイルランドにもどろうとしたのにオーストラリアの大都会にいってしまった妖精ゴブリン 「いたずらゴブリン 3 大都会なんて大きらい」 ビクター・ケラハー作;幾島幸子訳 小学館 2010年10月

ギブルワート
なかまのゴブリンたちにゆうびんぶくろにいれられて南の国オーストラリアへおくられた妖精 「いたずらゴブリン 2 海なんて大きらい」 ビクター・ケラハー作;幾島幸子訳 小学館 2010年10月

キム・ソンヒョン(ソンヒョン)
ノンドゥル小学校の二年生・ドンビンの同級生、背が高くて体の細い男の子 「太ってたってぼくはぼく」 イ・ミエ文;チェ・チョルミン絵;吉田昌喜 現文メディア(韓国人気童話シリーズ 15) 2010年3月

キム・ミョンオク
脱北者、韓国の生活になじめない小学三年生の少女 「北からやって来た女の子」 ウォン・ユスン文;チェ・ジョンイン絵;榊原咲月訳 現文メディア(韓国人気童話シリーズ) 2008年12月

キム・ミョンス
銀行員の息子、勉強が得意で優しい性格の四年生の少年 「お父さんみたいになりたいな」 イ・ブン文;イ・ウンギ絵;榊原咲月訳 現文メディア(韓国人気童話シリーズ) 2009年12月

キム・ミンジュン
とつぜん家出したとしおいたねこのボドルから手紙をもらった小学三年生の少年 「ねこの学校 1 水晶どうくつの秘密」 キム・ジンギョン作;キムジェホン絵;ホン・カズミ訳 岩崎書店 2008年8月

キム・ミンジュン
ねこの世界にある「ねこの学校」にはいる前のボドルをかっていた小学三年生の少年 「ねこの学校 2 魔法のおくりもの」 キム・ジンギョン作;キムジェホン絵;ホン・カズミ訳 岩崎書店 2008年8月

キム・ミンジュン
ねこの世界にある「ねこの学校」にはいる前のボドルをかっていた小学三年生の少年 「ねこの学校 3 ほんとうになった予言」 キム・ジンギョン作;キムジェホン絵;ホン・カズミ訳 岩崎書店 2008年11月

キム・ミンジュン
ねこの世界にある「ねこの学校」にはいる前のボドルをかっていた小学三年生の少年 「ねこの学校 4 わたしはそなたの瞳のなかにいよう」 キハ・ジンギョン作;キムジェホン絵;ホン・カズミ訳 岩崎書店 2009年1月

キム・ミンジュン
ねこの世界にある「ねこの学校」にはいる前のボドルをかっていた小学三年生の少年 「ねこの学校 5 たましいの丘」 キム・ジンギョン作;キムジェホン絵;ホン・カズミ訳 岩崎書店 2009年3月

キャサリン
自閉症をかかえている八才の弟にかんたんなルールをおしえこんでいる十二才の女の子 「ルール!」 シンシア・ロード作;おびかゆうこ訳 主婦の友社 2008年12月

キャサリン
十歳のジョーを生と死のはざまの世界の戦場案内人まで連れていくためにやってきた出迎え係の少女 「ダーティ・ドラゴン」 キャロル・ヒューズ著;西本かおる訳 小学館 2008年9月

キャシー
断崖のてっぺんにある古い宿屋の子ども、兄のイーサンと嵐の夜にやってきた船乗り・サッカレーを家に入れた妹 「船乗りサッカレーの怖い話」 クリス・プリーストリー著;デイヴィッド・ロバーツ画;三辺律子訳 理論社 2009年10月

キャス
黒人一家のとなりの家に住む少女、走るのが大好きな十二歳の女の子 「ジェミーと走る夏」 エイドリアン・フォゲリン作;千葉茂樹訳;沢田としき画 ポプラ社(ポプラ・ウイング・ブックス) 2009年7月

キャッティ・ブリー
老ドワーフ・ブルーノーの養女となった人間のみなしご、ダークエルフのドリッズトと少女のころからの友人 「ダークエルフ物語ドロウの遺産」 R.A.サルバトーレ著;安田均監訳;笠井道子訳 アスキー・メディアワークス 2008年11月

キャッティ・ブリー
老ドワーフ・ブルーノーの養女となった人間のみなしご、ダークエルフのドリッズトと少女のころからの友人 「ダークエルフ物語 暗黒の包囲」 R.A.サルバトーレ著;安田均監訳;笠井道子訳 アスキー・メディアワークス 2010年6月

キャッティ・ブリー
老ドワーフ・ブルーノーの養女となった人間のみなしご、ダークエルフのドリッズトと少女のころからの友人 「ダークエルフ物語 星なき夜」 R.A.サルバトーレ著;安田均監訳;笠井道子訳 アスキー・メディアワークス 2009年6月

キャッティー・ブリー
幼少の頃ドワーフ族のブルーノーに拾われて養子になった人間の娘 「アイスウィンド・サーガ 暗黒竜の冥宮」 R.A.サルバトーレ著 アスキー・メディアワークス 2008年7月

キャッティー・ブリー
幼少の頃ドワーフ族のブルーノーに拾われて養子になった人間の娘 「アイスウィンド・サーガ 冥界の門」 R.A.サルバトーレ著 アスキー・メディアワークス 2009年9月

キャット
クレストマンシー城の近くにあるアルヴァースコート村で出会ったマリアンに魔法の卵を譲ってもらった少年 「キャットと魔法の卵(大魔法使いクレストマンシー)」 ダイアナ・ウィン・ジョーンズ作;田中薫子訳;佐竹美保絵 徳間書店 2009年8月

キャット
マーマレード色の小さなネコに変身する十二歳の女の子 「キャットとアラバスターの石」 ケイト・ソーンダズ作;三辺律子訳 小峰書店(Y.A.Books) 2008年12月

キャットキン
リスとカワウソとモグラとハリネズミが平和に暮らすミストマントル島のプリンセス、リスの赤ちゃん 「ミストマントル・クロニクル3 アーチンとプリンセス」 マージ・マカリスター著;嶋田水子訳 小学館 2008年4月

ギャビン・ブロムフィールド（サンドマン）
海辺の町に住む風変わりな老人で砂の彫像をつくる天才 「ニック・シャドウの真夜中の図書館 2 血ぬられた砂浜」 ニック・シャドウ著;鮎川晶訳 ゴマブックス 2008年5月

船長ジョン　きゃぷてんじょん
ウォーカー家四きょうだいの長男、帆船ツバメ号の船長 「ツバメ号とアマゾン号 上下」 アーサー・ランサム作;神宮輝夫訳 岩波書店（岩波少年文庫） 2010年7月

船長ナンシイ　きゃぷてんなんしい
アマゾン号の船長兼共同所有者、ハウスボートで暮らすジムおじさんのめい 「ツバメ号とアマゾン号 上下」 アーサー・ランサム作;神宮輝夫訳 岩波書店（岩波少年文庫） 2010年7月

船長フリント　きゃぷてんふりんと
ハウスボートで暮らす男、アマゾン号の海賊少女二人のおじさん 「ツバメ号とアマゾン号 上下」 アーサー・ランサム作;神宮輝夫訳 岩波書店（岩波少年文庫） 2010年7月

キャム
中西部の十大大学のひとつのインディアナ大学に入学したが母親の看病のために地元の大学に通っている少年 「バリスタ少女の恋占い」 クリスティーナ・スプリンガー著;代田亜香子訳 小学館(SUPER!YA) 2010年11月

キャメロン・ホワイト（キャム）
中西部の十大大学のひとつのインディアナ大学に入学したが母親の看病のために地元の大学に通っている少年 「バリスタ少女の恋占い」 クリスティーナ・スプリンガー著;代田亜香子訳 小学館(SUPER!YA) 2010年11月

キャラモン
ソレースの町から仲間たちと蛮族の姫を連れて逃亡の旅に出た戦士、レイストリンの双子の兄 「ドラゴンランス 1 廃都の黒竜 上」 マーガレット・ワイス作;トレイシー・ヒックマン作;安田均訳;ともひ絵 アスキー・メディアワークス（角川つばさ文庫） 2009年7月

キャラモン
世界を救う秘宝を求めて仲間たちと廃都ザク・ツァロスに向かった戦士、レイストリンの双子の兄 「ドラゴンランス 2 廃都の黒竜 下」 マーガレット・ワイス作;トレイシー・ヒックマン作;安田均訳;ともひ絵 アスキー・メディアワークス（角川つばさ文庫） 2009年8月

キャラモン
仲間たちと世界を救う秘宝を入手して故郷のソレースに戻った戦士、レイストリンの双子の兄 「ドラゴンランス 3 城砦の赤竜」 マーガレット・ワイス作;トレイシー・ヒックマン作;安田均訳;ともひ絵 アスキー・メディアワークス（角川つばさ文庫） 2009年11月

ギャリー
「かいぞく船・海ネズミ号」にある『かいぞく学校』のせいと、ドジだけどやさしい男の子 「パイレーツスクール 1 へび島ののろい」 ブライアン・ジェームズ作;中井はるの訳;大岩ピュン絵 ポプラ社 2009年2月

ギャリー
「かいぞく船・海ネズミ号」にある『かいぞく学校』のせいと、ドジだけどやさしい男の子 「パイレーツスクール 2 ゆうれい船がやってきた！」 ブライアン・ジェームズ作;中井はるの訳;大岩ピュン絵 ポプラ社 2009年6月

ギャリー
「かいぞく船・海ネズミ号」にある『かいぞく学校』のせいと、ドジだけどやさしい男の子 「パイレーツスクール 3 フケツ号をやっつけろ！」 ブライアン・ジェームズ作;中井はるの訳;大岩ピュン絵 ポプラ社 2009年11月

ギャリー
「かいぞく船・海ネズミ号」にある『かいぞく学校』のせいと、ドジだけどやさしい男の子 「パイレーツスクール 4 港のスパイに気をつけろ!」ブライアン・ジェームズ作;中井はるの訳 ポプラ社 2010年2月

キャロライン
ディスクレシアという学習障害を持つ五年生のサムのクラスにきた転校生の女の子 「11をさがして」パトリシア・ライリー・ギフ作;岡本さゆり訳;佐竹美保絵 文研出版(文研じゅべにー る) 2010年9月

キャロライン
ペットショップで足がふたつしかないカエル・ファイアベリーを飼うことに決めた少女 「ファイアベリー 考えるカエル、旅に出る」J.C.マイケルズ著;小田島則子訳;小田島恒志訳 日本放送出版協会 2008年9月

キャロライン・クワイナー
ウィスコンシン州にある農場を営む一家の十一歳の少女 「せせらぎのむこうに」シーリア・ウィルキンズ作;ダン・アンドレアセン画;土屋京子訳 福音館書店(世界傑作童話シリーズ) 2008年11月

キャロライン・クワイナー
大都会ミルウォーキーにあるイライシャおじさんの家に寄宿するもうすぐ十六歳の女の子 「湖のほとりの小さな町」シーリア・ウィルキンズ作;ダン・アンドレアセン画;土屋京子訳 福音館書店(世界傑作童話シリーズ) 2009年5月

キャロライン・クワイナー(クワイナー先生) きゃろらいんくわいなー(くわいなーせんせい)
大都会ミルウォーキーの大学を卒業して故郷のコンコードで夢だった学校の先生になった十七歳の女性 「二人の小さな家」シーリア・ウィルキンズ作;ダン・アンドレアセン画;土屋京子訳 福音館書店(世界傑作童話シリーズ) 2010年6月

キャンベル・ハリス
シカゴに住むデザイナー・ジャン=ジョルジュの妻、美しいモデル 「少女探偵ナンシー・ドルー ファッションデザイナーの疑惑」キャロリン・キーン作;小林淳子訳;甘塩コメコ絵 金の星社 2008年9月

キラー
魔女モーウェンの家の庭に生えているキャベツを食べてロバになったウサギ 「はみだしちゃった魔女」パトリシア・C.リーデ著;田中亜希子訳 東京創元社(sogen bookland) 2010年9月

キラン
ソラナ国の貧民窟出身の少年、オラクル寺院で学び馬小屋で働く侍者 「オラクルの光－風に選ばれし娘」ヴィクトリア・ハンリー著;杉田七重訳 小学館(小学館ルルル文庫) 2008年2月

キラン
ソラナ国の貧民窟出身の少年、オラクル寺院で学び馬小屋で働く侍者 「オラクルの光－預言に隠されし陰謀」ヴィクトリア・ハンリー著;杉田七重訳 小学館(小学館ルルル文庫) 2008年3月

キーラン・スティール
6年生の女の子・ローズのクラスメート、バレエがじょうずな男の子 「バレリーナ・ドリームズ 6 いつまでも踊りたい」アン・ブライアント著;神戸万知訳;武蔵野ルネ絵 新書館 2009年8月

キリサキ・マッド
キリサキ族というバイキングの残忍なカシラ、強烈なにおいのする男 「ヒックとドラゴン6 迷宮の図書館」クレシッダ・コーウェル作;相良倫子・陶浪亜希訳 小峰書店 2010年8月

きりん

キリン（メルマン）
親友のライオンのアレックス、シマウマのマーティ、カバのグロリアとニューヨーク・セントラパークル動物園を脱出したキリン 「マダガスカル2」 J.E.ブライト作;杉田七重訳　角川書店（ドリームワークスアニメーションシリーズ）2009年3月

ギルサナス
エルフの王国「クォリネスティ」の王子、半エルフ・タニスの少年時代の友人 「ドラゴンランス3 城砦の赤竜」 マーガレット・ワイス作;トレイシー・ヒックマン作;安田均訳;ともひ絵　アスキー・メディアワークス（角川つばさ文庫）2009年11月

キルディーン
わしだけが住む遠くのさびしい塔に連れていかれたやんちゃな王女 「わしといたずらキルディーン」 マリー女王著;長井那智子訳　春風社　2008年8月

ギルバート
ヴァスティア国の魔法使いの弟子・メアリアンの使い魔、未来の光景が見えるアマガエル 「黒猫オルドウィンの冒険－三びきの魔法使い、旅に出る」 アダム・ジェイ・エプスタイン著;アンドリュー・ジェイコブスン著;大谷真弓訳　早川書房　2010年11月

ギルバート・ブライス
プリンスエドワード島で暮らすアンとともにアヴォンリー村の改善会をはじめた青年 「アンの青春」 L・M・モンゴメリ作;村岡花子訳;HACCAN画　講談社（青い鳥文庫）2009年9月

キング
千年後の未来に生きるダンの一族の王でジャックの父親 「ターニング・ポイント3 タイムロック最後の選択」 デイヴィッド・クラス作;西田登訳　岩崎書店　2010年2月

キンジョウさん
日系二世のリンコが日本語の個人レッスンを受けているスギノ夫人のところの下宿人のひとり、四十歳ちかい男の人 「最高のハッピーエンド」 ヨシコ・ウチダ作;吉田悠紀子訳　ひくまの出版　2010年1月

金のドラゴン　きんのどらごん
オルゴールの中の異世界・ロンド国のドラゴン、緑のドラゴンのつれあい 「ロンド国物語8 潮読みの洞くつ」 エミリー・ロッダ作;神戸万知訳;水野真帆絵　岩崎書店　2010年9月

ギンバ
自分の甥だと言ってドルフィをつれさった男、じつは詐欺師 「オオカミ少年ドルフィ1期6 銀のわな2」 パウル・ヴァン・ローン作;西村由美訳;小倉正巳絵　学研　2009年7月

【く】

クイック
ネコイラン町チュウチュウ通り6番地にすむドラマー、チーチーチックスというバンドでドラムをたたいているハツカネズミの少女 「クイックと魔法のスティック（チュウチュウ通り6番地）」 エミリー・ロッダ作;さくまゆみこ訳;たしろちさと絵　あすなろ書房　2010年10月

クイック
ハツカネズミのネコイラン町のチュウチュウ通り6番地にすむドラマー、チーチーチックスというバンドのメンバー 「チュウチュウ通りのゆかいななかまたち 6番地 クイックと魔法のスティック」 エミリー・ロッダ作;さくまゆみこ訳;たしろちさと画　あすなろ書房　2010年10月

クイニー
ロンドンの浮浪児集団〈ベイカー少年探偵団〉のメンバー、年下の子どもたちの世話をしている少女 「ベイカー少年探偵団5 盗まれた宝石」 アンソニー・リード著;池央耿訳　評論社（児童図書館・文学の部屋）2009年1月

クイーン
かがみの国へいったアリスがであった赤の女王と白の女王 「かがみの国のアリス」 ルイス・キャロル作;河合祥一郎訳 アスキー・メディアワークス(角川つばさ文庫) 2010年8月

クイン
北にある魔法使いたちのピラミッド群に住む三人の魔法使いの一人、黒い目で金髪が美しい女性 「リリーと魔法使い―リリー・クエンチ冒険ファンタジー5」 ナタリー・ジェーン・プライアー作;岡田好惠訳 学研 2008年12月

クイーン・ドラゴン
アシュビー・ウォーターの町に住む少女リリーの親友、3000歳の巨大なドラゴン 「リリーとアシュビーを守れ―リリー・クエンチ冒険ファンタジー7」 ナタリー・ジェーン・プライアー作;岡田好惠訳 学研 2009年8月

クイーン・ドラゴン
アシュビー・ウォーターの町に住む少女リリーの親友、3000歳の巨大なドラゴン 「リリーと恐怖の谷―リリー・クエンチ冒険ファンタジー2」 ナタリー・ジェーン・プライアー作;岡田好惠訳 学研 2008年2月

クイーン・ドラゴン
アシュビー・ウォーターの町に住む少女リリーの親友、3000歳の巨大なドラゴン 「リリーと謎の盗賊―リリー・クエンチ冒険ファンタジー6」 ナタリー・ジェーン・プライアー作;岡田好惠訳 学研 2009年4月

クイーン・ドラゴン
アシュビー・ウォーターの町に住む少女リリーの親友、3000歳の巨大なドラゴン 「リリーと秘宝の島―リリー・クエンチ冒険ファンタジー4」 ナタリー・ジェーン・プライアー作;岡田好惠訳 学研 2008年9月

クイーン・ドラゴン
アシュビー・ウォーターの町に住む少女リリーの親友、3000歳の巨大なドラゴン 「リリーと不思議な穴―リリー・クエンチ冒険ファンタジー3」 ナタリー・ジェーン・プライアー作;岡田好惠訳 学研 2008年5月

クイーン・ドラゴン
アシュビー・ウォーターの町に住む少女リリーの親友、3000歳の巨大なドラゴン 「リリーと魔法使い―リリー・クエンチ冒険ファンタジー5」 ナタリー・ジェーン・プライアー作;岡田好惠訳 学研 2008年12月

クイーン・ドラゴン(ジンハウルト・フィエルダーゼ)
アシュビー・ウォーターの座金工場にいすわりつづけたドラゴン 「リリーとクイーン・ドラゴン―リリー・クエンチ冒険ファンタジー1」 ナタリー・ジェーン・プライアー作;岡田好惠訳 学研 2008年2月

グウィナ
紀元五百年ごろブリテン島の統一を目指す司令官アーサーが率いる騎馬軍団に襲われみなしごになった少女 「アーサー王ここに眠る」 フィリップ・リーヴ著;井辻朱美訳 東京創元社(sogen bookland) 2009年4月

グウィム
ヴィンランドの先住民で部族のリーダーの息子 「トロール・ブラッド 下 長い旅路の果て」 キャサリン・ラングリッシュ作;金原瑞人訳 杉田七重訳 あかね書房 2008年6月

クウィンティニウス・ヴェルジニクス
空賊船長・風のジャッカルの息子で飛空騎士見習い、マリスの親友 「崖の国物語 9 大飛空船団の壊滅」 ポール・スチュワート作;クリス・リデル絵;唐沢則幸訳 ポプラ社(ポプラ・ウイング・ブックス) 2008年10月

くうぃ

クウィント（クウィンティニウス・ヴェルジニクス）
空賊船長・風のジャッカルの息子で飛空騎士見習い、マリスの親友 「崖の国物語 9 大飛空船団の壊滅」 ポール・スチュワート作;クリス・リデル絵;唐沢則幸訳 ポプラ社(ポプラ・ウイング・ブックス) 2008年10月

空軍おじさん　くうぐんおじさん
両親を亡くし六年生で家長になったトンスが働く新聞販売店の管理人、トンスに親切に接してくれるおじさん 「チャリンコ・ヒコーキ・ジャージャー麺」 イ・サンベ文;ペク・ミョンシク絵;高橋宣壽訳 現文メディア(韓国人気童話シリーズ) 2008年7月

グエンワイヴァー
ダークエルフのドリッズトと特別な友情で結ばれている魔法の黒ヒョウ 「ダークエルフ物語 ドロウの遺産」 R.A.サルバトーレ著;安田均監訳;笠井道子訳 アスキー・メディアワークス 2008年11月

グエンワイヴァー
ダークエルフのドリッズトと特別な友情で結ばれている魔法の黒ヒョウ 「ダークエルフ物語 暗黒の包囲」 R.A.サルバトーレ著;安田均監訳;笠井道子訳 アスキー・メディアワークス 2010年6月

グエンワイヴァー
ダークエルフのドリッズトと特別な友情で結ばれている魔法の黒ヒョウ 「ダークエルフ物語 星なき夜」 R.A.サルバトーレ著;安田均監訳;笠井道子訳 アスキー・メディアワークス 2009年6月

クークー
サンクトペテルブルクのホテルでダンスのパートナーを務めている男、靴磨きの少女マウスの友だち 「氷の心臓」 カイ・マイヤー著;遠山明子訳 あすなろ書房 2008年11月

ククシュカ（クークー）
サンクトペテルブルクのホテルでダンスのパートナーを務めている男、靴磨きの少女マウスの友だち 「氷の心臓」 カイ・マイヤー著;遠山明子訳 あすなろ書房 2008年11月

クサイヒゲ船長　くさいひげせんちょう
かいぞく船海ネズミ号の船長、かいぞく学校をつくった人 「パイレーツスクール 1 へび島ののろい」 ブライアン・ジェームズ作;中井はるの訳;大岩ピュン絵 ポプラ社 2009年2月

クサイヒゲ船長　くさいひげせんちょう
かいぞく船海ネズミ号の船長、かいぞく学校をつくった人 「パイレーツスクール 2 ゆうれい船がやってきた！」 ブライアン・ジェームズ作;中井はるの訳;大岩ピュン絵 ポプラ社 2009年6月

クサイヒゲ船長　くさいひげせんちょう
かいぞく船海ネズミ号の船長、かいぞく学校をつくった人 「パイレーツスクール 3 フケツ号をやっつけろ！」 ブライアン・ジェームズ作;中井はるの訳;大岩ピュン絵 ポプラ社 2009年11月

クサイヒゲ船長　くさいひげせんちょう
かいぞく船海ネズミ号の船長、かいぞく学校をつくった人 「パイレーツスクール 4 港のスパイに気をつけろ！」 ブライアン・ジェームズ作;中井はるの訳 ポプラ社 2010年2月

クツカタッポ
チュウチュウ通り2番地の古道具屋、ときどきお店をしめて宝さがしの冒険に出る冒険家のネズミ 「クツカタッポと三つのねがいごと(チュウチュウ通り2番地)」 エミリー・ロッダ作;さくまゆみこ訳;たしろちさと絵 あすなろ書房(チュウチュウ通り2番地) 2009年9月

クッレルボ・フォンニネン
夏の間リストの向かいのマンションに住むおじいさんの家に遊びに来たきれい好きな男の子 「リストとゆかいなラウハおばさん 5 恋のライバルあらわるの巻」 S.ノポラ作;T.ノポラ作;末延弘子訳;S.トイヴォネン＆A.ハヴカイネン絵 小峰書店 2009年2月

クーノリクス
ローマ帝国の辺境に住むヴォダディニ族の族長の長男 「辺境のオオカミ」 ローズマリ・サトクリフ作;猪熊葉子訳 岩波書店(岩波少年文庫) 2008年10月

クーパー
世界最後の魔法学校「ローワン学院」の有能なエージェント(安全要員)、顔に火傷のあとがある男 「タペストリー 下 封じられた物語」 ヘンリー・H.ネフ著;大嶌双恵訳 ヴィレッジブックス 2010年4月

クマ
大ふぶきの中道にまよったヒキガエルのウォートンとモグラのモンローが入った洞穴で眠っていたクマ 「ウォートンのとんだクリスマス・イブ―ヒキガエルとんだ大冒険3」 ラッセル・E・エリクソン作;ローレンス・ディ・フィオリ絵;佐藤涼子訳 評論社(児童図書館・文学の部屋) 2008年4月

クマ(スピリットベア)
傷害事件を引きおこした少年・コールがアラスカの無人島で見た大きな白いクマ 「スピリットベアにふれた島」 ベン・マイケルセン作;原田勝訳 鈴木出版(鈴木出版の海外児童文学) 2010年9月

クラウス・ボードレール
孤児であるボードレール三姉弟妹の長男、読書家の十三歳 「世にも不幸なできごと13 終わり」 レモニー・スニケット著;宇佐川晶子訳 草思社 2008年11月

クラッド
勇者となるための修行を積むメンフクロウ・ソーレンの兄、自己中心的な性格のフクロウ 「ガフールの勇者たち 6 聖エゴリウス運命の戦い」 キャスリン・ラスキー著;食野雅子訳 メディアファクトリー 2008年4月

グラブス(グルービッチ・グレイディ)
魔術同盟設立者のベラナバスの手下となった狼人間に変身した少年 「デモナータ6幕 悪魔の黙示録」 ダレン・シャン作;橋本恵訳;田口智子画 小学館 2008年3月

グラブス(グルービッチ・グレイディ)
魔術同盟設立者のベラナバスの手下となった狼人間に変身した少年 「デモナータ8幕 狼島」 ダレン・シャン作;橋本恵訳;田口智子画 小学館 2009年2月

グラブス(グルービッチ・グレイディ)
魔力をはらんだ古の武器カーガッシュの三つの破片のうちのひとつ、狼人間に変身した少年 「デモナータ10幕 地獄の英雄たち」 ダレン・シャン作;橋本恵訳;田口智子画 小学館 2009年12月

グラブス(グルービッチ・グレイディ)
魔力をはらんだ古の武器カーガッシュの三つの破片のうちのひとつ、狼人間に変身した少年 「デモナータ9幕 暗黒のよび声」 ダレン・シャン作;橋本恵訳;田口智子画 小学館 2009年8月

クララ・フォグワース
コカ・コーラ本社役員、コカ・コーラの極秘レシピを知っている3人(コカ・コーラ3)のひとり 「盗まれたコカ・コーラ伝説」 ブライアン・フォークナー作;三辺律子訳 小学館 2010年4月

グラン
元バイサスの反逆者、ウンチャイとネリアとともに反逆者を追う男 「フューチャーウォーカー 1 彼女は飛ばない」 イヨンド作;ホンカズミ訳;金田榮路画 岩崎書店 2010年11月

グランガー長官　ぐらんがーちょうかん
秘密組織C2の長官 「スパイ・ガール4 破壊者を止めろ」 クリスティーヌ・ハリス作;前沢明枝訳 岩崎書店 2008年1月

クランク
魔法の島ネバーランドの妖精の谷ピクシー・ホロウに住む太ったスパロー・マン 「ティンカー・ベル」 キンバリー・モリス文;小宮山みのり構成・訳 講談社(ディズニーフェアリーズ) 2008年12月

クリス(クリスタル・コールドウォーター)
魔法の王国の王立バレエスクールに通うバレリーナのたまご、バレエが上手な少女 「魔法の国の小さなバレリーナ1 バレエ学校は大さわぎ!」 エメラルド・エバーハート著;岡田好恵訳 学研教育出版 2009年11月

クリス(クリスタル・コールドウォーター)
魔法の王国の王立バレエスクールに通うバレリーナのたまご、バレエが上手な少女 「魔法の国の小さなバレリーナ2 伝説のプリマとクリスの秘密」 エメラルド・エバーハート著;岡田好恵訳 学研教育出版 2009年11月

クリス(クリスタル・コールドウォーター)
魔法の王国の王立バレエスクールに通うバレリーナのたまご、バレエが上手な少女 「魔法の国の小さなバレリーナ3 ローラ=ベラと春の祭り」 エメラルド・エバーハート著;岡田好恵訳 学研教育出版 2010年2月

クリス(クリスタル・コールドウォーター)
魔法の王国の王立バレエスクールに通うバレリーナのたまご、バレエが上手な少女 「魔法の国の小さなバレリーナ4 オーディション大作戦!」 エメラルド・エバーハート著;岡田好恵訳 学研教育出版 2010年4月

クリス(クリスタル・コールドウォーター)
魔法の王国の王立バレエスクールに通うバレリーナのたまご、バレエが上手な少女 「魔法の国の小さなバレリーナ5 ウルスラと消えたプリンセス」 エメラルド・エバーハート著;岡田好恵訳 学研教育出版 2010年6月

クリス(クリスタル・コールドウォーター)
魔法の王国の王立バレエスクールに通う少女、ジェシカ・ジュニパーの親友 「魔法の国のかわいいバレリーナ 1 ジェシカと秘密のスパイ」 エメラルド・エバーハート著;岡田好恵訳 学研教育出版 2010年9月

クリス(クリスタル・コールドウォーター)
魔法の王国の王立バレエスクールに通う少女、ジェシカ・ジュニパーの親友 「魔法の国のかわいいバレリーナ 2 クリスとアイスミステリー」 エメラルド・エバーハート著;岡田好恵訳 学研教育出版 2010年12月

クリスタル・コールドウォーター
魔法の王国の王立バレエスクールに通うバレリーナのたまご、バレエが上手な少女 「魔法の国の小さなバレリーナ1 バレエ学校は大さわぎ!」 エメラルド・エバーハート著;岡田好恵訳 学研教育出版 2009年11月

クリスタル・コールドウォーター
魔法の王国の王立バレエスクールに通うバレリーナのたまご、バレエが上手な少女 「魔法の国の小さなバレリーナ2 伝説のプリマとクリスの秘密」 エメラルド・エバーハート著;岡田好恵訳 学研教育出版 2009年11月

クリスタル・コールドウォーター
魔法の王国の王立バレエスクールに通うバレリーナのたまご、バレエが上手な少女 「魔法の国の小さなバレリーナ3 ローラ=ベラと春の祭り」 エメラルド・エバーハート著;岡田好恵訳 学研教育出版 2010年2月

クリスタル・コールドウォーター
魔法の王国の王立バレエスクールに通うバレリーナのたまご、バレエが上手な少女 「魔法の国の小さなバレリーナ4 オーディション大作戦!」 エメラルド・エバーハート著;岡田好恵訳 学研教育出版 2010年4月

クリスタル・コールドウォーター
魔法の王国の王立バレエスクールに通うバレリーナのたまご、バレエが上手な少女 「魔法の国の小さなバレリーナ5 ウルスラと消えたプリンセス」エメラルド・エバーハート著;岡田好惠訳 学研教育出版 2010年6月

クリスタル・コールドウォーター
魔法の王国の王立バレエスクールに通う少女、ジェシカ・ジュニパーの親友 「魔法の国のかわいいバレリーナ 1 ジェシカと秘密のスパイ」エメラルド・エバーハート著;岡田好惠訳 学研教育出版 2010年9月

クリスタル・コールドウォーター
魔法の王国の王立バレエスクールに通う少女、ジェシカ・ジュニパーの親友 「魔法の国のかわいいバレリーナ 2 クリスとアイスミステリー」エメラルド・エバーハート著;岡田好惠訳 学研教育出版 2010年12月

クリスチナ・パーソンズ
フランバーズ屋敷の次男ウィルと結婚の約束をして屋敷を出た孤児の十七歳の少女 「フランバーズ屋敷の人びと 2 雲のはて」K.M.ペイトン作;掛川恭子訳 岩波書店(岩波少年文庫) 2009年10月

クリスチナ・パーソンズ
親戚をたらいまわしにされフランバーズ屋敷にひきとられた十二歳の孤児の少女 「フランバーズ屋敷の人びと 1 愛の旅だち」K.M.ペイトン作;掛川恭子訳 岩波書店(岩波少年文庫) 2009年9月

クリスチナ・ラッセル
フランバーズ屋敷の主となり使用人のディックと再婚した女性 「フランバーズ屋敷の人びと 4,5 愛ふたたび(上下)」K.M.ペイトン作;掛川恭子訳 岩波書店(岩波少年文庫) 2009年12月

クリスチナ・ラッセル
夫ウィルが戦死しかつてひきとられていたフランバーズ屋敷に戻った二十一歳の女性 「フランバーズ屋敷の人びと 3 めぐりくる夏」K.M.ペイトン作;掛川恭子訳 岩波書店(岩波少年文庫) 2009年11月

クリスチーネ
ある日森のはらっぱでふしぎなひつじのチリに出会った女の子 「空からきたひつじ」フレート・ロドリアン作;ヴェルナー・クレムケ絵;たかはしふみこ訳 徳間書店 2010年3月

クリスティ
十二才のキャサリンの家のとなりに引っこしてきたかわいいおない年の女の子 「ルール!」シンシア・ロード作;おびかゆうこ訳 主婦の友社 2008年12月

クリストファー・スミス
魔法の渦巻く館の従僕、別世界からやってきた強大な魔法使い 「魔法の館にやとわれて(大魔法使いクレストマンシー)」ダイアナ・ウィン・ジョーンズ作;田中薫子訳;佐竹美保絵 徳間書店 2009年5月

クリストファー・ロビン
ぬいぐるみのくまのプーさんたちとあそぶ男の子 「プー横丁にたった家」A.A.ミルン作;石井桃子訳 岩波書店 2008年2月

クリストファー・ロビン
プーさんのいる百エーカー森に八十年ぶりにかえってきた少年 「プーさんの森にかえる」デイヴィッド・ベネディクタス文;マーク・バージェス絵;こだまともこ訳 小学館 2010年10月

クリストフ・バーテル
飛行船にもぐりこんでニューヨークにいこうと思いついた南ドイツの湖のほとりに住んでいる十歳の男の子 「シュトッフェルの飛行船」エーリカ・マン作;若松宣子訳 岩波書店(岩波少年文庫) 2008年8月

くりす

クリスピン（プリンセス・キャットキン）
リスとカワウソとモグラとハリネズミが平和に暮らすミストマントル島の王、元三司令官だったリスの青年 「ミストマントル・クロニクル3 アーチンとプリンセス」マージ・マカリスター著;嶋田水子訳 小学館 2008年4月

グリッター
フェアリーランドの妖精・ペニーのペット、魔法のポニー 「ポニーの妖精（フェアリー）ペニー（レインボーマジック）」デイジー・メドウズ作;田内志文訳 ゴマブックス 2008年5月

グリフィス博士　ぐりふぃすはくし
博物館の仕事をしている科学者、妖精のあこがれる少女・リジーのお父さん 「ティンカー・ベルと妖精の家」キンバリー・モリス作;橘高弓枝訳 偕成社（ディズニーアニメ小説版）2010年12月

グリフィン・ジョーンズ
英国グロスターシャー州の陸軍基地に越してきた一家の十二歳の長男 「少年グリフィン」C.W ニコル作;栗原紀子訳;松岡達英絵 小学館 2010年7月

グリム夫人（レルダ・グリム）　ぐりむふじん（れるだぐりむ）
孤児だったグリム姉妹を引きとった父方の祖母、おとぎばなしの町で私立探偵をしている老婦人 「グリム姉妹の事件簿1 事件のかげに巨人あり」マイケル・バックリー著;三辺律子訳 東京創元社（sogen bookland）2009年6月

グリム夫人（レルダ・グリム）　ぐりむふじん（れるだぐりむ）
孤児だったグリム姉妹を引きとった父方の祖母、おとぎばなしの町で私立探偵をしている老婦人 「グリム姉妹の事件簿2 学校の怪事件」マイケル・バックリー著;三辺律子訳 東京創元社（sogen bookland）2009年10月

クリモン
アバンティア王国で新たに誕生した双竜のビーストの一匹、赤竜 「ビースト・クエスト19（別巻）双竜ベドラとクリモン」アダム・ブレード作;浅尾敦則訳 ゴマブックス 2008年6月

グリーン
万物の創造主の後継者、創造主の七つに分断された遺書を集める少年 「王国の鍵4 戦場の木曜日」ガース・ニクス著;原田勝訳 主婦の友社 2010年4月

グリーン先生　ぐりーんせんせい
子ドラゴンのウロコンを学校に連れてきた小学生・サムの担任の先生 「ドラゴンが教室にやってきた!」ジューン・カウンスル作;こだまともこ訳;いたやさとし画 日本標準（シリーズ本のチカラ）2010年4月

グリーン先生　ぐりーんせんせい
子ドラゴンのウロコンを学校に連れてきた小学生・サムの担任の先生 「ドラゴンとみんなの新学期!」ジューン・カウンスル作;こだまともこ訳;いたやさとし画 日本標準（シリーズ本のチカラ）2010年9月

グリーン先生　ぐりーんせんせい
子ドラゴンのウロコンを学校に連れてきた小学生・サムの担任の先生 「一組のドラゴンとまほうの山!」ジューン・カウンスル作;こだまともこ訳;いたやさとし画 日本標準（シリーズ本のチカラ）2010年12月

グルービッチ・グレイディ
魔術同盟設立者のベラナバスの手下となった狼人間に変身した少年 「デモナータ6幕 悪魔の黙示録」ダレン・シャン作;橋本恵訳;田口智子画 小学館 2008年3月

グルービッチ・グレイディ
魔術同盟設立者のベラナバスの手下となった狼人間に変身した少年 「デモナータ8幕 狼島」ダレン・シャン作;橋本恵訳;田口智子画 小学館 2009年2月

グルービッチ・グレイディ
魔力をはらんだ古の武器カーガッシュの三つの破片のうちのひとつ、狼人間に変身した少年 「デモナータ10幕 地獄の英雄たち」 ダレン・シャン作;橋本恵訳;田口智子画 小学館 2009年12月

グルービッチ・グレイディ
魔力をはらんだ古の武器カーガッシュの三つの破片のうちのひとつ、狼人間に変身した少年 「デモナータ9幕 暗黒のよび声」 ダレン・シャン作;橋本恵訳;田口智子画 小学館 2009年8月

クレア
悩みや問題を抱え校内カウンセラーと面談をしている高校生の少女 「ファイアベリー 考えるカエル、旅に出る」 J.C.マイケルズ著;小田島則子訳;小田島恒志訳 日本放送出版協会 2008年9月

クレア(プリンセス)
超セレブでわがままだがスケートの天才少女 「フィギュア☆ドリーム4 伝説のコーチあらわる!」 リア・チェリ著;サラ・ノット絵;飯田亮介訳 メディアファクトリー 2010年2月

グレアム
田舎町のラウンドブルックのひつじが丘にすみついた平和が好きなドラゴン、ウサギのケニーの親友 「ケニー&ドラゴン」 トニー・ディテルリッジ作・絵;水間千恵訳 文溪堂 2009年11月

クレージー・ルーイ
ピッグ・バレーのブタ小屋とニワトリ小屋の動物たちの世話をする管理人 「わたしの犬、ラッキー」 ダイアン・メイコック作;若林千鶴訳;佐藤真紀画 あすなろ書房 2010年12月

グレース・ケイヒル
名門ケイヒル一族の女当主、謎の遺言をのこして世を去った老婦人 「サーティーナイン・クルーズ1 骨の迷宮」 リック・リオーダン著;小浜杏実訳; メディアファクトリー 2009年6月

グレース・テンペスト
ヴァンパイレートのローカンとサンクチュアリに来た少女、少年コナーとふたごの兄妹 「ヴァンパイレーツ6 血の偶像」 ジャスティン・ソンパー作;海後礼子訳 岩崎書店 2010年4月

グレース・テンペスト
ヴァンパイレートのローカンとサンクチュアリに来た少女、少年コナーとふたごの兄妹 「ヴァンパイレーツ7 目覚めし者たち」 ジャスティン・ソンパー作;海後礼子訳 岩崎書店 2010年7月

グレース・テンペスト
サンクチュアリで死んだはずの母親に再会した少女、少年コナーとふたごの兄妹 「ヴァンパイレーツ8 黒のハート」 ジャスティン・ソンパー作;海後礼子訳 岩崎書店 2010年12月

グレース・テンペスト
海で遭難していたところを謎のヴァンパイレーツ船に助けられた少女、少年コナーとふたごの兄妹 「ヴァンパイレーツ 2－運命の夜明け」 ジャスティン・ソンパー作;海後礼子訳 岩崎書店 2009年2月

グレース・テンペスト
海で遭難していたところを謎のヴァンパイレーツ船に助けられた少女、少年コナーとふたごの兄妹 「ヴァンパイレーツ 3－うごめく野望」 ジャスティン・ソンパー作;海後礼子訳 岩崎書店 2009年5月

グレース・テンペスト
海で遭難していたところを謎のヴァンパイレーツ船に助けられた少女、少年コナーとふたごの兄妹 「ヴァンパイレーツ 4－剣の重み」 ジャスティン・ソンパー作;海後礼子訳 岩崎書店 2009年8月

ぐれす

グレース・テンペスト
海で遭難していたところを謎のヴァンパイレーツ船に助けられた少女、少年コナーとふたごの兄妹「ヴァンパイレーツ 5－さまよえる魂」ジャスティン・ソンパー作;海後礼子訳 岩崎書店 2009年12月

グレース・テンペスト
身よりのなくなった知的な少女、少年コナーとふたごの兄妹「ヴァンパイレーツ 1－死の海賊船」ジャスティン・ソンパー作;海後礼子訳 岩崎書店 2009年2月

グレース・マシューズ
アザミの花のフェアリー、九歳の女の子「フェアリーズ－妖精たちの冒険 3 アザミと笑いの貝がら」J.H.スイート作;津森優子訳;唐橋美奈子絵 文溪堂 2008年11月

グレース・マッカンス・スナイダー
三歳の頃にネブラスカ州に入植した一家の二女「キルトにつづる物語－アメリカ開拓時代を生きた少女」アンドレア・ウォーレン作;もりうちすみこ訳;せきねゆき絵 汐文社 2008年12月

グレッグ
日記をつけている男の子、もと大親友のロウリーと大げんかをしてしまったダメ少年「グレッグのダメ日記 なんとか、やっていくよ」ジェフ・キニー作;中井はるの訳 ポプラ社 2010年11月

グレッグ・ヘフリー
三人兄弟の次男、みんなが新年の決意を決めているのに思いつかなくてこまっている男の子「グレッグのダメ日記 あ～あ、どうしてこうなるの!?」ジェフ・キニー作;中井はるの訳 ポプラ社 2009年11月

グレッグ・ヘフリー
三人兄弟の次男、夏休みはテレビゲームをしてすごすのがすきな男の子「グレッグのダメ日記 ボクの日記があぶない!」ジェフ・キニー作;中井はるの訳 ポプラ社 2008年9月

グレッグ・ヘフリー
三人兄弟の次男、今年も日記を書かなくてはいけなくなった男の子「グレッグのダメ日記 もう、がまんできない!」ジェフ・キニー作;中井はるの訳 ポプラ社 2009年4月

グレッグ・ヘフリー（にいパイ）
日記を書くことにした男の子、学校でおばかなやつらにかこまれてくらす6年生「グレッグのダメ日記」ジェフ・キニー作;中井はるの訳 ポプラ社 2008年5月

クレメンタイン
アメリカのボストンに住む小学三年生、学校でやるかくし芸大会で何をやろうかまったく思いつかなかった女の子「なにをやるつもり!?クレメンタイン（クレメンタイン2）」サラ・ペニーパッカー作;マーラ・フレイジー絵;前沢明枝訳 ほるぷ出版 2008年7月

クレメンタイン
アメリカのボストンに住む小学三年生、月曜日から一週間ついていなかった元気いっぱいでがんばりやの女の子「どうなっちゃってるの!?クレメンタイン（クレメンタイン1）」サラ・ペニーパッカー作;マーラ・フレイジー絵;前沢明枝訳 ほるぷ出版 2008年5月

クレメンタイン
アメリカのボストンに住む小学三年生、元気いっぱいでがんばりやの女の子「それはないよ!?クレメンタイン（クレメンタイン3）」サラ・ペニーパッカー作;マーラ・フレイジー絵;前沢明枝訳 ほるぷ出版 2008年12月

クレルボ
あらゆる生物と交信できる少女・コニーの宿敵、変幻自在の生き物「キメラの呪い コニー・ライオンハートシリーズ4」ジュリア・ゴールディング作;木田恒訳;嶋田水子訳;祖父江英之イフスト 静山社 2010年6月

クロウ
暗黒の魔法使い・マルベルが新たに生みだした邪悪な六匹のビーストの一匹、大猿 「ビースト・クエスト 8 大猿クロウ」 アダム・ブレード作;浅尾敦則訳 ゴマブックス 2008年11月

クロウ
地下民、自由を勝ちとろうとしている自由民グループのリーダーの少年 「セブンスタワー 4 キーストーン」 ガース・ニクス作;西本かおる訳 小学館(小学館ファンタジー文庫) 2008年2月

クロウ
地下民、自由を勝ちとろうとしている自由民グループのリーダーの少年 「セブンスタワー 5 戦い」 ガース・ニクス作;西本かおる訳 小学館(小学館ファンタジー文庫) 2008年3月

クロウ
地下民、自由を勝ちとろうとしている自由民グループのリーダーの少年 「セブンスタワー 6 紫の塔」 ガース・ニクス作;西本かおる訳 小学館(小学館ファンタジー文庫) 2008年4月

クロウフェザー
ウィンド族の戦士猫 「ウォーリアーズⅡ 6 日没」 エリン・ハンター作;高林由香子訳 小峰書店 2010年10月

クロウフェザー
ウィンド族の戦士猫、青い目をした黒っぽい灰色の雄猫 「ウォーリアーズⅡ 4 星の光」 エリン・ハンター作;高林由香子訳 小峰書店 2010年2月

クロウフェザー
ウィンド族の戦士猫、青い目をした黒っぽい灰色の雄猫 「ウォーリアーズⅡ 5 夕暮れ」 エリン・ハンター作;高林由香子訳 小峰書店 2010年5月

クロウポー
ウィンド族の見習い猫、予言の夢を見て旅に出た雄猫 「ウォーリアーズ〔2〕-1 真夜中に」 エリン・ハンター作;高林由香子訳 小峰書店 2008年11月

クロウポー
ウィンド族の見習い猫、予言の夢を見て旅に出た雄猫 「ウォーリアーズ〔2〕-2 月明り」 エリン・ハンター作;高林由香子訳 小峰書店 2009年3月

クロウポー
ウィンド族の見習い猫、予言の夢を見て旅に出た雄猫 「ウォーリアーズ〔2〕-3 夜明け」 エリン・ハンター作;高林由香子訳 小峰書店 2009年7月

クロエ・フォレスター
いじめっ子グループの命令でネコ屋敷にむかって石を投げあやまって子ネコを殺してしまった十三歳の少女 「ニック・シャドウの真夜中の図書館 4 ネコばあさん」 ニック・シャドウ著;上川典子訳 ゴマブックス 2008年6月

クロコダイル
アフリカにすむワニ、動物学者のジョンが魅力的だという動物 「アキンボとクロコダイル」 アレグザンダー・マコール・スミス作;もりうちすみこ訳;広野多珂子絵 文研出版(文研ブックランド) 2009年1月

グロック
ドラゴン・スレイヤー・アカデミーでさいしょの怪物トロールの生徒となる新一年生、体が大きくみどり色をしたトロール 「ドラゴン・スレイヤー・アカデミー 2-8 トロールのご用心」 ケイト・マクミュラン作;神戸万知訳;舵真秀斗画 岩崎書店 2010年6月

クロティ
アメリカヴァージニア州のベルモント農園でひそかに文字をおぼえ隠れて日記をつけていた十二歳の奴隷の少女 「クロティの秘密の日記」 パトリシア・C.マキサック作;宮木陽子訳;門内幸恵画 くもん出版(くもんの海外児童文学) 2010年11月

クロディーヌ
クレア学院三年の新入生でマドモアゼル先生のフランスからきた姪、イギリス人の価値観が理解できない少女 「おちゃめなふたごのすてきな休暇」 エニド・ブライトン作;佐伯紀美子訳 ポプラ社(ポプラポケット文庫) 2009年9月

クロノス
ハーフ訓練生だったルークを操り復活を狙うはるか昔に退治されたタイタン族の王 「パーシー・ジャクソンとオリンポスの神々 4迷宮の戦い」 リック・リオーダン作;金原瑞人訳;小林みき訳 ほるぷ出版 2008年12月

クロノス(ルーク)
伝言の神ヘルメスの息子ルークの体を使いついに復活したはるか昔に退治されたタイタン族の王 「パーシー・ジャクソンとオリンポスの神々 5最後の神」 リック・リオーダン作;金原瑞人訳;小林みき訳 ほるぷ出版 2009年12月

グローバー・アンダーウッド
ポセイドンの息子・パーシーの親友、半人半ヤギの山野の精であるサテュロス 「パーシー・ジャクソンとオリンポスの神々 4迷宮の戦い」 リック・リオーダン作;金原瑞人訳;小林みき訳 ほるぷ出版 2008年12月

グローバー・アンダーウッド
ポセイドンの息子・パーシーの親友、半人半ヤギの山野の精であるサテュロス 「パーシー・ジャクソンとオリンポスの神々 5最後の神」 リック・リオーダン作;金原瑞人訳;小林みき訳 ほるぷ出版 2009年12月

グロリア
親友のライオンのアレックス、シマウマのマーティ、キリンのメルマンとニューヨーク・セントラルパーク動物園を脱出したカバ 「マダガスカル2」 J.E.ブライト作;杉田七重訳 角川書店(ドリームワークスアニメーションシリーズ) 2009年3月

グロリアさん
妖精フェリシティたちがしょっちゅういく「きらきら☆カフェ」の店長さん 「妖精フェリシティ9 ぴかぴか大へんしん」 エマ・トムソン作・絵;神戸万知訳 岩崎書店 2010年1月

グロリア・ダヴィール
人間とドラゴンの国であるランコヴィ王国の王家の血筋を引く初級魔術師、危機におちいるとケダモノに変身する少女 「タラ・ダンカン 5 禁じられた大陸 上下」 ソフィー・オドゥワン・マミコニアン著;山本知子訳;加藤かおり訳 メディアファクトリー 2008年7月

黒リス　くろりす
アナテマ・ベインに呪いをかけられた黒リスたちを救うため魔法で言葉が話せるようになった黒リス 「フェアリーズ~妖精たちの冒険 4ホタルと青い月のクローバー」 J.H.スイート作;津森優子訳;唐橋美奈子絵 文溪堂 2009年1月

クワイナー先生　くわいなーせんせい
大都会ミルウォーキーの大学を卒業して故郷のコンコードで夢だった学校の先生になった十七歳の女性 「二人の小さな家」 シーリア・ウィルキンズ作;ダン・アンドレアセン画;土屋京子訳 福音館書店(世界傑作童話シリーズ) 2010年6月

グンナル・インゴルフソン
バイキング船ウォーター・スネークの片手を失っている船長 「トロール・ブラッド 上 呪われた船」 キャサリン・ラングリッシュ作;金原瑞人訳;杉田七重訳 あかね書房 2008年6月

【け】

ケアウエ
どんなことでも叶えてくれる不思議なびんを買いハワイのコナに家を建てた男 「びんの悪魔」 R.L.スティーブンソン作;よしだみどり訳;磯良一画 福音館書店(世界傑作童話シリーズ) 2010年4月

ケイ
テンプル騎士団の一員でオラクル(預言者)であり人の考えを読むことができる超能力者の少年、十五歳のビリーの友だち 「デビルズ・キス テンプル騎士団の少女」 サルワット・チャダ著;金原瑞人訳 メディアファクトリー 2010年1月

ケイティ
フェアリーランドのペットの妖精のひとり、子ねこの妖精 「子ねこの妖精(フェアリー)ケイティ(レインボーマジック)」 デイジー・メドウズ作;田内志文訳 ゴマブックス 2008年3月

ケイティ
内気な十歳の子・ヴァイオレットと文通するロンドンに住む女の子 「双子のヴァイオレット」 ジーン・ユーア作;渋谷弘子訳;笹森識絵 文研出版(文研じゅべにーる) 2009年2月

ケイティ
魔女のたからものをみつけた女の子 「魔女の宝物」 ルース・チュウ作;日当陽子訳 フレーベル館(魔女の本棚) 2009年10月

ケイティ・エリソン
小さな港町・イーストポートの高校生、嘘つきでキスに弱い17歳のモテガール 「嘘つきは恋のはじまり」 メグ・キャボット作;代田亜香子訳 理論社 2010年3月

ケイティ・エリン・フラナガン
「見えざる者」が見えるペギー・スーのおばあちゃんで変わり者の魔女 「ペギー・スー 9 光の罠と明かされた秘密」 セルジュ・ブリュソロ著;金子ゆき子訳;町田尚子絵 角川書店 2008年3月

ケイティおばあちゃん(ケイティ・エリン・フラナガン)
「見えざる者」が見えるペギー・スーのおばあちゃんで変わり者の魔女 「ペギー・スー 9 光の罠と明かされた秘密」 セルジュ・ブリュソロ著;金子ゆき子訳;町田尚子絵 角川書店 2008年3月

ケイティ・ガラハー
北アイルランドの田舎で育ち遠くの農場へ奉公に出た十一歳の娘、サリーの妹 「サリーの帰る家」 エリザベス・オハラ作;もりうちすみこ訳 さ・え・ら書房 2010年4月

ケイト
デヴィッド・ベッカム・アカデミーのサッカー教室に申し込んだ女の子、トムのチームに入ったミッドフィルダー 「デヴィッド・ベッカム・アカデミー 4 ストライカーVSミッドフィルダー」 マット・クロジック著;かとうりつこ訳 主婦の友社 2010年4月

ケイト
ロンドンから田舎に引っ越してきた少女、文字を読んだり書いたりするのが苦手な子 「グリーンフィンガー ＜約束の庭＞」 ポール・メイ作;シャーン・ベイリー絵;横山和江訳 さ・え・ら書房 2009年6月

ケイト
毎晩ベッドにもぐりこんだあと神様に自分のまわりのできごとを話す少女 「たいせつな友だち」 モイヤ・シモンズ作;中井はるの訳;後藤貴志画 くもん出版 2009年7月

ケイト・オープンショー
おばあちゃんのお墓まいりに行ってから頭の中でふしぎな声が聞こえるようになった十二歳の少女 「ニック・シャドウの真夜中の図書館 1 声が聞こえる」 ニック・シャドウ著;堂田和美訳 ゴマブックス 2008年5月

けいと

ケイト・ダイアー
反重力マシンでピーターといっしょに18世紀にタイムトラベルした21世紀の女の子、物理学者ダイアー博士の娘 「タイムトラベラー3 さらば反重力マシン」リンダ・バックリー・アーチャー著;小原亜美訳 ソフトバンククリエイティブ 2010年10月

ケイト・ダイアー
物理学者のダイアー博士の娘、ピーターと反重力マシンで一七六三年に送りこまれてしまった少女 「タイムトラベラー2 ふたつの反重力マシン」リンダ・バックリー・アーチャー著;小原亜美訳 ソフトバンククリエイティブ 2009年1月

ケイト・トルネード
「秘密結社ベネディクト団」のメンバー、道具入りのバケツを手ばなさない運動神経バツグンの12歳の少女 「秘密結社ベネディクト団 下 素直になったら負け」トレントン・リー・スチュワート著;久米真麻子訳 ヴィレッジブックス 2010年3月

ケイト・トルネード
「秘密結社ベネディクト団」のメンバー、道具入りのバケツを手ばなさない運動神経バツグンの12歳の少女 「秘密結社ベネディクト団 上 孤独な子どもをねらえ」トレントン・リー・スチュワート著;久米真麻子訳 ヴィレッジブックス 2010年3月

ケイトリン
いつもぬいぐるみのヨークシャーテリア・デイジーと一緒のはずかしがりやだけどしんのつよい女の子 「ミステリー・パピークラブ 1 おじょう様の子犬をさがせ!」ジョディー・メラー作;もん訳 PHP研究所 2009年7月

ケイトリン
いつもぬいぐるみのヨークシャーテリア・デイジーと一緒のはずかしがりやだけどしんのつよい女の子 「ミステリー・パピークラブ 2 消えた名画をさがせ!」ジョディー・メラー作;もん訳 PHP研究所 2009年9月

ケイトリン
パピークラブのメンバーのはずかしがりやな女の子、ぬいぐるみのヨークシャーテリア・デイジーの持ち主 「ミステリー・パピークラブ 3 猫の映画スター誘拐事件」ジョディー・メラー作;もん訳 PHP研究所 2010年2月

ケイトリン
パピークラブのメンバーのはずかしがりやな女の子、ぬいぐるみのヨークシャーテリア・デイジーの持ち主 「ミステリー・パピークラブ 4 宝石どろぼうをつかまえろ!」ジョディー・メラー作;もん訳 PHP研究所 2010年2月

ケイトリン・バーク
超セレブな国民的アイドルでありながら"ふつう"にあこがれている十六歳の少女 「ハリウッドスターと謎のライバル」ジェン・キャロニタ著;灰島かり訳;松村紗耶訳 小学館(SUPER!YA) 2010年7月

ケイトリン・バーク
話題の最新映画の主役に抜てきされた十六歳の国民的アイドル 「ハリウッドスター、撮影開始!」ジェン・キャロニタ著;灰島かり訳;松村紗耶訳 小学館(SUPER!YA) 2009年11月

ケイトリン・バーク(レイチェル)
ハリウッドで活躍中のティーンアイドル、変装してクラーク・ホール高校に転入した十六歳の少女 「転校生は、ハリウッドスター」ジェン・キャロニタ著;灰島かり訳;松村紗耶訳 小学館(SUPER!YA) 2009年6月

ケイトリン・ヴォーゲル
ミドルスクールの七年生、学校で泣いていた少女・コリーンの親友 「エマ・ジーン・ラザルス、木から落ちる」ローレン・ターシス作;部谷真奈実訳 主婦の友社 2008年9月

ゲイブ・ベルジュ
十七歳のノアの父の再婚相手・リゼットの十七歳の息子 「とざされた時間のかなた」ロイス・ダンカン作;佐藤見果夢訳 評論社(海外ミステリーBOX) 2010年1月

ケイモン
闇の王国ゴルゴニアにいる魔法使いマルベルに操られている犬、悪のビースト 「ビースト・クエスト16 ゴルゴン犬ケイモン」 アダム・ブレード作;浅尾敦則訳;大庭賢哉イラスト ゴマブックス 2010年10月

ゲゲマー・アイタノ・シドイ
生まれ故郷「水郷」にたどり着いたガヴィアを迎えたおば 「パワー―西のはての年代記3」ル=グウィン著;谷垣暁美訳 河出書房新社 2008年8月

ケート
下町のふくろ小路一番地に住む子だくさんのラッグルスさん一家の次女 「ふくろ小路一番地」 イーヴ・ガーネット作;石井桃子訳 岩波書店(岩波少年文庫) 2009年5月

ゲド(ハイタカ)
アースシーのゴント島で生まれた少年、並はずれた魔法の力があるため驕った心をもった若者 「ゲド戦記1 影との戦い」 アーシュラ・K.ル=グウィン作;清水真砂子訳 岩波書店(岩波少年文庫) 2009年1月

ケニー
テディベアを拾って「ホレース」と名づけた男の子・ジョエルの親友 「ぼくんちのテディベア騒動」 クリス・ダレーシー作;渡邉了介訳 徳間書店 2010年5月

ケニー(ケネス)
小さな田舎町・ラウンドブルックで暮らしている本が大好きな男の子、ドラゴンのグレアムと親友になったウサギ 「ケニー&ドラゴン」 トニー・ディテルリッジ作・絵;水間千恵訳 文溪堂 2009年11月

ケネス
小さな田舎町・ラウンドブルックで暮らしている本が大好きな男の子、ドラゴンのグレアムと親友になったウサギ 「ケニー&ドラゴン」 トニー・ディテルリッジ作・絵;水間千恵訳 文溪堂 2009年11月

ケラック
呪われた町カーストンに住む14歳の少年、魔法使いゼンドリックの弟子 「銀竜の騎士団―いかさま師と暗黒の迷宮」 デイル・ドノヴァン著;リンダ・ジョンズ著;安田均監訳 アスキー・メディアワークス(ダンジョンズ&ドラゴンズスーパーファンタジー) 2008年5月

ケラック
呪われた町カーストンに住む14歳の少年、魔法使いゼンドリックの弟子 「銀竜の騎士団―ドラゴンと黄金の瞳」 リー・ソーズビー著;安田均監訳 アスキー(ダンジョンズ&ドラゴンズスーパーファンタジー) 2008年3月

ケリー・チャン
英国情報局の指揮下にある秘密組織「チェラブ」の部員、香港生まれの中国系で空手と語学に優れている少女 「チェラブ Mission2 クラスA」 ロバート・マカモア作;大澤晶訳 ほるぷ出版 2008年2月

ケルップ
人間の友だちがほしくておてんばな女の子・ヘリナとくらしはじめた黒くて小さい犬 「ケルップの友だち」 サリ・ペルトニエミ作;末延弘子訳;小栗麗加画 文研出版(文研ブックランド) 2010年2月

ケロリーヌ
おてんば魔女ハギー・アギーのペット、カエルの女の子 「おてんば魔女ガールズバンドで大スター!?―魔女ネコ日記2」 ハーウィン・オラム作;サラ・ウォーバートン絵;田中亜希子訳 ポプラ社 2008年7月

けんど

ケンドル・ダンカン
「サニー・ビスタ・ノッティンガム・ホテル」の若い支配人、きざでいやみな男 「ベッドタイム・ストーリー」ヘレナ・メイヤー作;橘高弓枝訳 偕成社(ディズニーアニメ小説版) 2009年3月

【こ】

コイン
ベファーナのおもちゃのお店のショーウィンドーにかざられているぬいぐるみの犬 「青矢号 おもちゃの夜行列車」ジャンニ・ロダーリ作;関口英子訳 岩波書店(岩波少年文庫) 2010年5月

ゴインキョ
ハツカネズミの町のチュウチュウ通り1番地にすみお宝チーズをいっぱいもっているお金もちネズミ 「ゴインキョとチーズどろぼう(チュウチュウ通り1番地)」エミリー・ロッダ作;さくまゆみこ訳;たしろちさと絵 あすなろ書房(チュウチュウ通り1番地) 2009年9月

公爵　こうしゃく
読書室に女の子の大理石像やトラのじゅうたんをおいていた年老いた館のあるじ 「ほらふきじゅうたん」デイヴィッド・ルーカス作;なかがわちひろ訳 偕成社 2009年11月

こうのとり
六歳の女の子・マイカの家の庭にいた灰色の飛べないこうのとりの子ども 「マイカのこうのとり」ベンノー・プルードラ作;上田真而子訳;いせひでこ絵 岩波書店 2008年2月

氷の悪魔　こおりのあくま
「外の闇」からロンドンにやってきてこの世を支配しよとしている「闇」の生物 「シルバータン」チャーリー・フレッチャー著;大鳥双恵訳 理論社(THE STONE HEART TRILOGY) 2009年4月

コクア
不思議なびんの魔力でハワイに家を建てたケアウエに求婚された娘 「びんの悪魔」R.L.スティーブンソン作;よしだみどり訳;磯良一画 福音館書店(世界傑作童話シリーズ) 2010年4月

ココ・ミリッチ
ゼレニ・ブルフの村から都会のザグレブにやってきたばかりのトモの昔からの友だち 「なぞの少年」イワン・クーシャン作;山本郁子訳 冨山房インターナショナル 2010年11月

子ジカ　こじか
パリに住むバレエが大好きな12歳の女の子、子ジカみたいな黒い目の子 「ダンス! 1 バレリーナの卵」アンヌ=マリー・ポル著;阪田由美子訳 草思社 2008年1月

子ジカ　こじか
パリに住むバレエが大好きな13歳の女の子、子ジカみたいな黒い目の子 「ダンス! 2 選ぶのはわたし」アンヌ=マリー・ポル著;阪田由美子訳 草思社 2008年1月

コーディー
夏休みの間リアナ川のほとりにある小屋ですごす十二歳の少年、十三歳のシャーナの弟 「ほとばしる夏」ジェイン・レズリー・コンリー作;尾崎愛子訳;今村麻果画 福音館書店(世界傑作童話シリーズ) 2008年7月

コデックス
なんでも知っている魔法のクリスタル 「セブンスタワー 5 戦い」ガース・ニクス作;西本かおる訳 小学館(小学館ファンタジー文庫) 2008年3月

子どもたち　こどもたち
社会見学でマンストンにあるリトル・ホラー博物館へ行き展示品をさわってしまった小学生たち　「透明人間のくつ下」アレックス・シアラー著;金原瑞人訳　竹書房　2008年8月

子どもたち　こどもたち
両親が海外旅行にいくあいだロンドンのアデレード大おばさんの家にいくことになったブラウン家のいたずらっ子たち　「マチルダばあや、ロンドンへ行く」クリスティアナ・ブランド作;エドワード・アーディゾーニ絵;こだまともこ訳　あすなろ書房　2008年5月

ゴードン
ブラック帝国の帝王・ブラック伯爵の息子　「リリーと恐怖の谷―リリー・クエンチ冒険ファンタジー2」ナタリー・ジェーン・プライアー作;岡田好惠訳　学研　2008年2月

ゴードン
ブラック帝国の帝王・ブラック伯爵の息子、アシュビー王国を侵攻しようとたくらむ男　「リリーと不思議な穴―リリー・クエンチ冒険ファンタジー3」ナタリー・ジェーン・プライアー作;岡田好惠訳　学研　2008年5月

ゴードン
亡きブラック伯爵の息子、ブラック伯爵家のあとつぎ　「リリーとアシュビーを守れ―リリー・クエンチ冒険ファンタジー7」ナタリー・ジェーン・プライアー作;岡田好惠訳　学研　2009年8月

ゴードン・マッキンタイア監督　ごーどんまっきんたいあかんとく
リバーハイツという町で映画のロケをするハリウッド映画監督、ハンサムな男　「少女探偵ナンシー・ドルー　ハリウッド映画殺人事件」キャロリン・キーン作;小林淳子訳;甘塩コメコ絵　金の星社　2008年9月

コナー・テンペスト
サンクチュアリで死んだはずの母親に再会した少年、少女グレースとふたごの兄妹　「ヴァンパイレーツ 8 黒のハート」ジャスティン・ソンパー作;海後礼子訳　岩崎書店　2010年12月

コナー・テンペスト
海で遭難していたところを海賊船ディアブロ号に助けられた少年、少女グレースとふたごの兄妹　「ヴァンパイレーツ　2―運命の夜明け」ジャスティン・ソンパー作;海後礼子訳　岩崎書店　2009年2月

コナー・テンペスト
海で遭難していたところを海賊船ディアブロ号に助けられた少年、少女グレースとふたごの兄妹　「ヴァンパイレーツ　3―うごめく野望」ジャスティン・ソンパー作;海後礼子訳　岩崎書店　2009年5月

コナー・テンペスト
海賊船ディアブロ号に助けられ船員となった少年、少女グレースとふたごの兄妹　「ヴァンパイレーツ　4―剣の重み」ジャスティン・ソンパー作;海後礼子訳　岩崎書店　2009年8月

コナー・テンペスト
海賊船ディアブロ号に助けられ船員となった少年、少女グレースとふたごの兄妹　「ヴァンパイレーツ　5―さまよえる魂」ジャスティン・ソンパー作;海後礼子訳　岩崎書店　2009年12月

コナー・テンペスト
海賊船ディアブロ号の船員となった少年、少女グレースとふたごの兄妹　「ヴァンパイレーツ　6 血の偶像」ジャスティン・ソンパー作;海後礼子訳　岩崎書店　2010年4月

コナー・テンペスト
海賊船ディアブロ号を去った少年、少女グレースとふたごの兄妹　「ヴァンパイレーツ　7 目覚めし者たち」ジャスティン・ソンパー作;海後礼子訳　岩崎書店　2010年7月

こなて

コナー・テンペスト
身よりのなくなったスポーツ万能の少年、少女グレースとふたごの兄妹 「ヴァンパイレーツ 1—死の海賊船」 ジャスティン・ソンパー作;海後礼子訳 岩崎書店 2009年2月

コニー・ライオンハート
あらゆる神秘の生物と交信できる少女、この世で唯一の万物の盟友 「キメラの呪い コニー・ライオンハートシリーズ4」 ジュリア・ゴールディング作;木田恒訳;嶋田水子訳;祖父江英之イラスト 静山社 2010年6月

コニー・ライオンハート
緑と茶色の目を持ちあらゆる生物と交信ができる少女 「コニー・ライオンハートシリーズ 2 ゴルゴンの眼光」 ジュリア・ゴールディング作;木田恒;藤田優里子訳 静山社 2009年6月

コニー・ライオンハート
緑と茶色の目を持ちあらゆる生物と交信ができる少女 「コニー・ライオンハートシリーズ 3 ミノタウルスの洞窟」 ジュリア・ゴールディング作;木田恒;藤田優里子訳 静山社 2009年6月

コーネリアス・フレック
魔術同盟設立者のベラナバスの手下となったほかの人にはみえない不思議な光を見ることができる少年 「デモナータ6幕 悪魔の黙示録」 ダレン・シャン作;橋本恵訳;田口智子画 小学館 2008年3月

コーネリアス・フレック
魔術同盟設立者のベラナバスの手下となったほかの人にはみえない不思議な光を見ることができる少年 「デモナータ8幕 狼島」 ダレン・シャン作;橋本恵訳;田口智子画 小学館 2009年2月

コーネリアス・フレック
魔力をはらんだ古の武器カーガッシュの三つの破片のうちのひとつ、ほかの人にはみえない不思議な光を見ることができる少年 「デモナータ10幕 地獄の英雄たち」 ダレン・シャン作;橋本恵訳;田口智子画 小学館 2009年12月

コーネリアス・フレック
魔力をはらんだ古の武器カーガッシュの三つの破片のうちのひとつ、ほかの人にはみえない不思議な光を見ることができる少年 「デモナータ9幕 暗黒のよび声」 ダレン・シャン作;橋本恵訳;田口智子画 小学館 2009年8月

コーネリア・ヘイル
宇宙を悪から守る5人の少女「聖戦の騎士」のメンバー、中学生の女の子 「ウィッチ1 選ばれた少女たち」 エリザベス・レンハード文;岡田好恵訳;久堂仁希絵 講談社(ドリーム&マジック文庫) 2008年6月

コーネリア・ヘイル
宇宙を悪から守る5人の少女「聖戦の騎士」のメンバー、中学生の女の子 「ウィッチ2 消えた友だち」 エリザベス・レンハード文;岡田好恵訳;久堂仁希絵 講談社(ドリーム&マジック文庫) 2008年12月

コーネリア・ヘイル
宇宙を悪から守る5人の少女「聖戦の騎士」のメンバー、中学生の女の子 「ウィッチ3 悪の都メリディアン」 エリザベス・レンハード文;岡田好恵訳;久堂仁希絵 講談社(ドリーム&マジック文庫) 2009年7月

コノリー
ダルリアッド族の王・マイダーから王位を奪ったカレドニア族の女王・リアサンに選ばれた新王、マイダーのいとこ 「王のしるし 上下」 ローズマリ・サトクリフ作;猪熊葉子訳 岩波書店(岩波少年文庫) 2010年1月

ゴハおじさん
むかしむかしエジプトの国にいた男、ときにまぬけでときに賢いおじさん 「ゴハおじさんのゆかいなお話 エジプトの民話」 デニス・ジョンソン-デイヴィーズ再話;ハグ-ハムディ・モハンメッド・ファトゥーフとハーニ・エル-サイード・アハマド絵;千葉茂樹訳 徳間書店 2010年1月

子バトちゃん　こばとちゃん
新しい家にひっこしたばかりでさびしくてたまらない女の子 「おじいちゃんとケーキをつくろう」 マリサ・ロペス=ソリア作;宇野和美訳;つちだよしはる絵 日本標準(シリーズ本のチカラ) 2010年4月

コブタ
クリストファー・ロビンのぬいぐるみのとても小さなコブタ 「プー横丁にたった家」 A.A.ミルン作;石井桃子訳 岩波書店 2008年2月

コブタ
特別学校に通うディジーの村にひっこしてきたばかりの金髪の巻き毛の太った女の子 「コブタのしたこと」 ミレイユ・ヘウス著;野坂悦子訳 あすなろ書房 2010年1月

ゴブリン
氷のお城に住むおそろしい妖精・ジャック・フロストの手下 「ハムスターの妖精(フェアリー)ハリエット(レインボーマジック)」 デイジー・メドウズ作;田内志文訳 ゴマブックス 2008年4月

ゴブリン
氷のお城に住むおそろしい妖精・ジャック・フロストの手下 「ひまわりの妖精(フェアリー)シャーロット(レインボーマジック)」 デイジー・メドウズ作;田内志文訳 ゴマブックス 2009年3月

ゴブリン
氷のお城に住むおそろしい妖精・ジャック・フロストの手下 「モルモットの妖精(フェアリー)ジョージア(レインボーマジック)」 デイジー・メドウズ作;田内志文訳 ゴマブックス 2008年3月

ゴブリン
氷のお城に住むおそろしい妖精・ジャック・フロストの手下 「ゆりの妖精(フェアリー)ルイズ(レインボーマジック)」 デイジー・メドウズ作;田内志文訳 ゴマブックス 2009年3月

ゴブリン
氷のお城に住むおそろしい妖精・ジャック・フロストの手下 「ランの妖精(フェアリー)オリビア(レインボーマジック)」 デイジー・メドウズ作;田内志文訳 ゴマブックス 2009年5月

ゴブリン
氷のお城に住むおそろしい妖精・ジャック・フロストの手下 「火曜日の妖精(フェアリー)タルーラ(レインボーマジック)」 デイジー・メドウズ作;田内志文訳 ゴマブックス 2008年9月

ゴブリン
氷のお城に住むおそろしい妖精・ジャック・フロストの手下 「海の妖精(フェアリー)シャノン(レインボーマジック夏休みスペシャルブック)」 デイジー・メドウズ作;田内志文訳 ゴマブックス 2009年8月

ゴブリンたち
フェアリーランドの消えてしまった旗を探しに人間の世界にきたゴブリンたち 「木曜日の妖精(フェアリー)シーア(レインボーマジック)」 デイジー・メドウズ作;田内志文訳 ゴマブックス 2008年10月

ゴブリンたち
消えてしまったフェアリーランドの旗を探しに人間の世界にきたゴブリンたち 「日曜日の妖精(フェアリー)サラ(レインボーマジック)」 デイジー・メドウズ作;田内志文訳 ゴマブックス 2008年12月

ごぼ

ゴーボ
森で生まれた子鹿、バンビのともだち 「バンビ―森の、ある一生の物語」 フェーリクス・ザルテン作;上田真而子訳 岩波書店(岩波少年文庫) 2010年10月

コラン・マニク
貧しい家族を養うため王国の厩舎の下働きをしている十五歳の少年 「ペギー・スー 10魔法の星の嫌われ王女」 セルジュ・ブリュソロ著;金子ゆき子訳;町田尚子絵 角川書店 2009年2月

ゴリアンじいさん
クロアチアの小さな港街のセニュの街はずれに住む貧しい漁師 「赤毛のゾラ 上下」 クルト・ヘルト著;酒寄進一訳 長崎出版 2009年3月

コリアンダー・ホウビー
継母と邪悪な牧師から虐待をうけふとしたことから妖精の国に迷いこんだ少女 「コリアンダーと妖精の国」 サリー・ガードナー著;斎藤倫子訳 主婦の友社 2008年11月

ゴリラ(イプノズ)
ディアブロ・サーカス団の団長、白髪交じりの老いた巨大ゴリラの姿をした神 「ペギー・スー 11呪われたサーカス団の神さま」 セルジュ・ブリュソロ著;金子ゆき子訳;町田尚子絵 角川書店 2010年7月

ゴリラ(ハンノー)
ロンドンの動物園から脱走しイギリスの田舎にあるやしきグリーン・ノウの森に逃げこんでいたゴリラ 「グリーン・ノウのお客さま―グリーン・ノウ物語4」 ルーシー・M・ボストン作;ピーター・ボストン絵;亀井俊介訳 評論社 2008年9月

コーリン
世界征服をたくらむ悪の集団＜純血団＞の総統・メタルビークの息子、メンフクロウ 「ガフールの勇者たち 8 ＜新しい王＞の誕生」 キャスリン・ラスキー著;食野雅子訳 メディアファクトリー 2008年12月

コーリン
伝説の地・フール島のガフールの神木の王、正義の代行者・ガフールの勇者のメンフクロウ 「ガフールの勇者たち 10「ガフール伝説」と炎の王子」 キャスリン・ラスキー著;食野雅子訳 メディアファクトリー 2010年9月

コーリン
伝説の地・フール島のガフールの神木の王、正義の代行者・ガフールの勇者のメンフクロウ 「ガフールの勇者たち 11「ガフール伝説」と真実の王」 キャスリン・ラスキー著;食野雅子訳 メディアファクトリー 2010年12月

コーリン
伝説の地・フール島のガフールの神木の王、正義の代行者・ガフールの勇者のメンフクロウ 「ガフールの勇者たち 9「ガフール伝説」の誕生」 キャスリン・ラスキー著;食野雅子訳 メディアファクトリー 2010年7月

コリン・クラムワージー
コニーの友人、左右の目の色が違う少年 「コニー・ライオンハートシリーズ 2 ゴルゴンの眼光」 ジュリア・ゴールディング作;木田恒;藤田優里子訳 静山社 2009年6月

コリン・クラムワージー
コニーの友人、左右の目の色が違う少年 「コニー・ライオンハートシリーズ 3 ミノタウルスの洞窟」 ジュリア・ゴールディング作;木田恒;藤田優里子訳 静山社 2009年6月

コリーン・ポメランツ
ミドルスクールの七年生・エマ・ジーンの同級生、学校のトイレで泣いていた少女 「エマ・ジーン・ラザルス、木から落ちる」 ローレン・ターシス作;部谷真奈実訳 主婦の友社 2008年9月

コル
あらゆる生物と交信できる少女・コニーの友人、ペガサスと交信できる少年 「キメラの呪い コニー・ライオンハートシリーズ4」 ジュリア・ゴールディング作;木田恒訳;嶋田水子訳;祖父江英之イラスト 静山社 2010年6月

コル(コリン・クラムワージー)
コニーの友人、左右の目の色が違う少年 「コニー・ライオンハートシリーズ2 ゴルゴンの眼光」 ジュリア・ゴールディング作;木田恒;藤田優里子訳 静山社 2009年6月

コル(コリン・クラムワージー)
コニーの友人、左右の目の色が違う少年 「コニー・ライオンハートシリーズ3 ミノタウルスの洞窟」 ジュリア・ゴールディング作;木田恒;藤田優里子訳 静山社 2009年6月

ゴルゴス
アングルザーク高原に眠っている「冬の魔王」という異名をもつ古代の神 「魔使いの秘密(魔使いシリーズ)」 ジョゼフ・ディレイニー著;金原瑞人・田中亜希子訳 東京創元社(sogen bookland) 2008年2月

ゴルゴン
ヘスコムの町に残されたマーリンの森にすんでいる眼光で人間を石にしてしまうという生物 「コニー・ライオンハートシリーズ2 ゴルゴンの眼光」 ジュリア・ゴールディング作;木田恒;藤田優里子訳 静山社 2009年6月

ゴールト
ダルリアッド族の氏族、奴隷の剣闘士・フィドルスを王・マイダーの替え玉として雇った男 「王のしるし 上下」 ローズマリ・サトクリフ作;猪熊葉子訳 岩波書店(岩波少年文庫) 2010年1月

ゴールドバーグ
一八八一年の英国にいるハンガリー出身のジャーナリスト、ユダヤ人の男 「井戸の中の虎 上下 サリー・ロックハートの冒険」 フィリップ・プルマン著;山田順子訳 東京創元社(sogen bookland) 2010年11月

ゴールドムーン
蛮族の姫、ソレースの町から半エルフのタニスたちと逃亡の旅に出た娘 「ドラゴンランス1 廃都の黒竜 上」 マーガレット・ワイス作;トレイシー・ヒックマン作;安田均訳;ともひ絵 アスキー・メディアワークス(角川つばさ文庫) 2009年7月

ゴールドムーン
蛮族の姫、世界を救う秘宝を求めて半エルフのタニスたちと廃都ザク・ツァロスに向かった娘 「ドラゴンランス2 廃都の黒竜 下」 マーガレット・ワイス作;トレイシー・ヒックマン作;安田均訳;ともひ絵 アスキー・メディアワークス(角川つばさ文庫) 2009年8月

ゴールドムーン
蛮族の姫、半エルフのタニスたちと世界を救う秘宝を入手してソレースに戻った娘 「ドラゴンランス3 城砦の赤竜」 マーガレット・ワイス作;トレイシー・ヒックマン作;安田均訳;ともひ絵 アスキー・メディアワークス(角川つばさ文庫) 2009年11月

ゴールドムーン
竜槍の英雄であり光の砦の聖者、暗黒騎士団総督ミーナの養母 「ドラゴンランス魂の戦争 第3部 消えた月の竜」 マーガレット・ワイス著;トレイシー・ヒックマン著;安田均訳 アスキー 2008年1月

コルネリウス博士　こるねりうすはかせ
ナルニア国の王子カスピアンのよき相談相手で家庭教師のお年寄り 「ナルニア国物語カスピアン王子の角笛」 C.S.ルイス原作;間所ひさこ訳 講談社(映画版ナルニア国物語文庫) 2008年5月

こるま

コール・マシューズ
学校で傷害事件を引きおこして拘置所に収容されたミネアポリスに住む十五歳の少年 「スピリットベアにふれた島」 ベン・マイケルセン作;原田勝訳 鈴木出版(鈴木出版の海外児童文学) 2010年9月

コンスタンス・コンリンザイ
「秘密結社ベネディクト団」のメンバー、消火栓みたいに小さくていつもふきげんな女の子 「秘密結社ベネディクト団 下 素直になったら負け」 トレントン・リー・スチュワート著;久米真麻子訳 ヴィレッジブックス 2010年3月

コンスタンス・コンリンザイ
「秘密結社ベネディクト団」のメンバー、消火栓みたいに小さくていつもふきげんな女の子 「秘密結社ベネディクト団 上 孤独な子どもをねらえ」 トレントン・リー・スチュワート著;久米真麻子訳 ヴィレッジブックス 2010年3月

コンフォート・スノーバーガー
「スノーバーガー葬儀社」を営む一家の十歳の娘、葬儀場の二階で生活する少女 「空へ、いのちのうたを」 デボラ・ワイルズ作;よねむら知子訳 ポプラ社(ポプラ・ウイング・ブックス) 2008年10月

コンラ
ローマ帝国の辺境に住むヴォダディニ族の族長の次男、クーノリクスの弟 「辺境のオオカミ」 ローズマリ・サトクリフ作;猪熊葉子訳 岩波書店(岩波少年文庫) 2008年10月

コンラッド・グラント
イギリス・アルプスの山中にある町から魔法の渦巻く館の従僕として奉公に行った十二歳の少年 「魔法の館にやとわれて(大魔法使いクレストマンシー)」 ダイアナ・ウィン・ジョーンズ作;田中薫子訳;佐竹美保絵 徳間書店 2009年5月

【さ】

サイジョ
知恵の川にある悠久の図書館の司書、知識の精のめい 「NEWフェアリーズ 秘密の妖精たち3 ミモザと知恵の川」 J.H.スイート作;津森優子訳;唐橋美奈子絵 文溪堂 2010年9月

サイファ
世界悪事業連盟「GLOVE」のメンバー 「ハイブ 悪のエリート養成機関-volume2 オーバーロード・プロトコル」 マーク・ウォールデン作;三辺律子訳 ほるぷ出版 2010年5月

サイモン
あらゆる生物と交信できる少女・コニーの弟、神秘の生物の存在を感じ取れる少年 「キメラの呪い コニー・ライオンハートシリーズ4」 ジュリア・ゴールディング作;木田恒訳;嶋田水子訳;祖父江英之イラスト 静山社 2010年6月

サイモン
イギリスの広大な屋敷ウィロビー・チェースの敷地に住むみなしご、ガチョウ飼いの少年 「ウィロビー・チェースのオオカミ-「ダイドーの冒険」シリーズ」 ジョーン・エイキン作;こだまともこ訳 冨山房 2008年11月

サイモン
フロリダに住む少年ニコラスの仲間、グレース家の三人きょうだいの弟 「NEWスパイダーウィック家の謎 第3巻 ワーム・ドラゴンの王」 ホリー・ブラック作;トニー・ディテルリッジ絵;飯野眞由美 文溪堂 2010年4月

サイモン
大泥棒一族ビショップ家の娘カットの従弟、コンピューターオタクで警備解除のプロ 「快盗ビショップの娘」 アリー・カーター著;橋本恵訳 理論社 2010年4月

サイモン(バタシー公爵)　さいもん(ばたしーこうしゃく)
少女ダイドーの親友、かつては孤児だったが今はイギリスのバタシー家六代目公爵でリチャード王の飾りつけ係長　「ダイドーと父ちゃん-「ダイドーの冒険」シリーズ」ジョーン・エイキン作;こだまともこ訳　冨山房　2008年1月

サイモン・ダウン
パソコンに突然あらわれたサイトから現実の町を破壊するという不思議なゲームを手に入れたゲーム中毒の十二歳の少年　「ニック・シャドウの真夜中の図書館3 ゲームオーバー」ニック・シャドウ著;金井真弓訳　ゴマブックス　2008年5月

サイモン・ドイル
イギリスで指折りの大金持ちのリネットが結婚相手に選んだ貧乏な若者、リネットの親友ジャッキーの元婚約者　「ナイルに死す 上下」アガサ・クリスティー著;佐藤耕士訳　早川書房(クリスティー・ジュニア・ミステリ8)　2008年6月

サイモン・マディソン
マヤの秘密都市「エク・ナーブ」の秘密の入り口を探している謎の男　「ジョシュア・ファイル3 未来からの使者 上」マリア・G.ハリス作;石随じゅん訳　評論社　2010年11月

サイモン・マディソン
古代マヤ人の末裔の少年・ジョシュのあとをつけている謎の男　「ジョシュア・ファイル4 未来からの使者 下」マリア・G.ハリス作;石随じゅん訳　評論社　2010年11月

サイラス先生　さいらすせんせい
魔法の王国の王立バレエスクールの先生、もとは有名なバレエダンサー　「魔法の国のかわいいバレリーナ1 ジェシカと秘密のスパイ」エメラルド・エバーハート著;岡田好惠訳　学研教育出版　2010年9月

サイラス先生　さいらすせんせい
魔法の王国の王立バレエスクールの先生、もとは有名なバレエダンサー　「魔法の国の小さなバレリーナ1 バレエ学校は大さわぎ!」エメラルド・エバーハート著;岡田好惠訳　学研教育出版　2009年11月

ザカリー
メイン州の沖合の孤島の家で夏休みを過ごすことになった三人きょうだいの長男、十歳の少年　「危機のドラゴン」レベッカ・ラップ著;鏡哲生訳　評論社(児童図書館・文学の部屋)　2008年5月

サクラソウ
細かいことに目がとどき謎を解く力をもつフェアリー、杖は小さな黒いカラスのはね　「NEWフェアリーズ 秘密の妖精たち4 サクラソウと魔法の玉」J.H.スイート作;津森優子訳;唐橋美奈子絵　文溪堂　2010年11月

サクランボ坊や　さくらんぼぼうや
サクランボ伯爵令嬢たちの甥っ子　「チポリーノの冒険」ジャンニ・ロダーリ作;関口英子訳　岩波書店(岩波少年文庫)　2010年10月

サージ
ベイカー街バザールの守衛、ベイカー街少年探偵団と仲の良い退役軍人　「ベイカー少年探偵団6 地下牢の幽霊」アンソニー・リード著;池央耿訳　評論社(児童図書館・文学の部屋)　2009年4月

サーズデー
万物の創造主の不誠実な七人の管財人のうちの一人、軍隊を指揮する司令官　「王国の鍵4 戦場の木曜日」ガース・ニクス著;原田勝訳　主婦の友社　2010年4月

ザッカリーア
町の市民図書館で働く二十五歳の青年、ゼップ家で働く家政婦のおいっ子　「赤ちゃんは魔女」ビアンカ・ピッツォルノ作;杉本あり訳;高橋由為子絵　徳間書店　2010年10月

ざっく

ザック
スパイの極秘養成機関・ブラックゾーン男子校の生徒、ハンサムな男の子 「スパイガール episode2 男子禁制！」アリー・カーター作;橋本恵訳 理論社 2008年2月

ザック
ニューヨークに住むふしぎなことが大好きな小学五年生、フリーマーケットで恐竜のたまごを買った十歳の少年 「ぼくのペットは恐竜－ザックのふしぎたいけんノート」ダン・グリーンバーグ著;原京子訳;原ゆたか絵 メディアファクトリー 2008年7月

ザック
ニューヨークに住むふしぎなことが大好きな小学五年生、家がポルターガイストにあらされている十歳の少年 「ぼくの家はおばけやしき－ザックのふしぎたいけんノート」ダン・グリーンバーグ著;原京子訳;原ゆたか絵 メディアファクトリー 2009年9月

ザック
ニューヨークに住むふしぎなことが大好きな小学五年生、夜のセントラルパークで宇宙人BZに出会った十歳の少年 「消えたUFOをさがせ！－ザックのふしぎたいけんノート」ダン・グリーンバーグ著;原京子訳;原ゆたか絵 メディアファクトリー 2009年4月

ザック
ニューヨークに住むふしぎなことが大好きな小学五年生、友だちのスペンンサーと幽体離脱をしてみた十歳の少年 「体をぬけだし空を飛べ！－ザックのふしぎたいけんノート」ダン・グリーンバーグ著;原京子訳;原ゆたか絵 メディアファクトリー 2008年7月

ザック
ニューヨークに住むふしぎなことが大好きな小学五年生、有名な俳優メラ・ブゴシとディナーすることになった十歳の少年 「映画スターは吸血鬼？－ザックのふしぎたいけんノート」ダン・グリーンバーグ著;原京子訳;原ゆたか絵 メディアファクトリー 2008年11月

ザック
ニューヨークに住む小学五年生、いじめっ子になやまされている十歳の男の子 「もうひとりのぼくの作り方（ザックのふしぎたいけんノート）」ダン・グリーンバーグ著;原京子訳;原ゆたか絵 メディアファクトリー 2010年9月

ザック
ニューヨークに住む小学五年生、ふしぎな話が大好きな男の子 「ひいおじいちゃんはねこ？(ザックのふしぎたいけんノート)」ダン・グリーンバーグ著;原京子訳;原ゆたか絵 メディアファクトリー 2010年3月

ザック
高校二年の少女・ジーンが引っ越してきたマンハッタンの家のとなりに住む一つ年上の男の子 「ジンクス 恋の呪い」メグ・キャボット作;代田亜香子訳 理論社 2009年3月

ザック
無人の家「モール・ハウス」に肝だめしにやってきた男女六人の一人、理想が高い優等生 「ヴァンパイアの運命」キャロライン・B.クーニー著;神戸万知訳 講談社(YA! entertainment) 2009年4月

ザック・パワー
GIBの秘密捜査官、GIBの強力な衛星システムに不正侵入したハッカーの居場所をつきとめる任務を行った十二歳の少年 「ザック・パワー 任務その3」H.I.ラリー作;富原まさ江訳 ゴマブックス 2009年3月

ザック・パワー
GIBの秘密捜査官、チャリティーイベント"ロックマラソン"の妨害と何十億ドルもの寄付金の盗難をふせぐ任務を行った十二歳の少年 「ザック・パワー 任務その7」H.I.ラリー作;富原まさ江訳 ゴマブックス 2009年7月

ザック・パワー
GIBの秘密捜査官、悪の組織BIGに乗っ取られたポンプ工場と水をうばいかえす任務を行った十二歳の少年 「ザック・パワー 任務その8」 H.I.ラリー作;富原まさ江訳 ゴマブックス 2009年8月

ザック・パワー
GIBの秘密捜査官、邪悪な科学者を見つけだしソルーションXを手に入れる任務を行った十二歳の少年 「ザック・パワー 任務その1」 H.I.ラリー作;富原まさ江訳 ゴマブックス 2009年2月

ザック・パワー
GIBの秘密捜査官、消えるピラミッド警備中に行方不明になったライバルを助けだすためにコハク砂漠にむかった十二歳の少年 「ザック・パワー 任務その5」 H.I.ラリー作;富原まさ江訳 ゴマブックス 2009年5月

ザック・パワー
GIBの秘密捜査官、新型潜水艦がある場所をつきとめるという任務を行うために初めて水陸両用潜水艇を操縦した十二歳の少年 「ザック・パワー 任務その2」 H.I.ラリー作;富原まさ江訳 ゴマブックス 2009年2月

ザック・パワー
GIBの秘密捜査官、大手銀行から何百という金塊をぬすみ出した犯人と犯行の手口をつきとめる任務を行った十二歳の少年 「ザック・パワー 任務その6」 H.I.ラリー作;富原まさ江訳 ゴマブックス 2009年6月

ザック・パワー
GIBの秘密捜査官、謎の飛行機の正体を調べるために人里離れた雪の世界グレート・アイシー・ポールへむかった十二歳の少年 「ザック・パワー 任務その4」 H.I.ラリー作;富原まさ江訳 ゴマブックス 2009年3月

ザナ
北極の調査旅行で行方不明となったデービッドの恋人、魔女としての能力がありスピリチュアル系の雑貨店を経営している女性 「永遠の炎ー龍のすむ家4」 クリス・ダレーシー著;三辺律子訳 竹書房 2009年9月

ザナ・ムーン
親友のディーバと異世界「裏ロンドン」に紛れ込んでしまった十二歳の少女 「アンランダン 上 ザナと傘飛び男の大冒険」 チャイナ・ミエヴィル著;内田昌之訳 河出書房新社 2010年8月

サニー
フェアリーランドの妖精・ローレンのペット、魔法の子犬 「子犬の妖精(フェアリー)ローレン(レインボーマジック)」 デイジー・メドウズ作;田内志文訳 ゴマブックス 2008年4月

サニー(サンシャイン・マクドナルド)
吸血鬼になりたがっている少女・レインの双子の妹、一度吸血鬼になりかけたが人間に戻った女の子 「ヴァンパイア・キスーレインの恋」 マリ・マンクーシ著;笠井道子訳 小学館(小学館ルルル文庫) 2008年12月

サニー(サンシャイン・マクドナルド)
高校で一番の人気者・ジェイクに片思いしている高校生、間違って吸血鬼に噛まれてしまった十六歳の女の子 「ヴァンパイア・キス」 マリ・マンクーシ著;笠井道子訳 小学館(小学館ルルル文庫) 2008年5月

サニー・チャン
中学生の仲良しグループが開業した便利屋「ティーン・パワー」株式会社のメンバー、冷静で理論的な運動神経ばつぐんの少女 「ティーン・パワーをよろしく10 謎の脅迫状」 エミリー・ロッダ著;岡田好惠訳 講談社(YA! entertainment) 2008年5月

サニー・チャン
中学生の仲良しグループが開業した便利屋「ティーン・パワー」株式会社のメンバー、冷静で理論的な運動神経ばつぐんの少女 「ティーン・パワーをよろしく11 百万長者を救え!」エミリー・ロッダ著;岡田好惠訳 講談社(YA! entertainment) 2008年12月

サニー・チャン
中学生の仲良しグループが開業した便利屋「ティーン・パワー」株式会社のメンバー、冷静で理論的な運動神経ばつぐんの少女 「ティーン・パワーをよろしく12 名画の秘密」エミリー・ロッダ著;岡田好惠訳 講談社(YA! entertainment) 2009年2月

サニー・ボードレール
孤児であるボードレール三姉弟妹の末妹、噛むことが大好きな幼児 「世にも不幸なできごと 13 終わり」レモニー・スニケット著;宇佐川晶子訳 草思社 2008年11月

サフィラ
少年・エラゴンが拾った卵からかえった青い雌のドラゴン、エラゴンとともに旅する相棒 「ブリジンガー―炎に誓う絆 上下(ドラゴンライダー3)」クリストファー・パオリーニ著;大嶌双恵訳 ヴィレッジブックス 2009年3月

サフラン
フェアリーランドのすべての色をつかさどる虹の妖精の姉妹の一人、黄色の妖精 「レインボーマジック虹の妖精(フェアリー) 上下」デイジー・メドウズ著;田内志文訳 ゴマブックス 2009年4月

サブリナ
魔法の国・エンチャンティアにいる優雅な白鳥 「マジック・バレリーナ 3 デルフィと仮面舞踏会」ダーシー・バッセル著;ケイティ・メイ絵 新書館 2010年4月

サブリナ・グリム
おとぎばなしの町で祖母といっしょに私立探偵をしている十一歳の少女、グリム一族の子孫 「グリム姉妹の事件簿 2 学校の怪事件」マイケル・バックリー著;三辺律子訳 東京創元社(sogen bookland) 2009年10月

サブリナ・グリム
孤児院から父方の祖母・グリム夫人に引きとられた十一歳の少女、ダフネの姉 「グリム姉妹の事件簿 1 事件のかげに巨人あり」マイケル・バックリー著;三辺律子訳 東京創元社(sogen bookland) 2009年6月

サー・ホラス
幽霊屋敷「キミワルーイ屋敷」に住みついている五百歳の騎士の幽霊 「カエルはどこだ―いたずらアラミンタ 3」アンジー・セイジ著;斎藤倫子訳 東京創元社(sogen bookland) 2010年5月

サー・ホラス
幽霊屋敷「キミワルーイ屋敷」に住みついている幽霊、五百回目の誕生日を迎える騎士 「お誕生日の剣―いたずらアラミンタ2」アンジー・セイジ著;斎藤倫子訳 東京創元社(sogen bookland) 2010年1月

サミス
全世界を支配しようとたくらむ邪悪な皇子 「トレマリスの歌術師 1 万歌の歌い手」ケイト・コンスタブル著;浅羽英子+小竹由加里訳 ポプラ社 2008年6月

サミュエル・サバント
遺伝学でノーベル章を受章した大学教授、怖い魔女が住むと噂されている屋敷に住む風変わりな博士 「偉大なワンドゥードル最後の一匹」ジュリー・アンドリュース作;青柳祐美子訳 小学館 2008年6月

サミュエル・フォークナー
消えた古書店店主の息子、カナダの祖父母の家で生活している十四歳の少年 「時の書1 彫刻された石」 ギヨーム・プレヴォー作;伊藤直子訳;建石修志絵 くもん出版 2009年11月

サミュエル・フォークナー
消えた古書店店主の息子、カナダの祖父母の家で生活している十四歳の少年 「時の書2 七枚のコイン」 ギヨーム・プレヴォー作;伊藤直子訳;建石修志絵 くもん出版 2009年11月

サミュエル・フォークナー
消えた古書店店主の息子、カナダの祖父母の家で生活している十四歳の少年 「時の書Ⅲ黄金の環」 ギヨーム・プレヴォー作;伊藤直子訳;建石修志絵 くもん出版 2010年1月

サミラ
ある日ようすがおかしくなった動物園のメスのトラ 「動物と話せる少女リリアーネ2 トラはライオンに恋してる!」 タニヤ・シュテーブナー著;中村智子訳;駒形イラスト 学研教育出版 2010年9月

サミール
中学生の少年マジドの同級生で不良とつるんで悪さをしている問題児、病弱な妹を気遣うやさしい一面もある少年 「ゴーレム1 究極のゲームソフト」 エルヴィール・ミュライユ著;ロリス・ミュライユ著;マリー＝オード・ミュライユ著;後平澪子訳 新樹社 2009年9月

サミール
中学生の少年マジドの同級生で不良とつるんで悪さをしている問題児、病弱な妹を気遣うやさしい一面もある少年 「ゴーレム2 地下室のトモダチ」 エルヴィール・ミュライユ著;ロリス・ミュライユ著;マリー＝オード・ミュライユ著;後平澪子訳 新樹社 2009年10月

サム
ディスクレシアという学習障害で読み書きが困難な五年生、おじいちゃんのマックと暮らす十一歳の少年 「11をさがして」 パトリシア・ライリー・ギフ作;岡本さゆり訳;佐竹美保絵 文研出版 (文研じゅべにーる) 2010年9月

サム
ニューヨークの家を出てキャッツキル山脈の深い森でくらしている少年 「ぼくだけの山の家」 ジーン・クレイグヘッド・ジョージ作;茅野美ど里訳 偕成社 2009年3月

サム
ミドルズブラの町で暮らす白血病におかされている11歳の少年 「永遠に生きるために」 サリー・ニコルズ作;野の水生訳 偕成社 2009年2月

サム
公園でドラゴンの子・ウロコンを助けていっしょに学校へ行った小学生の男の子 「ドラゴンが教室にやってきた!」 ジューン・カウンシル作;こだまともこ訳;いたやさとし画 日本標準 (シリーズ本のチカラ) 2010年4月

サム
公園で出会った子ドラゴンのウロコンと大親友になった小学生の男の子 「ドラゴンとみんなの新学期!」 ジューン・カウンシル作;こだまともこ訳;いたやさとし画 日本標準 (シリーズ本のチカラ) 2010年9月

サム
公園で出会った子ドラゴンのウロコンと大親友になった小学生の男の子 「一組のドラゴンとまほうの山!」 ジューン・カウンシル作;こだまともこ訳;いたやさとし画 日本標準 (シリーズ本のチカラ) 2010年12月

さむ

サム
少女ジェニーのひいおばあちゃんの家の玄関に出た七本あしのクモ 「ウェディング・ウェブ サムがつむいだ夢」 ネット・ヒルトン作;小松原宏子訳;堀川理万子画 くもん出版 2008年8月

サム
転校してきたばかりのデービーの毎日をめちゃくちゃにしたいじめっ子 「雲じゃらしの時間」 マロリー・ブラックマン作;千葉茂樹訳;平澤朋子画 あすなろ書房 2010年10月

サム（サミュエル・フォークナー）
消えた古書店店主の息子、カナダの祖父母の家で生活している十四歳の少年 「時の書1 彫刻された石」 ギヨーム・プレヴォー作;伊藤直子訳;建石修志絵 くもん出版 2009年11月

サム（サミュエル・フォークナー）
消えた古書店店主の息子、カナダの祖父母の家で生活している十四歳の少年 「時の書2 七枚のコイン」 ギヨーム・プレヴォー作;伊藤直子訳;建石修志絵 くもん出版 2009年11月

サム（サミュエル・フォークナー）
消えた古書店店主の息子、カナダの祖父母の家で生活している十四歳の少年 「時の書Ⅲ黄金の環」 ギヨーム・プレヴォー作;伊藤直子訳;建石修志絵 くもん出版 2010年1月

サム・スパークス
ニューヨークのお天気ニュース局のかわいらしい新人女性レポーター 「くもりときどきミートボール」 ステーシー・ドイチェ著;ローディ・コーホン著;宋美沙訳 メディアファクトリー 2009年9月

サムソン（ヨハネス・マチアス）
お城学校四年生の力もちの男の子、ひみつたんていのひとり 「ひみつたんていダイアリー2 金庫をやぶったのは、だれ?」 ヨアヒム・フリードリヒ作;はたさわゆうこ訳;はたこうしろう絵 徳間書店 2010年10月

サムソン（ヨハネス・マチアス）
お城学校四年生の力もちの男の子、ひみつたんていのひとり 「ひみつたんていダイアリー3 おしゃべりオウムがきえちゃった!」 ヨアヒム・フリードリヒ作;はたさわゆうこ訳;はたこうしろう絵 徳間書店 2010年11月

サムソン（ヨハネス・マチアス）
お城学校四年生の力もちの男の子、ひみつたんていのひとり 「ひみつたんていダイアリー4 宝の地図をとりもどせ!」 ヨアヒム・フリードリヒ作;はたさわゆうこ訳;はたこうしろう絵 徳間書店 2010年12月

サムソン（ヨハネス・マチアス）
四年生をやりなおすことになったお城学校の力もちででぶっちょの男の子 「ひみつたんていダイアリー1 オイボレ発明家をすくえ!」 ヨアヒム・フリードリヒ作;はたさわゆうこ訳;はたこうしろう絵 徳間書店 2010年10月

サム・ビーバー
カナダでのキャンプ旅行でトランペット白鳥を見つけた動物好きの十一歳の少年、モンタナ州スイートグラスにある牧場の息子 「白鳥のトランペット」 E.B.ホワイト作;松永ふみ子訳;エドワード・フラシーノ画 福音館書店（福音館文庫） 2010年2月

サラ
海辺の町で開催される毎年恒例の砂の彫刻コンテストに兄といっしょに出場した十二歳の少女 「ニック・シャドウの真夜中の図書館2 血ぬられた砂浜」 ニック・シャドウ著;鮎川晶訳 ゴマブックス 2008年5月

サラ
消えてしまったフェアリーランドの「曜日の旗」を探しに人間の世界にきた妖精 「日曜日の妖精(フェアリー)サラ(レインボーマジック)」 デイジー・メドウズ作;田内志文訳 ゴマブックス 2008年12月

ザーラ・アスカー
英国情報局の裏組織で十七歳以下の子どもが活躍する極秘スパイ機関「チェラブ」の上級ミッション監理官 「英国情報局秘密組織 CHERUB(チェラブ) Mission6 リベンジ」 ロバート・マカモア作;大澤晶訳 ほるぷ出版 2010年8月

サラ・エミリー
メイン州の沖合の孤島の家で夏休みを過ごすことになった三人きょうだいの末っ子、八歳半の少女 「危機のドラゴン」 レベッカ・ラップ著;鏡哲生訳 評論社(児童図書館・文学の部屋) 2008年5月

サラ・ジェローム
謎につつまれた地下世界"コロニー"の住人、十四歳のウィルの生みの母親で現在逃亡中の女 「トンネル 2 謎の暗黒世界ディープス 上下」 ロデリック・ゴードン著;ブライアン・ウィリアムズ著;堀江里美訳;田内志文訳 ゴマブックス 2008年8月

サリー
ふたごの兄妹・コナーとグレースの母親、サンクチュアリでよみがえった女性 「ヴァンパイレーツ 8 黒のハート」 ジャスティン・ソンパー作;海後礼子訳 岩崎書店 2010年12月

サリー・ガラハー
北アイルランドの田舎で育ち遠くの農場へ奉公に出た十三歳の娘、ケイティの姉 「サリーの帰る家」 エリザベス・オハラ作;もりうちすみこ訳 さ・え・ら書房 2010年4月

サリー・ロックハート(ヴェロニカ・ベアトリス)
一八八一年の英国で財政コンサルタントをしていた女性、二歳のハリエットの母親 「井戸の中の虎 上下 サリー・ロックハートの冒険」 フィリップ・プルマン著;山田順子訳 東京創元社(sogen bookland) 2010年11月

サルニトロ
クマのレオンツィオ王の側近、話じょうずでたいへんな美男子のクマ 「シチリアを征服したクマ王国の物語」 ディーノ・ブッツァーティ作;天沢退二郎訳;増山暁子訳 福音館書店(福音館文庫) 2008年5月

サルン
海底都市レムラを支配するアルゴスに抵抗し地下組織の一員として活動している戦士 「ノーチラス号の冒険 9 失われた人びとの街」 ヴォルフガング・ホールバイン著;平井吉夫訳 創元社 2008年6月

サレン姫　されんひめ
タイターズ・ガーデン王国の十六歳の姫、侍女とともに塔に閉じこめられた娘 「ふたりのプリンセス」 シャノン・ヘイル作;代田亜香子訳 小学館 2010年5月

サロ
都市国家エトラのアルカ館に弟のガヴィアといる奴隷の少女 「パワー――西のはての年代記 3」 ル=グウィン著;谷垣暁美訳 河出書房新社 2008年8月

サンシャイン・マクドナルド
吸血鬼になりたがっている少女・レインの双子の妹、一度吸血鬼になりかけたが人間に戻った女の子 「ヴァンパイア・キス―レインの恋」 マリ・マンクーシ著;笠井道子訳 小学館(小学館ルルル文庫) 2008年12月

サンシャイン・マクドナルド
高校で一番の人気者・ジェイクに片思いしている高校生、間違って吸血鬼に噛まれてしまった十六歳の女の子 「ヴァンパイア・キス」 マリ・マンクーシ著;笠井道子訳 小学館(小学館ルルル文庫) 2008年5月

さんた

サンタ（ニック）
北極の「ネガイカナエ・センター」でクリスマスの仕事にそなえてじゅんび運動をしていたサンタさん 「ランプの精リトル・ジーニー 10 ハッピー・クリスマス！」 ミランダ・ジョーンズ作;宮坂宏美訳;サトウユカ絵 ポプラ社 2008年11月

ザンダー・ホームズ
ロンドンに越してきて「名探偵保存協会」に姉のジーナと招かれた十歳の少年 「XX・ホームズの探偵ノート 1 名画「すみれ色の少女」の謎」 トレーシー・バレット作;こだまともこ訳;十々夜絵 フレーベル館 2010年11月

サンダーレ
ルーマニアの十五歳のストリートチルドレン、保護施設「ラザロ」に出入りする少女 「マンホールの少女サンダーレの夢」 カロリン・フィリップス著;たかおまゆみ訳;佐竹美保絵 合同出版 2008年4月

サンディ
サーフィンスクールの初心者コースを担当している女性インストラクター 「少年探偵団ザ・スリー 5 インターネット海賊」 ウルフ・ブランク作;シュテファニー・ヴェーグナー絵;加納教孝訳 草土文化 2008年10月

サンディ・チャンドラー
白血病と診断され入院することになったドーンのルームメイト 「ドーン・ロシェルの季節 1 さよならの贈りもの」 ローレイン・マクダニエル作;日当陽子訳 岩崎書店 2010年7月

サンドマン
海辺の町に住む風変わりな老人で砂の彫像をつくる天才 「ニック・シャドウの真夜中の図書館 2 血ぬられた砂浜」 ニック・シャドウ著;鮎川晶訳 ゴマブックス 2008年5月

サンドリ（サンドリレン・ファ・トーレン）
王族ともつながりのある貴族の娘、明るく好奇心旺盛な少女 「サークル・マジック－サンドリと光の糸」 タモラ・ピアス著;西広なつき訳 小学館（小学館ルルル文庫） 2008年6月

サンドリ（サンドリレン・ファ・トーレン）
魔法学院ワインディング・サークル学院のディサプリン荘で暮らす糸を操る魔法使い、貴族の娘 「サークル・マジック－ダジャと炎の絆」 タモラ・ピアス著;西広なつき訳 小学館（小学館ルルル文庫） 2008年1月

サンドリ（サンドリレン・ファ・トーレン）
魔法学院ワインディング・サークル学院のディサプリン荘で暮らす糸を操る魔法使い、貴族の娘 「サークル・マジック－トリスと稲妻の矢」 タモラ・ピアス著;西広なつき訳 小学館（小学館ルルル文庫） 2008年8月

サンドリ（サンドリレン・ファ・トーレン）
魔法学院ワインディング・サークル学院のディサプリン荘で暮らす糸を操る魔法使い、貴族の娘 「サークル・マジック－ブライアーと癒しの木」 タモラ・ピアス著;西広なつき訳 小学館（小学館ルルル文庫） 2009年1月

サンドリレン・ファ・トーレン
王族ともつながりのある貴族の娘、明るく好奇心旺盛な少女 「サークル・マジック－サンドリと光の糸」 タモラ・ピアス著;西広なつき訳 小学館（小学館ルルル文庫） 2008年6月

サンドリレン・ファ・トーレン
魔法学院ワインディング・サークル学院のディサプリン荘で暮らす糸を操る魔法使い、貴族の娘 「サークル・マジック－ダジャと炎の絆」 タモラ・ピアス著;西広なつき訳 小学館（小学館ルルル文庫） 2008年1月

サンドリレン・ファ・トーレン
魔法学院ワインディング・サークル学院のディサプリン荘で暮らす糸を操る魔法使い、貴族の娘 「サークル・マジック－トリスと稲妻の矢」 タモラ・ピアス著;西広なつき訳 小学館（小学館ルルル文庫） 2008年8月

サンドリレン・ファ・トーレン
魔法学院ワインディング・サークル学院のディサプリン荘で暮らす糸を操る魔法使い、貴族の娘 「サークル・マジック−ブライアーと癒しの木」 タモラ・ピアス著;西広なつき訳 小学館(小学館ルルル文庫) 2009年1月

ザンパーニ
曲芸団「ハリウッド・スタントチーム」といっしょに興行して回っているなぞの魔術団「ザンパーニ・マジックショー」の団長 「少年探偵団ザ・スリー3 魔術師の魔力」 ウルフ・ブランク作;シュテファニー・ヴェーグナー絵;加納教孝訳 草土文化 2008年7月

【し】

シーア
フェアリーランドの消えてしまった「曜日の旗」を探しに人間の世界にきた妖精 「木曜日の妖精(フェアリー)シーア(レインボーマジック)」 デイジー・メドウズ作;田内志文訳 ゴマブックス 2008年10月

幸せな王子　しあわせなおうじ
高い円柱の上に立つ金ぱくでおおわれた王子の像、ツバメに使いをたのんだ王子 「幸せな王子」 オスカー・ワイルド作;天川佳代子訳 ポプラ社(ポプラポケット文庫) 2008年11月

ジアンナ
アイスカフェの「リヤルト」の娘、同級生のフェリックスとペーターと一緒に「小人のなんでもや&Co」という会社を立ちあげた十二歳の少女 「フェリックスとお金の秘密」 ニコラウス・ピーパー作;天沼春樹訳 徳間書店 2008年7月

ジェアー
ニューヨークの建設現場作業員、実は千年後の未来に生きるダン一族のプリンス 「ターニング・ポイント3 タイムロック最後の選択」 デイヴィッド・クラス作;西田登訳 岩崎書店 2010年2月

ジェイ
アメリカのイーソーの谷という小さな村に住む男の子、ガーネットの兄さん 「指ぬきの夏」 エリザベス・エンライト作・絵;谷口由美子訳 岩波書店(岩波少年文庫) 2009年6月

ジェイク
ランプの精のごしゅじんさまのアリの弟、なんでもかんでもこわしちゃう六歳の男の子 「ランプの精リトル・ジーニー10 ハッピー・クリスマス!」 ミランダ・ジョーンズ作;宮坂宏美訳;サトウユカ絵 ポプラ社 2008年11月

ジェイク(バディ)
もうすぐ十三歳のジョシュの事故が起きてからチャムリー・リハビリセンターですごしている双子の兄 「バディたいせつな相棒」 V.M.ジョーンズ著;田中亜希子訳 PHP研究所 2008年2月

ジェイク・ライアン
じつは全米で大人気のアイドル「ハンナ・モンタナ」であるマイリーのクラスの転校生、本物のスーパースター 「ハンナ・モンタナ6 ジェイクに告白!?」 ベス・ビーチウッド文;野田香里訳 講談社(ディズニー文庫) 2009年6月

ジェイ・グレイソン
クリフトンに引っ越してきたばかりの六年生の転校生、レイ・グレイソンとまったくうり二つのふたごの弟 「ジェイとレイふたりはひとり!?」 アンドリュー・クレメンツ著;田中奈津子訳 講談社 2010年1月

じぇい

ジェイク・ワイルダー
高校で一番の人気者、吸血鬼になりかけたサニーに熱烈なアタックをするようになった少年 「ヴァンパイア・キス」 マリ・マンクーシ著;笠井道子訳 小学館(小学館ルルル文庫) 2008年5月

ジェイコブ
イギリスの田舎にあるおやしきグリーン・ノウで一八〇〇年頃に生きていた奴隷だった九歳の黒人少年 「グリーン・ノウの煙突-グリーン・ノウ物語2」 ルーシー・M・ボストン作;ピーター・ボストン絵;亀井俊介訳 評論社 2008年5月

ジェイコブ先生　じぇいこぶせんせい
五年生のクラスの担任、子ども達をホラーツアーに連れていった男の先生 「ホラーバス第2期 呪いのバス旅行1・2」 パウル・ヴァン・ローン作;岩井智子訳;浜野史子絵 学研 2008年6月

JJ・リディ　じぇいじぇいりでぃ
演奏家で楽器職人、ジェニーの父親 「プーカと最後の大王(ハイ・キング)」 ケイト・トンプソン著、渡辺庸子訳　東京創元社(sogen bookland) 2008年12月

ジェイソン
自閉症をかかえているデービッドがかよう作業療法の病院の患者、しゃべることができない車いすの男の子 「ルール!」 シンシア・ロード作;おびかゆうこ訳 主婦の友社 2008年12月

ジェイソン・コヴナント
イギリスのキルモア・コーヴにあるアルゴ邸に引っこしてきたふたごの弟、空想にひたることの多い11歳 「ユリシーズ・ムーアとなぞの地図」 Pierdomenico Baccalario著;金原瑞人訳 学研パブリッシング 2010年10月

ジェイソン・コヴナント
イギリスのキルモア・コーヴにあるアルゴ邸に引っこしてきたふたごの弟、空想にひたることの多い11歳 「ユリシーズ・ムーアと鏡の館」 Pierdomenico Baccalario著;金原瑞人訳 学研パブリッシング 2010年12月

ジェイソン・コヴナント
イギリスのキルモア・コーヴにあるアルゴ邸に引っこしてきたふたごの弟、空想にひたることの多い11歳 「ユリシーズ・ムーアと時の扉」 Pierdomenico Baccalario著;金原瑞人訳 学研パブリッシング 2010年10月

ジェイド・チャンス
十五歳の双子の姉、体を動かすことが好きな行動派 「消せない炎」 ジャック・ヒギンズ作;ジャスティン・リチャーズ作;田口俊樹訳 理論社 2008年7月

ジェイミー
空地にすみついたたくさんの野良猫におこづかいで買ったえさを食べさせて面倒をみている小学三年生くらいの男の子 「キケンな野良猫王国(マック動物病院ボランティア日誌)」 ローリー・ハルツ・アンダーソン作;中井はるの訳;藤丘ようこ画 金の星社 2009年9月

ジェイミー(ジェイムズ・クロフォード)
十六歳のニコラスのクラスメイト、クラスの皆からいじめのターゲットにされている少年 「デーモンズ・レキシコン 1 魔術師の息子」 サラ・リース・ブレナン著;番由美子訳 メディアファクトリー 2009年4月

ジェイムズ・クロフォード
十六歳のニコラスのクラスメイト、クラスの皆からいじめのターゲットにされている少年 「デーモンズ・レキシコン 1 魔術師の息子」 サラ・リース・ブレナン著;番由美子訳 メディアファクトリー 2009年4月

ジェイムズ・ハンター
子犬が飼いたくて学校の掲示板に紙をはった八歳の男の子、イギリスの農村に住む小学生 「子犬おおそうどう(こちら動物のお医者さん)」 ルーシー・ダニエルズ作;千葉茂樹訳;サカイノビー絵 ほるぷ出版 2010年2月

シェキーラ
ソートラント王国の正反対の性格の双子の王子の仲間、森の妖精一族の王の娘 「ミラート年代記1 古の民シリリム」 ラルフ・イーザウ著;酒寄進一訳 あすなろ書房 2008年7月

ジェシー(ヘクター・ド・シルヴァ)
スザンナが引っ越してきた古い家にとりついているゴースト、闘牛士みたいな白いシャツを着たラテン系の幽霊 「メディエータ0 episode3 復讐のハイウェイ」 メグ・キャボット作;代田亜香子訳 理論社 2008年1月

ジェシカ・ジュニパー
魔法の王国の王立バレエスクールに通うバレリーナのたまご、すなおでがんばり屋の少女 「魔法の国の小さなバレリーナ2 伝説のプリマとクリスの秘密」 エメラルド・エバーハート著;岡田好惠訳 学研教育出版 2009年11月

ジェシカ・ジュニパー
魔法の王国の王立バレエスクールに通うバレリーナのたまご、すなおでがんばり屋の少女 「魔法の国の小さなバレリーナ3 ローラ=ベラと春の祭り」 エメラルド・エバーハート著;岡田好惠訳 学研教育出版 2010年2月

ジェシカ・ジュニパー
魔法の王国の王立バレエスクールに通うバレリーナのたまご、すなおでがんばり屋の少女 「魔法の国の小さなバレリーナ4 オーディション大作戦!」 エメラルド・エバーハート著;岡田好惠訳 学研教育出版 2010年4月

ジェシカ・ジュニパー
魔法の王国の王立バレエスクールに通うバレリーナのたまご、すなおでがんばり屋の少女 「魔法の国の小さなバレリーナ5 ウルスラと消えたプリンセス」 エメラルド・エバーハート著;岡田好惠訳 学研教育出版 2010年6月

ジェシカ・ジュニパー
魔法の王国の王立バレエスクールに通うバレリーナのたまご、ペットにロバを飼っているすなおでがんばり屋の少女 「魔法の国の小さなバレリーナ1 バレエ学校は大さわぎ!」 エメラルド・エバーハート著;岡田好惠訳 学研教育出版 2009年11月

ジェシカ・ジュニパー
魔法の王国の王立バレエスクールに通う少女 「魔法の国のかわいいバレリーナ1 ジェシカと秘密のスパイ」 エメラルド・エバーハート著;岡田好惠訳 学研教育出版 2010年9月

ジェシカ・ジュニパー
魔法の王国の王立バレエスクールに通う少女 「魔法の国のかわいいバレリーナ2 クリスとアイスミステリー」 エメラルド・エバーハート著;岡田好惠訳 学研教育出版 2010年12月

ジェシー・シャープ
秘密組織C2の中で育てられてきた天才児の12歳の少女 「スパイ・ガール4 破壊者を止めろ」 クリスティーヌ・ハリス作;前沢明枝訳 岩崎書店 2008年1月

ジェズ・ステュークリー
海賊船ディアブロ号の船員、ふたごの少年コナーの親友 「ヴァンパイレーツ 3-うごめく野望」 ジャスティン・ソンパー作;海後礼子訳 岩崎書店 2009年5月

ジェズ・ステュークリー(ステュークリー)
ヴァンパイレーツ船「ノクターン号」の船長への反逆を企てたヴァンパイレート 「ヴァンパイレーツ7 目覚めし者たち」 ジャスティン・ソンパー作;海後礼子訳 岩崎書店 2010年7月

じぇず

ジェズ・ステュークリー（ステュークリー）
ヴァンパイレーツ船を追放されたシドリオの一派にくわわったヴァンパイレート 「ヴァンパイレーツ 8 黒のハート」 ジャスティン・ソンパー作;海後礼子訳 岩崎書店 2010年12月

ジェズ・ステュークリー（ステュークリー）
ヴァンパイレート、親友の少年コナーに助けられノクターン号に無事乗船できた青年 「ヴァンパイレーツ 6 血の偶像」 ジャスティン・ソンパー作;海後礼子訳 岩崎書店 2010年4月

ジェズ・ステュークリー（ステュークリー海尉）　じぇずすてゅーくりー（すてゅーくりーかいい）
海賊船ディアブロ号の元船員でコナーの親友、決闘で一度死んだがシドリオによって甦った青年 「ヴァンパイレーツ 4－剣の重み」 ジャスティン・ソンパー作;海後礼子訳 岩崎書店 2009年8月

ジェズ・ステュークリー（ステュークリー海尉）　じぇずすてゅーくりー（すてゅーくりーかいい）
海賊船ディアブロ号の元船員でコナーの親友、決闘で一度死んだがシドリオによって甦った青年 「ヴァンパイレーツ 5－さまよえる魂」 ジャスティン・ソンパー作;海後礼子訳 岩崎書店 2009年12月

シエナ
フェアリーランドの曜日の妖精のひとり、土曜日の妖精 「土曜日の妖精（フェアリー）シエナ（レインボーマジック）」 デイジー・メドウズ作;田内志文訳 ゴマブックス 2008年11月

ジェナ・ボーラー
靴を売る才能があるシカゴに住む十六歳の高校生の女の子 「靴を売るシンデレラ」 ジョーン・バウアー著;灰島かり訳 小学館(SUPER!YA) 2009年7月

ジェニー
演奏家のリディ一家の次女、ヤギの姿をしている不思議な生き物のプーカと仲良しのとても変わった女の子 「プーカと最後の大王（ハイ・キング）」 ケイト・トンプソン著;渡辺庸子訳 東京創元社(sogen bookland)　2008年12月

ジェニー
八十九歳のひいおばあちゃんヴァイオレット・アンの家に一人で遊びにきた女の子 「ウェディング・ウェブ サムがつむいだ夢」 ネット・ヒルトン作;小松原宏子訳;堀川理万子画 くもん出版 2008年8月

ジェニー（ユージェニア）
貧民街のイーストエンドに住むウィギンズの母親を頼って来たクララの娘 「〈カラス同盟〉事件簿 シャーロック・ホームズ外伝」 アレックス・シモンズ著;ビル・マッケイ著;片岡しのぶ訳;佐竹美保画 あすなろ書房 2008年2月

ジェニファー・サマセット
赤いカゲロウのフェアリー、運動神経のいい黒人の女の子 「フェアリーズ－妖精たちの冒険 2 カゲロウと夢の巣」 J.H.スイート作;津森優子訳;唐橋美奈子絵 文溪堂 2008年9月

ジェフ（ジェフリー・レイノルズ）
ピーク国立公園で親友のトムとふしぎな乗り物アクイラをみつけた七年生の少年 「秘密のマシン、アクイラ」 アンドリュー・ノリス著;原田勝訳;長崎訓子絵 あすなろ書房 2009年12月

シェフィー
目の不自由なエマの家でくらすいちばん年上のテリア、ある日エマのお母さんにつれられて犬おばさんの家においていかれた犬 「シェフィーはがんばる」 カート・フランケン文;マルテイン・ファン・デル・リンデン絵;野坂悦子訳 BL出版 2010年4月

ジェフリー・レイノルズ
ピーク国立公園で親友のトムとふしぎな乗り物アクイラをみつけた七年生の少年 「秘密のマシン、アクイラ」 アンドリュー・ノリス著;原田勝訳;長崎訓子絵 あすなろ書房 2009年12月

ジェベル・ラム
ワディの町で史上最高に強い死刑執行人のやせっぽちで軟弱な末息子、無敵の力をさずけるという伝説の神のもとへ試練の旅に出た男 「やせっぽちの死刑執行人 上下」 Darren Shan作;西本かおる訳 小学館 2010年5月

ジェマ
アリスと同じ日に同じ病院で生まれたサッカー好きな女の子、アリスの大親友 「ベストフレンズいつまでも!」 ジャクリーン・ウィルソン作;ニック・シャラット絵;尾高薫訳 理論社 2010年9月

ジェーン・マープル（マープルさん）
列車から殺人現場を目撃したマギリカディ夫人の友だち、老婦人 「パディントン発4時50分」 アガサ・クリスティー著;小尾芙佐訳 早川書房（クリスティー・ジュニア・ミステリ9） 2008年7月

ジェミー
十二歳の少女・キャスのとなりにひっこしてきた黒人の少女、走るのが大好きな十二歳の女の子 「ジェミーと走る夏」 エイドリアン・フォゲリン作;千葉茂樹訳;沢田としき画 ポプラ社（ポプラ・ウイング・ブックス） 2009年7月

シェムエル
軍人の息子のブルーノがフェンス越しに出会った縞模様のパジャマを着た九歳の少年 「縞模様のパジャマの少年」 ジョン・ボイン作;千葉茂樹訳 岩波書店 2008年9月

ジェームズ・アダムズ
英国情報局の指揮下にある秘密組織「チェラブ」にスカウトされ部員になった十二歳の少年 「チェラブ Mission2 クラスA」 ロバート・マカモア作;大澤晶訳 ほるぷ出版 2008年2月

ジェームズ・アダムズ
英国情報局の指揮下にある秘密組織「チェラブ」の部員 「チェラブ Mission3 脱獄」 ロバート・マカモア作;大澤晶訳 ほるぷ出版 2008年8月

ジェームズ・アダムズ
英国情報局の指揮下にある秘密組織「チェラブ」の部員 「チェラブ Mission4 大もうけ」 ロバート・マカモア作;大澤晶訳 ほるぷ出版 2009年2月

ジェームズ・アダムズ
英国情報局の指揮下にある秘密組織「チェラブ」の部員 「チェラブ Mission5 マインド・コントロール」 ロバート・マカモア作;大澤晶訳 ほるぷ出版 2009年10月

ジェームズ・アダムズ
英国情報局の裏組織で十七歳以下の子どもが活躍する極秘スパイ機関「チェラブ」のエージェント、十四歳のプレイボーイ 「英国情報局秘密組織 CHERUB（チェラブ） Mission6 リベンジ」 ロバート・マカモア作;大澤晶訳 ほるぷ出版 2010年8月

ジェームズ・アダムズ（ジェームズ・チョーク）
母を失い義理の父に捨てられ施設でつらい毎日をおくっている十一歳の少年、トラブルメーカーの問題児 「チェラブ Mission1 スカウト」 ロバート・マカモア作;大澤晶訳 ほるぷ出版 2008年2月

ジェームズ王子　じぇーむずおうじ
九歳のタンジー姫の二ばんめの兄、らんぼうな上の兄と同じようにふるまう少年 「プリンセス♡クラブ 3 かいぶつなんてこわくない!?」 スザンヌ・ウィリアムス作;泉リリカ絵;灰島かり訳 ポプラ社 2009年8月

ジェームズ・チョーク
母を失い義理の父に捨てられ施設でつらい毎日をおくっている十一歳の少年、トラブルメーカーの問題児 「チェラブ Mission1 スカウト」 ロバート・マカモア作;大澤晶訳 ほるぷ出版 2008年2月

じぇむ

ジェームズ・パーカー
デヴィッド・ベッカム・アカデミーに入った双子の兄弟の弟、将来を期待されている少年 「デヴィッド・ベッカム・アカデミー1 ふたりはひとつ」 バリー・ハッチソン著;かとうりつこ訳 主婦の友社 2010年4月

ジェームズ・ピール・エジャートン卿　じぇーむずぴーるえじゃーとんきょう
とりわけ犯罪学にくわしいイギリスでもっとも有名な王室顧問弁護士 「秘密機関 上下」 アガサ・クリスティー著;嵯峨静江訳　早川書房(クリスティー・ジュニア・ミステリ5)　2008年3月

ジェラード・ウス・モンダール
騎士道精神にあふれる若く勇敢なソラムニア騎士、顔が不器量で屈折した面を持つ男 「ドラゴンランス魂の戦争 第3部 消えた月の竜」 マーガレット・ワイス著;トレイシー・ヒックマン著;安田均訳　アスキー　2008年1月

ジェラルド・ブラウン(ブラッキー)
母さんの恋人の男から性的虐待を受けたニューヨークに住む十一歳の少年 「きみといつか行く楽園」 アダム・ラップ作;代田亜香子訳　徳間書店　2008年5月

シェリー
無人の家「モール・ハウス」に肝だめしにやってきた男女六人の一人、わがままな美人のチアリーダー 「ヴァンパイアの運命」 キャロライン・B.クーニー著;神戸万知訳　講談社(YA! entertainment)　2009年4月

ジェリー・ゴードン
中学生のブルースの隣の家にすむ男の子、由緒正しい血統の犬・レッドの飼い主 「ホテル・フォー・ドッグズ」 ロイス・ダンカン作;桜田直美訳　主婦の友社　2009年4月

シェルビー・トリニティ
悪人養成機関「HIVE」に入学させられたアメリカ人の十三歳の少女 「ハイブ 悪のエリート養成機関－volume1」 マーク・ウォールデン作;三辺律子訳　ほるぷ出版　2008年6月

シェルビー・トリニティ
悪人養成機関「HIVE」の生徒でローラの親友、アメリカ人の元泥棒の少女 「ハイブ 悪のエリート養成機関－volume2 オーバーロード・プロトコル」 マーク・ウォールデン作;三辺律子訳　ほるぷ出版　2010年5月

ジェレス
吸血鬼になった少女・レインと恋に落ちて熱愛中の吸血鬼 「ヴァンパイア・キス－レインの挑戦」 マリ・マンクーシ著;笠井道子訳　小学館(小学館ルルル文庫)　2009年2月

ジェレス
自分勝手だが真面目な性格の吸血鬼、吸血結社軍の司令官 「ヴァンパイア・キス－レインの恋」 マリ・マンクーシ著;笠井道子訳　小学館(小学館ルルル文庫)　2008年12月

ジェーン・オクスフォード
国際指名手配中の武器密売人 「チェラブ Mission3 脱獄」 ロバート・マカモア作;大澤晶訳　ほるぷ出版　2008年8月

ジェンキンスじいさん
船の模型博物館の館長、過去50年の間に300個以上もの模型の船を作って博物館に展示しているおじいさん 「少年探偵団ザ・スリー1 幽霊船」 ウルフ・ブランク作;キム・シュミット絵;ハラルト・ユフ絵;加納教孝訳　草土文化　2008年6月

シェーン・グレイ
超人気バンド・コネクト・スリーのボーカル、歌手を目指す若者たちの合宿・キャンプ・ロックのゲスト講師 「キャンプ・ロック ミッチー輝く私を探して！」 ルーシー・ラグルス文;金津泰輔訳　講談社(ディズニー文庫)　2009年1月

ジェンセン・フォルティーニ(スパイダーワート)
頭の回転のはやさとするどさの才能をもち真っ赤なカーディナル鳥のはねの杖をもつハーブのフェアリー 「NEWフェアリーズ 秘密の妖精たち2 シナバーと影の島」 J.H.スイート作;津森優子訳;唐橋美奈子絵 文渓堂 2010年8月

ジェンセン・フォルティーニ(スパイダーワート)
頭の回転のはやさと鋭さの才能をもつハーブのフェアリー 「NEWフェアリーズ 秘密の妖精たち1 ペリウィンクルと勇気の洞くつ」 J.H.スイート作;津森優子訳;唐橋美奈子絵 文渓堂 2010年6月

ジェーン・ターナー
コーヒーチェーン店「ワイアード・ジョー」でバリスタとしてはたらく高校四年生の少女 「バリスタ少女の恋占い」 クリスティーナ・スプリンガー著;代田亜香子訳 小学館(SUPER!YA) 2010年11月

ジェンナ・カヴァノフ
ローズウッド学院に通っていた気味の悪い男の子・トビーの視力を失った義理の妹 「ライアーズ2 崩壊のはじまり」 サラ・シェパード著;中尾眞樹訳 AC Books 2010年7月

ジェーン・フィン
戦争中に消えた重要書類を持ったまま行方不明になっているアメリカ人女性 「秘密機関 上下」 アガサ・クリスティー著;嵯峨静江訳 早川書房(クリスティー・ジュニア・ミステリ5) 2008年3月

ジェーン・マープル(マープルさん)
セント・メアリ・ミード村に住む好奇心たっぷりの老婦人 「予告殺人」 アガサ・クリスティー著;羽田詩津子訳 早川書房(クリスティー・ジュニア・ミステリ4) 2008年2月

潮読みの君 しおよみのきみ
オルゴールの中の異世界・ロンド国のあらゆることを知っている者 「ロンド国物語8 潮読みの洞くつ」 エミリー・ロッダ作;神戸万知訳;水野真帆絵 岩崎書店 2010年9月

ジコルカ(ジッケ)
ストックホルムの四年生・アリスのクラスメート、ポーランド生まれの男の子 「アリスは友だちをつくらない」 グニラ・リン・ペルソン作;松沢あさか訳;陣崎草子画 さ・え・ら書房 2008年4月

ジジ
夏休みに家族旅行へ行かないのに「エジプトへ行く」とうそをついてしまった女の子 「ジジのエジプト旅行」 ラッシェル・オスファテール作;ダニエル遠藤みのり訳;風川恭子絵 文研出版(文研じゅべにーる) 2010年11月

十二郎 じじろう
天狗、鬼と領土をあらそい強奪を計画する者 「健太、斧を取れ!」 クリストファー・ベルトン著;渡辺順子訳 幻冬舎 2010年11月

ジゼル
おとぎの世界の魔法の王国・アンダレーシアから魔女にだまされて現代のニューヨークへ追放された娘 「魔法にかけられて」 ジャスミン・ジョーンズ作;橘高弓枝訳 偕成社(ディズニーアニメ小説版) 2008年2月

シーダ
リスとカワウソとモグラとハリネズミが平和に暮らすミストマントル島の王妃、ホワイトウィングス島の女司令長官だったリスの娘 「ミストマントル・クロニクル3 アーチンとプリンセス」 マージ・マカリスター著;嶋田水子訳 小学館 2008年4月

ジータ・ガルデル
バレエが大好きな女の子・ニーナの親友、バレエを習う12歳の女の子 「ダンス!1 バレリーナの卵」 アンヌ=マリー・ポル著;阪田由美子訳 草思社 2008年1月

じたが

ジータ・ガルデル
バレエを愛する女の子・ニーナの親友、カマルゴ・バレエ学校の生徒 「バレエ! 5 ニーナだけの秘密」 アンヌ=マリー・ポル著;寺澤孝子・松尾日出子訳;小川彌生画 メディアファクトリー 2009年11月

ジータ・ガルデル
バレエを愛する女の子・ニーナの親友、バレエを習う12歳の女の子 「バレエ! 1 バレリーナの卵 ニーナ」 アンヌ=マリー・ポル著;寺澤孝子・松尾日出子訳;小川彌生画 メディアファクトリー 2009年6月

ジッケ
ストックホルムの四年生・アリスのクラスメート、ポーランド生まれの男の子 「アリスは友だちをつくらない」 グニラ・リン・ペルソン作;松沢あさか訳;陣崎草子画 さ・え・ら書房 2008年4月

ジップ
動物の言葉が話せるお医者さん・ドリトル先生が飼っている犬 「ドリトル先生」 ロフティング作;小林みき訳 ポプラ社(ポプラポケット文庫) 2009年9月

G・T・ストゥープ じーてぃーすとぅーぷ
田舎町の食堂「ウェルカム・ステアウェイズ」の店主、白血病をわずらっている男 「希望(ホープ)のいる町」 ジョーン・バウアー著;中田香訳 作品社 2010年3月

シードラゴン
魔力の強いスケリグ・リール島の近くの海に集団ですむ巨大なドラゴン 「リリーと秘宝の島－リリー・クエンチ冒険ファンタジー4」 ナタリー・ジェーン・プライアー作;岡田好惠訳 学研 2008年9月

シドリオ
ヴァンパイレーツ船を追放された元海尉 「ヴァンパイレーツ 3－うごめく野望」 ジャスティン・ソンパー作;海後礼子訳 岩崎書店 2009年5月

シドリオ
ヴァンパイレーツ船を追放された元海尉 「ヴァンパイレーツ 7 目覚めし者たち」 ジャスティン・ソンパー作;海後礼子訳 岩崎書店 2010年7月

シドリオ
ヴァンパイレーツ船を追放された元海尉、決闘で一度死んだ青年ジェズを甦らせた男 「ヴァンパイレーツ 4－剣の重み」 ジャスティン・ソンパー作;海後礼子訳 岩崎書店 2009年8月

シドリオ
ヴァンパイレーツ船を追放された元海尉、決闘で一度死んだ青年ジェズを甦らせた男 「ヴァンパイレーツ 5－さまよえる魂」 ジャスティン・ソンパー作;海後礼子訳 岩崎書店 2009年12月

シドリオ
海で遭難していた少女グレースを助けたヴァンパイレーツ船の海尉 「ヴァンパイレーツ 2－運命の夜明け」 ジャスティン・ソンパー作;海後礼子訳 岩崎書店 2009年2月

シドリオ
新たなヴァンパイレーツ船「ブラッドキャプテン号」の船長になった男 「ヴァンパイレーツ 8 黒のハート」 ジャスティン・ソンパー作;海後礼子訳 岩崎書店 2010年12月

シトロネーラ・ハウザー
イーソーの谷という小さな村に住む九歳の少女ガーネットの友だち、小柄なふっくらふとった女の子 「指ぬきの夏」 エリザベス・エンライト作・絵;谷口由美子訳 岩波書店(岩波少年文庫) 2009年6月

シナバー（ヘレン・マイケルズ）
シナバー蛾の精をさずかる黒人の女の子、暗がりを得意とする才能をもつフェアリー　「NEWフェアリーズ 秘密の妖精たち1 ペリウィンクルと勇気の洞くつ」J.H.スイート作;津森優子訳;唐橋美奈子絵　文溪堂　2010年6月

シナバー（ヘレン・マイケルズ）
シナバー蛾の精をさずかる黒人の女の子、夜に強い才能をもちハコヤナギの枝の杖をもつフェアリー　「NEWフェアリーズ 秘密の妖精たち2 シナバーと影の島」J.H.スイート作;津森優子訳;唐橋美奈子絵　文溪堂　2010年8月

ジーナ・ホームズ
ロンドンに越してきて「名探偵保存協会」に弟のザンダーと招かれた十二歳の少女　「XX・ホームズの探偵ノート1 名画「すみれ色の少女」の謎」トレーシー・バレット作;こだまともこ訳;十々夜絵　フレーベル館　2010年11月

ジーニアス
小学四年生のアリにつかえているランプの精・リトル・ジーニーの友だち、体がとても大きいジーニー　「ランプの精リトル・ジーニー15 ちびっこジーニーをさがせ!」ミランダ・ジョーンズ作;宮坂宏美訳;サトウユカ画　ポプラ社　2010年7月

シニシーピ
小人のタルレーナの友だちのようせい　「でておいで森のようせい」エリナ・カルヤライネン作;クリステル・レンス絵　学研教育出版（新しい世界の幼年童話）　2009年11月

シノヴァーノ・ダ・モンタクート
ある日とつぜん殺人の疑いがかけられ修道院に身をかくすことになった美しい十六歳の貴族の少年　「聖人と悪魔」メアリ・ホフマン作;乾侑美子訳　小学館　2008年10月

ジプシー
ウッドローのいとこ、隣のおじいちゃんの家にひきとられたウッドローと仲良くなった十二歳の少女　「ベルおばさんが消えた朝」ルース・ホワイト作;光野多惠子訳　徳間書店　2009年3月

シーフー老師　しーふーろうし
平和の谷に住むカンフー名人のレッサーパンダ、カンフーの達人カンフー・ファイブの師　「カンフー・パンダ」スーザン・コーマン作;杉田七重訳　角川書店（ドリームワークスアニメーションシリーズ）　2008年6月

慈母ベンレ　じぼべんれ
ダークエルフの地下都市で最高位にある貴族ベンレ家の老齢の慈母、最強の実力者　「ダークエルフ物語 暗黒の包囲」R.A.サルバトーレ著;安田均監訳;笠井道子訳　アスキー・メディアワークス　2010年6月

慈母ベンレ　じぼべんれ
ダークエルフの地下都市で最高位にある貴族ベンレ家の老齢の慈母、最強の実力者　「ダークエルフ物語 星なき夜」R.A.サルバトーレ著;安田均監訳;笠井道子訳　アスキー・メディアワークス　2009年6月

ジマ
モロッコの商業都市・カサブランカのせまい小屋にくらしている八人家族の次女　「みんながそろう日」ヨーケ・ファン・レーウェン作;マリカ・ブライン作;野坂悦子訳　鈴木出版（鈴木出版の海外児童文学）　2009年11月

シマウマ（マーティ）
親友のライオンのアレックス、キリンのメルマン、カバのグロリアとニューヨーク・セントラパークル動物園を脱出したシマウマ　「マダガスカル2」J.E.ブライト作;杉田七重訳　角川書店（ドリームワークスアニメーションシリーズ）　2009年3月

じみし

ジミー・シェイディ
ゲーム会社「マインドラボ」の社長、ゲーマーたちを使ってGIBの衛星システムに不正侵入している男 「ザック・パワー 任務その3」 H.I.ラリー作;富原まさ江訳 ゴマブックス 2009年3月

清水 美咲 しみず・みさき
十六回目の命を授かっている再生者で十四歳の少女 「健太、斧を取れ!」 クリストファー・ベルトン著;渡辺順子訳 幻冬舎 2010年11月

シム
南極オタク、九十年前に南極で死んだタイタス・オーツに恋している十四歳の少女 「ホワイトダークネス 上下」 ジェラルディン・マコックラン著;木村由利子訳 あかね書房(YA Dark) 2009年3月

ジム
下町のふくろ小路一番地に住む子だくさんのラッグルスさん一家のふたごの上の男の子 「ふくろ小路一番地」 イーヴ・ガーネット作;石井桃子訳 岩波書店(岩波少年文庫) 2009年5月

ジムおじさん(船長フリント) じむおじさん(きゃぷてんふりんと)
ハウスボートで暮らす男、アマゾン号の海賊少女二人のおじさん 「ツバメ号とアマゾン号 上下」 アーサー・ランサム作;神宮輝夫訳 岩波書店(岩波少年文庫) 2010年7月

シム・ロルネス
身長1.5mmの少年トビーの投獄された父、木の世界で一番すぐれた科学者 「トビー・ロルネス 1 空に浮かんだ世界」 ティモテ・ド・フォンベル作;フランソワ・プラス画;伏見操訳 岩崎書店 2008年7月

シム・ロルネス
身長1.5mmの少年トビーの投獄された父、木の世界で一番すぐれた科学者 「トビー・ロルネス 2 逃亡者」 ティモテ・ド・フォンベル作;フランソワ・プラス画;伏見操訳 岩崎書店 2008年10月

シム・ロルネス
身長1.5mmの少年トビーの投獄された父、木の世界で一番すぐれた科学者 「トビー・ロルネス 3 エリーシャの瞳」 ティモテ・ド・フォンベル作;フランソワ・プラス画;伏見操訳 岩崎書店 2009年2月

シム・ロルネス
身長1.5mmの少年トビーの投獄された父、木の世界で一番すぐれた科学者 「トビー・ロルネス 4 最後の戦い」 ティモテ・ド・フォンベル作;フランソワ・プラス画;伏見操訳 岩崎書店 2009年3月

シメオン(キング)
千年後の未来に生きるダンの一族の王でジャックの父親 「ターニング・ポイント 3 タイムロック最後の選択」 デイヴィッド・クラス作;西田登訳 岩崎書店 2010年2月

シモーネ・マルティーニ
アッシジの大聖堂で仕事をしているシエナ出身の有名な画家 「聖人と悪魔」 メアリ・ホフマン作;乾侑美子訳 小学館 2008年10月

シモリーン
魔法の森の王・メンダンバーの王妃、背の高い若い女性 「はみだしちゃった魔女」 パトリシア・C.リーデ著;田中亜希子訳 東京創元社(sogen bookland) 2010年9月

シャイナー
姉のクイニーともロンドンの浮浪児集団〈ベイカー少年探偵団〉のメンバー、パディントン駅で靴磨きをしている気性の激しい少年 「ベイカー少年探偵団 4 ドラゴンを追え!」 アンソニー・リード著;池央耿訳 評論社(児童図書館・文学の部屋) 2008年8月

シャイマー
フェアリーランドの妖精・ケイティのペット、魔法の子ねこ 「子ねこの妖精(フェアリー)ケイティ(レインボーマジック)」デイジー・メドウズ作;田内志文訳 ゴマブックス 2008年3月

ジャガー・マックスウェル
ヴァンパイア、双子の妹の婚約者だったいとこのアレクサンダーに敵意をもっている少年 「ヴァンパイア・キス2 恋する棺桶」エレン・シュライバー著;高橋結花訳;カズアキイラスト メディアファクトリー 2009年9月

ジャガー・マックスウェル
ヴァンパイア、双子の妹の婚約者だったいとこのアレクサンダーに敵意をもっている少年 「ヴァンパイア・キス3 ライバルはルーマニアから」エレン・シュライバー著;高橋結花訳;カズアキイラスト メディアファクトリー 2009年11月

ジャガリー船長(アンドリュー・ジャガリー) じゃがりーせんちょう(あんどりゅーじゃがりー)
良家の子女・シャーロットが乗り込んだ商船「シーホーク号」の船長、立派な紳士 「シャーロット・ドイルの告白」アヴィ作;茅野美ど里訳 あすなろ書房 2010年7月

ジャクソン・スチュワート
じつは全米で大人気のアイドル「ハンナ・モンタナ」であるマイリーの兄 「ハンナ・モンタナ シーズン2 離れられない二人」ローリー・マッケロイ文;野田香里訳 講談社(ディズニー文庫) 2009年8月

ジャクソン・スチュワート
じつは全米で大人気のアイドル「ハンナ・モンタナ」であるマイリーの兄 「ハンナ・モンタナ4 愛されちゃってオリバー」M.C.キング文;野田香里訳 講談社(ディズニー文庫) 2009年2月

ジャクソン・スチュワート
じつは全米で大人気のアイドル「ハンナ・モンタナ」であるマイリーの兄 「ハンナ・モンタナ5 ステージがこわい!」ローリー・マッケロイ文;野田香里訳 講談社(ディズニー文庫) 2009年4月

ジャクソン・スチュワート
じつは全米で大人気のアイドル「ハンナ・モンタナ」であるマイリーの兄 「ハンナ・モンタナ6 ジェイクに告白!?」ベス・ビーチウッド文;野田香里訳 講談社(ディズニー文庫) 2009年6月

ジャクリーン・ド・ベルフォール
イギリスで指折りの大金持ちのリネットの親友、父親が不倫し母親が株の大暴落で財産をなくしてしまった若い女性 「ナイルに死す 上下」アガサ・クリスティー著;佐藤耕士訳 早川書房(クリスティー・ジュニア・ミステリ8) 2008年6月

ジャコウネズミ
『ハンスぼうやの国』の住人でぬいぐるみ、故国ロシアを思っては涙ぐむ詩人のジャコウネズミ 「ハンスぼうやの国」バルブロ・リンドグレーン文;エヴァ・エリクソン絵;木村由利子訳 あすなろ書房 2009年2月

ジャコモ
バビナ国の首都バイヌーの靴屋のふたごの息子の弟、泥棒 「ふたごの兄弟の物語 上下」トンケ・ドラフト作;西村由美訳 岩波書店(岩波少年文庫) 2008年12月

ジャスティス・ジョナス
少年探偵団ザ・スリーのリーダー、食べることと本を読むことが好きな10さいの少年 「少年探偵団ザ・スリー1 幽霊船」ウルフ・ブランク作;キム・シュミット絵;ハラルト・ユフ絵;加納教孝訳 草土文化 2008年6月

じゃす

ジャスティス・ジョナス
少年探偵団 ザ・スリーのリーダー、食べることと本を読むことが好きな10さいの少年 「少年探偵団 ザ・スリー2 アトランティスを救え!」 ウルフ・ブランク作;シュテファニー・ヴェーグナー絵;加納教孝訳 草土文化 2008年6月

ジャスティス・ジョナス
少年探偵団 ザ・スリーのリーダー、食べることと本を読むことが好きな10さいの少年 「少年探偵団 ザ・スリー3 魔術師の魔力」 ウルフ・ブランク作;シュテファニー・ヴェーグナー絵;加納教孝訳 草土文化 2008年7月

ジャスティス・ジョナス
少年探偵団 ザ・スリーのリーダー、食べることと本を読むことが好きな10さいの少年 「少年探偵団 ザ・スリー4 魔法の噴水」 ウルフ・ブランク作;シュテファニー・ヴェーグナー絵;加納教孝訳 草土文化 2008年9月

ジャスティス・ジョナス
少年探偵団 ザ・スリーのリーダー、食べることと本を読むことが好きな10さいの少年 「少年探偵団 ザ・スリー5 インターネット海賊」 ウルフ・ブランク作;シュテファニー・ヴェーグナー絵;加納教孝訳 草土文化 2008年10月

ジャスティス・ジョナス
少年探偵団 ザ・スリーのリーダー、食べることと本を読むことが好きな10さいの少年 「少年探偵団 ザ・スリー6 密輸業者の島」 ウルフ・ブランク作;イムケ・シュターツ絵;加納教孝訳 草土文化 2008年12月

ジャスティス・ジョナス
少年探偵団 ザ・スリーのリーダー、食べることと本を読むことが好きな10さいの少年 「少年探偵団 ザ・スリー7 ゴースト・ハンターズ」 ウルフ・ブランク作;イムケ・シュターツ絵;加納教孝訳 草土文化 2009年4月

ジャスティス・ジョナス
少年探偵団 ザ・スリーのリーダー、食べることと本を読むことが好きな10さいの少年 「少年探偵団 ザ・スリー8 よみがえった恐竜たち」 ボリス・プファイファー作;ハラルト・ユフ絵;フォルカー・シュポンホルツ絵;加納教孝訳 草土文化 2009年4月

ジャスパー
ファティマ姫が市場でみつけたルビー色のビンから出てきたちっちゃなジーニー 「プリンセス♡クラブ 6 友情は、むてきのまほう」 スザンヌ・ウィリアムズ作;灰島かり訳;泉リリカ画 ポプラ社 2010年8月

ジャスミン・アイエード
イギリスにあるコラリー・チャールトン・バレエ教室に通う10才の女の子 「バレリーナ・ドリームズ 2 ジャスミンの幸運の星」 アン・ブライアント著;神戸万知訳;武蔵野ルネ絵 新書館 2008年11月

ジャスミン・アイエード
イギリスにあるコラリー・チャールトン・バレエ教室に通う6年生の女の子 「バレリーナ・ドリームズ 5 スターをめざして」 アン・ブライアント著;神戸万知訳;武蔵野ルネ絵 新書館 2009年5月

ジャスミン・アイエード
イギリスにあるコラリー・チャールトン・バレエ教室に通う6年生の女の子 「バレリーナ・ドリームズ 7 クリスマスの「くるみ割り人形」」 アン・ブライアント著;神戸万知訳;武蔵野ルネ絵 新書館 2009年11月

社長(ミセス・マデライン・グラッドストン) しゃちょう(みせすまでらいんぐらっどすとん)
靴を売る才能があるジェナが働くグラッドストン靴店の老・女社長 「靴を売るシンデレラ」 ジョーン・バウアー著;灰島かり訳 小学館(SUPER!YA) 2009年7月

ジャッキー（ジャクリーン・ド・ベルフォール）
イギリスで指折りの大金持ちのリネットの親友、父親が不倫し母親が株の大暴落で財産をなくしてしまった若い女性 「ナイルに死す 上下」アガサ・クリスティー著;佐藤耕士訳 早川書房（クリスティー・ジュニア・ミステリ8） 2008年6月

ジャック
かいぞく船海ネズミ号がいかりをおろしたキング・アイランド島にすむ男の子 「パイレーツスクール 4 港のスパイに気をつけろ!」ブライアン・ジェームズ作;中井はるの訳 ポプラ社 2010年2月

ジャック
ペンシルバニア州に住む十歳、マジック・ツリーハウスに乗って妹のアニーとウィーンへふしぎな旅をした男の子 「モーツァルトの魔法の笛」メアリー・ポープ・オズボーン著;食野雅子訳 メディアファクトリー（マジック・ツリーハウス27） 2009年11月

ジャック
ペンシルバニア州に住む十歳、マジック・ツリーハウスに乗って妹のアニーとニューヨークへふしぎな旅をした男の子 「ユニコーン奇跡の救出」メアリー・ポープ・オズボーン著;食野雅子訳 メディアファクトリー（マジック・ツリーハウス22） 2008年2月

ジャック
ペンシルバニア州に住む十歳、マジック・ツリーハウスに乗って妹のアニーとフィレンツェへふしぎな旅をした男の子 「ダ・ヴィンチ空を飛ぶ」メアリー・ポープ・オズボーン著;食野雅子訳 メディアファクトリー（マジック・ツリーハウス24） 2008年11月

ジャック
ペンシルバニア州に住む十歳、マジック・ツリーハウスに乗って妹のアニーと江戸の町へふしぎな旅をした男の子 「江戸の大火と伝説の龍」メアリー・ポープ・オズボーン著;食野雅子訳 メディアファクトリー（マジック・ツリーハウス23） 2008年6月

ジャック
ペンシルバニア州に住む十歳、マジック・ツリーハウスに乗って妹のアニーと南の島へふしぎな旅をした男の子 「巨大ダコと海の神秘」メアリー・ポープ・オズボーン著;食野雅子訳 メディアファクトリー（マジック・ツリーハウス25） 2009年2月

ジャック
ペンシルバニア州に住む十歳、マジック・ツリーハウスに乗って妹のアニーと南極大陸へふしぎな旅をした男の子 「南極のペンギン王国」メアリー・ポープ・オズボーン著;食野雅子訳 メディアファクトリー（マジック・ツリーハウス26） 2009年6月

ジャック
十一歳の少年、ヴァスティア国の魔法使いカルスタッフの三人の弟子のひとり 「黒猫オルドウィンの冒険－三びきの魔法使い、旅に出る」アダム・ジェイ・エプスタイン著;アンドリュー・ジェイコブスン著;大谷真弓訳 早川書房 2010年11月

ジャック
突然カリフォルニアの羊農場の家族から引きはなされ放浪の旅にでることになった子犬、牧羊犬のボーダーコリー 「ぼくの羊をさがして」ヴァレリー・ハブズ著;片岡しのぶ訳 あすなろ書房 2008年4月

ジャック
魔法のツリーハウスで妹のアニーと一九一五年のニューオリンズに来た十歳の男の子 「嵐の夜の幽霊海賊」メアリー・ポープ・オズボーン著;食野雅子訳 メディアファクトリー（マジック・ツリーハウス28） 2010年6月

ジャック
魔法のツリーハウスで妹のアニーと一八六二年のアイルランドに来た十歳の男の子 「ふしぎの国の誘拐事件」メアリー・ポープ・オズボーン著;食野雅子訳 メディアファクトリー（マジック・ツリーハウス29） 2010年11月

ジャック
無人島に娘のニムと二人で住んでいる海洋生物研究者 「秘密の島のニム」ウェンディー・オルー著;田中亜希子訳 あすなろ書房 2008年7月

ジャック・エドワード
マンハッタンの自然博物館に展示されていた不思議なジオラマにいつのまにか入りこんでしまった兄妹の兄 「お城の魔女」ルース・チュウ作;日当陽子訳;たんじあきこ絵 フレーベル館 2010年11月

ジャック・スパロウ
バーナクル号のたった一人の乗組員・フィッツに裏切られた少年船長 「パイレーツ・オブ・カリビアンジャック・スパロウの冒険 10 父の罪」ロブ・キッド著;ジャン=ポール・オルピナス絵;ホンヤク社訳 講談社 2008年3月

ジャック・スパロウ
バーナクル号も仲間も失い小船である無人島に上陸した少年 「パイレーツ・オブ・カリビアンジャック・スパロウの冒険 11 ポセイドンの峰」ロブ・キッド著;ジャン=ポール・オルピナス絵;ホンヤク社訳 講談社 2008年7月

ジャック・スパロウ
昔の乗組員たちに再会し再び凶暴な海賊・トーレンツと戦うことになった少年 「パイレーツ・オブ・カリビアンジャック・スパロウの冒険 12 新たなる水平線」ロブ・キッド著;ジャン=ポール・オルピナス絵;ホンヤク社訳 講談社 2008年12月

ジャック・タッカー
シカゴ美術館のソーン・ミニチュアルームに入っていける魔法の鍵を手に入れた男の子、オークトン私立小学校に通う六年生 「12分の1の冒険」マリアン・マローン作;橋本恵訳 ほるぷ出版 2010年12月

ジャック・ダニエルスン
アメリカの高校の三年生、突然追われる身になりハドリーから逃げ出した青年 「ターニング・ポイント 1 ファイヤーストーム 神秘の光」デイヴィッド・クラス作;金原瑞人訳;西田登訳 岩崎書店 2008年5月

ジャック・ダニエルスン
アメリカの高校三年生、実は千年後の未来から任務を負って遣わされていた青年 「ターニング・ポイント 2 ワールウィンド 運命の嵐」デイヴィッド・クラス作;金原瑞人訳;西田登訳 岩崎書店 2008年12月

ジャック・ダニエルスン(ジェアー)
ニューヨークの建設現場作業員、実は千年後の未来に生きるダン一族のプリンス 「ターニング・ポイント 3 タイムロック最後の選択」デイヴィッド・クラス作;西田登訳 岩崎書店 2010年2月

ジャック・ドゥラメール
ベルギー人の火山学者、火山の噴火によって破壊された島でマイクたちに救出してもらった男 「ノーチラス号の冒険 10 火山の島」ヴォルフガング・ホールバイン著;平井吉夫訳 創元社 2008年10月

ジャック・ハボック
宇宙海賊船「ソフロニア号」の船長、英国諜報部の一員 「スタークロス」フィリップ・リーヴ著;松山美保訳;デイヴィッド・ワイアット画 理論社 2008年9月

ジャック・フロスト
氷のお城に住むおそろしい妖精、背の高い骨ばった男 「バラの妖精(フェアリー)エラ(レインボーマジック)」デイジー・メドウズ作;田内志文訳 ゴマブックス 2009年6月

ジャック・フロスト
氷のお城に住むおそろしい妖精、背の高い骨ばった男 「ゆりの妖精(フェアリー)ルイズ(レインボーマジック)」デイジー・メドウズ作;田内志文訳 ゴマブックス 2009年3月

ジャック・フロスト
氷のお城に住むおそろしい妖精、背の高い骨ばった男 「海の妖精(フェアリー)シャノン(レインボーマジック夏休みスペシャルブック)」 デイジー・メドウズ作;田内志文訳 ゴマブックス 2009年8月

ジャック・フロスト
氷のお城に住んでいるおそろしい妖精 「レインボーマジック虹の妖精(フェアリー) 上下」 デイジー・メドウズ著;田内志文訳 ゴマブックス 2009年4月

ジャック・フロスト
氷のお城に住んでいる妖精、いたずらなわるさをするフェアリー 「カーニバルの妖精(フェアリー)カイリー(レインボーマジック夏休みスペシャルブック)」 デイジー・メドウズ作;田内志文訳 ゴマブックス 2008年7月

ジャック・フロスト
氷のお城に住んでいる妖精、いたずらなわるさをするフェアリー 「クリスマス星の妖精(フェアリー)ステラ(レインボーマジック)」 デイジー・メドウズ作;田内志文訳 ゴマブックス 2008年11月

ジャック・フロスト
氷のお城に住んでいる妖精、いたずらなわるさをするフェアリー 「結婚式の妖精(フェアリー)ミア(レインボーマジック夏休みスペシャルブック)」 デイジー・メドウズ作;田内志文訳 ゴマブックス 2010年8月

ジャップ
パリからロンドンへの機内で起きた殺人事件を捜査しているイギリス警察の警部 「雲をつかむ死」 アガサ・クリスティー著;田中一江訳 早川書房(クリスティー・ジュニア・ミステリ6) 2008年4月

シャーナ
夏休みの間リアナ川のほとりにある小屋ですごす十三歳の少女、十二歳のコーディーの姉 「ほとばしる夏」 ジェイン・レズリー・コンリー作;尾崎愛子訳;今村麻果画 福音館書店(世界傑作童話シリーズ) 2008年7月

ジャーニル
自由民の指導者 「セブンスタワー 4 キーストーン」 ガース・ニクス作;西本かおる訳 小学館(小学館ファンタジー文庫) 2008年2月

シャネル
バルセロナの新人コンテストに応募した四人組バンド「チーター・ガールズ」の一人 「チーター・ガールズ 2 スペイン音楽祭の熱い夏」 デボラ・グレゴリー文;窪田僚訳 講談社(ディズニー文庫) 2008年10月

シャネル
マンハッタン・マグネットスクールの高校生四人組バンド「チーター・ガールズ」の一人 「チーター・ガールズ 超人気ガールズ・バンド誕生!」 デボラ・グレゴリー文;窪田僚訳 講談社(ディズニー文庫) 2008年8月

シャノン
人間の世界で魔法の真珠を探すフェアリーランドの海の妖精 「海の妖精(フェアリー)シャノン(レインボーマジック夏休みスペシャルブック)」 デイジー・メドウズ作;田内志文訳 ゴマブックス 2009年8月

シャーパ
ある日自分が鳥になったといい「カッコー」と鳴くようになった山に住むクイーシー 「シャーパ鳥になる(森のクイーシーものがたり)」 ミーラ・ブリノワ文;セルゲイ・ボルジュク絵;柴田友子訳 静山社 2010年9月

しゃぱ

シャーパ
冬眠中に家をアライグマにとられたビャーカの話をきいた山に住むクイーシー 「ビャーカのすてきな家(森のクイーシーものがたり)」 ミーラ・ブリノワ文;セルゲイ・ボルジュク絵;柴田友子訳 静山社 2010年9月

シャーペイ・エヴァンス
イースト高校演劇部のミュージカルスターの双子の姉弟の姉、自分が主役でないと気がすまない少女 「ハイスクール・ミュージカル イースト高校 バンド・バトル」 N.B.グレース文;橘もも訳 講談社(ディズニー文庫) 2008年5月

シャーペイ・エヴァンス
イースト高校演劇部のミュージカルスターの双子の姉弟の姉、自分が主役でないと気がすまない少女 「ハイスクール・ミュージカル イースト高校 ポエム・コンテスト」 アリス・アルフォンシ文;橘もも訳 講談社(ディズニー文庫) 2008年9月

シャーペイ・エヴァンス
イースト高校演劇部のミュージカルスターの双子の姉弟の姉、自分が主役でないと気がすまない少女 「ハイスクール・ミュージカル イースト高校 未来の僕たち」 N.B.グレース文;橘もも訳 講談社(ディズニー文庫) 2008年11月

シャーペイ・エヴァンス
イースト高校演劇部のミュージカルスターの双子の姉弟の姉、自分が主役でないと気がすまない少女 「ハイスクールミュージカル ザ・ムービー」 N.B.グレース文;橘もも訳 講談社(ディズニー文庫) 2009年1月

シャーペイ・エヴァンス
イースト高校演劇部のミュージカルスターの双子の姉弟の姉、自分が主役でないと気がすまない性格の少女 「ハイスクール・ミュージカル イースト高校 スピリット・ウイーク」 キャサリン・ハプカ文;橘もも訳 講談社(ディズニー文庫) 2008年7月

シャーミラ
魔術同盟の一員、以前は人間界で暮らしていたがデモナータの存在を知ってから魔術師になったインド人の女 「デモナータ7幕 死の影」 ダレン・シャン作;橋本恵訳;田口智子画 小学館 2008年9月

ジャミーラ
戦時下のアフガニスタンで母を亡くしてカブールの孤児院に入れられた少女 「ジャミーラの青いスカーフ」 ルクサナ・カーン作;もりうちすみこ訳 さ・え・ら書房 2010年12月

ジャミール
大好きなとうさんとかあさんが死んでしまいトルコの小さな村に一人で暮らす牛飼いの少年 「ジャミールの新しい朝」 クリスティーン・ハリス作;加島葵訳;小倉正巳画 くもん出版 2008年3月

ジャラム
木に戻る少年トビーの案内役をつとめた草原の民の老人 「トビー・ロルネス3 エリーシャの瞳」 ティモテ・ド・フォンベル作;フランソワ・プラス画;伏見操訳 岩崎書店 2009年2月

ジャラール・ザ・ポー
名門猫の一族に生まれた雄猫・バージャックの夢に出た老猫 「バージャック メソポタミアン・ブルーの影」 SFサイード作;金原瑞人・相山夏奏訳;田口智子画 偕成社 2008年1月

シャルル
フランスのポール・エリュアール小学校の五年生、新しい担任にがっかりした男の子 「ノエル先生としあわせのクーポン」 シュジー・モルゲンステルン作;宮坂宏美訳 講談社 2009年6月

シャルルマーニュ
氷の辺境アイスマーク王国の末の王子、援軍を引きつれてもどる旅に出た病弱な若者 「アイスマーク2 炎の刻印」 スチュアート・ヒル著;金原瑞人訳;中村浩美訳 ヴィレッジブックス 2009年11月

シャルロッテ
私立探偵のティムがドーバー行きの列車で会ったオランダ人の女性、作家 「ダイヤモンドブラザーズ ケース3 逆転のオークション」 アンソニー・ホロヴィッツ作;金原瑞人・天川佳代子訳;藤倉麻子絵 文溪堂 2009年2月

ジャレッド
フロリダに住む少年ニコラスの仲間、グレース家の三人きょうだいの弟 「NEWスパイダーウィック家の謎 第3巻 ワーム・ドラゴンの王」 ホリー・ブラック作;トニー・ディテルリッジ絵;飯野眞由美 文溪堂 2010年4月

シャーロック・ホームズ
ロンドンのベーカー街に事務所をかまえる私立探偵 「名探偵ホームズ7 悪魔の足」 ドイル作;亀山龍樹訳 ポプラ社(ポプラポケット文庫) 2010年3月

シャーロック・ホームズ(ホームズ)
「ベーカー街不正規隊」の少年たちから情報を集めていたロンドンの名探偵 「<カラス同盟>事件簿 シャーロック・ホームズ外伝」 アレックス・シモンズ著;ビル・マッケイ著;片岡しのぶ訳;佐竹美保画 あすなろ書房 2008年2月

シャーロック・ホームズ(ホームズ)
ロンドンのベーカー街に事務所をかまえる私立探偵 「六つのナポレオン像」 ドイル作;亀山龍樹訳 ポプラ社(ポプラポケット文庫) 2009年10月

シャーロック・ホームズ(ホームズ)
名探偵 「名探偵シャーロック・ホームズ」 コナン・ドイル作;石田文子訳 角川書店(角川つばさ文庫) 2010年3月

シャーロック・ホームズ(ホームズ)
名探偵 「名探偵ホームズバスカビル家の犬」 コナン・ドイル作;日暮まさみち訳 講談社(青い鳥文庫) 2010年12月

シャーロック・ホームズ(ホームズ)
名探偵 「名探偵ホームズ赤毛組合」 コナン・ドイル作;日暮まさみち訳 講談社(青い鳥文庫) 2010年11月

シャーロット
フェアリーランドにいる七人の花びらの妖精たちのひとり、ひまわりの妖精 「ひまわりの妖精(フェアリー)シャーロット(レインボーマジック)」 デイジー・メドウズ作;田内志文訳 ゴマブックス 2009年3月

シャーロット・アッシャー
学校一の人気者ダーメンとつきあうための策略を練っていた矢先に死んでしまった女子高生 「ゴースト・ガール」 トーニャ・ハーリー作;築地誠子訳 ポプラ社 2009年4月

シャーロット・ドイル(ミス・ドイル)
十九世紀のイギリス・リバプールの良家の子女、アメリカの商船「シーホーク号」にひとりで乗り込んだ少女 「シャーロット・ドイルの告白」 アヴィ作;茅野美ど里訳 あすなろ書房 2010年7月

シャンカル
動物園で大人気のオスのライオン 「動物と話せる少女リリアーネ2 トラはライオンに恋してる!」 タニヤ・シュテーブナー著;中村智子訳;駒形イラスト 学研教育出版 2010年9月

じゃん

ジャンヌ
島に来た「マーメイド・ガールズ」と出会った女の子、食堂の女主人の孫 「マーメイド・ガールズ 2-5 フローネのマジック・ロケット」 ジリアン・シールズ作;宮坂宏美訳;田中亜希子訳;つじむらあゆこ絵 あすなろ書房 2008年8月

ジャン・ユーグ・ド・モレンヌ(カリメロ)
中学校の新任のフランス語教師、ゲームソフトで自らつくりあげたゴレメットの少女ナターシャに夢中になっている男 「ゴーレム2 地下室のトモダチ」 エルヴィール・ミュライユ著;ロリス・ミュライユ著;マリー＝オード・ミュライユ著;後平澪子訳 新樹社 2009年10月

ジャン・ユーグ・ド・モレンヌ(カリメロ)
中学校の新任のフランス語教師、コンピューターを手に入れた生徒マジッドに扱い方を教えてあげたゲームオタク 「ゴーレム1 究極のゲームソフト」 エルヴィール・ミュライユ著;ロリス・ミュライユ著;マリー＝オード・ミュライユ著;後平澪子訳 新樹社 2009年9月

じゅうたん
ねむりからさめた大理石像の女の子に語りかけた読書室にあるトラのじゅうたん 「ほらふきじゅうたん」 デイヴィッド・ルーカス作;なかがわちひろ訳 偕成社 2009年11月

シュガー
魔法の国・エンチャンティアにいるこんぺい糖の精、少女デルフィのなかよし 「マジック・バレリーナ 2 デルフィと変身のじゅもん」 ダーシー・バッセル著;ケイティ・メイ絵;神戸万知訳 新書館 2010年2月

シュガー
魔法の国・エンチャンティアにいるこんぺい糖の精、少女デルフィのなかよし 「マジック・バレリーナ 3 デルフィと仮面舞踏会」 ダーシー・バッセル著;ケイティ・メイ絵 新書館 2010年4月

シュガー
魔法の国・エンチャンティアにいるこんぺい糖の精、少女デルフィのなかよし 「マジック・バレリーナ 4 デルフィとガラスの靴」 ダーシー・バッセル著;ケイティ・メイ絵;神戸万知訳 新書館 2010年6月

ジュゼッペ・バッシ
砲弾で両親を亡くしナポリの叔母のもとで暮らすことになった少年 「ジュゼッペとマリア 上下」 クルト・ヘルト作;酒寄進一訳 長崎出版 2009年9月

ジュターおじさん
おばの家に預けられた少女ハレーのおじさん、親戚みんなから恐れられるうそつきで計算高そうな男 「銀のらせんをたどれば」 ダイアナ・ウィン・ジョーンズ作;市田泉訳;佐竹美保絵 徳間書店 2010年3月

シュテフィ
ドイツのベルリンにママとふたり暮らしの十歳の女の子、おばあちゃんがほしくて新聞に公告を出した少女 「おばあちゃん、ぼしゅう中!」 アーニャ・トゥッカーマン作;齋藤尚子訳;高橋由為子絵 徳間書店 2009年2月

シュトッフェル(クリストフ・バーテル)
飛行船にもぐりこんでニューヨークにいこうと思いついた南ドイツの湖のほとりに住んでいる十歳の男の子 「シュトッフェルの飛行船」 エーリカ・マン作;若松宣子訳 岩波書店(岩波少年文庫) 2008年8月

ジューニー・スワン
女性心理学者の姿でグレイディー一族に近づき仲間だと思いこませた白鳥の悪魔 「デモナータ6幕 悪魔の黙示録」 ダレン・シャン作;橋本恵訳;田口智子画 小学館 2008年3月

ジューニー・スワン
女性心理学者の姿でグレイディー一族に近づき仲間だと思いこませた白鳥の悪魔 「デモナータ7幕 死の影」 ダレン・シャン作;橋本恵訳;田口智子画 小学館 2008年9月

ジュニパー
ミストマントル島のファー司祭の弟子、リスのアーチンの弟のようなリスの少年 「ミストマントル・クロニクル3 アーチンとプリンセス」マージ・マカリスター著;嶋田水子訳 小学館 2008年4月

ジュベンタス
わかさの女神 「リトル・プリンセス 愛のまほうとイシドラ姫」ケイティ・チェイス作;日当陽子訳;泉リリカ絵 ポプラ社 2008年9月

シュミット
守護天使の世界の失敗統計局で働く職員で十四歳のミシェルの担当官 「ミシェルのゆううつな一日」マルティナ・ヴィルトナー作;若松宣子訳 岩波書店 2010年1月

ジュリー
パリにあるカマルゴ・バレエ学校の給費生・ニーナのクラスメート、いじわるな子 「バレエ!3 舞台裏は大さわぎ」アンヌ=マリー・ポル著;寺澤孝子・松尾日出子訳;小川彌生画 メディアファクトリー 2009年7月

ジュリア
担任のジェイコブ先生がホラーツアーに連れていった生徒、五年生の女の子 「ホラーバス 第2期 呪いのバス旅行1・2」パウル・ヴァン・ローン作;岩井智子訳;浜野史子絵 学研 2008年6月

ジュリア・コヴナント
イギリスのキルモア・コーヴにあるアルゴ邸に引っこしてきたふたごの姉、考えるよりも動くほうが得意な11歳 「ユリシーズ・ムーアとなぞの地図」Pierdomenico Baccalario著;金原瑞人訳 学研パブリッシング 2010年10月

ジュリア・コヴナント
イギリスのキルモア・コーヴにあるアルゴ邸に引っこしてきたふたごの姉、考えるよりも動くほうが得意な11歳 「ユリシーズ・ムーアと鏡の館」Pierdomenico Baccalario著;金原瑞人訳 学研パブリッシング 2010年12月

ジュリア・コヴナント
イギリスのキルモア・コーヴにあるアルゴ邸に引っこしてきたふたごの姉、考えるよりも動くほうが得意な11歳 「ユリシーズ・ムーアと時の扉」Pierdomenico Baccalario著;金原瑞人訳 学研パブリッシング 2010年10月

ジュリアス・ハーシャイマー
行方不明になっている女性ジェーンのいとこ、アメリカ人の大金持ち 「秘密機関 上下」アガサ・クリスティー著;嵯峨静江訳 早川書房(クリスティー・ジュニア・ミステリ5) 2008年3月

ジュリアン・ヴァーガス
弟のニコラスとフロリダの町に現れたジャイアントを退治することになった兄 「NEWスパイダーウィック家の謎 第2巻 ジャイアント襲来」ホリー・ブラック作;トニー・ディテルリッジ絵;飯野眞由美 文溪堂 2010年1月

ジュリウスひいおじいちゃん
ニューヨークの小学生・ザックのひいおじいちゃんが生まれ変わった年よりねこ 「ひいおじいちゃんはねこ?(ザックのふしぎたいけんノート)」ダン・グリーンバーグ著;原京子訳;原ゆたか絵 メディアファクトリー 2010年3月

ジュリエッタ・ガルシア・ペレス・ベネディシィオナトリョ
ファッションデザイナーを目指すルーシーのBFF(ベスト・フレンズ・フォーエバー)、スペイン人で情熱的な女の子 「ファッション・ガールズ3 ときめきのアイドル・バンド結成!」ケリー・マケイン作;小竹由美子訳;魚住あお画 ポプラ社 2010年2月

じゅり

ジュリエッタ・ガルシア・ペレス・ベネディシィオナトリョ
ファッションデザイナーを目指すルーシーのBFF(ベスト・フレンズ・フォーエバー)、スペイン人で情熱的な女の子 「ファッション・ガールズ 4 まさかの映画デビュー!」ケリー・マケイン作;小竹由美子訳;魚住あお画 ポプラ社 2010年6月

ジュールズ
おしゃれがだいすきなルーシーの永遠の親友、はげしくて情熱的なスペイン人の少女 「ファッション・ガールズ 1 おしゃれに大変身!」ケリー・マケイン作;小竹由美子訳;魚住あお絵 ポプラ社 2009年7月

ジュールズ
おしゃれがだいすきなルーシーの永遠の親友、はげしくて情熱的なスペイン人の少女 「ファッション・ガールズ 2 デザイン・コンテストにちょうせん!」ケリー・マケイン作;小竹由美子訳;魚住あお絵 ポプラ社 2009年10月

ジュールズ(ジュリエッタ・ガルシア・ペレス・ベネディシィオナトリョ)
ファッションデザイナーを目指すルーシーのBFF(ベスト・フレンズ・フォーエバー)、スペイン人で情熱的な女の子 「ファッション・ガールズ 3 ときめきのアイドル・バンド結成!」ケリー・マケイン作;小竹由美子訳;魚住あお画 ポプラ社 2010年2月

ジュールズ(ジュリエッタ・ガルシア・ペレス・ベネディシィオナトリョ)
ファッションデザイナーを目指すルーシーのBFF(ベスト・フレンズ・フォーエバー)、スペイン人で情熱的な女の子 「ファッション・ガールズ 4 まさかの映画デビュー!」ケリー・マケイン作;小竹由美子訳;魚住あお画 ポプラ社 2010年6月

ジュロ
クロアチアの小さな港街のセニュに住む孤児たちを率いる赤毛の少女・ゾラの仲間の一人、鼻からあごにかけてきずあとがある少年 「赤毛のゾラ 上下」クルト・ヘルト著;酒寄進一訳 長崎出版 2009年3月

シュロッターベック夫人　しゅろったーべっくふじん
千里眼の占い師、巡査部長のディンペルモーザー氏の相談を受けた夫人 「大どろぼうホッツェンプロッツふたたびあらわる」プロイスラー作;トリップ絵;中村浩三訳 偕成社(ドイツのゆかいな童話) 2010年10月

ジュン
代々龍守りを出してきたユイ家の少年、死霊使いに襲われた少女ピンを命がけで救ってくれた友 「ドラゴンキーパー 月下の翡翠龍」キャロル・ウィルキンソン作;もきかずこ訳 金の星社 2009年11月

ジューン・オハラ
十二歳の少年・エレックの行方不明になった養母 「エレック・レックス 1 竜の魔眼」カザ・キングスレイ著;服部千佳子訳;富原まさ江訳 エンターブレイン 2008年3月

巡査部長　じゅんさぶちょう
大どろぼうホッツェンプロッツを留置場から逃してしまった巡査部長 「大どろぼうホッツェンプロッツふたたびあらわる」プロイスラー作;トリップ絵;中村浩三訳 偕成社(ドイツのゆかいな童話) 2010年10月

ジョー
メリーランド州ベセズダの高校一年生で外科医の娘、ポリーとアーマの小学校からの親友 「フレンズ・ツリー」アン・ブラッシェアーズ作;大嶌双恵訳 理論社 2009年5月

ジョー
下町のふくろ小路一番地に住む子だくさんのラッグルスさん一家の男の子 「ふくろ小路一番地」イーヴ・ガーネット作;石井桃子訳 岩波書店(岩波少年文庫) 2009年5月

ジョー
母親のジョイシーと岬のひみつの谷で九年近く生きのびてきた男の子、湾に近い農場に住むビディーの親友・アイリーンのいとこ 「流砂にきえた小馬」 アリソン・レスター著;加島葵訳 朔北社 2010年8月

ジョー（ジョセフィン）
アメリカの片田舎に住むマーチ家の四姉妹の次女、のっぽでやせっぽちな十五歳の少女 「若草物語」 オルコット作;中山知子訳;藤田香絵 講談社（青い鳥文庫） 2009年3月

ジョー（ジョゼフィン）
アメリカの片田舎にくらすマーチ家の四姉妹の次女、作家志望の19歳 「若草物語2 夢のお城」 オルコット作;谷口由美子訳;藤田香絵 講談社（青い鳥文庫） 2010年5月

ジョーイ
小学校四年生最後の夏休みに小さいころ家を出ていってしまった父さんに会いにいった男の子 「父さんと、キャッチボール？（もう、ジョーイったら！2）」 ジャック・ギャントス作;前沢明枝訳 徳間書店 2009年9月

ジョイス
南アフリカの黒人居留地に住む女の子・ナレディの母親、白人の家で働くメイド 「ヨハネスブルクへの旅」 ビヴァリー・ナイドゥー作;もりうちすみこ訳;橋本礼奈画 さ・え・ら書房 2008年4月

少女（ピン）　しょうじょ（ぴん）
幼ころ両親に売られ黄陵宮にやってきた龍守りの奴隷、老龍ダンザとの旅で龍守りとして成長した十二歳の少女 「ドラゴンキーパー 月下の翡翠龍」 キャロル・ウィルキンソン作;もきかずこ訳 金の星社 2009年11月

少女（ピン）　しょうじょ（ぴん）
幼ころ両親に売られ黄陵宮にやってきた龍守りの奴隷、老龍ダンザとの旅で龍守りとして成長した十二歳の少女 「ドラゴンキーパー 紫の幼龍」 キャロル・ウィルキンソン作;もきかずこ訳　金の星社 2009年1月

しょうぼうたいいんたち
火事やじこがあればすぐにかけつけるたのもしいしょうぼうたいいんたち 「しょうぼうしょは大いそがし」 ハネス・ヒュットナー作;ゲルハルト・ラール絵;たかはしふみこ訳 徳間書店 2009年11月

ジョエル
中古ショップでぼろぼろのどこか悲しげなテディベアを拾って「ホレース」と名づけた中学生の男の子 「ぼくんちのテディベア騒動」 クリス・ダレーシー作;渡邉了介訳 徳間書店 2010年5月

ジョエル・リーガン
カルト教団『サバイバーズ』の創設者、オーストラリア人の八十二歳の老人 「チェラブ Mission5 マインド・コントロール」 ロバート・マカモア作;大澤晶訳 ほるぷ出版 2009年10月

女王　じょおう
アリスが不思議の国で出会ったやたらと死刑を宣告しているハートの女王 「不思議の国のアリス」 ルイス・キャロル作;リスベート・ツヴェルガー絵;石井睦美訳 BL出版 2008年11月

女禍　じょか
南海龍王ヤオーツィのもとで育った人の子 「天空の少年ニコロ1 消えた龍王の謎」 カイ・マイヤー著;遠山明子訳;佐竹美保画 あすなろ書房 2010年2月

ジョーク
ゲームソフト「ゴーレム」と現実世界いずれにも表れる人間の形をした正体不明の化け物 「ゴーレム2 地下室のトモダチ」 エルヴィール・ミュライユ著;ロリス・ミュライユ著;マリー＝オード・ミュライユ著;後平澪子訳 新樹社 2009年10月

じょじ

ジョージ
12歳の少年ベンの心の中に住んでいる人格 「ぼくと〈ジョージ〉」E.L.カニグズバーグ作;松永ふみ子訳 岩崎書店(岩波少年文庫) 2008年1月

ジョージ
いなかの村のホイッティカーさんのうちにすむはずかしがりやのちいさなおばけ 「おばけのジョージーてじなをする」ロバート・ブライト作絵;なかがわちひろ訳 徳間書店 2009年3月

ジョージ
いなかの村のホイッティカーさんのうちにすむはずかしがりやのちいさなおばけ 「おばけのジョージーのハロウィーン」ロバート・ブライト作絵;なかがわちひろ訳 徳間書店 2008年8月

ジョージ
オルゴールの中の異世界・ロンド国の青の王妃とともに悪事を働いていた男、英雄ハルの兄 「ロンド国物語9 ロンドの戦い」エミリー・ロッダ作;神戸万知訳;水野真帆絵 岩崎書店 2010年12月

ジョージ
王様の害獣退治係で王国一の竜殺し、老齢のアナグマ紳士 「ケニー&ドラゴン」トニー・ディテルリッジ作・絵;水間千恵訳 文溪堂 2009年11月

ジョージ
科学者エリックの隣に住む少年 「宇宙に秘められた謎(ホーキング博士のスペース・アドベンチャー)」ルーシー・ホーキング作;スティーヴン・ホーキング作 岩崎書店 2009年7月

ジョージ
科学者エリックの隣に住む少年 「宇宙への秘密の鍵(ホーキング博士のスペース・アドベンチャー)」ルーシー・ホーキング作;スティーヴン・ホーキング作 岩崎書店 2008年2月

ジョージア
フェアリーランドにいる七人のペットの妖精たちのひとり、モルモットの妖精 「モルモットの妖精(フェアリー)ジョージア(レインボーマジック)」デイジー・メドウズ作;田内志文訳 ゴマブックス 2008年3月

ジョージア
女子校に通う14歳、麗しの王子さまのロビー・ジェニングズに一目ぼれした少女 「ゴーゴー・ジョージア1 運命の恋のはじまり!?」ルイーズ・レニソン作;尾高薫訳 理論社 2009

ジョージア
女子校に通う14歳、麗しの王子さまのロビー・ジェニングズに一目ぼれした少女 「ゴーゴー・ジョージア2 男の子ってわかんない!!」ルイーズ・レニソン作;尾高薫訳 理論社 2009年4月

ジョージア(ジョルジョ)
16世紀のレモーラにストラヴァガントしてきた乗馬が得意な女の子、ルシアンと同じ中学に通う少女 「ストラヴァガンザ 星の都 上下」メアリ・ホフマン著;乾侑美子訳 小学館(SUPER!YA) 2010年11月

ジョージ・R・アダムズ　じょーじあーるあだむず
老朽化の激しい修道院で暮らす少女・マギーの一級建築士のパパ 「ゴーストアビー」ロバート・ウェストール著;金原瑞人訳 あかね書房(YA Dark) 2009年3月

ジョージ・チャップマン
時が止まり人間たちが消えたロンドンにもどってきた少年、造り主のしるしをもつ者 「シルバタン」チャーリー・フレッチャー著;大嶌双恵訳 理論社(THE STONE HEART TRILOGY) 2009年4月

ジョージ・チャップマン
迷いこんだ裏ロンドンにみずから残る決意をした十二歳の少年、造り主のしるしをもつ者「アイアンハンド」チャーリー・フレッチャー著;大嶌双恵訳　理論社(THE STONE HEART TRILOGY)　2008年4月

ジョージナ・ヘイズ
母と弟と3人で車でみじめな生活をするノースカロライナ州の女の子「犬どろぼう完全計画」バーバラ・オコーナー作;三辺律子訳　文溪堂　2010年10月

ジョジー・ベルジュ
十七歳のノアの父の再婚相手・リゼットの十三歳の娘「とざされた時間のかなた」ロイス・ダンカン作;佐藤見果夢訳　評論社(海外ミステリーBOX)　2010年1月

ジョシュ
サンフランシスコの高校生でソフィーの双子の弟、オーラは純粋な金色でパソコン好きな少年「呪術師ペレネル(アルケミスト3)」マイケル・スコット著;橋本恵訳　理論社　2009年11月

ジョシュ
サンフランシスコの高校生でソフィーの双子の弟、オーラは純粋な金色でパソコン好きな少年「魔術師ニコロ・マキャベリ(アルケミスト2)」マイケル・スコット著;橋本恵訳　理論社　2008年11月

ジョシュ
もうすぐ十三歳のスポーツが大好きな少年、チャムリー・リハビリセンターですごすジェイクの双子の弟「バディたいせつな相棒」V.M.ジョーンズ著;田中亜希子訳　PHP研究所　2008年2月

ジョシュ・ウッズ
鼻筋がとおっていて背が高くちょっぴりあまいマスクの十五歳の少年「ハンナ・モンタナ3 デートは大忙し！」ローリー・マッケロイ文;野田香里訳　講談社(ディズニー文庫)　2008年12月

ジョシュ・ガルシア
オックスフォードに住む十三歳の少年、マヤ遺跡の調査をしていたガルシア教授の息子「ジョシュア・ファイル1 見えない都市 上」マリア・G.ハリス作;石随じゅん訳　評論社　2010年9月

ジョシュ・ガルシア
オックスフォードに住む十三歳の少年、マヤ遺跡の調査をしていたガルシア教授の息子「ジョシュア・ファイル2 見えない都市 下」マリア・G.ハリス作;石随じゅん訳　評論社　2010年9月

ジョシュ・ガルシア
自分が古代マヤ人の末裔だと知ったオックスフォードに住む十四歳の少年「ジョシュア・ファイル3 未来からの使者 上」マリア・G.ハリス作;石随じゅん訳　評論社　2010年11月

ジョシュ・ガルシア
自分が古代マヤ人の末裔だと知ったオックスフォードに住む十四歳の少年「ジョシュア・ファイル4 未来からの使者 下」マリア・G.ハリス作;石随じゅん訳　評論社　2010年11月

ジョージ・ワシントンン(スティッキー)
「秘密結社ベネディクト団」のメンバー、髪が生えてこない天才的な記憶力をもつ11歳の少年「秘密結社ベネディクト団 下 素直になったら負け」トレントン・リー・スチュワート著;久米真麻子訳　ヴィレッジブックス　2010年3月

ジョージ・ワシントンン(スティッキー)
「秘密結社ベネディクト団」のメンバー、髪が生えてこない天才的な記憶力をもつ11歳の少年「秘密結社ベネディクト団 上 孤独な子どもをねらえ」トレントン・リー・スチュワート著;久米真麻子訳　ヴィレッジブックス　2010年3月

じょす

ジョスラン
魔法使いたちのピラミッド群に住む三人の魔法使いの一人、ドラゴン狩りの専門家 「リリーと魔法使い―リリー・クエンチ冒険ファンタジー5」 ナタリー・ジェーン・プライアー作;岡田好惠訳　学研　2008年12月

ジョスリン・ブランドン
高齢で亡くなった魔術師、孫息子のアンドルーに遺産を遺した祖父 「メルストーン館の不思議な窓」 ダイアナ・ウィン・ジョーンズ著;原島文世訳　東京創元社(sogen bookland) 2010年12月

ジョセフィン
アメリカの片田舎に住むマーチ家の四姉妹の次女、のっぽでやせっぽちな十五歳の少女 「若草物語」 オルコット作;中山知子訳;藤田香絵　講談社(青い鳥文庫)　2009年3月

ジョゼフィン
アメリカの片田舎にくらすマーチ家の四姉妹の次女、作家志望の19歳 「若草物語 2 夢のお城」 オルコット作;谷口由美子訳;藤田香絵　講談社(青い鳥文庫)　2010年5月

ジョセリン・オズグッド
ワルキューレ航空の客室係 「カイロ・ジム 1 インディオの秘薬と謎の空中都市」 ジェフリー・マクスキミング著;貴美島紀訳　ランダムハウス講談社　2008年3月

ジョーダン
先住民マオリの血を引くニュージーランドの少女 「ハンター」 ジョイ・カウリー作;大作道子訳　偕成社　2010年6月

ショート・ラウンド
考古学者にして冒険家・インディの助手兼ボディガード、十一歳の中国人少年 「インディ・ジョーンズ魔宮の伝説(アドベンチャーズ・オブ・インディ・ジョーンズ2)」 スザンヌ・ウェイン著;石川裕人監訳　ヴィレッジブックス　2008年5月

ジョナサン
アレックスの弟、おしゃべりでぶきようなワルガキの男の子 「天才少年ダンボール博士の日記」 フランク・アッシュ作;白井澄子訳;矢島眞澄絵　ポプラ社(ポップコーン・ブックス)　2009年5月

ジョナサン
イギリスのロイヤルバレエスクールからイタリアの名門バレエ学校へやってきた転入生、ゾーエのクラスメイトでボーイフレンド 「バレエ・アカデミア 4 夢みるトウシューズ」 ベアトリーチェ・マジーニ作;長野徹訳　ポプラ社　2008年4月

ジョナサン
イギリスのロイヤルバレエスクールからイタリアの名門バレエ学校へやってきた転入生、ゾーエのクラスメイトでボーイフレンド 「バレエ・アカデミア 3 バレリーナの恋人は、天使！？」 ベアトリーチェ・マジーニ作;長野徹訳　ポプラ社　2008年1月

ジョナサン
イタリアの名門バレエ学校に通うイギリスのロイヤルバレエスクール出身の少年、ゾーエのクラスメート 「バレエ・アカデミア 5 バレリーナの挑戦！」 ベアトリーチェ・マジーニ作;長野徹訳　ポプラ社　2008年7月

ジョナサン王子　じょなさんおうじ
ライサンドラ姫のお姉さまのおむこさんのジェローム王子の弟 「プリンセス♡クラブ 5 めざめのキスはリンゴ味」 スザンヌ・ウィリアムス作;灰島かり訳;泉リリカ画　ポプラ社　2010年4月

ジョナサン・フィッツジェラルド
果樹園の地主ビルの息子、自由で元気いっぱいなのにかんたんにはうちとけない少年 「マンディ」 ジュリー・アンドリュース作;青柳祐美子訳　小学館　2008年11月

ジョナサン・ホワイトリーフ
孤児の少年ヒューが出会った旅芸人一座の軽業師 「ほこりまみれの兄弟」 ローズマリー・サトクリフ著;乾侑美子訳 評論社 2010年8月

ジョニー・デスペラード
ヴァンパイレーツ船を追放されたシドリオの一派にくわわったヴァンパイレート 「ヴァンパイレーツ 8 黒のハート」 ジャスティン・ソンパー作;海後礼子訳 岩崎書店 2010年12月

ジョニー・ナドラー
私立探偵のティムの中学時代の同級生、やせた顔の男 「ダイヤモンドブラザーズ ケース 5 禁断のクロコダイル」 アンソニー・ホロヴィッツ作;西田登訳;藤倉麻子絵 文渓堂 2009年3月

ジョー・ブルックス
生と死のはざまの世界に連れさらわれた病気がちな妹を助けるために不思議な国を旅することになった十歳の少年 「ダーティ・ドラゴン」 キャロル・ヒューズ著;西本かおる訳 小学館 2008年9月

ジョー・ミッチ
ゾウムシを使って木の世界を穴だらけにしようと企む男 「トビー・ロルネス 1 空に浮かんだ世界」 ティモテ・ド・フォンベル作;フランソワ・プラス画;伏見操訳 岩崎書店 2008年7月

ジョー・ミッチ
ゾウムシを使って木の世界を穴だらけにしようと企む男 「トビー・ロルネス 2 逃亡者」 ティモテ・ド・フォンベル作;フランソワ・プラス画;伏見操訳 岩崎書店 2008年10月

ジョー・ミッチ
ゾウムシを使って木の世界を穴だらけにしようと企む男 「トビー・ロルネス 3 エリーシャの瞳」 ティモテ・ド・フォンベル作;フランソワ・プラス画;伏見操訳 岩崎書店 2009年2月

ジョー・ミッチ
ゾウムシを使って木の世界を穴だらけにしようと企む男 「トビー・ロルネス 4 最後の戦い」 ティモテ・ド・フォンベル作;フランソワ・プラス画;伏見操訳 岩崎書店 2009年3月

ジョルジョ
16世紀のレモーラにストラヴァガントしてきた乗馬が得意な女の子、ルシアンと同じ中学に通う少女 「ストラヴァガンザ 星の都 上下」 メアリ・ホフマン著;乾侑美子訳 小学館（SUPER!YA） 2010年11月

ジョン
アフリカでクロコダイルの孵化の調査をする動物学者 「アキンボとクロコダイル」 アレグザンダー・マコール・スミス作;もりうちすみこ訳;広野多珂子絵 文研出版（文研ブックランド） 2009年1月

ジョン
永遠に大人にならない少年ピーター・パンとネバーランドにやってきたウェンディの弟 「ピーター・パンとウェンディ」 ジェームズ・マシュー・バリ作;高杉一郎訳 講談社（青い鳥文庫） 2010年11月

ジョン
下町のふくろ小路一番地に住む子だくさんのラッグルスさん一家のふたごの下の男の子 「ふくろ小路一番地」 イーヴ・ガーネット作;石井桃子訳 岩波書店（岩波少年文庫） 2009年5月

ジョン
海辺の町で開催される毎年恒例の砂の彫刻コンテストに妹といっしょに出場した十三歳の少年 「ニック・シャドウの真夜中の図書館 2 血ぬられた砂浜」 ニック・シャドウ著;鮎川晶訳 ゴマブックス 2008年5月

ジョン
幼い頃に両親から虐待を受け里親のもとを転々としている八歳の少年 「ドリーム・ギバー」 ロイス・ローリー作;西川美樹訳　金の星社　2008年12月

ジョン・R・ルーミス　じょんあーるるーみす
放射能汚染からまぬかれた少女・アンが住む谷間に来たニューヨーク州イサカで化学の仕事をしている男 「死の影の谷間」 ロバート・C.オブライエン作;越智道雄訳　評論社(海外ミステリーBOX)　2010年2月

ショーン・アンダーソン
十年前に行方不明になった父マックスの息子で地質学者のトレバーの甥、サバサバした性格だが好奇心旺盛な十三歳の少年 「センター・オブ・ジ・アース地底探検」 マーク・レヴィン著;河井直子訳　メディアファクトリー　2008年10月

ジョン・ウォーカー(船長ジョン)　じょんうぉーかー(きゃぷてんじょん)
ウォーカー家四きょうだいの長男、帆船ツバメ号の船長 「ツバメ号とアマゾン号 上下」 アーサー・ランサム作;神宮輝夫訳　岩波書店(岩波少年文庫)　2010年7月

ジョン・グレゴリー(魔使い)　じょんぐれごりー(まつかい)
邪悪なものから村や畑を守る魔使いの男、少年・トムの師匠 「魔使いの戦い 上下(魔使いシリーズ)」 ジョゼフ・ディレイニー著;金原瑞人・田中亜希子訳　東京創元社(sogen bookland)　2009年2月

ジョン・グレゴリー(魔使い)　じょんぐれごりー(まつかい)
邪悪なものから村や畑を守る魔使いの男、少年・トムの師匠 「魔使いの秘密(魔使いシリーズ)」 ジョゼフ・ディレイニー著;金原瑞人・田中亜希子訳　東京創元社(sogen bookland)　2008年2月

ジョン・ゴドフスキー
4年生のウィニーが本を読み聞かせるようちえんの男の子 「いちばんに、なりたい!」 ジェニファー・リチャード・ジェイコブソン作;武富博子訳　講談社　2009年7月

ジョーンズ博士(ヘンリー・ジョーンズ)　じょーんずはかせ(へんりーじょーんず)
考古学者にして冒険家・インディの父、プリンストン大学のもと教授で中世騎士道の専門家 「インディ・ジョーンズ最後の聖戦(アドベンチャーズ・オブ・インディ・ジョーンズ3)」 ライダー・ウィンダム著;石川裕人監訳　ヴィレッジブックス　2008年5月

ジョン・チート
恐竜の化石を発掘している「カリフォルニア・オイル・カンパニー」の社長 「少年探偵団ザ・スリー8 よみがえった恐竜たち」 ボリス・プファイファ作;ハラルト・ユフ絵;フォルカー・シュポンホルツ絵;加納教孝訳　草土文化　2009年4月

ジョン・チャンス(レシター)
十五歳の双子の姉弟・ジェイドとリッチの前に現れた父親となのる男 「消せない炎」 ジャック・ヒギンズ作;ジャスティン・リチャーズ作;田口俊樹訳　理論社　2008年7月

ジョン・ドリトル
イギリスの小さな町で暮らすお医者さん、動物の言葉が話せる先生 「ドリトル先生」 ロフティング作;小林みき訳　ポプラ社(ポプラポケット文庫)　2009年9月

ジョン・マラーキー
転校してまもないある日に財布泥棒と成績表泥棒の罪を着せられたイギリスのハイスクールに通う十六歳の少年 「絶体絶命27時間!」 キース・グレイ作;野沢佳織訳　徳間書店　2008年3月

シーラ・スマイソン
第二次大戦下イングランド北東部の港町にいた十六歳の少年・チャスの同級生、大きな家に住む女の子 「水深五尋」 ロバート・ウェストール作;金原瑞人・野沢佳織訳　岩波書店　2009年3月

死霊使い(ネクロマンサー)　しりょうつかい(ねくろまんさー)
武城に住み使鬼をしたがえながら死霊を呼びだして使役する邪悪な呪い師「ドラゴンキーパー　紫の幼龍」キャロル・ウィルキンソン作;もきかずこ訳　金の星社　2009年1月

シリン・フリア・ストロング・イン・ジ・アーム・リンデンシールド
氷の辺境アイスマーク王国の女王「アイスマーク2 炎の刻印」スチュアート・ヒル著;金原瑞人訳;中村浩美訳　ヴィレッジブックス　2009年11月

ジル
自由民の少女「セブンスタワー 4 キーストーン」ガース・ニクス作;西本かおる訳　小学館(小学館ファンタジー文庫)　2008年2月

シルヴァノシェイ
敵軍司令官ミーナへの恋に狂い暗黒騎士団に征服された自国を捨てたエルフ王国シルヴァネスティの若き王「ドラゴンランス魂の戦争 第3部 消えた月の竜」マーガレット・ワイス著;トレイシー・ヒックマン著;安田均訳　アスキー　2008年1月

シルバー・リバー
両親と妹が突然蒸発して伯母を名乗るミセス・ロカバイと二十一世紀のロンドンに住む十一歳の女の子「タングルレック」ジャネット・ウィンターソン著;瓜生知寿子訳　小学館　2008年11月

シルヴァン(シルヴァノシェイ)
敵軍司令官ミーナへの恋に狂い暗黒騎士団に征服された自国を捨てたエルフ王国シルヴァネスティの若き王「ドラゴンランス魂の戦争 第3部 消えた月の竜」マーガレット・ワイス著;トレイシー・ヒックマン著;安田均訳　アスキー　2008年1月

シルヴィア
16世紀の都ベレッツァの元首・女公主ドゥチェッサ、才気あふれ人々を魅了する美女「ストラヴァガンザ 仮面の都 上下」メアリ・ホフマン著;乾侑美子訳　小学館(SUPER!YA)　2010年7月

シルヴィア
イギリスの広大な屋敷ウィロビー・チェースのひとり娘ボニーのいとこ、金髪でおとなしい少女「ウィロビー・チェースのオオカミ-「ダイドーの冒険」シリーズ」ジョーン・エイキン作;こだまともこ訳　冨山房　2008年11月

シルヴィ・ウエスト
公立校ミルステッド中学一年生、となりの家に住む幼なじみのカールの花嫁になる日を夢みている少女「キスはオトナの味」ジャクリーン・ウィルソン作;尾高薫訳　理論社　2008年1月

シルヴィー・パロンブ
バレエの才能を認められパリ・オペラ座のバレエ学校に入学することになった身よりのない少女「オペラ座のバレリーナ」ロルナ・ヒル作;長谷川たかこ訳　ポプラ社(ポプラポケット文庫)　2009年4月

白いドレスの女　しろいどれすのおんな
列車で一人旅をする少年・ロバートと同じ客室に乗り合わせた白いドレスの女「トンネルに消えた女の怖い話」クリス・プリーストリー著;デイヴィッド・ロバーツ画;三辺律子訳　理論社　2010年7月

白の女王　しろのくいーん
少女アリスが迷い込んだ鏡の国の白の女王、時間を逆向きに生きている女王さま「鏡の国のアリス」ルイス=キャロル作;高杉一郎訳;山本容子絵　講談社(青い鳥文庫)　2010年4月

白の女王　しろのじょおう
地下の国「アンダーランド」の美しく思いやりがある女王、赤の女王の妹「アリス・イン・ワンダーランド」T.T.サザーランド作;しぶやまさこ訳　偕成社(ディズニーアニメ小説版)　2010年4月

しんえ

シン・エルダリー
記憶のかけらを集め人間に夢を授けるドリームギバー、新米のリトレストを優しくしんぼう強く指導している精霊 「ドリーム・ギバー」ロイス・ローリー作;西川美樹訳　金の星社　2008年12月

ジンクス
とにかくツイてない高校二年生、マンハッタンに住むいとこのトーリーの家に田舎町から引っ越してきた少女 「ジンクス　恋の呪い」メグ・キャボット作;代田亜香子訳　理論社　2009年3月

シンディ
フロリダに住む青年ジュリアンのガールフレンド 「NEWスパイダーウィック家の謎　第2巻　ジャイアント襲来」ホリー・ブラック作;トニー・ディテルリッジ絵;飯野眞由美　文溪堂　2010年1月

シンディ・エドワード
マンハッタンの自然博物館に展示されていた不思議なジオラマにいつのまにか入りこんでしまった兄妹の妹 「お城の魔女」ルース・チュウ作;日当陽子訳;たんじあきこ絵　フレーベル館　2010年11月

シンデレラ
魔法の国・エンチャンティアにきた少女デルフィにたすけを求めたシンデレラ 「マジック・バレリーナ　4　デルフィとガラスの靴」ダーシー・バッセル著;ケイティ・メイ絵;神戸万知訳　新書館　2010年6月

シンドバッド
魔法の王国の王立バレエスクールに通う少女ジェシカのペット、人間の言葉を上手に話すロバ 「魔法の国のかわいいバレリーナ　1　ジェシカと秘密のスパイ」エメラルド・エバーハート著;岡田好惠訳　学研教育出版　2010年9月

シンドバッド
魔法の王国の王立バレエスクールに通う少女ジェシカのペット、人間の言葉を上手に話すロバ 「魔法の国のかわいいバレリーナ　2　クリスとアイスミステリー」エメラルド・エバーハート著;岡田好惠訳　学研教育出版　2010年12月

シンドバッド
魔法の王国の王立バレエスクールに通う少女ジェシカのペット、人間の言葉を上手に話すロバ 「魔法の国の小さなバレリーナ1　バレエ学校は大さわぎ!」エメラルド・エバーハート著;岡田好惠訳　学研教育出版　2009年11月

ジンハウルト・フィエルダーゼ
アシュビー・ウォーターの座金工場にいすわりつづけたドラゴン 「リリーとクイーン・ドラゴン―リリー・クエンチ冒険ファンタジー1」ナタリー・ジェーン・プライアー作;岡田好惠訳　学研　2008年2月

ジーン・ハニーチャーチ（ジンクス）
とにかくツイてない高校二年生、マンハッタンに住むいとこのトーリーの家に田舎町から引っ越してきた少女 「ジンクス　恋の呪い」メグ・キャボット作;代田亜香子訳　理論社　2009年3月

【す】

スア
お母さんに赤ちゃんができたと知りうれしくてたまらない一人っ子の小学三年生の少女 「世界で一番小さないもうと」コ・スザンナ文;イ・ジンウ絵;榊原咲月訳　現文メディア（韓国人気童話シリーズ）　2008年11月

スカイ
フェアリーランドのすべての色をつかさどる虹の妖精の姉妹の一人、青の妖精 「レインボーマジック虹の妖精(フェアリー) 上下」 デイジー・メドウズ著;田内志文訳 ゴマブックス 2009年4月

スカイ・マッケンジー
ライバルのティーンアイドルのケイトリンにあの手この手でいじわるをしかける少女 「ハリウッドスター、撮影開始!」 ジェン・キャロニタ著;灰島かり訳;松村紗耶訳 小学館(SUPER!YA) 2009年11月

スカイ・マッケンジー
ライバルのティーンアイドルのケイトリンにあの手この手でいじわるをしかける少女 「転校生は、ハリウッドスター」 ジェン・キャロニタ著;灰島かり訳;松村紗耶訳 小学館(SUPER!YA) 2009年6月

スカイラー
ヴァスティア国の魔法使いの弟子・ドルトンの使い魔、まぼろしを出せるアオカケス 「黒猫オルドウィンの冒険－三びきの魔法使い、旅に出る」 アダム・ジェイ・エプスタイン著;アンドリュー・ジェイコブスン著;大谷真弓訳 早川書房 2010年11月

スカルダガリー・プリーザント
骸骨の姿をした魔術を使う私立探偵、悪い魔法使いとの戦いで死んだが魂が死にきれず骨と意識だけが残った男 「スカルダガリー 2」 デレク・ランディ著;村上ゆみ子訳 小学館 2009年6月

スカルダガリー・プレザント
骸骨の姿をした魔術を使う私立探偵、悪い魔法使いとの戦いで死んだが魂が死にきれず骨と意識だけが残った男 「スカルダガリー 3」 デレク・ランディ著;村上ゆみ子訳 小学館 2010年6月

スカーレット
あたらしくネバーランドにやってきたちょっと風変わりな生まれたての芸術の妖精 「ベスと風変わりな友だち」 エイミー・ヴィセント作;小宮山みのり訳;ジュディス・ホームス・クラーク絵 講談社(ディズニーフェアリーズ文庫) 2008年9月

スカーレット・ケンジントン
学校一の人気者ダーメンの彼女・ペチュラの妹 「ゴースト・ガール」 トーニャ・ハーリー作;築地誠子訳 ポプラ社 2009年4月

スキーター・ブロンソン
「サニー・ビスタ・ノッティンガム・ホテル」の設備係、子どもたちに語った作り話が現実となってふりかかってきた男 「ベッドタイム・ストーリー」 ヘレナ・メイヤー作;橘高弓枝訳 偕成社(ディズニーアニメ小説版) 2009年3月

スギノ夫人　すぎのふじん
日本語が得意でない日系二世のリンコに個人レッスンをすることになった女性 「最高のハッピーエンド」 ヨシコ・ウチダ作;吉田悠紀子訳 ひくまの出版 2010年1月

スキピオ・ベロルム
氷の辺境アイスマーク王国の敵国の帝国ポリポントゥスの将軍 「アイスマーク2 炎の刻印」 スチュアート・ヒル著;金原瑞人訳;中村浩美訳 ヴィレッジブックス 2009年11月

スクープ
十四歳の兄のハーリーとはじめて二人だけで無人島へキャンプに行った九歳の少年 「無人島の冒険」 ロン・ロイ作;黒澤浩訳;小栗麗加絵 国土社 2009年6月

スクルージ
スクルージ・アンド・マーレイ商会の経営者、けちで欲ばりの老人 「クリスマス・キャロル」 チャールズ・ディケンズ作;脇明子訳 岩波書店(岩波少年文庫) 2009年10月

すくわ

スクワーレルフライト
サンダー族の戦士見習いで族長の娘、新しく戦士に迎えられた濃いショウガ色の雌猫「ウォーリアーズⅡ 4 星の光」エリン・ハンター作;高林由香子訳 小峰書店 2010年2月

スクワーレルフライト
サンダー族の戦士猫、看護猫リーフプールの妹で族長の娘 「ウォーリアーズⅡ 6 日没」エリン・ハンター作;高林由香子訳 小峰書店 2010年10月

スクワーレルフライト
サンダー族の戦士猫で族長の娘、緑色の眼をした濃いショウガ色の雌猫「ウォーリアーズⅡ 5 夕暮れ」エリン・ハンター作;高林由香子訳 小峰書店 2010年5月

スクワーレルポー
サンダー族の見習いで同族の戦士ブランブルクローについて旅に出た雌猫、看護猫見習いのリーフポーのふたごの妹 「ウォーリアーズ〔2〕-1 真夜中に」エリン・ハンター作;高林由香子訳 小峰書店 2008年11月

スクワーレルポー
サンダー族の見習いで同族の戦士ブランブルクローについて旅に出た雌猫、看護猫見習いのリーフポーのふたごの妹 「ウォーリアーズ〔2〕-2 月明り」エリン・ハンター作;高林由香子訳 小峰書店 2009年3月

スクワーレルポー
サンダー族の見習いで同族の戦士ブランブルクローについて旅に出た雌猫、看護猫見習いのリーフポーのふたごの妹 「ウォーリアーズ〔2〕-3 夜明け」エリン・ハンター作;高林由香子訳 小峰書店 2009年7月

スクワーレルポー(スクワーレルフライト)
サンダー族の戦士見習いで族長の娘、新しく戦士に迎えられた濃いショウガ色の雌猫「ウォーリアーズⅡ 4 星の光」エリン・ハンター作;高林由香子訳 小峰書店 2010年2月

スコール
暗黒の魔法使い・マルベルが支配する闇の王国「ゴルゴニア」の六匹のビーストの一匹、魔馬 「ビースト・クエスト 14 魔馬スコール」アダム・ブレード作;浅尾敦則訳 ゴマブックス 2009年9月

スーザン
イギリスの田舎にあるおやしきグリーン・ノウで一八〇〇年頃に生きていた目の見えない八歳の少女 「グリーン・ノウの煙突-グリーン・ノウ物語2」 ルーシー・M・ボストン作;ピーター・ボストン絵;亀井俊介訳 評論社 2008年5月

スーザン
ロンドンでくらすペベンシー家4人きょうだいの長女、ナルニア国で伝説の女王「やさしの君」とされる少女 「ナルニア国物語カスピアン王子の角笛」C.S.ルイス原作;間所ひさこ訳 講談社(映画版ナルニア国物語文庫) 2008年5月

スーザン・ウォーカー
ウォーカー家四きょうだいの長女、帆船ツバメ号の航海士 「ツバメ号とアマゾン号 上下」アーサー・ランサム作;神宮輝夫訳 岩波書店(岩波少年文庫) 2010年7月

スーザン・キャロル・アンダーソン
全米バスケットボール記者協会主催の記者コンテスト優勝者、スポーツ記者志望の十三歳の少女 「ラスト★ショット」ジョン・ファインスタイン著;唐沢則幸訳 評論社(海外ミステリーBOX) 2010年10月

スザンナ(スーズ)
死人と話ができる十六歳の霊能者、ママの再婚でニューヨークからカリフォルニアに引っ越してきた高校生 「メディエータ0 episode3 復讐のハイウェイ」メグ・キャボット作;代田亜香子訳 理論社 2008年1月

スザンナ・マーティンデイル（ザナ）
北極の調査旅行で行方不明となったデービッドの恋人、魔女としての能力がありスピリチュアル系の雑貨店を経営している女性 「永遠の炎－龍のすむ家4」 クリス・ダレーシー著；三辺律子訳 竹書房 2009年9月

スージー
少年・アーサーの友だち、異世界『ハウス』にいる元気な少女 「王国の鍵1 アーサーの月曜日」 ガース・ニクス著；原田勝訳 主婦の友社 2009年4月

スーシン影役人　すーしんかげやくにん
闇の国の女王につかえるえらい身分の影役人、影の大臣 「セブンスタワー 5 戦い」 ガース・ニクス作；西本かおる訳 小学館（小学館ファンタジー文庫） 2008年3月

スーシン影役人　すーしんかげやくにん
闇の国の女王につかえるえらい身分の影役人、影の大臣 「セブンスタワー 6 紫の塔」 ガース・ニクス作；西本かおる訳 小学館（小学館ファンタジー文庫） 2008年4月

スーズ
死人と話ができる十六歳の霊能者、ママの再婚でニューヨークからカリフォルニアに引っ越してきた高校生 「メディエータ0　episode3　復讐のハイウェイ」 メグ・キャボット作；代田亜香子訳 理論社 2008年1月

スターガール・キャラウェイ
ボーイフレンドとの別れから立ち直れずにいたが新しい町でたくさんの人たちと交流を深めていった少女 「ラブ、スターガール」 ジェリー・スピネッリ作；千葉茂樹訳 理論社 2008年4月

スターム
ソレースの町から仲間たちと蛮族の姫を連れて逃亡の旅に出た男、ソラムニアの騎士 「ドラゴンランス 1 廃都の黒竜 上」 マーガレット・ワイス作；トレイシー・ヒックマン作；安田均訳；ともひ絵 アスキー・メディアワークス（角川つばさ文庫） 2009年7月

スターム
世界を救う秘宝を求めて仲間たちと廃都ザク・ツァロスに向かった男、ソラムニアの騎士 「ドラゴンランス 2 廃都の黒竜 下」 マーガレット・ワイス作；トレイシー・ヒックマン作；安田均訳；ともひ絵 アスキー・メディアワークス（角川つばさ文庫） 2009年8月

スターム
仲間たちと世界を救う秘宝を入手してソレースに戻ったソラムニアの騎士 「ドラゴンランス 3 城砦の赤竜」 マーガレット・ワイス作；トレイシー・ヒックマン作；安田均訳；ともひ絵 アスキー・メディアワークス（角川つばさ文庫） 2009年11月

スタン（犬のおじさん）　すたん（いぬのおじさん）
作家、犬のホテルだという家「サマーハウス」に住んでいるおじさん 「サマーハウス」 アリソン・プリンス作；鈴木佑梨訳 小峰書店（Y.A.Books） 2008年7月

スチュアート
水深1200メートルまでもぐれるという秘密の新型潜水艦の女艦長 「ザック・パワー 任務その2」 H.I.ラリー作；富原まさ江訳 ゴマブックス 2009年2月

スティッキー
「秘密結社ベネディクト団」のメンバー、髪が生えてこない天才的な記憶力をもつ11歳の少年 「秘密結社ベネディクト団 下 素直になったら負け」 トレントン・リー・スチュワート著；久米真麻子訳 ヴィレッジブックス 2010年3月

スティッキー
「秘密結社ベネディクト団」のメンバー、髪が生えてこない天才的な記憶力をもつ11歳の少年 「秘密結社ベネディクト団 上 孤独な子どもをねらえ」 トレントン・リー・スチュワート著；久米真麻子訳 ヴィレッジブックス 2010年3月

スティービー（スティーブン・トーマス）
全米バスケットボール記者協会主催の記者コンテスト優勝者、スポーツ記者志望の十三歳の少年 「ラスト★ショット」 ジョン・ファインスタイン著;唐沢則幸訳 評論社（海外ミステリーBOX） 2010年10月

スティーブ
発明家のフリントの助手、頭にサル語翻訳機"サル・リンガル"をつけたサル 「くもりときどきミートボール」 ステーシー・ドイチェ著;ローディ・コーホン著;宋美沙訳 メディアファクトリー 2009年9月

スティーブン
自分の誕生日に雪がふってほしいといっしょうけんめいねがった12月生まれの男の子 「雪の日のたんじょう日」 ヘレン・ケイさく;バーバラ・クーニーえ;あんどうのりこやく 長崎出版 2008年11月

スティーブン・トーマス
全米バスケットボール記者協会主催の記者コンテスト優勝者、スポーツ記者志望の十三歳の少年 「ラスト★ショット」 ジョン・ファインスタイン著;唐沢則幸訳 評論社（海外ミステリーBOX） 2010年10月

ステファニー
少女・ケイトの学校にきた転校生、メガネをかけたものしずかな女の子 「たいせつな友だち」 モイヤ・シモンズ作;中井はるの訳;後藤貴志画 くもん出版 2009年7月

ステファニー
魔術を習得中の女戦士、骸骨の姿の私立探偵スカルダガリーに魔法の世界へ導かれた十三歳の少女 「スカルダガリー 2」 デレク・ランディ著;村上ゆみ子訳 小学館 2009年6月

ステファニー
魔術を習得中の女戦士、骸骨の姿の私立探偵スカルダガリーに魔法の世界へ導かれた十四歳の少女 「スカルダガリー 3」 デレク・ランディ著;村上ゆみ子訳 小学館 2010年6月

ステファン王子　すてふぁんおうじ
ダンランド王国の王子、占いで花嫁を選ぶことになった十七歳の少年 「プリンセス・アカデミー」 シャノン・ヘイル作;代田亜香子訳 小学館 2009年6月

スチュークリー
ヴァンパイレーツ船「ノクターン号」の船長への反逆を企てたヴァンパイレート 「ヴァンパイレーツ 7 目覚めし者たち」 ジャスティン・ソンパー作;海後礼子訳 岩崎書店 2010年7月

スチュークリー
ヴァンパイレーツ船を追放されたシドリオの一派にくわわったヴァンパイレート 「ヴァンパイレーツ 8 黒のハート」 ジャスティン・ソンパー作;海後礼子訳 岩崎書店 2010年12月

スチュークリー
ヴァンパイレート、親友の少年コナーに助けられノクターン号に無事乗船できた青年 「ヴァンパイレーツ 6 血の偶像」 ジャスティン・ソンパー作;海後礼子訳 岩崎書店 2010年4月

スチュークリー海尉　すてゅーくりーかいい
海賊船ディアブロ号の元船員でコナーの親友、決闘で一度死んだがシドリオによって甦った青年 「ヴァンパイレーツ 4－剣の重み」 ジャスティン・ソンパー作;海後礼子訳 岩崎書店 2009年8月

スチュークリー海尉　すてゅーくりーかいい
海賊船ディアブロ号の元船員でコナーの親友、決闘で一度死んだがシドリオによって甦った青年 「ヴァンパイレーツ 5－さまよえる魂」 ジャスティン・ソンパー作;海後礼子訳 岩崎書店 2009年12月

ステラ
フェアリーランドの星の妖精、クリスマスイルミネーションをまかされているフェアリー 「クリスマス星の妖精(フェアリー)ステラ(レインボーマジック)」デイジー・メドウズ作;田内志文訳 ゴマブックス 2008年11月

ストックス神父　すとっくすしんぷ
ダウンハム村の神父、悪を封じる職人・魔使いであるグレゴリーのもと弟子 「魔使いの戦い 上下(魔使いシリーズ)」ジョゼフ・ディレイニー著;金原瑞人・田中亜希子訳　東京創元社 (sogen bookland)　2009年2月

ストームファー
ラッシングウォーター一門の猫、もとリヴァー族の戦士猫でブランブルクローの旧友 「ウォーリアーズⅡ6 日没」エリン・ハンター作;高林由香子訳　小峰書店　2010年10月

ストームファー
リヴァー族の戦士、予言の夢を見た姉フェザーテイルと旅に出た雄猫 「ウォーリアーズ〔2〕－1 真夜中に」エリン・ハンター作;高林由香子訳　小峰書店　2008年11月

ストームファー
リヴァー族の戦士、予言の夢を見た姉フェザーテイルと旅に出た雄猫 「ウォーリアーズ〔2〕－2 月明り」エリン・ハンター作;高林由香子訳　小峰書店　2009年3月

ストームファー
リヴァー族の戦士、予言の夢を見た姉フェザーテイルと旅に出た雄猫 「ウォーリアーズ〔2〕－3 夜明け」エリン・ハンター作;高林由香子訳　小峰書店　2009年7月

ストライダ
地球を捨てた人間たちがたどり着いた星「アスカリス第二惑星」に生息していた動物 「グリーンワールド 上下」ドゥーガル・ディクソン著;金原瑞人・大谷真弓訳　ダイヤモンド社 2010年1月

ストライプ
十一歳の女の子・アナベルの愛犬、毛むくじゃらのキュートな犬 「男子って犬みたい!」レスリー・マーゴリス作;代田亜香子訳　PHP研究所　2010年8月

ストリーカ
トレバーが飼っている雌の犬、食べものどろぼうをしはじめた時速百マイルでとびまわるすっとび犬 「すっとび犬指名手配」ジェレミー・ストロング作;岡本浜江訳;矢島眞澄絵　文研出版(文研ブックランド)　2008年1月

スナッフル
人間に夢を配達するドリームライダーの訓練生、エリート一家の次男坊でテストでいちばんになることを目ざしている男の子 「ドリーム☆チーム1」アン・コバーン作;伊藤菜摘子訳;山本ルンルン絵　偕成社　2008年10月

スナッフル
人間に夢を配達するドリームライダーの訓練生、エリート一家の次男坊でテストでいちばんになることを目ざしている男の子 「ドリーム☆チーム2」アン・コバーン作;伊藤菜摘子訳;山本ルンルン絵　偕成社　2008年10月

スナッフル
人間に夢を配達するドリームライダーの訓練生、エリート一家の次男坊でテストでいちばんになることを目ざしている男の子 「ドリーム☆チーム3」アン・コバーン作;伊藤菜摘子訳;山本ルンルン絵　偕成社　2009年2月

スナッフル
人間に夢を配達するドリームライダーの訓練生、エリート一家の次男坊でテストでいちばんになることを目ざしている男の子 「ドリーム☆チーム4」アン・コバーン作;伊藤菜摘子訳;山本ルンルン絵　偕成社　2009年4月

すにた

スニータ
「マック動物病院」で働く五人の子どもボランティアのひとり、猫が大好きでおだやかな性格の少女 「キケンな野良猫王国(マック動物病院ボランティア日誌)」ローリー・ハルツ・アンダーソン作;中井はるの訳;藤丘ようこ画 金の星社 2009年9月

スニータ
「マック動物病院」で働く五人の子どもボランティアのひとり、猫が大好きでおだやかな性格の少女 「セラピー犬からのおくりもの(マック動物病院ボランティア日誌)」ローリー・ハルツ・アンダーソン作;中井はるの訳;藤丘ようこ画 金の星社 2009年12月

スニータ
「マック動物病院」で働く五人の子どもボランティアのひとり、猫が大好きでおだやかな性格の少女 「悪徳子犬ブリーダーをさがせ(マック動物病院ボランティア日誌)」ローリー・ハルツ・アンダーソン作;中井はるの訳;藤丘ようこ画 金の星社 2009年8月

スニータ
マック動物病院でボランティアをしている猫が大好きでおだやかな性格の女の子 「マック動物病院ボランティア日誌 逃げおくれた猫を救え」ローリー・ハルツ・アンダーソン作;中井はるの訳;藤丘ようこ画 金の星社 2010年3月

スニッカーズ
いなか町に住む4人の少年のひとり、町のピンチを救う少年グループ「半ズボン隊」のメンバー 「帰ってきた半ズボン隊 上下」ゾラン・ドヴェンカー作;木本栄訳 岩波書店 2009年10月

スニッカーズ
カナダのいなか町に住む11歳の少年、町のピンチを救う少年グループ「半ズボン隊」のメンバー 「走れ!半ズボン隊」ゾラン・ドヴェンカー作;木本栄訳 岩波書店 2008年6月

スニッカーズ
笑いの貝がらがある洞くつに住んでいるくすぐられると笑ってしまうハリネズミ 「フェアリーズ－妖精たちの冒険3 アザミと笑いの貝がら」J.H.スイート作;津森優子訳;唐橋美奈子絵 文溪堂 2008年11月

スネイプ
ホグワーツ魔法学校の教授、闇の魔法使い・ヴェルデモート配下の「死喰い人」と「不死鳥の騎士団」の二重スパイ 「ハリー・ポッターと死の秘宝 上下」J.K.ローリング作;松岡佑子訳 静山社 2008年7月

スパイダー・ケリー
生と死のはざまの世界の戦場案内人、背が高くガリガリにやせている盲目のおじいさん 「ダーティ・ドラゴン」キャロル・ヒューズ著;西本かおる訳 小学館 2008年9月

スパイダーワート
頭の回転のはやさとするどさの才能をもち真っ赤なカーディナル鳥のはねの杖をもつハーブのフェアリー 「NEWフェアリーズ 秘密の妖精たち2 シナバーと影の島」J.H.スイート作;津森優子訳;唐橋美奈子絵 文溪堂 2010年8月

スパイダーワート
頭の回転のはやさと鋭さの才能をもつハーブのフェアリー 「NEWフェアリーズ 秘密の妖精たち1 ペリウィンクルと勇気の洞くつ」J.H.スイート作;津森優子訳;唐橋美奈子絵 文溪堂 2010年6月

スパーキー
フェアリーランドの妖精・ジョージアのペット、オレンジと白のモルモット 「モルモットの妖精(フェアリー)ジョージア(レインボーマジック)」デイジー・メドウズ作;田内志文訳 ゴマブックス 2008年3月

スパロー
ロンドンの浮浪児集団〈ベイカー少年探偵団〉の一番年下のメンバー、花形コメディアンになるのが夢の少年 「ベイカー少年探偵団 4 ドラゴンを追え!」アンソニー・リード著;池央耿訳 評論社(児童図書館・文学の部屋) 2008年8月

スピリットベア
傷害事件を引きおこした少年・コールがアラスカの無人島で見た大きな白いクマ 「スピリットベアにふれた島」 ベン・マイケルセン作;原田勝訳 鈴木出版(鈴木出版の海外児童文学) 2010年9月

スペックルズ
コンピューター操作に天才的才能をもつモグラ、FBIの特殊スパイ部隊「Gフォース」のメンバー 「スパイアニマルGフォース」ジェームズ・ポンティ作;橘高弓枝訳 偕成社(ディズニーアニメ小説版) 2010年3月

スヴェン
谷に最初に住みついた伝説の勇者、スヴェンソン家の祖先 「勇者の谷」 ジョナサン・ストラウド作;金原瑞人・松山美保訳 理論社 2009年8月

スペンサー・シャープ
小学五年のザックのクラスで一番頭がいい男の子、ザックと幽体離脱をしてみた男の子 「体をぬけだし空を飛べ!―ザックのふしぎたいけんノート」 ダン・グリーンバーグ著;原京子訳;原ゆたか絵 メディアファクトリー 2008年7月

スペンサー・シャープ
小学五年のザックのクラスで一番頭がいい男の子、ザックの親友 「映画スターは吸血鬼?―ザックのふしぎたいけんノート」 ダン・グリーンバーグ著;原京子訳;原ゆたか絵 メディアファクトリー 2008年11月

スペンサー・ヘイスティングス
ローズウッド学院に通う完璧主義者、失踪したアリソンの元親友 「ライアーズ2 崩壊のはじまり」 サラ・シェパード著;中尾眞樹訳 AC Books 2010年7月

スペンサー・ヘイスティングス
ローズウッド学院に通う完璧主義者の十六歳の女の子、失踪したアリソンの親友 「ライアーズ1 ひみつ同盟、16歳の再会」 サラ・シェパード著;中尾眞樹訳 AC Books 2010年5月

スホ
ノンドゥル小学校の二年生・ドンビンの同級生、背が低く体が小さい男の子 「太ってたってぼくはぼく」 イ・ミエ文;チェ・チョルミン絵;吉田昌喜 現文メディア(韓国人気童話シリーズ 15) 2010年3月

スモッグ
百年来の裏ロンドンの敵、知性をもつ肉食性の雲 「アンランダン 下 ディーバとさかさま銃の大逆襲」 チャイナ・ミエヴィル著;内田昌之訳 河出書房新社 2010年8月

スモッグ
百年来の裏ロンドンの敵、知能を持ちはじめた濃密な煙のような霧 「アンランダン 上 ザナと傘飛び男の大冒険」 チャイナ・ミエヴィル著;内田昌之訳 河出書房新社 2010年8月

首陽 すやん
李氏朝鮮の第六代国王の端宗の叔父、兄の文宗の死後から国王を補佐する役割を担った男 「幼い王様の涙」 イ・ギュヒ文;イ・ジョンギュ絵;高橋宣壽訳 現文メディア(韓国人気童話シリーズ) 2009年3月

スヨン
小学三年生のスアのいもうと、出産予定日から四カ月も早く生まれてしまった赤ちゃん 「世界で一番小さないもうと」 コ・スザンナ文;イ・ジンウ絵;榊原咲月訳 現文メディア(韓国人気童話シリーズ) 2008年11月

すらい

スライカープ先生　すらいかーぷせんせい
イギリスのウィロビー高原にある広大な屋敷ウィロビー・チェースにあらわれた住み込みの家庭教師 「ウィロビー・チェースのオオカミ―「ダイドーの冒険」シリーズ」 ジョーン・エイキン作;こだまともこ訳　冨山房　2008年11月

スルタン
1900年インドのある王国を治めていたスルタン、インドの奥地にいた300歳をこえる象を捕まえてタイムマシンに改造した人 「スルタンの象と少女」 ジャン=リュック・クールク―作;カンタン・フォコンプレ絵　文遊社　2010年5月

スルルンダ
心やさしい世界一の魔女 「期間限定!秘密の見習い魔女」 クニスター作;たかしなえみり訳;睦月ムンク画　金の星社　2010年11月

【せ】

セアラ・クルー
イギリスの上流子女寄宿学校の生徒、かしこくてだれにでもやさしい小さなプリンセスのような七歳の少女 「リトル・プリンセス」 バーネット著;秋川久美子訳;グラハム・ラスト絵　西村書店　2008年12月

セイディ
最高級のオートクチュールの服を売る店のオーナー兼デザイナー、すらりと背が高いエレガントな女性 「ニック・シャドウの真夜中の図書館 15 血のドレス」 ニック・シャドウ著;野村有美子訳　ゴマブックス　2009年2月

セェ
皇帝軍に襲われた蔵真寺から生き残った五人の少年僧の一人、蛇拳の遣い手の十二歳 「カンフーファイブ 1 ほえろフゥ!怒りの虎拳」 ジェフ・ストーン作;もきかずこ訳;スカイエマ絵　ランダムハウス講談社　2009年6月

セェ
皇帝軍に襲われた蔵真寺から生き残った五人の少年僧の一人、蛇拳の遣い手の十二歳 「カンフーファイブ 2 とべ!マァラオ樹上の猿拳」 ジェフ・ストーン作;もきかずこ訳;スカイエマ絵　ランダムハウス講談社　2009年9月

セオドア・ルーズベルト(テディ・ルーズベルト)
「テディ」の愛称で親しまれたアメリカの大統領 「わすれんぼライリー、大統領になる!」 クラウディア・ミルズ文;R.W.アリー絵;三辺律子訳　あすなろ書房　2008年12月

セス・ターナー
17歳の高校生・ケイティのカレシ、イケメンの人気者 「嘘つきは恋のはじまり」 メグ・キャボット作;代田;亜香子訳　理論社　2010年3月

セス・ブランチ
悪いおばけ「見えざる者」が見えるペギー・スーが引っ越したポイント・ブラフの中学校のひどく嫌な数学教師 「ペギー・スー 1魔法の瞳をもつ少女」 セルジュ・ブリュソロ作;金子ゆき子訳;町田尚子絵　角川書店(角川つばさ文庫)　2009年3月

ゼッペル
大どろぼうホッツェンプロッツが留置場から脱走したことを知った少年 「大どろぼうホッツェンプロッツふたたびあらわる」 プロイスラー作;トリップ絵;中村浩三訳　偕成社(ドイツのゆかいな童話)　2010年10月

ゼッペル
友だちのカスパールといっしょに大どろぼうをつかまえる決心をした少年 「大どろぼうホッツェンプロッツ」 プロイスラー作;トリップ絵;中村浩三訳　偕成社(ドイツのゆかいな童話)　2010年9月

セドリック
お父さまを亡くしてお母さまとニューヨークでくらす7歳の少年、イギリスの貴族の孫 「小公子セドリック」 バーネット著;グラハム・ラスト絵;西田佳子訳　西村書店　2010年2月

セドリック
少女・ウィルが通う中学校の上級生、悪の世界・メタムアから来た侵略者 「ウィッチ2 消えた友だち」 エリザベス・レンハード文;岡田好恵訳;久堂仁希絵　講談社(ドリーム&マジック文庫)　2008年12月

セナ
自閉症だったがからだの中から大地神のねこがぬけだしてからとつぜん話せるようになった女の子 「ねこの学校 4 わたしはそなたの瞳のなかにいよう」 キム・ジンギョン作;キムジェホン絵;ホン・カズミ訳　岩崎書店　2009年1月

セナ
内気ではずかしがりやで人と目をあわそうとしない自閉症の女の子 「ねこの学校 2 魔法のおくりもの」 キム・ジンギョン作;キムジェホン絵;ホン・カズミ訳　岩崎書店　2008年8月

セバスチャン
十四歳で蜃気楼に消えた少年、砂漠に住む老人パコの兄 「ペギー・スー 2蜃気楼の国へ飛ぶ」 セルジュ・ブリュソロ作;金子ゆき子訳;町田尚子絵　角川書店(角川つばさ文庫)　2009年12月

ゼブ
傷を癒し命を守ろうとする性質がありどんな形にもなることができる生きた粘土 「ペギー・スー 9光の罠と明かされた秘密」 セルジュ・ブリュソロ著;金子ゆき子訳;町田尚子絵　角川書店　2008年3月

ゼフ(ゼファニア)
22世紀のイングランドにいた海賊・リーヴァーズのボスの息子、13歳の少年 「リリーと海賊の身代金 上下 魔法の宝石に選ばれた少女」 エミリー・ダイアモンド著;上川典子訳　ゴマブックス　2009年2月

ゼファー
暗黒の魔法使い・マルベルが新たに生みだした邪悪な六匹のビーストの一匹、怪物イカ 「ビースト・クエスト 7 怪物イカゼファー」 アダム・ブレード作;浅尾敦則訳　ゴマブックス　2008年11月

ゼファニア
22世紀のイングランドにいた海賊・リーヴァーズのボスの息子、13歳の少年 「リリーと海賊の身代金 上下 魔法の宝石に選ばれた少女」 エミリー・ダイアモンド著;上川典子訳　ゴマブックス　2009年2月

ゼブおじさん
ティミーの家に住んでいるドルフィを自分の甥だと言ってつれさった男の人 「オオカミ少年ドルフィ 1期5 銀のわな1」 パウル・ヴァン・ローン作;西村由美訳;小倉正巳絵　学研　2009年7月

ゼブおじさん(ギンバ)
自分の甥だと言ってドルフィをつれさった男、じつは詐欺師 「オオカミ少年ドルフィ 1期6 銀のわな2」 パウル・ヴァン・ローン作;西村由美訳;小倉正巳絵　学研　2009年7月

ゼフ・クララック
上枝の弁護士、木の世界で一番すぐれた科学者シムの一番古い友だち 「トビー・ロルネス 2 逃亡者」 ティモテ・ド・フォンベル作;フランソワ・プラス画;伏見操訳　岩崎書店　2008年10月

せぶる

セブルス・スネイプ（スネイプ）
ホグワーツ魔法学校の教授、闇の魔法使い・ヴェルデモート配下の「死喰い人」と「不死鳥の騎士団」の二重スパイ 「ハリー・ポッターと死の秘宝 上下」J.K.ローリング作;松岡佑子訳 静山社 2008年7月

セプロン
アバンティア王国を守っていたが呪いをかけられ凶暴化してしまった六匹の伝説のビーストの一匹、海竜 「ビースト・クエスト2 海竜セプロン」アダム・ブレード作;浅尾敦則訳 ゴマブックス 2008年2月

セプロン
魔法使いマルベルにさらわれてゴルゴニアにいるアバンティア王国の守り神の海竜 「ビースト・クエスト15 海獣ナーガ」アダム・ブレード作;浅尾敦則訳;大庭賢哉イラスト ゴマブックス 2010年8月

セメント
いなか町に住む4人の少年のひとり、町のピンチを救う少年グループ「半ズボン隊」のメンバー 「帰ってきた半ズボン隊 上下」ゾラン・ドヴェンカー作;木本栄訳 岩波書店 2009年10月

セメント
カナダのいなか町に住む11歳の少年、町のピンチを救う少年グループ「半ズボン隊」のメンバー 「走れ!半ズボン隊」ゾラン・ドヴェンカー作;木本栄訳 岩波書店 2008年6月

セリッド
ソラナ国のオラクル寺院から追放された元侍女、石工の娘ブリンが寺院へ仕える道中に砂漠で出会った女 「オラクルの光－風に選ばれし娘」ヴィクトリア・ハンリー著;杉田七重訳 小学館(小学館ルルル文庫) 2008年2月

セリッド（ロレーナ）
オラクル寺院から追放された元侍女、別の名前を名乗り手紙の代筆屋をする女性 「オラクルの光－預言に隠されし陰謀」ヴィクトリア・ハンリー著;杉田七重訳 小学館(小学館ルルル文庫) 2008年3月

セリーナ・スター
ワォTVで一番人気のレポーター 「バンパイアガールズ no.2」シーナ・マーサー作;田中亜希子訳 理論社 2009年1月

セルウィン・マレー
ベイカー街バザールにある蝋人形館の死者の蝋人形のモデルとなったアルウィンの双子の兄 「ベイカー少年探偵団6 地下牢の幽霊」アンソニー・リード著;池央耿訳 評論社(児童図書館・文学の部屋) 2009年4月

セル将軍　せるしょうぐん
世界最強の連合帝国軍を統括する将軍、カッタ皇帝とともに帝国を勝利に導いた英雄 「エバークエスト 連合帝国の興亡」スチュアート・ウィーク著;R.A.サルバトーレ監修;荒俣宏訳 アスキー・メディアワークス 2008年4月

ゼルダ
アンティークショップの主人で黒ずくめで深い緑の目をしたおばあさん 「13番目の魔女」ルース・チュウ作;日当陽子訳 フレーベル館(魔女の本棚) 2008年9月

ゼルダ
きつねの女の子・アイビーのお姉さん、活動的でアイデアいっぱいのきつねの女の子 「ゼルダとアイビー」ローラ・マギー・クヴァスナースキー作;小島希里訳 BL出版 2008年7月

ゼルダ
きつねの女の子・アイビーのお姉さん、活動的でアイデアいっぱいのきつねの女の子 「ゼルダとアイビーのクリスマス」ローラ・マギー・クヴァスナースキー作;小島希里訳 BL出版 2008年11月

セレナ
かつて滅亡したとされている伝説のアトランティス王国最後の王女、伝説の潜水艦ノーチラス号の乗組員のひとり 「ノーチラス号の冒険 12 ノーチラス号の帰還」 ヴォルフガンク・ホールバイン著;平井吉夫訳 創元社 2009年6月

セレーネ
スケートスクール「アイスマジック」の生徒、天然ボケでお金持ちの十歳の少女 「フィギュア☆ドリーム1 アダはフィギュアスケーター」 リア・チェリ著;飯田亮介訳;サラ・ノット絵 メディアファクトリー 2009年11月

セレーネ
スケートスクール「アイスマジック」の生徒、天然ボケでお金持ちの十歳の少女 「フィギュア☆ドリーム2 アイスショーにデビュー？」 リア・チェリ著;飯田亮介訳;サラ・ノット絵 メディアファクトリー 2009年12月

セレーネ・パルマ
スケートスクール「アイスマジック」スノードロップ組に通うセレブな女の子、アダの親友 「フィギュア☆ドリーム3 ドッキドキの競技会」 リア・チェリ著;サラ・ノット絵;飯田亮介訳 メディアファクトリー 2010年1月

セレーネ・パルマ
スケートスクール「アイスマジック」スノードロップ組に通うセレブな女の子、アダの親友 「フィギュア☆ドリーム4 伝説のコーチあらわる！」 リア・チェリ著;サラ・ノット絵;飯田亮介訳 メディアファクトリー 2010年2月

先生　せんせい
こん睡状態の五年生・エリのお見舞いに病院にきた小学校の女の先生 「ホラーバス 第2期 恐怖のウイルス1・2」 パウル・ヴァン・ローン作;岩井智子訳;浜野史子絵 学研 2008年8月

ゼンダーさん
ミドルスクールに通うアメディオの家の隣人、大邸宅にひとりで暮らす変わり者のおばあさん 「ムーンレディの記憶」 E.L.カニグズバーグ作;金原瑞人訳 岩波書店 2008年10月

船長　せんちょう
ヴァンパイレーツ船「ノクターン号」の船長 「ヴァンパイレーツ 7 目覚めし者たち」 ジャスティン・ソンパー作;海後礼子訳 岩崎書店 2010年7月

船長　せんちょう
海で遭難していた少女グレースを助けた謎のヴァンパイレーツ船の船長 「ヴァンパイレーツ 1－死の海賊船」 ジャスティン・ソンパー作;海後礼子訳 岩崎書店 2009年2月

船長　せんちょう
海で遭難していた少女グレースを助けた謎のヴァンパイレーツ船の船長 「ヴァンパイレーツ 2－運命の夜明け」 ジャスティン・ソンパー作;海後礼子訳 岩崎書店 2009年2月

船長　せんちょう
海で遭難していた少女グレースを助けた謎のヴァンパイレーツ船の船長 「ヴァンパイレーツ 3－うごめく野望」 ジャスティン・ソンパー作;海後礼子訳 岩崎書店 2009年5月

船長　せんちょう
海で遭難していた少女グレースを助けた謎のヴァンパイレーツ船の船長 「ヴァンパイレーツ 4－剣の重み」 ジャスティン・ソンパー作;海後礼子訳 岩崎書店 2009年8月

船長　せんちょう
海で遭難していた少女グレースを助けた謎のヴァンパイレーツ船の船長 「ヴァンパイレーツ 5－さまよえる魂」 ジャスティン・ソンパー作;海後礼子訳 岩崎書店 2009年12月

ぜんど

ゼンドリック
魔法を得意とするエルフの老魔法使い、14歳の少年・ケラックの師匠 「銀竜の騎士団―いかさま師と暗黒の迷宮」 デイル・ドノヴァン著;リンダ・ジョンズ著;安田均監訳　アスキー・メディアワークス(ダンジョンズ&ドラゴンズスーパーファンタジー)　2008年5月

ゼンドリック
魔法を得意とするエルフの老魔法使い、14歳の少年・ケラックの師匠 「銀竜の騎士団―ドラゴンと黄金の瞳」 リー・ソーズビー著;安田均監訳　アスキー(ダンジョンズ&ドラゴンズスーパーファンタジー)　2008年3月

【そ】

ゾーイ
「マック動物病院」で働く五人の子どもボランティアのひとり、ニューヨーク育ちの派手好きな少女 「キケンな野良猫王国(マック動物病院ボランティア日誌)」 ローリー・ハルツ・アンダーソン作;中井はるの訳;藤丘ようこ画　金の星社　2009年9月

ゾーイ
「マック動物病院」で働く五人の子どもボランティアのひとり、ニューヨーク育ちの派手好きな少女 「セラピー犬からのおくりもの(マック動物病院ボランティア日誌)」 ローリー・ハルツ・アンダーソン作;中井はるの訳;藤丘ようこ画　金の星社　2009年12月

ゾーイ
「マック動物病院」で働く五人の子どもボランティアのひとり、ニューヨーク育ちの派手好きな少女 「悪徳子犬ブリーダーをさがせ(マック動物病院ボランティア日誌)」 ローリー・ハルツ・アンダーソン作;中井はるの訳;藤丘ようこ画　金の星社　2009年8月

ゾーイ
ウィニーとヴァネッサと赤ちゃんのときからの友だち、頭がいい三年生 「バレエなんて、きらい」 ジェニファー・リチャード・ジェイコブソン作;武富博子訳　講談社　2008年3月

ゾーイ
マック動物病院の孫娘・マギーのニューヨークからやってきたおしゃれで派手好きな女の子 「マック動物病院ボランティア日誌　逃げおくれた猫を救え」 ローリー・ハルツ・アンダーソン作;中井はるの訳;藤丘ようこ画　金の星社　2010年3月

ゾーイ
ようちえんからなかよしのウィニーとヴァネッサといっしょに生まれてはじめてのサマーキャンプに出かけた女の子 「キャンプで、おおあわて」 ジェニファー・リチャード・ジェイコブソン作;武富博子訳　講談社　2008年9月

ゾーイ
末期癌におかされた十六歳のテッサの親友、ハデでカッコいい少女 「16歳。死ぬ前にしてみたいこと」 ジェニー・ダウンハム著;代田亜香子訳　PHP研究所　2008年10月

象　ぞう
1900年インドのある王国を治めていたスルタンたちをのせて時間旅行に出発した象 「スルタンの象と少女」 ジャン=リュック・クールクー作;カンタン・フォコンプレ絵　文遊社　2010年5月

象　ぞう
魔術師の呪文でオペラ座の天井から落ちてきた象 「ピーターと象と魔術師」 ケイト・ディカミロ作;長友恵子訳　岩波書店　2009年11月

ゾーエ
イタリアの名門バレエ学校に通う十一歳の少女 「バレエ・アカデミア 3バレリーナの恋人は、天使!?」 ベアトリーチェ・マジーニ作;長野徹訳　ポプラ社　2008年1月

ゾーエ
イタリアの名門バレエ学校に通う十一歳の少女 「バレエ・アカデミア 4夢みるトウシューズ」 ベアトリーチェ・マジーニ作;長野徹訳 ポプラ社 2008年4月

ゾーエ
イタリアの名門バレエ学校に通う十一歳の少女 「バレエ・アカデミア 6バレリーナのおきゃくさま」 ベアトリーチェ・マジーニ作;長野徹訳 ポプラ社 2008年10月

ゾーエ
ロンドンでの短期研修生に選ばれたイタリアの名門バレエ学校に通う十一歳の少女 「バレエ・アカデミア 5バレリーナの挑戦！」 ベアトリーチェ・マジーニ作;長野徹訳 ポプラ社 2008年7月

ソニア・ルーイン
悪いおばけ「見えざる者」が見えるペギー・スーが引っ越したポイント・ブラフの中学校で同級生になった少女 「ペギー・スー 1魔法の瞳をもつ少女」 セルジュ・ブリュソロ作;金子ゆき子訳;町田尚子絵 角川書店(角川つばさ文庫) 2009年3月

ソフィー
ケガをしてどうくつ中で横たわっていた人魚 「プリンセス♡クラブ 4 わたしのかみにまほうをかけて」 スザンヌ・ウィリアムス作;灰島かり訳;泉リリカ絵 ポプラ社 2009年12月

ソフィー
サンフランシスコの高校生でジョシュの双子の姉、オーラは純粋な銀色で魔力を得た少女 「呪術師ペレネル(アルケミスト3)」 マイケル・スコット著;橋本恵訳 理論社 2009年11月

ソフィー
サンフランシスコの高校生でジョシュの双子の姉、オーラは純粋な銀色で魔力を得た少女 「魔術師ニコロ・マキャベリ(アルケミスト2)」 マイケル・スコット著;橋本恵訳 理論社 2008年11月

ソフィー
バタシー公爵・サイモンの双子の妹 「ダイドーと父ちゃん－「ダイドーの冒険」シリーズ」 ジョーン・エイキン作;こだまともこ訳 冨山房 2008年1月

ソフィー
リスのガッシーとむかしからのともだちのリス 「ソフィーとガッシー いつもいっしょに」 マージョリー・ワインマン・シャーマット文;リリアン・ホーバン絵 BL出版 2008年5月

ソフィー
リスのガッシーとむかしからのともだちのリス 「ソフィーとガッシー」 マージョリー・ワインマン・シャーマット文;リリアン・ホーバン絵 BL出版 2008年3月

ソフィア
ルーマニアにある暗い村にあらわれたジプシーのひとり、流浪の民族ロマの少女 「ソードハンド 闇の血族」 マーカス・セジウィック著;西田登訳 あかね書房(YA Dark) 2009年3月

ソフィー・ラコンブ
シカゴ美術館の十八世紀後半のフランスのミニチュアルームに入ったルーシーとジャックが出会ったフランス人の少女 「12分の1の冒険」 マリアン・マローン作;橋本恵訳 ほるぷ出版 2010年12月

ソラ
十四歳の少女・美咲を選んでとりついた座敷童子 「健太、斧を取れ！」 クリストファー・ベルトン著;渡辺順子訳 幻冬舎 2010年11月

ゾラ
クロアチアの小さな港街のセニュに住む孤児たちを率いる赤毛の少女 「赤毛のゾラ 上下」 クルト・ヘルト著;酒寄進一訳 長崎出版 2009年3月

ぞるた

ゾルターン・ヴァルガ
名高い作曲家ハイドン先生のオーケストラのハンガリー人の若い音楽家 「消えたヴァイオリン」 スザンヌ・ダンラップ著;西本かおる訳　小学館(SUPER!YA)　2010年8月

ソルトラ
暗黒の魔法使い・マルベルが新たに生みだした邪悪な六匹のビーストの一匹、石魔女 「ビースト・クエスト9 石魔女ソルトラ」 アダム・ブレード作;浅尾敦則訳　ゴマブックス　2008年12月

ソーレン
ティト森林王国出身のメンフクロウ、勇者となるため修行を積む男の子 「ガフールの勇者たち6 聖エゴリウス運命の戦い」 キャスリン・ラスキー著;食野雅子訳　メディアファクトリー　2008年4月

ソーレン
夢視力をもつメンフクロウで正義の代行者・ガフールの勇者、ガフールの神木の王・コーリンの叔父 「ガフールの勇者たち10「ガフール伝説」と炎の王子」 キャスリン・ラスキー著;食野雅子訳　メディアファクトリー　2010年9月

ソーレン
夢視力をもつメンフクロウで正義の代行者・ガフールの勇者、ガフールの神木の王・コーリンの叔父 「ガフールの勇者たち11「ガフール伝説」と真実の王」 キャスリン・ラスキー著;食野雅子訳　メディアファクトリー　2010年12月

ソーレン
夢視力をもつメンフクロウで正義の代行者・ガフールの勇者、ガフールの神木の王・コーリンの叔父 「ガフールの勇者たち9「ガフール伝説」の誕生」 キャスリン・ラスキー著;食野雅子訳　メディアファクトリー　2010年7月

ソーンダーズ
診療センターに新しくやってきた若い医師、カリフォルニア大学医学部を史上最年少で卒業した男 「マデックの罠」 ロブ・ホワイト著;宮下嶺夫訳　評論社(海外ミステリーBOX)　2010年3月

ゾンビ
ホラーを書く青年・オノバルにインタビューをするゾンビの記者 「ホラーバス 第2期 暗黒の世界1・2」 パウル・ヴァン・ローン作;岩井智子訳;浜野史子絵　学研　2008年10月

ソンヒョン
ノンドゥル小学校の二年生・ドンビンの同級生、背が高くて体の細い男の子 「太ってたってぼくはぼく」 イ・ミエ文;チェ・チョルミン絵;吉田昌喜　現文メディア(韓国人気童話シリーズ15)　2010年3月

【た】

タイ
オルゴールの中の異世界・ロンド国のターラメイン族の生き残り 「ロンド国物語6 天空の城」 エミリー・ロッダ作;神戸万知訳;水野真帆絵　岩崎書店　2010年3月

ダイアナ・バーリー
プリンスエドワード島で暮らすアンの腹心の友、アヴォンリー村の改善会の熱心な会員 「アンの青春」 L・M・モンゴメリ作;村岡花子訳;HACCAN画　講談社(青い鳥文庫)　2009年9月

ダイアナ・バーリー
プリンスエドワード島にやってきた赤毛の孤児の女の子アンの腹心の友となる誓った少女 「赤毛のアン」 L・M・モンゴメリ作;村岡花子訳;HACCAN画　講談社(青い鳥文庫)　2008年7月

タイガー
内戦に苦しむ村を出て一家で国境を超える旅に出た少女 「フィッシュ」 L.S.マシューズ作;三辺律子訳 鈴木出版(鈴木出版の海外児童文学) 2008年2月

タイガースター
一族を裏切って追放された猫、サンダー族のブランブルクローとリヴァー族のホークフロストの父 「ウォーリアーズⅡ6 日没」 エリン・ハンター作;高林由香子訳 小峰書店 2010年10月

大佐(ダーク・ロード) たいさ(だーくろーど)
ダーク・アーミーのリーダー、アマゾンの森林伐採を進めている千年後の未来の悪人 「ターニング・ポイント2 ワールウィンド 運命の嵐」 デイヴィッド・クラス作;金原瑞人訳;西田登訳 岩崎書店 2008年12月

タイソン
ポセイドンの息子でパーシーの弟、ひとつ目の巨人キュクロプス 「パーシー・ジャクソンとオリンポスの神々 4迷宮の戦い」 リック・リオーダン作;金原瑞人訳;小林みき訳 ほるぷ出版 2008年12月

タイソン
ポセイドンの息子でパーシーの弟、ひとつ目の巨人キュクロプス 「パーシー・ジャクソンとオリンポスの神々 5最後の神」 リック・リオーダン作;金原瑞人訳;小林みき訳 ほるぷ出版 2009年12月

タイタスおじさん
少年探偵団ザ・スリーのリーダーのジャスティスの養父、リサイクルショップの店長 「少年探偵団ザ・スリー2 アトランティスを救え!」 ウルフ・ブランク作;シュテファニー・ヴェーグナー絵;加納教孝訳 草土文化 2008年6月

タイタス・オーツ
九十年前に南極で亡くなったスコット探検隊の隊員 「ホワイトダークネス 上下」 ジェラルディン・マコックラン著;木村由利子訳 あかね書房(YA Dark) 2009年3月

タイタス・ジョナス(タイタスおじさん)
少年探偵団ザ・スリーのリーダーのジャスティスの養父、リサイクルショップの店長 「少年探偵団ザ・スリー2 アトランティスを救え!」 ウルフ・ブランク作;シュテファニー・ヴェーグナー絵;加納教孝訳 草土文化 2008年6月

ダイダロス
少年ダリウスが引き取られたインガおばさんの家の上空で空飛ぶ自転車に乗っていたおじいさん 「ダリウスが飛んだ!」 ビル・ハーレイ作;目当陽子訳 PHP研究所 2009年9月

ダイチ
十四歳の少年・健太を選んでとりついた座敷童子 「健太、斧を取れ!」 クリストファー・ベルトン著;渡辺順子訳 幻冬舎 2010年11月

ダイドー・トワイト
ハノーバー党といつも悪だくみばかりしているトワイト氏の娘、バタシー公爵・サイモンの親友 「ダイドーと父ちゃん-「ダイドーの冒険」シリーズ」 ジョーン・エイキン作;こだまともこ訳 冨山房 2008年1月

大魔法使い だいまほうつかい
悪党の大魔法使い、大どろぼうホッツェンプロッツとなかのいい友だち 「大どろぼうホッツェンプロッツ」 プロイスラー作;トリップ絵;中村浩三訳 偕成社(ドイツのゆかいな童話) 2010年9月

タイモン
サーカス一座「ファンダジア」に兄弟で加わった新メンバー、イーデンの兄 「マディガンのファンタジア 上下」 マーガレット・マーヒー作;山田順子訳;佐竹美保画 岩波書店 2008年2月

だいや

ダイヤー博士　だいやーはかせ
ケイトのお父さん、NCRDMの研究所の物理学者「タイムトラベラー2 ふたつの反重力マシン」リンダ・バックリー・アーチャー著;小原亜美訳　ソフトバンククリエイティブ　2009年1月

タイ・ラン
もとシーフー老師の弟子、平和の谷のチョーゴン刑務所に捕らえられているユキヒョウ「カンフー・パンダ」スーザン・コーマン作;杉田七重訳　角川書店(ドリームワークスアニメーションシリーズ)　2008年6月

ダーウィン
諜報員として訓練されたモルモット、FBIの特殊スパイ部隊「Gフォース」のリーダー「スパイアニマルGフォース」ジェームズ・ポンティ作;橘高弓枝訳　偕成社(ディズニーアニメ小説版)　2010年3月

ダーク・アーミー
ハドリーの高校生だったジャックを追い立てている暗黒軍団「ターニング・ポイント1 ファイヤーストーム 神秘の光」デイヴィッド・クラス作;金原瑞人訳;西田登訳　岩崎書店　2008年5月

ダグラスさん
脚が三本の犬・チャンプをひきとった少年ライリーの隣の家のおじいさん、いつも庭に出ている老人「チャンプ 風になって走れ!」マーシャ・ソーントン・ジョーンズ作;もきかずこ訳;鴨下潤絵　あかね書房(スプラッシュ・ストーリーズ)　2008年5月

ダーク・ロード
ダーク・アーミーのリーダー、アマゾンの森林伐採を進めている千年後の未来の悪人「ターニング・ポイント2 ワールウィンド 運命の嵐」デイヴィッド・クラス作;金原瑞人訳;西田登訳　岩崎書店　2008年12月

ダーク・ロード
暗殺集団ダーク・アーミーの首領、千年後の未来の悪人「ターニング・ポイント3 タイムロック最後の選択」デイヴィッド・クラス作;西田登訳　岩崎書店　2010年2月

ダーゴン
大嵐にあったジャックを助けたトロール船の持ち主「ターニング・ポイント1 ファイヤーストーム 神秘の光」デイヴィッド・クラス作;金原瑞人訳;西田登訳　岩崎書店　2008年5月

ターシャ(ナターシャ)
イギリスのファーシングウェル村に住んでいる私立探偵になるのが夢の十二歳の少女「シャーロック・ホームズには負けない」ピート・ジョンソン作;岡本浜江訳;津尾美智子絵　文研出版(文研じゅべにーる)　2009年9月

ダジャ・キスーボ
交易の民の娘、陽気で快活な少女「サークル・マジック－サンドリと光の糸」タモラ・ピアス著;西広なつき訳　小学館(小学館ルルル文庫)　2008年6月

ダジャ・キスーボ
魔法学院ワインディング・サークル学院のディサプリン荘で暮らす金属と火を操る魔法使い、交易の民の娘「サークル・マジック－ダジャと炎の絆」タモラ・ピアス著;西広なつき訳　小学館(小学館ルルル文庫)　2008年1月

ダジャ・キスーボ
魔法学院ワインディング・サークル学院のディサプリン荘で暮らす金属と火を操る魔法使い、交易の民の娘「サークル・マジック－トリスと稲妻の矢」タモラ・ピアス著;西広なつき訳　小学館(小学館ルルル文庫)　2008年8月

ダジャ・キスーボ
魔法学院ワインディング・サークル学院のディサプリン荘で暮らす金属と火を操る魔法使い、交易の民の娘「サークル・マジック－ブライアーと癒しの木」タモラ・ピアス著;西広なつき訳　小学館(小学館ルルル文庫)　2009年1月

ダシュティ
タイターズ・ガーデン王国のサレン姫の侍女、遊牧民の十五歳の娘 「ふたりのプリンセス」シャノン・ヘイル作;代田亜香子訳 小学館 2010年5月

タッスル・ホッフ
魔法の秘法＜時間航行装置＞を用いて三十年前からやってきたケンダー族の男、竜槍の英雄のひとり 「ドラゴンランス魂の戦争 第3部 消えた月の竜」マーガレット・ワイス著;トレイシー・ヒックマン著;安田均訳 アスキー 2008年1月

タッスルホッフ
ソレースの町から仲間たちと蛮族の姫を連れて逃亡の旅に出たケンダー族の男 「ドラゴンランス1 廃都の黒竜 上」マーガレット・ワイス作;トレイシー・ヒックマン作;安田均訳;ともひ絵 アスキー・メディアワークス（角川つばさ文庫） 2009年7月

タッスルホッフ
世界を救う秘宝を求めて仲間たちと廃都ザク・ツァロスに向かったケンダー族の男 「ドラゴンランス2 廃都の黒竜 下」マーガレット・ワイス作;トレイシー・ヒックマン作;安田均訳;ともひ絵 アスキー・メディアワークス（角川つばさ文庫） 2009年8月

タッスルホッフ
仲間たちと世界を救う秘宝を入手して故郷のソレースに戻ったケンダー族の男 「ドラゴンランス3 城砦の赤竜」マーガレット・ワイス作;トレイシー・ヒックマン作;安田均訳;ともひ絵 アスキー・メディアワークス（角川つばさ文庫） 2009年11月

タッド・クーパー
となりに住んでいるあやしいおばあさんからあまくておいしい不思議なファッジをもらった男の子 「魔女のお菓子」ルース・チュウ作;日当陽子訳;たんじあきこ絵 フレーベル館（魔女の本棚） 2010年8月

ダッドリー・マーティン
悪いおばけ「見えざる者」が見えるペギー・スーが引っ越したポイント・ブラフの中学校で同級生になった少年 「ペギー・スー 1魔法の瞳をもつ少女」セルジュ・ブリュソロ作;金子ゆき子訳;町田尚子絵 角川書店（角川つばさ文庫） 2009年3月

ダーティ
オルゴールの中の異世界・ロンド国の青の王妃とともに悪事を働いていた男、英雄ハルの兄 「ロンド国物語 7 崖の怪物」エミリー・ロッダ作;神戸万知訳;水野真帆絵 岩崎書店 2010年6月

ダーティ
異世界・ロンド国にすむどろぼう集団の親玉、悪人だがみょうに人をひきつけるところがある男 「ロンド国物語 3」エミリー・ロッダ作;神戸万知訳;水野真帆絵 岩崎書店 2009年9月

ダーティ（ジョージ）
オルゴールの中の異世界・ロンド国の青の王妃とともに悪事を働いていた男、英雄ハルの兄 「ロンド国物語 9 ロンドの戦い」エミリー・ロッダ作;神戸万知訳;水野真帆絵 岩崎書店 2010年12月

ダドウィン
ドラゴン・スレイヤー・アカデミーの新一年生、ウィリーの弟 「ドラゴン・スレイヤー・アカデミー 2-8 トロールのご用心」ケイト・マクミュラン作;神戸万知訳;舵真秀斗画 岩崎書店 2010年6月

タナトス・アルゴス・バスカニア
多国籍企業「世界の目」をひきいるなぞの男、多数の目を持つ不気味な人物 「エレック・レックス2 闇の王子の誕生」カザ・キングスレイ著;服部千佳子訳;上川典子訳 エンターブレイン 2008年3月

だに

ダニー
腎臓病を患っている十歳のイェビョルの心の中に生まれ友のように語りかけてきたふしぎな星 「星と話す少年」ペ・イクチョン文；チェ・チョルミン絵；吉田昌喜訳　現文メディア（韓国人気童話シリーズ）2008年10月

ダニエル
フェアリーランドの花の妖精のひとり、デイジーの妖精 「デイジーの妖精（フェアリー）ダニエル（レインボーマジック）」デイジー・メドウズ作；田内志文訳　ゴマブックス　2009年5月

タニス（ハーフ・エルフ）
ソレースの町から仲間たちと蛮族の姫を連れて逃亡の旅に出た半エルフ 「ドラゴンランス1 廃都の黒竜 上」マーガレット・ワイス作；トレイシー・ヒックマン作；安田均訳；ともひ絵　アスキー・メディアワークス（角川つばさ文庫）2009年7月

タニス（ハーフ・エルフ）
世界を救う秘宝を求めて仲間たちと廃都ザク・ツァロスに向かった半エルフ 「ドラゴンランス2 廃都の黒竜 下」マーガレット・ワイス作；トレイシー・ヒックマン作；安田均訳；ともひ絵　アスキー・メディアワークス（角川つばさ文庫）2009年8月

タニス（ハーフ・エルフ）
仲間たちと世界を救う秘宝を入手して故郷のソレースに戻った半エルフ 「ドラゴンランス3 城砦の赤竜」マーガレット・ワイス作；トレイシー・ヒックマン作；安田均訳；ともひ絵　アスキー・メディアワークス（角川つばさ文庫）2009年11月

ターニャ・コズミナ
もとフィギアのチャンピオン、アダの参加したスケート夏期合宿のコーチ 「フィギュア☆ドリーム4 伝説のコーチあらわる！」リア・チェリ著；サラ・ノット絵；飯田亮介訳　メディアファクトリー　2010年2月

タハマパー
森のなかまたちの力をかりて新しい家をたてることにした大きなクマ 「大きなクマのタハマパー 家をたてるのまき」ハンネレ・フオヴィ作；末延弘子訳；いたやさとし絵　ひさかたチャイルド（SHIRAKABA BUNKO）2010年3月

タビーおばさん
幽霊好きの少女・アラミンタといっしょに「キミワルーイ屋敷」に住んでいるおばさん 「ようこそキミワルーイ屋敷へ－いたずらアラミンタ1」アンジー・セイジ著；斎藤倫子訳　東京創元社（sogen bookland）2009年12月

ダ・ヴィンチ
ふしぎな旅をした兄妹・ジャックとアニーが十五世紀のフィレンツェで出会った変わり者の芸術家 「ダ・ヴィンチ空を飛ぶ」メアリー・ポープ・オズボーン著；食野雅子訳　メディアファクトリー（マジック・ツリーハウス24）2008年11月

タブス夫人　たぶすさん
ずっと昔に犬とアヒルと豚といっしょに小さな農場で暮らしていたおばあさん 「タブスおばあさんと三匹のおはなし」ヒュー・ロフティング文・絵；南條竹則訳　集英社　2010年10月

ダブダブ
動物の言葉が話せるお医者さん・ドリトル先生が飼っているアヒル 「ドリトル先生」ロフティング作；小林みき訳　ポプラ社（ポプラポケット文庫）2009年9月

ダフネ・グリム
おとぎばなしの町で祖母といっしょに私立探偵をしている七歳の少女、グリム一族の子孫 「グリム姉妹の事件簿2 学校の怪事件」マイケル・バックリー著；三辺律子訳　東京創元社（sogen bookland）2009年10月

ダフネ・グリム
孤児院から父方の祖母・グリム夫人に引きとられた七歳の少女、サブリナの妹 「グリム姉妹の事件簿 1 事件のかげに巨人あり」マイケル・バックリー著;三辺律子訳 東京創元社(sogen bookland) 2009年6月

W・W・ヘール五世　だぶりゅーだぶりゅーへーるごせい
大泥棒一族の娘カットの幼なじみで十六歳の少年、泥棒の世界へ入った大富豪W・W・ヘール家の五代目 「快盗ビショップの娘」アリー・カーター著;橋本恵訳 理論社 2010年4月

タペンス(プルーデンス・カウリイ)
お金をつくるために冒険家としてパートナーのトミーと雇い主を探すことにした若い女性、戦争中は看護婦としてはたらいていた娘 「秘密機関 上下」アガサ・クリスティー著;嵯峨静江訳 早川書房(クリスティー・ジュニア・ミステリ5) 2008年3月

魂食らい　たましいぐらい
創造主の後継者の少年・アーサーにそっくりな少年、化け物 「王国の鍵 4 戦場の木曜日」ガース・ニクス著;原田勝訳 主婦の友社 2010年4月

ダーマス先生　だーますせんせい
小学三年生のクレメンタインの担任の先生、古代エジプトに興味を持っている男の人 「それはないよ!?クレメンタイン(クレメンタイン3)」サラ・ペニーパッカー作;マーラ・フレイジー絵;前沢明枝訳 ほるぷ出版 2008年12月

タマリンド
ニンバスという組織で遺伝子操作をされた人間とクラゲの遺伝子を持った女の子 「スパイ・ガール4 破壊者を止めろ」クリスティーヌ・ハリス作;前沢明枝訳 岩崎書店 2008年1月

タムシン・スペルウェル
雪の女王の心臓のかけらを盗んだ魔法使いの女、雪の女王暗殺をもくろむプロの殺し屋 「氷の心臓」カイ・マイヤー著;遠山明子訳 あすなろ書房 2008年11月

ダーメン・ディラン
学校一の人気、ゴーストになった少女シャーロットが恋している男の子 「ゴースト・ガール」トーニャ・ハーリー作;築地誠子訳 ポプラ社 2009年4月

ダライアス
扉の向こうの世界の魔法使い、エンダーの魔女・ニミアンの手下 「100の扉 2 タンポポの炎 上下」N.D.Wilson作;大谷真弓訳 小学館(小学館ファンタジー文庫) 2009年8月

ダライアス
扉の向こうの世界の魔法使い、エンダーの魔女・ニミアンの手下 「100の扉 3 チェストナットの王 上下」N.D.Wilson作;大谷真弓訳 小学館(小学館ファンタジー文庫) 2010年11月

タラ・ダンカン
人間の最大の帝国であるオモワ帝国の後継者、強い魔力をもった正義感の強い十四歳の少女 「タラ・ダンカン 5 禁じられた大陸 上下」ソフィー・オドゥワン・マミコニアン著;山本知子訳;加藤かおり訳 メディアファクトリー 2008年7月

タラ・ダンカン
人間の最大の帝国であるオモワ帝国の後継者、強い魔力をもった正義感の強い十四歳の少女 「タラ・ダンカン 6 マジスターの罠 上下」ソフィー・オドゥワン・マミコニアン著;山本知子訳 メディアファクトリー 2009年7月

タラニー・クック
宇宙を悪から守る5人の少女「聖戦の騎士」のメンバー、中学生の女の子 「ウィッチ1 選ばれた少女たち」エリザベス・レンハード文;岡田好恵訳;久堂仁希絵 講談社(ドリーム&マジック文庫) 2008年6月

たらに

タラニー・クック
宇宙を悪から守る5人の少女「聖戦の騎士」のメンバー、中学生の女の子 「ウィッチ2 消えた友だち」エリザベス・レンハード文;岡田好恵訳;久堂仁希絵 講談社(ドリーム&マジック文庫) 2008年12月

タラニー・クック
宇宙を悪から守る5人の少女「聖戦の騎士」のメンバー、中学生の女の子 「ウィッチ3 悪の都メリディアン」エリザベス・レンハード文;岡田好恵訳;久堂仁希絵 講談社(ドリーム&マジック文庫) 2009年7月

ダラマール・アージェント
かつては強大な黒ローブ魔術師だったがいまは魔力を失ってしまった黒エルフ 「ドラゴンランス魂の戦争 第3部 消えた月の竜」マーガレット・ワイス著;トレイシー・ヒックマン著;安田均訳 アスキー 2008年1月

タラル王子　たらるおうじ
ウルフのアマチュア無線家でもあるパパに会うためサウジアラビアからスウェーデンにやってきた王子さま 「パーシーとアラビアの王子さま」ウルフ・スタルク著;菱木晃子訳;はたこうしろう画 小峰書店 2009年7月

ダリウス
パパが熱気球で行方不明になってから幸せな生活が終わり暗い日々をすごすことになった十一歳の少年 「ダリウスが飛んだ!」ビル・ハーレイ作;日当陽子訳 PHP研究所 2009年9月

タル
闇の国の城で生まれ育ったオレンジ階級の選民の少年 「セブンスタワー 4 キーストーン」ガース・ニクス作;西本かおる訳 小学館(小学館ファンタジー文庫) 2008年2月

タル
闇の国の城で生まれ育ったオレンジ階級の選民の少年 「セブンスタワー 5 戦い」ガース・ニクス作;西本かおる訳 小学館(小学館ファンタジー文庫) 2008年3月

タル
闇の国の城で生まれ育ったオレンジ階級の選民の少年 「セブンスタワー 6 紫の塔」ガース・ニクス作;西本かおる訳 小学館(小学館ファンタジー文庫) 2008年4月

ダルシー
ネバーランドにある妖精の谷・ピクシー・ホロウに住むパンとお菓子づくりの妖精 「毎日がミステリー」ゲイル・ヘルマン作;小宮山みのり訳 講談社(ディズニーフェアリーズ文庫) 2009年11月

タルパ
ニューヨークの小学五年生・ザックのクローン、じょうぶで強いコピー人間 「もうひとりのぼくの作り方(ザックのふしぎたいけんノート)」ダン・グリーンバーグ著;原京子訳;原ゆたか絵 メディアファクトリー 2010年9月

タルボット・スミール
空賊船ゲイルライダー号の元補給長、風のジャッカルの妻とクウィントの兄たちを焼き殺した男 「崖の国物語 9 大飛空船団の壊滅」ポール・スチュワート作;クリス・リデル絵;唐沢則幸訳 ポプラ社(ポプラ・ウイング・ブックス) 2008年10月

タールマン
反動力マシンで十八世紀から二十一世紀へやってきた男、ロンドンの裏社会を支配していた犯罪者 「タイムトラベラー2 ふたつの反重力マシン」リンダ・バックリー・アーチャー著;小原亜美訳 ソフトバンククリエイティブ 2009年1月

タールマン(アオハダ)
18世紀の英国貴族ラクソン卿の懐刀で才知にたけた危険な悪者、金髪の青年ギデオンのじつの兄 「タイムトラベラー 3 さらば反重力マシン」 リンダ・バックリー・アーチャー著;小原亜美訳 ソフトバンククリエイティブ 2010年10月

タルーラ
フェアリーランドにいる七人の曜日の妖精たちのひとり、火曜日の妖精 「火曜日の妖精(フェアリー)タルーラ (レインボーマジック)」 デイジー・メドウズ作;田内志文訳 ゴマブックス 2008年9月

タルレーナ
サンタの国でおてつだいをする5001人の小人のなかのひとり 「でておいで森のようせい」 エリナ・カルヤライネン作;クリステル・レンス絵 学研教育出版(新しい世界の幼年童話) 2009年11月

タルレーナ
サンタの国でおてつだいをする5001人の小人のなかのひとり 「赤いぼうしのタルレーナ」 エリナ・カルヤライネン作;クリステル・レンス絵 学研教育出版(新しい世界の幼年童話) 2009年11月

タロア
ひからびて倒れていたところをニコラスとローリーに助けてもらったカエルのような手足をした妖精 「NEWスパイダーウィック家の謎 第1巻 妖精図鑑、ふたたび」 ホリー・ブラック作;トニー・ディテルリッジ絵 飯野眞由美訳 文溪堂 2009年11月

ダロウ
歌術師、砂漠の帝国・メリツロス出身の若者 「トレマリスの歌術師 2 水のない海」 ケイト・コンスタブル著;浅羽莢子+小竹由加里訳 ポプラ社 2008年9月

ダロウ
歌術師、砂漠の帝国・メリツロス出身の若者 「トレマリスの歌術師 3. 第十の力」 ケイト・コンスタブル著;浅羽莢子+小竹由加里訳 ポプラ社 2009年1月

ダロウ
氷の壁に囲まれた小国アンタリスに侵入してきた謎の若者 「トレマリスの歌術師 1 万歌の歌い手」 ケイト・コンスタブル著;浅羽莢子+小竹由加里訳 ポプラ社 2008年6月

ダン
ニューヨークに住む十歳の少年ザックのパパ、ふしぎなことが大好きな小説家 「ぼくのペットは恐竜—ザックのふしぎたいけんノート」 ダン・グリーンバーグ著;原京子訳;原ゆたか絵 メディアファクトリー 2008年7月

ダン
ニューヨークに住む十歳の少年ザックのパパ、ふしぎなことが大好きな小説家 「ぼくの家はおばけやしき—ザックのふしぎたいけんノート」 ダン・グリーンバーグ著;原京子訳;原ゆたか絵 メディアファクトリー 2009年9月

ダン
ニューヨークに住む十歳の少年ザックのパパ、ふしぎなことが大好きな小説家 「映画スターは吸血鬼?—ザックのふしぎたいけんノート」 ダン・グリーンバーグ著;原京子訳;原ゆたか絵 メディアファクトリー 2008年11月

ダン
ニューヨークに住む十歳の少年ザックのパパ、ふしぎなことが大好きな小説家 「消えたUFOをさがせ!—ザックのふしぎたいけんノート」 ダン・グリーンバーグ著;原京子訳;原ゆたか絵 メディアファクトリー 2009年4月

ダン
ニューヨークに住む十歳の少年ザックのパパ、ふしぎなことが大好きな小説家 「体をぬけだし空を飛べ!ーザックのふしぎたいけんノート」 ダン・グリーンバーグ著;原京子訳;原ゆたか絵 メディアファクトリー 2008年7月

ダングラール
帆船「ファラオン号」の経理係、のち銀行家 「モンテ・クリスト伯 上下」 アレクサンドル・デュマ作;大友徳明訳 偕成社(偕成社文庫) 2010年10月

ダン・ケイヒル
十四歳のエイミーの弟、めずらしいものをコレクションするのが趣味でいたずら好きの十一歳の少年 「サーティーナイン・クルーズ 1 骨の迷宮」 リック・リオーダン著;小浜杏訳; メディアファクトリー 2009年6月

ダン・ケイヒル
十四歳のエイミーの弟、めずらしいものをコレクションするのが趣味でいたずら好きの十一歳の少年 「サーティーナイン・クルーズ 2 偽りの楽譜」 ゴードン・コーマン著;小浜杏訳 メディアファクトリー 2009年7月

ダン・ケイヒル
十四歳のエイミーの弟、めずらしいものをコレクションするのが趣味でいたずら好きの十一歳の少年 「サーティーナイン・クルーズ 3 奪われた刀」 ピーター・ルランジス著;小浜杏訳; メディアファクトリー 2009年9月

ダン・ケイヒル
十四歳のエイミーの弟、めずらしいものをコレクションするのが趣味でいたずら好きの十一歳の少年 「サーティーナイン・クルーズ 4 死者の伝言」 ジュード・ワトソン著;小浜杏訳; メディアファクトリー 2009年11月

ダン・ケイヒル
名門ケイヒル一族の女当主だったグレースの孫でエイミーの弟、遺産相続人候補となり39の手がかりを探すレースに参加するいたずら好きの11歳 「サーティーナイン・クルーズ 5 闇の包囲網」 パトリック・カーマン著;小浜杏訳;HACCANイラスト メディアファクトリー 2010年2月

ダン・ケイヒル
名門ケイヒル一族の女当主だったグレースの孫でエイミーの弟、遺産相続人候補となり39の手がかりを探すレースに参加するいたずら好きの11歳 「サーティーナイン・クルーズ 6 遠い記憶」 ジュード・ワトソン著;小浜杏訳;HACCANイラスト メディアファクトリー 2010年6月

ダン・ケイヒル
名門ケイヒル一族の女当主だったグレースの孫でエイミーの弟、遺産相続人候補となり39の手がかりを探すレースに参加するいたずら好きの11歳 「サーティーナイン・クルーズ 7 毒蛇の巣窟」 ピーター・ルランジス著;小浜杏訳;HACCANイラスト メディアファクトリー 2010年11月

タンジー
インディアナ州の小さな学校のタフな代理教師、勉強嫌いな少年・ラッセルの姉 「ホーミニ・リッジ学校の奇跡!」 リチャード・ペック著;斎藤倫子訳 東京創元社(sogen bookland) 2008年4月

タンジー姫　たんじーひめ
六人の兄弟からはなれていたくて高い塔のてっぺんにあるにへやにひっこした姫 「プリンセス♡クラブ 3 かいぶつなんてこわくない!?」 スザンヌ・ウィリアムス作;泉リリカ絵;灰島かり訳 ポプラ社 2009年8月

端宗　たんじょん
数えの十七歳という若さで息を引き取った李氏朝鮮の第六代国王 「幼い王様の涙」 イ・ギュヒ文;イ・ジョンギュ絵;高橋宣壽訳 現文メディア(韓国人気童話シリーズ) 2009年3月

ダンテス(モンテ・クリスト伯)　だんてす(もんてくりすとはく)
帆船「ファラオン号」の一等航海士エドモン・ダンテス、婚約披露宴の席上で突然逮捕され囚人となった青年　「モンテ・クリスト伯 上下」アレクサンドル・デュマ作;大友徳明訳　偕成社(偕成社文庫)　2010年10月

ダントラグ・ベンレ
ダークエルフの地下都市で最高位にある貴族ベンレ家の長男、知性をもつ魔剣の剣匠　「ダークエルフ物語 星なき夜」R.A.サルバトーレ著;安田均監訳;笠井道子訳　アスキー・メディアワークス　2009年6月

ダンナ
オオカミおじいちゃんのくらす森を破壊してひともうけしようとたくらむ男　「オオカミ少年ドルフィ2期2 オオカミ森を守れ! 2」パウル・ヴァン・ローン作;西村由美訳;小倉正巳絵　学研教育出版　2009年10月

タンピ
大きなクマのタハマパーの森のなかま、明るいリス　「大きなクマのタハマパー 家をたてるのまき」ハンネレ・フオヴィ作;末延弘子訳;いたやさとし絵　ひさかたチャイルド(SHIRAKABA BUNKO)　2010年3月

【ち】

チェイン
POG商会の護衛剣士、感情欠乏症患者と呼ばれている男　「フューチャーウォーカー 1 彼女は飛ばない」イヨンド作;ホンカズミ訳;金田榮路画　岩崎書店　2010年11月

チェーザレ
16世紀の都レモーラの雄羊区の馬親方・パオロの息子で騎手　「ストラヴァガンザ 星の都 上下」メアリ・ホフマン著;乾侑美子訳　小学館(SUPER!YA)　2010年11月

チェスコ
錬金術師のミーシャの実験室で勉強していた四人グループのひとり、背が高くコンピューターに強い少年　「ルナ・チャイルド4 ニーナと水の迷宮の秘密」ムーニー・ウィッチャー作;荒瀬ゆみこ訳;佐竹美保画　岩崎書店　2008年2月

チェスター・ロールズ
十四歳のウィルの親友で一緒にトンネルを掘り始めた高い身体能力をもつ少年　「トンネル 上下」ロデリック・ゴードン著;ブライアン・ウィリアムズ著;堀江里美訳;田内志文訳　ゴマブックス　2008年1月

チェリル・ヴァンダヴァー
英才教育の公立の実験校であるアストラ校の生徒　「ぼくとく〈ジョージ〉」E.L.カニグズバーグ作;松永ふみ子訳　岩波書店(岩波少年文庫)　2008年1月

チェンジ
オルゴールの中の異世界・ロンド国の魔法使い・ビングが飼っている金の卵をうんだにわとり　「ロンド国物語 6 天空の城」エミリー・ロッダ作;神戸万知訳;水野真帆絵　岩崎書店　2010年3月

チェンジェン
北京の学生だったがモンゴルのオロン草原に下放されて羊飼いとしてはたらく少年　「大草原のちいさなオオカミ」姜戎作;唐亜明訳;関野喜久子訳　講談社　2010年12月

チェン・リー
海賊船ディアブロ号の元船長補佐、海賊アカデミーの教官となった才媛　「ヴァンパイレーツ 3—うごめく野望」ジャスティン・ソンパー作;海後礼子訳　岩崎書店　2009年5月

ちぇん

チェン・リー
海賊船ディアブロ号の元船長補佐、海賊アカデミーの教官となった才媛 「ヴァンパイレーツ 4－剣の重み」 ジャスティン・ソンパー作;海後礼子訳 岩崎書店 2009年8月

チェン・リー
海賊船ディアブロ号の元船長補佐、海賊アカデミーの教官となった才媛 「ヴァンパイレーツ 5－さまよえる魂」 ジャスティン・ソンパー作;海後礼子訳 岩崎書店 2009年12月

チェン・リー
海賊船ディアブロ号の元船長補佐、海賊アカデミーの教官となった才媛 「ヴァンパイレーツ 7 目覚めし者たち」 ジャスティン・ソンパー作;海後礼子訳 岩崎書店 2010年7月

チェン・リー
少年コナーを助けた海賊船ディアブロ号の船長補佐、海賊アカデミー主席卒業の才媛 「ヴァンパイレーツ 1－死の海賊船」 ジャスティン・ソンパー作;海後礼子訳 岩崎書店 2009年2月

チーチー
動物の言葉が話せるお医者さん・ドリトル先生とアフリカへ行ったサル 「ドリトル先生」 ロフティング作;小林みき訳 ポプラ社(ポプラポケット文庫) 2009年9月

チップ・グレイバー
ミネソタ州立大学バスケットボールチームのスター選手、背が低いにもかかわらずチームの要石になっている大学四年生の青年 「ラスト★ショット」 ジョン・ファインスタイン著;唐沢則幸訳 評論社(海外ミステリーBOX) 2010年10月

チベット老人　ちべっとろうじん
ニューヨークのフリーマーケットで恐竜のたまごを少年ザックに売ったチベットから来たおじいさん 「ぼくのペットは恐竜－ザックのふしぎたいけんノート」 ダン・グリーンバーグ著;原京子訳;原ゆたか絵 メディアファクトリー 2008年7月

チポリーノ
玉ねぎ一家の長男の玉ねぎ坊や、無実の罪で牢屋に入れられてしまったチポローネの息子 「チポリーノの冒険」 ジャンニ・ロダーリ作;関口英子訳 岩波書店(岩波少年文庫) 2010年10月

チム
草刈場の気持ちのよい家にすんでいるうさぎのこども 「チム・ラビットのぼうけん」 A．アトリー作;石井桃子訳 童心社 2008年11月

チャイブ
ネコイラン町チュウチュウ通り5番地にすむケーキ屋の主人、ケーキをつくるのが大すきなふとっちょのハツカネズミ 「チャイブとしあわせのおかし(チュウチュウ通り5番地)」 エミリー・ロッダ作;さくまゆみこ訳;たしろちさと絵 あすなろ書房 2010年7月

チャイブ
ハツカネズミのネコイラン町のチュウチュウ通り5番地にあるふとっちょなケーキ屋さん 「チュウチュウ通りのゆかいななかまたち 5番地 チャイブとしあわせのおかし)」 エミリー・ロッダ作;さくまゆみこ訳;たしろちさと画 あすなろ書房 2010年7月

チャスティーン
連合帝国のカッタ皇帝を護衛する有能な女聖騎士、若く純粋でひときわ美しいエルフ 「エバークエスト 連合帝国の興亡」 スチュアート・ウィーク著;R.A.サルバトーレ監修;荒俣宏訳 アスキー・メディアワークス 2008年4月

チャス・マッギル
第二次大戦下イングランド北東部の港町にいた十六歳の少年、砂浜でドイツの潜水艦・Uボートを見た男の子 「水深五尋」 ロバート・ウェストール作;金原瑞人・野沢佳織訳 岩波書店 2009年3月

チャド・ダンフォース
イースト高校バスケットボール部のメンバー、キャプテンのトロイの親友で陽気な少年 「ハイスクール・ミュージカル イースト高校 バンド・バトル」N.B.グレース文;橘もも訳 講談社(ディズニー文庫) 2008年5月

チャド・ダンフォース
イースト高校バスケットボール部のメンバー、キャプテンのトロイの親友で陽気な少年 「ハイスクール・ミュージカル イースト高校 ポエム・コンテスト」アリス・アルフォンシ文;橘もも訳 講談社(ディズニー文庫) 2008年9月

チャド・ダンフォース
イースト高校バスケットボール部のメンバー、キャプテンのトロイの親友で陽気な少年 「ハイスクール・ミュージカル イースト高校 未来の僕たち」N.B.グレース文;橘もも訳 講談社(ディズニー文庫) 2008年11月

チャド・ダンフォース
イースト高校バスケットボール部のメンバー、キャプテンのトロイの親友で陽気な少年 「ハイスクールミュージカル ザ・ムービー」N.B.グレース文;橘もも訳 講談社(ディズニー文庫) 2009年1月

チャド・ダンフォース
イースト高校バスケットボール部のメンバー、キャプテンのトロイの親友で陽気な性格の少年 「ハイスクール・ミュージカル イースト高校 スピリット・ウイーク」キャサリン・ハプカ文;橘もも訳 講談社(ディズニー文庫) 2008年7月

チャ・ヒョンジェ(ヒョンジェ)
いつも両親から勉強勉強と言われている小学四年生、成績が悪いことを気にしている少年 「成績があがる魔法のチョコ」チョンソンラン文;イテホ絵;高橋宣壽翻訳 現文メディア(韓国人気童話シリーズ13) 2010年3月

チャーリー
デヴィッド・ベッカム・アカデミーのサッカー教室に申し込んだ男の子、幸運のグローブをなくしたゴールキーパー 「デヴィッド・ベッカム・アカデミー 3 ちっちゃなヒーロー」トミー・ドンバヴァンド著;かとうりつこ訳 主婦の友社 2010年4月

チャーリー・インガルス
農場の娘・キャロラインが森の奥で出会った少年、バイオリンを弾く男の子 「せせらぎのむこうに」シーリア・ウィルキンス作;ダン・アンドレアセン画;土屋京子訳 福音館書店(世界傑作童話シリーズ) 2008年11月

チャーリー・フレクソン
十二歳のバートと九歳のアーニーの伯父さん、昔オオカミが棲んでいたというウルフ谷にある一軒家で一人で暮らしている男 「ウルフ谷の兄弟」デーナ・ブルッキンズ作;宮下嶺夫訳 評論社(海外ミステリーBOX) 2010年1月

チャーリー・ベンジャミン
悪夢を見るとかならずおそろしい事件がおきるため学校にもいけない十三歳の少年 「ナイトメア・アカデミー 異界からの招待状」ディーン・ローリー著;池内恵訳 主婦の友社 2008年11月

チャーリー・ボーン
芸術専門の寄宿学校「ブルーア学園」の生徒、写真から声や音が聞くことができる十二歳の男の子 「王の森のふしぎな木(チャーリー・ボーンの冒険5)」ジェニー・ニモ作;田中薫子訳;ジョン・シェリー絵 徳間書店 2008年1月

チャールズ
ウィスコンシン州の森からインディアン居留地の大草原に移住したインガルス一家の主 「大草原の小さな家」ローラ・インガルス・ワイルダー作;足沢良子訳 草炎社(大草原の小さな家) 2008年7月

ちゃる

チャールズ・インガルス
故郷のコンコードで学校の先生になったキャロラインの幼なじみで農場を開拓している男 「二人の小さな家」 シーリア・ウィルキンズ作;ダン・アンドレイアセン画;土屋京子訳 福音館書店(世界傑作童話シリーズ) 2010年6月

チャールズ・ベガ
インテリアデザイナー、オリビアとアイビーの実の父 「バンパイアガールズ no.4 吸血鬼のプレゼント!」 シーナ・マーサー作;田中亜希子訳 理論社 2010年1月

チャン・ハンナ
会社の社長の娘、英語が得意でかわいらしい顔をしているがいじわるな性格の四年生の少女 「お父さんみたいになりたいな」 イ・ブン文;イ・ウンギ絵;榊原咲月訳 現文メディア(韓国人気童話シリーズ) 2009年12月

チャンプ
少年ライリーにひきとられたショードッグのチャンピオン犬、交通事故で片方の前脚を失ったボーダーコリー 「チャンプ 風になって走れ!」 マーシャ・ソーントン・ジョーンズ作;もきかずこ訳;鴨下潤絵 あかね書房(スプラッシュ・ストーリーズ) 2008年5月

チューズデー
万物の創造主の不誠実な七人の管財人のうちの一人、背の高い冷酷な男 「王国の鍵2 地の底の火曜日」 ガース・ニクス著;原田勝訳 主婦の友社 2009年8月

チューリップ
おてんば魔女ハギー・アギーがかようスポーツ教室で友だちになった人間の女の子 「おてんば魔女パジャマパーティーで人気者!?－魔女ネコ日記3」 ハーウィン・オラム作;サラ・ウォーバートン絵;田中亜希子訳 ポプラ社 2008年10月

チョ・ウンジェ(ウンジェ)
十六歳の女の子、部屋に亡くなったおばあちゃんが現れておどろいた孫娘 「ゴーストばあちゃん」 チェミンギョン文;梅澤美貴訳 現文メディア 2010年3月

チョークさん
オオカミ人間が大きらいで前にドルフィをつかまえたことがあるおばあさん 「オオカミ少年ドルフィ2期3 恐ろしい三つ子1」 パウル・ヴァン・ローン作;西村由美訳;小倉正巳絵 学研教育出版 2010年1月

チョークさん
オオカミ人間が大きらいで前にドルフィをつかまえたことがあるおばあさん 「オオカミ少年ドルフィ2期4 恐ろしい三つ子2」 パウル・ヴァン・ローン作;西村由美訳;小倉正巳絵 学研教育出版 2010年1月

チリ
空からおっこちてきてまいごになった雲のひつじ 「空からきたひつじ」 フレート・ロドリアン作;ヴェルナー・クレムケ絵;たかはしふみこ訳 徳間書店 2010年3月

【つ】

ツァップ
北海に迷いこんでしまったイルカの家族の子ども、フィッツのきょうだい 「動物と話せる少女リリアーネ3 イルカ救出大作戦!」 タニヤ・シュテーブナー著;中村智子訳;駒形イラスト 学研教育出版 2010年12月

ツォディク
一八八一年の英国で犯罪を組織化しておこなっていた黒幕の男 「井戸の中の虎 上下 サリー・ロックハートの冒険」 フィリップ・プルマン著;山田順子訳 東京創元社(sogen bookland) 2010年11月

月の顔　つきのかお
少年トビーを兄のように慕う草原の民の少年「トビー・ロルネス 3 エリーシャの瞳」ティモテ・ド・フォンベル作;フランソワ・プラス画;伏見操訳　岩崎書店　2009年2月

月の精　つきのせい
ヒーリヴォリ村の山の頂上にねむる百年に一度目をさます生き物「カエデ騎士団と月の精」リーッカ・ヤンッティ作;末延弘子訳　評論社（児童図書館・文学の部屋）　2010年9月

月姫　つきひめ
月の魔法の使い手、不老不死の仙人・何仙姑の弟子「天空の少年ニコロ1 消えた龍王の謎」カイ・マイヤー著;遠山明子訳;佐竹美保画　あすなろ書房　2010年2月

ツパイ・ホワイト
ニュージーランド・オークランドの中学に通う少年、フィザーの親友「盗まれたコカ・コーラ伝説」ブライアン・フォークナー作;三辺律子訳　小学館　2010年4月

ツバメ
高い円柱の上に立つ金ぱくでおおわれたた王子の像に使いをたのまれたツバメ「幸せな王子」オスカー・ワイルド作;天川佳代子訳　ポプラ社（ポプラポケット文庫）　2008年11月

ツバメ
南に渡れずにリスの家で冬を越すことになったツバメ「リスとツバメ」マリア=ヴオリオ作;ミカ=ラウニス絵;末延弘子訳　講談社　2010年4月

【て】

デア
人間に夢を配達するドリームライダーの訓練生のハーリーの幼なじみ、ひとりで人間界を飛びまわり夢の材料をあつめている男の子「ドリーム☆チーム 3」アン・コバーン作;伊藤菜摘子訳;山本ルンルン絵　偕成社　2009年2月

デ・アンブロジイース教授　であんぶろじいーすきょうじゅ
もと宮廷の星占い師、自分は魔術師で魔法が使えるといっている教授「シチリアを征服したクマ王国の物語」ディーノ・ブッツァーティ作;天沢退二郎;増山暁子訳　福音館書店（福音館文庫）　2008年5月

ティア
フェアリーランドの花の妖精のひとり、チューリップの妖精「チューリップの妖精（フェアリー）ティア（レインボーマジック）」デイジー・メドウズ作;田内志文訳　ゴマブックス　2009年2月

ティアナ
アメリカ南部のニューオーリンズでレストランをひらくことを夢見る少女「プリンセスと魔法のキス」アイリーン・トリンブル作;倉田真木訳　偕成社（ディズニーアニメ小説版）　2010年2月

ティアナ
暗闇の森に住む妖精、王立ビースト愛護協会で暮らすオオカミ男の少年・ウルフの親友「ビースト☆レスキュー 1 王立ビースト愛護協会」ビーストリー・ボーイズ著;中井はるの訳;亜沙美画　金の星社　2009年11月

ティアナ
暗闇の森に住む妖精、王立ビースト愛護協会で暮らすオオカミ男の少年・ウルフの親友「ビースト☆レスキュー 2 恐怖のビースト晩餐会」ビーストリー・ボーイズ著;中井はるの訳;亜沙美画　金の星社　2010年2月

てぃあ

ティアナ
暗闇の森に住む妖精、王立ビースト愛護協会で暮らすオオカミ男の少年・ウルフの親友 「ビースト☆レスキュー 3 禁断のビースト狩り」ビーストリー・ボーイズ著;中井はるの訳;亜沙美画　金の星社　2010年7月

ティアナ
暗闇の森に住む妖精、王立ビースト愛護協会で暮らすオオカミ男の少年・ウルフの親友 「ビースト☆レスキュー 4 幻のジャングル・ビースト」ビーストリー・ボーイズ著;中井はるの訳;亜沙美画　金の星社　2010年11月

ティエリー
一日ひとつなんでも注文したものがただでもらえる〈なんでもただ会社〉に電話した男の子 「なんでもただ会社」ニコラ・ド・イルシング作;末松氷海子訳　日本標準(シリーズ本のチカラ)　2008年4月

ティーグ
イギリス海軍に追いかけられている海賊、バーナクル号の船長・ジャックの父親　「パイレーツ・オブ・カリビアンジャック・スパロウの冒険 10 父の罪」ロブ・キッド著;ジャン=ポール・オルピナス絵;ホンヤク社訳　講談社　2008年3月

ティコ・バルタリン
バルタリン一族の鍛冶士　「ミラート年代記3 シルマオの聖水」ラルフ・イーザウ著;酒寄進一訳;佐竹美保画　あすなろ書房　2010年4月

ティジー
フランバーズ屋敷の長男マークが召使いに産ませた六歳の男の子、未亡人クリスチナの養子　「フランバーズ屋敷の人びと 3 めぐりくる夏」K.M.ペイトン作;掛川恭子訳　岩波書店(岩波少年文庫)　2009年11月

デイジー
トゥレヒター特別学校に通うおとなしく素直な少女　「コブタのしたこと」ミレイユ・ヘウス著;野坂悦子訳　あすなろ書房　2010年1月

デイジー
「ジャックと豆の木」のお話しをきいて巨人くんが大すきになった女の子　「デイジーのおさわがせ巨人くん(いたずらデイジーの楽しいおはなし)」ケス・グレイ作;ニック・シャラット＋ギャリー・パーソンズ絵;吉上恭太訳　小峰書店　2010年3月

デイジー
「パピークラブ」の少女ケイトリンの本物の子犬に変身することがあるヨークシャーテリアのぬいぐるみ　「ミステリー・パピークラブ 2 消えた名画をさがせ!」ジョディー・メラー作;もん訳　PHP研究所　2009年9月

デイジー
イギリスの小学生、まいにちこまっちゃうことがおこる女の子　「デイジーのこまっちゃうまいにち(いたずらデイジーの楽しいおはなし)」ケス・グレイ作;ニック・シャラット絵;ギャリー・パーソンズ絵;吉上恭太訳　小峰書店　2010年1月

デイジー
リトルフラワー・タウンにすむ妖精、花をそだてるのがとくいな女の子　「妖精フェリシティ 9 ぴかぴか大へんしん」エマ・トムソン作・絵;神戸万知訳　岩崎書店　2010年1月

デイジー
花の妖精をめざしてたくさん花をそだてている妖精の女の子、妖精フェリシティのともだち　「妖精フェリシティ 1 ときめきおしゃれクラブ」エマ・トムソン作;ヘレン・ベイリー作;エマ・トムソン絵;神戸万知訳;　岩崎書店　2008年8月

デイジー
花の妖精をめざしてたくさん花をそだてている妖精の女の子、妖精フェリシティのともだち 「妖精フェリシティ2 ハラハラ遊園地」 エマ・トムソン作;ヘレン・ベイリー作;エマ・トムソン絵;神戸万知訳; 岩崎書店 2008年8月

デイジー
花の妖精をめざしてたくさん花をそだてている妖精の女の子、妖精フェリシティのともだち 「妖精フェリシティ3 ルンルン大そうじ」 エマ・トムソン作;ヘレン・ベイリー作;エマ・トムソン絵;神戸万知訳; 岩崎書店 2008年11月

デイジー
花の妖精をめざしてたくさん花をそだてている妖精の女の子、妖精フェリシティのともだち 「妖精フェリシティ4 ヒヤヒヤレストラン」 エマ・トムソン作;ヘレン・ベイリー作;エマ・トムソン絵;神戸万知訳; 岩崎書店 2008年11月

デイジー
花の妖精をめざしてたくさん花をそだてている妖精の女の子、妖精フェリシティのともだち 「妖精フェリシティ5 ゴーゴーバカンス」 エマ・トムソン作・絵;神戸万知訳 岩崎書店 2009年2月

デイジー
花の妖精をめざしてたくさん花をそだてている妖精の女の子、妖精フェリシティのともだち 「妖精フェリシティ6 わくわくねがいごと」 エマ・トムソン作・絵;神戸万知訳 岩崎書店 2009年5月

デイジー
花の妖精をめざしてたくさん花をそだてている妖精の女の子、妖精フェリシティのともだち 「妖精フェリシティ7 バイバイチョコレート」 エマ・トムソン作・絵;神戸万知訳 岩崎書店 2009年9月

デイジー
花の妖精をめざしてたくさん花をそだてている妖精の女の子、妖精フェリシティのともだち 「妖精フェリシティ8 うきうきコンクール」 エマ・トムソン作・絵;神戸万知訳 岩崎書店 2009年11月

デイジー
色々な映画に出演しているゆうめいな映画スター、ケーキ屋のチャイブが学校のときにあこがれていた美しいネズミの娘 「チャイブとしあわせのおかし(チュウチュウ通り5番地)」 エミリー・ロッダ作;さくまゆみこ訳;たしろちさと絵 あすなろ書房 2010年7月

デイジー
誕生日のお楽しみに大のなかよしをさそって動物園にいく八歳の女の子 「デイジーのおおさわぎ動物園(いたずらデイジーの楽しいおはなし)」 ケス・グレイ作;ニック・シャラット＋ギャリー・パーソンズ絵;吉上恭太訳 小峰書店 2010年2月

ティタニア女王　ていたにあじょおう
妖精の国・フェアリーランドのお城に住む妖精の女王 「バラの妖精(フェアリー)エラ(レインボーマジック)」 デイジー・メドウズ作;田内志文訳 ゴマブックス 2009年6月

ディック・ウィッティントン
猫のウィッティントンが動物たちに語った物語の登場人物、ロンドンの貿易商 「ウィッティントン」 アラン・アームストロング作;S.D.シンドラー絵;もりうちすみこ訳 さ・え・ら書房 2009年11月

ディック・ライト
かつてフランバーズ屋敷で馬丁をしていた青年 「フランバーズ屋敷の人びと3 めぐりくる夏」 K.M.ペイトン作;掛川恭子訳 岩波書店(岩波少年文庫) 2009年11月

ディック・ライト
フランバーズ屋敷の使用人、屋敷の主人クリスチナと再婚した男 「フランバーズ屋敷の人びと 4,5 愛ふたたび（上下）」K.M.ペイトン作;掛川恭子訳 岩波書店（岩波少年文庫） 2009年12月

ディック・ライト
フランバーズ屋敷の心やさしい馬丁、十五歳くらいの少年 「フランバーズ屋敷の人びと 1 愛の旅だち」K.M.ペイトン作;掛川恭子訳 岩波書店（岩波少年文庫） 2009年9月

ディッパー（ルイ・アームストロング）
ニューオリンズに住む十四歳の少年、将来「ジャズの王様」と呼ばれる人 「嵐の夜の幽霊海賊」メアリー・ポープ・オズボーン著;食野雅子訳 メディアファクトリー（マジック・ツリーハウス28） 2010年6月

ティティ・ウォーカー
ウォーカー家四きょうだいの次女、帆船ツバメ号のAB船員 「ツバメ号とアマゾン号 上下」アーサー・ランサム作;神宮輝夫訳 岩波書店（岩波少年文庫） 2010年7月

ティナー
学校でトレバーと「TT」とコンビで呼ばれている頭がいい少女 「すっとび犬指名手配」ジェレミー・ストロング作;岡本浜江訳;矢島眞澄絵 文研出版（文研ブックランド） 2008年1

ティナ・アミュモネ
「アリピウム」の王のために戦ったエレックにファンレターを書いた少女 「エレック・レックス 2 闇の王子の誕生」カザ・キングスレイ著;服部千佳子訳;上川典子訳 エンターブレイン 2008年3月

ディニン・ドゥアーデン
異父弟ドリッズトのために滅亡したダークエルフの貴族・ドゥアーデン家の生き残り、優れた剣士で冷酷な男 「ダークエルフ物語 ドロウの遺産」R.A.サルバトーレ著;安田均監訳;笠井道子訳 アスキー・メディアワークス 2008年11月

ディネオ
南アフリカの黒人居留地に住むもうすぐ十三歳の子・ディネオの妹、重い病気の赤ん坊 「ヨハネスブルクへの旅」ビヴァリー・ナイドゥー作;もりうちすみこ訳;橋本礼奈画 さ・え・ら書房 2008年4月

ディーバ・リーシャム
親友のザナと異世界「裏ロンドン」に紛れ込んでしまった十二歳の少女 「アンランダン 上 ザナと傘飛び男の大冒険」チャイナ・ミエヴィル著;内田昌之訳 河出書房新社 2010年8月

ディーバ・リーシャム
裏ロンドンで敵のスモッグと戦うことになった十二歳の少女 「アンランダン 下 ディーバとさかさま銃の大逆襲」チャイナ・ミエヴィル著;内田昌之訳 河出書房新社 2010年8月

ティバルトさん（ネコばあさん）
みすぼらしい家で六十七匹のネコといっしょに住んでいるおばあさん 「ニック・シャドウの真夜中の図書館 4 ネコばあさん」ニック・シャドウ著;上川典子訳 ゴマブックス 2008年6月

デイビー
六つになるドーラの双子の兄、プリンスエドワード島で暮らすマリラにひきとられた孤児 「アンの青春」L・M・モンゴメリ作;村岡花子訳;HACCAN画 講談社（青い鳥文庫） 2009年9月

デイビッド
「マック動物病院」で働く五人の子どもボランティアのひとり、やる気はあるがついドジな失敗をしてしまう少年 「ヤケンな野良猫王国（マック動物病院ボランティア日誌）」ローリー・ハルツ・アンダーソン作;中井はるの訳;藤丘ようこ画 金の星社 2009年9月

デイビッド
「マック動物病院」で働く五人の子どもボランティアのひとり、やる気はあるがついドジな失敗をしてしまう少年 「セラピー犬からのおくりもの(マック動物病院ボランティア日誌)」 ローリー・ハルツ・アンダーソン作;中井はるの訳;藤丘ようこ画　金の星社　2009年12月

デイビッド
「マック動物病院」で働く五人の子どもボランティアのひとり、やる気はあるがついドジな失敗をしてしまう少年 「悪徳子犬ブリーダーをさがせ(マック動物病院ボランティア日誌)」 ローリー・ハルツ・アンダーソン作;中井はるの訳;藤丘ようこ画　金の星社　2009年8月

デイビッド
マック動物病院のボランティアをしている人を笑わすことが得意な男の子 「マック動物病院ボランティア日誌　逃げおくれた猫を救え」 ローリー・ハルツ・アンダーソン作;中井はるの訳;藤丘ようこ画　金の星社　2010年3月

デイヴィッド・バーナード・ヤッフェ
あやまってガールフレンドを死なせてしまった男子高生、ケンブリッジのいとこの家で高校生活をやりなおそうとしていた少年 「危険ないとこ」 ナンシー・ワーリン作;越智道雄訳　評論社(海外ミステリーBOX)　2010年7月

デイビッド・リンパート
母親の死をきっかけに祖母の家で暮らしはじめたがかたく心を閉ざしている九歳の少年 「Eggs」 ジェリー・スピネッリ作;千葉茂樹訳　理論社　2009年7月

デイブ
将来コメディアンになりたい思っているダンスがじょうずな少年 「ゴーゴー・ジョージア2 男の子ってわかんない!!」 ルイーズ・レニソン作;尾高薫訳　理論社　2009年4月

ティファート先生　てぃふぁーとせんせい
吸血鬼になった少女・レインが通う高校の教師、吸血鬼を監視するスレイヤー株式会社の幹部 「ヴァンパイア・キス―レインの挑戦」 マリ・マンクーシ著;笠井道子訳　小学館(小学館ルルル文庫)　2009年2月

ティファート先生　てぃふぁーとせんせい
吸血鬼になりたがっている少女・レインが通う高校の教師、吸血鬼を監視するスレイヤー株式会社の幹部 「ヴァンパイア・キス―レインの恋」 マリ・マンクーシ著;笠井道子訳　小学館(小学館ルルル文庫)　2008年12月

ティファニー・アンドルーズ
ランプの精のごしゅじんさまのアリのクラスメイト、モンゴメリー小学校に通ういじわるな四年生の少女 「ランプの精リトル・ジーニー 8 アイドルにドキドキ!」 ミランダ・ジョーンズ作;宮坂宏美訳;サトウユカ絵　ポプラ社　2008年4月

ティファニー・エイキング
見習い魔女として奉公に出ることになった11歳の少女 「見習い魔女ティファニーと懲りない仲間たち」 テリー・プラチェット著;冨永星訳　あすなろ書房　2010年6月

ティボー・ド・シャトー・ユルラン
アンカルタ星の王国の王女ペギー・スーの婚約者、王国の乗っ取りを企んでいる若い貴族 「ペギー・スー 10魔法の星の嫌われ王女」 セルジュ・ブリュソロ著;金子ゆき子訳;町田尚子絵　角川書店　2009年2月

ティボー・ド・シャトー・ユルラン
アンカルタ星の王国の乗っ取りを企む貴族、王女ペギー・スーの元婚約者 「ペギー・スー 11呪われたサーカス団の神さま」 セルジュ・ブリュソロ著;金子ゆき子訳;町田尚子絵　角川書店　2010年7月

てぃみ

ティミー
いっしょにくらす親友・ドルフィがオオカミ少年だと知った八歳の男の子 「オオカミ少年ドルフィ1期1 はじまりの夜1」 パウル・ヴァン・ローン作;西村由美訳;小倉正巳絵 学研 2009年1月

ティミー
オオカミ少年になってしまった親友・ドルフィとくらしている八歳の男の子 「オオカミ少年ドルフィ1期2 はじまりの夜2」 パウル・ヴァン・ローン作;西村由美訳;小倉正巳絵 学研 2009年1月

ティミー
夏休みにアルデンヌ地方の別荘に家族のドルフィたちときた男の子 「オオカミ少年ドルフィ2期5 オオカミ人間のひみつ1」 パウル・ヴァン・ローン作;西村由美訳;小倉正巳絵 学研教育出版 2010年4月

ティミー
夏休みにアルデンヌ地方の別荘に家族のドルフィたちときた男の子 「オオカミ少年ドルフィ2期6 オオカミ人間のひみつ2」 パウル・ヴァン・ローン作;西村由美訳;小倉正巳絵 学研教育出版 2010年4月

ティミー
自分の家に親友のオオカミ少年・ドルフィといっしょにくらしている四年生の少年 「オオカミ少年ドルフィ1期5 銀のわな1」 パウル・ヴァン・ローン作;西村由美訳;小倉正巳絵 学研 2009年7月

ティミー
小学四年生、満月になるとオオカミ少年になる親友・ドルフィとくらしている男の子 「オオカミ少年ドルフィ1期4 満月の夜2」 パウル・ヴァン・ローン作;西村由美訳;小倉正巳絵 学研 2009年4月

ティミー
小学四年生、満月になるとオオカミ少年になる親友・ドルフィとくらしている男の子 「オオカミ少年ドルフィ2期1 オオカミ森を守れ！1」 パウル・ヴァン・ローン作;西村由美訳;小倉正巳絵 学研教育出版 2009年10月

ティミー
小学四年生、満月になるとオオカミ少年になる親友・ドルフィとくらしている男の子 「オオカミ少年ドルフィ2期2 オオカミ森を守れ！2」 パウル・ヴァン・ローン作;西村由美訳;小倉正巳絵 学研教育出版 2009年10月

ティミー
小学四年生、満月になるとオオカミ少年になる親友・ドルフィとくらしている男の子 「オオカミ少年ドルフィ2期3 恐しい三つ子1」 パウル・ヴァン・ローン作;西村由美訳;小倉正巳絵 学研教育出版 2010年1月

ティミー
親友であり家族であるドルフィが詐欺師につれていかれ助けに行った四年生の男の子 「オオカミ少年ドルフィ1期6 銀のわな2」 パウル・ヴァン・ローン作;西村由美訳;小倉正巳絵 学研 2009年7月

ティム・ダイヤモンド
ロンドンで私立探偵をしている男、13歳の少年・ニックの兄 「ダイヤモンドブラザーズ ケース1 危険なチョコボール」 アンソニー・ホロヴィッツ作;金原瑞人訳;藤倉麻子絵 文溪堂 2009年1月

ティム・ダイヤモンド
ロンドンで私立探偵をしている男、13歳の少年・ニックの兄 「ダイヤモンドブラザーズ ケース2 裏切りのクジャク」 アンソニー・ホロヴィッツ作;金原瑞人訳;藤倉麻子絵 文溪堂 2009年2月

ティム・ダイヤモンド
ロンドンで私立探偵をしている男、14歳の少年・ニックの兄 「ダイヤモンドブラザーズ ケース3 逆転のオークション」 アンソニー・ホロヴィッツ作;金原瑞人・天川佳代子訳;藤倉麻子絵 文溪堂 2009年2月

ティム・ダイヤモンド
ロンドンで私立探偵をしている男、14歳の少年・ニックの兄 「ダイヤモンドブラザーズ ケース4 空とぶフランス菓子」 アンソニー・ホロヴィッツ作;樋渡正人訳;藤倉麻子絵 文溪堂 2009年3月

ティム・ダイヤモンド
ロンドンで私立探偵をしている男、14歳の少年・ニックの兄 「ダイヤモンドブラザーズ ケース5 禁断のクロコダイル」 アンソニー・ホロヴィッツ作;西田登訳;藤倉麻子絵 文溪堂 2009年3月

ティムール
14世紀の中央アジアに巨大な帝国・ティムール国をきずきあげた男、征服者 「ティムール国のゾウ使い」 ジェラルディン・マコックラン作;こだまともこ訳 小学館 2010年3月

テイラー・ブキャナン(サクラソウ)
細かいことに目がとどき謎を解く力をもつフェアリー、杖は小さな黒いカラスのはね 「NEW フェアリーズ 秘密の妖精たち4 サクラソウと魔法の玉」 J.H.スイート作;津森優子訳;唐橋美奈子絵 文溪堂 2010年11月

テイラー・マッカーシー
イースト高校化学部部長、真面目で頭がよく物事をはっきり言う性格の少女 「ハイスクール・ミュージカル イースト高校 スピリット・ウイーク」 キャサリン・ハプカ文;橘もも訳 講談社(ディズニー文庫) 2008年7月

テイラー・マッカーシー
イースト高校化学部部長、真面目で頭がよく物事をはっきり言う性格の少女 「ハイスクール・ミュージカル イースト高校 バンド・バトル」 N.B.グレース文;橘もも訳 講談社(ディズニー文庫) 2008年5月

テイラー・マッカーシー
イースト高校化学部部長、真面目で頭がよく物事をはっきり言う性格の少女 「ハイスクール・ミュージカル イースト高校 ポエム・コンテスト」 アリス・アルフォンシ文;橘もも訳 講談社(ディズニー文庫) 2008年9月

テイラー・マッカーシー
イースト高校化学部部長、真面目で頭がよく物事をはっきり言う性格の少女 「ハイスクール・ミュージカル イースト高校 未来の僕たち」 N.B.グレース文;橘もも訳 講談社(ディズニー文庫) 2008年11月

テイラー・マッカーシー
イースト高校化学部部長、真面目で頭がよく物事をはっきり言う性格の少女 「ハイスクールミュージカル ザ・ムービー」 N.B.グレース文;橘もも訳 講談社(ディズニー文庫) 2009年1月

ディラン
「パピークラブ」の少女ミーガンの飼い犬、黒いラブラドールの子犬 「ミステリー・パピークラブ 2 消えた名画をさがせ!」 ジョディー・メラー作;もん訳 PHP研究所 2009年9月

ティリー
サーフボードホウキで飛びまわるまじょ、にこにこがおからもどらなくなってしまったいじわるでおそろしいハロウィーンの女王 「ハロウィーンのまじょティリー」 ドン・フリーマン作;なかがわちひろ訳 BL出版 2008年9月

ている

ティルダ
おしゃれがだいすきなルーシーの永遠の親友、オランダからの転入生でおしゃれに無関心なおとなしい少女 「ファッション・ガールズ 1 おしゃれに大変身!」ケリー・マケイン作;小竹由美子訳;魚住あお絵 ポプラ社 2009年7月

ティルダ
おしゃれがだいすきなルーシーの永遠の親友、クラスメイトのルーシーのおかげでおしゃれにイメージチェンジできた少女 「ファッション・ガールズ 2 デザイン・コンテストにちょうせん!」ケリー・マケイン作;小竹由美子訳;魚住あお絵 ポプラ社 2009年10月

ティルダ(マティルダ・ジェイン)
ファッションデザイナーを目指すルーシーのBFF(ベスト・フレンズ・フォーエバー)、半分オランダ人でお父さんしかいない女の子 「ファッション・ガールズ 3 ときめきのアイドル・バンド結成!」ケリー・マケイン作;小竹由美子訳;魚住あお画 ポプラ社 2010年2月

ティルダ(マティルダ・ジェイン)
ファッションデザイナーを目指すルーシーのBFF(ベスト・フレンズ・フォーエバー)、半分オランダ人でお父さんしかいない女の子 「ファッション・ガールズ 4 まさかの映画デビュー!」ケリー・マケイン作;小竹由美子訳;魚住あお画 ポプラ社 2010年6月

ディレッタ
ゾーエが通うバレエ学校の新入生、ゾーエの家に下宿することになったおしゃべりでめだちたがり屋の女の子 「バレエ・アカデミア 6 バレリーナのおきゃくさま」ベアトリーチェ・マジーニ作;長野徹訳 ポプラ社 2008年10月

ティロ
南アフリカの黒人居留地に住む男の子、もうすぐ十三歳の女の子・ナレディの弟 「ヨハネスブルクへの旅」ビバリー・ナイドゥー作;もりうちすみこ訳;橋本礼奈画 さ・え・ら書房 2008年4月

ティン
タイの北部の工場ではたらく15歳の女の子、11歳の少女・ノイの姉さん 「シルクの花」キャロリン・マースデン作;代田亜香子訳 鈴木出版(鈴木出版の海外児童文学) 2008年3月

ティンカー・ベル
ネバーランドの島の奥深くにある妖精の谷のピクシー・ホロウに誕生した妖精 「ティンカー・ベル」キンバリー・モリス作;橘高弓枝訳 偕成社(ディズニーアニメ小説版) 2008年12月

ティンカー・ベル
妖精の谷のピクシー・ホロウに住むものづくりの妖精、テレンスの親友 「ティンカー・ベルと月の石」キンバリー・モリス作;橘高弓枝訳 偕成社(ディズニーアニメ小説版) 2009年12月

ティンカー・ベル(ティンク)
なべやフライパンなど金ものならなんでも直すことができる金もの修理の妖精 「イリデッサとティンクの大冒険」リサ・パパディメトリュー作;小宮山みのり訳 講談社(ディズニーフェアリーズ文庫) 2008年6月

ティンカー・ベル(ティンク)
ネバーランドにある妖精の谷・ピクシー・ホロウに住むフライパンなどをなおす金もの修理の妖精 「毎日がミステリー」ゲイル・ヘルマン作;小宮山みのり訳 講談社(ディズニーフェアリーズ文庫) 2009年11月

ティンカー・ベル(ティンク)
ネバーランドのピクシー・ホロウに住む好奇心の強いものづくりの妖精 「ティンカー・ベルと妖精の家」キンバリー・モリス作;橘高弓枝訳 偕成社(ディズニーアニメ小説版) 2010年12月

ティンカー・ベル（ティンク）
魔法の島ネバーランドの妖精の谷ピクシー・ホロウにやってきた新しいものづくりの妖精 「ティンカー・ベル」 キンバリー・モリス文;小宮山みのり構成・訳 講談社(ディズニーフェアリーズ) 2008年12月

ティンカー・ベル（ティンク）
夢と冒険の島ネバーランドの妖精 「ピーター・パンとウェンディ」 ジェームズ・マシュー・バリ作;高杉一郎訳 講談社(青い鳥文庫) 2010年11月

ティンク
なべやフライパンなど金ものならなんでも直すことができる金もの修理の妖精 「イリデッサとティンクの大冒険」 リサ・パパディメトリュー作;小宮山みのり訳 講談社(ディズニーフェアリーズ文庫) 2008年6月

ティンク
ネバーランドにある妖精の谷・ピクシー・ホロウに住むフライパンなどをなおす金もの修理の妖精 「毎日がミステリー」 ゲイル・ヘルマン作;小宮山みのり訳 講談社(ディズニーフェアリーズ文庫) 2009年11月

ティンク
ネバーランドのピクシー・ホロウに住む好奇心の強いものづくりの妖精 「ティンカー・ベルと妖精の家」 キンバリー・モリス作;橘高弓枝訳 偕成社(ディズニーアニメ小説版) 2010年12月

ティンク
魔法の島ネバーランドの妖精の谷ピクシー・ホロウにやってきた新しいものづくりの妖精 「ティンカー・ベル」 キンバリー・モリス文;小宮山みのり構成・訳 講談社(ディズニーフェアリーズ) 2008年12月

ティンク
夢と冒険の島ネバーランドの妖精 「ピーター・パンとウェンディ」 ジェームズ・マシュー・バリ作;高杉一郎訳 講談社(青い鳥文庫) 2010年11月

ティン・パン・アレイ
パドローネのもとで働きニューヨークの街角でトライアングルを演奏していた少年 「マルベリーボーイズ」 ドナ・ジョー・ナポリ作;相山夏奏訳 偕成社 2009年11月

ディンペルモーザー氏（巡査部長）　でぃんぺるもーざーし（じゅんさぶちょう）
大どろぼうホッツェンプロッツを留置場から逃してしまった巡査部長 「大どろぼうホッツェンプロッツふたたびあらわる」 プロイスラー作;トリップ絵;中村浩三訳 偕成社(ドイツのゆかいな童話) 2010年10月

テオ
ウェストマーク王国執政官で女王の婚約者、隣国レギア王国に侵攻された後は女王とともに反カバルス運動を指導している若者 「ウェストマーク戦記 3 マリアンシュタットの嵐」 ロイド・アリグザンダー作;宮下嶺夫訳 評論社 2008年11月

テオ
ウェストマーク王国女王の婚約者、もと印刷屋の見習い工で隣国レギア王国の侵略に抗して戦った若者 「ウェストマーク戦記 2 ケストレルの戦争」 ロイド・アリグザンダー作;宮下嶺夫訳 評論社 2008年11月

テオ
印刷屋の見習い工で雑用係、ある事件をきっかけに流浪の身となった少年 「ウェストマーク戦記 1 王国の独裁者」 ロイド・アリグザンダー作;宮下嶺夫訳 評論社 2008年11月

テオ
庭がないアパートにひっこしたおじいちゃんとベランダに庭をつくることにした女の子 「おじいちゃんとテオのすてきな庭」 アンドリュー・ラーセン文;アイリーン・ルックスバーカー絵;みはらいずみ訳 あすなろ書房 2009年10月

てオバルト伯父　てオばるとおじ
ウィーンの議員、ヴァイオリンを愛する少女テレジアの伯父 「消えたヴァイオリン」 スザンヌ・ダンラップ著;西本かおる訳 小学館(SUPER!YA) 2010年8月

テオバルト・ヴォルケンシュタイン(テオバルト伯父)　てオばるとぼるけんしゅたいん(てオばるとおじ)
ウィーンの議員、ヴァイオリンを愛する少女テレジアの伯父 「消えたヴァイオリン」 スザンヌ・ダンラップ著;西本かおる訳 小学館(SUPER!YA) 2010年8月

テーガス
アバンティア王国を守っていたが呪いをかけられ凶暴化してしまった六匹の伝説のビーストの一匹、馬人 「ビースト・クエスト 4 馬人テーガス」 アダム・ブレード作;浅尾敦則訳 ゴマブックス 2008年2月

テガス王　てがすおう
ソング・フォー・エベラ国の若き王、隣国のサレン姫の婚約者 「ふたりのプリンセス」 シャノン・ヘイル作;代田亜香子訳 小学館 2010年5月

デクスター・ジョーンズ
バンドのリードボーカル、十八歳のレミーと運命で結ばれていると断言するミュージシャンの少年 「愛のうたをききたくて」 サラ・デッセン作;おびかゆうこ訳 徳間書店 2008年7月

デクスター船長　でくすたーせんちょう
半世紀もの間船に乗っているベテランの老漁師 「少年探偵団ザ・スリー6 密輸業者の島」 ウルフ・ブランク作;イムケ・シュターツ絵;加納教孝訳 草土文化 2008年12月

テス・タイラー
歌手を目指す若者たちの合宿・キャンプ・ロックの参加者、有名歌手のわがままな娘 「キャンプ・ロック ミッチー輝く私を探して!」 ルーシー・ラグルス文;金津泰輔訳 講談社(ディズニー文庫) 2009年1月

テッサ・スコット
死ぬ前にしたいことのリストをつくり実行にうつしていった末期癌におかされた十六歳の少女 「16歳。死ぬ前にしてみたいこと」 ジェニー・ダウンハム著;代田亜香子訳 PHP研究所 2008年10月

テッド
第2次大戦直後のイギリスのオタバリ市に住む少年 「オタバリの少年探偵たち」 セシル・デイ・ルイス作;脇明子訳 岩波書店(岩波少年文庫) 2008年9月

テディ・ルーズベルト
「テディ」の愛称で親しまれたアメリカの大統領 「わすれんぼライリー、大統領になる!」 クラウディア・ミルズ文;R.W.アリー絵;三辺律子訳 あすなろ書房 2008年12月

デーナ・スミス
英国情報局の指揮下にある秘密組織「チェラブ」の部員、仲間たちとカルト教団への潜入を試みた十五歳の少年 「チェラブ Mission5 マインド・コントロール」 ロバート・マカモア作;大澤晶訳 ほるぷ出版 2009年10月

デニス
フィザー少年が通う棒術道場の師、なんでもこなすアスリート 「盗まれたコカ・コーラ伝説」 ブライアン・フォークナー作;三辺律子訳 小学館 2010年4月

デービー(ビリビリ)
転校してきたばかりでいじめっ子の標的になったピーナッツアレルギーがある男の子 「雲じゃらしの時間」 マロリー・ブラックマン作;千葉茂樹訳;平澤朋子画 あすなろ書房 2010年10月

デービッド
十二才のキャサリンの弟、自閉症をかかえているため三才から作業療法の病院にかよっている八才の男の子 「ルール!」 シンシア・ロード作;おびかゆうこ訳 主婦の友社 2008年12月

デイヴィッド・アラード
両親の死後親戚に引きとられた孤児、イギリスの寄宿学校の生徒 「ぼくとルークの一週間と一日」 ダイアナ・ウィン・ジョーンズ著;大友香奈子訳 東京創元社(sogen bookland) 2008年8月

デヴィッド・バーンズ
カヌーこぎの初心者講座をぬけだして友だちのアダムといっしょに勝手に港の外に出た少年 「ニック・シャドウの真夜中の図書館8 死のハンター」 ニック・シャドウ著;堂田和美訳 ゴマブックス 2008年9月

デビッド・メンロウ
世界最後の魔法学校「ローワン学院」で訓練にはげむマックスのルームメイト、小柄でいつもせきをしている少年 「タペストリー 下 封じられた物語」 ヘンリー・H.ネフ著;大嶌双恵訳 ヴィレッジブックス 2010年4月

デビッド・メンロウ
世界最後の魔法学校「ローワン学院」に入学したマックスのルームメイト、小柄でいつもせきをしている少年 「タペストリー 上 運命の光る糸」 ヘンリー・H.ネフ著;大嶌双恵訳 ヴィレッジブックス 2010年4月

デービッド・レイン
北極の調査旅行で行方不明となったペニーケトル家の下宿人、ものを書く龍・ガズークスと出会い小説を書くようになった青年 「永遠の炎-龍のすむ家4」 クリス・ダレーシー著;三辺律子訳 竹書房 2009年9月

デヴニー・ファウンテン
塔のある家に引っ越してきた転校生、美人になりたいと願う地味な高校生の女の子 「ヴァンパイアの帰還」 キャロライン・B.クーニー著;神戸万知訳 講談社(YA! entertainment) 2008年8月

デーヴ・モス
英国情報局の指揮下にある秘密組織「チェラブ」の部員、下級生たちのヒーロー的存在の十六歳の少年 「チェラブ Mission3 脱獄」 ロバート・マカモア作;大澤晶訳 ほるぷ出版 2008年8月

デーヴ・モス
英国情報局の指揮下にある秘密組織「チェラブ」の部員、下級生たちのヒーロー的存在の十六歳の少年 「チェラブ Mission4 大もうけ」 ロバート・マカモア作;大澤晶訳 ほるぷ出版 2009年2月

デューベリー
知恵と知識の才能をもちユニコーンのしっぽの毛を編んだ杖をもつフェアリー 「NEWフェアリーズ 秘密の妖精たち2 シナバーと影の島」 J.H.スイート作;津森優子訳;唐橋美奈子絵 文溪堂 2010年8月

テル
日本語が得意でない日系二世のリンコのママの友達の未亡人・ハタおばさんの日本にいる十九歳の娘 「最高のハッピーエンド」 ヨシコ・ウチダ作;吉田悠紀子訳 ひくまの出版 2010年1月

テル・ヒサニ
伝説の神のもとへ試練の旅に出るジェベルが道連れに選んだ奴隷、賢くおだやかな男 「やせっぽちの死刑執行人 上下」 Darren Shan作;西本かおる訳 小学館 2010年5月

でるふ

デルフィ・デュランド
バレエスクールであこがれのバレエをならいはじめた九歳の女の子 「マジック・バレリーナ1 デルフィと魔法のバレエシューズ」 ダーシー・バッセル著;ケイティ・メイ絵;神戸万知訳 新書館 2009年12月

デルフィ・デュランド
魔法の国・エンチャンティアにやってきたバレエが大好きな9才の女の子 「マジック・バレリーナ2 デルフィと変身のじゅもん」 ダーシー・バッセル著;ケイティ・メイ絵;神戸万知訳 新書館 2010年2月

デルフィ・デュランド
魔法の国・エンチャンティアにやってきたバレエが大好きな9才の女の子 「マジック・バレリーナ3 デルフィと仮面舞踏会」 ダーシー・バッセル著;ケイティ・メイ絵 新書館 2010年4月

デルフィ・デュランド
魔法の国・エンチャンティアによばれたバレエが大好きな9才の女の子 「マジック・バレリーナ4 デルフィとガラスの靴」 ダーシー・バッセル著;ケイティ・メイ絵;神戸万知訳 新書館 2010年6月

デルフィ・デュランド
魔法の国・エンチャンティアによばれたバレエが大好きな9才の女の子 「マジック・バレリーナ5 デルフィと妖精の名づけ親」 ダーシー・バッセル著;ケイティ・メイ絵;神戸万知訳 新書館 2010年8月

デルフィ・デュランド
魔法の国・エンチャンティアによばれたバレエが大好きな9才の女の子 「マジック・バレリーナ6 デルフィと魔法のほれ薬」 ダーシー・バッセル著;ケイティ・メイ絵;神戸万知訳 新書館 2010年10月

デルフィーヌ
農場で暮らす姉妹のお姉さん 「ゆかいな農場」 マルセル・エーメ作;さくまゆみこ訳;さとうあや画 福音館書店(世界傑作童話シリーズ) 2010年3月

デレイリス
連合帝国軍の麗しき女戦士、頭脳明晰で腕が立ち部隊のリーダー的存在 「エバークエスト 連合帝国の興亡」 スチュアート・ウィーク著;R.A.サルバトーレ監修;荒俣宏訳 アスキー・メディアワークス 2008年4月

テレジア・マリア(レジア)
ヴァイオリニストの父の死の謎に立ち向かうヴァイオリンを愛する感性ゆたかな少女 「消えたヴァイオリン」 スザンヌ・ダンラップ著;西本かおる訳 小学館(SUPER!YA) 2010年8月

テレンス
ティンカー・ベルの親友、妖精の粉を管理する妖精 「ティンカー・ベルと月の石」 キンバリー・モリス作;橘高弓枝訳 偕成社(ディズニーアニメ小説版) 2009年12月

テレンス・マカファティ
英国情報局の指揮下にある十七歳以下の少年少女で構成された秘密組織「CHERUB」の総責任者 「チェラブ Mission1 スカウト」 ロバート・マカモア作;大澤晶訳 ほるぷ出版 2008年2月

【と】

トイヴォ
ひみつ結社「カエデ騎士団」の騎士の一人となったハリネズミ 「カエデ騎士団と月の精」 リーッカ・ヤンッティ作;末延弘子訳 評論社(児童図書館・文学の部屋) 2010年9月

トウィクス
ソートラント王国の正反対の性格の双子の王子、新王となった若者 「ミラート年代記 2 タリンの秘密」 ラルフ・イーザウ著;酒寄進一訳 あすなろ書房 2009年4月

トウィクス
ソートラント王国の正反対の性格の双子の王子、生まれながらやんちゃで怖いもの知らずの十二歳の少年 「ミラート年代記 1 古の民シリリム」 ラルフ・イーザウ著;酒寄進一訳 あすなろ書房 2008年7月

トゥイードゥルディーとトゥイードゥルダム
かがみの国へいったアリスがであったふたりの兄弟 「かがみの国のアリス」 ルイス・キャロル作;河合祥一郎訳 アスキー・メディアワークス(角川つばさ文庫) 2010年8月

トウィンクル
フェアリーランドの妖精・ハリエットのペット、オレンジと白のハムスター 「ハムスターの妖精(フェアリー)ハリエット(レインボーマジック)」 デイジー・メドウズ作;田内志文訳 ゴマブックス 2008年4月

トゥーカ
ある日友だちのシャーパが「カッコー」と鳴くようになり心配した山に住むクイーシー 「シャーパ鳥になる(森のクイーシーものがたり)」 ミーラ・ブリノワ文;セルゲイ・ボルジュク絵;柴田友子訳 静山社 2010年9月

父さん　とうさん
スポーツが苦手な少年ライリーにいつもスポーツのことばかり話す父親 「チャンプ 風になって走れ!」 マーシャ・ソーントン・ジョーンズ作;もきかずこ訳;鴨下潤絵 あかね書房(スプラッシュ・ストーリーズ) 2008年5月

父さん　とうさん
チェコの森のそばに住んでいた猟師、少女カテジナの父親 「なかないで、毒きのこちゃん」 デイジー・ムラースコヴァー作;関沢明子訳 理論社 2010年5月

父さん(アラン・フォークナー)　とうさん(あらんふぉーくなー)
典型的な変人で古書店店主、十四歳の少年サムの行方不明になった父親 「時の書 1 彫刻された石」 ギヨーム・プレヴォー作;伊藤直子訳;建石修志絵 くもん出版 2009年11月

父さん(アラン・フォークナー)　とうさん(あらんふぉーくなー)
典型的な変人で古書店店主、十四歳の少年サムの行方不明になった父親 「時の書 2 七枚のコイン」 ギヨーム・プレヴォー作;伊藤直子訳;建石修志絵 くもん出版 2009年11月

父さん(カーター)　とうさん(かーたー)
四年生のジョーイの父さん、ジョーイが小さいころに家を出ていった父親 「父さんと、キャッチボール?(もう、ジョーイったら! 2)」 ジャック・ギャントス作;前沢明枝訳 徳間書店 2009年9月

父さん(チャールズ)　とうさん(ちゃーるず)
ウィスコンシン州の森からインディアン居留地の大草原に移住したインガルス一家の主 「大草原の小さな家」 ローラ・インガルス・ワイルダー作;足沢良子訳 草炎社(大草原の小さな家) 2008年7月

父さん(ビリグじいさん)　とうさん(びりぐじいさん)
北京から下放されてきたチェンジェンにいろいろなことを教えるオロン草原の長老 「大草原のちいさなオオカミ」 姜戎作;唐亜明訳;関野喜久子訳 講談社 2010年12月

父さん(ロリスタン)　とうさん(ろりすたん)
祖国サマヴィアに忠誠を誓うよう息子のマルコに教えた父親、ロンドンにいる亡命者 「消えた王子 上下」 フランシス・ホジソン・バーネット作;中村妙子訳 岩波書店(岩波少年文庫) 2010年2月

とぅす

トゥースレス
バイキングの少年ヒックの相棒、わがままなチビドラゴン 「ヒックとドラゴン3 天牢の女海賊」 クレシッダ・コーウェル作;相良倫子・陶浪亜希訳 小峰書店 2010年1月

トゥースレス
バイキングの少年ヒックの相棒、わがままなチビドラゴン 「ヒックとドラゴン4 氷海の呪い」 クレシッダ・コーウェル作;相良倫子・陶浪亜希訳 小峰書店 2010年3月

トゥースレス
バイキングの少年ヒックの相棒、わがままなチビドラゴン 「ヒックとドラゴン5 灼熱の予言」 クレシッダ・コーウェル作;相良倫子・陶浪亜希訳 小峰書店 2010年6月

トゥースレス
バイキングの少年ヒックの相棒、わがままなチビドラゴン 「ヒックとドラゴン6 迷宮の図書館」 クレシッダ・コーウェル作;相良倫子・陶浪亜希訳 小峰書店 2010年8月

トゥースレス
バイキングの少年ヒックの相棒、わがままなチビドラゴン 「ヒックとドラゴン7 復讐の航海」 クレシッダ・コーウェル作;相良倫子・陶浪亜希訳 小峰書店 2010年12月

トゥースレス
少年バイキング・ヒックのペット、主人のいうことをまったく聞かない小さなドラゴン 「ヒックとドラゴン2 深海の秘宝」 クレシッダ・コーウェル作;相良倫子・陶浪亜希訳 小峰書店 2009年11月

トゥースレス
少年バイキングのヒックに捕まえられた並はずれて小さなドラゴン 「ヒックとドラゴン1 伝説の怪物」 クレシッダ・コーウェル作;相良倫子・陶浪亜希訳 小峰書店 2009年11月

ドゥーツィ・プリングル
自分にできないことはなにもないと思っている五歳の女の子 「ラブ、スターガール」 ジェリー・スピネッリ作;千葉茂樹訳 理論社 2008年4月

トゥートゥー
動物の言葉が話せるお医者さん・ドリトル先生が飼っているフクロウ 「ドリトル先生」 ロフティング作;小林みき訳 ポプラ社(ポプラポケット文庫) 2009年9月

ドゥーリー
「ベーカー街不正規隊」の殺されたメンバー・ティムの弟 「〈カラス同盟〉事件簿 シャーロック・ホームズ外伝」 アレックス・シモンズ著;ビル・マッケイ著;片岡しのぶ訳;佐竹美画 あすなろ書房 2008年2月

トゥーリアおばさん
ヒキガエルのウォートンとモートンのいなくなってしまったおばさん 「ウォートンとモリネズミの取引屋－ヒキガエルとんだ大冒険5」 ラッセル・E・エリクソン作;ローレンス・ディ・フィオリ絵;佐藤凉子訳 評論社(児童図書館・文学の部屋) 2008年1月

トゥルビン
弟のメルクリンと行方のしれない父をさがして冒険の旅に出た兄 「トゥルビンとメルクリンの不思議な旅」 ウルフ・スタルク作・絵;菱木晃子訳 小峰書店(Y.A.Books) 2009年8月

トービー　とーびー
三百年前にイギリスの田舎にあるおやしきグリーン・ノウで生きていた十四歳くらいの男の子 「グリーン・ノウの子どもたち－グリーン・ノウ物語1」 ルーシー・M・ボストン作;ピーター・ボストン絵;亀井俊介訳 評論社 2008年5月

ドクター・ドラスティック
ポイズン・アイランドにある秘密の実験室で地球上に存在するあらゆる病気をなおすソルーションXをつくっている邪悪な科学者 「リック・パワー 任務その1」 H.I.フリー作;富原まさ江訳 ゴマブックス 2009年2月

ドクター・ファシリエ
マルドニア王国のナビーン王子をカエルの姿にかえた影や仮面をあやつる悪い魔術師 「プリンセスと魔法のキス」アイリーン・トリンブル作;倉田真木訳　偕成社(ディズニーアニメ小説版)　2010年2月

ドクター・マイ
第二次世界大戦下のポーランドで女手で二人の娘を育てていたユダヤ人の女医　「マルカの長い旅」ミリヤム・プレスラー作;松永美穂訳　徳間書店　2010年6月

トーゴー
暗黒の魔法使い・マルベルが支配する闇の王国「ゴルゴニア」の六匹のビーストの一匹、牛怪人　「ビースト・クエスト13　牛怪人トーゴー」アダム・ブレード作;浅尾敦則訳　ゴマブックス　2009年7月

年寄りガエル　としよりがえる
ペットショップのカエルの中で一番の長老、一日中ほとんど動かないもとは野生のガマガエル　「ファイアベリー　考えるカエル、旅に出る」J.C.マイケルズ著;小田島則子訳;小田島恒志訳　日本放送出版協会　2008年9月

トスウィア・グリーン(イーヴィー)
殺人事件を目撃したデンバー管区でただひとりの黒人警官の娘、十三歳の黒人の少女　「わたしは、わたし」ジャクリーン・ウッドソン作;さくまゆみこ訳　鈴木出版(鈴木出版の海外児童文学)　2010年7月

トーズランド
イギリスでもいちばん古いおやしきのひとつグリーン・ノウの女主人オールドノウ夫人のひ孫　「グリーン・ノウの魔女－グリーン・ノウ物語5」ルーシー・M・ボストン作;ピーター・ボストン絵;亀井俊介訳　評論社　2008年12月

トーズランド
イギリスの田舎にあるひいおばあさんのやしきグリーン・ノウで春休みをすごすことになった少年　「グリーン・ノウの煙突－グリーン・ノウ物語2」ルーシー・M・ボストン作;ピーター・ボストン絵;亀井俊介訳　評論社　2008年5月

トーズランド
イギリスの田舎にあるひいおばあさんのやしきグリーン・ノウで冬休みをすごすことになった七歳の少年　「グリーン・ノウの子どもたち－グリーン・ノウ物語1」ルーシー・M・ボストン作;ピーター・ボストン絵;亀井俊介訳　評論社　2008年5月

トッス
カッティラコスキ家のやんちゃ娘、ヘイナの小学1年生の妹　「ヒラメ釣り漂流記(ヘイナとトッスの物語4)」シニッカ・ノポラ&ティーナ・ノポラ作;末延弘子訳;佐古百美絵　講談社(青い鳥文庫)　2008年7月

ドッドマン
秘密の国アイドロンを支配しようとしている巨大なイヌ　「アイドロン2　闇の世界へ」ジェーン・ジョンソン作;神戸万知訳;佐野月美絵　フレーベル館　2008年3月

ドッドマン
秘密の国アイドロンを支配しようとしている巨大なイヌ　「アイドロン3　復活の光」ジェーン・ジョンソン作;神戸万知訳;佐野月美絵　フレーベル館　2008年12月

トップショッププリンセス
考古学者の父が事故死した少年・ジョシュがブログを通じて知り合った女の子　「ジョシュア・ファイル1　見えない都市　上」マリア・G.ハリス作;石随じゅん訳　評論社　2010年9月

ドド
錬金術師のミーシャの実験室で勉強していた四人グループのひとり、内気だが友情に厚い少年　「ルナ・チャイルド4　ニーナと水の迷宮の秘密」ムーニー・ウィッチャー作;荒瀬ゆみこ訳;佐竹美保画　岩崎書店　2008年2月

トーニーペルト
シャドウ族の戦士で予言の夢を見て旅に出た雌猫、サンダー族戦士のブランブルクローの姉 「ウォーリアーズ〔2〕－1 真夜中に」 エリン・ハンター作;高林由香子訳 小峰書店 2008年11月

トーニーペルト
シャドウ族の戦士で予言の夢を見て旅に出た雌猫、サンダー族戦士のブランブルクローの姉 「ウォーリアーズ〔2〕－2 月明り」 エリン・ハンター作;高林由香子訳 小峰書店 2009年3月

トーニーペルト
シャドウ族の戦士で予言の夢を見て旅に出た雌猫、サンダー族戦士のブランブルクローの姉 「ウォーリアーズ〔2〕－3 夜明け」 エリン・ハンター作;高林由香子訳 小峰書店 2009年7月

トビー
第2次大戦直後のイギリスのオタバリ市に住む少年 「オタバリの少年探偵たち」 セシル・デイ・ルイス作;脇明子訳 岩波書店(岩波少年文庫) 2008年9月

トビアス
十一歳の女の子・アナベルの同級生、アナベルをからかういじわるな男子 「男子って犬みたい!」 レスリー・マーゴリス作;代田亜香子訳 PHP研究所 2010年8月

トビー・カヴァノフ
ローズウッド学院に通っていた気味の悪い男の子 「ライアーズ2 崩壊のはじまり」 サラ・シェパード著;中尾眞樹訳 AC Books 2010年7月

トビー・ロルネス
大きな木で幸せに暮らしていた身長1.5mmの少年、両親が投獄され自身も追われる身となった十三歳 「トビー・ロルネス 1 空に浮かんだ世界」 ティモテ・ド・フォンベル作;フランソワ・プラス画;伏見操訳 岩崎書店 2008年7月

トビー・ロルネス
大きな木で幸せに暮らしていた身長1.5mmの少年、両親が投獄され自身も追われる身となった息子 「トビー・ロルネス 2 逃亡者」 ティモテ・ド・フォンベル作;フランソワ・プラス画;伏見操訳 岩崎書店 2008年10月

トビー・ロルネス
大きな木で幸せに暮らしていた身長1.5mmの少年、両親が投獄され自身も追われる身となった息子 「トビー・ロルネス 3 エリーシャの瞳」 ティモテ・ド・フォンベル作;フランソワ・プラス画;伏見操訳 岩崎書店 2009年2月

トビー・ロルネス
大きな木で幸せに暮らしていた身長1.5mmの少年、両親が投獄され自身も追われる身となった息子 「トビー・ロルネス 4 最後の戦い」 ティモテ・ド・フォンベル作;フランソワ・プラス画;伏見操訳 岩崎書店 2009年3月

ド・ブローズ
ノルマンディからイギリスを征服にやってきたウィリアム公の家臣 「運命の騎士」 ローズマリ・サトクリフ作;猪熊葉子訳 岩波書店(岩波少年文庫) 2009年8月

トーペ
親友のエンマがほかの子と仲よくしているのが気がかりな小学二年生の女の子 「つぐみ通りのトーベ」 ビルイット・ロン作;佐伯愛子訳;いちかわなつこ絵 徳間書店 2008年3月

トーマス
ジェローム王子の弟・ジョナサン王子のけらい 「プリンセス♡クラブ 5 めざめのキスはリンゴ味」 スザンヌ・ウィリアムス作;灰島かり訳;泉リリカ画 ポプラ社 2010年4月

トマス
ルーマニアにある暗い村のはずれに住んでいた飲んだくれの木こり、ペーターの父 「ソードハンド　闇の血族」 マーカス・セジウィック著;西田登訳　あかね書房(YA Dark)　2009年3月

トーマス・クロッペル
戦後まもないオランダで秘密のノートに本当のことだけを記していた九歳の少年 「不幸な少年だったトーマスの書いた本」 フース・コイヤー著;野坂悦子訳　あすなろ書房　2008年12月

トーマス・J・ウォード　とーますじぇいうぉーど
悪を封じる職人・魔使いの弟子の少年、農夫の七番目の息子 「魔使いの過ち　上下(魔使いシリーズ)」 ジョゼフ・ディレイニー著;金原瑞人・田中亜希子訳　東京創元社(sogen bookland)　2010年3月

トーマス・J・ウォード(トム)　とーますじぇいうぉーど(とむ)
悪を封じる職人・魔使いの弟子の少年、農夫の七番目の息子 「魔使いの戦い　上下(魔使いシリーズ)」 ジョゼフ・ディレイニー著;金原瑞人・田中亜希子訳　東京創元社(sogen bookland)　2009年2月

トーマス・J・ウォード(トム)　とーますじぇいうぉーど(とむ)
悪を封じる職人・魔使いの弟子の少年、農夫の七番目の息子 「魔使いの秘密(魔使いシリーズ)」 ジョゼフ・ディレイニー著;金原瑞人・田中亜希子訳　東京創元社(sogen bookland)　2008年2月

トマス・バクスター
ピーク国立公園で親友のジェフとふしぎな乗り物アクイラをみつけた七年生の少年 「秘密のマシン、アクイラ」 アンドリュー・ノリス著;原田勝訳;長崎訓子絵　あすなろ書房　2009年12月

トーマス・ベレズフォード
お金をつくるために冒険家としてパートナーの女性タペンスと雇い主を探すことにした青年 「秘密機関　上下」 アガサ・クリスティー著;嵯峨静江訳　早川書房(クリスティー・ジュニア・ミステリ5)　2008年3月

トーマス・ポッター
想像の世界に住む不思議な生き物ワンドゥードルに会うために兄と妹と博士といっしょに冒険の旅に出た十歳の少年 「偉大なワンドゥードル最後の一匹」 ジュリー・アンドリュース作;青柳祐美子訳　小学館　2008年6月

トマト騎士　とまときし
サクランボ伯爵令嬢たちの住むお城につかえる執事長であり大臣 「チポリーノの冒険」 ジャンニ・ロダーリ作;関口英子訳　岩波書店(岩波少年文庫)　2010年10月

トミー(トーマス・ベレズフォード)
お金をつくるために冒険家としてパートナーの女性タペンスと雇い主を探すことにした青年 「秘密機関　上下」 アガサ・クリスティー著;嵯峨静江訳　早川書房(クリスティー・ジュニア・ミステリ5)　2008年3月

トミー・サリヴァン
17歳の高校生・ケイティの中学時代の親友、四年前に町から出ていった男の子 「嘘つきは恋のはじまり」 メグ・キャボット作;代田亜香子訳　理論社　2010年3月

ドミニクおじさん
十一歳のペニーの一番大好きなおじさん、死んだ父さんの弟で世捨て人みたいな人 「ペニー・フロム・ヘブン」 ジェニファー・L.ホルム著;もりうちすみこ訳　ほるぷ出版　2008年7月

ドミニク神父　どみにくしんぷ
霊能者のスザンナが通う「ユニペロ・セラ・アカデミー」の校長で神父 「メディエータ0　episode3　復讐のハイウェイ」 メグ・キャボット作;代田亜香子訳　理論社　2008年1月

トム

アバンティア王国の強い騎士「疾風のタラドン」の息子、新たに誕生したビースト・双竜のベドラとクリモンを暗黒の魔法使い・マルベルから守ることになった少年 「ビースト・クエスト19（別巻）双竜ベドラとクリモン」 アダム・ブレード作;浅尾敦則訳 ゴマブックス 2008年6月

トム

アバンティア王国の強い騎士「疾風のタラドン」の息子、魔法使いのマルベルが支配する王国「ゴルゴニア」の六匹のビーストに立ちむかう少年 「ビースト・クエスト13 牛怪人トーゴー」 アダム・ブレード作;浅尾敦則訳 ゴマブックス 2009年7月

トム

アバンティア王国の強い騎士「疾風のタラドン」の息子、魔法使いのマルベルが支配する王国「ゴルゴニア」の六匹のビーストに立ちむかう少年 「ビースト・クエスト14 魔馬スコール」 アダム・ブレード作;浅尾敦則訳 ゴマブックス 2009年9月

トム

アバンティア王国の強い騎士「疾風のタラドン」の息子、魔法使いのマルベルが新たに生みだした邪悪な六匹のビーストに立ちむかう少年 「ビースト・クエスト10 蛇男ヴィペロ」 アダム・ブレード作;浅尾敦則訳 ゴマブックス 2008年12月

トム

アバンティア王国の強い騎士「疾風のタラドン」の息子、魔法使いのマルベルが新たに生みだした邪悪な六匹のビーストに立ちむかう少年 「ビースト・クエスト11 巨大グモアラクニド」 アダム・ブレード作;浅尾敦則訳 ゴマブックス 2009年1月

トム

アバンティア王国の強い騎士「疾風のタラドン」の息子、魔法使いのマルベルが新たに生みだした邪悪な六匹のビーストに立ちむかう少年 「ビースト・クエスト12 三頭ライオントリリオン」 アダム・ブレード作;浅尾敦則訳 ゴマブックス 2009年1月

トム

アバンティア王国の強い騎士「疾風のタラドン」の息子、魔法使いのマルベルが新たに生みだした邪悪な六匹のビーストに立ちむかう少年 「ビースト・クエスト7 怪物イカゼファー」 アダム・ブレード作;浅尾敦則訳 ゴマブックス 2008年11月

トム

アバンティア王国の強い騎士「疾風のタラドン」の息子、魔法使いのマルベルが新たに生みだした邪悪な六匹のビーストに立ちむかう少年 「ビースト・クエスト8 大猿クロウ」 アダム・ブレード作;浅尾敦則訳 ゴマブックス 2008年11月

トム

アバンティア王国の強い騎士「疾風のタラドン」の息子、魔法使いのマルベルが新たに生みだした邪悪な六匹のビーストに立ちむかう少年 「ビースト・クエスト9 石魔女ソルトラ」 アダム・ブレード作;浅尾敦則訳 ゴマブックス 2008年12月

トム

アバンティア王国の強い騎士「疾風のタラドン」の息子、魔法使いのマルベルに呪いをかけられた六匹のビーストを探す旅に出た少年 「ビースト・クエスト1 火龍フェルノ」 アダム・ブレード作;浅尾敦則訳 ゴマブックス 2008年2月

トム

アバンティア王国の強い騎士「疾風のタラドン」の息子、魔法使いのマルベルに呪いをかけられた六匹のビーストを探す旅に出た少年 「ビースト・クエスト2 海竜セプロン」 アダム・ブレード作;浅尾敦則訳 ゴマブックス 2008年2月

トム

アバンティア王国の強い騎士「疾風のタラドン」の息子、魔法使いのマルベルに呪いをかけられた六匹のビーストを探す旅に出た少年 「ビースト・クエスト3 山男アークタ」 アダム・ブレード作;浅尾敦則訳 ゴマブックス 2008年2月

トム
アバンティア王国の強い騎士「疾風のタラドン」の息子、魔法使いのマルベルに呪いをかけられた六匹のビーストを探す旅に出た少年 「ビースト・クエスト 4 馬人テーガス」アダム・ブレード作;浅尾敦則訳 ゴマブックス 2008年2月

トム
アバンティア王国の強い騎士「疾風のタラドン」の息子、魔法使いのマルベルに呪いをかけられた六匹のビーストを探す旅に出た少年 「ビースト・クエスト 5 雪獣ナヌーク」アダム・ブレード作;浅尾敦則訳 ゴマブックス 2008年2月

トム
アバンティア王国の強い騎士「疾風のタラドン」の息子、魔法使いのマルベルに呪いをかけられた六匹のビーストを探す旅に出た少年 「ビースト・クエスト 6 炎鳥エポス」アダム・ブレード作;浅尾敦則訳 ゴマブックス 2008年2月

トム
アバンティア王国の守り神・海竜セプロンを相棒のエレナと救出しに行った少年 「ビースト・クエスト 15 海獣ナーガ」アダム・ブレード作;浅尾敦則訳;大庭賢哉イラスト ゴマブックス 2010年8月

トム
アバンティア王国の守り神・雪獣ナヌークを相棒のエレナと救出しに行った少年 「ビースト・クエスト 16 ゴルゴン犬ケイモン」アダム・ブレード作;浅尾敦則訳;大庭賢哉イラスト ゴマブックス 2010年10月

トム
パムとふたごの兄、毎晩真夜中になると庭にあらわれる4匹の子ネコをパムと一緒に見つけた十歳の男の子 「真夜中の子ネコ」ドディー・スミス著;J.グラハム=ジョンストン絵;水間千恵訳 文渓堂 (Modern Classic Selection6) 2008年12月

トム
悪を封じる職人・魔使いの弟子の少年、農夫の七番目の息子 「魔使いの戦い 上下(魔使いシリーズ)」ジョゼフ・ディレイニー著;金原瑞人・田中亜希子訳 東京創元社(sogen bookland) 2009年2月

トム
悪を封じる職人・魔使いの弟子の少年、農夫の七番目の息子 「魔使いの秘密(魔使いシリーズ)」ジョゼフ・ディレイニー著;金原瑞人・田中亜希子訳 東京創元社(sogen bookland) 2008年2月

ドム
イタリア生まれのユダヤ人、十九世紀末にひとりぼっちでアメリカへ密航した九歳の少年 「マルベリーボーイズ」ドナ・ジョー・ナポリ作;相山夏奏訳 偕成社 2009年11月

トム(トーマス・J・ウォード)　とむ(とーますじぇいうぉーど)
悪を封じる職人・魔使いの弟子の少年、農夫の七番目の息子 「魔使いの過ち 上下(魔使いシリーズ)」ジョゼフ・ディレイニー著;金原瑞人・田中亜希子訳 東京創元社(sogen bookland) 2010年3月

トム(トマス・バクスター)
ピーク国立公園で親友のジェフとふしぎな乗り物アクイラをみつけた七年生の少年 「秘密のマシン、アクイラ」アンドリュー・ノリス著;原田勝訳;長崎訓子絵 あすなろ書房 2009年12月

トム(トーマス・ポッター)
想像の世界に住む不思議な生き物ワンドゥードルに会うために兄と妹と博士といっしょに冒険の旅に出た十歳の少年 「偉大なワンドゥードル最後の一匹」ジュリー・アンドリュース作;青柳祐美子訳 小学館 2008年6月

とむう

トム・ウォルシュ
デヴィッド・ベッカム・アカデミーのサッカー教室に申し込んだ男の子、学校チームのエース・ストライカー 「デヴィッド・ベッカム・アカデミー 4 ストライカーVSミッドフィルダー」 マット・クロジック著;かとりつこ訳 主婦の友社 2010年4月

トム・カリスフォード
ダイヤモンド鉱山の経営者、亡き親友の娘であるセアラを二年近くも探し回っているインドの紳士 「リトル・プリンセス」 バーネット著;秋川久美子訳;グラハム・ラスト絵 西村書店 2008年12月

トム船長　とむせんちょう
太陽をめざして宇宙を進む船・ヘリオス号の年老いた船長 「王国の鍵 2 地の底の火曜日」 ガース・ニクス著;原田勝訳 主婦の友社 2009年8月

トム・モイステン
中学生の仲良しグループが開業した便利屋「ティーン・パワー」株式会社のメンバー、のっぽでドジな大食漢 「ティーン・パワーをよろしく10 謎の脅迫状」 エミリー・ロッダ著;岡田好惠訳 講談社(YA! entertainment)　2008年5月

トム・モイステン
中学生の仲良しグループが開業した便利屋「ティーン・パワー」株式会社のメンバー、のっぽでドジな大食漢 「ティーン・パワーをよろしく11 百万長者を救え!」 エミリー・ロッダ著;岡田好惠訳 講談社(YA! entertainment)　2008年12月

トム・モイステン
中学生の仲良しグループが開業した便利屋「ティーン・パワー」株式会社のメンバー、のっぽでドジな大食漢 「ティーン・パワーをよろしく12 名画の秘密」 エミリー・ロッダ著;岡田好惠訳 講談社(YA! entertainment)　2009年2月

トモ・ブランツ
ゼレニ・ブルフの村から都会のザグレブにやってきたばかりの男の子、同じクラスのココの昔からの友だち 「なぞの少年」 イワン・クーシャン作;山本郁子訳 冨山房インターナショナル 2010年11月

ドーラ
六つになるデイビーの双子の妹、プリンスエドワード島で暮らすマリラにひきとられた孤児 「アンの青春」 L・M・モンゴメリ作;村岡花子訳;HACCAN画 講談社(青い鳥文庫) 2009年9月

トラ(青いトラ)　とら(あおいとら)
ある時突然現れた世にも珍しい青色をした小さな内気な迷子のトラ 「青いトラ」 テレザ・ホルヴァートヴァー文;ユライ・ホルヴァート絵;関沢明子訳 求龍堂 2008年11月

トラウトシュタイン
伝説の潜水艦ノーチラス号の船長ネモの友人であり副官だった老人、舵とりとして冒険の旅に同行している男 「ノーチラス号の冒険 11 氷の下の街」 ヴォルフガンク・ホールバイン著;平井吉夫訳 創元社 2009年2月

トラウトシュタイン
伝説の潜水艦ノーチラス号の船長ネモの友人であり副官だった老人、舵とりとして冒険の旅に同行している男 「ノーチラス号の冒険 12 ノーチラス号の帰還」 ヴォルフガンク・ホールバイン著;平井吉夫訳 創元社 2009年6月

トラウトマン(トラウトシュタイン)
伝説の潜水艦ノーチラス号の船長ネモの友人であり副官だった老人、舵とりとして冒険の旅に同行している男 「ノーチラス号の冒険 11 氷の下の街」 ヴォルフガンク・ホールバイン著;平井吉夫訳 創元社 2009年2月

トラウトマン(トラウトシュタイン)
伝説の潜水艦ノーチラス号の船長ネモの友人であり副官だった老人、舵とりとして冒険の旅に同行している男 「ノーチラス号の冒険12 ノーチラス号の帰還」ヴォルフガンク・ホールバイン著;平井吉夫訳 創元社 2009年6月

ドラグウェナ
暗黒の星イスレアを支配する邪悪な魔女 「魔法少女レイチェル 滅びの呪文 上下」クリフ・マクニッシュ作;亜沙美画;金原瑞人訳 理論社(フォア文庫) 2008年9月

ドラン
デルトラでもっとも偉大な探検家、何百年も前のルカン王朝時代にデルトラじゅうを旅した竜好きの男 「デルトラ王国探検記」エミリー・ロッダ作;神戸万知訳;マーク・マクブライド絵 岩崎書店 2009年7月

トーリー
イギリスのグリーンノウの領地に一一二〇年にマナー館を建てた貴族の息子のロジャー少年が八百五十年の時をこえて出会った少年 「グリーン・ノウの石-グリーン・ノウ物語6」ルーシー・M・ボストン作;ピーター・ボストン絵;亀井俊介訳 評論社 2009年2月

トーリー(トーズランド)
イギリスでいちばん古いおやしきのひとつグリーン・ノウの女主人オールドノウ夫人のひ孫 「グリーン・ノウの魔女-グリーン・ノウ物語5」ルーシー・M・ボストン作;ピーター・ボストン絵;亀井俊介訳 評論社 2008年12月

トーリー(トーズランド)
イギリスの田舎にあるひいおばあさんのやしきグリーン・ノウで春休みをすごすことになった少年 「グリーン・ノウの煙突-グリーン・ノウ物語2」ルーシー・M・ボストン作;ピーター・ボストン絵;亀井俊介訳 評論社 2008年5月

トーリー(トーズランド)
イギリスの田舎にあるひいおばあさんのやしきグリーン・ノウで冬休みをすごすことになった七歳の少年 「グリーン・ノウの子どもたち-グリーン・ノウ物語1」ルーシー・M・ボストン作;ピーター・ボストン絵;亀井俊介訳 評論社 2008年5月

トーリー・ガーディナー
高校二年の少女・ジーンが引っ越してきたマンハッタンの家の娘、ジーンの同い年のいとこで有名私立校に通う美人 「ジンクス 恋の呪い」メグ・キャボット作;代田亜香子訳 理論社 2009年3月

トリクシィ
転校してきたリリの同級生、意地悪グループのリーダーの女子 「動物と話せる少女リリアーネ1 動物園は大さわぎ!」タニヤ・シュテーブナー著;中村智子訳;駒形イラスト 学研教育出版 2010年7月

トリサーナ・チャンドラー
商人の娘、内向的な少女 「サークル・マジック-サンドリと光の糸」タモラ・ピアス著;西広なつき訳 小学館(小学館ルルル文庫) 2008年6月

トリサーナ・チャンドラー
魔法学院ワインディング・サークル学院のディサプリン荘で暮らす天気を操る魔法使い、商人の娘 「サークル・マジック-ダジャと炎の絆」タモラ・ピアス著;西広なつき訳 小学館(小学館ルルル文庫) 2008年1月

トリサーナ・チャンドラー
魔法学院ワインディング・サークル学院のディサプリン荘で暮らす天気を操る魔法使い、商人の娘 「サークル・マジック-トリスと稲妻の矢」タモラ・ピアス著;西広なつき訳 小学館(小学館ルルル文庫) 2008年8月

とりさ

トリサーナ・チャンドラー
魔法学院ワインディング・サークル学院のディサプリン荘で暮らす天気を操る魔法使い、商人の娘 「サークル・マジック－ブライアーと癒しの木」 タモラ・ピアス著;西広なつき訳 小学館(小学館ルルル文庫) 2009年1月

ドリス
メスのコンゴウインコ、考古学者のカイロ・ジムの相棒 「カイロ・ジム2 ファラオの秘宝とうもれた死者の扉」 ジェフリー・マクスキミング著;貴美島紀訳 ランダムハウス講談社 2008年7月

ドリス
メスのコンゴウインコ、考古学者のカイロ・ジムの相棒 「カイロ・ジム3 黄金の棺と謎の海底都市」 ジェフリー・マクスキミング著;貴美島紀訳 ランダムハウス講談社 2008年11月

ドリス
メスのコンゴウインコ、考古学者のカイロ・ジムの相棒 「カイロ・ジム4 わすれられたギリシャの神々と謎の壷」 ジェフリー・マクスキミング著;奥沢しおり訳 ランダムハウス講談社 2009年3月

トリス(トリサーナ・チャンドラー)
商人の娘、内向的な少女 「サークル・マジック－サンドリと光の糸」 タモラ・ピアス著;西広なつき訳 小学館(小学館ルルル文庫) 2008年6月

トリス(トリサーナ・チャンドラー)
魔法学院ワインディング・サークル学院のディサプリン荘で暮らす天気を操る魔法使い、商人の娘 「サークル・マジック－ダジャと炎の絆」 タモラ・ピアス著;西広なつき訳 小学館(小学館ルルル文庫) 2008年1月

トリス(トリサーナ・チャンドラー)
魔法学院ワインディング・サークル学院のディサプリン荘で暮らす天気を操る魔法使い、商人の娘 「サークル・マジック－トリスと稲妻の矢」 タモラ・ピアス著;西広なつき訳 小学館(小学館ルルル文庫) 2008年8月

トリス(トリサーナ・チャンドラー)
魔法学院ワインディング・サークル学院のディサプリン荘で暮らす天気を操る魔法使い、商人の娘 「サークル・マジック－ブライアーと癒しの木」 タモラ・ピアス著;西広なつき訳 小学館(小学館ルルル文庫) 2009年1月

ドリスコル
魔法使いの弟子・ケラックの弟で気弱な12歳の少年 「銀竜の騎士団－いかさま師と暗黒の迷宮」 デイル・ドノヴァン著;リンダ・ジョンズ著;安田均監訳 アスキー・メディアワークス(ダンジョンズ&ドラゴンズスーパーファンタジー) 2008年5月

ドリスコル
魔法使いの弟子・ケラックの弟で気弱な12歳の少年 「銀竜の騎士団－ドラゴンと黄金の瞳」 リー・ソーズビー著;安田均監訳 アスキー(ダンジョンズ&ドラゴンズスーパーファンタジー) 2008年3月

トリックスター
どんなものまねもできる魔法の生き物 「銀竜の騎士団－いかさま師と暗黒の迷宮」 デイル・ドノヴァン著;リンダ・ジョンズ著;安田均監訳 アスキー・メディアワークス(ダンジョンズ&ドラゴンズスーパーファンタジー) 2008年5月

ドリッズト・ドゥアーデン
あくどさで有名なダークエルフ族の青年、魔術と剣の二刀流の名手のさすらい人 「アイスウィンド・サーガ 暗黒竜の冥宮」 R.A.サルバトーレ著 アスキー・メディアワークス 2008年7月

ドリッズト・ドゥアーデン
あくどさで有名なダークエルフ族の青年、魔術と剣の二刀流の名手のさすらい人 「アイスウィンド・サーガ 冥界の門」R.A.サルバトーレ著 アスキー・メディアワークス 2009年9月

ドリッズト・ドゥアーデン
魔法も使える二刀流の天才剣士、善なる魂を持ったダークエルフ 「ダークエルフ物語 ドロウの遺産」R.A.サルバトーレ著;安田均監訳;笠井道子訳 アスキー・メディアワークス 2008年11月

ドリッズト・ドゥアーデン
魔法も使える二刀流の天才剣士、善なる魂を持ったダークエルフ 「ダークエルフ物語 暗黒の包囲」R.A.サルバトーレ著;安田均監訳;笠井道子訳 アスキー・メディアワークス 2010年6月

ドリッズト・ドゥアーデン
魔法も使える二刀流の天才剣士、善なる魂を持ったダークエルフ 「ダークエルフ物語 星なき夜」R.A.サルバトーレ著;安田均監訳;笠井道子訳 アスキー・メディアワークス 2009年6月

ドリトル先生(ジョン・ドリトル)　どりとるせんせい(じょんどりとる)
イギリスの小さな町で暮らすお医者さん、動物の言葉が話せる先生 「ドリトル先生」ロフティング作;小林みき訳 ポプラ社(ポプラポケット文庫) 2009年9月

ドリーム・スパイダー
ほとんどの悪夢を消せる「夢の巣」を編んだ夢のクモ 「フェアリーズ－妖精たちの冒険2 カゲロウと夢の巣」J.H.スイート作;津森優子訳;唐橋美奈子絵 文溪堂 2008年9月

トリリオン
暗黒の魔法使い・マルベルが新たに生みだした邪悪な六匹のビーストの一匹、三つの頭を持つライオン 「ビースト・クエスト12 三頭ライオントリリオン」アダム・ブレード作;浅尾敦則訳 ゴマブックス 2009年1月

トーリン
呪われた町カーストンの衛兵隊長、14歳のケラックと12歳のドリスコルの厳しい父 「銀竜の騎士団－いかさま師と暗黒の迷宮」デイル・ドノヴァン著;リンダ・ジョンズ著;安田均監訳 アスキー・メディアワークス(ダンジョンズ&ドラゴンズスーパーファンタジー) 2008年5月

トーリン
呪われた町カーストンの衛兵隊長、14歳のケラックと12歳のドリスコルの厳しい父 「銀竜の騎士団－ドラゴンと黄金の瞳」リー・ソーズビー著;安田均監訳 アスキー(ダンジョンズ&ドラゴンズスーパーファンタジー) 2008年3月

ドリンコート伯爵　どりんこーとはくしゃく
セドリックのおじいさま、イギリスのお金持の貴族 「小公子セドリック」バーネット著;グラハム・ラスト絵;西田佳子訳 西村書店 2010年2月

ドリンダ
バルセロナの新人コンテストに応募した四人組バンド「チーター・ガールズ」の一人 「チーター・ガールズ2 スペイン音楽祭の熱い夏」デボラ・グレゴリー文;窪田僚訳 講談社(ディズニー文庫) 2008年10月

ドリンダ
マンハッタン・マグネットスクールの高校生四人組バンド「チーター・ガールズ」の一人 「チーター・ガールズ 超人気ガールズ・バンド誕生!」デボラ・グレゴリー文;窪田僚訳 講談社(ディズニー文庫) 2008年8月

ドルトン
十四歳の少年、ヴァスティア国の魔法使いカルスタッフの三人の弟子のひとり 「黒猫オルドウィンの冒険－三びきの魔法使い、旅に出る」アダム・ジェイ・エプスタイン著;アンドリュー・ジェイコブスン著;大谷真弓訳 早川書房 2010年11月

トルネード
「アイス王国」の「マーメイド・ガールズ」にわなをしかける悪の魔法を使う人魚 「マーメイド・ガールズ 2-4 ユウキとクジラの友だち」 ジリアン・シールズ作;宮坂宏美訳;田中亜希子訳;つじむらあゆこ絵 あすなろ書房 2008年7月

トルネード
人魚たちの国「アイス王国」の「ミラクル・ダイヤ」をぬすんだ悪の魔法を使う人魚 「マーメイド・ガールズ 2-6 イバリンとひみつの火山」 ジリアン・シールズ作;宮坂宏美訳;田中亜希子訳;つじむらあゆこ絵 あすなろ書房 2008年8月

トルネード
人魚の国「アイス王国」のミラクル・ダイヤをぬすんだ悪の魔法を使う人魚 「マーメイド・ガールズ 2-1 バニラと白いゆうれい」 ジリアン・シールズ作;宮坂宏美訳;田中亜希子訳;つじむらあやこ絵 あすなろ書房 2008年7月

ドルフィ
おじと名乗る男につれさられた小学三年生の男の子、じつはオオカミ少年 「オオカミ少年ドルフィ1期5 銀のわな1」 パウル・ヴァン・ローン作;西村由美訳;小倉正巳絵 学研 2009年7月

ドルフィ
おじと名乗る男につれさられた小学三年生の男の子、じつはオオカミ少年 「オオカミ少年ドルフィ1期6 銀のわな2」 パウル・ヴァン・ローン作;西村由美訳;小倉正巳絵 学研 2009年7月

ドルフィ
夏休みにアルデンヌ地方の別荘に家族のティミーたちときたオオカミ少年 「オオカミ少年ドルフィ2期5 オオカミ人間のひみつ1」 パウル・ヴァン・ローン作;西村由美訳;小倉正巳絵 学研教育出版 2010年4月

ドルフィ
夏休みにアルデンヌ地方の別荘に家族のティミーたちときたオオカミ少年 「オオカミ少年ドルフィ2期6 オオカミ人間のひみつ2」 パウル・ヴァン・ローン作;西村由美訳;小倉正巳絵 学研教育出版 2010年4月

ドルフィ
七歳の誕生日にオオカミに変身してしまった男の子、八歳のティミーの親友 「オオカミ少年ドルフィ1期1 はじまりの夜1」 パウル・ヴァン・ローン作;西村由美訳;小倉正巳絵 学研 2009年1月

ドルフィ
七歳の誕生日にオオカミに変身してしまった男の子、八歳のティミーの親友 「オオカミ少年ドルフィ1期2 はじまりの夜2」 パウル・ヴァン・ローン作;西村由美訳;小倉正巳絵 学研 2009年1月

ドルフィ
小学三年生、親友のティミーの家の養子になったオオカミ少年 「オオカミ少年ドルフィ2期3 恐ろしい三つ子1」 パウル・ヴァン・ローン作;西村由美訳;小倉正巳絵 学研教育出版 2010年1月

ドルフィ
小学三年生でじつはオオカミ少年、森を悪者から守ろうとした男の子 「オオカミ少年ドルフィ2期2 オオカミ森を守れ! 2」 パウル・ヴァン・ローン作;西村由美訳;小倉正巳絵 学研教育出版 2009年10月

ドルフィ
小学三年生でじつはオオカミ少年、親友のティミーとけんかをしてしまった男の子 「オオカミ少年ドルフィ2期4 恐ろしい三つ子2」 パウル・ヴァン・ローン作;西村由美訳;小倉正巳絵 学研教育出版 2010年1月

ドルフィ
満月になるとオオカミ少年になる小学三年生、学校のキャンプに行った男の子 「オオカミ少年ドルフィ1期3 満月の夜1」 パウル・ヴァン・ローン作;西村由美訳;小倉正巳絵 学研 2009年4月

ドルフィ
満月になるとオオカミ少年になる小学三年生、学校のキャンプに行った男の子 「オオカミ少年ドルフィ1期4 満月の夜2」 パウル・ヴァン・ローン作;西村由美訳;小倉正巳絵 学研 2009年4月

ドルフィ
満月になるとオオカミ少年になる小学三年生、森を悪者から守ろうとした男の子 「オオカミ少年ドルフィ2期1 オオカミ森を守れ!1」 パウル・ヴァン・ローン作;西村由美訳;小倉正巳絵 学研教育出版 2009年10月

ドルムント
ソートラント王国の正反対の性格の双子の王子の仲間、腕のいい鍛冶屋 「ミラート年代記1 古の民シリリム」 ラルフ・イーザウ著;酒寄進一訳 あすなろ書房 2008年7月

トレイシー・ビーカー
養護施設「子どもの家」でくらす反抗的な小学三年生、女優のママのむかえをまっている女の子 「トレイシー・ビーカー物語1 おとぎ話はだいきらい」 ジャクリーン・ウィルソン作;ニック・シャラット絵;稲岡和美訳 偕成社 2010年9月

トレイシー・ビーカー
養護施設「子どもの家」でくらす反抗的な小学三年生、女優のママのむかえをまっている女の子 「トレイシー・ビーカー物語2 舞台の上からママへ」 ジャクリーン・ウィルソン作;ニック・シャラット絵;稲岡和美訳 偕成社 2010年9月

トレイシー・ビーカー
養護施設を出て里親の女流作家・カムとくらす小学三年生、女優のママの娘 「トレイシー・ビーカー物語3 わが家がいちばん!」 ジャクリーン・ウィルソン作;ニック・シャラット絵;稲岡和美訳 偕成社 2010年9月

トレッリおばあちゃん
考え深く落ち着いていてがまん強いおばあちゃん、ロージーの祖母 「トレッリおばあちゃんのスペシャル・メニュー」 シャロン・クリーチ作;せなあいこ訳 評論社(児童図書館・文学の部屋) 2009年8月

トレバー
すっとび犬のストリーカを飼っている少年、学校でティナーと「TT」と呼ばれているコンビの一人 「すっとび犬指名手配」 ジェレミー・ストロング作;岡本浜江訳;矢島眞澄絵 文研出版(文研ブックランド) 2008年1月

トレバー・アンダーソン
行方不明になった兄マックスの後を引き継いで大学で大陸移動説などを教えている三十五歳の地質学者 「センター・オブ・ジ・アース地底探検」 マーク・レヴィン著;河井直子訳 メディアファクトリー 2008年10月

トレヴァー・ミッチェル
大地主の息子、意地悪で自己中心的な性格の十六歳の少年 「ヴァンパイア・キス1 転校生は吸血鬼」 エレン・シュライバー著;高橋結花訳;カズアキイラスト メディアファクトリー 2009年6月

トレバー・ラッド
脳性まひの老人・ピーティの親友、八年生の少年 「ピーティ」 ベン・マイケルセン作;千葉茂樹訳 鈴木出版(鈴木出版の海外児童文学) 2010年5月

トレンス
ウェストマーク王国宰相、もと王室医務官で現在は君主制維持に努める男 「ウェストマーク戦記 2 ケストレルの戦争」 ロイド・アリグザンダー作;宮下嶺夫訳 評論社 2008年11月

トーレンツ船長　とーれんつせんちょう
隠されていたポセイドンの三叉のほこを手に入れた凶暴な海賊 「パイレーツ・オブ・カリビアンジャック・スパロウの冒険 12 新たなる水平線」 ロブ・キッド著;ジャン=ポール・オルピナス絵;ホンヤク社訳 講談社 2008年12月

トロイ・ボルトン
イースト高校バスケットボール部キャプテン、チームメートからの信頼も厚く学校中の人気者で音楽的才能もかくしもった少年 「ハイスクール・ミュージカル イースト高校 スピリット・ウイーク」 キャサリン・ハプカ文;橘もも訳 講談社(ディズニー文庫) 2008年7月

トロイ・ボルトン
イースト高校バスケットボール部キャプテン、学校中の人気者で音楽的才能もかくしもった少年 「ハイスクール・ミュージカル イースト高校 バンド・バトル」 N.B.グレース文;橘もも訳 講談社(ディズニー文庫) 2008年5月

トロイ・ボルトン
イースト高校バスケットボール部キャプテン、学校中の人気者で音楽的才能もかくしもった少年 「ハイスクール・ミュージカル イースト高校 ポエム・コンテスト」 アリス・アルフォンシ文;橘もも訳 講談社(ディズニー文庫) 2008年9月

トロイ・ボルトン
イースト高校バスケットボール部キャプテン、学校中の人気者で音楽的才能もかくしもった少年 「ハイスクール・ミュージカル イースト高校 未来の僕たち」 N.B.グレース文;橘もも訳 講談社(ディズニー文庫) 2008年11月

トロイ・ボルトン
イースト高校バスケットボール部キャプテン、学校中の人気者で音楽的才能もかくしもった少年 「ハイスクールミュージカル ザ・ムービー」 N.B.グレース文;橘もも訳 講談社(ディズニー文庫) 2009年1月

ドロシー
竜巻で魔女のいるオズの地に家ごと運ばれカンザスへの帰り方がわからなくなった女の子 「オズの魔法使い」 L.フランク・ボウム作;リスベート・ツヴェルガー絵;江國香織訳 BL出版 2008年11月

ドロシー・ラッセル
かつてフランバーズ屋敷の主だったマークの妻、クリスチナの友人 「フランバーズ屋敷の人びと 4,5 愛ふたたび(上下)」 K.M.ペイトン作;掛川恭子訳 岩波書店(岩波少年文庫) 2009年12月

ドロテア
魔法の王国の王立バレエスクールに通う少女ウルスラのペット、おとなしく恥ずかしがり屋の小型のクロクマ 「魔法の国の小さなバレリーナ 5 ウルスラと消えたプリンセス」 エメラルド・エバーハート著;岡田好惠訳 学研教育出版 2010年6月

ドロメラック
悪夢を引きおこす夢の精 「フェアリーズ―妖精たちの冒険 2 カゲロウと夢の巣」 J.H.スイート作;津森優子訳;唐橋美奈子絵 文溪堂 2008年9月

トワイト氏　とわいとし
少女ダイドーの音楽家の父、ハノーバー党といつも悪だくみばかりしている男 「ダイドーと父ちゃん―「ダイドーの冒険」シリーズ」 ジョーン・エイキン作;こだまともこ訳 冨山房 2008年1月

ドン
シロクマのビッグとけんかをしたセイウチのリーダー、セイのおじいちゃん 「マーメイド・ガールズ 2-2 メロディのマーメイド・ハープ」ジリアン・シールズ作;宮坂宏美訳;田中亜希子訳;つじむらあゆこ絵 あすなろ書房 2008年7月

トンス
幼い弟妹を養いながら自転車を持つことを夢見てアルバイトに精を出す働き者の六年生の少年 「チャリンコ・ヒコーキ・ジャージャー麺」イ・サンベ文;ペク・ミョンシク絵;高橋宜壽訳 現文メディア(韓国人気童話シリーズ) 2008年7月

ドンビン
ノンドゥル小学校の二年生、太っちょでお母さんからダイエットさせられている男の子 「太ってたってぼくはぼく」イ・ミエ文;チェ・チョルミン絵;吉田昌喜 現文メディア(韓国人気童話シリーズ15) 2010年3月

トンベ
家長の六年生のトンスの弟、将来技術者になる夢をもっている手先が器用な三年生の少年 「チャリンコ・ヒコーキ・ジャージャー麺」イ・サンベ文;ペク・ミョンシク絵;高橋宜壽訳 現文メディア(韓国人気童話シリーズ) 2008年7月

ドンホ
スーパーを経営する家の子ども、小学校の同級生・アラの家の隣に住む男の子 「ぼくらのスーパー大戦争」ユン・スチョン文;イ・ヒョンミ絵 現文メディア(韓国人気童話シリーズ14) 2010年3月

ドーン・ロシェル
十三歳で白血病と診断され寛解したが再発し骨髄移植をした十五歳の女の子 「ドーン・ロシェルの季節3 いつまでも忘れない」ローレイン・マクダニエル作;日当陽子訳 岩崎書店 2010年11月

ドーン・ロシェル
十三歳の春に白血病と診断されたテディベアが好きな中学生の女の子 「ドーン・ロシェルの季節1 さよならの贈りもの」ローレイン・マクダニエル作;日当陽子訳 岩崎書店 2010年7月

ドーン・ロシェル
十三歳の春に白血病と診断され寛解したが再発した十四歳の女の子 「ドーン・ロシェルの季節2 ふたつのバースデイ」ローレイン・マクダニエル作;日当陽子訳 岩崎書店 2010年7月

【な】

ナ・イェビョル
七歳の時から腎臓病を患っている十歳の少年 「星と話す少年」ペ・イクチョン文;チェ・チョルミン絵;吉田昌喜訳 現文メディア(韓国人気童話シリーズ) 2008年10月

ナイジェル・ブリストウ
世界最後の魔法学校「ローワン学院」の勧誘員 「タペストリー 下 封じられた物語」ヘンリー・H.ネフ著;大嶌双恵訳 ヴィレッジブックス 2010年4月

ナイジェル・ブリストウ
世界最後の魔法学校「ローワン学院」の勧誘員 「タペストリー 上 運命の光る糸」ヘンリー・H.ネフ著;大嶌双恵訳 ヴィレッジブックス 2010年4月

ナイチンゲール
ネバーランドのピクシー・ホロウで美しい歌を歌っていた鳥 「妖精たちのうちあけ話」テナント・レッドバンク作;ゲイル・ヘルマン作;小宮山みのり訳 講談社(ディズニーフェアリーズ文庫) 2009年10月

ナイマ
村一番のバングラデシュの伝統的な絵画・アルポナ画家、休みがないお父さんのために男の子に変装してリキシャを運転しようと考えた十歳の女の子 「リキシャ★ガール」 ミタリ・パーキンス作;ジェイミー・ホーガン絵;永瀬比奈訳　鈴木出版(鈴木出版の海外児童文学)　2009年10月

ナイラ
世界征服をたくらむ悪の集団＜純血団＞の総統・メタルビークの妻、メンフクロウ 「ガフールの勇者たち 7 宿命の子ナイロック」 キャスリン・ラスキー著;食野雅子訳　メディアファクトリー　2008年7月

ナイラ
世界征服をたくらむ悪の集団＜純血団＞の総統・メタルビークの妻、メンフクロウ 「ガフールの勇者たち 8 ＜新しい王＞の誕生」 キャスリン・ラスキー著;食野雅子訳　メディアファクトリー　2008年12月

ナイロック
世界征服をたくらむ悪の集団＜純血団＞の総統・メタルビークの息子、メンフクロウ 「ガフールの勇者たち 7 宿命の子ナイロック」 キャスリン・ラスキー著;食野雅子訳　メディアファクトリー　2008年7月

ナイロック(コーリン)
世界征服をたくらむ悪の集団＜純血団＞の総統・メタルビークの息子、メンフクロウ 「ガフールの勇者たち 8 ＜新しい王＞の誕生」 キャスリン・ラスキー著;食野雅子訳　メディアファクトリー　2008年12月

ナーガ
闇の王国ゴルゴニアにいる魔法使いマルベルに操られている海獣、悪のビースト 「ビースト・クエスト 15 海獣ナーガ」 アダム・ブレード作;浅尾敦則訳;大庭賢哉イラスト　ゴマブックス　2010年8月

中澤 隆　なかざわ・たかし
十六回目の命を授かっている再生者である健太と美咲の指導者、二十四回生の再生者 「健太、斧を取れ!」 クリストファー・ベルトン著;渡辺順子訳　幻冬舎　2010年11月

ナクソス
「見えざる者」が見えるペギー・スーのスーパーヒーロー学校の同級生、髪が純金でできている金の髪の少年 「ペギー・スー 9 光の罠と明かされた秘密」 セルジュ・ブリュソロ著;金子ゆき子訳;町田尚子絵　角川書店　2008年3月

ナスアダ
ヴァーデン軍を率いて帝国アラゲイシアと戦う若き指揮官、亡き名将アジハドの娘 「ブリジンガー－炎に誓う絆 上下(ドラゴンライダー3)」 クリストファー・パオリーニ著;大嶌双恵訳　ヴィレッジブックス　2009年3月

ナターシャ
イギリスのファーシングウェル村に住んでいる私立探偵になるのが夢の十二歳の少女 「シャーロック・ホームズには負けない」 ピート・ジョンソン作;岡本浜江訳;津尾美智子絵　文研出版(文研じゅべにーる)　2009年9月

ナターシャ
ジャン・ユーグがつくりあげた魅力的な少女のゴレメット 「ゴーレム1 究極のゲームソフト」 エルヴィール・ミュライユ著;ロリス・ミュライユ著;マリー＝オード・ミュライユ著;後平澪子訳　新樹社　2009年9月

ナターシャ
ジャン・ユーグがつくりあげた魅力的な少女のゴレメット 「ゴーレム2 地下室のトモダチ」 エルヴィール・ミュライユ著;ロリス・ミュライユ著;マリー＝オード・ミュライユ著;後平澪子訳　新樹社　2009年10月

ナ・ダプケ
名前のとおり"自分らしく"生きているちょっぴり寂しがり屋の小学生の男の子 「ぼくの名前はへんてこりん」 キム・ヒャンイ文;キム・ジョンド絵;吉田昌喜訳 現文メディア(韓国人気童話シリーズ) 2009年3月

ナタリー・カブラ
ケイヒル一族の分家ルシアン家の一員、39の手がかりを探すレースに参加するロンドン在住の美しい11歳の少女 「サーティーナイン・クルーズ 5 闇の包囲網」 パトリック・カーマン著;小浜杏訳;HACCANイラスト メディアファクトリー 2010年2月

ナタリー・カブラ
ケイヒル一族の分家ルシアン家の一員、39の手がかりを探すレースに参加するロンドン在住の美しい11歳の少女 「サーティーナイン・クルーズ 6 遠い記憶」 ジュード・ワトソン著;小浜杏訳;HACCANイラスト メディアファクトリー 2010年6月

ナタリー・カブラ
ケイヒル一族の分家ルシアン家の一員、39の手がかりを探すレースに参加するロンドン在住の美しい11歳の少女 「サーティーナイン・クルーズ 7 毒蛇の巣窟」 ピーター・ルランジス著;小浜杏訳;HACCANイラスト メディアファクトリー 2010年11月

ナック・マック・フィーグルズ
見習い魔女ティファニーを見守る男の妖精たち 「見習い魔女ティファニーと懲りない仲間たち」 テリー・プラチェット著;冨永星訳 あすなろ書房 2010年6月

ナットジョブ
ヒステリー島に住むイカれた民族・ヒステリー族のカシラ、金色のあごひげをたくわえた大男 「ヒックとドラゴン4 氷海の呪い」 クレシッダ・コーウェル作;相良倫子・陶浪亜希訳 小峰書店 2010年3月

ナットジョブ
ヒステリー島に住むイカれた民族・ヒステリー族のカシラ、金色のあごひげをたくわえた大男 「ヒックとドラゴン7 復讐の航海」 クレシッダ・コーウェル作;相良倫子・陶浪亜希訳 小峰書店 2010年12月

ナディア
同僚のジャン・ユーグに恋をしていた生物教師、謎の巨大企業MC社に追われている美人 「ゴーレム2 地下室のトモダチ」 エルヴィール・ミュライユ著;ロリス・ミュライユ著;マリー＝オード・ミュライユ著;後平澪子訳 新樹社 2009年10月

ナヌーク
アバンティア王国を守っていたが呪いをかけられ凶暴化してしまった六匹の伝説のビーストの一匹、雪獣 「ビースト・クエスト 5 雪獣ナヌーク」 アダム・ブレード作;浅尾敦則訳 ゴマブックス 2008年2月

ナヌーク
魔法使いマルベルにさらわれてゴルゴニアにいるアバンティア王国の守り神の雪獣 「ビースト・クエスト 16 ゴルゴン犬ケイモン」 アダム・ブレード作;浅尾敦則訳;大庭賢哉イラスト ゴマブックス 2010年10月

ナビーン王子　なびーんおうじ
悪い魔術師のファシリエにカエルの姿にかえられたマルドニア王国の王子 「プリンセスと魔法のキス」 アイリーン・トリンブル作;倉田真木訳 偕成社(ディズニーアニメ小説版) 2010年2月

ナリッサ女王　なりっさじょおう
エドワード王子の継母で心がゆがんだ女王、腹黒い魔女 「魔法にかけられて」 ジャスミン・ジョーンズ作;橘高弓枝訳 偕成社(ディズニーアニメ小説版) 2008年2月

なれで

ナレディ
南アフリカの黒人居留地に住むもうすぐ十三歳の女の子、病気の赤ん坊・ディネオの姉 「ヨハネスブルクへの旅」 ビヴァリー・ナイドゥー作;もりうちすみこ訳;橋本礼奈画 さ・え・ら書房 2008年4月

ナンシイ・ブラケット(船長ナンシイ) なんしいぶらけっと(きゃぷてんなんしい)
アマゾン号の船長兼共同所有者、ハウスボートで暮らすジムおじさんのめい 「ツバメ号とアマゾン号 上下」 アーサー・ランサム作;神宮輝夫訳 岩波書店(岩波少年文庫) 2010年7月

ナンシー・ドルー
リバーハイツという小さな町の高校3年生、次々と事件を解決する美少女探偵 「少女探偵ナンシー・ドルー ハリウッド映画殺人事件」 キャロリン・キーン作;小林淳子訳;甘塩コメコ絵 金の星社 2008年9月

ナンシー・ドルー
リバーハイツという小さな町の高校3年生、次々と事件を解決する美少女探偵 「少女探偵ナンシー・ドルー ファッションデザイナーの疑惑」 キャロリン・キーン作;小林淳子訳;甘塩コメコ絵 金の星社 2008年9月

ナンバー1 なんばーわん
妖精第八の種族・デーモンがすむハイブラス島でワープせずに十四歳にまでなった最年長のインプ(小悪魔) 「アルテミス・ファウル 失われし島」 オーエン・コルファー著;大久保寛訳 角川書店 2010年8月

【に】

兄ちゃん(ロドリック・ヘフリー) にいちゃん(ろどりっくへふりー)
日記を書く6年生・グレッグの兄ちゃん、ヘビメタ好きの男の子 「グレッグのダメ日記」 ジェフ・キニー作;中井はるの訳 ポプラ社 2008年5月

にいパイ
日記を書くことにした男の子、学校でおばかなやつらにかこまれてくらす6年生 「グレッグのダメ日記」 ジェフ・キニー作;中井はるの訳 ポプラ社 2008年5月

ニクラーレン・ゴールドアイ
魔法学院ワインディング・サークル学院の魔法使い、「黄金の眼のニコ」と呼ばれる男 「サークル・マジック—サンドリと光の糸」 タモラ・ピアス著;西広なつき訳 小学館(小学館ルルル文庫) 2008年6月

ニクラーレン・ゴールドアイ
魔法学院ワインディング・サークル学院の魔法使い、「黄金の眼のニコ」と呼ばれる男 「サークル・マジック—ダジャと炎の絆」 タモラ・ピアス著;西広なつき訳 小学館(小学館ルルル文庫) 2008年1月

ニクラーレン・ゴールドアイ
魔法学院ワインディング・サークル学院の魔法使い、「黄金の眼のニコ」と呼ばれる男 「サークル・マジック—トリスと稲妻の矢」 タモラ・ピアス著;西広なつき訳 小学館(小学館ルルル文庫) 2008年8月

ニクラーレン・ゴールドアイ
魔法学院ワインディング・サークル学院の魔法使い、「黄金の眼のニコ」と呼ばれる男 「サークル・マジック—ブライアーと癒しの木」 タモラ・ピアス著;西広なつき訳 小学館(小学館ルルル文庫) 2009年1月

ニコ（ニクラーレン・ゴールドアイ）
魔法学院ワインディング・サークル学院の魔法使い、「黄金の眼のニコ」と呼ばれる男 「サークル・マジック—サンドリと光の糸」タモラ・ピアス著;西広なつき訳 小学館（小学館ルルル文庫） 2008年6月

ニコ（ニクラーレン・ゴールドアイ）
魔法学院ワインディング・サークル学院の魔法使い、「黄金の眼のニコ」と呼ばれる男 「サークル・マジック—ダジャと炎の絆」タモラ・ピアス著;西広なつき訳 小学館（小学館ルルル文庫） 2008年1月

ニコ（ニクラーレン・ゴールドアイ）
魔法学院ワインディング・サークル学院の魔法使い、「黄金の眼のニコ」と呼ばれる男 「サークル・マジック—トリスと稲妻の矢」タモラ・ピアス著;西広なつき訳 小学館（小学館ルルル文庫） 2008年8月

ニコ（ニクラーレン・ゴールドアイ）
魔法学院ワインディング・サークル学院の魔法使い、「黄金の眼のニコ」と呼ばれる男 「サークル・マジック—ブライアーと癒しの木」タモラ・ピアス著;西広なつき訳 小学館（小学館ルルル文庫） 2009年1月

ニコ・ディ・アンジェロ
冥界の神ハデスの息子で半神半人のハーフ、ふたごの姉ビアンカを亡くしたことでパーシーを恨んでいる少年 「パーシー・ジャクソンとオリンポスの神々 4迷宮の戦い」リック・リオーダン作;金原瑞人訳;小林みき訳 ほるぷ出版 2008年12月

ニコ・ディ・アンジェロ
冥界の神ハデスの息子で半神半人のハーフ、十二歳の少年 「パーシー・ジャクソンとオリンポスの神々 5最後の神」リック・リオーダン作;金原瑞人訳;小林みき訳 ほるぷ出版 2009年12月

ニコ・ミントフ
第二次大戦下イングランド北東部の港町にいた男、貧民街を牛耳っていたマルタ人のボス 「水深五尋」ロバート・ウェストール作;金原瑞人・野沢佳織訳 岩波書店 2009年3月

ニコラ
クロアチアの小さな港街のセニュに住む孤児たちを率いる赤毛の少女・ゾラの仲間の一人、冗談が得意なムードメーカー 「赤毛のゾラ 上下」クルト・ヘルト著;酒寄進一訳 長崎出版 2009年3月

ニコラス
コルバキヨの漁師村に住んでいた貧しい一家の子ども、五歳で孤児になった少年 「クリスマス物語」マルコ・レイノ著;末延弘子訳 講談社 2010年11月

ニコラス・スミス（ニック）
パリで大泥棒一族ビショップ家の娘カットから財布をすった修行中のスリ、十六歳のイギリス人 「快盗ビショップの娘」アリー・カーター著;橋本恵訳 理論社 2010年4月

ニコラス・デューク
キミチー家の当主・ニコロ公爵の末息子、落馬の事故で足がひどく不自由な少年 「ストラヴァガンザ 星の都 上下」メアリ・ホフマン著;乾侑美子訳 小学館（SUPER!YA） 2010年11月

ニコラス・ヴァーガス
ジャイアント退治を義理の姉ローリーと手伝うことになったフロリダの十一歳の少年 「NEW スパイダーウィック家の謎 第2巻 ジャイアント襲来」ホリー・ブラック作;トニー・ディテルリッジ絵;飯野眞由美 文溪堂 2010年1月

ニコラス・ヴァーガス
フロリダの町でジャイアントが目を覚ます理由を知った十一歳の少年、ローリーの義理の弟 「NEWスパイダーウィック家の謎 第3巻 ワーム・ドラゴンの王」ホリー・ブラック作;トニー・ディテルリッジ絵;飯野眞由美 文溪堂 2010年4月

ニコラス・ヴァーガス
義理の姉のローリーと倒れていた妖精・タロアを助けた十一歳の少年 「NEWスパイダーウィック家の謎 第1巻 妖精図鑑、ふたたび」ホリー・ブラック作;トニー・ディテルリッジ絵;飯野眞由美訳 文溪堂 2009年11月

ニコラス・ライヴス
十九歳のアランの弟、剣で戦うのが得意な黒髪と黒い瞳の十六歳の高校生 「デーモンズ・レキシコン 1 魔術師の息子」サラ・リース・ブレナン著;番由美子訳 メディアファクトリー 2009年4月

ニコラ・フラメル
伝説の錬金術師 「魔術師ニコロ・マキャベリ(アルケミスト2)」マイケル・スコット著;橋本恵訳 理論社 2008年11月

ニコラ・フラメル
伝説の錬金術師、強力な呪術師のペレネルの夫 「呪術師ペレネル(アルケミスト3)」マイケル・スコット著;橋本恵訳 理論社 2009年11月

ニコロ公爵　にころこうしゃく
タリア王国統一をたくらむキミチー家の当主、ジリア公国の元首 「ストラヴァガンザ 星の都 上下」メアリ・ホフマン著;乾侑美子訳 小学館(SUPER!YA) 2010年11月

ニコロ・スピーニ
雲でできた空飛ぶ島に住んでいる天空の民、中国語が話せる少年 「天空の少年ニコロ1 消えた龍王の謎」カイ・マイヤー著;遠山明子訳;佐竹美保画 あすなろ書房 2010年2月

ニコロ・マキャベリ
フランス対外治安総局の長官、不死とひきかえにダークエルダーに仕えるようになった男 「魔術師ニコロ・マキャベリ(アルケミスト2)」マイケル・スコット著;橋本恵訳 理論社 2008年11月

ニック
パリで大泥棒一族ビショップ家の娘カットから財布をすった修行中のスリ、十六歳のイギリス人 「快盗ビショップの娘」アリー・カーター著;橋本恵訳 理論社 2010年4月

ニック
第2次大戦直後のイギリスのオタバリ市に住む少年、爆撃で両親を亡くした子 「オタバリの少年探偵たち」セシル・デイ・ルイス作;脇明子訳 岩波書店(岩波少年文庫) 2008年9月

ニック
不思議なレシピ通りに使うと魔法の薬がつくれるという大きな木のスプーンをひろった姉弟の弟 「魔女のスプーン」ルース・チュウ作;日当陽子訳;たんじあきこ絵 フレーベル館(魔女の本棚) 2010年6月

ニック
北極の「ネガイカナエ・センター」でクリスマスの仕事にそなえてじゅんび運動をしていたサンタさん 「ランプの精リトル・ジーニー 10 ハッピー・クリスマス!」ミランダ・ジョーンズ作;宮坂宏美訳;サトウユカ絵 ポプラ社 2008年11月

ニック(ニコラス・ライヴス)
十九歳のアランの弟、剣で戦うのが得意な黒髪と黒い瞳の十六歳の高校生 「デーモンズ・レキシコン 1 魔術師の息子」サラ・リース・ブレナン著;番由美子訳 メディアファクトリー 2009年4月

ニック・コンテリス
中学生の仲良しグループが開業した便利屋「ティーン・パワー」株式会社のメンバー、クールで皮肉屋の少年 「ティーン・パワーをよろしく10 謎の脅迫状」 エミリー・ロッダ著;岡田好惠訳 講談社(YA! entertainment) 2008年5月

ニック・コンテリス
中学生の仲良しグループが開業した便利屋「ティーン・パワー」株式会社のメンバー、クールで皮肉屋の少年 「ティーン・パワーをよろしく11 百万長者を救え!」 エミリー・ロッダ著;岡田好惠訳 講談社(YA! entertainment) 2008年12月

ニック・コンテリス
中学生の仲良しグループが開業した便利屋「ティーン・パワー」株式会社のメンバー、クールで皮肉屋の少年 「ティーン・パワーをよろしく12 名画の秘密」 エミリー・ロッダ著;岡田好惠訳 講談社(YA! entertainment) 2009年2月

ニック・ダイヤモンド
私立探偵の兄・ティムとロンドンで暮らすクールでドライな13歳の少年 「ダイヤモンドブラザーズ ケース1 危険なチョコボール」 アンソニー・ホロヴィッツ作;金原瑞人訳;藤倉麻子絵 文溪堂 2009年1月

ニック・ダイヤモンド
私立探偵の兄・ティムとロンドンで暮らすクールでドライな13歳の少年 「ダイヤモンドブラザーズ ケース2 裏切りのクジャク」 アンソニー・ホロヴィッツ作;金原瑞人訳;藤倉麻子絵 文溪堂 2009年2月

ニック・ダイヤモンド
私立探偵の兄・ティムとロンドンで暮らすクールでドライな14歳の少年 「ダイヤモンドブラザーズ ケース3 逆転のオークション」 アンソニー・ホロヴィッツ作;金原瑞人・天川佳代子訳;藤倉麻子絵 文溪堂 2009年2月

ニック・ダイヤモンド
私立探偵の兄・ティムとロンドンで暮らすクールでドライな14歳の少年 「ダイヤモンドブラザーズ ケース4 空とぶフランス菓子」 アンソニー・ホロヴィッツ作;樋渡正人訳;藤倉麻子絵 文溪堂 2009年3月

ニック・ダイヤモンド
私立探偵の兄・ティムとロンドンで暮らすクールでドライな14歳の少年 「ダイヤモンドブラザーズ ケース5 禁断のクロコダイル」 アンソニー・ホロヴィッツ作;西田登訳;藤倉麻子絵 文溪堂 2009年3月

ニーナ・デ・ノービリ
手に星型のアザをもつ錬金術師の卵、錬金術師で哲学者のおじいちゃんから使命を受け闇の錬金術師と戦う少女 「ルナ・チャイルド4 ニーナと水の迷宮の秘密」 ムーニー・ウィッチャー作;荒瀬ゆみこ訳;佐竹美保画 岩崎書店 2008年2月

ニーナ・ファブリ
パリ・オペラ座のトップバレリーナを夢見る12歳の女の子 「バレエ! 1 バレリーナの卵 ニーナ」 アンヌ=マリー・ポル著;寺澤孝子・松尾日出子訳;小川彌生画 メディアファクトリー 2009年6月

ニーナ・ファブリ
パリにある名門・カマルゴ・バレエ学校の給費生、13歳の女の子 「バレエ! 2 選ぶのはニーナ」 アンヌ=マリー・ポル著;寺澤孝子・松尾日出子訳;小川彌生画 メディアファクトリー 2009年6月

ニーナ・ファブリ
パリにある名門・カマルゴ・バレエ学校の給費生、13歳の女の子 「バレエ! 3 舞台裏は大さわぎ」 アンヌ=マリー・ポル著;寺澤孝子・松尾日出子訳;小川彌生画 メディアファクトリー 2009年7月

になふ

ニーナ・ファブリ
パリにある名門・カマルゴ・バレエ学校の給費生、13歳の女の子 「バレエ！4 初めてのパートナー」 アンヌ=マリー・ポル著;寺澤孝子・松尾日出子訳;小川彌生画 メディアファクトリー 2009年9月

ニーナ・ファブリ
パリにある名門・カマルゴ・バレエ学校の給費生、13歳の女の子 「バレエ！5 ニーナだけの秘密」 アンヌ=マリー・ポル著;寺澤孝子・松尾日出子訳;小川彌生画 メディアファクトリー 2009年11月

ニーナ・ファブリ
プロのバレリーナを目指してパリのバレエ学校に通っている十三歳の女の子 「バレエ！6 ファースト・キス」 アンヌ=マリー・ポル著;寺澤孝子訳;松尾日出子訳 メディアファクトリー 2010年1月

ニーナ・ファブリ
プロのバレリーナを目指してパリのバレエ学校に通っている十三歳の女の子 「バレエ！7 彼のパートナーはだれ？」 アンヌ=マリー・ポル著;寺澤孝子訳;松尾日出子訳 メディアファクトリー 2010年4月

ニーナ・ファブリ
プロのバレリーナを目指してパリのバレエ学校に通っている十三歳の女の子 「バレエ！8 夢はエトワール？」 アンヌ=マリー・ポル著;寺澤孝子訳;松尾日出子訳 メディアファクトリー 2010年6月

ニーナ・ファブリ（子ジカ）　にーなふぁぶり（こじか）
パリに住むバレエが大好きな12歳の女の子、子ジカみたいな黒い目の子 「ダンス！1 バレリーナの卵」 アンヌ=マリー・ポル著;阪田由美子訳 草思社 2008年1月

ニーナ・ファブリ（子ジカ）　にーなふぁぶり（こじか）
パリに住むバレエが大好きな13歳の女の子、子ジカみたいな黒い目の子 「ダンス！2 選ぶのはわたし」 アンヌ=マリー・ポル著;阪田由美子訳 草思社 2008年1月

ニミアン
扉の向こうの世界の魔女、魔法使い・ダライアスを手下にしているエンダーの女王 「100の扉 2 タンポポの炎 上下」 N.D.Wilson作;大谷真弓訳 小学館（小学館ファンタジー文庫） 2009年8月

ニミアン
扉の向こうの世界の魔女、魔法使い・ダライアスを手下にしているエンダーの女王 「100の扉 3 チェストナットの王 上下」 N.D.Wilson作;大谷真弓訳 小学館（小学館ファンタジー文庫） 2010年11月

ニム
海洋生物研究者の父親・ジャックと二人で無人島に住んでいる女の子 「秘密の島のニム」 ウェンディー・オルー著;田中亜希子訳 あすなろ書房 2008年7月

ニャンウィック・カナエール・プライドー・B　にゃんういっくかなえーるぷらいどーびー
おてんば魔女ハギー・アギーにつかえる優秀な魔女ネコ 「おてんば魔女ガールズバンドで大スター!?－魔女ネコ日記2」 ハーウィン・オラム作;サラ・ウォーバートン絵;田中亜希子訳 ポプラ社 2008年7月

ニャンウィック・カナエール・プライドー・B　にゃんういっくかなえーるぷらいどーびー
おてんば魔女ハギー・アギーにつかえる優秀な魔女ネコ 「おてんば魔女パジャマパーティーで人気者!?－魔女ネコ日記3」 ハーウィン・オラム作;サラ・ウォーバートン絵;田中亜希子訳 ポプラ社 2008年10月

ニャンウィック・カナエール・プライド‐B　にゃんういっくかなえーるぷらいどーびー
おてんば魔女ハギー・アギーにつかえる優秀な魔女ネコ 「おてんば魔女バレエ学校で123－魔女ネコ日記1」ハーウィン・オラム作;サラ・ウォーバートン絵;田中亜希子訳　ポプラ社　2008年4月

ニャンウィック・カナエール・プライド‐B　にゃんういっくかなえーるぷらいどーびー
おてんば魔女ハギー・アギーにつかえる優秀な魔女ネコ 「おてんば魔女魔女料理は☆☆☆料理!!－魔女ネコ日記4」ハーウィン・オラム作;サラ・ウォーバートン絵;田中亜希子訳　ポプラ社　2009年1月

ニルス・アメン
千人もの木こりを率いるアメンの森の頭領、少年トビーの友だち 「トビー・ロルネス3 エリーシャの瞳」ティモテ・ド・フォンベル作;フランソワ・プラス画;伏見操訳　岩崎書店　2009年2月

ニルス・アメン
千人もの木こりを率いるアメンの森の頭領、少年トビーの友だち 「トビー・ロルネス4 最後の戦い」ティモテ・ド・フォンベル作;フランソワ・プラス画;伏見操訳　岩崎書店　2009年3月

ニルス・アメン
両親が投獄され自身も追われている少年トビーの幼いころからの友人 「トビー・ロルネス1 空に浮かんだ世界」ティモテ・ド・フォンベル作;フランソワ・プラス画;伏見操訳　岩崎書店　2008年7月

【ぬ】

ヌーラ
地球を捨てた人間たちがたどり着いた星「アスカリス第二惑星」に生息していた動物 「グリーンワールド 上下」ドゥーガル・ディクソン著;金原瑞人・大谷真弓訳　ダイヤモンド社　2010年1月

【ね】

ネイト・クウォーター
東の森のブレイド嵐晶石鉱山で働く十四歳の孤児の点灯夫 「崖の国物語10 滅びざる者たち」ポール・スチュワート作;クリス・リデル絵;唐沢則幸訳　ポプラ社(ポプラ・ウイング・ブックス)　2009年9月

ねがいごと大妖精　ねがいごとだいようせい
妖精フェリシティの学校にやってきたとてもありえないねがいごとをみごとにかなえる妖精 「妖精フェリシティ6 わくわくねがいごと」エマ・トムソン作・絵;神戸万知訳　岩崎書店　2009年5月

ネーグル先生　ねーぐるせんせい
クレメンタインの担任・ダーマス先生の代理でやってきた女の先生 「それはないよ!?クレメンタイン(クレメンタイン3)」サラ・ペニーパッカー作;マーラ・フレイジー絵;前沢明枝訳　ほるぷ出版　2008年12月

ネクロマンサー
武城に住み使鬼をしたがえながら死霊を呼びだして使役する邪悪な呪い師 「ドラゴンキーパー 紫の幼龍」キャロル・ウィルキンソン作;もきかずこ訳　金の星社　2009年1月

ネコ
ちっとも魔女らしくないはみだし魔女・モーウェンと暮らす九匹の魔女ネコたち 「はみだしちゃった魔女」パトリシア・C.リーデ著;田中亜希子訳　東京創元社(sogen bookland)　2010年9月

ねこ

猫　ねこ
猫のウィッティントンが動物たちに語った物語に登場する猫、ロンドンの貿易商の飼い猫 「ウィッティントン」 アラン・アームストロング作;S.D.シンドラー絵;もりうちすみこ訳　さ・え・ら書房　2009年11月

ネコ(ニャンウィック・カナエール・プライドー・B)　ねこ(にゃんういっくかなえーるぷらいどーびー)
おてんば魔女ハギー・アギーにつかえる優秀な魔女ネコ 「おてんば魔女ガールズバンドで大スター!?－魔女ネコ日記2」 ハーウィン・オラム作;サラ・ウォーバートン絵;田中亜希子訳　ポプラ社　2008年7月

ネコ(ニャンウィック・カナエール・プライドー・B)　ねこ(にゃんういっくかなえーるぷらいどーびー)
おてんば魔女ハギー・アギーにつかえる優秀な魔女ネコ 「おてんば魔女パジャマパーティーで人気者!?－魔女ネコ日記3」 ハーウィン・オラム作;サラ・ウォーバートン絵;田中亜希子訳　ポプラ社　2008年10月

ネコ(ニャンウィック・カナエール・プライドー・B)　ねこ(にゃんういっくかなえーるぷらいどーびー)
おてんば魔女ハギー・アギーにつかえる優秀な魔女ネコ 「おてんば魔女バレエ学校で123－魔女ネコ日記1」 ハーウィン・オラム作;サラ・ウォーバートン絵;田中亜希子訳　ポプラ社　2008年4月

ネコ(ニャンウィック・カナエール・プライドー・B)　ねこ(にゃんういっくかなえーるぷらいどーびー)
おてんば魔女ハギー・アギーにつかえる優秀な魔女ネコ 「おてんば魔女魔女料理は☆☆☆料理!!－魔女ネコ日記4」 ハーウィン・オラム作;サラ・ウォーバートン絵;田中亜希子訳　ポプラ社　2009年1月

ネコ(ブラックパッチ)
魔女カイダンシターにつかえる魔女ネコ、魔女ネコ・ニャンウィックの大親友 「おてんば魔女ガールズバンドで大スター!?－魔女ネコ日記2」 ハーウィン・オラム作;サラ・ウォーバートン絵;田中亜希子訳　ポプラ社　2008年7月

ネコ(ブラックパッチ)
魔女カイダンシターにつかえる魔女ネコ、魔女ネコ・ニャンウィックの大親友 「おてんば魔女魔女料理は☆☆☆料理!!－魔女ネコ日記4」 ハーウィン・オラム作;サラ・ウォーバートン絵;田中亜希子訳　ポプラ社　2009年1月

ネコばあさん
みすぼらしい家で六十七匹のネコといっしょに住んでいるおばあさん 「ニック・シャドウの真夜中の図書館4 ネコばあさん」 ニック・シャドウ著;上川典子訳　ゴマブックス　2008年6月

ネスター
ふたごのジェイソンとジュリアが引っこしてきたアルゴ邸のなぞが多い庭師 「ユリシーズ・ムーアとなぞの地図」 Pierdomenico Baccalario著;金原瑞人訳　学研パブリッシング　2010年10月

ネスター
ふたごのジェイソンとジュリアが引っこしてきたアルゴ邸のなぞが多い庭師 「ユリシーズ・ムーアと鏡の館」 Pierdomenico Baccalario著;金原瑞人訳　学研パブリッシング　2010年12

ネスター
ふたごのジェイソンとジュリアが引っこしてきたアルゴ邸のなぞが多い庭師 「ユリシーズ・ムーアと時の扉」 Pierdomenico Baccalario著;金原瑞人訳　学研パブリッシング　2010年10

ネズミ(オーヴィル)
沼に住んでいるマスクラット、ハイラムのきょうだいで人型の水生ネズミ 「消えたモートンととんだ大そうさく－ヒキガエルとんだ大冒険2」 ラッセル・E・エリクソン作;ローレンス・ディ・フィオリ絵;佐藤凉子訳　評論社(児童図書館・文学の部屋)　2008年2月

ネズミ（ガードマン）
チュウチュウ通り1番地にすむお金持ち・ゴインキョの家にやってきた三びきの大きなネズミのガードマン 「ゴインキョとチーズどろぼう（チュウチュウ通り1番地）」 エミリー・ロッダ作;さくまゆみこ訳;たしろちさと絵 あすなろ書房（チュウチュウ通り1番地） 2009年9月

ネズミ（カブスケ）
メスネズミのルチルのなかよしネズミ、オスネズミ 「ネズミだって考える ルチルとカブスケの、うるさいおはなしと静かなおはなし」 フレドリック・ヴァーレ文;ヴェレーナ・バルハウス絵;小森香折訳 BL出版 2009年11月

ネズミ（クツカタッポ）
チュウチュウ通り2番地の古道具屋、ときどきお店をしめて宝さがしの冒険に出る冒険家のネズミ 「クツカタッポと三つのねがいごと（チュウチュウ通り2番地）」 エミリー・ロッダ作;さくまゆみこ訳;たしろちさと絵 あすなろ書房（チュウチュウ通り2番地） 2009年9月

ネズミ（ゴインキョ）
ハツカネズミの町のチュウチュウ通り1番地にすみお宝チーズをいっぱいもっているお金もちネズミ 「ゴインキョとチーズどろぼう（チュウチュウ通り1番地）」 エミリー・ロッダ作;さくまゆみこ訳;たしろちさと絵 あすなろ書房（チュウチュウ通り1番地） 2009年9月

ネズミ（ハイラム）
沼に住んでいるマスクラット、オーヴィルのきょうだいで大型の水生ネズミ 「消えたモートンとんだ大そうさく－ヒキガエルとんだ大冒険2」 ラッセル・E・エリクソン作;ローレンス・ディフィオリ絵;佐藤凉子訳 評論社（児童図書館・文学の部屋） 2008年2月

ネズミ（バート）
チュウチュウ通り1番地にすむお金持ち・ゴインキョの家にはいりこんだ小さなネズミ 「ゴインキョとチーズどろぼう（チュウチュウ通り1番地）」 エミリー・ロッダ作;さくまゆみこ訳;たしろちさと絵 あすなろ書房（チュウチュウ通り1番地） 2009年9月

ネズミ（ルチル）
オスネズミのカブスケのなかよしネズミ、メスネズミ 「ネズミだって考える ルチルとカブスケの、うるさいおはなしと静かなおはなし」 フレドリック・ヴァーレ文;ヴェレーナ・バルハウス絵;小森香折訳 BL出版 2009年11月

ねずみ王　ねずみおう
魔法の国・エンチャンティアで魔力をふるうねずみの王 「マジック・バレリーナ 3 デルフィと仮面舞踏会」 ダーシー・バッセル著;ケイティ・メイ絵 新書館 2010年4月

ねずみ王　ねずみおう
魔法の国・エンチャンティアにいるいじわるで強い魔法を使うねずみの王 「マジック・バレリーナ 5 デルフィと妖精の名づけ親」 ダーシー・バッセル著;ケイティ・メイ絵;神戸万知訳 新書館 2010年8月

ねずみ王　ねずみおう
魔法の国・エンチャンティアにいるいじわるで踊りが大きらいなねずみの王 「マジック・バレリーナ 6 デルフィと魔法のほれ薬」 ダーシー・バッセル著;ケイティ・メイ絵;神戸万知訳 新書館 2010年10月

ねずみ王　ねずみおう
魔法の国・エンチャンティアに時間の魔法をかけたねずみの王 「マジック・バレリーナ 4 デルフィとガラスの靴」 ダーシー・バッセル著;ケイティ・メイ絵;神戸万知訳 新書館 2010年6月

ねずみ王　ねずみおう
魔法の国・エンチャンティアを1年じゅう冬にする魔法をかけたねずみの王 「マジック・バレリーナ 2 デルフィと変身のじゅもん」 ダーシー・バッセル著;ケイティ・メイ絵;神戸万知訳 新書館 2010年2月

ねずみ

ネズミさん
モグラくんの家の穴ぐらの上のドングリの木にすむネズミ 「ネズミさんとモグラくん ネズミさんとモグラくんの楽しいおうち」ウォン・ハーバート・イー作;小野原千鶴訳 小峰書店 2010年7月

ネッリ・ペルホネン
リストと同じアパートに引っ越してきた女の子、リストがおとした手紙をひろった少女 「リストとゆかいなラウハおばさん 3 はじめてのラブレター?!の巻」S.ノポラ作;T.ノポラ作;末延弘子訳;S.トイヴォネン&A.ハヴカイネン絵 小峰書店 2008年12月

ネプチューン・ボーン
カイロ・ジムのライバルであくどい考古学者、カイロにある古代遺跡協会のメンバー 「カイロ・ジム 1 インディオの秘薬と謎の空中都市」ジェフリー・マクスキミング著;貴美島紀訳 ランダムハウス講談社 2008年3月

ネプチューン・ボーン
カイロ・ジムのライバルであくどい考古学者、カイロにある古代遺跡協会のメンバー 「カイロ・ジム 2 ファラオの秘宝とうもれた死者の扉」ジェフリー・マクスキミング著;貴美島紀訳 ランダムハウス講談社 2008年7月

ネプチューン・ボーン
カイロ・ジムのライバルであくどい考古学者、カイロにある古代遺跡協会のメンバー 「カイロ・ジム 3 黄金の棺と謎の海底都市」ジェフリー・マクスキミング著;貴美島紀訳 ランダムハウス講談社 2008年11月

ネプチューン・ボーン
カイロ・ジムのライバルであくどい考古学者、カイロにある古代遺跡協会のメンバー 「カイロ・ジム 4 わすれられたギリシャの神々と謎の壷」ジェフリー・マクスキミング著;奥沢しおり訳 ランダムハウス講談社 2009年3月

ネリー
第二次大戦下イングランド北東部の港町にいた女、貧民街の売春宿の主 「水深五尋」ロバート・ウェストール作;金原瑞人・野沢佳織訳 岩波書店 2009年3月

ネリア
バイサスの女盗賊、グランとウンチャイとともに反逆者を追う女 「フューチャーウォーカー 1 彼女は飛ばない」イヨンド作;ホンカズミ訳;金田榮路画 岩崎書店 2010年11月

ネリー・ゴメス
十四歳のエイミーと十一歳のダンの世話係をしている娘、料理が得意で音楽好きの現役大学生 「サーティーナイン・クルーズ 1 骨の迷宮」リック・リオーダン著;小浜杏訳;メディアファクトリー 2009年6月

ネリー・ゴメス
十四歳のエイミーと十一歳のダンの世話係をしている娘、料理が得意で音楽好きの現役大学生 「サーティーナイン・クルーズ 2 偽りの楽譜」ゴードン・コーマン著;小浜杏訳 メディアファクトリー 2009年7月

ネリー・ゴメス
十四歳のエイミーと十一歳のダンの世話係をしている娘、料理が得意で音楽好きの現役大学生 「サーティーナイン・クルーズ 3 奪われた刀」ピーター・ルランジス著;小浜杏訳; メディアファクトリー 2009年9月

ネリー・ゴメス
十四歳のエイミーと十一歳のダンの世話係をしている娘、料理が得意で音楽好きの現役大学生 「サーティーナイン・クルーズ 4 死者の伝言」ジュード・ワトソン著;小浜杏訳; メディアファクトリー 2009年11月

ネロ博士(マクシミリアン)　ねろはかせ(まくしみりあん)
悪人養成機関「HIVE」の最高責任者　「ハイブ 悪のエリート養成機関－volume2 オーバーロード・プロトコル」 マーク・ウォールデン作;三辺律子訳　ほるぷ出版　2010年5月

ネロ博士(マクシミリアン)　ねろはかせ(まくしみりあん)
世界中から集めた子どもたちを悪のエリートに育てる悪人養成機関「H.I.V.E.」を設立した男　「ハイブ 悪のエリート養成機関－volume1」 マーク・ウォールデン作;三辺律子訳　ほるぷ出版　2008年6月

【の】

ノア・ロビンス
父の再婚でアメリカ南部ルイジアナ州のシャドー・グローヴにやってきた十七歳の女の子　「とざされた時間のかなた」 ロイス・ダンカン作;佐藤見果夢訳　評論社(海外ミステリーBOX)　2010年1月

ノイ
タイの北部でくらす11歳の少女、土産物として売る傘に絵を描く仕事をしたい女の子　「シルクの花」 キャロリン・マースデン作;代田亜香子訳　鈴木出版(鈴木出版の海外児童文学)　2008年3月

ノエル先生(ユベール・ノエル)　のえるせんせい(ゆべーるのえる)
フランスのポール・エリュアール小学校五年生のシャルルたちの新しい担任　「ノエル先生としあわせのクーポン」 シュジー・モルゲンステルン作;宮坂宏美訳　講談社　2009年6月

ノーク
『ハンスぼうやの国』の住人、すぐに忘れられるあみぐるみ　「ハンスぼうやの国」 バルブロ・リンドグレーン文;エヴァ・エリクソン絵;木村由利子訳　あすなろ書房　2009年2月

ノコ
ひみつ結社「カエデ騎士団」の騎士の一人となったリス　「カエデ騎士団と月の精」 リーッカ・ヤンッティ作;末延弘子訳　評論社(児童図書館・文学の部屋)　2010年9月

ノース先生　のーすせんせい
クラスの生徒マーヴィンに一週間るすのあいだ老犬ウォルドーのせわをたのんだ先生　「先生と老犬とぼく」 ルイス・サッカー作;はらるい訳;むかいながまさ絵　文研出版(文研ブックランド)　2008年4月

ノーマン・シュミット
第二次世界大戦直後のアメリカの精肉屋の息子、事故で左手を失っても野球チームに入ろうとした少年　「片腕のキャッチ」 M.J.アウク作;日当陽子訳　フレーベル館　2010年8月

ノミ
祖国の大地震で遭難したデンマーク人の養子のラスムスが出会ったけがをした子どもの母親　「太陽のくに」 エヴァ・アスムセン作;枇谷玲子訳　金の星社　2010年12月

ノーラ
クラスメイトのドルフィのひみつを知っている女の子、じつはオオカミ少女　「オオカミ少年ドルフィ1期5 銀のわな1」 パウル・ヴァン・ローン作;西村由美訳;小倉正巳絵　学研　2009年7月

ノーラ
つれさられたクラスメイトのドルフィを助けに行った少女、じつはオオカミ人間　「オオカミ少年ドルフィ1期6 銀のわな2」 パウル・ヴァン・ローン作;西村由美訳;小倉正巳絵　学研　2009年7月

ノーラ
夏休みにアルデンヌ地方の別荘に友だちのドルフィたちときたオオカミ少女 「オオカミ少年ドルフィ2期5 オオカミ人間のひみつ1」 パウル・ヴァン・ローン作;西村由美訳;小倉正巳絵 学研教育出版 2010年4月

ノーラ
夏休みにアルデンヌ地方の別荘に友だちのドルフィたちときたオオカミ少女 「オオカミ少年ドルフィ2期6 オオカミ人間のひみつ2」 パウル・ヴァン・ローン作;西村由美訳;小倉正巳絵 学研教育出版 2010年4月

ノーラ
小学三年生、クラスメートのドルフィがオオカミ少年だと知らない女の子 「オオカミ少年ドルフィ1期4 満月の夜2」 パウル・ヴァン・ローン作;西村由美訳;小倉正巳絵 学研 2009年4月

ノーラ
小学三年生でじつはオオカミ少女、転校生のルークのことが気になる女の子 「オオカミ少年ドルフィ2期4 恐ろしい三つ子2」 パウル・ヴァン・ローン作;西村由美訳;小倉正巳絵 学研教育出版 2010年1月

ノーラ
小学三年生のドルフィのクラスメート、思いやりがあるやさしい女の子 「オオカミ少年ドルフィ1期3 満月の夜1」 パウル・ヴァン・ローン作;西村由美訳;小倉正巳絵 学研 2009年4月

ノラ・クーパー
となりに住んでいるあやしいおばあさんからあまくておいしい不思議なファッジをもらった女の子 「魔女のお菓子」 ルース・チュウ作;日当陽子訳;たんじあきこ絵 フレーベル館(魔女の本棚) 2010年8月

ノリータ・ニューバック
ファッション界の女王、世界中の女性があこがれている話題のファッションプロデューサー 「ブルー☆ロックガール(ロリー&エルシーのおしゃれマジック2)」 フィオナ・ダンバー作;露久保由美子訳;沖ふみか絵 フレーベル館 2008年11月

ノルベール・ド・リッシュヴァル
お金のあるお嫁さんをさがしている落ちぶれ貴族の息子、気取り屋 「オペラ座のバレリーナ」 ロルナ・ヒル作;長谷川たかこ訳 ポプラ社(ポプラポケット文庫) 2009年4月

ノンニ
アイスランドのアークレイリという町に住む少年、弟のマンニとボートに乗ってフィヨルドから外海に流されてしまった子ども 「ノンニとマンニのふしぎな冒険」 ヨーン・スウェンソン原作;渡邉奉勝訳文 出帆新社 2008年10月

【は】

ヴァイオレット
内気な十歳の女の子、積極的な子・リリーの双子の姉 「双子のヴァイオレット」 ジーン・ユーア作;渋谷弘子訳;笹森識絵 文研出版(文研じゅべにーる) 2009年2月

ヴァイオレット・アン
少女・ジェニーの暗くて古い家に一人ぼっちで住む八十九歳のひいおばあちゃん 「ウェディング・ウェブ サムがつむいだ夢」 ネット・ヒルトン作;小松原宏子訳;堀川理万子画 くもん出版 2008年8月

はがさ

ヴァイオレット・パーク
十五歳のルーカスの父親の知人でタスマニア出身のコンサート・ピアニスト 「ヴァイオレットがぼくに残してくれたもの」 ジェニー・ヴァレンタイン著;冨永星訳 小学館(SUPER!YA) 2009年6月

ヴァイオレット・ボードレール
孤児であるボードレール三姉弟妹の長女、発明好きな十五歳 「世にも不幸なできごと 13 終わり」 レモニー・スニケット著;宇佐川晶子訳 草思社 2008年11月

ハイキ
世界中から集められた魔力のある子どもたちのリーダーとなった少女、ヒーブラら魔女のとりこになった娘 「魔法少女レイチェル 滅びの呪文 上下」 クリフ・マクニッシュ作;亜沙美画;金原瑞人訳 理論社(フォア文庫) 2008年9月

バイキング
ねこの世界にある「ねこの学校」の野生組の生徒、プライドの高い灰色のおすねこ 「ねこの学校 3 ほんとうになった予言」 キム・ジンギョン作;キムジェホン絵;ホン・カズミ訳 岩崎書店 2008年11月

俳句のお姫さま　はいくのおひめさま
フェードアウトの呪いをかけられた俳句のお姫さま 「フェアリーズ－妖精たちの冒険 5 スパイダーワートと俳句のお姫さま」 J.H.スイート作;津森優子訳;唐橋美奈子絵 文溪堂 2009年2月

ハイタカ
アースシーのゴント島で生まれた少年、並はずれた魔法の力があるため驕った心をもった若者 「ゲド戦記 1 影との戦い」 アーシュラ・K.ル=グウィン作;清水真砂子訳 岩波書店(岩波少年文庫) 2009年1月

ハイドン先生　はいどんせんせい
名高い作曲家でヴァイオリンを愛するテレジアの名づけ親、エステルハージ侯爵のオーケストラの楽長 「消えたヴァイオリン」 スザンヌ・ダンラップ著;西本かおる訳 小学館(SUPER!YA) 2010年8月

ハイヴァー
強くて力のあるものに忍びこみ相手を乗っとる体のない心のようなもの 「見習い魔女ティファニーと懲りない仲間たち」 テリー・プラチェット著;冨永星訳 あすなろ書房 2010年6月

ハイラム
沼に住んでいるマスクラット、オーヴィルのきょうだいで大型の水生ネズミ 「消えたモートンとんだ大そうさく－ヒキガエルとんだ大冒険2」 ラッセル・E・エリクソン作;ローレンス・ディ・フィオリ絵;佐藤涼子訳 評論社(児童図書館・文学の部屋) 2008年2月

ハインリヒ・テラー
北国の漁村に住む少年・ヤンの父親、漁師の組合の委員長 「ぼくたちの船タンバリ」 ベンノー・プルードラ作;上田真而子訳 岩波書店(岩波少年文庫) 2008年2月

パオロ・ポロヴェルド
南米最果ての地に殺人者のアンヘルと暮らすやせっぽちの少年 「殺人者の涙」 アン・ロール・ボンドゥ著;伏見操訳 小峰書店(Y.A.Books) 2008年12月

パオロ・レヴィ
決してモーツァルトを演奏しない世界的に有名なバイオリニスト 「モーツァルトはおことわり」 マイケル・モーパーゴ作;マイケル・フォアマン絵;さくまゆみこ訳 岩崎書店 2010年7月

ハガサ・アガサ・マジョサ(ハギー・アギー)
魔女ネコ・ニャンウィックがつかえる魔女、魔女らしいことをしたがらないおてんば魔女 「おてんば魔女ガールズバンドで大スター!?－魔女ネコ日記2」 ハーウィン・オラム作;サラ・ウォーバートン絵;田中亜希子訳 ポプラ社 2008年7月

はがさ

ハガサ・アガサ・マジョサ（ハギー・アギー）
魔女ネコ・ニャンウィックがつかえる魔女、魔女らしいことをしたがらないおてんば魔女 「おてんば魔女パジャマパーティーで人気者!?－魔女ネコ日記3」 ハーウィン・オラム作;サラ・ウォーバートン絵;田中亜希子訳 ポプラ社 2008年10月

ハガサ・アガサ・マジョサ（ハギー・アギー）
魔女ネコ・ニャンウィックがつかえる魔女、魔女らしいことをしたがらないおてんば魔女 「おてんば魔女バレエ学校で123－魔女ネコ日記1」 ハーウィン・オラム作;サラ・ウォーバートン絵;田中亜希子訳 ポプラ社 2008年4月

ハガサ・アガサ・マジョサ（ハギー・アギー）
魔女ネコ・ニャンウィックがつかえる魔女、魔女らしいことをしたがらないおてんば魔女 「おてんば魔女魔女料理は☆☆☆料理!!－魔女ネコ日記4」 ハーウィン・オラム作;サラ・ウォーバートン絵;田中亜希子訳 ポプラ社 2009年1月

ハギー・アギー
魔女ネコ・ニャンウィックがつかえる魔女、魔女らしいことをしたがらないおてんば魔女 「おてんば魔女ガールズバンドで大スター!?－魔女ネコ日記2」 ハーウィン・オラム作;サラ・ウォーバートン絵;田中亜希子訳 ポプラ社 2008年7月

ハギー・アギー
魔女ネコ・ニャンウィックがつかえる魔女、魔女らしいことをしたがらないおてんば魔女 「おてんば魔女パジャマパーティーで人気者!?－魔女ネコ日記3」 ハーウィン・オラム作;サラ・ウォーバートン絵;田中亜希子訳 ポプラ社 2008年10月

ハギー・アギー
魔女ネコ・ニャンウィックがつかえる魔女、魔女らしいことをしたがらないおてんば魔女 「おてんば魔女バレエ学校で123－魔女ネコ日記1」 ハーウィン・オラム作;サラ・ウォーバートン絵;田中亜希子訳 ポプラ社 2008年4月

ハギー・アギー
魔女ネコ・ニャンウィックがつかえる魔女、魔女らしいことをしたがらないおてんば魔女 「おてんば魔女魔女料理は☆☆☆料理!!－魔女ネコ日記4」 ハーウィン・オラム作;サラ・ウォーバートン絵;田中亜希子訳 ポプラ社 2009年1月

バーギニョン・ベンレ
ダークエルフの地下都市で最高位にある貴族ベンレ家の息子、故ダントラグの後を継ぎベンレ家の剣匠に就いた男 「ダークエルフ物語 暗黒の包囲」 R.A.サルバトーレ著;安田均監訳;笠井道子訳 アスキー・メディアワークス 2010年6月

パク・ギサム（ギサム）
貧しい少年・ヨンキが働きはじめた中華料理屋「黄金飯店」の先輩店員 「ジャージャー麺がのびちゃうよ!」 イヒョン文;ユンジョンジュ絵;吉田昌喜翻訳 現文メディア（韓国人気童話シリーズ12） 2010年3月

バグショー兄弟　ばぐしょーきょうだい
明るいイギリス人で兄のアンガスと弟のヘミッシュ、爆破が得意の兄弟 「快盗ビショップの娘」 アリー・カーター著;橋本恵訳 理論社 2010年4月

白鳥（ルイ）　はくちょう（るい）
カナダ北西部にある荒れ地の沼で生まれトランペットを声代わりに都会へ冒険に出た鳴けない白鳥 「白鳥のトランペット」 E.B.ホワイト作;松永ふみ子訳;エドワード・フラシーノ画 福音館書店（福音館文庫） 2010年2月

パク・ヒョナ
幼くして家長となり体が不自由なおばあさんと二人で暮らしている成績優秀な小学三年生の少女 「願いをかなえる贈りもの」 キム・ソンヒ文;イ・サングォン絵;吉田昌喜訳 現文メディア（韓国人気童話シリーズ） 2008年12月

ぱしじ

パコ
砂漠に住む老人、十四歳で蜃気楼に消えたセバスチャンの弟 「ペギー・スー 2蜃気楼の国へ飛ぶ」セルジュ・ブリュソロ作;金子ゆき子訳;町田尚子絵 角川書店(角川つばさ文庫) 2009年12月

バーコウィッツ先生　ばーこういっつせんせい
英才教育の公立の実験校であるアストラ校の先生 「ぼくと〈ジョージ〉」E.L.カニグズバーグ作;松永ふみ子訳　岩波書店(岩波少年文庫)　2008年1月

バーサ
オルゴールの中の異世界・ロンド国の農場のピンクの大きなブタ 「ロンド国物語 7 崖の怪物」エミリー・ロッダ作;神戸万知訳;水野真帆絵　岩崎書店 2010年6月

バーサ
オルゴールの中の異世界・ロンド国の農場のピンクの大きなブタ 「ロンド国物語 8 潮読みの洞くつ」エミリー・ロッダ作;神戸万知訳;水野真帆絵　岩崎書店 2010年9月

バーサ
オルゴールの中の異世界・ロンド国の農場の見はりブタ 「ロンド国物語 6 天空の城」エミリー・ロッダ作;神戸万知訳;水野真帆絵　岩崎書店 2010年3月

バーサ
異世界・ロンド国の農場でやとわれている大きなピンクのブタの女の子 「ロンド国物語 2」エミリー・ロッダ作;神戸万知訳;水野真帆絵　岩崎書店 2008年12月

ハサミムシ
記憶喪失になりブラックロックの町をうろつく十三歳くらいの少女 「エミリーの記憶喪失ワンダーランド」ロブ・リーガー作・画;ジェシカ・グルーナー作;バズ・パーカー画;西田佳子訳　理論社 2010年2月

パーシー
けんかが強くスポーツ万能でいつもボロボロの運動ぐつをはいているイガグリ頭の少年 「パーシーの魔法の運動ぐつ」ウルフ・スタルク著;菱木晃子訳;はたこうしろう画　小峰書店 2009年7月

パーシー
夏休みに親友のウルフのおじいちゃんとおばあちゃんが住んでいる島へ勝手についていくことにした少年 「パーシーと気むずかし屋のカウボーイ」ウルフ・スタルク著;菱木晃子訳;はたこうしろう画　小峰書店 2009年7月

パーシー
父親の仕事の都合で遠い町にひっこさなければならなくなりわざと学校がきらいになることばかりしはじめた少年 「パーシーとアラビアの王子さま」ウルフ・スタルク著;菱木晃子訳;はたこうしろう画　小峰書店 2009年7月

パーシー・ジャクソン
ポセイドンの息子、水を自由にあやつりボールペン型の剣「アナクルーズモス」を使う少年 「パーシー・ジャクソンとオリンポスの神々 外伝 ハデスの剣」リック・リオーダン作;金原瑞人訳;小林みき訳　ほるぷ出版 2010年12月

パーシー・ジャクソン(ペルセウス・ジャクソン)
海神ポセイドンと人間の母親の間に生まれた半神半人のハーフ、十五歳の少年 「パーシー・ジャクソンとオリンポスの神々 5最後の神」リック・リオーダン作;金原瑞人訳;小林みき訳　ほるぷ出版 2009年12月

パーシー・ジャクソン(ペルセウス・ジャクソン)
海神ポセイドンと人間の母親の間に生まれた半神半人のハーフ、十四歳の少年 「パーシー・ジャクソンとオリンポスの神々 4迷宮の戦い」リック・リオーダン作;金原瑞人訳;小林みき訳　ほるぷ出版 2008年12月

ばじゃ

バージャック・ポー
名門猫の一族に生まれたシルバーブルーの雄猫、冒険を夢見る子猫 「バージャック メソポタミアン・ブルーの影」SFサイード作;金原瑞人・相山夏奏訳;田口智子画 偕成社 2008年1月

芭蕉　ばしょう
江戸の町へふしぎな旅をした兄妹・ジャックとアニーを助けた老人、すぐれた俳句の作家 「江戸の大火と伝説の龍」 メアリー・ポープ・オズボーン著;食野雅子訳 メディアファクトリー(マジック・ツリーハウス23) 2008年6月

ハース
フクロウの家のとなりにきつねのフォスとくらしているしっかり者のうさぎ 「きつねのフォスとうさぎのハース その2」シルヴィア・ヴァンデン・ヘーデ作;テー・チョンキン絵;野坂悦子訳 岩波書店 2008年8月

ハース
フクロウの家のとなりにきつねのフォスとくらしているしっかり者のうさぎ 「きつねのフォスとうさぎのハース その3」シルヴィア・ヴァンデン・ヘーデ作;テー・チョンキン絵;野坂悦子訳 岩波書店 2009年5月

バスカニア(タナトス・アルゴス・バスカニア)
多国籍企業「世界の目」をひきいるなぞの男、多数の目を持つ不気味な人物 「エレック・レックス 2 闇の王子の誕生」 カザ・キングスレイ著;服部千佳子訳;上川典子訳 エンターブレイン 2008年3月

バスター
「パピークラブ」の少女ローレンの飼い犬、茶色の雑種の子犬 「ミステリー・パピークラブ 2 消えた名画をさがせ!」ジョディー・メラー作;もん訳 PHP研究所 2009年9月

バズ・ライトイヤー
アンディ青年が小さいころよく遊んでいたスペース・レンジャーの人形 「トイ・ストーリー3」ジャスミン・ジョーンズ作;倉田真木訳 偕成社(ディズニーアニメ小説版) 2010年6月

バーソロミュー(バート)
海賊船ディアブロ号の若者、レイス船長に助けられた少年コナーの親友となった青年 「ヴァンパイレーツ 1－死の海賊船」 ジャスティン・ソンパー作;海後礼子訳 岩崎書店 2009年2月

バタシー公爵　ばたしーこうしゃく
少女ダイドーの親友、かつては孤児だったが今はイギリスのバタシー家六代目公爵でリチャード王の飾りつけ係長 「ダイドーと父ちゃん－「ダイドーの冒険」シリーズ」ジョーン・エイキン作;こだまともこ訳 冨山房 2008年1月

パット
サリバン家のふたご姉妹、クレア学院五年生 「おちゃめなふたごのさいごの秘密」 ブライトン作;佐伯紀美子訳 ポプラ社(ポプラポケット文庫) 2010年11月

ハティ
「アイス王国」のミラクル・ダイヤを取りもどしに行った「マーメイド・ガールズ」の人魚 「マーメイド・ガールズ 2-1 バニラと白いゆうれい」ジリアン・シールズ作;宮坂宏美訳;田中亜希子訳;つじむらあやこ絵 あすなろ書房 2008年7月

ハティ
「アイス王国」のミラクル・ダイヤを取りもどしに行った「マーメイド・ガールズ」の人魚 「マーメイド・ガールズ 2-2 メロディのマーメイド・ハープ」ジリアン・シールズ作;宮坂宏美訳;田中亜希子訳;つじむらあやこ絵 あすなろ書房 2008年7月

ハティ
「アイス王国」のミラクル・ダイヤを取りもどしに行った「マーメイド・ガールズ」の人魚 「マーメイド・ガールズ 2-4 ユウキとクジラの友だち」 ジリアン・シールズ作;宮坂宏美訳;田中亜希子訳;つじむらあゆこ絵 あすなろ書房 2008年7月

ハティ
ミラクル・ダイヤを探しに「黄金海岸」へ行った「マーメイド・ガールズ」の人魚 「マーメイド・ガールズ 2-3 ハティと空飛ぶじゅうたん」 ジリアン・シールズ作;宮坂宏美訳;田中亜希子訳;つじむらあゆこ絵 あすなろ書房 2008年7月

ハティ
ミラクル・ダイヤを探しに「禁じられた山」へ行った「マーメイド・ガールズ」の人魚 「マーメイド・ガールズ 2-6 イバリンとひみつの火山」 ジリアン・シールズ作;宮坂宏美訳;田中亜希子訳;つじむらあゆこ絵 あすなろ書房 2008年8月

ハティ
五つめのダイヤを探しに人間のいる港へ行った「マーメイド・ガールズ」の人魚 「マーメイド・ガールズ 2-5 フローネのマジック・ロケット」 ジリアン・シールズ作;宮坂宏美訳;田中亜希子訳;つじむらあゆこ絵 あすなろ書房 2008年8月

バディ
もうすぐ十三歳のジョシュの事故が起きてからチャムリー・リハビリセンターですごしている双子の兄 「バディたいせつな相棒」 V.M.ジョーンズ著;田中亜希子訳 PHP研究所 2008年2月

パーディー
海の近くの森に住む年をとったぶち柄の雄猫、どこの部族にも属さない猫 「ウォーリアーズ〔2〕-1 真夜中に」 エリン・ハンター作;高林由香子訳 小峰書店 2008年11月

バーディー・ダーリントン
アメリカ南部ジョージア州のダーリントン果樹園の十七歳のひとり娘、ホームスクールで育ち自然が大好きな女の子 「ピーチズ★卒業」 ジョディ・リン・アンダーソン著;相山夏奏訳 小学館(SUPER!YA) 2010年3月

バーディー・ダーリントン
アメリカ南部ジョージア州のダーリントン果樹園の十六歳のひとり娘、ホームスクールで育ち人づきあいは苦手な女の子 「ピーチズ★初恋」 ジョディ・リン・アンダーソン著;相山夏奏訳 小学館(SUPER!YA) 2009年12月

パディントン
イギリスに住むブラウンさん一家と暮らしているペルー育ちのクマ 「パディントンの大切な家族」 マイケル・ボンド作;ペギー・フォートナム画;田中琢治松岡享子訳 福音館書店(世界傑作童話シリーズ) 2008年10月

パディントン
イギリスに住むブラウンさん一家と暮らしているペルー育ちのクマ、舞踏会に招かれたクマ 「パディントンのラストダンス」 マイケル・ボンド作;ペギー・フォートナム画;田中琢治松岡享子訳 福音館書店(世界傑作童話シリーズ) 2008年10月

パディントン
ブラウンさん一家と一度も見たことがないクリスマスの飾りつけを街へ見に行ったクマ 「パディントン街へ行く」 マイケル・ボンド作;ペギー・フォートナム画;田中琢治松岡享子訳 福音館書店(世界傑作童話シリーズ) 2008年10月

バート
チュウチュウ通り1番地にすむお金持ち・ゴインキョの家にはいりこんだ小さなネズミ 「ゴインキョとチーズどろぼう(チュウチュウ通り1番地)」 エミリー・ロッダ作;さくまゆみこ訳;たしろちさと絵 あすなろ書房(チュウチュウ通り1番地) 2009年9月

バート
海賊船ディアブロ号の若者、レイス船長に助けられた少年コナーの親友となった青年 「ヴァンパイレーツ 1－死の海賊船」 ジャスティン・ソンパー作;海後礼子訳 岩崎書店 2009年2月

バート
人間に夢を配達するドリームライダーの訓練生、高いところが大の苦手の心やさしい男の子 「ドリーム☆チーム1」 アン・コバーン作;伊藤菜摘子訳;山本ルンルン絵 偕成社 2008年10月

バート
人間に夢を配達するドリームライダーの訓練生、高いところが大の苦手の心やさしい男の子 「ドリーム☆チーム2」 アン・コバーン作;伊藤菜摘子訳;山本ルンルン絵 偕成社 2008年10月

バート
人間に夢を配達するドリームライダーの訓練生、高いところが大の苦手の心やさしい男の子 「ドリーム☆チーム3」 アン・コバーン作;伊藤菜摘子訳;山本ルンルン絵 偕成社 2009年2月

バート
人間に夢を配達するドリームライダーの訓練生、高いところが大の苦手の心やさしい男の子 「ドリーム☆チーム4」 アン・コバーン作;伊藤菜摘子訳;山本ルンルン絵 偕成社 2009年4月

バート・ケードル
母が亡くなり弟といっしょにウルフ谷に住む伯父さんに引き取られることになった心配と苦労を一人で背負う十二歳の少年 「ウルフ谷の兄弟」 デーナ・ブルッキンズ作;宮下嶺夫訳 評論社(海外ミステリーBOX) 2010年1月

バトラー
十四歳の天才少年・アルテミスのボディガード、巨大で筋骨たくましい四十代のユーラシア人 「アルテミス・ファウル 失われし島」 オーエン・コルファー著;大久保寛訳 角川書店 2010年8月

バート・ランディ
英国グロスターシャー州の農場で働いている老人、第一次大戦の帰還兵 「少年グリフィン」 C.W ニコル作;栗原紀子訳;松岡達英絵 小学館 2010年7月

パトリック
「サニー・ビスタ・ノッティンガム・ホテル」設備係のスキーターのおい、ボビーの弟 「ベッドタイム・ストーリー」 ヘレナ・メイヤー作;橘高弓枝訳 偕成社(ディズニーアニメ小説版) 2009年3月

パトリック
最新ゲームの画面からクイズ番組「さがし物チャンピオン」へ招待された少年 「テレビのむこうの謎の国」 エミリー・ロッダ著;さくまゆみこ訳;杉田比呂美絵 あすなろ書房 2009年4月

パトリック・ピンク(ピンク)
おばあさんのタブス夫人と犬とアヒルと長年いっしょに農場で暮らしていた豚 「タブスおばあさんと三匹のおはなし」 ヒュー・ロフティング文・絵;南條竹則訳 集英社 2010年10月

ハドン大おじさん　はどんおおおじさん
オックスフォード大学カンタベリ・カレッジの学寮長、マリアの大おじさん 「オックスフォード物語 マリアの夏の日」 ジリアン・エイブリー作;神宮輝夫訳 偕成社 2009年6月

ハナ
メイン州の沖合の孤島の家で夏休みを過ごすことになった三人きょうだいの長女、十二歳の少女 「危機のドラゴン」 レベッカ・ラップ著;鏡哲生訳 評論社(児童図書館・文学の部屋) 2008年5月

バーナ
森の中の都市「森の心臓」を創設した逃亡奴隷、野心家の男 「パワー―西のはての年代記3」 ル=グウィン著;谷垣暁美訳 河出書房新社 2008年8月

ハナ・ブルックス
十歳のジョーの妹、病気がちなためあまやかされて育ちすっかりわがままになってしまった四歳の少女 「ダーティ・ドラゴン」 キャロル・ヒューズ著;西本かおる訳 小学館 2008年9月

ヴァーナ・ラヴォーン
貧しい街で母さんとふたり暮らしの女の子、大学に行くことを人生の目標にしている十五歳 「トゥルー・ビリーヴァー」 ヴァージニア・ユウワー・ウルフ著;こだまともこ訳 小学館 (SUPER!YA) 2009年6月

バニラ
「アイス王国」のミラクル・ダイヤを取りもどしに行った「マーメイド・ガールズ」の人魚 「マーメイド・ガールズ 2-1 バニラと白いゆうれい」 ジリアン・シールズ作;宮坂宏美訳;田中亜希子訳;つじむらあやこ絵 あすなろ書房 2008年7月

バニラ
「アイス王国」のミラクル・ダイヤを取りもどしに行った「マーメイド・ガールズ」の人魚 「マーメイド・ガールズ 2-2 メロディのマーメイド・ハープ」 ジリアン・シールズ作;宮坂宏美訳;田中亜希子訳;つじむらあゆこ絵 あすなろ書房 2008年7月

バニラ
「アイス王国」のミラクル・ダイヤを取りもどしに行った「マーメイド・ガールズ」の人魚 「マーメイド・ガールズ 2-4 ユウキとクジラの友だち」 ジリアン・シールズ作;宮坂宏美訳;田中亜希子訳;つじむらあゆこ絵 あすなろ書房 2008年7月

バニラ
ミラクル・ダイヤを探しに「黄金海岸」へ行った「マーメイド・ガールズ」の人魚 「マーメイド・ガールズ 2-3 ハティと空飛ぶじゅうたん」 ジリアン・シールズ作;宮坂宏美訳;田中亜希子訳;つじむらあゆこ絵 あすなろ書房 2008年7月

バニラ
ミラクル・ダイヤを探しに「禁じられた山」へ行った「マーメイド・ガールズ」の人魚 「マーメイド・ガールズ 2-6 イバリンとひみつの火山」 ジリアン・シールズ作;宮坂宏美訳;田中亜希子訳;つじむらあゆこ絵 あすなろ書房 2008年8月

バニラ
五つめのダイヤを探しに人間のいる港へ行った「マーメイド・ガールズ」の人魚 「マーメイド・ガールズ 2-5 フローネのマジック・ロケット」 ジリアン・シールズ作;宮坂宏美訳;田中亜希子訳;つじむらあゆこ絵 あすなろ書房 2008年8月

ヴァネッサ
ウィニーとゾーイと赤ちゃんのときからの友だち、女優になりたいと思っている三年生 「バレエなんて、きらい」 ジェニファー・リチャード・ジェイコブソン作;武富博子訳 講談社 2008年3月

ヴァネッサ
ようちえんからなかよしのゾーイとウィニーといっしょに生まれてはじめてのサマーキャンプに出かけた女の子 「キャンプで、おおあわて」 ジェニファー・リチャード・ジェイコブソン作;武富博子訳 講談社 2008年9月

バーノン・マントイフェル
ニューヨークに住む小学五年のザックのクラスメイト、心霊現象を信じていないごうまんな男の子 「ぼくの家はおばけやしき―ザックのふしぎたいけんノート」 ダン・グリーンバーグ著;原京子訳;原ゆたか絵 メディアファクトリー 2009年9月

はは

母　はは
フィンランドの十三歳の女の子・レベッカの母、牧師の妻で犬のブリーダー　「レベッカと夏の王子さま」　トゥイヤ・レヘティネン作;末延弘子訳　講談社（青い鳥文庫）2009年8月

パパ
13歳の女の子・ニーナのバレエに理解がないお父さん　「バレエ！2 選ぶのはニーナ」　アンヌ=マリー・ポル著;寺澤孝子・松尾日出子訳;小川彌生画　メディアファクトリー　2009年6月

パパ
オランダに住む少女キークの父親、戦争中の場所に行く医者　「小さな可能性」　マルヨライン・ホフ著;野坂悦子訳　小学館　2010年5月

パパ
バレエが好きな13歳の女の子・ニーナのパパ　「ダンス！2 選ぶのはわたし」　アンヌ=マリー・ポル著;阪田由美子訳　草思社　2008年1月

パパ
元気な女の子・ヴィンニのパパ、ストックホルムの近くの日曜日島に住んでいる人　「日曜日島のパパ［ヴィンニ！］(1)」　ペッテル・リードベック作;菱木晃子訳　岩波書店　2009年6月

パパ
八歳のティミーのパパ、いっしょにくらしているドルフィがオオカミ少年だと知らない人　「オオカミ少年ドルフィ1期2 はじまりの夜2」　パウル・ヴァン・ローン作;西村由美訳;小倉正巳絵　学研　2009年1月

パパ
魔法の王国の王立バレエスクールに通う少女ウルスラのパパ、楽器職人　「魔法の国の小さなバレリーナ5 ウルスラと消えたプリンセス」　エメラルド・エバーハート著;岡田好惠訳　学研教育出版　2010年6月

パパ（アイエード医師）　ぱぱ（あいえーどいし）
10才の女の子ジャスミンのパパ、犬のバレエぎらい　「バレリーナ・ドリームズ2 ジャスミンの幸運の星」　アン・ブライアント著;神戸万知訳;武蔵野ルネ絵　新書館　2008年11月

パパ（ジョージ・R・アダムズ）　ぱぱ（じょーじあーるあだむず）
老朽化の激しい修道院で暮らす少女・マギーの一級建築士のパパ　「ゴーストアビー」　ロバート・ウェストール著;金原瑞人訳　あかね書房（YA Dark）2009年3月

母親（ジョイス）　ははおや（じょいす）
南アフリカの黒人居留地に住む女の子・ナレディの母親、白人の家で働くメイド　「ヨハネスブルクへの旅」　ビバリー・ナイドゥー作;もりうちすみこ訳;橋本礼奈画　さ・え・ら書房　2008年4月

ババク
ペルシアの王家の血をひく十四歳の少女ミトラの弟、夢見という特殊な力を持つ五歳の少年　「星が導く旅のはてに」　スーザン・フレチャー作;冨永星訳　徳間書店　2010年7月

パパ・ジョルジュ
孤児の少年・ユゴーが隠れ住んでいたパリ駅構内にある小さなおもちゃ屋の老人　「ユゴーの不思議な発明」　ブライアン・セルズニック著;金原瑞人訳　アスペクト　2008年1月

バーバラ・アン・ファルーチ
イタリア系の父親を亡くしニュージャージー州の田舎町に祖父母と母親と暮らす十一歳の女の子　「ペニー・フロム・ヘブン」　ジェニファー・L.ホルム著;もりうちすみこ訳　ほるぷ出版　2008年7月

パピ
カルロスとマイケル兄弟と3人でキューバからアメリカにきたが死んでしまった元野球選手だった男性　「真夏のマウンド」　マイク・ルピカ著;伊達淳訳　あかね書房　2010年7月

ハヴィシャム氏　はびしゃむし
ドリンコート伯爵家のお抱え弁護士の老人　「小公子セドリック」　バーネット著;グラハム・ラスト絵;西田佳子訳　西村書店　2010年2月

ハーフ・エルフ
ソレースの町から仲間たちと蛮族の姫を連れて逃亡の旅に出た半エルフ　「ドラゴンランス1 廃都の黒竜 上」　マーガレット・ワイス作;トレイシー・ヒックマン作;安田均訳;ともひ絵　アスキー・メディアワークス(角川つばさ文庫)　2009年7月

ハーフ・エルフ
世界を救う秘宝を求めて仲間たちと廃都ザク・ツァロスに向かった半エルフ　「ドラゴンランス2 廃都の黒竜 下」　マーガレット・ワイス作;トレイシー・ヒックマン作;安田均訳;ともひ絵　アスキー・メディアワークス(角川つばさ文庫)　2009年8月

ハーフ・エルフ
仲間たちと世界を救う秘宝を入手して故郷のソレースに戻った半エルフ　「ドラゴンランス3 城砦の赤竜」　マーガレット・ワイス作;トレイシー・ヒックマン作;安田均訳;ともひ絵　アスキー・メディアワークス(角川つばさ文庫)　2009年11月

パヴレ
クロアチアの小さな港街のセニュに住む孤児たちを率いる赤毛の少女・ゾラの仲間の一人、力持ちでケンカが強い少年　「赤毛のゾラ 上下」　クルト・ヘルト著;酒寄進一訳　長崎出版　2009年3月

ハーマイオニー・グレンジャー
親友ハリー・ポッターとともに闇の魔法使い・ヴォルデモートを倒すための旅に出た魔法使いの少女　「ハリー・ポッターと死の秘宝 上下」　J.K.ローリング作;松岡佑子訳　静山社　2008年7月

ハーマン
いなかの村にすむホイッティカーさんがかっているねこ、おばけのジョージのともだち　「おばけのジョージーのハロウィーン」　ロバート・ブライト作絵;なかがわちひろ訳　徳間書店　2008年8月

ハミルトン・ホルト
ケイヒル一族の分家トマス家の一員、39の手がかりを探すレースに参加する体育会系のホルト一家の長男　「サーティーナイン・クルーズ5 闇の包囲網」　パトリック・カーマン著;小浜杳訳;HACCANイラスト　メディアファクトリー　2010年2月

パム
トムとふたごの妹、毎晩真夜中になると庭にあらわれる4匹の子ネコをトムと一緒に見つけた十歳の女の子　「真夜中の子ネコ」　ドディー・スミス著;J.グラハム=ジョンストン絵;水間千恵訳　文溪堂(Modern Classic Selection6)　2008年12月

バムス
第二次世界大戦中に兄のオーランドとレジスタンス運動に加わったデンマークの少年　「ヒットラーのカナリヤ」　サンディー・トクスヴィグ作;小野原千鶴訳　小峰書店(Y.A.Books)　2008年8月

ハメツドラゴン
怒れるトール神海にすみついている巨大なドラゴン　「ヒックとドラゴン4 氷海の呪い」　クレシッダ・コーウェル作;相良倫子・陶浪亜希訳　小峰書店　2010年3月

ハーモニー
おばの家に預けられた少女・ハレーのいとこ、黒い目で褐色の肌の若い女の人　「銀のらせんをたどれば」　ダイアナ・ウィン・ジョーンズ作;市田泉訳;佐竹美保絵　徳間書店　2010年3月

ばらく

バラク・オバマ
アメリカ合衆国史上初のアフリカ系アメリカ人大統領となった人 「オバマ」ロバータ・エドワーズ著;ケン・コール絵;日当陽子訳 岩崎書店 2009年1月

ハーラル・グンナルソン
バイキング船ウォーター・スネークの船長・グンナルの美貌の息子、戦いを好む冷酷な若者 「トロール・ブラッド 上 呪われた船」キャサリン・ラングリッシュ作;金原瑞人訳;杉田七重訳 あかね書房 2008年6月

ハーラル・シルケンヘア
バイキング船ウォーター・スネークの船長・グンナルの美貌の息子、戦いを好む冷酷な若者 「トロール・ブラッド 下 長い旅路の果て」キャサリン・ラングリッシュ作;金原瑞人訳;杉田七重訳 あかね書房 2008年6月

ハーラル・シルケンヘア(ハーラル・グンナルソン)
バイキング船ウォーター・スネークの船長・グンナルの美貌の息子、戦いを好む冷酷な若者 「トロール・ブラッド 上 呪われた船」キャサリン・ラングリッシュ作;金原瑞人訳;杉田七重訳 あかね書房 2008年6月

ハーリー
人間に夢を配達するドリームライダーの訓練生、スクーターの運転技術がピカイチでたよりになる姉御肌の女の子 「ドリーム☆チーム 1」アン・コバーン作;伊藤菜摘子訳;山本ルンルン絵 偕成社 2008年10月

ハーリー
人間に夢を配達するドリームライダーの訓練生、スクーターの運転技術がピカイチでたよりになる姉御肌の女の子 「ドリーム☆チーム 2」アン・コバーン作;伊藤菜摘子訳;山本ルンルン絵 偕成社 2008年10月

ハーリー
人間に夢を配達するドリームライダーの訓練生、スクーターの運転技術がピカイチでたよりになる姉御肌の女の子 「ドリーム☆チーム 3」アン・コバーン作;伊藤菜摘子訳;山本ルンルン絵 偕成社 2009年2月

ハーリー
人間に夢を配達するドリームライダーの訓練生、スクーターの運転技術がピカイチでたよりになる姉御肌の女の子 「ドリーム☆チーム 4」アン・コバーン作;伊藤菜摘子訳;山本ルンルン絵 偕成社 2009年4月

ハーリー
六年前に新しい家族として迎えいれた弟とはじめて二人だけで無人島へキャンプに行った十四歳の少年 「無人島の冒険」ロン・ロイ作;黒澤浩訳;小栗麗加絵 国土社 2009年6月

ハリエット
イギリスに住むアーミテージ家の娘、マークの妹 「ねむれなければ木にのぼれ」ジョーン・エイキン作;猪熊葉子訳 岩波書店(岩波少年文庫) 2010年8月

ハリエット
イギリスに住むとっぴなことばかりのアーミテージ家の娘、マークの妹 「ゾウになった赤ちゃん」ジョーン・エイキン作;猪熊葉子訳 岩波書店(岩波少年文庫) 2010年11月

ハリエット
フェアリーランドにいる七人のペットの妖精たちのひとり、ハムスターの妖精 「ハムスターの妖精(フェアリー)ハリエット(レインボーマジック)」デイジー・メドウズ作;田内志文訳 ゴマブックス 2008年4月

ハリエット
月曜日にびっくりするようなことが起こるアーミテージ一家の女の子 「おとなりさんは魔女—アーミテージ家のお話1」ジョーン・ユイキン作;猪熊葉子訳 岩波書店(岩波少年文庫) 2010年6月

ハリエット・ローザ
一八八一年の英国に暮らす財政コンサルタントのサリーが育てている二歳の娘 「井戸の中の虎 上下 サリー・ロックハートの冒険」フィリップ・プルマン著;山田順子訳 東京創元社(sogen bookland) 2010年11月

ハリケーン・ストート
王立ビースト愛護協会のウルフたちといっしょにジャングルを探検することになった蝶専門の写真家 「ビースト☆レスキュー 4 幻のジャングル・ビースト」ビーストリー・ボーイズ著;中井はるの訳;亜沙美画 金の星社 2010年11月

ハリス
農場の息子、いとこの「ぼく」とひと夏をすごす九歳の男の子 「ハリスとぼくの夏」ゲイリー・ポールセン作;はらるい訳;矢島眞澄絵 文研出版(文研じゅべにーる) 2008年9月

ハリス・シルク
寄宿学校ポーカー・ビュート・ホール校の校長先生、十二歳のロリーと七歳のエルシーのいじわるで冷たいおじさん 「ピンク☆カメレオン(ロリー&エルシーのおしゃれマジック1)」フィオナ・ダンバー作;露久保由美子訳;沖ふみか絵 フレーベル館 2008年7月

ハリ・スヴェンソン
スヴェンソン家の次男、伝説の勇者・スヴェンを尊敬している男 「勇者の谷」ジョナサン・ストラウド作;金原瑞人・松山美保訳 理論社 2009年8月

ハリセ・アリプッラ
カッティラコスキ家のお隣さん、アリプッラ姉妹のひとり 「ヒラメ釣り漂流記(ヘイナとトッスの物語4)」シニッカ・ノポラ&ティーナ・ノポラ作;末延弘子訳;佐古百美絵 講談社(青い鳥文庫) 2008年7月

パリー先生 ぱりーせんせい
13歳の少年・ニックの学校にいるフランス語の先生、皮肉が得意なかわり者 「ダイヤモンドブラザーズ ケース2 裏切りのクジャク」アンソニー・ホロヴィッツ作;金原瑞人訳;藤倉麻子絵 文溪堂 2009年2月

ハリソンさん
アンが住むグリン・ゲイブルスの右隣に越してきた男の人、けちで偏屈者 「アンの青春」L・M・モンゴメリ作;村岡花子訳;HACCAN画 講談社(青い鳥文庫) 2009年9月

パリッシュ(アーサー・ジェームズ・パリッシュ)
一八八一年の英国に暮らす財政コンサルタントのサリーに離婚訴訟を起こした男、委託代理業者 「井戸の中の虎 上下 サリー・ロックハートの冒険」フィリップ・プルマン著;山田順子訳 東京創元社(sogen bookland) 2010年11月

ハリー・ポッター
闇の魔法使いヴォルデモートを倒す宿命を持った魔法族の十七歳の少年 「ハリー・ポッターと死の秘宝 上下」J.K.ローリング作;松岡佑子訳 静山社 2008年7月

パリン・マジェーレ
竜槍の英雄・故キャラモンの息子、自然魔法を見いだすも今はほぼ魔力を失っている白ローブ魔術師 「ドラゴンランス魂の戦争 第3部 消えた月の竜」マーガレット・ワイス著;トレイシー・ヒックマン著;安田均訳 アスキー 2008年1月

ハル
オルゴールの中の異世界・ロンド国の暗黒時代を終わらせた英雄、ロンド国にきたレオとミミの大おじ 「ロンド国物語 9 ロンドの戦い」エミリー・ロッダ作;神戸万知訳;水野真帆絵 岩崎書店 2010年12月

バルタザール(マギ)
星について誰よりもよく知る老人、ペルシアのゾロアスター教の祭祀 「星が導く旅のはてに」スーザン・フレッチャー作;冨永星訳 徳間書店 2010年7月

バルデマール
持ち主の女の子のミッラとだけおしゃべりをすることができるくまのぬいぐるみ 「くまのバルデマール ぼくって、サイコー!」 クヌート・ファルバッケン作;枇谷玲子訳;秋草愛画 文研出版(文研ブックランド) 2010年7月

バルバロッサ
スプリットの寄宿舎から都会のザグレブにきた転入生、両親がいない勉強のよくできる黒髪の少年、「なぞの少年」 イワン・クーシャン作;山本郁子訳 冨山房インターナショナル 2010年11月

ハル・ミッチェル
十歳の少年・ムーンの友人、少年保護施設にいた男の子 「風の少年ムーン」 ワット・キー作;茅野美ど里訳 偕成社 2010年11月

ハレー
ロンドンからアイルランドのおばの家に預けられた少女、いとこたちと不思議なゲームを楽しんだ子 「銀のらせんをたどれば」 ダイアナ・ウィン・ジョーンズ作;市田泉訳;佐竹美保絵 徳間書店 2010年3月

バレンティナ・ド・ラ・フロー
魔法の王国の王立バレエスクールに通うバレリーナのたまご、おしゃれが大好きな少女 「魔法の国の小さなバレリーナ1 バレエ学校は大さわぎ!」 エメラルド・エバーハート著;岡田好惠訳 学研教育出版 2009年11月

バレンティナ・ド・ラ・フロー
魔法の王国の王立バレエスクールに通うバレリーナのたまご、おしゃれが大好きな少女 「魔法の国の小さなバレリーナ2 伝説のプリマとクリスの秘密」 エメラルド・エバーハート著;岡田好惠訳 学研教育出版 2009年11月

バレンティナ・ド・ラ・フロー
魔法の王国の王立バレエスクールに通うバレリーナのたまご、おしゃれが大好きな少女 「魔法の国の小さなバレリーナ3 ローラ=ベラと春の祭り」 エメラルド・エバーハート著;岡田好惠訳 学研教育出版 2010年2月

バレンティナ・ド・ラ・フロー
魔法の王国の王立バレエスクールに通うバレリーナのたまご、おしゃれが大好きな少女 「魔法の国の小さなバレリーナ4 オーディション大作戦!」 エメラルド・エバーハート著;岡田好惠訳 学研教育出版 2010年4月

バレンティナ・ド・ラ・フロー
魔法の王国の王立バレエスクールに通うバレリーナのたまご、おしゃれが大好きな少女 「魔法の国の小さなバレリーナ5 ウルスラと消えたプリンセス」 エメラルド・エバーハート著;岡田好惠訳 学研教育出版 2010年6月

バレンティナ・ド・ラ・フロー
魔法の王国の王立バレエスクールに通う少女、ジェシカ・ジュニパーの親友 「魔法の国のかわいいバレリーナ 1 ジェシカと秘密のスパイ」 エメラルド・エバーハート著;岡田好惠訳 学研教育出版 2010年9月

バレンティナ・ド・ラ・フロー
魔法の王国の王立バレエスクールに通う少女、ジェシカ・ジュニパーの親友 「魔法の国のかわいいバレリーナ 2 クリスとアイスミステリー」 エメラルド・エバーハート著;岡田好惠訳 学研教育出版 2010年12月

バロン・ベンジャス
世界制覇を目論む魔術師サーパインの手下、邪神を蘇らせようともくろんでいる男 「スカルダガリー 2」 デレク・ランディ著;村上ゆみ子訳 小学館 2009年6月

ハワード・カー
ベンジャミンの弟、公立小学校の生徒 「ぼくと〈ジョージ〉」 E.L.カニグズバーグ作;松永ふみ子訳 岩波書店(岩波少年文庫) 2008年1月

パンウル
家長の六年生のトンスの妹、将来詩人になる夢をもっているおとなしくて真面目な二年生の少女「チャリンコ・ヒコーキ・ジャージャー麺」イ・サンベ文;ペク・ミョンシク絵;高橋宣壽訳 現文メディア(韓国人気童話シリーズ) 2008年7月

パンク
おばあさんのタブス夫人とアヒルと豚と長年いっしょに農場で暮らしていた犬 「タブスおばあさんと三匹のおはなし」 ヒュー・ロフティング文・絵;南條竹則訳 集英社 2010年10月

ハンスぼうや
『ハンスぼうやの国』の住人たちの持ち主、自分でうば車をこいで爆走するぼうや 「ハンスぼうやの国」 バルブロ・リンドグレーン文;エヴァ・エリクソン絵;木村由利子訳 あすなろ書房 2009年2月

ハンター
二百年ほど前にニュージーランドで暮らしていた先住民マオリの奴隷少年、当別な能力をもったハンター 「ハンター」 ジョイ・カウリー作;大作道子訳 偕成社 2010年6月

バンディ
沼地に住む取引屋のモリネズミ 「ウォートンとモリネズミの取引一ヒキガエルとんだ大冒険5」 ラッセル・E・エリクソン作;ローレンス・ディ・フィオリ絵;佐藤涼子訳 評論社(児童図書館・文学の部屋) 2008年1月

ハンナ・アスゲリソン
火山学者シグビョルン・アスゲリソンの娘、アイスランドで山岳ガイドをしている金髪の美しい女性 「センター・オブ・ジ・アース地底探検」 マーク・レヴィン著;河井直子訳 メディアファクトリー 2008年10月

ハンナ・カッティラコスキ
ヘイナとトッスとペッテリのママ、新しもの好きの主婦 「ヒラメ釣り漂流記(ヘイナとトッスの物語4)」シニッカ・ノポラ&ティーナ・ノポラ作;末延弘子訳;佐古百美絵 講談社(青い鳥文庫) 2008年7月

ハンナ・マイ(ドクター・マイ)
第二次世界大戦下のポーランドで女手で二人の娘を育てていたユダヤ人の女医 「マルカの長い旅」 ミリヤム・プレスラー作;松永美穂訳 徳間書店 2010年6月

ハンナ・マリン
ローズウッド学院に通うモデル体型でファッションリーダーの十六歳、失踪したアリソンの元親友 「ライアーズ1 ひみつ同盟、16歳の再会」 サラ・シェパード著;中尾眞樹訳 AC Books 2010年5月

ハンナ・マリン
ローズウッド学院に通う太めだった過去を持つモデル体型の女の子、失踪したアリソンの元親友 「ライアーズ2 崩壊のはじまり」 サラ・シェパード著;中尾眞樹訳 AC Books 2010年7月

ハンナ・モンタナ(マイリー・スチュワート)
じつは全米で大人気のアイドル・ポップ・スターの「ハンナ・モンタナ」である14歳の女の子 「ハンナ・モンタナ1 ハンナ・モンタナの秘密」 ベス・ビーチウッド文;野田香里訳 講談社(ディズニー文庫) 2008年8月

ハンナ・モンタナ(マイリー・スチュワート)
じつは全米で大人気のアイドル・ポップ・スターの「ハンナ・モンタナ」である14歳の女の子 「ハンナ・モンタナ2 ニキビとメガネと友情と」 アリス・アルフォンシ文;野田香里訳 講談社(ディズニー文庫) 2008年10月

はんな

ハンナ・モンタナ（マイリー・スチュワート）
じつは全米で大人気のアイドル・ポップ・スターの「ハンナ・モンタナ」である14歳の女の子 「ハンナ・モンタナ3 デートは大忙し！」 ローリー・マッケロイ文;野田香里訳 講談社(ディズニー文庫) 2008年12月

ハンナ・モンタナ（マイリー・スチュワート）
じつは全米で大人気のアイドル・ポップ・スターの「ハンナ・モンタナ」である14歳の女の子 「ハンナ・モンタナ4 愛されちゃってオリバー」 M.C.キング文;野田香里訳 講談社(ディズニー文庫) 2009年2月

ハンナ・モンタナ（マイリー・スチュワート）
じつは全米で大人気のアイドル・ポップ・スターの「ハンナ・モンタナ」である14歳の女の子 「ハンナ・モンタナ5 ステージがこわい！」 ローリー・マッケロイ文;野田香里訳 講談社(ディズニー文庫) 2009年4月

ハンナ・モンタナ（マイリー・スチュワート）
じつは全米で大人気のアイドル・ポップ・スターの「ハンナ・モンタナ」である14歳の女の子 「ハンナ・モンタナ6 ジェイクに告白!?」 ベス・ビーチウッド文;野田香里訳 講談社(ディズニー文庫) 2009年6月

ハンナ・モンタナ（マイリー・スチュワート）
じつは全米で大人気のアイドル・ポップ・スターの「ハンナ・モンタナ」である高校生の女の子 「ハンナ・モンタナ シーズン2 離れられない二人」 ローリー・マッケロイ文;野田香里訳 講談社(ディズニー文庫) 2009年8月

ハンノー
ロンドンの動物園から脱走しイギリスの田舎にあるやしきグリーン・ノウの森に逃げこんでいたゴリラ 「グリーン・ノウのお客さま―グリーン・ノウ物語4」 ルーシー・M・ボストン作;ピーター・ボストン絵;亀井俊介訳 評論社 2008年9月

ヴァンパイア
地味な女子高生・アルシーアと恐ろしい契約を結んだヴァンパイア 「ヴァンパイアの契約1 死を招く提案」 キャロライン・B.クーニー著;神戸万知訳 講談社(YA! entertainment) 2008年3月

ヴァンパイア
塔のある家に引っ越してきた平凡な女の子・デヴニーの前にあらわれたヴァンパイア 「ヴァンパイアの帰還」 キャロライン・B.クーニー著;神戸万知訳 講談社(YA! entertainment) 2008年8月

ヴァンパイア
無人の家「モール・ハウス」で眠っていたところを六人のティーンエイジャーたちがやってきたことで目を覚ましたヴァンパイア 「ヴァンパイアの運命」 キャロライン・B.クーニー著;神戸万知訳 講談社(YA! entertainment) 2009年4月

バンビ
森で生まれた子鹿 「バンビ―森の、ある一生の物語」 フェーリクス・ザルテン作;上田真而子訳 岩波書店(岩波少年文庫) 2010年10月

ハンプティ・ダンプティ
かがみの国へいったアリスがであった卵そっくりの生きもの 「かがみの国のアリス」 ルイス・キャロル作;河合祥一郎訳 アスキー・メディアワークス(角川つばさ文庫) 2010年8月

バンポ王子　ばんぽおうじ
アフリカのジャングルにある宮殿で暮らしていた王子 「ドリトル先生」 ロフティング作;小林みき訳 ポプラ社(ポプラポケット文庫) 2009年9月

ハンマード・イブン・アルハッダード
アルラキクのオアシスに住む絨毯織り、カスィーダのコンクールで三度も連続優勝した男 「漂泊の王の伝説」 ラウラ・ガジェゴ・ガルシア作;松下直弘訳 偕成社 2008年3月

【ひ】

ビアトリス・クインビー
いつも規格外の行動に出る妹のラモーナにふりまわされている九歳の女の子 「ビーザスといたずらラモーナ(ゆかいなヘンリーくんシリーズ)」ベバリイ・クリアリー作;アラン・ティーグリーン画;松岡享子訳 学研教育出版 2009年11月

ビアトリス・クインビー
自転車がほしくてたまらない友だちのヘンリーのためになんとかしてお金をためようといろいろ知恵をしぼった小学三年生の女の子 「ヘンリーくんとビーザス(ゆかいなヘンリーくんシリーズ)」ベバリイ・クリアリー作;アラン・ティーグリーン画;松岡享子訳 学習研究社 2009年5月

ひいおじいちゃん(ジュリウスひいおじいちゃん)
ニューヨークの小学生・ザックのひいおじいちゃんが生まれ変わった年よりねこ 「ひいおじいちゃんはねこ?(ザックのふしぎたいけんノート)」ダン・グリーンバーグ著;原京子訳;原ゆたか絵 メディアファクトリー 2010年3月

ひいおばあちゃん
話すことをやめてしまったリジーの人形をあつめてる気むずかし屋の義理のひいおばあちゃん 「リジーとひみつのティーパーティ」ジャクリーン・ウィルソン作;ニック・シャラット画;尾高薫訳 理論社(フォア文庫) 2008年1月

ピエトロ(ティン・パン・アレイ)
パドローネのもとで働きニューヨークの街角でトライアングルを演奏していた少年 「マルベリーボーイズ」ドナ・ジョー・ナポリ作;相山夏奏訳 偕成社 2009年11月

ヴィエーナ・ドゥアーデン
ダークエルフのドリッズトの姉、高尼僧で強大な魔法の使い手 「ダークエルフ物語ドロウの遺産」R.A.サルバトーレ著;安田均監訳;笠井道子訳 アスキー・メディアワークス 2008年11月

ピエール・ロンダン
バレリーナを夢みるシルヴィーの上のアパルトマンに住み医者を目指している少年 「オペラ座のバレリーナ」ロルナ・ヒル作;長谷川たかこ訳 ポプラ社(ポプラポケット文庫) 2009年4月

ヒエロニムス
世界を支配するマシンをつくるのが夢の悪い魔法使い 「期間限定!秘密の見習い魔女」クニスター作;たかしなえみり訳;睦月ムンク画 金の星社 2010年11月

ビオラ
スケートスクール「アイスマジック」スノードロップ組に通う明るい女の子、フィギュア選手レベッカの妹 「フィギュア☆ドリーム3 ドッキドキの競技会」リア・チェリ著;サラ・ノット絵;飯田亮介訳 メディアファクトリー 2010年1月

ビオラ　びおら
スケートスクール「アイスマジック」の生徒、スケートはいまいちだが明るくてにぎやかな十歳の少女 「フィギュア☆ドリーム2 アイスショーにデビュー?」リア・チェリ著;飯田亮介訳;サラ・ノット絵 メディアファクトリー 2009年12月

ビギン博士(モード・ビギン博士)　びぎんはかせ(もーどびぎんはかせ)
女の学者、イギリスの田舎にあるやしきグリーン・ノウを夏のあいだじゅう借りて住むことにしたおばあさん 「グリーン・ノウの川―グリーン・ノウ物語3」ルーシー・M・ボストン作;ピーター・ボストン絵;亀井俊介訳 評論社 2008年7月

びくた

ビクターおじさん
シムを南極に連れていったおじさん、地球空洞説の信者 「ホワイトダークネス 上下」ジェラルディン・マコックラン著;木村由利子訳　あかね書房(YA Dark)　2009年3月

ヴィクター・ヴィシンスキー（ヴィシンスキー）
クレジキスタン石油会社KOS社のオーナー経営者、長身で灰色の髪をした初老の紳士 「消せない炎」ジャック・ヒギンズ作;ジャスティン・リチャーズ作;田口俊樹訳　理論社　2008年7月

ヴィクトリア
塔のある家に引っ越してきた転校生・デヴニーの同級生、頭のいい女の子 「ヴァンパイアの帰還」キャロライン・B.クーニー著;神戸万知訳　講談社(YA! entertainment)　2008年8月

ビーザス（ビアトリス・クインビー）
いつも規格外の行動に出る妹のラモーナにふりまわされている九歳の女の子 「ビーザスといたずらラモーナ (ゆかいなヘンリーくんシリーズ)」ベバリイ・クリアリー作;アラン・ティーグリーン画;松岡享子訳　学研教育出版　2009年11月

ビーザス（ビアトリス・クインビー）
自転車がほしくてたまらない友だちのヘンリーのためになんとかしてお金をためようといろいろ知恵をしぼった小学三年生の女の子 「ヘンリーくんとビーザス (ゆかいなヘンリーくんシリーズ)」ベバリイ・クリアリー作;アラン・ティーグリーン画;松岡享子訳　学習研究社　2009年5月

BZ　びーじー
夜のセントラルパークでザック親子と出会った小さな緑色の男の子、フレッド星から地球に緊急着陸した宇宙人 「消えたUFOをさがせ!－ザックのふしぎたいけんノート」ダン・グリーンバーグ著;原京子訳;原ゆたか絵　メディアファクトリー　2009年4月

PJ　ぴーじぇい
建設現場作業員をしているジャックの恋人、ニューヨークの女子大生 「ターニング・ポイント3 タイムロック最後の選択」デイヴィッド・クラス作;西田登訳　岩崎書店　2010年2月

PJ　ぴーじぇい
半年前にハドリーから逃げ出したジャックの恋人、行方不明になった女子高生 「ターニング・ポイント2 ワールウィンド 運命の嵐」デイヴィッド・クラス作;金原瑞人訳;西田登訳　岩崎書店　2008年12月

ヴィシンスキー
クレジキスタン石油会社KOS社のオーナー経営者、長身で灰色の髪をした初老の紳士 「消せない炎」ジャック・ヒギンズ作;ジャスティン・リチャーズ作;田口俊樹訳　理論社　2008年7月

ヒスイ
少年ゲドがロークの学院で出会った慇懃無礼な若者、ハブナー島イオルグの領主の息子 「ゲド戦記1 影との戦い」アーシュラ・K.ル=グウィン作;清水真砂子訳　岩波書店(岩波少年文庫)　2009年1月

ビースト
ポークストリート小学校で二どめの二年生をするらくだい生の男の子 「コンクリートで目玉やき」パトリシア・ライリー・ギフ作;もりうちすみこ訳;矢島眞澄絵　さ・え・ら書房(ポークストリート小学校のなかまたち10)　2009年4月

ビースト
ポークストリート小学校で二どめの二年生をするらくだい生の男の子 「ターザンロープがこわい」パトリシア・ライリー・ギフ作;もりうちすみこ訳;矢島眞澄絵　さ・え・ら書房(ポークストリート小学校のなかまたち8)　2009年3月

ビースト
ポークストリート小学校でこどめの二年生をするらくだい生の男の子 「ライオンの風にのって」 パトリシア・ライリー・ギフ作;もりうちすみこ訳;矢島眞澄絵 さ・え・ら書房(ポークストリート小学校のなかまたち6) 2008年11月

ピーター
ロンドンでくらすペベンシー家4人きょうだいの長男、ナルニア国で伝説の王「英雄王」とされる少年 「ナルニア国物語カスピアン王子の角笛」 C.S.ルイス原作;間所ひさこ訳 講談社(映画版ナルニア国物語文庫) 2008年5月

ピーター
西暦二一四〇年子どもが不要になった世界にできた収容所「グレンジ・ホール」にやってきた新入りの少年 「2140 サープラス・アンナの日記」 ジェマ・マリー著;橋本恵訳 ソフトバンククリエイティブ 2008年7月

ピーター(ピーター・オーガスタス・デュシェン)
バルティーズの町に住む後見人のヴィルナ・ルッツさんのもとでくらす孤児、妹の行方をさがしている十歳の少年 「ピーターと象と魔術師」 ケイト・ディカミロ作;長友恵子訳 岩波書店 2009年11月

ピーター・オーガスタス・デュシェン
バルティーズの町に住む後見人のヴィルナ・ルッツさんのもとでくらす孤児、妹の行方をさがしている十歳の少年 「ピーターと象と魔術師」 ケイト・ディカミロ作;長友恵子訳 岩波書店 2009年11月

ピーターおじさん
おとうさんがアフリカの動物保護区のパトロール隊長をしているアキンボのおじさん、ヘビ園の園長 「アキンボと毒ヘビ」 アレグザンダー・マコール・スミス作;もりうちすみこ訳;広野多珂子絵 文研出版(文研ブックランド) 2010年7月

ピーター・ショー
少年探偵団ザ・スリーのメンバー、泳ぐことと走ることが好きな10さいの少年 「少年探偵団ザ・スリー1 幽霊船」 ウルフ・ブランク作;キム・シュミット絵;ハラルト・ユフ絵;加納教孝訳 草土文化 2008年6月

ピーター・ショー
少年探偵団ザ・スリーのメンバー、泳ぐことと走ることが好きな10さいの少年 「少年探偵団ザ・スリー2 アトランティスを救え!」 ウルフ・ブランク作;シュテファニー・ヴェーグナー絵;加納教孝訳 草土文化 2008年6月

ピーター・ショー
少年探偵団ザ・スリーのメンバー、泳ぐことと走ることが好きな10さいの少年 「少年探偵団ザ・スリー3 魔術師の魔力」 ウルフ・ブランク作;シュテファニー・ヴェーグナー絵;加納教孝訳 草土文化 2008年7月

ピーター・ショー
少年探偵団ザ・スリーのメンバー、泳ぐことと走ることが好きな10さいの少年 「少年探偵団ザ・スリー4 魔法の噴水」 ウルフ・ブランク作;シュテファニー・ヴェーグナー絵;加納教孝訳 草土文化 2008年9月

ピーター・ショー
少年探偵団ザ・スリーのメンバー、泳ぐことと走ることが好きな10さいの少年 「少年探偵団ザ・スリー5 インターネット海賊」 ウルフ・ブランク作;シュテファニー・ヴェーグナー絵;加納教孝訳 草土文化 2008年10月

ピーター・ショー
少年探偵団ザ・スリーのメンバー、泳ぐことと走ることが好きな10さいの少年 「少年探偵団ザ・スリー6 密輸業者の島」 ウルフ・ブランク作;イムケ・シュターツ絵;加納教孝訳 草土文化 2008年12月

ぴたし

ピーター・ショー
少年探偵団ザ・スリーのメンバー、泳ぐことと走ることが好きな10さいの少年 「少年探偵団 ザ・スリー7 ゴースト・ハンターズ」 ウルフ・ブランク作;イムケ・シュターツ絵;加納教孝訳 草土文化 2009年4月

ピーター・ショー
少年探偵団ザ・スリーのメンバー、泳ぐことと走ることが好きな10さいの少年 「少年探偵団 ザ・スリー8 よみがえった恐竜たち」 ボリス・プファイファ作;ハラルト・ユフ絵;フォルカー・シュポンホルツ絵;加納教孝訳 草土文化 2009年4月

ピーター・ショック
反重力マシンでケイトといっしょに18世紀にタイムトラベルした21世紀の12歳の男の子 「タイムトラベラー 3 さらば反重力マシン」 リンダ・バックリー・アーチャー著;小原亜美訳 ソフトバンククリエイティブ 2010年10月

ピーター・ショック
反重力マシンでケイトと一七六三年に送りこまれてしまった十二歳の少年 「タイムトラベラー 2 ふたつの反重力マシン」 リンダ・バックリー・アーチャー著;小原亜美訳 ソフトバンククリエイティブ 2009年1月

ピーター・ドリスカル
十五歳のピーターが学校で引きおこした傷害事件の被害者、十五歳の少年 「スピリットベアにふれた島」 ベン・マイケルセン作;原田勝訳 鈴木出版(鈴木出版の海外児童文学) 2010年9月

ピーター・パン
夢と冒険の島ネバーランドからきた永遠に大人にならない少年 「ピーター・パンとウェンディ」 ジェームズ・マシュー・バリ作;高杉一郎訳 講談社(青い鳥文庫) 2010年11月

ピーター・パンク(パンク)
おばあさんのタブス夫人とアヒルと豚と長年いっしょに農場で暮らしていた犬 「タブスおばあさんと三匹のおはなし」 ヒュー・ロフティング文・絵;南條竹則訳 集英社 2010年10月

ピーチ
「スノーバーガー葬儀社」を営む一家の娘・コンフォートのいとこ、八歳の男の子 「空へ、いのちのうたを」 デボラ・ワイルズ作;よねむら知子訳 ポプラ社(ポプラ・ウイング・ブックス) 2008年10月

ピッカリ校長先生　ぴっかりこうちょうせんせい
二年生のアレクがかよう小学校のヘンテコな校長先生 「校長先生はごほうびがすき!?-きょうもトンデモ小学校」 ダン・ガットマンさく;宮坂宏美やく;すずめくらぶ画 ポプラ社 2008年1月

ヴィッキー
オペラ座のエトワールバレリーナ・イレーヌのひとり娘、バレリーナを目指すシルヴィーの親友 「オペラ座のバレリーナ」 ロルナ・ヒル作;長谷川たかこ訳 ポプラ社(ポプラポケット文庫) 2009年4月

ビッキー
「かいぞく船・海ネズミ号」にある『かいぞく学校』の元気でおしゃべりなおてんば娘、アーロンのふたごの姉 「パイレーツスクール 1 へび島ののろい」 ブライアン・ジェームズ作;中井はるの訳;大岩ピュン絵 ポプラ社 2009年2月

ビッキー
「かいぞく船・海ネズミ号」にある『かいぞく学校』の元気でおしゃべりなおてんば娘、アーロンのふたごの姉 「パイレーツスクール 2 ゆうれい船がやってきた!」 ブライアン・ジェームズ作;中井はるの訳;大岩ピュン絵 ポプラ社 2009年6月

ビッキー
「かいぞく船・海ネズミ号」にある『かいぞく学校』の元気でおしゃべりなおてんば娘、アーロンのふたごの姉 「パイレーツスクール 3 フケツ号をやっつけろ！」ブライアン・ジェームズ作;中井はるの訳;大岩ピュン絵 ポプラ社 2009年11月

ビッキー
「かいぞく船・海ネズミ号」にある『かいぞく学校』の元気でおしゃべりなおてんば娘、アーロンのふたごの姉 「パイレーツスクール 4 港のスパイに気をつけろ！」ブライアン・ジェームズ作;中井はるの訳 ポプラ社 2010年2月

ヒッグ
沼地に住む取引屋のモリネズミ 「ウォートンとモリネズミの取引屋－ヒキガエルとんだ大冒険5」ラッセル・E・エリクソン作;ローレンス・ディ・フィオリ絵;佐藤涼子訳 評論社（児童図書館・文学の部屋） 2008年1月

ビッグ
セイウチのリーダーとけんかをしたシロクマ、マークの父親 「マーメイド・ガールズ 2-2 メロディのマーメイド・ハープ」ジリアン・シールズ作;宮坂宏美訳;田中亜希子訳;つじむらあゆこ絵 あすなろ書房 2008年7月

ヒック（モジャモジャゾク・キタイノアトツギ・ヒック・ホレンダス・ハドック三世） ひっく（もじゃもじゃぞくきたいのあとつぎひっくほれんだすはどっくさんせい）
ひ弱な少年バイキング、モジャモジャ族のリーダー・ストイックの息子 「ヒックとドラゴン 1 伝説の怪物」クレシッダ・コーウェル作;相良倫子・陶浪亜希訳 小峰書店 2009年11月

ヒック（モジャモジャゾク・キタイノアトツギ・ヒック・ホレンダス・ハドック三世） ひっく（もじゃもじゃぞくきたいのあとつぎひっくほれんだすはどっくさんせい）
ひ弱な少年バイキング、モジャモジャ族のリーダー・ストイックの息子 「ヒックとドラゴン 2 深海の秘宝」クレシッダ・コーウェル作;相良倫子・陶浪亜希訳 小峰書店 2009年11月

ヒック・ホレンダス・ハドック三世　ひっくほれんだすはどっくさんせい
モジャモジャ族というバイキングのカシラの息子、目立たないタイプの平凡な少年 「ヒックとドラゴン3 天牢の女海賊」クレシッダ・コーウェル作;相良倫子・陶浪亜希訳 小峰書店 2010年1月

ヒック・ホレンダス・ハドック三世　ひっくほれんだすはどっくさんせい
モジャモジャ族というバイキングのカシラの息子、目立たないタイプの平凡な少年 「ヒックとドラゴン4 氷海の呪い」クレシッダ・コーウェル作;相良倫子・陶浪亜希訳 小峰書店 2010年3月

ヒック・ホレンダス・ハドック三世　ひっくほれんだすはどっくさんせい
モジャモジャ族というバイキングのカシラの息子、目立たないタイプの平凡な少年 「ヒックとドラゴン5 灼熱の予言」クレシッダ・コーウェル作;相良倫子・陶浪亜希訳 小峰書店 2010年6月

ヒック・ホレンダス・ハドック三世　ひっくほれんだすはどっくさんせい
モジャモジャ族というバイキングのカシラの息子、目立たないタイプの平凡な少年 「ヒックとドラゴン6 迷宮の図書館」クレシッダ・コーウェル作;相良倫子・陶浪亜希訳 小峰書店 2010年8月

ヒック・ホレンダス・ハドック三世　ひっくほれんだすはどっくさんせい
モジャモジャ族というバイキングのカシラの息子、目立たないタイプの平凡な少年 「ヒックとドラゴン7 復讐の航海」クレシッダ・コーウェル作;相良倫子・陶浪亜希訳 小峰書店 2010年12月

ピッパ
フェアリーランドの花の妖精のひとり、ポピーの妖精 「ポピーの妖精（フェアリー）ピッパ（レインボーマジック）」デイジー・メドウズ作;田内志文訳 ゴマブックス 2009年2月

ビッフィ（エリック）
十二歳の少女・キャットの飼い猫、でっぷり太った年寄りネコ 「キャットとアラバスターの石」ケイト・ソーンダズ作;三辺律子訳 小峰書店（Y.A.Books） 2008年12月

ビディー
町からいちばん遠くはなれた湾に近い農場に住んでいる女の子 「流砂にきえた小馬」 アリソン・レスター著;加島葵訳 朔北社 2010年8月

ヴィディア
ネバーランドにある妖精の谷・ピクシー・ホロウに住む高速飛行の妖精 「マイカのとんだ災難」 ゲイル・ヘルマン作;小宮山みのり訳 講談社(ディズニーフェアリーズ文庫) 2009年3月

ヴィディア
ネバーランドにある妖精の谷・ピクシー・ホロウに住む高速飛行の妖精 「毎日がミステリー」 ゲイル・ヘルマン作;小宮山みのり訳 講談社(ディズニーフェアリーズ文庫) 2009年11月

ヴィディア
魔法の島ネバーランドの妖精の谷ピクシー・ホロウに住むいちばんはやく飛べる高速飛行の妖精 「ヴィディアとはじめての友だち」 キキ・ソープ作;小宮山みのり訳 講談社(ディズニーフェアリーズ文庫) 2009年5月

ヴィディア
魔法の島ネバーランドの妖精の谷ピクシー・ホロウに住む高速飛行の妖精 「ティンカー・ベル」 キンバリー・モリス文;小宮山みのり構成・訳 講談社(ディズニーフェアリーズ) 2008年12月

ビディア
ネバーランドのピクシー・ホロウに住む身勝手な面を持つ高速飛行の妖精 「ティンカー・ベルと妖精の家」 キンバリー・モリス作;橘高弓枝訳 偕成社(ディズニーアニメ小説版) 2010年12月

ピーティ・コービン
人生の大半を精神病患者収容施設ですごした脳性まひの男性 「ピーティ」 ベン・マイケルセン作;千葉茂樹訳 鈴木出版(鈴木出版の海外児童文学) 2010年5月

ピート
「かいぞく船・海ネズミ号」にある『かいぞく学校』のせいと、かいぞく船の船長になるのがゆめの男の子 「パイレーツスクール 1 へび島ののろい」 ブライアン・ジェームズ作;中井はるの訳;大岩ピュン絵 ポプラ社 2009年2月

ピート
「かいぞく船・海ネズミ号」にある『かいぞく学校』のせいと、かいぞく船の船長になるのがゆめの男の子 「パイレーツスクール 2 ゆうれい船がやってきた！」 ブライアン・ジェームズ作;中井はるの訳;大岩ピュン絵 ポプラ社 2009年6月

ピート
「かいぞく船・海ネズミ号」にある『かいぞく学校』のせいと、かいぞく船の船長になるのがゆめの男の子 「パイレーツスクール 3 フケツ号をやっつけろ！」 ブライアン・ジェームズ作;中井はるの訳;大岩ピュン絵 ポプラ社 2009年11月

ピート
「かいぞく船・海ネズミ号」にある『かいぞく学校』のせいと、かいぞく船の船長になるのがゆめの男の子 「パイレーツスクール 4 港のスパイに気をつけろ！」 ブライアン・ジェームズ作;中井はるの訳 ポプラ社 2010年2月

ビネガー園長　びねがーえんちょう
動物と話せるリリに通訳として動物園で働いてもらうことにした園長 「動物と話せる少女リリアーネ 2 トラはライオンに恋してる！」 タニヤ・シュテーブナー著;中村智子訳;駒形イラスト 学研教育出版 2010年9月

ビビラス
ドラゴン・スレイヤー・アカデミーの新一年生、アンガスのいとこの悪がきふたご 「ドラゴン・スレイヤー・アカデミー 2-8 トロールのご用心」 ケイト・マクミュラン作;神戸万知訳;舵真秀斗画 岩崎書店 2010年6月

微風 びふう
魔剣をあやつる編み笠をかぶった女剣士 「天空の少年ニコロ1 消えた龍王の謎」 カイ・マイヤー著;遠山明子訳;佐竹美保画 あすなろ書房 2010年2月

ヴィープケ・シュナイダー
北国の漁村に住む少年・ヤンがはじめて好きになった女の子、おかっぱ頭の少女 「ぼくたちの船ダンバリ」 ベンノー・プルードラ作;上田真而子訳 岩波書店(岩波少年文庫) 2008年2月

ビフテキ野郎 びふてきやろう
おばあさんのタブス夫人が長年住んでいた農場の持ち主の甥、赤ら顔の愚かな若者 「タブスおばあさんと三匹のおはなし」 ヒュー・ロフティング文・絵;南條竹則訳 集英社 2010年10月

ヒーブラ
死んだ魔女ドラグウェナの母、魔女たちのふるさとウール星を支配しレイチェルらに復讐するため地球にやってきた魔女 「魔法少女レイチェル 滅びの呪文 上下」 クリフ・マクニッシュ作;亜沙美画;金原瑞人訳 理論社(フォア文庫) 2008年9月

ヴィペロ
暗黒の魔法使い・マルベルが新たに生みだした邪悪な六匹のビーストの一匹、蛇男 「ビースト・クエスト 10 蛇男ヴィペロ」 アダム・ブレード作;浅尾敦則訳 ゴマブックス 2008年12月

ヒムチャン
アトピー性皮膚炎に悩まされ"鳥肌"というあだ名までつけられている小学三年生の少年 「北からやって来た女の子」 ウォン・ユスン文;チェ・ジョンイン絵;榊原咲月訳 現文メディア(韓国人気童話シリーズ) 2008年12月

ビャーカ
山に住んでいて冬眠中に自分の大すきな家をアライグマにとられたクイーシー 「ビャーカのすてきな家(森のクイーシーものがたり)」 ミーラ・ブリノワ文;セルゲイ・ボルジュク絵;柴田友子訳 静山社 2010年9月

ヒュー・コプルストーン
愛犬のアルゴスとツルニチニチソウの鉢植えを持って意地悪なおばさんの家を逃げ出しオクスフォードを目指す孤児の少年 「ほこりまみれの兄弟」 ローズマリー・サトクリフ著;乾侑美子訳 評論社 2010年8月

ピヨ
フクロウがたまごからそだてたひよこ 「きつねのフォスとうさぎのハース その2」 シルヴィア・ヴァンデン・ヘーデ作;テー・チョンキン絵;野坂悦子訳 岩波書店 2008年8月

ヒョロヒョロ総督 ひょろひょろそうとく
メイロ諸島にあるローマ軍のブキミ要塞の総督 「ヒックとドラゴン3 天牢の女海賊」 クレシッダ・コーウェル作;相良倫子・陶浪亜希訳 小峰書店 2010年1月

ヒョンジェ
いつも両親から勉強勉強と言われている小学四年生、成績が悪いことを気にしている少年 「成績があがる魔法のチョコ」 チョンソンラン文;イテホ絵;高橋宣壽翻訳 現文メディア(韓国人気童話シリーズ13) 2010年3月

ヒラリオン
ローマ軍の百人隊長、元辺境守備隊長 「辺境のオオカミ」 ローズマリ・サトクリフ作;猪熊葉子訳 岩波書店(岩波少年文庫) 2008年10月

びり

ビリー
ごくごくふつうの家のフツウさんのひとりっ子のむすこ、色んな芸のできる犬・ピュンピュンを飼っている男の子 「なんでももってる<?>男の子」 イアン・ホワイブラウ作;石垣賀子訳;すぎはらともこ絵 徳間書店 2010年4月

ビリー
無人島に上陸したジャックの前に現れた血まみれの記憶を失った青年 「パイレーツ・オブ・カリビアンジャック・スパロウの冒険 11 ポセイドンの峰」 ロブ・キッド著;ジャン=ポール・オルピナス絵;ホンヤク社訳 講談社 2008年7月

ビリー(ビルキス・サングリアル)
男子のみで構成される「テンプル騎士団」に入団した十五歳の少女、テンプル騎士団の総長・アーサーの娘 「デビルズ・キス テンプル騎士団の少女」 サルワット・チャダ著;金原瑞人訳 メディアファクトリー 2010年1月

ビリグじいさん
北京から下放されてきたチェンジェンにいろいろなことを教えるオロン草原の長老 「大草原のちいさなオオカミ」 姜戎作;唐亜明訳;関野喜久子訳 講談社 2010年12月

ビリビリ
転校してきたばかりでいじめっ子の標的になったピーナッツアレルギーがある男の子 「雲じゃらしの時間」 マロリー・ブラックマン作;千葉茂樹訳;平澤朋子画 あすなろ書房 2010年10月

ビル・アークライト
悪を封じる職人の魔使い、トムの師匠で怒りっぽくて酒ぐせの悪い男 「魔使いの過ち 上下 (魔使いシリーズ)」 ジョゼフ・ディレイニー著;金原瑞人・田中亜希子訳 東京創元社 (sogen bookland) 2010年3月

ビルキス・サングリアル
男子のみで構成される「テンプル騎士団」に入団した十五歳の少女、テンプル騎士団の総長・アーサーの娘 「デビルズ・キス テンプル騎士団の少女」 サルワット・チャダ著;金原瑞人訳 メディアファクトリー 2010年1月

ヒルデ
トロールズピークの農場の活発で冒険心旺盛の娘、みなしごの少年・ペールの親友 「トロール・ブラッド 上 呪われた船」 キャサリン・ラングリッシュ作;金原瑞人訳;杉田七重訳 あかね書房 2008年6月

ヒルデ
親友ペールとともにヴィンランドへの航海に出た冒険好きな少女 「トロール・ブラッド 下 長い旅路の果て」 キャサリン・ラングリッシュ作;金原瑞人訳;杉田七重訳 あかね書房 2008年6月

ビル・フィッツジェラルド
孤児のマンディが自分だけのお城にした小さな家が建っている果樹園の地主 「マンディ」 ジュリー・アンドリュース作;青柳祐美子訳 小学館 2008年11月

ヴィルフォール
ダンテスの事件を担当する検事代理 「モンテ・クリスト伯 上下」 アレクサンドル・デュマ作;大友徳明訳 偕成社(偕成社文庫) 2010年10月

ヒルモンド氏　ひるもんどし
テーマパーク「アトランティス」の支配人、たくさんの時間とお金をかけて夢のテーマパークをつくった紳士 「少年探偵団ザ・スリー2 アトランティスを救え!」 ウルフ・ブランク作;シュテファニー・ヴェーグナー絵;加納教孝訳 草土文化 2008年6月

ピン
ビルマからの難民だった中国人少年、イギリスのおやしきグリーン・ノウの女主人オールドノウ夫人の養子 「グリーン・ノウの魔女―グリーン・ノウ物語5」 ルーシー・M・ボストン作;ピーター・ボストン絵;亀井俊介訳 評論社 2008年12月

ピン
ビルマから追われてきた中国人、夏のあいだイギリスにあるやしきグリーン・ノウへ招待された難民の少年 「グリーン・ノウの川―グリーン・ノウ物語3」 ルーシー・M・ボストン作;ピーター・ボストン絵;亀井俊介訳 評論社 2008年7月

ピン
ビルマの紛争で父親とはなればなれになり難民としてロンドンの収容所にいれられていた中国人の少年 「グリーン・ノウのお客さま―グリーン・ノウ物語4」 ルーシー・M・ボストン作;ピーター・ボストン絵;亀井俊介訳 評論社 2008年9月

ピン
幼ころ両親に売られ黄陵宮にやってきた龍守りの奴隷、老龍ダンザとの旅で龍守りとして成長した十二歳の少女 「ドラゴンキーパー 月下の翡翠龍」 キャロル・ウィルキンソン作;もきかずこ訳 金の星社 2009年11月

ピン
幼ころ両親に売られ黄陵宮にやってきた龍守りの奴隷、老龍ダンザとの旅で龍守りとして成長した十二歳の少女 「ドラゴンキーパー 紫の幼龍」 キャロル・ウィルキンソン作;もきかずこ訳 金の星社 2009年1月

ヴィンカ・シンプソン（ペリウィンクル）
ピンクのペリウィンクルの花の精をさずかる女の子、太陽のエネルギーをたくわえる力をもつフェアリー 「NEWフェアリーズ 秘密の妖精たち1 ペリウィンクルと勇気の洞くつ」 J.H.スイート作;津森優子訳;唐橋美奈子絵 文溪堂 2010年6月

ピンカートン氏 ぴんかーとんし
カリフォルニアのゴールドラッシュに関するありとあらゆるものが展示されている金採掘博物館の館長 「少年探偵団ザ・スリー4 魔法の噴水」 ウルフ・ブランク作;シュテファニー・ヴェーグナー絵;加納教孝訳 草土文化 2008年9月

ビング
異世界・ロンド国のがやがや村にすんでいるあまり評判がよくない気むずかしい魔法使い 「ロンド国物語 4」 エミリー・ロッダ作;神戸万知訳;水野真帆絵 岩崎書店 2009年9月

ピンク
おばあさんのタブス夫人と犬とアヒルと長年いっしょに農場で暮らしていた豚 「タブスおばあさんと三匹のおはなし」 ヒュー・ロフティング文・絵;南條竹則訳 集英社 2010年10月

ビング・ステーサム
コカ・コーラ本社CEOのビンガム・エルダロイ・ステーサム3世、コカ・コーラの極秘レシピを知っている3人（コカ・コーラ3）のひとり 「盗まれたコカ・コーラ伝説」 ブライアン・フォークナー作;三辺律子訳 小学館 2010年4月

ヴィンニ
ママとストックホルムで暮らす八歳の女の子、夏休みにパパの住む日曜日島に行った子 「日曜日島のパパ [ヴィンニ!] (1)」 ペッテル・リードベック作;菱木晃子訳 岩波書店 2009年6月

【ふ】

プー
クリストファー・ロビンのお気にいりのテディ・ベア 「プー横丁にたった家」 A.A.ミルン作;石井桃子訳 岩波書店 2008年2月

ふぁい

ファイアードレイク
火をふく竜 「りこうすぎた王子」 アンドリュー・ラング作;福本友美子訳 岩波書店(岩波少年文庫) 2010年4月

ファイアベリー
養殖場で生まれ野生を知らない足がふたつしかないカエル 「ファイアベリー 考えるカエル、旅に出る」 J.C.マイケルズ著;小田島則子訳;小田島恒志訳 日本放送出版協会 2008年9月

ファイヤースター
サンダー族族長の雄猫、双子の姉妹リーフポーとスクワーレルポーの父親 「ウォーリアーズ〔2〕-1 真夜中に」 エリン・ハンター作;高林由香子訳 小峰書店 2008年11月

ファイヤースター
サンダー族族長の雄猫、双子の姉妹リーフポーとスクワーレルポーの父親 「ウォーリアーズ〔2〕-2 月明り」 エリン・ハンター作;高林由香子訳 小峰書店 2009年3月

ファイヤースター
サンダー族族長の雄猫、双子の姉妹リーフポーとスクワーレルポーの父親 「ウォーリアーズ〔2〕-3 夜明け」 エリン・ハンター作;高林由香子訳 小峰書店 2009年7月

ファイヤードラゴン
ラヴァラウト島の火山の噴火口から飛び出してきた巨大な火のドラゴン 「ヒックとドラゴン5 灼熱の予言」 クレシッダ・コーウェル作;相良倫子・陶浪亜希訳 小峰書店 2010年6月

ファ・L・グラシエル　ふぁえるぐらしえる
ヘゲモニアに住む未来をみることができる巫女・ミの妹 「フューチャーウォーカー1 彼女は飛ばない」 イヨンド作;ホンカズミ訳;金田榮路画 岩崎書店 2010年11月

ファーガス・ファズ
身よりのない老ネズミのための「おひさまホーム」の所長、のっぽのやせたネズミ 「レインボーとふしぎな絵(チュウチュウ通り4番地)」 エミリー・ロッダ作;さくまゆみこ訳;たしろちさと絵 あすなろ書房 2010年4月

ファシュネック
選民、「悪夢の館」の番人 「セブンスタワー6 紫の塔」 ガース・ニクス作;西本かおる訳 小学館(小学館ファンタジー文庫) 2008年4月

ファティマ
アフマド王子と姉のセリーム妃が住む城でおいっこのおもりをすることになった姫 「プリンセス♡クラブ 2ステキな王子にごようじん!」 スザンヌ・ウィリアムス作;泉リリカ絵;灰島かり訳 ポプラ社 2009年4月

ファティマ姫　ふぁていまひめ
空とぶじゅうたんにのる黒いかみのお姫さま、プリンセス・クラブの一人 「プリンセス♡クラブ 6 友情は、むてきのまほう」 スザンヌ・ウィリアムス作;灰島かり訳;泉リリカ画 ポプラ社 2010年8月

ファニー・ラ・ローズ
パリのバレエ学校に通うニーナの二歳年上の上級生、学校のエトワールで美人の十五歳 「バレエ!7 彼のパートナーはだれ?」 アンヌ=マリー・ポル著;寺澤孝子訳;松尾日出子訳 メディアファクトリー 2010年4月

ファフニエル
メイン州の沖合の孤島のドレイクの丘で三人きょうだいのハナたちが出会った黄金の翼竜 「危機のドラゴン」 レベッカ・ラップ著;鏡哲生訳 評論社(児童図書館・文学の部屋) 2008年5月

ファブリス・ド・ブズワ・ジロン
人間とドラゴンの国であるランコヴィ王国の初級魔術師、地球でタラの幼なじみだった少年 「タラ・ダンカン 6 マジスターの罠 上下」ソフィー・オドゥワン・マミコニアン著;山本知子訳 メディアファクトリー 2009年7月

ファラウェイ教授　ふぁらうぇいきょうじゅ
世界初の未確認動物学者で絶滅寸前のビーストの専門家、王立ビースト愛護協会の創設者「ビースト☆レスキュー 2 恐怖のビースト晩餐会」ビーストリー・ボーイズ著;中井はるの訳;亜沙美画　金の星社　2010年2月

ファラウェイ教授　ふぁらうぇいきょうじゅ
世界初の未確認動物学者で絶滅寸前のビーストの専門家、王立ビースト愛護協会の創設者「ビースト☆レスキュー 3 禁断のビースト狩り」ビーストリー・ボーイズ著;中井はるの訳;亜沙美画　金の星社　2010年7月

ファラウェイ教授　ふぁらうぇいきょうじゅ
世界初の未確認動物学者で絶滅寸前のビーストの専門家、王立ビースト愛護協会の創設者「ビースト☆レスキュー 4 幻のジャングル・ビースト」ビーストリー・ボーイズ著;中井はるの訳;亜沙美画　金の星社　2010年11月

ファリア司祭　ふぁりあしさい
投獄された神父、ダンテスの師となったイタリアの革命家「モンテ・クリスト伯 上下」アレクサンドル・デュマ作;大友徳明訳　偕成社(偕成社文庫)　2010年10月

ファリーネ
森で生まれた子鹿、バンビのともだち「バンビー森の、ある一生の物語」フェーリクス・ザルテン作;上田真而子訳　岩波書店(岩波少年文庫)　2010年10月

ファルコ(ニコラス・デューク)
キミチー家の当主・ニコロ公爵の末息子、落馬の事故で足がひどく不自由な少年「ストラヴァガンザ 星の都 上下」メアリ・ホフマン著;乾侑美子訳　小学館(SUPER!YA)　2010年11月

ファルゴン
ソートラント王国の軍師、若き新王の筆頭顧問「ミラート年代記 2 タリンの秘密」ラルフ・イーザウ著;酒寄進一訳　あすなろ書房　2009年4月

ファルゴン
ソートラント王国の正反対の性格の双子の王子の仲間、頑固一徹な老剣士「ミラート年代記 1 古の民シリリム」ラルフ・イーザウ著;酒寄進一訳　あすなろ書房　2008年7月

ファレス
諜報員として訓練されたモルモットの美女、FBIの特殊スパイ部隊「Gフォース」のメンバー「スパイアニマルGフォース」ジェームズ・ポンティ作;橘高弓枝訳　偕成社(ディズニーアニメ小説版)　2010年3月

ファーン
フェアリーランドのすべての色をつかさどる虹の妖精の姉妹の一人、みどりの妖精「レインボーマジック虹の妖精(フェアリー) 上下」デイジー・メドウズ著;田内志文訳　ゴマブックス　2009年4月

ファーン
産院でほかの子ととりちがえられた女の子、爆発したような髪をした十一歳のすごく変わった子「本だらけの家でくらしたら」N.E.ボード作;柳井薫訳;ひらいたかこ絵　徳間書店　2009年12月

フィオーレ
錬金術師のミーシャの実験室で勉強していた四人グループのひとり、とても賢くてクラッシック音楽と美術が趣味の少女「ルナ・チャイルド 4 ニーナと水の迷宮の秘密」ムーニー・ウィッチャー作;荒瀬ゆみこ訳;佐竹美保画　岩崎書店　2008年2月

ふいぐ

フィーグルズたち（ナック・マック・フィーグルズ）
見習い魔女ティファニーを見守る男の妖精たち 「見習い魔女ティファニーと懲りない仲間たち」 テリー・プラチェット著;冨永星訳 あすなろ書房 2010年6月

フィザー・ボイド
ニュージーランド・オークランドの中学に通う少年、炭酸飲料の銘柄なら何でも当てられるという特技の持ち主 「盗まれたコカ・コーラ伝説」 ブライアン・フォークナー作;三辺律子訳 小学館 2010年4月

フィッシュ
バイキングのカシラの息子ヒックの親友、恐ろしい病気におかされたバイキングの少年 「ヒックとドラゴン4 氷海の呪い」 クレシッダ・コーウェル作;相良倫子・陶浪亜希訳 小峰書店 2010年3月

フィッシュ
モジャモジャ族というバイキングのカシラの息子ヒックの親友、バイキングの少年 「ヒックとドラゴン7 復讐の航海」 クレシッダ・コーウェル作;相良倫子・陶浪亜希訳 小峰書店 2010年12月

フィッツ
北海に迷いこんでしまったイルカの家族の子ども、ツァップのきょうだい 「動物と話せる少女リリアーネ3 イルカ救出大作戦!」 タニヤ・シュテーブナー著;中村智子訳;駒形イラスト 学研教育出版 2010年12月

フィッツウィリアム
バーナクル号で共に航海をしてきた船長・ジャックを裏切った少年 「パイレーツ・オブ・カリビアンジャック・スパロウの冒険10 父の罪」 ロブ・キッド著;ジャン=ポール・オルピナス絵;ホンヤク社訳 講談社 2008年3月

フィドル
ロンドンのはずれにある町の路地でバイオリンを弾いていた若者、横笛を吹くフルートの兄弟 「銀のらせんをたどれば」 ダイアナ・ウィン・ジョーンズ作;市田泉訳;佐竹美保絵 徳間書店 2010年3月

フィドルス
簒奪者に王位を奪われ盲人となったダルリアッド族の王・マイダーの替え玉として雇われた奴隷の剣闘士 「王のしるし 上下」 ローズマリ・サトクリフ作;猪熊葉子訳 岩波書店（岩波少年文庫） 2010年1月

フィーバフュー
骨でできた船・悪寒号に乗る醜い海賊 「王国の鍵3 海に沈んだ水曜日」 ガース・ニクス著;原田勝訳 主婦の友社 2009年12月

フィーフィー
ネコイラン町チュウチュウ通り3番地にすむ子だくさんで大いそがしのハツカネズミのおかあさん 「フィーフィーのすてきな夏休み（チュウチュウ通り3番地）」 エミリー・ロッダ作;さくまゆみこ訳;たしろちさと絵 あすなろ書房 2010年1月

フィーフィー
ハツカネズミのネコイラン町のチュウチュウ通り3番地にすむ子だくさんで大いそがしのおかあさん 「チュウチュウ通りのゆかいななかまたち3番地 フィーフィーのすてきな夏休み」 エミリー・ロッダ作;さくまゆみこ訳;たしろちさと画 あすなろ書房 2010年1月

フィラ
ネバーランドのピクシー・ホロウにやってきた強いかがやきをもつ光の妖精 「妖精たちのうちあけ話」 テナント・レッドバンク作;ゲイル・ヘルマン作;小宮山みのり訳 講談社（ディズニーフェアリーズ文庫） 2009年10月

フィリス
新婚旅行中に夫のマイク・ワトソンと海に落下する赤い火の玉を見た妻 「海竜めざめる－ボクラノエスエフ」 ジョン・ウィンダム著;星新一訳;長新太画 福音館書店 2009年2月

フィリップ王　ふぃりっぷおう
いつも仕事でいそがしい王、エレナ姫の父親 「プリンセス♡クラブ 4 わたしのかみにまほうをかけて」 スザンヌ・ウィリアムス作;灰島かり訳;泉リリカ絵 ポプラ社 2009年12月

フィリッポ
スケートスクール「アイスマジック」スノードロップ組に通うただ一人の男の子 「フィギュア☆ドリーム 3 ドッドキの競技会」 リア・チェリ著;サラ・ノット絵;飯田亮介訳 メディアファクトリー 2010年1月

フィールディング博士　ふぃーるでぃんぐはかせ
王立ビースト愛護協会でビーストの保護や治療にあたっている獣医 「ビースト☆レスキュー 2 恐怖のビースト晩餐会」 ビーストリー・ボーイズ著;中井はるの訳;亜沙美画 金の星社 2010年2月

フィールディング博士　ふぃーるでぃんぐはかせ
王立ビースト愛護協会でビーストの保護や治療にあたっている獣医 「ビースト☆レスキュー 3 禁断のビースト狩り」 ビーストリー・ボーイズ著;中井はるの訳;亜沙美画 金の星社 2010年7月

フィールディング博士　ふぃーるでぃんぐはかせ
王立ビースト愛護協会でビーストの保護や治療にあたっている獣医 「ビースト☆レスキュー 4 幻のジャングル・ビースト」 ビーストリー・ボーイズ著;中井はるの訳;亜沙美画 金の星社 2010年11月

フィールディング博士　ふぃーるでぃんぐはかせ
絶滅寸前のめずらしいビーストを保護するセンター「王立ビースト協会」でビーストの保護や治療をしている女博士 「ビースト☆レスキュー 1 王立ビースト愛護協会」 ビーストリー・ボーイズ著;中井はるの訳;亜沙美画 金の星社 2009年11月

フィンチさん
お兄ちゃんを病気で亡くしてから心配ばかりするようになってしまったアニーの向かいの幽霊屋敷に引っ越してきたおばあさん 「アニーのかさ」 リサ・グラフ作;武富博子訳 講談社 2010年7月

フゥ
皇帝軍に襲われた蔵真寺から生き残った五人の少年僧の一人、虎拳の遣い手の十二歳 「カンフーファイブ 1 ほえろフゥ!怒りの虎拳」 ジェフ・ストーン作;もきかずこ訳;スカイエマ絵 ランダムハウス講談社 2009年6月

フゥ
皇帝軍に襲われた蔵真寺から生き残った五人の少年僧の一人、虎拳の遣い手の十二歳 「カンフーファイブ 2 とべ!マァラオ樹上の猿拳」 ジェフ・ストーン作;もきかずこ訳;スカイエマ絵 ランダムハウス講談社 2009年9月

フェアリーたち
フェードアウトの呪いをかけられた俳句のお姫さまを探しにでかけたフェアリーたち 「フェアリーズ－妖精たちの冒険 5 スパイダーワートと俳句のお姫さま」 J.H.スイート作;津森優子訳;唐橋美奈子絵 文溪堂 2009年2月

フェアリー・メアリー
魔法の島ネバーランドの妖精の谷ピクシー・ホロウに住むものづくりの妖精たちのリーダー 「ティンカー・ベル」 キンバリー・モリス文;小宮山みのり構成・訳 講談社(ディズニーフェアリーズ) 2008年12月

ふえい

飛卿　ふぇいきん
龍の呪いで龍の衣裳が脱げなくなった記憶喪失の男　「天空の少年ニコロ1 消えた龍王の謎」カイ・マイヤー著;遠山明子訳;佐竹美保画　あすなろ書房　2010年2月

フェイス
長いねむりからさめた大理石像の女の子、公爵の読書室に何百年もあった石像　「ほらふきじゅうたん」デイヴィッド・ルーカス作;なかがわちひろ訳　偕成社　2009年11月

フェザーテイル
リヴァー族の戦士、サンダー族副長グレーストライプの娘で予言の夢を見て旅に出た雌猫　「ウォーリアーズ[2]－1 真夜中に」エリン・ハンター作;高林由香子訳　小峰書店　2008年11月

フェザーテイル
リヴァー族の戦士、サンダー族副長グレーストライプの娘で予言の夢を見て旅に出た雌猫　「ウォーリアーズ[2]－2 月明り」エリン・ハンター作;高林由香子訳　小峰書店　2009年3月

笛使い　ふえつかい
創造主の三番目の息子、ニスリングという怪物どもをあやつる男　「王国の鍵4 戦場の木曜日」ガース・ニクス著;原田勝訳　主婦の友社　2010年4月

フェラダック・ドゥ
ローマ帝国の辺境に住むヴォダディニ族の族長、クーノリクスとコンラの父親　「辺境のオオカミ」ローズマリ・サトクリフ作;猪熊葉子訳　岩波書店(岩波少年文庫)　2008年10月

フェリシティ
クレア学院五年生、音楽の天才少女　「おちゃめなふたごのさいごの秘密」ブライトン作;佐伯紀美子訳　ポプラ社(ポプラポケット文庫)　2010年11月

フェリシティ・ウィッシュ
リトルフラワー・タウンにすむ元気いっぱいの妖精、九つのねがい学校にかよう女の子　「妖精フェリシティ1 ときめきおしゃれクラブ」エマ・トムソン作;ヘレン・ベイリー作;エマ・トムソン絵;神戸万知訳;　岩崎書店　2008年8月

フェリシティ・ウィッシュ
リトルフラワー・タウンにすむ元気いっぱいの妖精、九つのねがい学校にかよう女の子　「妖精フェリシティ2 ハラハラ遊園地」エマ・トムソン作;ヘレン・ベイリー作;エマ・トムソン絵;神戸万知訳;　岩崎書店　2008年8月

フェリシティ・ウィッシュ
リトルフラワー・タウンにすむ元気いっぱいの妖精、九つのねがい学校にかよう女の子　「妖精フェリシティ3 ルンルン大そうじ」エマ・トムソン作;ヘレン・ベイリー作;エマ・トムソン絵;神戸万知訳;　岩崎書店　2008年11月

フェリシティ・ウィッシュ
リトルフラワー・タウンにすむ元気いっぱいの妖精、九つのねがい学校にかよう女の子　「妖精フェリシティ4 ヒヤヒヤレストラン」エマ・トムソン作;ヘレン・ベイリー作;エマ・トムソン絵;神戸万知訳;　岩崎書店　2008年11月

フェリシティ・ウィッシュ
リトルフラワー・タウンにすむ元気いっぱいの妖精、九つのねがい学校にかよう女の子　「妖精フェリシティ5 ゴーゴーバカンス」エマ・トムソン作・絵;神戸万知訳　岩崎書店　2009年2月

フェリシティ・ウィッシュ
リトルフラワー・タウンにすむ元気いっぱいの妖精、九つのねがい学校にかよう女の子　「妖精フェリシティ6 わくわくねがいごと」エマ・トムソン作・絵;神戸万知訳　岩崎書店　2009年5月

フェリシティ・ウィッシュ
リトルフラワー・タウンにすむ元気いっぱいの妖精、九つのねがい学校にかよう女の子 「妖精フェリシティ7 バイバイチョコレート」 エマ・トムソン作・絵;神戸万知訳 岩崎書店 2009年9月

フェリシティ・ウィッシュ
リトルフラワー・タウンにすむ元気いっぱいの妖精、九つのねがい学校にかよう女の子 「妖精フェリシティ8 うきうきコンクール」 エマ・トムソン作・絵;神戸万知訳 岩崎書店 2009年11月

フェリシティ・ウィッシュ
リトルフラワー・タウンにすむ妖精、「きらきら☆カフェ」のもようがえをたのまれた女の子 「妖精フェリシティ9 ぴかぴか大へんしん」 エマ・トムソン作・絵;神戸万知訳 岩崎書店 2010年1月

フェリックス
正義のみかた「くろて団」のリーダー、ラッパを吹く男の子 「くろて団は名探偵」 ハンス・ユルゲン・プレス作;大社玲子訳 岩波書店(岩波少年文庫) 2010年9月

フェリックス・ブルーム
同級生のペーターとジアンナと一緒に「小人のなんでもや&Co」という会社を立ちあげた十二歳の少年 「フェリックスとお金の秘密」 ニコラウス・ピーパー作;天沼春樹訳 徳間書店 2008年7月

フェリーン
ペンション「ハッピーホリデー」のオーナーの十歳の娘、車いすの少女 「動物と話せる少女リリアーネ3 イルカ救出大作戦!」 タニヤ・シュテーブナー著;中村智子訳;駒形イラスト 学研教育出版 2010年12月

フェルシ
いじめられっ子の少年・オノバルの前に現れたオオカミの顔をした男 「ホラーバス 第2期 暗黒の世界1・2」 パウル・ヴァン・ローン作;岩井智子訳;浜野史子絵 学研 2008年10月

フェルシ
異次元にいる魔物、子どもたちの霊魂をコレクションする恐ろしい魔王 「ホラーバス 第2期 恐怖のウイルス1・2」 パウル・ヴァン・ローン作;岩井智子訳;浜野史子絵 学研 2008年8月

フェルダ
あり塚から遠くはなれてひとりで「なんでも屋」をはじめたあり 「ありのフェルダ」 オンドジェイ・セコラさく・え;関沢明子やく 福音館書店(世界傑作童話シリーズ) 2008年11月

フェルナン(モルセール伯爵) ふぇるなん(もるせーるはくしゃく)
メルセデスのいとこの漁師、のち伯爵を名のった男 「モンテ・クリスト伯 上下」 アレクサンドル・デュマ作;大友徳明訳 偕成社(偕成社文庫) 2010年10月

フェルノ
アバンティア王国を守っていたが呪いをかけられ凶暴化してしまった六匹の伝説のビーストの一匹、火龍 「ビースト・クエスト1 火龍フェルノ」 アダム・ブレード作;浅尾敦則訳 ゴマブックス 2008年2月

フェルミン
スペイン南部の小さな漁村・ウンブリーアにある郵便局の老局員 「フォスターさんの郵便配達」 エリアセル・カンシーノ作;宇野和美訳 偕成社 2010年11月

フォス
フクロウの家のとなりにうさぎのハースとくらしているくいしんぼうのきつね 「きつねのフォスとうさぎのハース その2」 シルヴィア・ヴァンデン・ヘーデ作;テー・チョンキン絵;野坂悦子訳 岩波書店 2008年8月

ふぉす

フォス
フクロウの家のとなりにうさぎのハースとくらしているくいしんぼうのきつね 「きつねのフォス とうさぎのハース その3」 シルヴィア・ヴァンデン・ヘーデ作;テー・チョンキン絵;野坂悦子訳 岩波書店 2009年5月

フォーン
いたずらが大好きな動物の妖精 「わなにかかったフォーン」 ローラ・ドリスコール作;小宮山みのり訳;バーバラ・ネルソン&ディズニーストーリーブックアーティストグループ絵 講談社(ディズニーフェアリーズ文庫) 2008年3月

プーカ
ジェニーと仲が良いヤギの姿をしている不思議な生き物 「プーカと最後の大王(ハイ・キング)」 ケイト・トンプソン著;渡辺庸子訳 東京創元社(sogen bookland) 2008年12月

フクロウ
きつねのフォスとうさぎのハースのとなりさん、ふたりのともだちのフクロウ 「きつねのフォス とうさぎのハース その2」 シルヴィア・ヴァンデン・ヘーデ作;テー・チョンキン絵;野坂悦子訳 岩波書店 2008年8月

フクロウ
八十年ぶりに森にかえってきた少年・クリストファー・ロビンを迎えるパーティをひらいたフクロウ 「プーさんの森にかえる」 デイヴィッド・ベネディクタス文;マーク・バージェス絵;こだまともこ訳 小学館 2010年10月

フーさん
フィンランドの森から街へと引っ越さなければならなくなった老人 「フーさん引っ越しをする」 ハンヌ・マケラ作;上山美保子訳 国書刊行会 2008年2月

プーさん
八十年ぶりに森にかえってきた少年・クリストファー・ロビンを迎えるパーティをひらいたプーさん 「プーさんの森にかえる」 デイヴィッド・ベネディクタス文;マーク・バージェス絵;こだまともこ訳 小学館 2010年10月

フタマッタ
お医者さん・ドリトル先生がアフリカで見た頭がふたつあるめずらしい動物 「ドリトル先生」 ロフティング作;小林みき訳 ポプラ社(ポプラポケット文庫) 2009年9月

フック
夢と冒険の島ネバーランドの右手のかわりに鉄のかぎをもっている海賊 「ピーター・パンとウェンディ」 ジェームズ・マシュー・バリ作;高杉一郎訳 講談社(青い鳥文庫) 2010年11月

プフ
目の不自由なエマの家でくらすぽっちゃりしたテリア、ある日エマのお母さんにつれられて犬おばさんの家においていかれた犬 「シェフィーはがんばる」 カート・フランケン文;マルテイン・ファン・デル・リンデン絵;野坂悦子訳 BL出版 2010年4月

ブーマー
世界一のサーカス一座「ファンダジア」の一員、十歳の男の子 「マディガンのファンタジア 上下」 マーガレット・マーヒー作;山田順子訳;佐竹美保画 岩波書店 2008年2月

ブーラー
公園にすむ人形たちのリーダー、旅まわりのあやつり人形の公演で主役をつとめることになった人形 「人形劇場へごしょうたい(公園の小さななかまたち)」 サリー・ガードナー作絵;村上利佳訳 偕成社 2009年12月

フライ
大金もちのナンデモモッテル家のなんでももっているひとりむすこ 「なんでももってる<?>男の子」 イアン・ホワイブラウ作;石垣賀子訳;すぎはらともこ絵 徳間書店 2010年4月

ブライアー・モス
元こそ泥、不揃いな黒髪に灰緑色の瞳で五ヶ国語を話す天涯孤独の少年 「サークル・マジック−サンドリと光の糸」 タモラ・ピアス著;西広なつき訳 小学館(小学館ルルル文庫) 2008年6月

ブライアー・モス
魔法学院ワインディング・サークル学院のディサプリン荘で暮らす植物を操る魔法使い、元こそ泥の少年 「サークル・マジック−ダジャと炎の絆」 タモラ・ピアス著;西広なつき訳 小学館(小学館ルルル文庫) 2008年1月

ブライアー・モス
魔法学院ワインディング・サークル学院のディサプリン荘で暮らす植物を操る魔法使い、元こそ泥の少年 「サークル・マジック−トリスと稲妻の矢」 タモラ・ピアス著;西広なつき訳 小学館(小学館ルルル文庫) 2008年8月

ブライアー・モス
魔法学院ワインディング・サークル学院のディサプリン荘で暮らす植物を操る魔法使い、元こそ泥の少年 「サークル・マジック−ブライアーと癒しの木」 タモラ・ピアス著;西広なつき訳 小学館(小学館ルルル文庫) 2009年1月

フライトフル
ニューヨークの家を出てキャッツキル山脈の深い森でくらしている少年・サムが調教したハヤブサ 「ぼくだけの山の家」 ジーン・クレイグヘッド・ジョージ作;茅野美ど里訳 偕成社 2009年3月

フライヤ
フェアリーランドの曜日の妖精のひとり、金曜日の妖精 「金曜日の妖精(フェアリー)フライヤ (レインボーマジック)」 デイジー・メドウズ作;田内志文訳 ゴマブックス 2008年11月

ブラウンリーさん
きつねの姉妹ゼルダとアイビーの近所の家にすむきつねのおばさん 「ゼルダとアイビーのクリスマス」 ローラ・マギー・クヴァスナースキー作;小島希里訳 BL出版 2008年11月

ブラスター
諜報員として訓練された熱血漢のモルモット、FBIの特殊スパイ部隊「Gフォース」のメンバー 「スパイアニマルGフォース」 ジェームズ・ポンティ作;橘高弓枝訳 偕成社(ディズニーアニメ小説版) 2010年3月

ブラッキー
母さんの恋人の男から性的虐待を受けたニューヨークに住む十一歳の少年 「きみといつか行く楽園」 アダム・ラップ作;代田亜香子訳 徳間書店 2008年5月

ブラック・アーサー
十六歳のニコラスの家族を追う魔術師、「黒曜石団」のリーダー 「デーモンズ・レキシコン 1 魔術師の息子」 サラ・リース・ブレナン著;番由美子訳 メディアファクトリー 2009年4月

ブラック伯爵　ぶらっくはくしゃく
アシュビー王国のとなりにあるブラック帝国の亭王、ゴードンの父親 「リリーと恐怖の谷−リリー・クエンチ冒険ファンタジー2」 ナタリー・ジェーン・プライアー作;岡田好惠訳 学研 2008年2月

ブラックパッチ
魔女カイダンシターにつかえる魔女ネコ、魔女ネコ・ニャンウィックの大親友 「おてんば魔女ガールズバンドで大スター!?−魔女ネコ日記2」 ハーウィン・オラム作;サラ・ウォーバートン絵;田中亜希子訳 ポプラ社 2008年7月

ブラックパッチ
魔女カイダンシターにつかえる魔女ネコ、魔女ネコ・ニャンウィックの大親友 「おてんば魔女魔女料理は☆☆☆料理!!−魔女ネコ日記4」 ハーウィン・オラム作;サラ・ウォーバートン絵;田中亜希子訳 ポプラ社 2009年1月

フラッシュ
フェアリーランドの妖精・モリーのペット、魔法の金魚 「金魚の妖精(フェアリー)モリー(レインボーマジック)」デイジー・メドウズ作;田内志文訳 ゴマブックス 2008年5月

フラニー(フラニー・K・シュタイン) ふらにー(ふらにーけーしゅたいん)
すいせん通りのはずれにあるバラ色のおうちで暮らす小学生、実験大好きなマッドサイエンティスト 「キョーレツ科学者・フラニー フラニー、大統領になる!」ジム・ベントン作;杉田七重訳 あかね書房 2009年6月

フラニー・K・シュタイン ふらにーけーしゅたいん
すいせん通りのはずれにあるバラ色のおうちで暮らす小学生、実験大好きなマッドサイエンティスト 「キョーレツ科学者・フラニー フラニー、大統領になる!」ジム・ベントン作;杉田七重訳 あかね書房 2009年6月

フラニー・スミザーズ
ベンダーズ高級子女教育学校に通う十四歳の少女 「真夜中の秘密学校(ちいさな霊媒師オリビア)」エレン・ポッター著;海後礼子訳 主婦の友社 2008年1月

フラニー・スミザーズ
七歳で成長がとまってしまった十四歳の少女、十二歳のオリビアが尊敬している友だち 「地下の幽霊トンネル1(ちいさな霊媒師オリビア)」エレン・ポッター著;海後礼子訳 主婦の友社 2008年4月

フラニー・スミザーズ
七歳で成長がとまってしまった十四歳の少女、十二歳のオリビアが尊敬している友だち 「地下の幽霊トンネル2(ちいさな霊媒師オリビア)」エレン・ポッター著;海後礼子訳 主婦の友社 2008年4月

フラビア
地方軍を脱走し故郷ブリテンに残ったローマ軍の将アクイラの妹、サクソン人にさらわれた女 「ともしびをかかげて 上下」ローズマリ・サトクリフ作;猪熊葉子訳 岩波書店(岩波少年文庫) 2008年4月

プラム
旅まわりのあやつり人形一座のアイドル 「人形劇場へごしょうたい(公園の小さななかまたち)」サリー・ガードナー作絵;村上利佳訳 偕成社 2009年12月

ブランカ
美しい白いメスのオオカミ、ニューメキシコ北部にあるクルンパの谷を支配するオオカミ王のロボにしたがう群れのうちの一頭 「オオカミ王ロボ(シートン動物記)」アーネスト・T・シートン文・絵;今泉吉晴訳 童心社 2009年12月

フランキー
十一歳のペニーのいとこで一番の友だち 「ペニー・フロム・ヘブン」ジェニファー・L・ホルム著;もりうちすみこ訳 ほるぷ出版 2008年7月

フランク
スウェーデンで暮らす十二歳の少年、アメリカに父親が住んでいる息子 「フランクとぼく」ヨーナス・アウティオ著;菱木晃子訳;堀川理万子絵 あすなろ書房 2009年11月

フランクおじさん
魔法の扉でカンザスに来て住みついた男性、ヘンリエッタたちの父親 「100の扉 2 タンポポの炎 上下」N.D.Wilson作;大谷真弓訳 小学館(小学館ファンタジー文庫) 2009年8月

フランクおじさん
魔法の扉でカンザスに来て住みついた男性、ヘンリエッタたちの父親 「100の扉 3 チェストナットの王 上下」N.D.Wilson作;大谷真弓訳 小学館(小学館ファンタジー文庫) 2010年11月

ブランコ・バビッチュ
指名手配中で追われていたところを赤毛のゾラに助けてもらった十二歳の少年 「赤毛のゾラ 上下」クルト・ヘルト著;酒寄進一訳 長崎出版 2009年3月

フランチェスコ・モンティ
青い電気機関車のおもちゃ「青矢号」がほしくて毎日おもちゃ屋へかようまずしい家の十歳の男の子 「青矢号 おもちゃの夜行列車」ジャンニ・ロダーリ作;関口英子訳 岩波書店（岩波少年文庫）2010年5月

ブランチ先生（セス・ブランチ）　ぶらんちせんせい（せすぶらんち）
悪いおばけ「見えざる者」が見えるペギー・スーが引っ越したポイント・ブラフの中学校のひどく嫌な数学教師 「ペギー・スー 1魔法の瞳をもつ少女」セルジュ・ブリュソロ作;金子ゆき子訳;町田尚子絵 角川書店（角川つばさ文庫）2009年3月

ブランブルクロー
サンダー族の戦士で予言の夢を見て旅に出た雄猫、シャドウ族の戦士トーニーペルトの弟 「ウォーリアーズ〔2〕－1 真夜中に」エリン・ハンター作;高林由香子訳 小峰書店 2008年11月

ブランブルクロー
サンダー族の戦士で予言の夢を見て旅に出た雄猫、シャドウ族の戦士トーニーペルトの弟 「ウォーリアーズ〔2〕－2 月明り」エリン・ハンター作;高林由香子訳 小峰書店 2009年3月

ブランブルクロー
サンダー族の戦士で予言の夢を見て旅に出た雄猫、シャドウ族の戦士トーニーペルトの弟 「ウォーリアーズ〔2〕－3 夜明け」エリン・ハンター作;高林由香子訳 小峰書店 2009年7月

ブランブルクロー
サンダー族の戦士、裏切り猫タイガースターの息子 「ウォーリアーズⅡ6 日没」エリン・ハンター作;高林由香子訳 小峰書店 2010年10月

ブランブルクロー
サンダー族の戦士、琥珀色の目をしたこげ茶色のとら柄の雄猫 「ウォーリアーズⅡ 4 星の光」エリン・ハンター作;高林由香子訳 小峰書店 2010年2月

ブランブルクロー
サンダー族の戦士、琥珀色の目をしたこげ茶色のとら柄の雄猫 「ウォーリアーズⅡ 5 夕暮れ」エリン・ハンター作;高林由香子訳 小峰書店 2010年5月

ブリキのきこり
心臓をもらうために少女ドロシーと一緒に魔法使いオズのいるエメラルドの街をめざすことにしたブリキのきこり 「オズの魔法使い」L.フランク・ボウム作;リスベート・ツヴェルガー絵;江國香織訳 BL出版 2008年11月

プリジオ王子　ぷりじおおうじ
パントウフリアという国のりこうすぎて国中の人たちからきらわれている王子 「りこうすぎた王子」アンドリュー・ラング作;福本友美子訳 岩波書店（岩波少年文庫）2010年4月

ブリジット
フランスからカリフォルニア州南部の砂漠にある小さな町にやってきた女の人、母を亡くしたラッキーの後見人 「ラッキー・トリンブルのサバイバルな毎日」スーザン・パトロン著;片岡しのぶ訳 あすなろ書房 2008年10月

プリシラ
魔法の国・エンチャンティアにいるおどろくほど大きいひきがえる 「マジック・バレリーナ 2 デルフィと変身のじゅもん」ダーシー・バッセル著;ケイティ・メイ絵;神戸万知訳 新書館 2010年2月

ブリッタ
お妃候補を教育する「プリンセス・アカデミー」の生徒、両親を亡くし親戚の家に身を寄せている十五歳の少女 「プリンセス・アカデミー」シャノン・ヘイル作;代田亜香子訳 小学館 2009年6月

ブリッツェンバーグ男爵(辺境伯アイゼングリム)　ぶりっつぇんばーぐだんしゃく(へんきょうはくあいぜんぐりむ)
たいそうなお金持ち、イギリス駐在のハノーバー大使 「ダイドーと父ちゃん－「ダイドーの冒険」シリーズ」ジョーン・エイキン作;こだまともこ訳　富山房　2008年1月

ブリーナ
シーヘイブン島にあるドラゴン育成牧場「ドラゴンズテール」の娘の親友で騎手 「ドラゴンの谷1 舞え、大空へ」サラマンダ・ドレイク作;今居美月訳;田上俊介絵　学研教育出版 2009年10月

ブリーナ
シーヘイブン島にある牧場「ドラゴンズテール」の騎手、親友のカーラをさけている少女 「ドラゴンの谷2 嵐を越えて」サラマンダ・ドレイク作;今居美月訳;田上俊介絵　学研教育出版　2010年1月

フリーボディさん
アメリカのイーソーの谷という小さな村にで暮らす少女ガーネットの隣に住む仲のいい農場のおじさん 「指ぬきの夏」エリザベス・エンライト作・絵;谷口由美子訳　岩波書店(岩波少年文庫) 2009年6月

プリムローズ・ダフィー
古いワンボックスカーを改造して住んでいる自称霊能者の母を毛嫌いする十三歳の少女 「Eggs」ジェリー・スピネッリ作;千葉茂樹訳　理論社　2009年7月

プリラ
ネバーランドにある妖精の谷・ピクシー・ホロウに住む妖精 「毎日がミステリー」ゲイル・ヘルマン作;小宮山みのり訳　講談社(ディズニーフェアリーズ文庫) 2009年11月

ブリン
ソラナ国の石工のひとり娘、大神官と出会いオラクル寺院で侍女として学ぶ十五歳の女の子 「オラクルの光－風に選ばれし娘」ヴィクトリア・ハンリー著;杉田七重訳　小学館(小学館ルルル文庫) 2008年2月

ブリン
ソラナ国の石工のひとり娘、大神官と出会いオラクル寺院で侍女として学ぶ十五歳の女の子 「オラクルの光－預言に隠されし陰謀」ヴィクトリア・ハンリー著;杉田七重訳　小学館(小学館ルルル文庫) 2008年3月

プリンシペッサ・クリスティナ・リリー
ババタビア国から亡命した老王女、十二歳のオリビアが前にすんでいたマンションで友だちになったおばあさん 「地下の幽霊トンネル1(ちいさな霊媒師オリビア)」エレン・ポッター著;海後礼子訳　主婦の友社　2008年4月

プリンセス
超セレブでわがままだがスケートの天才少女 「フィギュア☆ドリーム4 伝説のコーチあらわる!」リア・チェリ著;サラ・ノット絵;飯田亮介訳　メディアファクトリー　2010年2月

プリンセス・キャットキン
リスとカワウソとモグラとハリネズミが平和に暮らすミストマントル島の王、元三司令官だったリスの青年 「ミストマントル・クロニクル3 アーチンとプリンセス」マージ・マカリスター著;嶋田水子訳　小学館　2008年4月

フリント
ソレースの町から仲間たちと蛮族の姫を連れて逃亡の旅に出たドワーフ 「ドラゴンランス1 廃都の黒竜 上」マーガレット・ワイス作;トレイシー・ヒックマン作;安田均訳;ともひ絵　アスキー・メディアワークス(角川つばさ文庫) 2009年7月

フリント
世界を救う秘宝を求めて仲間たちと廃都ザク・ツァロスに向かったドワーフ 「ドラゴンランス 2 廃都の黒竜 下」 マーガレット・ワイス作;トレイシー・ヒックマン作;安田均訳;ともひ絵 アスキー・メディアワークス(角川つばさ文庫) 2009年8月

フリント
仲間たちと世界を救う秘宝を入手して故郷のソレースに戻ったドワーフ 「ドラゴンランス 3 城砦の赤竜」 マーガレット・ワイス作;トレイシー・ヒックマン作;安田均訳;ともひ絵 アスキー・メディアワークス(角川つばさ文庫) 2009年11月

フリント・ロックウッド
今まで失敗ばかりしていたがついに水からどんな食べ物でも作り出せる"食べ物製造マシーン"を発明した青年 「くもりときどきミートボール」 ステーシー・ドイチェ著;ローディ・コーホン著;宋美沙訳 メディアファクトリー 2009年9月

フール
フクロウたちに伝わる「ガフール伝説」の北の王国の王、ニシアメリカフクロウ 「ガフールの勇者たち 11「ガフール伝説」と真実の王」 キャスリン・ラスキー著;食野雅子訳 メディアファクトリー 2010年12月

フール
フクロウたちに伝わる「ガフール伝説」の北の王国の王子、ニシアメリカフクロウ 「ガフールの勇者たち 10「ガフール伝説」と炎の王子」 キャスリン・ラスキー著;食野雅子訳 メディアファクトリー 2010年9月

ブルー
犯罪と戦う「スパイフォース」から追放されその組織をつぶそうとしている男 「マックス・レミースーパースパイ Mission3 悪夢のうずを食い止めろ!」 デボラ・アベラ作;ジョービー・マーフィー絵;三石加奈子訳 童心社 2008年4月

フルエニ
パリからロンドンへの機内で起きた殺人事件を捜査しているフランス警察の警部 「雲をつかむ死」 アガサ・クリスティー著;田中一江訳 早川書房(クリスティー・ジュニア・ミステリ6) 2008年4月

ブルース・ウォーカー
べべという犬の飼い主、引っこし先の中学校で友だちがうまくつくれない男の子 「ホテル・フォー・ドッグズ」 ロイス・ダンカン作;桜田直美訳 主婦の友社 2009年4月

ブルース・ピッグゴット
中学生の便利屋「ティーン・パワー」に仕事を依頼した「緑のモーテル」の経営者 「ティーン・パワーをよろしく11 百万長者を救え!」 エミリー・ロッダ著;岡田好惠訳 講談社(YA! entertainment) 2008年12月

ブルック
ラッシングウォーター一門の獲物捕りの猫 「ウォーリアーズⅡ6 日没」 エリン・ハンター作;高林由香子訳 小峰書店 2010年10月

ブルック
予言の夢を見て旅に出た森の猫たちが出会ったラッシング・ウォーター一門の雌猫 「ウォーリアーズ〔2〕-3 夜明け」 エリン・ハンター作;高林由香子訳 小峰書店 2009年7

プルーデンス・カウリイ
お金をつくるために冒険家としてパートナーのトミーと雇い主を探すことにした若い女性、戦争中は看護婦としてはたらいていた娘 「秘密機関 上下」 アガサ・クリスティー著;嵯峨静江訳 早川書房(クリスティー・ジュニア・ミステリ5) 2008年3月

ふると

フルート
ロンドンのはずれにある町の路地で横笛を吹いていた若者、バイオリンを弾くフィドルの兄弟 「銀のらせんをたどれば」 ダイアナ・ウィン・ジョーンズ作;市田泉訳;佐竹美保絵 徳間書店 2010年3月

ブルーノ
大都会ベルリンから見知らぬ土地に引っ越してきた九歳の男の子、軍人の息子 「縞模様のパジャマの少年」 ジョン・ボイン作;千葉茂樹訳 岩波書店 2008年9月

ブルーノー
伝説の故郷ミスリル・ホールへ帰還し王の座についた老ドワーフ戦士、ダークエルフのドリッズトの友人 「ダークエルフ物語 ドロウの遺産」 R.A.サルバトーレ著;安田均監訳;笠井道子訳 アスキー・メディアワークス 2008年11月

ブルーノー
伝説の故郷ミスリル・ホールへ帰還し王の座についた老ドワーフ戦士、ダークエルフのドリッズトの友人 「ダークエルフ物語 暗黒の包囲」 R.A.サルバトーレ著;安田均監訳;笠井道子訳 アスキー・メディアワークス 2010年6月

ブルーノー
伝説の故郷ミスリル・ホールへ帰還し王の座についた老ドワーフ戦士、ダークエルフのドリッズトの友人 「ダークエルフ物語 星なき夜」 R.A.サルバトーレ著;安田均監訳;笠井道子訳 アスキー・メディアワークス 2009年6月

ブルーノー・バトルハンマー
ダークエルフ族の青年・ドリッズトの味方をするドワーフ族の老戦士、魔法の武器作りの名人 「アイスウィンド・サーガ 暗黒竜の冥宮」 R.A.サルバトーレ著 アスキー・メディアワークス 2008年7月

ブルーノー・バトルハンマー
ダークエルフ族の青年・ドリッズトの味方をするドワーフ族の老戦士、魔法の武器作りの名人 「アイスウィンド・サーガ 冥界の門」 R.A.サルバトーレ著 アスキー・メディアワークス 2009年9月

フレイア・ハリソン
八歳のときに見た天使になりたいとずっと思っていた十四歳の少女 「暗黒天使メストラール」 クリフ・マクニッシュ著;金原瑞人・松山美保訳 理論社 2008年5月

ブレイズ
妖精のティンカー・ベルの気球の旅に同行するホタル 「ティンカー・ベルと月の石」 キンバリー・モリス作;橘高弓枝訳 偕成社(ディズニーアニメ小説版) 2009年12月

フレッチャー・レン
17歳のイギリス人少年、テレポーター 「スカルダガリー 3」 デレク・ランディ著;村上ゆみ子訳 小学館 2010年6月

フレッド
けちで欲ばりの老人スクルージの甥 「クリスマス・キャロル」 チャールズ・ディケンズ作;脇明子訳 岩波書店(岩波少年文庫) 2009年10月

ブレッドー
盗賊の少女・モイラの父、刑務所の囚人 「銀竜の騎士団－ドラゴンと黄金の瞳」 リー・ソーズビー著;安田均監訳 アスキー(ダンジョンズ&ドラゴンズスーパーファンタジー) 2008年3月

フレディ・クロス
イギリスのブルック・ハイスクールの不良グループ"テイラーズ"のリーダー格の少年 「絶体絶命27時間!」 キース・グレイ作;野沢佳織訳 徳間書店 2008年3月

ブレンダ
メスのフタコブラクダ、考古学者のカイロ・ジムの相棒 「カイロ・ジム2 ファラオの秘宝とうもれた死者の扉」ジェフリー・マクスキミング著;貴美島紀訳 ランダムハウス講談社 2008年7月

ブレンダ
メスのフタコブラクダ、考古学者のカイロ・ジムの相棒 「カイロ・ジム3 黄金の棺と謎の海底都市」ジェフリー・マクスキミング著;貴美島紀訳 ランダムハウス講談社 2008年11月

ブレンダ
メスのフタコブラクダ、考古学者のカイロ・ジムの相棒 「カイロ・ジム4 わすれられたギリシャの神々と謎の壺」ジェフリー・マクスキミング著;奥沢しおり訳 ランダムハウス講談社 2009年3月

ブレント・チャンドラー
ドーンの元ルームメイトで白血病で亡くなった親友・サンディの兄 「ドーン・ロシェルの季節3 いつまでも忘れない」ローレイン・マクダニエル作;日当陽子訳 岩崎書店 2010年11月

ブレンナ
「マック動物病院」で働く五人の子どもボランティアのひとり、動物への思いやりを持った活発な少女 「キケンな野良猫王国(マック動物病院ボランティア日誌)」ローリー・ハルツ・アンダーソン作;中井はるの訳;藤丘ようこ画 金の星社 2009年9月

ブレンナ
「マック動物病院」で働く五人の子どもボランティアのひとり、動物への思いやりを持った活発な少女 「セラピー犬からのおくりもの(マック動物病院ボランティア日誌)」ローリー・ハルツ・アンダーソン作;中井はるの訳;藤丘ようこ画 金の星社 2009年12月

ブレンナ
「マック動物病院」で働く五人の子どもボランティアのひとり、動物への思いやりを持った活発な少女 「悪徳子犬ブリーダーをさがせ(マック動物病院ボランティア日誌)」ローリー・ハルツ・アンダーソン作;中井はるの訳;藤丘ようこ画 金の星社 2009年8月

ブレンナ
マック動物病院のボランティア第一号、院長の孫娘・マギーの同級生で活発な女の子 「マック動物病院ボランティア日誌 逃げおくれた猫を救え」ローリー・ハルツ・アンダーソン作;中井はるの訳;藤丘ようこ画 金の星社 2010年3月

フロー
お城学校四年生のかいぞくにあこがれている女の子、ひみつたんていのリーダー 「ひみつたんていダイアリー2 金庫をやぶったのは、だれ?」ヨアヒム・フリードリヒ作;はたさわゆうこ訳;はたこうしろう絵 徳間書店 2010年10月

フロー
お城学校四年生のかいぞくにあこがれている女の子、ひみつたんていのリーダー 「ひみつたんていダイアリー3 おしゃべりオウムがきえちゃった!」ヨアヒム・フリードリヒ作;はたさわゆうこ訳;はたこうしろう絵 徳間書店 2010年11月

フロー
お城学校四年生のかいぞくにあこがれている女の子、ひみつたんていのリーダー 「ひみつたんていダイアリー4 宝の地図をとりもどせ!」ヨアヒム・フリードリヒ作;はたさわゆうこ訳;はたこうしろう絵 徳間書店 2010年12月

フロー
ママが校長先生のお城学校に転校してきたかいぞくが大すきな四年生の女の子 「ひみつたんていダイアリー1 オイボレ発明家をすくえ!」ヨアヒム・フリードリヒ作;はたさわゆうこ訳;はたこうしろう絵 徳間書店 2010年10月

ふろお

フローおばさん
ミネソタ州の妻を亡くした弟の家でくらすことになった女の人、「おとむらい師」とよばれるおばさん 「とむらう女」 ロレッタ・エルスワース著;代田亜香子訳;金原瑞人選 作品社 2009年11月

ブロッケンブロル
壊れた傘を率いる裏ロンドンの指揮官 「アンランダン 下 ディーバとさかさま銃の大逆襲」 チャイナ・ミエヴィル著;内田昌之訳 河出書房新社 2010年8月

ブロッケンブロル
壊れた傘を率いる裏ロンドンの指揮官 「アンランダン 上 ザナと傘飛び男の大冒険」 チャイナ・ミエヴィル著;内田昌之訳 河出書房新社 2010年8月

フローネ
「アイス王国」のミラクル・ダイヤを取りもどしに行った「マーメイド・ガールズ」の人魚 「マーメイド・ガールズ 2-1 バニラと白いゆうれい」 ジリアン・シールズ作;宮坂宏美訳;田中亜希子訳;つじむらあやこ絵 あすなろ書房 2008年7月

フローネ
「アイス王国」のミラクル・ダイヤを取りもどしに行った「マーメイド・ガールズ」の人魚 「マーメイド・ガールズ 2-2 メロディのマーメイド・ハープ」 ジリアン・シールズ作;宮坂宏美訳;田中亜希子訳;つじむらあゆこ絵 あすなろ書房 2008年7月

フローネ
「アイス王国」のミラクル・ダイヤを取りもどしに行った「マーメイド・ガールズ」の人魚 「マーメイド・ガールズ 2-4 ユウキとクジラの友だち」 ジリアン・シールズ作;宮坂宏美訳;田中亜希子訳;つじむらあゆこ絵 あすなろ書房 2008年7月

フローネ
ミラクル・ダイヤを探しに「黄金海岸」へ行った「マーメイド・ガールズ」の人魚 「マーメイド・ガールズ 2-3 ハティと空飛ぶじゅうたん」 ジリアン・シールズ作;宮坂宏美訳;田中亜希子訳;つじむらあゆこ絵 あすなろ書房 2008年7月

フローネ
ミラクル・ダイヤを探しに「禁じられた山」へ行った「マーメイド・ガールズ」の人魚 「マーメイド・ガールズ 2-6 イバリンとひみつの火山」 ジリアン・シールズ作;宮坂宏美訳;田中亜希子訳;つじむらあゆこ絵 あすなろ書房 2008年8月

フローネ
五つめのダイヤを探しに人間のいる港へ行った「マーメイド・ガールズ」の人魚 「マーメイド・ガールズ 2-5 フローネのマジック・ロケット」 ジリアン・シールズ作;宮坂宏美訳;田中亜希子訳;つじむらあゆこ絵 あすなろ書房 2008年8月

フロリアン
ウェストマーク王国の隣国レギア王国と戦う市民軍の最高司令官 「ウェストマーク戦記 2 ケストレルの戦争」 ロイド・アリグザンダー作;宮下嶺夫訳 評論社 2008年11月

フロリアン
ウェストマーク王国執政官、地下で反カバルス運動の総指揮をとっている男 「ウェストマーク戦記 3 マリアンシュタットの嵐」 ロイド・アリグザンダー作;宮下嶺夫訳 評論社 2008年11月

フロリモンド王子　ふろりもんどおうじ
魔法の国・エンチャンティアの姫で婚約者のオーレリア姫をふった王子 「マジック・バレリーナ 6 デルフィと魔法のほれ薬」 ダーシー・バッセル著;ケイティ・メイ絵;神戸万知訳 新書館 2010年10月

フロリーン
敵国に囚われ宮廷道化師のミムスに弟子入りさせられた王子 「ミムス 宮廷道化師」 リリ・タール作;木本栄訳 小峰書店(Y.A.Books) 2009年12月

フローレンス・ナイチンゲール（フロー）
お城学校四年生のかいぞくにあこがれている女の子、ひみつたんていのリーダー 「ひみつたんていダイアリー2 金庫をやぶったのは、だれ?」 ヨアヒム・フリードリヒ作;はたさわゆうこ訳;はたこうしろう絵 徳間書店 2010年10月

フローレンス・ナイチンゲール（フロー）
お城学校四年生のかいぞくにあこがれている女の子、ひみつたんていのリーダー 「ひみつたんていダイアリー3 おしゃべりオウムがきえちゃった!」 ヨアヒム・フリードリヒ作;はたさわゆうこ訳;はたこうしろう絵 徳間書店 2010年11月

フローレンス・ナイチンゲール（フロー）
お城学校四年生のかいぞくにあこがれている女の子、ひみつたんていのリーダー 「ひみつたんていダイアリー4 宝の地図をとりもどせ!」 ヨアヒム・フリードリヒ作;はたさわゆうこ訳;はたこうしろう絵 徳間書店 2010年12月

フローレンス・ナイチンゲール（フロー）
ママが校長先生のお城学校に転校してきたかいぞくが大すきな四年生の女の子 「ひみつたんていダイアリー1 オイボレ発明家をすくえ!」 ヨアヒム・フリードリヒ作;はたさわゆうこ訳;はたこうしろう絵 徳間書店 2010年10月

フワンおじいちゃん
新しい家にひっこしたばかりでさびしくてたまらないカミーラのおじいちゃん 「おじいちゃんとケーキをつくろう」 マリサ・ロペス=ソリア作;宇野和美訳;つちだよしはる絵 日本標準（シリーズ本のチカラ） 2010年4月

【へ】

ベア先生　べあせんせい
19歳の少女・ジョーの友人、40歳のドイツ人の大学教授 「若草物語2 夢のお城」 オルコット作;谷口由美子訳;藤田香絵 講談社（青い鳥文庫） 2010年5月

ベアトリス
妖精フェリシティとペンパルになった花びら山にすむ妖精の女の子 「妖精フェリシティ5 ゴーゴーバカンス」 エマ・トムソン作・絵;神戸万知訳 岩崎書店 2009年2月

ヘアリー図書館員　へありーとしょかんいん
ヒトリボッチ島の崖の上にそびえるトンマ公立図書館の図書館員、剣の達人 「ヒックとドラゴン6 迷宮の図書館」 クレシッダ・コーウェル作;相良倫子・陶浪亜希訳 小峰書店 2010年8月

ヘイスティングズ（アーサー・ヘイスティングズ）
ロンドンで暮らす名探偵ポアロの古い友人、大英帝国四等勲士 「ABC殺人事件」 アガサ・クリスティー著;田口俊樹訳 早川書房（クリスティー・ジュニア・ミステリ7） 2008年5月

ヴェイッコ
大きなクマのタハマパーの森のなかま、ときどきつんつんするハリネズミ 「大きなクマのタハマパー 家をたてるのまき」 ハンネレ・フオヴィ作;末延弘子訳;いたやさとし絵 ひさかたチャイルド(SHIRAKABA BUNKO) 2010年3月

ヘイナ
カッティラコスキ家のしっかり者の長女、小学2年生 「ヒラメ釣り漂流記（ヘイナとトッスの物語4）」 シニッカ・ノポラ&ティーナ・ノポラ作;末延弘子訳;佐古百美絵 講談社（青い鳥文庫） 2008年7月

ベイリー
ロージーの親友でおさななじみ、すごくもの静かで目が見えない十二歳の男の子 「トレッリおばあちゃんのスペシャル・メニュー」 シャロン・クリーチ作;せなあいこ訳 評論社（児童図書館・文学の部屋） 2009年8月

ベイリー・リチャードソン
すばらしい記憶力の才能をもつローズマリーのフェアリー 「NEWフェアリーズ 秘密の妖精たち1 ペリウィンクルと勇気の洞くつ」 J.H.スイート作;津森優子訳;唐橋美奈子絵 文溪堂 2010年6月

ヘイ・リン
宇宙を悪から守る5人の少女「聖戦の騎士」のメンバー、中学生の女の子 「ウィッチ1 選ばれた少女たち」 エリザベス・レンハード文;岡田好恵訳;久堂仁希絵 講談社(ドリーム&マジック文庫) 2008年6月

ヘイ・リン
宇宙を悪から守る5人の少女「聖戦の騎士」のメンバー、中学生の女の子 「ウィッチ2 消えた友だち」 エリザベス・レンハード文;岡田好恵訳;久堂仁希絵 講談社(ドリーム&マジック文庫) 2008年12月

ヘイ・リン
宇宙を悪から守る5人の少女「聖戦の騎士」のメンバー、中学生の女の子 「ウィッチ3 悪の都メリディアン」 エリザベス・レンハード文;岡田好恵訳;久堂仁希絵 講談社(ドリーム&マジック文庫) 2009年7月

ペギイ・ブラケット
アマゾン号の航海士兼共同所有者、ハウスボートで暮らすジムおじさんのめい 「ツバメ号とアマゾン号 上下」 アーサー・ランサム作;神宮輝夫訳 岩波書店(岩波少年文庫) 2010年7月

ペギー・ジェーン(PJ) ぺぎーじぇーん(ぴーじぇい)
建設現場作業員をしているジャックの恋人、ニューヨークの女子大生 「ターニング・ポイント3 タイムロック最後の選択」 デイヴィッド・クラス作;西田登訳 岩崎書店 2010年2月

ペギー・スー・フェアウェイ
地球外生命体の「見えざる者」が見えるただ一人の人間で十四歳の少女 「ペギー・スー 9 光の罠と明かされた秘密」 セルジュ・ブリュソロ著;金子ゆき子訳;町田尚子絵 角川書店 2008年3月

ペギー・スー・フェアウェイ
地球上でただひとり悪いおばけ「見えざる者」の姿が見える14歳の少女 「ペギー・スー 1 魔法の瞳をもつ少女」 セルジュ・ブリュソロ作;金子ゆき子訳;町田尚子絵 角川書店(角川つばさ文庫) 2009年3月

ペギー・スー・フェアウェイ
地球上でただひとり悪いおばけ「見えざる者」の姿が見える14歳の少女 「ペギー・スー 2 蜃気楼の国へ飛ぶ」 セルジュ・ブリュソロ作;金子ゆき子訳;町田尚子絵 角川書店(角川つばさ文庫) 2009年12月

ペギー・スー・フェアウェイ(アンヌ・ソフィー)
アンカルタ星の王国の王家の血筋を引く王女、本当の名前はアンヌ・ソフィー・デ・テールノワール 「ペギー・スー 10 魔法の星の嫌われ王女」 セルジュ・ブリュソロ著;金子ゆき子訳;町田尚子絵 角川書店 2009年2月

ペギー・スー・フェアウェイ(アンヌ・ソフィー)
国家反逆罪で指名手配となったアンカルタ星の王国の王女、本当の名前はアンヌ・ソフィー・デ・テールノワール 「ペギー・スー 11 呪われたサーカス団の神さま」 セルジュ・ブリュソロ著;金子ゆき子訳;町田尚子絵 角川書店 2010年7月

ペグ
下町のふくろ小路一番地に住む子だくさんのラッグルスさん一家の女の子 「ふくろ小路一番地」 イーヴ・ガーネット作;石井桃子訳 岩波書店(岩波少年文庫) 2009年5月

ヘクター
まんまるおなかの空飛ぶドラゴン、世界一の魔女・スルルンダの相棒 「期間限定!秘密の見習い魔女」 クニスター作;たかしなえみり訳;睦月ムンク画 金の星社 2010年11月

ヘクター・ド・シルヴァ
スザンナが引っ越してきた古い家にとりついているゴースト、闘牛士みたいな白いシャツを着たラテン系の幽霊 「メディエータ0 episode3 復讐のハイウェイ」 メグ・キャボット作;代田亜香子訳 理論社 2008年1月

ヘザー
フェアリーランドのすべての色をつかさどる虹の妖精の姉妹の一人、むらさきの妖精 「レインボーマジック虹の妖精(フェアリー) 上下」 デイジー・メドウズ著;田内志文訳 ゴマブックス 2009年4月

ベサニー・エバリー
魔法が存在する「キーパー」の国に十二歳の少年・エレックと来た少女 「エレック・レックス 1 竜の魔眼」 カザ・キングスレイ著;服部千佳子訳;富原まさ江訳 エンターブレイン 2008年3月

ベス
アメリカの片田舎にくらすマーチ家の四姉妹の三女、おっとりした17歳 「若草物語 2 夢のお城」 オルコット作;谷口由美子訳;藤田香絵 講談社(青い鳥文庫) 2010年5月

ベス
ネバーランドにある妖精の谷・ピクシー・ホロウに住む芸術の妖精 「マイカのとんだ災難」 ゲイル・ヘルマン作;小宮山みのり訳 講談社(ディズニーフェアリーズ文庫) 2009年3月

ベス
妖精がすむピクシー・ホロウでいちばん売れっ子の画家、芸術の妖精 「ベスと風変わりな友だち」 エイミー・ヴィセント作;小宮山みのり訳;ジュディス・ホームス・クラーク絵 講談社(ディズニーフェアリーズ文庫) 2008年9月

ベス(エリザベス)
アメリカの片田舎に住むマーチ家の四姉妹の三女、はにかみ屋の十三歳の少女 「若草物語」 オルコット作;中山知子訳;藤田香絵 講談社(青い鳥文庫) 2009年3月

ベス・パリッシュ
マリーゴールドのフェアリー、エブリンおばさんのめいっ子で九歳の女の子 「フェアリーズ－妖精たちの冒険 1マリーゴールドと希望のはね」 J.H.スイート作;津森優子訳;唐橋美奈子絵 文溪堂 2008年9月

ペーター
フェリックスの親友、フェリックスと同級生のジアンナと一緒に「小人のなんでもや&Co」という会社を立ちあげた十二歳の少年 「フェリックスとお金の秘密」 ニコラウス・ピーパー作;天沼春樹訳 徳間書店 2008年7月

ペーター
ルーマニアにある暗い村のはずれに父親と住んでいた少年、飲んだくれの木こり・トマスの息子 「ソードハンド 闇の血族」 マーカス・セジウィック著;西田登訳 あかね書房(YA Dark) 2009年3月

ペチュラ・ケンジントン
学校一の美女でチアリーダー、ゴーストになった少女シャーロットが恋する少年ダーメンの彼女 「ゴースト・ガール」 トーニャ・ハーリー作;築地誠子訳 ポプラ社 2009年4月

ベッキー
イギリスの上流子女寄宿学校の食器洗い場の召使い、気の弱い十四歳の少女 「リトル・プリンセス」 バーネット著;秋川久美子訳;グラハム・ラスト絵 西村書店 2008年12月

べっき

ベッキー・マスターズ
ファッションショーの衣装をさがしに街に出かけた際にウィンドウに飾られた素敵な赤いドレスに引きつけられたモデルの少女 「ニック・シャドウの真夜中の図書館 15 血のドレス」 ニック・シャドウ著;野村有美子訳 ゴマブックス 2009年2月

ベッキー・モーリー
イギリスの農場で初めて自分でお産をさせて生まれた子羊を「リトル・ジョッシュ」と名づけた少女 「忘れないよリトル・ジョッシュ」 マイケル・モーパーゴ作;渋谷弘子訳;牧野鈴子訳 文研出版(文研じゅべにーる) 2010年12月

ベック
ネバーランドにある妖精の谷・ピクシー・ホロウに住む動物の妖精 「毎日がミステリー」 ゲイル・ヘルマン作;小宮山みのり訳 講談社(ディズニーフェアリーズ文庫) 2009年11月

ベック
ネバーランドのピクシー・ホロウにやってきた「動物と共感できる能力」がある妖精 「妖精たちのうちあけ話」 テナント・レッドバンク作;ゲイル・ヘルマン作;小宮山みのり訳 講談社(ディズニーフェアリーズ文庫) 2009年10月

ベック
魔法の島ネバーランドのあらゆる動物のことばがわかる動物の妖精 「わなにかかったフォーン」 ローラ・ドリスコール作;小宮山みのり訳;バーバラ・ネルソン&ディズニーストーリーブックアーティストグループ絵 講談社(ディズニーフェアリーズ文庫) 2008年3月

ペック
珍島犬、三百キロの長い距離を七カ月間かけて走破し珍島に住む主の所に帰って来た名犬 「帰ってきた珍島(チンド)犬ペック」 ソン・ジェチャン文;ソン・ジンホン絵;榊原咲月訳 現文メディア(韓国人気童話シリーズ) 2008年10月

ベック・マッコン
魔力をはらんだ古の武器カーガッシュの三つの破片のうちのひとつ、人生で起きたすべてのことを完璧に記憶している少女 「デモナータ10幕 地獄の英雄たち」 ダレン・シャン作;橋本恵訳;田口智子画 小学館 2009年12月

ベック・マッコン
魔力をはらんだ古の武器カーガッシュの三つの破片のうちのひとつ、人生で起きたすべてのことを完璧に記憶している少女 「デモナータ9幕 暗黒のよび声」 ダレン・シャン作;橋本恵訳;田口智子画 小学館 2009年8月

ベック・マッコン
約1000年間閉じ込められていた魂がよみがえり悪魔によって殺されたビルEの肉体と記憶を手に入れて生き返った少女 「デモナータ7幕 死の影」 ダレン・シャン作;橋本恵訳;田口智子画 小学館 2008年9月

ベッツィー(エリザベス・アン)
赤ちゃんのときに両親をなくした女の子、パットニー農場にあずけられることになった泣き虫の九歳 「リンゴの丘のベッツィー」 ドロシー・キャンフィールド・フィッシャー作;多賀京子訳;佐竹美保絵 徳間書店 2008年11月

ペッパー(ストライプ)
十一歳の女の子・アナベルの愛犬、毛むくじゃらのキュートな犬 「男子って犬みたい!」 レスリー・マーゴリス作;代田亜香子訳 PHP研究所 2010年8月

ベティ・チャーレディ
ロンドンにあるティム・ダイヤモンド探偵事務所にやってきた掃除婦のおばあさん 「ダイヤモンドブラザーズ ケース1 危険なチョコボール」 アンソニー・ホロヴィッツ作;金原瑞人訳;藤倉麻子絵 文溪堂 2009年1月

ベドラ
アバンティア王国で新たに誕生した双竜のビーストの一匹、緑竜 「ビースト・クエスト 19 (別巻) 双竜ベドラとクリモン」 アダム・ブレード作;浅尾敦則訳　ゴマブックス　2008年6月

ペトロジリウス・ツワッケルマン（大魔法使い）　ぺとろじりうすつわっけるまん（だいまほうつかい）
悪党の大魔法使い、大どろぼうホッツェンプロッツとなかのいい友だち 「大どろぼうホッツェンプロッツ」 プロイスラー作;トリップ絵;中村浩三訳　偕成社(ドイツのゆかいな童話)　2010年9月

ペ・ドンビン（ドンビン）
ノンドゥル小学校の二年生、太っちょでお母さんからダイエットさせられている男の子 「太ってたってぼくはぼく」 イ・ミエ文;チェ・チョルミン絵;吉田昌喜　現文メディア(韓国人気童話シリーズ15)　2010年3月

ペニー
フェアリーランドのペットの妖精のひとり、ポニーの妖精 「ポニーの妖精(フェアリー)ペニー(レインボーマジック)」 デイジー・メドウズ作;田内志文訳　ゴマブックス　2008年5月

ペニー
愛犬ボルトとともに人気テレビドラマに出演している十三歳の少女 「ボルト」 アイリーン・トリンブル作;倉田真木訳　偕成社(ディズニーアニメ小説版)　2009年6月

ペニー（バーバラ・アン・ファルーチ）
イタリア系の父親を亡くしニュージャージー州の田舎町に祖父母と母親と暮らす十一歳の女の子 「ペニー・フロム・ヘブン」 ジェニファー・L.ホルム著;もりうちすみこ訳　ほるぷ出版　2008年7月

ベニアミーノ（ドム）
イタリア生まれのユダヤ人、十九世紀末にひとりぼっちでアメリカへ密航した九歳の少年 「マルベリーボーイズ」 ドナ・ジョー・ナポリ作;相山夏奏訳　偕成社　2009年11月

ベニーシオ
考古学者の父親が事故死した少年・ジョシュがメキシコで出会ったはとこの少年 「ジョシュア・ファイル2 見えない都市 下」 マリア・G.ハリス作;石随じゅん訳　評論社　2010年9月

ヘビ
魔王のフェルシが変身した緑色の大蛇、化け物 「ホラーバス 第2期 恐怖のウイルス1・2」 パウル・ヴァン・ローン作;岩井智子訳;浜野史子絵　学研　2008年8月

ベービス・ダグイヨン
騎士ダグイヨンの孫、孤児ランダルが小姓として仕える若者 「運命の騎士」 ローズマリ・サトクリフ作;猪熊葉子訳　岩波書店(岩波少年文庫)　2009年8月

ベファーナ
おもちゃのお店のおばあさん 「青矢号 おもちゃの夜行列車」 ジャンニ・ロダーリ作;関口英子訳　岩波書店(岩波少年文庫)　2010年5月

ベベ
ニュージャージー州に引っこしをするウォーカー家の飼い犬、ダックスフント 「ホテル・フォー・ドッグズ」 ロイス・ダンカン作;桜田直美訳　主婦の友社　2009年4月

ヘミ
裏ロンドンの一地区・ゴーストタウンの住人、幽霊と人間のハーフの少年 「アンランダン 下 ディーバとさかさま銃の大逆襲」 チャイナ・ミエヴィル著;内田昌之訳　河出書房新社　2010年8月

ベラ
フェアリーランドのペットの妖精のひとり、ウサギの妖精 「ウサギの妖精(フェアリー)ベラ(レインボーマジック)」 デイジー・メドウズ作;田内志文訳　ゴマブックス　2008年3月

べらど

ベラ・ドンナ
子ネコのアリストテレスのかいぬしになったおばあさん、よい魔女 「ネコのアリストテレス」 ディック・キング=スミス作;ボブ・グラハム絵;石随じゅん訳 評論社(児童図書館・文学の部屋) 2008年10月

ベラナバス
魔術同盟設立者、悪魔と人間のハーフで1000年ほど前から生きている老人 「デモナータ6幕 悪魔の黙示録」 ダレン・シャン作;橋本恵訳;田口智子画 小学館 2008年3月

ベラナバス
魔術同盟設立者、悪魔と人間のハーフで1000年ほど前から生きている老人 「デモナータ7幕 死の影」 ダレン・シャン作;橋本恵訳;田口智子画 小学館 2008年9月

ベラナバス
魔術同盟設立者、悪魔と人間のハーフで1000年ほど前から生きている老人 「デモナータ8幕 狼島」 ダレン・シャン作;橋本恵訳;田口智子画 小学館 2009年2月

ペリウィンクル
ピンクのペリウィンクルの花の精をさずかる女の子、太陽のエネルギーをたくわえる力をもつフェアリー 「NEWフェアリーズ 秘密の妖精たち1 ペリウィンクルと勇気の洞くつ」 J.H.スイート作;津森優子訳;唐橋美奈子絵 文溪堂 2010年6月

ペリーコ
スペイン南部の小さな漁村・ウンブリーアに住む少年、学校をさぼりがちな男の子 「フォスターさんの郵便配達」 エリアセル・カンシーノ作;宇野和美訳 偕成社 2010年11月

ヘリナ
黒くて小さい犬・ケルプと暮らしはじめたおてんばな女の子 「ケルプの友だち」 サリ・ペルトニエミ作;末延弘子訳;小栗麗加画 文研出版(文研ブックランド) 2010年2月

ヘール(W・W・ヘール五世)　へーる(だぶりゅーだぶりゅーへーるごせい)
大泥棒一族の娘カットの幼なじみで十六歳の少年、泥棒の世界へ入った大富豪W・W・ヘール家の五代目 「快盗ビショップの娘」 アリー・カーター著;橋本恵訳 理論社 2010年4月

ペール・ウルフソン
トロールズビークの村の娘・ヒルデの家で仕事をしながら家族同然に暮らす十六歳のみなしごの少年 「トロール・ブラッド 上 呪われた船」 キャサリン・ラングリッシュ作;金原瑞人訳;杉田七重訳 あかね書房 2008年6月

ペール・ウルフソン
親友ヒルデとともにヴィンランドへの航海に出た十六歳のみなしごの少年 「トロール・ブラッド 下 長い旅路の果て」 キャサリン・ラングリッシュ作;金原瑞人訳;杉田七重訳 あかね書房 2008年6月

ヘルガ・アリプッラ
カッティラコスキ家のお隣さん、アリプッラ姉妹のひとり 「ヒラメ釣り漂流記(ヘイナとトッスの物語4)」 シニッカ・ノポラ&ティーナ・ノポラ作;末延弘子訳;佐古百美絵 講談社(青い鳥文庫) 2008年7月

ベルシカ
ありの男の子・フェルダがおもいをよせるてんとう虫の女の子 「ありのフェルダ」 オンドジェイ・セコラさく・え;関沢明子やく 福音館書店(世界傑作童話シリーズ) 2008年11月

ペルセウス・ジャクソン
海神ポセイドンと人間の母親の間に生まれた半神半人のハーフ、十五歳の少年 「パーシー・ジャクソンとオリンポスの神々 5最後の神」 リック・リオーダン作;金原瑞人訳;小林みき訳 ほるぷ出版 2009年12月

ペルセウス・ジャクソン
海神ポセイドンと人間の母親の間に生まれた半神半人のハーフ、十四歳の少年 「パーシー・ジャクソンとオリンポスの神々 4迷宮の戦い」 リック・リオーダン作;金原瑞人訳;小林みき訳 ほるぷ出版 2008年12月

ベルベット
人間に夢を配達するドリームライダーの訓練生のミッジの友だち、地下世界に住む女の子 「ドリーム☆チーム 4」 アン・コバーン作;伊藤菜摘子訳;山本ルンルン絵 偕成社 2009年4月

ペレス校長(マダム・ガミガミ・ペレス)　ぺれすこうちょう(まだむがみがみぺれす)
フランスのポール・エリュアール小学校のみんなにきらわれている校長 「ノエル先生としあわせのクーポン」 シュジー・モルゲンステルン作;宮坂宏美訳 講談社 2009年6月

ペレネル
伝説の錬金術師・フラメルの妻、サンフランシスコ湾の監獄の島のアルカトラズにとじこめられている強力な呪術師 「呪術師ペレネル(アルケミスト3)」 マイケル・スコット著;橋本恵訳 理論社 2009年11月

ヘレン・マイケルズ
シナバー蛾の精をさずかる黒人の女の子、暗がりを得意とする才能をもつフェアリー 「NEWフェアリーズ 秘密の妖精たち1 ペリウィンクルと勇気の洞くつ」 J.H.スイート作;津森優子訳;唐橋美奈子絵 文溪堂 2010年6月

ヘレン・マイケルズ
シナバー蛾の精をさずかる黒人の女の子、夜に強い才能をもちハコヤナギの枝の杖をもつフェアリー 「NEWフェアリーズ 秘密の妖精たち2 シナバーと影の島」 J.H.スイート作;津森優子訳;唐橋美奈子絵 文溪堂 2010年8月

ヴェロニカ・ベアトリス
一八八一年の英国で財政コンサルタントをしていた女性、二歳のハリエットの母親 「井戸の中の虎 上下 サリー・ロックハートの冒険」 フィリップ・プルマン著;山田順子訳 東京創元社(sogen bookland) 2010年11月

ヘロルド博士　へろるどはかせ
精神科医 「ぼくと〈ジョージ〉」 E.L.カニグズバーグ作;松永ふみ子訳 岩波書店(岩波少年文庫) 2008年1月

ベン
地質学を専攻する大学生、ビッグホーンを狩りに砂漠にやってきたマデックにガイドとしてやとわれた若者 「マデックの罠」 ロブ・ホワイト著;宮下嶺夫訳 評論社(海外ミステリーBOX) 2010年3月

ベン
農場の納屋で猫のウィッティントンが語る物語を聞いた八歳の男の子、文字を読むのが苦手な子 「ウィッティントン」 アラン・アームストロング作;S.D.シンドラー絵;もりうちすみこ訳 さ・え・ら書房 2009年11月

ベン(ベンジャミン・クリストファー・アーノルド)
左右の目の色がちがう十二歳の少年、ネコのイギーの友だち 「アイドロン 2 闇の世界へ」 ジェーン・ジョンソン作;神戸万知訳;佐野月美絵 フレーベル館 2008年3月

ベン(ベンジャミン・クリストファー・アーノルド)
左右の目の色がちがう十二歳の少年、ネコのイギーの友だち 「アイドロン 3 復活の光」 ジェーン・ジョンソン作;神戸万知訳;佐野月美絵 フレーベル館 2008年12月

ベン(ベンジャミン・ポッター)
想像の世界に住む不思議な生き物ワンドゥードルに会うために弟と妹と博士といっしょに冒険の旅に出た十三歳の少年 「偉大なワンドゥードル最後の一匹」 ジュリー・アンドリュース作;青柳祐美子訳 小学館 2008年6月

へんき

辺境伯アイゼングリム　へんきょうはくあいぜんぐりむ
たいそうなお金持ち、イギリス駐在のハノーバー大使 「ダイドーと父ちゃん-「ダイドーの冒険」シリーズ」 ジョーン・エイキン作；こだまともこ訳　冨山房 2008年1月

ヘンゲスト
サクソン人の将 「ともしびをかかげて 上下」 ローズマリ・サトクリフ作；猪熊葉子訳　岩波書店（岩波少年文庫） 2008年4月

ベンジャミン・クリストファー・アーノルド
左右の目の色がちがう十二歳の少年、ネコのイギーの友だち 「アイドロン 2 闇の世界へ」 ジェーン・ジョンソン作；神戸万知訳；佐野月美絵　フレーベル館 2008年3月

ベンジャミン・クリストファー・アーノルド
左右の目の色がちがう十二歳の少年、ネコのイギーの友だち 「アイドロン 3 復活の光」 ジェーン・ジョンソン作；神戸万知訳；佐野月美絵　フレーベル館 2008年12月

ベンジャミン・ディキンソン・カー
12歳の少年、両親が離婚していて英才教育の公立の実験校であるアストラ校の生徒 「ぼくと〈ジョージ〉」 E.L.カニグズバーグ作；松永ふみ子訳　岩波書店（岩波少年文庫） 2008年1月

ベンジャミン・ポッター
想像の世界に住む不思議な生き物ワンドゥードルに会うために弟と妹と博士といっしょに冒険の旅に出た十三歳の少年 「偉大なワンドゥードル最後の一匹」 ジュリー・アンドリュース作；青柳祐美子訳　小学館 2008年6月

ヘンドリーク・ヴェンデンパップ
北国の漁村に住む少年・ヤンのクラスメート、ヤンとひそかに船出を計画する少年 「ぼくたちの船タンバリ」 ベンノー・プルードラ作；上田真而子訳　岩波書店（岩波少年文庫） 2008年2月

ヘンリー
大きな家にひとりですんでいるおばあさんネズミの大切な車、ずんぐりむっくりの黄色いカエルのような小さなポンコツ車 「レトロと謎のボロ車（チュウチュウ通り7番地）」 エミリー・ロッダ作；さくまゆみこ訳；たしろちさと絵　あすなろ書房 2010年11月

ヘンリー・ウェストン
「マゴリアムおじさんの不思議なおもちゃ屋」に雇われた計理士、まじめで優秀な男 「マゴリアムおじさんの不思議なおもちゃ屋」 スザンヌ・ウェイン作；杉田七重訳　角川書店 2008年1月

ヘンリエッタ
甥のヘンリーを預かったウィリス夫妻の次女、カンザス州の田舎町に住む少女 「100の扉 1」 N.D.Wilson作；大谷真弓訳　小学館（小学館ファンタジー文庫） 2009年2月

ヘンリエッタ
屋根裏部屋にある魔法の扉の秘密を知った少女、十二歳のヘンリーのいとこ 「100の扉 2 タンポポの炎　上下」 N.D.Wilson作；大谷真弓訳　小学館（小学館ファンタジー文庫） 2009年8月

ヘンリエッタ
屋根裏部屋にある魔法の扉の秘密を知った少女、十二歳のヘンリーのいとこ 「100の扉 3 チェストナットの王　上下」 N.D.Wilson作；大谷真弓訳　小学館（小学館ファンタジー文庫） 2010年11月

ヘンリー・グライムズ
イギリスのファーシングウェル村にひっこしてきた少年、ジュニア調査官 「シャーロック・ホームズには負けない」 ピート・ジョンソン作；岡本浜江訳；津尾美智子絵　文研出版（文研じゅべにーる） 2009年9月

ヘンリー・ジョーンズ
考古学者にして冒険家・インディの父親、プリンストン大学のもと教授で中世騎士道の専門家 「インディ・ジョーンズ最後の聖戦(アドベンチャーズ・オブ・インディ・ジョーンズ3)」 ライダー・ウィンダム著;石川裕人監訳　ヴィレッジブックス　2008年5月

ヘンリー・ハギンズ
犬のアバラーの飼い主の男の子 「アバラーのぼうけん(ゆかいなヘンリーくんシリーズ)」 ベバリイ・クリアリー作;松岡享子訳;ルイス・ダーリング絵　学研　2008年1月

ヘンリー・ハギンズ
友だちがかっこよく新品の自転車を乗りまわすのを見て自転車がほしくてたまらなくなった小学三年生の男の子 「ヘンリーくんとビーザス(ゆかいなヘンリーくんシリーズ)」 ベバリイ・クリアリー作;アラン・ティーグリーン画;松岡享子訳　学習研究社　2009年5月

ヘンリー・モーズリー
ふしぎな旅をした兄妹・ジャックとアニーが南の島で出会ったイギリスの海洋学者 「巨大ダコと海の神秘」 メアリー・ポープ・オズボーン著;食野雅子訳　メディアファクトリー(マジック・ツリーハウス25)　2009年2月

ヘンリー・ヨーク
おじさんの家族と暮らすためにカンザス州の田舎町にやって来た十二歳の少年 「100の扉 1」 N.D.Wilson作;大谷真弓訳　小学館(小学館ファンタジー文庫)　2009年2月

ヘンリー・ヨーク
カンザス州のいとこの家で別の世界につながる魔法の扉を見つけた十二歳の少年 「100の扉 2 タンポポの炎　上下」 N.D.Wilson作;大谷真弓訳　小学館(小学館ファンタジー文庫)　2009年8月

ヘンリー・ヨーク
カンザス州のいとこの家で別の世界につながる魔法の扉を見つけた十二歳の少年 「100の扉 3 チェストナットの王　上下」 N.D.Wilson作;大谷真弓訳　小学館(小学館ファンタジー文庫)　2010年11月

ヘンリー・リー(ツォディク)
一八八一年の英国で犯罪を組織化しておこなっていた黒幕の男 「井戸の中の虎　上下　サリー・ロックハートの冒険」 フィリップ・プルマン著;山田順子訳　東京創元社(sogen bookland)　2010年11月

【ほ】

ポー
平和の谷を救う龍の戦士に選ばれカンフー・マスターになる修行をはじめた食いしん坊なパンダ 「カンフー・パンダ」 スーザン・コーマン作;杉田七重訳　角川書店(ドリームワークスアニメーションシリーズ)　2008年6月

ポアロ(エルキュール・ポアロ)
エジプトへハネムーンに出かけたリネット夫妻の旅の道連れとなった名探偵、私立探偵 「ナイルに死す　上下」 アガサ・クリスティー著;佐藤耕士訳　早川書房(クリスティー・ジュニア・ミステリ8)　2008年6月

ポアロ(エルキュール・ポアロ)
ロンドンで暮らす元ベルギー警察の刑事、ABCと名乗る人物から奇妙な挑戦状を送られた名探偵 「ABC殺人事件」 アガサ・クリスティー著;田口俊樹訳　早川書房(クリスティー・ジュニア・ミステリ7)　2008年5月

ぽあろ

ポアロ（エルキュール・ポアロ）
ロンドンで暮らす元ベルギー警察の刑事、パリからロンドンへの機内で事件に遭遇した名探偵 「雲をつかむ死」 アガサ・クリスティー著;田中一江訳 早川書房(クリスティー・ジュニア・ミステリ6) 2008年4月

ポアロ（エルキュール・ポアロ）
私立探偵、中近東のテル・ヤリミア遺跡の発掘調査団で起きた殺人事件のためにやってきた名探偵 「メソポタミヤの殺人」 アガサ・クリスティー著;田村義進訳 早川書房(クリスティー・ジュニア・ミステリ3) 2008年1月

ホイッティカーさん
火事でやけたうしごやをたてなおすためにおたのしみ会で手品をすることになった男の人 「おばけのジョージーてじなをする」 ロバート・ブライト作絵;なかがわちひろ訳 徳間書店 2009年3月

ボーイフレンジー
ランプの精のごしゅじんさまの四年生のアリがあこがれている世界一の五人組アイドルグループ 「ランプの精リトル・ジーニー 8 アイドルにドキドキ!」 ミランダ・ジョーンズ作;宮坂宏美訳;サトウユカ絵 ポプラ社 2008年4月

ホークフロスト
リヴァー族の戦士、浮浪猫の母とサンダー族を裏切ったタイガースターの息子である雄猫 「ウォーリアーズ〔2〕-3 夜明け」 エリン・ハンター作;高林由香子訳 小峰書店 2009年7

ホークフロスト
リヴァー族の戦士猫、薄青色の目をしたこげ茶色の雄猫 「ウォーリアーズⅡ 4 星の光」 エリン・ハンター作;高林由香子訳 小峰書店 2010年2月

ホークフロスト
リヴァー族の戦士猫、裏切り猫タイガースターの息子でサンダー族のブランブルクローの腹違いの弟 「ウォーリアーズⅡ 6 日没」 エリン・ハンター作;高林由香子訳 小峰書店 2010年10月

ホック
皇帝軍に襲われた蔵真寺から生き残った五人の少年僧の一人、白鶴拳の遣い手の十二歳 「カンフーファイブ 1 ほえろフウ!怒りの虎拳」 ジェフ・ストーン作;もきかずこ訳;スカイエマ絵 ランダムハウス講談社 2009年6月

ホック
皇帝軍に襲われた蔵真寺から生き残った五人の少年僧の一人、白鶴拳の遣い手の十二歳 「カンフーファイブ 2 とべ!マァラオ樹上の猿拳」 ジェフ・ストーン作;もきかずこ訳;スカイエマ絵 ランダムハウス講談社 2009年9月

ホッツェンプロッツ
巡査部長のディンペルモーザー氏に変装して留置場から脱走した大どろぼう 「大どろぼうホッツェンプロッツふたたびあらわる」 プロイスラー作;トリップ絵;中村浩三訳 偕成社(ドイツのゆかいな童話) 2010年10月

ホッツェンプロッツ
大どろぼう、少年カスパールのおばあさんのコーヒーひきをうばった男 「大どろぼうホッツェンプロッツ」 プロイスラー作;トリップ絵;中村浩三訳 偕成社(ドイツのゆかいな童話) 2010年9月

ホットショット
モジャモジャ族というバイキングのカシラがやとった男、元バイキングヒーロー 「ヒックとドラゴン 5 灼熱の予言」 クレシッダ・コーウェル作;相良倫子・陶浪亜希訳 小峰書店 2010年6月

ボーツマン
海辺に停泊するタグボートに船長と住んでいる黒いふわふわした子犬 「氷の上のボーツマン」 ベンノー・プルードラ作;上田真而子訳;ヴェルナー・クレムケ絵 岩波書店 2009年11月

ボーディガン
ブリテンの族長 「ともしびをかかげて 上下」 ローズマリ・サトクリフ作;猪熊葉子訳 岩波書店(岩波少年文庫) 2008年4月

ホーテンス
シーヘイブン島領主の高飛車な娘、ドラゴン育成牧場のドラゴンを借りている少女 「ドラゴンの谷1 舞え、大空へ」 サラマンダ・ドレイク作;今居美月訳;田上俊介絵 学研教育出版 2009年10月

ボドル
ねこの世界にある「ねこの学校」の水晶組の生徒、やさしくてゆうかんなおすねこ 「ねこの学校 2 魔法のおくりもの」 キム・ジンギョン作;キムジェホン絵;ホン・カズミ訳 岩崎書店 2008年8月

ボドル
ねこの世界にある「ねこの学校」の水晶組の生徒、やさしくてゆうかんなおすねこ 「ねこの学校 3 ほんとうになった予言」 キム・ジンギョン作;キムジェホン絵;ホン・カズミ訳 岩崎書店 2008年11月

ボドル
ねこの世界にある「ねこの学校」の水晶組の生徒、やさしくてゆうかんなおすねこ 「ねこの学校 4 わたしはそなたの瞳のなかにいよう」 キム・ジンギョン作;キムジェホン絵;ホン・カズミ訳 岩崎書店 2009年1月

ボドル
ねこの世界にある「ねこの学校」の水晶組の生徒、やさしくてゆうかんなおすねこ 「ねこの学校 5 たましいの丘」 キム・ジンギョン作;キムジェホン絵;ホン・カズミ訳 岩崎書店 2009年3月

ボドル
小学三年生のミンジュンの家をさり「ねこの学校」に入学したというとしおいたねこ 「ねこの学校 1 水晶どうくつの秘密」 キム・ジンギョン作;キムジェホン絵;ホン・カズミ訳 岩崎書店 2008年8月

ボニー
サニーサイド保育園に通うおもちゃが大好きな女の子 「トイ・ストーリー3」 ジャスミン・ジョーンズ作;倉田真木訳 偕成社(ディズニーアニメ小説版) 2010年6月

ボニー・グリーン
イギリスのウィロビー高原にある広大な屋敷ウィロビー・チェースのひとり娘でおてんばな少女 「ウィロビー・チェースのオオカミ 「ダイドーの冒険」シリーズ」 ジョーン・エイキン作;こだまともこ訳 冨山房 2008年11月

ボーヒー
目の不自由なエマの家でくらすいちばんおちびちゃんのテリア、ある日エマのお母さんにつれられて犬おばさんの家においていかれた犬 「シェフィーはがんばる」 カート・フランケン文;マルテイン・ファン・デル・リンデン絵;野坂悦子訳 BL出版 2010年4月

ボビー
「サニー・ビスタ・ノッティンガム・ホテル」設備係のスキーターのめい、パトリックの姉 「ベッドタイム・ストーリー」 ヘレナ・メイヤー作;橘高弓枝訳 偕成社(ディズニーアニメ小説版) 2009年3月

ボビー
無人の家「モール・ハウス」に肝だめしにやってきた男女六人の一人、わがままな体育会系な少年 「ヴァンパイアの運命」 キャロライン・B.クーニー著;神戸万知訳 講談社(YA! entertainment) 2009年4月

ポピ
ソートラント王国の若き王・エルギルの身辺警護をまかされている騎士、エルギルの親友 「ミラート年代記3 シルマオの聖水」 ラルフ・イーザウ著;酒寄進一訳;佐竹美保画 あすなろ書房 2010年4月

ポピー・ヴァーノン
イギリスにあるコラリー・チャールトン・バレエ教室に通う10才の女の子 「バレリーナ・ドリームズ 1 ポピーの秘密の願い」 アン・ブライアント著;神戸万知訳;武蔵野ルネ絵 新書館 2008年9月

ポピー・ヴァーノン
イギリスにあるコラリー・チャールトン・バレエ教室に通う6年生の女の子 「バレリーナ・ドリームズ 4 バレエのプリンセス」 アン・ブライアント著;神戸万知訳;武蔵野ルネ絵 新書館 2009年3月

ポピー・ヴァーノン
イギリスにあるコラリー・チャールトン・バレエ教室に通う6年生の女の子 「バレリーナ・ドリームズ 7 クリスマスの「くるみ割り人形」」 アン・ブライアント著;神戸万知訳;武蔵野ルネ絵 新書館 2009年11月

ボビー・ビショップ
大泥棒一族ビショップ家の娘カットのよき父親で腕のいい泥棒 「快盗ビショップの娘」 アリー・カーター著;橋本恵訳 理論社 2010年4月

ホープ
十二歳でホープと改名した高校生の女の子、田舎町の食堂の住みこみのウェイトレス 「希望(ホープ)のいる町」 ジョーン・バウアー著;中田香訳 作品社 2010年3月

ボブ・アンドリュース
少年探偵団ザ・スリーのメンバー、音楽を聞くことと映画を見ることが好きな10さいの少年 「少年探偵団ザ・スリー1 幽霊船」 ウルフ・ブランク作;キム・シュミット絵;ハラルト・ユフ絵;加納教孝訳 草土文化 2008年6月

ボブ・アンドリュース
少年探偵団ザ・スリーのメンバー、音楽を聞くことと映画を見ることが好きな10さいの少年 「少年探偵団ザ・スリー2 アトランティスを救え!」 ウルフ・ブランク作;シュテファニー・ヴェーグナー絵;加納教孝訳 草土文化 2008年6月

ボブ・アンドリュース
少年探偵団ザ・スリーのメンバー、音楽を聞くことと映画を見ることが好きな10さいの少年 「少年探偵団ザ・スリー3 魔術師の魔力」 ウルフ・ブランク作;シュテファニー・ヴェーグナー絵;加納教孝訳 草土文化 2008年7月

ボブ・アンドリュース
少年探偵団ザ・スリーのメンバー、音楽を聞くことと映画を見ることが好きな10さいの少年 「少年探偵団ザ・スリー4 魔法の噴水」 ウルフ・ブランク作;シュテファニー・ヴェーグナー絵;加納教孝訳 草土文化 2008年9月

ボブ・アンドリュース
少年探偵団ザ・スリーのメンバー、音楽を聞くことと映画を見ることが好きな10さいの少年 「少年探偵団ザ・スリー5 インターネット海賊」 ウルフ・ブランク作;シュテファニー・ヴェーグナー絵;加納教孝訳 草土文化 2008年10月

ボブ・アンドリュース
少年探偵団ザ・スリーのメンバー、音楽を聞くことと映画を見ることが好きな10さいの少年 「少年探偵団ザ・スリー6 密輸業者の島」 ウルフ・ブランク作;イムケ・シュターツ絵;加納教孝訳 草土文化 2008年12月

ボブ・アンドリュース
少年探偵団ザ・スリーのメンバー、音楽を聞くことと映画を見ることが好きな10さいの少年 「少年探偵団ザ・スリー7 ゴースト・ハンターズ」 ウルフ・ブランク作;イムケ・シュターツ絵;加納教孝訳 草土文化 2009年4月

ボブ・アンドリュース
少年探偵団ザ・スリーのメンバー、音楽を聞くことと映画を見ることが好きな10さいの少年 「少年探偵団ザ・スリー8 よみがえった恐竜たち」 ボリス・プファイファ作;ハラルト・ユフ絵;フォルカー・シュポンホルツ絵;加納教孝訳 草土文化 2009年4月

ボブ・カーソン
地球軍の隊員、人類の運命をかけ宇宙でたった一人で戦う男 「闘技場」 フレドリック・ブラウン著;星新一訳 福音館書店(ボクラノSF) 2009年2月

ホブスさん
ニューヨークの食料品店の主人、セドリックのいちばん仲よしの友だち 「小公子セドリック」 バーネット著;グラハム・ラスト絵;西田佳子訳 西村書店 2010年2月

ボブル
魔法の島ネバーランドの妖精の谷ピクシー・ホロウに住む眼鏡をかけたやせたスパロー・マン 「ティンカー・ベル」 キンバリー・モリス文;小宮山みのり構成・訳 講談社(ディズニーフェアリーズ) 2008年12月

ホームズ
「ベーカー街不正規隊」の少年たちから情報を集めていたロンドンの名探偵 「<カラス同盟>事件簿 シャーロック・ホームズ外伝」 アレックス・シモンズ著;ビル・マッケイ著;片岡しのぶ訳;佐竹美保画 あすなろ書房 2008年2月

ホームズ
ロンドンのベーカー街に事務所をかまえる私立探偵 「六つのナポレオン像」 ドイル作;亀山龍樹訳 ポプラ社(ポプラポケット文庫) 2009年10月

ホームズ
名探偵 「名探偵シャーロック・ホームズ」 コナン・ドイル作;石田文子訳 角川書店(角川つばさ文庫) 2010年3月

ホームズ
名探偵 「名探偵ホームズバスカビル家の犬」 コナン・ドイル作;日暮まさみち訳 講談社(青い鳥文庫) 2010年12月

ホームズ
名探偵 「名探偵ホームズ赤毛組合」 コナン・ドイル作;日暮まさみち訳 講談社(青い鳥文庫) 2010年11月

ポラックス
魔法の王国の王立バレエスクールに通う少女クリスのペット、とてもかしこいホッキョクギツネ 「魔法の国の小さなバレリーナ2 伝説のプリマとクリスの秘密」 エメラルド・エバーハート著;岡田好惠訳 学研教育出版 2009年11月

ホリー
クリスマスの妖精にあこがれている妖精、妖精フェリシティとなかよしでとてもおしゃれな女の子 「妖精フェリシティ1 ときめきおしゃれクラブ」 エマ・トムソン作;ヘレン・ベイリー作;エマ・トムソン絵;神戸万知訳; 岩崎書店 2008年8月

ホリー
クリスマスの妖精にあこがれている妖精、妖精フェリシティとなかよしでとてもおしゃれな女の子 「妖精フェリシティ2 ハラハラ遊園地」 エマ・トムソン作;ヘレン・ベイリー作;エマ・トムソン絵;神戸万知訳 岩崎書店 2008年8月

ホリー
クリスマスの妖精にあこがれている妖精、妖精フェリシティとなかよしでとてもおしゃれな女の子 「妖精フェリシティ3 ルンルン大そうじ」 エマ・トムソン作;ヘレン・ベイリー作;エマ・トムソン絵;神戸万知訳; 岩崎書店 2008年11月

ホリー
クリスマスの妖精にあこがれている妖精、妖精フェリシティとなかよしでとてもおしゃれな女の子 「妖精フェリシティ4 ヒヤヒヤレストラン」 エマ・トムソン作;ヘレン・ベイリー作;エマ・トムソン絵;神戸万知訳; 岩崎書店 2008年11月

ホリー
クリスマスの妖精にあこがれている妖精、妖精フェリシティとなかよしでとてもおしゃれな女の子 「妖精フェリシティ5 ゴーゴーバカンス」 エマ・トムソン作・絵;神戸万知訳 岩崎書店 2009年2月

ホリー
クリスマスの妖精にあこがれている妖精、妖精フェリシティとなかよしでとてもおしゃれな女の子 「妖精フェリシティ6 わくわくねがいごと」 エマ・トムソン作・絵;神戸万知訳 岩崎書店 2009年5月

ホリー
クリスマスの妖精にあこがれている妖精、妖精フェリシティとなかよしでとてもおしゃれな女の子 「妖精フェリシティ7 バイバイチョコレート」 エマ・トムソン作・絵;神戸万知訳 岩崎書店 2009年9月

ホリー
クリスマスの妖精にあこがれている妖精、妖精フェリシティとなかよしでとてもおしゃれな女の子 「妖精フェリシティ8 うきうきコンクール」 エマ・トムソン作・絵;神戸万知訳 岩崎書店 2009年11月

ホリー
リトルフラワー・タウンにすむ妖精、学校のおしゃれ女王 「妖精フェリシティ9 ぴかぴか大へんしん」 エマ・トムソン作・絵;神戸万知訳 岩崎書店 2010年1月

ポリー
ティアラが盗まれたマウントジョイ婦人の召使い、容疑者にされた少女 「ベイカー少年探偵団5 盗まれた宝石」 アンソニー・リード著;池央耿訳 評論社(児童図書館・文学の部屋) 2009年1月

ポリー
メリーランド州ベセズダの高校一年生で彫刻家の娘、アーマとジョーの小学校からの親友 「フレンズ・ツリー」 アン・ブラッシェアーズ作;大嶌双恵訳 理論社 2009年5月

ポリアム
交易の民、魔法学院ワインディング・サークル学院の足の不自由な雑用係 「サークル・マジックートリスと稲妻の矢」 タモラ・ピアス著;西広なつき訳 小学館(小学館ルルル文庫) 2008年8月

ホリー・ショート
エルフ(小妖精)の私立探偵、元地底警察偵察隊隊員(LEPレコン) 「アルテミス・ファウル 失われし島」 オーエン・コルファー著;大久保寛訳 角川書店 2010年8月

ポリネシア
動物の言葉が話せるお医者さん・ドリトル先生が飼っているオウム 「ドリトル先生」 ロフティング作;小林みき訳 ポプラ社(ポプラポケット文庫) 2009年9月

ポリー・ポンク（ポンク）
おばあさんのタブス夫人と犬と豚と長年いっしょに農場で暮らしていたアヒル 「タブスおばあさんと三匹のおはなし」ヒュー・ロフティング文・絵;南條竹則訳 集英社 2010年10月

ポーリーン・ビンガム・ジョーンズ
クレア学院三年の新入生、貴族の娘アンジェラと自慢話をはりあっている少女 「おちゃめなふたごのすてきな休暇」エニド・ブライトン作;佐伯紀美子訳 ポプラ社（ポプラポケット文庫） 2009年9月

ポール
夏を海辺の別荘で過ごすライリー・アリス姉妹の幼なじみの青年、カリフォルニア大学バークレー校の学生 「ラストサマー―さよならの季節に」アン・ブラッシェアーズ著;雨海弘美訳 ヴィレッジブックス 2009年5月

ポール・アービング
新米教師のアンの生徒で同じ詩的な魂をもつ十歳の少年 「アンの青春」L・M・モンゴメリ作;村岡花子訳;HACCAN画 講談社（青い鳥文庫） 2009年9月

ボルスト卿　ぼるすときょう
パンドラア王国の元君主、ソートラント王国の若き王・エルギルの代行者 「ミラート年代記3 シルマオの聖水」ラルフ・イーザウ著;酒寄進一訳;佐竹美保画 あすなろ書房 2010年4月

ボルテ
十二歳の少年戦士・ラスティの兄さんの妻、きつい口をきく娘 「ティムール国のゾウ使い」ジェラルディン・マコックラン作;こだまともこ訳 小学館 2010年3月

ヴォルデモート卿　ぼるでもーときょう
イギリス魔法界の歴史上最も極悪非道の闇の魔法使い、魔法族の少年ハリー・ポッターの宿敵 「ハリー・ポッターと死の秘宝 上下」J.K.ローリング作;松岡佑子訳 静山社 2008年7月

ボルト
飼い主のペニーと人気テレビドラマにヒーロー犬として出演している犬「ボルト」アイリーン・トリンブル作;倉田真木訳 偕成社（ディズニーアニメ小説版） 2009年6月

ポルフィ（ポルフィラス・パタゴス）
ある日突然おこった大地震により生き別れとなった妹のミーナを探す旅に出た十二歳の少年 「ポルフィの長い旅」ポール・ジャック・ボンゾン作;村上能成訳;相沢るつ子絵 岩崎書店 2008年3月

ポルフィラス・パタゴス
ある日突然おこった大地震により生き別れとなった妹のミーナを探す旅に出た十二歳の少年 「ポルフィの長い旅」ポール・ジャック・ボンゾン作;村上能成訳;相沢るつ子絵 岩崎書店 2008年3月

ボーン
十一歳の少女・ファーンのじつの父親、不思議な力を持つダレデニアン 「本だらけの家でくらしたら」N.E.ボード作;柳井薫訳;ひらいたかこ絵 徳間書店 2009年12月

ポンク
おばあさんのタブス夫人と犬と豚と長年いっしょに農場で暮らしていたアヒル 「タブスおばあさんと三匹のおはなし」ヒュー・ロフティング文・絵;南條竹則訳 集英社 2010年10月

【ま】

まぁら

マァラオ
皇帝軍に襲われた蔵真寺から生き残った五人の少年僧の一人、猿拳の遣い手の十一歳「カンフーファイブ 1 ほえろフウ!怒りの虎拳」ジェフ・ストーン作;もきかずこ訳;スカイエマ絵 ランダムハウス講談社 2009年6月

マァラオ
皇帝軍に襲われた蔵真寺から生き残った五人の少年僧の一人、猿拳の遣い手の十一歳「カンフーファイブ 2 とべ!マァラオ樹上の猿拳」ジェフ・ストーン作;もきかずこ訳;スカイエマ絵 ランダムハウス講談社 2009年9月

マイア・ロルネス
身長1.5mmの少年トビーの投獄された母、大富豪アルヌレル家のひとり娘「トビー・ロルネス 1 空に浮かんだ世界」ティモテ・ド・フォンベル作;フランソワ・プラス画;伏見操訳 岩崎書店 2008年7月

マイア・ロルネス
身長1.5mmの少年トビーの投獄された母、大富豪アルヌレル家のひとり娘「トビー・ロルネス 2 逃亡者」ティモテ・ド・フォンベル作;フランソワ・プラス画;伏見操訳 岩崎書店 2008年10月

マイカ
ネバーランドにある妖精の谷・ピクシー・ホロウに住む偵察の妖精「マイカのとんだ災難」ゲイル・ヘルマン作;小宮山みのり訳 講談社(ディズニーフェアリーズ文庫) 2009年3月

マイカ
納屋の屋根の上にこうのとりの巣を見つけた六歳の女の子「マイカのこうのとり」ベンノー・プルードラ作;上田真而子訳;いせひでこ絵 岩波書店 2008年2月

マイク
ロンドンの上流寄宿学校の生徒、父であるネモ船長の遺産の伝説の潜水艦ノーチラス号で仲間たちと冒険の旅をしている少年「ノーチラス号の冒険 8 灰色の監視者」ヴォルフガンク・ホールバイン著;平井吉夫訳 創元社 2008年3月

マイク
ロンドンの上流寄宿学校の生徒、父であるネモ船長の遺産の伝説の潜水艦ノーチラス号で仲間たちと冒険の旅をしている少年「ノーチラス号の冒険 9 失われた人びとの街」ヴォルフガンク・ホールバイン著;平井吉夫訳 創元社 2008年6月

マイク
伝説の潜水艦ノーチラス号のネモ船長の息子、ノーチラス号で仲間たちと何年にもわたって世界中の海を旅している少年「ノーチラス号の冒険 10 火山の島」ヴォルフガンク・ホールバイン著;平井吉夫訳 創元社 2008年10月

マイク
伝説の潜水艦ノーチラス号のネモ船長の息子、ノーチラス号で仲間たちと何年にもわたって世界中の海を旅している少年「ノーチラス号の冒険 11 氷の下の街」ヴォルフガンク・ホールバイン著;平井吉夫訳 創元社 2009年2月

マイク
伝説の潜水艦ノーチラス号のネモ船長の息子、ノーチラス号で仲間たちと何年にもわたって世界中の海を旅している少年「ノーチラス号の冒険 12 ノーチラス号の帰還」ヴォルフガンク・ホールバイン著;平井吉夫訳 創元社 2009年6月

マイク・ハーベンジャー
テンプル騎士団の一員のビリーが帰宅途中に出会った棘のタトゥーをした青年「デビルズ・キス テンプル騎士団の少女」サルワット・チャダ著;金原瑞人訳 メディアファクトリー 2010年1月

マイク・ワトソン
イギリス放送局のEBCの職員、新婚旅行中に妻のフィリスと海に落下する赤い火の玉を見た男 「海竜めざめる－ボクラノエスエフ」ジョン・ウィンダム著;星新一訳;長新太画 福音館書店 2009年2月

マイケル
永遠に大人にならない少年ピーター・パンとネバーランドにやってきたウェンディの末の弟 「ピーター・パンとウェンディ」ジェームズ・マシュー・バリ作;高杉一郎訳 講談社(青い鳥文庫) 2010年11月

マイケル・アロヨ(ミゲル)
パピと兄のカルロスと3人でキューバからアメリカにきた移民の少年、リトルリーグのピッチャーの十二歳の男子 「真夏のマウンド」マイク・ルピカ著;伊達淳訳 あかね書房 2010年7月

マイケル・メディチ
霊能者のスザンナの同級生、カリフォルニア・ハイウェイでRLSの生徒が四人死んだ事故に巻き込まれた車を運転していた少年 「メディエータ0 episode3 復讐のハイウェイ」メグ・キャボット作;代田亜香子訳 理論社 2008年1月

マイケル・ルイス
ロンドンからの転校生、毎年ある農場主の命日に行われるかくれんぼイベントに初めて参加した十三歳の少年 「ニック・シャドウの真夜中の図書館 7 見つけたよ」ニック・シャドウ著;上川典子訳 ゴマブックス 2008年8月

マイダー
簒奪者に王位を奪われ盲人にされ革職人として働いていたダルリアッド族の王 「王のしるし 上下」ローズマリ・サトクリフ作;猪熊葉子訳 岩波書店(岩波少年文庫) 2010年1月

マイヤーくん
いつもはらぺこのわかいしょうぼうしさん 「しょうぼうしょは大いそがし」ハネス・ヒュットナー作;ゲルハルト・ラール絵;たかはしふみこ訳 徳間書店 2009年11月

マイラス
ドラゴン・スレイヤー・アカデミーの新一年生、アンガスのいとこの悪がきふたご 「ドラゴン・スレイヤー・アカデミー 2-8 トロールのご用心」ケイト・マクミュラン作;神戸万知訳;舵真秀斗画 岩崎書店 2010年6月

マイリー・スチュワート
じつは全米で大人気のアイドル・ポップ・スターの「ハンナ・モンタナ」である14歳の女の子 「ハンナ・モンタナ1 ハンナ・モンタナの秘密」ベス・ビーチウッド文;野田香里訳 講談社(ディズニー文庫) 2008年8月

マイリー・スチュワート
じつは全米で大人気のアイドル・ポップ・スターの「ハンナ・モンタナ」である14歳の女の子 「ハンナ・モンタナ2 ニキビとメガネと友情と」アリス・アルフォンシ文;野田香里訳 講談社(ディズニー文庫) 2008年10月

マイリー・スチュワート
じつは全米で大人気のアイドル・ポップ・スターの「ハンナ・モンタナ」である14歳の女の子 「ハンナ・モンタナ3 デートは大忙し！」ローリー・マッケロイ文;野田香里訳 講談社(ディズニー文庫) 2008年12月

マイリー・スチュワート
じつは全米で大人気のアイドル・ポップ・スターの「ハンナ・モンタナ」である14歳の女の子 「ハンナ・モンタナ4 愛されちゃってオリバー」M.C.キング文;野田香里訳 講談社(ディズニー文庫) 2009年2月

まいり

マイリー・スチュワート
じつは全米で大人気のアイドル・ポップ・スターの「ハンナ・モンタナ」である14歳の女の子 「ハンナ・モンタナ5 ステージがこわい!」ローリー・マッケロイ文;野田香里訳 講談社(ディズニー文庫) 2009年4月

マイリー・スチュワート
じつは全米で大人気のアイドル・ポップ・スターの「ハンナ・モンタナ」である14歳の女の子 「ハンナ・モンタナ6 ジェイクに告白!?」ベス・ビーチウッド文;野田香里訳 講談社(ディズニー文庫) 2009年6月

マイリー・スチュワート
じつは全米で大人気のアイドル・ポップ・スターの「ハンナ・モンタナ」である高校生の女の子 「ハンナ・モンタナ シーズン2 離れられない二人」ローリー・マッケロイ文;野田香里訳 講談社(ディズニー文庫) 2009年8月

マイルズ
カリフォルニア州南部の砂漠にある小さな町で暮らす五才の男の子 「ラッキー・トリンブルのサバイバルな毎日」スーザン・パトロン著;片岡しのぶ訳 あすなろ書房 2008年10月

マウス
サンクトペテルブルクのホテルで宿泊客の靴磨きをして暮らしている身よりのない十二歳の少女 「氷の心臓」カイ・マイヤー著;遠山明子訳 あすなろ書房 2008年11月

マウントジョイ婦人　まうんとじょいふじん
豪華なダイアモンドの象嵌で世に知られたティアラが盗まれた女性、元女優 「ベイカー少年探偵団 5 盗まれた宝石」アンソニー・リード著;池央耿訳 評論社(児童図書館・文学の部屋) 2009年1月

魔王　まおう
魔使いの弟子トムの命を狙う闇の世界からきた魔王、魔女モーウィーナの父 「魔使いの過ち 上下（魔使いシリーズ）」ジョゼフ・ディレイニー著;金原瑞人・田中亜希子訳 東京創元社(sogen bookland) 2010年3月

マーカス・ミラー
第五学年の悪がき集団のリーダー、下級生のグリフィンをいじめる少年 「少年グリフィン」C.W ニコル作;栗原紀子訳;松岡達英絵 小学館 2010年7月

マーガレット
アメリカの片田舎にあるマーチ家の四姉妹の長女、きれいでやさしい20歳 「若草物語 2 夢のお城」オルコット作;谷口由美子訳;藤田香絵 講談社(青い鳥文庫) 2010年5月

マーガレット
アメリカの片田舎に住むマーチ家の四姉妹の長女、十六歳の美しい少女 「若草物語」オルコット作;中山知子訳;藤田香絵 講談社(青い鳥文庫) 2009年3月

マーガレット
クレメンタインの親友、図工の時間にかみの毛にのりをつけてしまった四年生 「どうなっちゃってるの!?クレメンタイン（クレメンタイン1）」サラ・ペニーパッカー作;マーラ・フレイジー絵;前沢明枝訳 ほるぷ出版 2008年5月

マーガレット・サリバン
引っ越しのために三本脚の愛犬・ラッキーのあたらしい飼い主をさがすことになった女の子 「わたしの犬、ラッキー」ダイアン・メイコック作;若林千鶴訳;佐藤真紀子画 あすなろ書房 2010年12月

マーガレット・ハモンド
いろんな種類の人形とたくさんのドールハウスをコレクションしているひとりぐらしのおばあさん 「ランプの精リトル・ジーニー 13 ときめきのドールショップ」ミランダ・ジョーンズ作;宮坂宏美訳;サトウユカ絵 ポプラ社 2009年11月

マギ
十四歳の少女ミトラが商隊宿で会った老人、ペルシアのゾロアスター教の祭祀 「星が導く旅のはてに」 スーザン・フレチャー作;冨永星訳 徳間書店 2010年7月

マギ
星について誰よりもよく知る老人、ペルシアのゾロアスター教の祭祀 「星が導く旅のはてに」 スーザン・フレチャー作;冨永星訳 徳間書店 2010年7月

マギー
「マック動物病院」で働く五人の子どもボランティアのひとりで院長の孫娘 「キケンな野良猫王国(マック動物病院ボランティア日誌)」 ローリー・ハルツ・アンダーソン作;中井はるの訳;藤丘ようこ画 金の星社 2009年9月

マギー
「マック動物病院」で働く五人の子どもボランティアのひとりで院長の孫娘 「セラピー犬からのおくりもの(マック動物病院ボランティア日誌)」 ローリー・ハルツ・アンダーソン作;中井はるの訳;藤丘ようこ画 金の星社 2009年12月

マギー
「マック動物病院」で働く五人の子どもボランティアのひとりで院長の孫娘 「悪徳子犬ブリーダーをさがせ(マック動物病院ボランティア日誌)」 ローリー・ハルツ・アンダーソン作;中井はるの訳;藤丘ようこ画 金の星社 2009年8月

マギー(マーガレット・サリバン)
引っ越しのために三本脚の愛犬・ラッキーのあたらしい飼い主をさがすことになった女の子 「わたしの犬、ラッキー」 ダイアン・メイコック作;若林千鶴訳;佐藤真紀子画 あすなろ書房 2010年12月

マギー・アダムズ
老朽化の激しい修道院で暮らすことになった一家の十二歳の少女 「ゴーストアビー」 ロバート・ウェストール著;金原瑞人訳 あかね書房(YA Dark) 2009年3月

マギー・ブラウン
クーパー姉弟のとなりに住んでいるあまくておいしい不思議なファッジをつくるあやしいおばあさん 「魔女のお菓子」 ルース・チュウ作;日当陽子訳;たんじあきこ絵 フレーベル館(魔女の本棚) 2010年8月

マギー・マッケンジー
マック動物病院の院長の孫娘でボランティアをしている女の子 「マック動物病院ボランティア日誌 逃げおくれた猫を救え」 ローリー・ハルツ・アンダーソン作;中井はるの訳;藤丘ようこ画 金の星社 2010年3月

マギリカディ夫人(エルスペス・マギリカディ) まぎりかでぃふじん(えるすぺすまぎりかでぃ)
老婦人マープルさんの友だち、列車の窓から殺人現場を目撃した女性 「パディントン発4時50分」 アガサ・クリスティー著;小尾芙佐訳 早川書房(クリスティー・ジュニア・ミステリ9) 2008年7月

マーク
イギリスに住むアーミテージ家の息子、ハリエットの兄 「ねむれなければ木にのぼれ」 ジョーン・エイキン作;猪熊葉子訳 岩波書店(岩波少年文庫) 2010年8月

マーク
イギリスに住むとっぴなことばかりのアーミテージ家の息子、ハリエットの兄 「ゾウになった赤ちゃん」 ジョーン・エイキン作;猪熊葉子訳 岩波書店(岩波少年文庫) 2010年11月

マーク
月曜日にびっくりするようなことが起こるアーミテージ一家の男の子 「おとなりさんは魔女―アーミテージ一家のお話1」 ジョーン・エイキン作;猪熊葉子訳 岩波書店(岩波少年文庫) 2010年6月

マクシミリアン
悪人養成機関「HIVE」の最高責任者 「ハイブ 悪のエリート養成機関―volume2 オーバーロード・プロトコル」 マーク・ウォールデン作;三辺律子訳 ほるぷ出版 2010年5月

マクシミリアン
世界中から集めた子どもたちを悪のエリートに育てる悪人養成機関「H.I.V.E.」を設立した男 「ハイブ 悪のエリート養成機関―volume1」 マーク・ウォールデン作;三辺律子訳 ほるぷ出版 2008年6月

マクシミリアン・キミワルーイ（マックス）
小さな吸血鬼の男の子、幽霊屋敷「キミワルーイ屋敷」に住む少女・アラミンタのまたいとこ 「ちび吸血鬼捕獲作戦―いたずらアラミンタ4」 アンジー・セイジ著;斎藤倫子訳 東京創元社(sogen bookland) 2010年6月

マグナス
クラブで出会った少女・サニーを間違えて吸血鬼にしかけてしまった美少年吸血鬼 「ヴァンパイア・キス」 マリ・マンクーシ著;笠井道子訳 小学館（小学館ルルル文庫） 2008年5月

マグナス
今は熱愛中のサニーを間違えて吸血鬼にしかけた吸血鬼、アメリカ合衆国の東部吸血鬼連合の高司祭 「ヴァンパイア・キス―レインの恋」 マリ・マンクーシ著;笠井道子訳 小学館（小学館ルルル文庫） 2008年12月

マーク・ラッセル
かつてフランバーズ屋敷の主だった男、クリスチナの亡夫ウィルの兄 「フランバーズ屋敷の人びと4,5 愛ふたたび(上下)」 K.M.ペイトン作;掛川恭子訳 岩波書店(岩波少年文庫) 2009年12月

マーク・ラッセル
フランバーズ屋敷の長男で十四歳の粗暴な少年、弟ウィルとは相反する価値観を持った兄 「フランバーズ屋敷の人びと1 愛の旅だち」 K.M.ペイトン作;掛川恭子訳 岩波書店(岩波少年文庫) 2009年9月

マーク・ラッセル
戦争で行方不明になっているフランバーズ屋敷の長男 「フランバーズ屋敷の人びと3 めぐりくる夏」 K.M.ペイトン作;掛川恭子訳 岩波書店(岩波少年文庫) 2009年11月

マゴス
ソートラント王国の謀反人のウィンカデルを背後で操っていた闇の神 「ミラート年代記2 タリンの秘密」 ラルフ・イーザウ著;酒寄進一訳 あすなろ書房 2009年4月

マコーネ
「秘密結社ベネディクト団」の結成者ベネディクトの部下でボディガードの男 「秘密結社ベネディクト団 下 素直になったら負け」 トレントン・リー・スチュワート著;久米真麻子訳 ヴィレッジブックス 2010年3月

マコーネ
「秘密結社ベネディクト団」の結成者ベネディクトの部下でボディガードの男 「秘密結社ベネディクト団 上 孤独な子どもをねらえ」 トレントン・リー・スチュワート著;久米真麻子訳 ヴィレッジブックス 2010年3月

マゴリアムおじさん
世界でたったひとつの魔法のおもちゃ屋「マゴリアムおじさんの不思議なおもちゃ屋」のオーナー、風変わりな二百四十三歳のおじさん 「マゴリアムおじさんの不思議なおもちゃ屋」 スザンヌ・ウェイン作;杉田七重訳 角川書店 2008年1月

マジコ
ランプの精のリトル・ジーニーのもとクラスメイト、ジーニー・スクールに通うやさしくてかっこいい男の子 「ランプの精リトル・ジーニー 11 ゴキゲンなダンスコンテスト」 ミランダ・ジョーンズ作;宮坂宏美訳;サトウユカ絵 ポプラ社 2009年3月

マジコ
ランプの精リトル・ジーニーのもとクラスメイト、ジーニー・スクールに通うやさしくてかっこいい男の子 「ランプの精リトル・ジーニー 13 ときめきのドールショップ」 ミランダ・ジョーンズ作;宮坂宏美訳;サトウユカ絵 ポプラ社 2009年11月

マジコ
小学四年生のアリにつかえているランプの精・リトル・ジーニーの友だち、GES(ジーニー・エマージェンシー・サービス)の仕事をしているジーニー 「ランプの精リトル・ジーニー15 ちびっこジーニーをさがせ!」 ミランダ・ジョーンズ作;宮坂宏美訳;サトウユカ画 ポプラ社 2010年7月

マジスター
もとは人間の魔術師だが悪魔と手を組んで宇宙のすべてを支配するという野望をいだいている正体不明の男 「タラ・ダンカン 5 禁じられた大陸 上下」 ソフィー・オドゥワン・マミコニアン著;山本知子訳;加藤かおり訳 メディアファクトリー 2008年7月

マジスター
もとは人間の魔術師だが悪魔と手を組んで宇宙のすべてを支配するという野望をいだいている正体不明の男 「タラ・ダンカン 6 マジスターの罠 上下」 ソフィー・オドゥワン・マミコニアン著;山本知子訳 メディアファクトリー 2009年7月

マジック・ベルベル
フランス語教師ジャン・ユーグの生徒で元気な中学生、ベルベル語を話す民族を祖先にもつ少年 「ゴーレム1 究極のゲームソフト」 エルヴィール・ミュライユ著;ロリス・ミュライユ著;マリー・オード・ミュライユ著;後平澪子訳 新樹社 2009年9月

マジック・ベルベル
フランス語教師ジャン・ユーグの生徒で元気な中学生、ベルベル語を話す民族を祖先にもつ少年 「ゴーレム2 地下室のトモダチ」 エルヴィール・ミュライユ著;ロリス・ミュライユ著;マリー＝オード・ミュライユ著;後平澪子訳 新樹社 2009年10月

マジッド（マジック・ベルベル）
フランス語教師ジャン・ユーグの生徒で元気な中学生、ベルベル語を話す民族を祖先にもつ少年 「ゴーレム1 究極のゲームソフト」 エルヴィール・ミュライユ著;ロリス・ミュライユ著;マリー＝オード・ミュライユ著;後平澪子訳 新樹社 2009年9月

マジッド（マジック・ベルベル）
フランス語教師ジャン・ユーグの生徒で元気な中学生、ベルベル語を話す民族を祖先にもつ少年 「ゴーレム2 地下室のトモダチ」 エルヴィール・ミュライユ著;ロリス・ミュライユ著;マリー＝オード・ミュライユ著;後平澪子訳 新樹社 2009年10月

マジマジ
ドラマーのクイックがあなから助けだしたおばあさんネズミ、チュウチュウ通り8番地にすむ魔術師のマージのおかあさんネズミ 「クイックと魔法のスティック(チュウチュウ通り6番地)」 エミリー・ロッダ作;さくまゆみこ訳;たしろちさと絵 あすなろ書房 2010年10月

マシュウ・クスバート
孤児院から少女アンをひきとったプリンスエドワード島で暮らしているおじさん、マリラの兄 「赤毛のアン」 L・M・モンゴメリ作;村岡花子訳;HACCAN画 講談社(青い鳥文庫) 2008年7月

マシュー・ジャクソン
ポークストリート小学校の二年生、字を読むのがへたくそな男の子 「コンクリートで目玉やき」 パトリシア・ライリー・ギフ作;もりうちすみこ訳;矢島眞澄絵 さ・え・ら書房(ポークストリート小学校のなかまたち10) 2009年4月

魔術師　まじゅつし
オペラ座でユリの花束のかわりに象をだしてしまった最近評判が落ちていた魔術師 「ピーターと象と魔術師」 ケイト・ディカミロ作;長友恵子訳 岩波書店 2009年11月

ましゅ

マシュー・ハロウェル（マット）
インディアンの少年から狩りを教わるかわりに本の読み方を教えることになった十二歳の少年　「ビーバー族のしるし」　エリザベス・ジョージ・スピア著;こだまともこ訳　あすなろ書房　2009年2月

魔女　まじょ
エイミーの家にあった青いほうきのもちぬしの魔女　「青魔女とほうき」　ルース・チュウ作;日当陽子訳　フレーベル館（魔女の本棚）　2008年11月

魔女　まじょ
小さい星のようなアーススターののちぬしの魔女　「魔女と空飛ぶきのこ」　ルース・チュウ作;日当陽子訳　フレーベル館（魔女の本棚）　2009年1月

魔女　まじょ
男の人の形のボタンをもっていたジャネットのあとをつけてきた魔女　「魔女のボタン」　ルース・チュウ作;日当陽子訳　フレーベル館（魔女の本棚）　2009年8月

魔女　まじょ
文字がうかびあがる美しい本のもちぬしの魔女　「魔法の本と魔女」　ルース・チュウ作;日当陽子訳　フレーベル館（魔女の本棚）　2009年6月

魔女（ゼルダ）　まじょ（ぜるだ）
アンティークショップの主人で黒ずくめで深い緑の目をしたおばあさん　「13番目の魔女」　ルース・チュウ作;日当陽子訳　フレーベル館（魔女の本棚）　2008年9月

マージョリー
不思議なレシピ通りに使うと魔法の薬がつくれるという大きな木のスプーンをひろった姉弟の姉　「魔女のスプーン」　ルース・チュウ作;日当陽子訳;たんじあきこ絵　フレーベル館（魔女の本棚）　2010年6月

マスカ
サーカス一座「ファンダジア」にまぎれこんだ三人兄弟をつけねらう二人組の男　「マディガンのファンタジア　上下」　マーガレット・マーヒー作;山田順子訳;佐竹美保画　岩波書店　2008年2月

マスカ
森のおくの城にとじこめられた王女とある国の王子がことばをかわすことができるようてつだった魔法つかい　「カナリア王子―イタリアのむかしばなし」　イタロ・カルヴィーノ再話;安藤美紀夫訳;安野光雅画　福音館書店（福音館文庫）　2008年10月

マータグ
ドラゴンライダー・エラゴンの兄、帝国の支配者ガルバトリックスの下僕　「ブリジンガー―炎に誓う絆　上下（ドラゴンライダー3）」　クリストファー・パオリーニ著;大鳥双恵訳　ヴィレッジブックス　2009年3月

マダム・ガミガミ・ペレス
フランスのポール・エリュアール小学校のみんなにきらわれている校長　「ノエル先生としあわせのクーポン」　シュジー・モルゲンステルン作;宮坂宏美訳　講談社　2009年6月

マダム・クラリス
中学生の便利屋「ティーン・パワー」に仕事を依頼した昔ながらの占い師　「ティーン・パワーをよろしく12　名画の秘密」　エミリー・ロッダ著;岡田好惠訳　講談社（YA! entertainment）　2009年2月

マダム・デュポン
ベイカー街バザールにある蝋人形館の女主人　「ベイカー少年探偵団3　呪われたルビー」　アンソニー・リード著;池央耿訳　評論社（児童図書館・文学の部屋）　2008年4月

マダム・デュポン
ベイカー街バザールにある蝋人形館の女主人 「ベイカー少年探偵団6 地下牢の幽霊」 アンソニー・リード著;池央耿訳 評論社(児童図書館・文学の部屋) 2009年4月

マダム・ブレンダ
百歳をこえているといううわさもある超有名な霊媒師のおばあさん 「地下の幽霊トンネル2(ちいさな霊媒師オリビア)」 エレン・ポッター著;海後礼子訳 主婦の友社 2008年4月

マチアーシ・キトカ
ヨハンカの親友、川岸の「小さな丘」にある植物園に住んでいる九歳の少年 「青いトラ」 テレザ・ホルヴァートヴァー文;ユライ・ホルヴァート絵;関沢明子訳 求龍堂 2008年11月

マチェン
千年まえから長い旅をつづけているという伝説的な英雄ねこ 「ねこの学校5 たましいの丘」 キム・ジンギョン作;キムジェホン絵;ホン・カズミ訳 岩崎書店 2009年3月

マチルダばあや
ブラウン家のおぎょうぎが悪い子どもたちのためにロンドンのアデレード大おばさんの家にやってきたばあや 「マチルダばあや、ロンドンへ行く」 クリスティアナ・ブランド作;エドワード・アーディゾーニ絵;こだまともこ訳 あすなろ書房 2008年5月

魔使い　まつかい
邪悪なものから村や畑を守る魔使いの男、少年・トムの師匠 「魔使いの戦い 上下(魔使いシリーズ)」 ジョゼフ・ディレイニー著;金原瑞人・田中亜希子訳 東京創元社(sogen bookland) 2009年2月

魔使い　まつかい
邪悪なものから村や畑を守る魔使いの男、少年・トムの師匠 「魔使いの秘密(魔使いシリーズ)」 ジョゼフ・ディレイニー著;金原瑞人・田中亜希子訳 東京創元社(sogen bookland) 2008年2月

マック
『ハンスぼうやの国』の住人、バイクにのったヤンキー・ゴムザルのぬいぐるみ 「ハンスぼうやの国」 バルブロ・リンドグレーン文;エヴァ・エリクソン絵;木村由利子訳 あすなろ書房 2009年2月

マック
ディスクレシアという学習障害を持つ五年生のサムのおじいちゃん、家具職人 「11をさがして」 パトリシア・ライリー・ギフ作;岡本さゆり訳;佐竹美保絵 文研出版(文研じゅべにーる) 2010年9月

マック(テレンス・マカファティ)
英国情報局の指揮下にある十七歳以下の少年少女で構成された秘密組織「CHERUB」の総責任者 「チェラブ Mission1 スカウト」 ロバート・マカモア作;大澤晶訳 ほるぷ出版 2008年2月

マックス
オオカミ・スーツを着て家出をした八歳のやんちゃな男の子、夜の島のかいじゅうたちの王さま 「かいじゅうたちのいるところ」 デイヴ・エガーズ著;小田島恒志訳;小田島則子訳 河出書房新社 2009年12月

マックス
十二歳のアニーの幼なじみ、気分屋の十三歳の少年 「ハートビート」 シャロン・クリーチ作;もきかずこ訳;堀川理万子絵 偕成社 2009年3月

マックス
小さな吸血鬼の男の子、幽霊屋敷「キミワルーイ屋敷」に住む少女・アラミンタのまたいとこ 「ちび吸血鬼捕獲作戦―いたずらアラミンタ4」 アンジー・セイジ著;斎藤倫子訳 東京創元社(sogen bookland) 2010年6月

まっく

マックス・アンダーソン
地質学者のトレバーの兄で十三歳のショーンの父、十年前に行方不明になった男 「センター・オブ・ジ・アース地底探検」マーク・レヴィン著;河井直子訳 メディアファクトリー 2008年10月

マックス・マクダニエルズ
世界最後の魔法学校「ローワン学院」で訓練にはげむ一年生、古代魔術の潜在能力をもつ十二歳の少年 「タペストリー 下 封じられた物語」ヘンリー・H.ネフ著;大嶌双恵訳 ヴィレッジブックス 2010年4月

マックス・マクダニエルズ
世界最後の魔法学校「ローワン学院」に入学した古代魔術の潜在能力をもつシカゴに住む十二歳の少年 「タペストリー 上 運命の光る糸」ヘンリー・H.ネフ著;大嶌双恵訳 ヴィレッジブックス 2010年4月

マックス・レミー
犯罪と戦う「スパイフォース」のスパイになったシドニーに住む十一歳の女の子 「マックス・レミースーパースパイ Mission3 悪夢のうずを食い止めろ!」デボラ・アベラ作;ジョービー・マーフィー絵;三石加奈子訳 童心社 2008年4月

マック先生(マッケンジー先生)　まっくせんせい(まっけんじーせんせい)
マック動物病院の院長、動物病院でボランティアをしてるマギーのおばあちゃん 「マック動物病院ボランティア日誌 逃げおくれた猫を救え」ローリー・ハルツ・アンダーソン作;中井はるの訳;藤丘ようこ画 金の星社 2010年3月

マッケンジー先生　まっけんじーせんせい
マック動物病院の院長、動物病院でボランティアをしてるマギーのおばあちゃん 「マック動物病院ボランティア日誌 逃げおくれた猫を救え」ローリー・ハルツ・アンダーソン作;中井はるの訳;藤丘ようこ画 金の星社 2010年3月

マッティ・カッティラコスキ
ヘイナとトッスとペッテリのパパ、平和をのぞむジャガイモ研究者 「ヒラメ釣り漂流記(ヘイナとトッスの物語4)」シニッカ・ノポラ&ティーナ・ノポラ作;末延弘子訳;佐古百美絵 講談社(青い鳥文庫) 2008年7月

マット
インディアンの少年から狩りを教わるかわりに本の読み方を教えることになった十二歳の少年 「ビーバー族のしるし」エリザベス・ジョージ・スピア著;こだまともこ訳 あすなろ書房 2009年2月

マッドクロー
ウィンド族の副長、いちばん攻撃的な猫 「ウォーリアーズⅡ 4 星の光」エリン・ハンター作;高林由香子訳 小峰書店 2010年2月

マッドハッター
地下の国「アンダーランド」の帽子屋、シルクハットがトレードマークの少しいかれた青年 「アリス・イン・ワンダーランド」T.T.サザーランド作;しぶやまさこ訳 偕成社(ディズニーアニメ小説版) 2010年4月

マーティ
親友のライオンのアレックス、キリンのメルマン、カバのグロリアとニューヨーク・セントラパークル動物園を脱出したシマウマ 「マダガスカル2」J.E.ブライト作;杉田七重訳 角川書店(ドリームワークスアニメーションシリーズ) 2009年3月

マティウス
中世ヨーロッパの有名な吟遊詩人 「この世のおわり」ラウラ・ガジェゴ・ガルシア作;松下直弘訳 偕成社 2010年10月

マディケン
川のそばの大きな赤い家「おもしろ荘」にすむ女の子、リサベットのおねえさん 「おもしろ荘の子どもたち」アストリッド・リンドグレーン作;石井登志子訳 岩波書店(岩波少年文庫) 2010年7月

マディソン(サイモン・マディソン)
マヤの秘密都市「エク・ナーブ」の秘密の入り口を探している謎の男 「ジョシュア・ファイル3 未来からの使者 上」マリア・G.ハリス作;石随じゅん訳 評論社 2010年11月

マディソン(サイモン・マディソン)
古代マヤ人の末裔の少年・ジョシュのあとをつけている謎の男 「ジョシュア・ファイル4 未来からの使者 下」マリア・G.ハリス作;石随じゅん訳 評論社 2010年11月

マティルダ・ジェイン
ファッションデザイナーを目指すルーシーのBFF(ベスト・フレンズ・フォーエバー)、半分オランダ人でお父さんしかいない女の子 「ファッション・ガールズ 3 ときめきのアイドル・バンド結成!」ケリー・マケイン作;小竹由美子訳;魚住あお画 ポプラ社 2010年2月

マティルダ・ジェイン
ファッションデザイナーを目指すルーシーのBFF(ベスト・フレンズ・フォーエバー)、半分オランダ人でお父さんしかいない女の子 「ファッション・ガールズ 4 まさかの映画デビュー!」ケリー・マケイン作;小竹由美子訳;魚住あお画 ポプラ社 2010年6月

マティルダ・ジェイン(ティルダ)
おしゃれがだいすきなルーシーの永遠の親友、オランダからの転入生でおしゃれに無関心なおとなしい少女 「ファッション・ガールズ 1 おしゃれに大変身!」ケリー・マケイン作;小竹由美子訳;魚住あお絵 ポプラ社 2009年7月

マティルダ・ジェイン(ティルダ)
おしゃれがだいすきなルーシーの永遠の親友、クラスメイトのルーシーのおかげでおしゃれにイメージチェンジできた少女 「ファッション・ガールズ 2 デザイン・コンテストにちょうせん!」ケリー・マケイン作;小竹由美子訳;魚住あお絵 ポプラ社 2009年10月

マーティン・ブライス
十歳のアルフィーのおじさん、三十年前にベッドのシーツで首が締まったのが原因で亡くなった当時十歳だった少年 「ニック・シャドウの真夜中の図書館 12 夢からでた悪魔」ニック・シャドウ著;野村有美子訳 ゴマブックス 2009年1月

マデック
カリフォルニア州で大きな会社を経営している実業家、ビッグホーンを狩りに砂漠にやってきた銃にかけては一流の腕前をもつ男 「マデックの罠」ロブ・ホワイト著;宮下嶺夫訳 評論社(海外ミステリーBOX) 2010年3月

マートル
月の近くに浮かぶ宇宙住居「ラークライト」で暮らす少女、アーサーの姉 「スタークロス」フィリップ・リーヴ著;松山美保訳;デイヴィッド・ワイアット画 理論社 2008年9月

マニー・カブレラ
キューバからアメリカにきたマイケルが所属するリトルリーグのキャッチャーで親友 「真夏のマウンド」マイク・ルピカ著;伊達淳訳 あかね書房 2010年7月

マニー・ヘフリー
日記を書く6年生・グレッグの弟、保育園に行く男の子 「グレッグのダメ日記」ジェフ・キニー作;中井はるの訳 ポプラ社 2008年5月

マニュエロ
アシュビー城にしのびこんだなぞの盗賊 「リリーとアシュビーを守れ—リリー・クエンチ冒険ファンタジー7」ナタリー・ジェーン・プライアー作;岡田好惠訳 学研 2009年8月

マニュエロ
アシュビー城にしのびこんだなぞの盗賊 「リリーと謎の盗賊―リリー・クエンチ冒険ファンタジー6」ナタリー・ジェーン・プライアー作;岡田好惠訳　学研　2009年4月

マネルー先生　まねるーせんせい
二年生のアレクがかよう小学校に来た図書室の女の先生 「マネルー先生まねーるだいすき!―きょうもトンデモ小学校」ダン・ガットマンさく;宮坂宏美やく;すずめくらぶ画　ポプラ社　2008年4月

マネルー先生　まねるーせんせい
二年生のアレクがかよう小学校に来た図書室の女の先生 「マネルー先生まねーるだいすき!―きょうもトンデモ小学校」ダン・ガットマンさく;宮坂宏美やく;すずめくらぶ画　ポプラ社　2008年4月

マヒタベルおばさん
かつてメイン州の沖合の孤島の家に住んでいた老婦人、三人きょうだいのハナたちの大大叔母さん 「危機のドラゴン」レベッカ・ラップ著;鏡哲生訳　評論社(児童図書館・文学の部屋)　2008年5月

マーヴィン・レッドポスト
いじめっ子にからかわれ親友にも仲間はずれにされ先生にまでできたない子と思われてしまうようになった九歳の少年 「どうしてぼくをいじめるの?」ルイス・サッカー作;はらるい訳;むかいながまさ絵　文研出版(文研ブックランド)　2009年4月

マーヴィン・レッドポスト
ノース先生に一週間老犬ウォルドーの世話をたのまれた少年 「先生と老犬とぼく」ルイス・サッカー作;はらるい訳;むかいながまさ絵　文研出版(文研ブックランド)　2008年4月

マーフィー・マクゴーウェン
アメリカ南部ジョージア州のブリッジウォーター高校三年生、成績優秀でニューヨークの大学へ行くのが夢の女の子 「ピーチズ★卒業」ジョディ・リン・アンダーソン著;相山夏奏訳　小学館(SUPER!YA)　2010年3月

マーフィー・マクゴーウェン
アメリカ南部ジョージア州のブリッジウォーター高校二年生、成績抜群だけど学校きっての問題児の女の子 「ピーチズ★初恋」ジョディ・リン・アンダーソン著;相山夏奏訳　小学館(SUPER!YA)　2009年12月

マブ・モールドヒール
少年・トムがダウンハム村で出会った魔女、緑の瞳のかわいい少女 「魔使いの戦い 上下(魔使いシリーズ)」ジョゼフ・ディレイニー著;金原瑞人・田中亜希子訳　東京創元社(sogen bookland)　2009年2月

マープルさん
セント・メアリ・ミード村に住む好奇心たっぷりの老婦人 「予告殺人」アガサ・クリスティー著;羽田詩津子訳　早川書房(クリスティー・ジュニア・ミステリ4)　2008年2月

マープルさん
列車から殺人現場を目撃したマギリカディ夫人の友だち、老婦人 「パディントン発4時50分」アガサ・クリスティー著;小尾芙佐訳　早川書房(クリスティー・ジュニア・ミステリ9)　2008年7月

魔法使いワーズル　まほうつかいわーずる
オルゴールの中の異世界・ロンド国のマクドナルド農場の自衛団「マジ」の魔法使い 「ロンド国物語7 崖の怪物」エミリー・ロッダ作;神戸万知訳;水野真帆絵　岩崎書店　2010年6月

ママ
オランダに住む少女キークの母親、戦争中の場所に行く医者の妻 「小さな可能性」マルコライン・ホフ著;野坂悦子訳　小学館　2010年5月

ママ
八歳のティミーのママ、いっしょにくらしているドルフィがオオカミ少年だと知らない人 「オオカミ少年ドルフィ1期2 はじまりの夜2」 パウル・ヴァン・ローン作;西村由美訳;小倉正巳絵 学研 2009年1月

ママ
里親とくらす小学三年生の女の子・トレイシーと何年も会っていない女優のママ 「トレイシー・ビーカー物語3 わが家がいちばん！」 ジャクリーン・ウィルソン作;ニック・シャラット絵;稲岡和美訳 偕成社 2010年9月

ママ・オーディ
小柄で太った197歳の良い魔術師 「プリンセスと魔法のキス」 アイリーン・トリンブル作;倉田真木訳 偕成社(ディズニーアニメ小説版) 2010年2月

まま母　ままはは
王女をねたみ遠い森のおくの城にとじこめたまま母 「カナリア王子－イタリアのむかしばなし」 イタロ・カルヴィーノ再話;安藤美紀夫訳;安野光雅画 福音館書店(福音館文庫) 2008年10月

マヤ
バッレビという小さな港町で学校のクラスメートのラッセと小さなたんていじむしょをしている女の子 「ラッセとマヤのたんていじむしょ カフェ強盗団」 マッティン・ビードマルク作;ヘレナ・ビリス絵;枇谷玲子訳 主婦の友社 2009年3月

マヤ
バッレビという小さな港町で学校のクラスメートのラッセと小さなたんていじむしょをしている女の子 「ラッセとマヤのたんていじむしょ サーカスのどろぼう」 マッティン・ビードマルク作;ヘレナ・ビリス絵;枇谷玲子訳 主婦の友社 2009年3月

マヤ
バッレビという小さな港町で学校のクラスメートのラッセと小さなたんていじむしょをしている女の子 「ラッセとマヤのたんていじむしょ ダイヤモンドのなぞ」 マッティン・ビードマルク作;ヘレナ・ビリス絵;枇谷玲子訳 主婦の友社 2009年1月

マヤ
バッレビという小さな港町で学校のクラスメートのラッセと小さなたんていじむしょをしている女の子 「ラッセとマヤのたんていじむしょ なぞの映画館」 マッティン・ビードマルク作;ヘレナ・ビリス絵;枇谷玲子訳 主婦の友社 2009年7月

マヤ
バッレビという小さな港町で学校のクラスメートのラッセと小さなたんていじむしょをしている女の子 「ラッセとマヤのたんていじむしょ ミステリーホテルの怪」 マッティン・ビードマルク作;ヘレナ・ビリス絵;枇谷玲子訳 主婦の友社 2009年1月

マヤ
バッレビという小さな港町で学校のクラスメートのラッセと小さなたんていじむしょをしている女の子 「ラッセとマヤのたんていじむしょ 恐怖のミイラ」 マッティン・ビードマルク作;ヘレナ・ビリス絵;枇谷玲子訳 主婦の友社 2009年7月

マヤ
リオナガンの王妃(バンリー)で妖術師、魔法使いたちを襲い魔女術を禁じた王妃 「エリアナンの魔女1 魔女メガンの弟子(上)」 ケイト・フォーサイス作;井辻朱美訳 徳間書店 2010年12月

マラカイ
ビースト狩りをする男、王立ビースト愛護協会の創設者ファラウェイ教授の息子 「ビースト☆レスキュー2 恐怖のビースト晩餐会」 ビーストリー・ボーイズ著;中井はるの訳;亜沙美画 金の星社 2010年2月

まらか

マラカイ
ビースト狩りをする男、王立ビースト愛護協会の創設者ファラウェイ教授の息子 「ビースト☆レスキュー 3 禁断のビースト狩り」 ビーストリー・ボーイズ著;中井はるの訳;亜沙美画 金の星社 2010年7月

マラカイ
ビースト狩りをする男、王立ビースト愛護協会の創設者ファラウェイ教授の息子 「ビースト☆レスキュー 4 幻のジャングル・ビースト」 ビーストリー・ボーイズ著;中井はるの訳;亜沙美画 金の星社 2010年11月

マリア
ジュゼッペの叔母のもとで暮らしている空爆で母を亡くし記憶を失った金髪の女の子 「ジュゼッペとマリア 上下」 クルト・ヘルト作;酒寄進一訳 長崎出版 2009年9月

マリア
センプルハウス・スクールを逃げ出しハドン大おじさんのもとに身をよせた少女、ハドン大おじさんの姪 「オックスフォード物語 マリアの夏の日」 ジリアン・エイブリー作;神宮輝夫訳 偕成社 2009年6月

マリア・フィールディング
ロンドンの寄宿学校からブラジルに住む親戚にひきとられることになった少女 「夢の彼方への旅」 エヴァ・イボットソン著;三辺律子訳 偕成社 2008年6月

マリア・プロフェテッサ
もとブードゥー教の魔術師、科学の力で永遠の命を手に入れた科学者で企業家 「タングルレック」 ジャネット・ウィンターソン著;瓜生知寿子訳 小学館 2008年11月

マリア・ミンチン
イギリスの「ミス・ミンチン上流子女寄宿学校」の経営者、無慈悲で欲張りな女性 「リトル・プリンセス」 バーネット著;秋川久美子訳;グラハム・ラスト絵 西村書店 2008年12月

マリアン・ピンホー
クレストマンシー城の近くにあるアルヴァースコート村に住む魔女の一族・ピンホー家のあとつぎの少女 「キャットと魔法の卵(大魔法使いクレストマンシー)」 ダイアナ・ウィン・ジョーンズ作;田中薫子訳;佐竹美保絵 徳間書店 2009年8月

マリウス
北ドイツに住む十二年生、転校生の女の子・リンダに恋をした男の子 「ぼくとリンダと庭の船」 ユルゲン・バンシェルス作;若松宣子訳 偕成社 2010年6月

マリー・ジェヌヴィエーヴ
消息不明のアンカルタ星の王国の王女でペギー・スーの姉 「ペギー・スー 10魔法の星の嫌われ王女」 セルジュ・ブリュソロ著;金子ゆき子訳;町田尚子絵 角川書店 2009年2月

マリー・ジェヌヴィエーヴ
妖精に美しい顔を奪われたアンカルタ星の王国の王女でペギー・スーの姉 「ペギー・スー 11呪われたサーカス団の神さま」 セルジュ・ブリュソロ著;金子ゆき子訳;町田尚子絵 角川書店 2010年7月

マリス・パリタクス
前サンクタフラクスの最高位学者の娘、クウィントの親友 「崖の国物語 9 大飛空船団の壊滅」 ポール・スチュワート作;クリス・リデル絵;唐沢則幸訳 ポプラ社(ポプラ・ウイング・ブックス) 2008年10月

マリッサ
海のそこのアクアティカ王国の人魚のプリンセス 「リトル・プリンセス 人魚のマリッサ姫」 ケイティ・チェイス作;日当陽子訳;泉リリカ絵 ポプラ社 2008年3月

マリーナ・パタゴス
十二歳のポルフィの妹、ある日突然おこった大地震により兄と生き別れとなった十歳の少女 「ポルフィの長い旅」ポール・ジャック・ボンゾン作;村上能成訳;相沢るつ子絵 岩崎書店 2008年3月

マリネット
農場で暮らす姉妹の妹 「ゆかいな農場」マルセル・エーメ作;さくまゆみこ訳;さとうあや画 福音館書店(世界傑作童話シリーズ) 2010年3月

マーリー・ホッジズ
夏のキャンサー・キャンプに参加した反抗的で嫌われ者の十三歳の女の子 「ドーン・ロシェルの季節 3 いつまでも忘れない」ローレイン・マクダニエル作;日当陽子訳 岩崎書店 2010年11月

マリラ・クスバート
プリンスエドワード島で孤児だったアンをひきとった女の人、マシューの妹 「アンの青春」L・M・モンゴメリ作;村岡花子訳;HACCAN画 講談社(青い鳥文庫) 2009年9月

マリラ・クスバート
孤児院から少女アンをひきとったプリンスエドワード島で暮らしているおばさん、マシューの妹 「赤毛のアン」L・M・モンゴメリ作;村岡花子訳;HACCAN画 講談社(青い鳥文庫) 2008年7月

マリリン
ベンジャミンの父親の新しい奥さん 「ぼくと〈ジョージ〉」E.L.カニグズバーグ作;松永ふみ子訳 岩崎書店(岩波少年文庫) 2008年1月

マルカ・マイ
ユダヤ人の女医ハンナの下の娘、七歳の女の子 「マルカの長い旅」ミリヤム・プレスラー作;松永美穂訳 徳間書店 2010年6月

マルク
ふたごのジェイソンとジュリアたちが出会ったエジプトの少女、最上級書記官の娘 「ユリシーズ・ムーアとなぞの地図」Pierdomenico Baccalario著;金原瑞人訳 学研パブリッシング 2010年10月

マルクス
ミーナの五歳になるいとこでイーアの弟、おじいちゃんと〈三つ穴山〉へ探検に行くことになった孫 「三つ穴山へ、秘密の探検」ペール・オーロフ・エンクイスト作;菱木晃子訳;中村悦子画 あすなろ書房 2008年11月

マルコヴァルドさん
SBAV社で働く単純作業員、おくさんと六人の子どもたちと都会に住んでいる人 「マルコヴァルドさんの四季」イタロ・カルヴィーノ作;関口英子訳 岩波書店(岩波少年文庫) 2009年6月

マルコ・ルカリッチ(バルバロッサ)
スプリットの寄宿舎から都会のザグレブにきた転入生、両親がいない勉強のよくできる黒髪の少年、「なぞの少年」イワン・クーシャン作;山本郁子訳 冨山房インターナショナル 2010年11月

マルコ・ロリスタン
祖国サマヴィアに忠誠を誓うよう父親に教えられてきたロンドンにいる十二歳の少年 「消えた王子 上下」フランシス・ホジソン・バーネット作;中村妙子訳 岩波書店(岩波少年文庫) 2010年2月

マルティナ
小学校にあがってすぐ急性リンパ性白血病になったドイツの少女 「あきらめないで-白血病と闘ったわたしの日々」マルティナ・アマン作;本田雅也訳 徳間書店 2009年5月

まるて

マルティン
ルーマニアにある社会保護施設「ラザロ」の新人ボランティア、十九歳のドイツ人少年 「マンホールの少女サンダーレの夢」 カロリン・フィリップス著;たかおまゆみ訳;佐竹美保絵 合同出版 2008年4月

マルベル
アバンティア王国を守っていた六匹のビーストに呪いをかけた暗黒の魔法使い 「ビースト・クエスト1 火龍フェルノ」 アダム・ブレード作;浅尾敦則訳 ゴマブックス 2008年2月

マルベル
闇の王国「ゴルゴニア」を支配する暗黒の魔法使い 「ビースト・クエスト13 牛怪人トーゴー」 アダム・ブレード作;浅尾敦則訳 ゴマブックス 2009年7月

マルベル
闇の王国「ゴルゴニア」を支配する暗黒の魔法使い 「ビースト・クエスト19（別巻）双竜ベドラとクリモン」 アダム・ブレード作;浅尾敦則訳 ゴマブックス 2008年6月

マルベル
新たに邪悪な心を持った六匹のビーストを生みだした暗黒の魔法使い 「ビースト・クエスト7 怪物イカゼファー」 アダム・ブレード作;浅尾敦則訳 ゴマブックス 2008年11月

マルベロさん
五十匹のネズミたちに芸を教えてサーカスでショーをおこなっているおじいさん 「ランプの精リトル・ジーニー 9 キュートなペット」 ミランダ・ジョーンズ作;宮坂宏美訳;サトウユカ絵 ポプラ社 2008年8月

マレー（セルウィン・マレー）
ベイカー街バザールにある蝋人形館の死者の蝋人形のモデルとなったアルウィンの双子の兄 「ベイカー少年探偵団 6 地下牢の幽霊」 アンソニー・リード著;池央耿訳 評論社（児童図書館・文学の部屋） 2009年4月

マーレイ
スクルージの共同経営者だった男、クリスマスイブに現われた幽霊 「クリスマス・キャロル」 チャールズ・ディケンズ作;脇明子訳 岩波書店（岩波少年文庫） 2009年10月

マロリー
フロリダに住む少年ニコラスの仲間、グレース家の三人きょうだいの姉 「NEWスパイダーウィック家の謎 第3巻 ワーム・ドラゴンの王」 ホリー・ブラック作;トニー・ディテルリッジ絵;飯野眞由美 文溪堂 2010年4月

マンデー
万物の創造主の不誠実な七人の管財人のうちの一人、なまけ者の男 「王国の鍵 1 アーサーの月曜日」 ガース・ニクス著;原田勝訳 主婦の友社 2009年4月

マンディ
果樹園を探検中に見つけた誰も使っていない小さな家を自分だけのお城にした孤児院で暮らすかわいい女の子 「マンディ」 ジュリー・アンドリュース作;青柳祐美子訳 小学館 2008年11月

マンディ・ホープ
将来動物のお医者さんになりたい九歳の女の子、イギリスの農村に住む獣医の娘 「子ネコききいっぱつ（こちら動物のお医者さん）」 ルーシー・ダニエルズ作;千葉茂樹訳;サカイノビー絵 ほるぷ出版 2010年4月

マンディ・ホープ
将来動物のお医者さんになりたい九歳の女の子、イギリスの農村に住む獣医の娘 「子犬おおそうどう（こちら動物のお医者さん）」 ルーシー・ダニエルズ作;千葉茂樹訳;サカイノビー絵 ほるぷ出版 2010年2月

マンディ・マターソン
吸血鬼になった少女・レインのかつての親友、今は犬猿の仲のチアリーダー部長 「ヴァンパイア・キス―レインの挑戦」 マリ・マンクーシ著;笠井道子訳 小学館(小学館ルルル文庫) 2009年2月

マンニ
アイスランドのアークレイという町に住む子ども、ノンニの弟 「ノンニとマンニのふしぎな冒険」 ヨーン・スウェンソン原作;渡邉奉勝訳文 出帆新社 2008年10月

マンフレッド・ブルーア
ブルーア学園の校長の息子、催眠術が使える少年 「王の森のふしぎな木(チャーリー・ボーンの冒険5)」 ジェニー・ニモ作;田中薫子訳;ジョン・シェリー絵 徳間書店 2008年1月

【み】

ミア
フェアリーランドの結婚式の妖精、結婚式を最高にしあわせにする魔法を使うフェアリー 「結婚式の妖精(フェアリー)ミア(レインボーマジック夏休みスペシャルブック)」 デイジー・メドウズ作;田内志文訳 ゴマブックス 2010年8月

ミア
雪の日に家族とドライブに出かけて交通事故にあい瀕死の重症を負ったチェロが大好きな十七歳の少女 「ミアの選択」 ゲイル・フォアマン著;三辺律子訳 小学館(SUPER!YA) 2009年11月

見えずのジャック　みえずのじゃっく
ある妖精からフロリダの町を守ろうとしているにごった目をした白髪の老人 「NEWスパイダーウィック家の謎 第2巻 ジャイアント襲来」 ホリー・ブラック作;トニー・ディテルリッジ絵;飯野眞由美 文溪堂 2010年1月

ミーガン
いつもしんちょうでれいせいな女の子、黒いラブラドールの子犬ディランのかい主 「ミステリー・パピークラブ 1 おじょう様の子犬をさがせ!」 ジョディー・メラー作;もん訳 PHP研究所 2009年7月

ミーガン
いつもしんちょうでれいせいな女の子、黒いラブラドールの子犬ディランのかい主 「ミステリー・パピークラブ 2 消えた名画をさがせ!」 ジョディー・メラー作;もん訳 PHP研究所 2009年9月

ミーガン
パピークラブのメンバーのしんちょうでれいせいな女の子、黒いラブラドールの子犬・ディランのかい主 「ミステリー・パピークラブ 3 猫の映画スター誘拐事件」 ジョディー・メラー作;もん訳 PHP研究所 2010年2月

ミーガン
パピークラブのメンバーのしんちょうでれいせいな女の子、黒いラブラドールの子犬・ディランのかい主 「ミステリー・パピークラブ 4 宝石どろぼうをつかまえろ!」 ジョディー・メラー作;もん訳 PHP研究所 2010年2月

ミーガン
フェアリーランドの曜日の妖精のひとり、月曜日の妖精 「月曜日の妖精(フェアリー)ミーガン(レインボーマジック)」 デイジー・メドウズ作;田内志文訳 ゴマブックス 2008年9月

ミゲル
パピと兄のカルロスと3人でキューバからアメリカにきた移民の少年、リトルリーグのピッチャーの十二歳の男子 「真夏のマウンド」 マイク・ルピカ著;伊達淳訳 あかね書房 2010年7月

ミシェル・オバマ
アフリカ系アメリカ人初のファーストレディ、シカゴの黒人居住地域で育った女性 「ミシェル・オバマ　ママはファーストレディー」ロバータ・エドワーズ著;ケン・コール絵;日当陽子訳　岩崎書店　2009年5月

ミシェル・デヴルー
「この世のおわり」が近いと信じるふうがわりな少年修道士 「この世のおわり」ラウラ・ガジェゴ・ガルシア作;松下直弘訳　偕成社　2010年10月

ミシェル・ミッツオフ
ある日最悪な出来事が続いて学校から逃げ出したドイツ人の十四歳の女の子 「ミシェルのゆううつな一日」マルティナ・ヴィルトナー作;若松宣子訳　岩波書店　2010年1月

ミス・シビラ・バン
女の学者ビギン博士の古くからの友だち、料理をこしらえるのが大すきなおばあさん 「グリーン・ノウの川―グリーン・ノウ物語3」ルーシー・M・ボストン作;ピーター・ボストン絵;亀井俊介訳　評論社　2008年7月

ミスター・ウルフ
あやつり人形劇場の大スター、オオカミの人形 「人形劇場へごしょうたい(公園の小さななかまたち)」サリー・ガードナー作絵;村上利佳訳　偕成社　2009年12月

ミスター・ブラウン
魔術師だった老人・ジョスリンの所有地にたつメルストーン屋敷に住むひきこもりの男 「メルストーン館の不思議な窓」ダイアナ・ウィン・ジョーンズ著;原島文世訳　東京創元社(sogen bookland)　2010年12月

ミスター・ベネディクト
「秘密結社ベネディクト団」を結成した張本人、緑のスーツを着たナルコレプシーの持病がある男 「秘密結社ベネディクト団　下　素直になったら負け」トレントン・リー・スチュワート著;久米真麻子訳　ヴィレッジブックス　2010年3月

ミスター・ベネディクト
「秘密結社ベネディクト団」を結成した張本人、緑のスーツを着たナルコレプシーの持病がある男 「秘密結社ベネディクト団　上　孤独な子どもをねらえ」トレントン・リー・スチュワート著;久米真麻子訳　ヴィレッジブックス　2010年3月

ミスター・ベル
シカゴ美術館のミニチュアルームのメンテナンス担当の警備員、もと写真家 「12分の1の冒険」マリアン・マローン作;橋本恵訳　ほるぷ出版　2010年12月

ミスター・ミー
書斎でひとりネットサーフィンをしていた八十代のお爺さん 「ミスター・ミー」アンドルー・クルミー著;青木純子訳　東京創元社(海外文学セレクション)　2008年10月

ミスター・メルキオール
魔法の王国の王立バレエスクールに通う少女ローラのペット、おぎょうぎにうるさい小型のトラ 「魔法の国の小さなバレリーナ3　ローラ=ベラと春の祭り」エメラルド・エバーハート著;岡田好惠訳　学研教育出版　2010年2月

ミスター・リンドベリ
リストと同じアパートでダックスフンドを飼っているひとり暮らしのおじいさん 「リストとゆかいなラウハおばさん　1　謎のきょうはくじょうの巻」S.ノポラ作;T.ノポラ作;末延弘子訳;S.トイヴォネン＆A.ハヴカイネン絵　小峰書店　2008年10月

ミスター・リンドベリ
リストと同じアパートでダックスフンドを飼っているひとり暮らしのおじいさん 「リストとゆかいなラウハおばさん　6　こまったニキビで大事件の巻」S.ノポラ作;T.ノポラ作;末延弘子訳;S.トイヴォネン＆A.ハヴカイネン絵　小峰書店　2009年2月

ミスティ
フェアリーランドの妖精・ベラのペット、魔法のウサギ 「ウサギの妖精(フェアリー)ベラ(レインボーマジック)」デイジー・メドウズ作;田内志文訳 ゴマブックス 2008年3月

ミス・ドイル
十九世紀のイギリス・リバプールの良家の子女、アメリカの商船「シーホーク号」にひとりで乗り込んだ少女 「シャーロット・ドイルの告白」アヴィ作;茅野美ど里訳 あすなろ書房 2010年7月

ミストレス・ウェザーワックス
偉大な魔女 「見習い魔女ティファニーと懲りない仲間たち」テリー・プラチェット著;冨永星訳 あすなろ書房 2010年6月

ミス・ヘイスティングス
パパが熱気球で行方不明になった少年ダリウスの家の年老いた家政婦 「ダリウスが飛んだ!」ビル・ハーレイ作;日当陽子訳 PHP研究所 2009年9月

ミズ・マクファーレン
少女・マギーが暮らすおんぼろ修道院の持ち主、慈善団体・マリーゴールド財団の役員 「ゴーストアビー」ロバート・ウェストール著;金原瑞人訳 あかね書房(YA Dark) 2009年3月

ミス・レベル
見習い魔女ティファニーがいっしょに暮らす老いた魔女、研究魔女 「見習い魔女ティファニーと懲りない仲間たち」テリー・プラチェット著;冨永星訳 あすなろ書房 2010年6月

ミセス・アバクロンビー
歴史の町マンストンにあるリトル・ホラー博物館をひとりで切りもりしている白髪まじりの女の人 「透明人間のくつ下」アレックス・シアラー著;金原瑞人訳 竹書房 2008年8月

ミセス・コーラ(ミセス・C) みせすこーら(みせすしー)
キューバからアメリカにきた兄弟が住むアパートの下の階に住む女性 「真夏のマウンド」マイク・ルピカ著;伊達淳訳 あかね書房 2010年7月

ミセス・C みせすしー
キューバからアメリカにきた兄弟が住むアパートの下の階に住む女性 「真夏のマウンド」マイク・ルピカ著;伊達淳訳 あかね書房 2010年7月

ミセス・ジュールズ
ひとつの階に一教室の背高のっぽの校舎のウェイサイド・スクールの最上階にあるクラス「三十階クラス」の先生 「ウェイサイド・スクールはきょうもへんてこ」ルイス・サッカー作;野の水生訳 偕成社 2010年4月

ミセス・ジュールズ
ひとつの階に一教室の背高のっぽの校舎のウェイサイド・スクールの最上階にあるクラス「三十階クラス」の先生 「ウェイサイド・スクールはますますへんてこ」ルイス・サッカー作;野の水生訳;きたむらさとし絵 偕成社 2010年9月

ミセス・ピンセント
西暦二一四〇年子どもが不要になった世界にできた収容所「グレンジ・ホール」の所長 「2140 サープラス・アンナの日記」ジェマ・マリー著;橋本恵訳 ソフトバンククリエイティブ 2008年7月

ミセス・マクビティー
古美術商のミセス・ミネルバ・マクビティー 「12分の1の冒険」マリアン・マローン作;橋本恵訳 ほるぷ出版 2010年12月

ミセス・マデライン・グラッドストン
靴を売る才能があるジェナが働くグラッドストン靴店の老・女社長 「靴を売るシンデレラ」ジョーン・バウアー著;灰島かり訳 小学館(SUPER!YA) 2009年7月

みっく

ミックル
ウェストマーク王国女王、幼少時を浮浪児として過ごしたが戦争指揮に手腕を発揮している娘 「ウェストマーク戦記 2 ケストレルの戦争」 ロイド・アリグザンダー作;宮下嶺夫訳 評論社 2008年11月

ミックル
ウェストマーク王国女王、隣国レギア王国に侵攻された後は婚約者のテオとともに反カバルス運動を指導する娘 「ウェストマーク戦記 3 マリアンシュタットの嵐」 ロイド・アリグザンダー作;宮下嶺夫訳 評論社 2008年11月

ミックル
浮浪児だったが興行師のラス・ボンバス一行に拾われ"口寄せ姫"として人気者になった少女 「ウェストマーク戦記 1 王国の独裁者」 ロイド・アリグザンダー作;宮下嶺夫訳 評論社 2008年11月

ミッジ
人間に夢を配達するドリームライダーの訓練生、背は低いが人一倍がんばりやの女の子 「ドリーム☆チーム 1」 アン・コバーン作;伊藤菜摘子訳;山本ルンルン絵 偕成社 2008年10月

ミッジ
人間に夢を配達するドリームライダーの訓練生、背は低いが人一倍がんばりやの女の子 「ドリーム☆チーム 2」 アン・コバーン作;伊藤菜摘子訳;山本ルンルン絵 偕成社 2008年10月

ミッジ
人間に夢を配達するドリームライダーの訓練生、背は低いが人一倍がんばりやの女の子 「ドリーム☆チーム 3」 アン・コバーン作;伊藤菜摘子訳;山本ルンルン絵 偕成社 2009年2月

ミッジ
人間に夢を配達するドリームライダーの訓練生、背は低いが人一倍がんばりやの女の子 「ドリーム☆チーム 4」 アン・コバーン作;伊藤菜摘子訳;山本ルンルン絵 偕成社 2009年4月

ミッチ(ジョー・ミッチ)
ゾウムシを使って木の世界を穴だらけにしようと企む男 「トビー・ロルネス 1 空に浮かんだ世界」 ティモテ・ド・フォンベル作;フランソワ・プラス画;伏見操訳 岩崎書店 2008年7月

ミッチ(ジョー・ミッチ)
ゾウムシを使って木の世界を穴だらけにしようと企む男 「トビー・ロルネス 2 逃亡者」 ティモテ・ド・フォンベル作;フランソワ・プラス画;伏見操訳 岩崎書店 2008年10月

ミッチ(ジョー・ミッチ)
ゾウムシを使って木の世界を穴だらけにしようと企む男 「トビー・ロルネス 3 エリーシャの瞳」 ティモテ・ド・フォンベル作;フランソワ・プラス画;伏見操訳 岩崎書店 2009年2月

ミッチ(ジョー・ミッチ)
ゾウムシを使って木の世界を穴だらけにしようと企む男 「トビー・ロルネス 4 最後の戦い」 ティモテ・ド・フォンベル作;フランソワ・プラス画;伏見操訳 岩崎書店 2009年3月

ミッチー・トーレズ
歌手を目指す若者たちの合宿・キャンプ・ロックに参加した14歳の女の子 「キャンプ・ロック ミッチー輝く私を探して!」 ルーシー・ラグルス文;金津泰輔訳 講談社(ディズニー文庫) 2009年1月

ミッドナイト
予言の夢を見て旅に出た猫たちが出会った海のそばにあるほら穴にすむアナグマ 「ウォーリアーズ[2]-2 月明り」 エリン・ハンター作;高林由香子訳 小峰書店 2009年3月

ミッラ
おしゃべりをすることができるくまのぬいぐるみ・バルデマールの持ち主の女の子 「くまのバルデマール ぼくって、サイコー！」 クヌート・ファルバッケン作;枇谷玲子訳;秋草愛画 文研出版（文研ブックランド） 2010年7月

ミトラ（ラーミン）
ペルシアの王家の血をひく誇り高き少女、父の謀反が失敗し故郷から逃げた十四歳の女の子 「星が導く旅のはてに」 スーザン・フレチャー作;冨永星訳 徳間書店 2010年7月

ミトンズ
ニューヨークの裏通りに住むのら猫、ボルトとハリウッドへ行くことになった雌猫 「ボルト」 アイリーン・トリンブル作;倉田真木訳 偕成社（ディズニーアニメ小説版） 2009年6月

ミーナ
モーアの姉でイーアとマルクスのいとこ、おじいちゃんと〈三つ穴山〉へ探検に行くことになった六歳の孫 「三つ穴山へ、秘密の探検」 ペール・オーロフ・エンクイスト作;菱木晃子訳;中村悦子画 あすなろ書房 2008年11月

ミーナ
暗黒騎士団の総督、聖者ゴールドムーンの十四歳で家出してしまった養女 「ドラゴンランス魂の戦争 第3部 消えた月の竜」 マーガレット・ワイス著;トレイシー・ヒックマン著;安田均訳 アスキー 2008年1月

ミーナ
学校一足の速いルースの友だち、走ることの楽しさに目ざめた小学四年生 「ムーン・ランナー ほんとの友だちのしるし」 キャロリン・マーズデン作;宮坂宏美訳;丹地陽子絵 ポプラ社（ポップコーン・ブックス） 2008年12月

ミナ
パリから来た転校生・ラファエルのことが大スキな小学生の女の子 「大スキ！大キライ！でも、やっぱり…」 スージー・モーゲンスターン作;伏見操訳;菅野由貴子絵 文研出版（文研ブックランド） 2010年5月

ミーナ（マリーナ・パタゴス）
十二歳のポルフィの妹、ある日突然おこった大地震により兄と生き別れとなった十歳の少女 「ポルフィの長い旅」 ポール・ジャック・ボンゾン作;村上能成訳;相沢るつ子絵 岩崎書店 2008年3月

ミネルバ・パラディーゾ
十二歳のフランス人の天才少女 「アルテミス・ファウル 失われし島」 オーエン・コルファー著;大久保寛訳 角川書店 2010年8月

ミノタウルス
上半身が牛の人間、地底の迷宮の守り神 「コニー・ライオンハートシリーズ 3 ミノタウルスの洞窟」 ジュリア・ゴールディング作;木田恒・藤田優里子訳 静山社 2009年6月

ミハエル
アメリカからエルサレムのおじいちゃんのそばに引っ越しした男の子 「くじらの歌」 ウーリー・オルレブ作;母袋夏生訳;下田昌克画 岩波書店 2010年6月

ミ・V・グラシエル　みぶいぐらしえる
ヘゲモニアに住む未来をみることができる二十五歳の巫女 「フューチャーウォーカー 1 彼女は飛ばない」 イヨンド作;ホンカズミ訳;金田榮路画 岩崎書店 2010年11月

ミミズク
谷間の森に住んでいるたちのわるいミミズク、ずるくっていやらしいやつ 「火曜日のごちそうはヒキガエル—ヒキガエルとんだ大冒険1」 ラッセル・E・エリクソン作;ローレンス・ディ・フィオリ絵;佐藤涼子訳 評論社（児童図書館・文学の部屋） 2008年2月

ミミ・ラングランダー
いったんもとの世界にもどったが再びオルゴールの中にある異世界・ロンド国へいった感受性が強く変わり者の少女 「ロンド国物語4」エミリー・ロッダ作;神戸万知訳;水野真帆絵 岩崎書店 2009年9月

ミミ・ラングランダー
いったんもとの世界にもどったが再びオルゴールの中にある異世界・ロンド国へいった感受性が強く変わり者の少女 「ロンド国物語5」エミリー・ロッダ作;神戸万知訳;水野真帆絵 岩崎書店 2009年12月

ミミ・ラングランダー
いとこのレオとオルゴールの中にある異世界・ロンド国へ迷い込んでしまった感受性が強く変わり者の少女 「ロンド国物語2」エミリー・ロッダ作;神戸万知訳;水野真帆絵 岩崎書店 2008年12月

ミミ・ラングランダー
いとこのレオとオルゴールの中にある異世界・ロンド国へ迷い込んでしまった感受性が強く変わり者の少女 「ロンド国物語3」エミリー・ロッダ作;神戸万知訳;水野真帆絵 岩崎書店 2009年9月

ミミ・ラングランダー
いとこのレオとオルゴールの中の異世界・ロンド国を冒険する変わり者で感受性が強い少女 「ロンド国物語6 天空の城」エミリー・ロッダ作;神戸万知訳;水野真帆絵 岩崎書店 2010年3月

ミミ・ラングランダー
いとこのレオとオルゴールの中の異世界・ロンド国を冒険する変わり者で感受性が強い少女 「ロンド国物語7 崖の怪物」エミリー・ロッダ作;神戸万知訳;水野真帆絵 岩崎書店 2010年6月

ミミ・ラングランダー
いとこのレオとオルゴールの中の異世界・ロンド国を冒険する変わり者で感受性が強い少女 「ロンド国物語8 潮読みの洞くつ」エミリー・ロッダ作;神戸万知訳;水野真帆絵 岩崎書店 2010年9月

ミミ・ラングランダー
いとこのレオとオルゴールの中の異世界・ロンド国を冒険する変わり者で感受性が強い少女 「ロンド国物語9 ロンドの戦い」エミリー・ロッダ作;神戸万知訳;水野真帆絵 岩崎書店 2010年12月

ミミ・ラングランダー
レオのいとこ、感受性が強く変わり者だがなみはずれたヴァイオリンの才能がある少女 「ロンド国物語1」エミリー・ロッダ作;神戸万知訳;水野真帆絵 岩崎書店 2008年10月

ミムス
囚われた敵国の王子・フロリーンが弟子入りさせられた宮廷道化師 「ミムス 宮廷道化師」リリ・タール作;木本栄訳 小峰書店(Y.A.Books) 2009年12月

ミモザ(アレクサンドラ・ヘイスティング)
人の気持ちを細やかに察し深く思いやれる才能をもちエミューのはねの杖をもつフェアリー 「NEWフェアリーズ 秘密の妖精たち2 シナバーと影の島」J.H.スイート作;津森優子訳;唐橋美奈子絵 文溪堂 2010年8月

ミモザ(アレクサンドラ・ヘイスティング)
人の気持ちを細やかに察し深く思いやれる才能をもちエミューのはねの杖をもつフェアリー 「NEWフェアリーズ 秘密の妖精たち3 ミモザと知恵の川」J.H.スイート作;津森優子訳;唐橋美奈子絵 文溪堂 2010年9月

ミラ
氷民のファーレイダー族、氷民軍の大将になった少女 「セブンスタワー 5 戦い」 ガース・ニクス作;西本かおる訳　小学館(小学館ファンタジー文庫) 2008年3月

ミラ
氷民のファーレイダー族、氷民軍の大将になった少女 「セブンスタワー 6 紫の塔」 ガース・ニクス作;西本かおる訳　小学館(小学館ファンタジー文庫) 2008年4月

ミラ
氷民のファーレイダー族の少女 「セブンスタワー 4 キーストーン」 ガース・ニクス作;西本かおる訳　小学館(小学館ファンタジー文庫) 2008年2月

ミラー
敵である悪の組織BIGスパイ、うりふたつのふたご姉妹 「ザック・パワー 任務その7」 H.I.ラリー作;富原まさ江訳　ゴマブックス 2009年7月

ミラース
ナルニア国の摂政でカスピアン王子の叔父、自分の息子を次代の王にしようという野望を持った男 「ナルニア国物語カスピアン王子の角笛」 C.S.ルイス原作;間所ひさこ訳　講談社(映画版ナルニア国物語文庫) 2008年5月

ミラー先生　みらーせんせい
ポークストリート小学校の体育の先生、いじがわるい大きなおなかの女の人 「ターザンロープがこわい」 パトリシア・ライリー・ギフ作;もりうちすみこ訳;矢島眞澄絵　さ・え・ら書房(ポークストリート小学校のなかまたち8) 2009年3月

ミランダ(ジェシー・シャープ)
秘密組織C2の中で育てられてきた天才児の12歳の少女 「スパイ・ガール4 破壊者を止めろ」 クリスティーヌ・ハリス作;前沢明枝訳　岩崎書店 2008年1月

ミランダ(ランディ)
ニューヨークに住むメレンディ家の四人きょうだいの三番目、十歳半の女の子 「土曜日はお楽しみ」 エリザベス・エンライト作;谷口由美子訳　岩波書店(岩波少年文庫) 2010年12月

ミランダ・ホルバイン
公立校ミルステッド中学一年生、学年のだれよりずっと大人っぽく自身たっぷりの少女 「キスはオトナの味」 ジャクリーン・ウィルソン作;尾高薫訳　理論社 2008年1月

ミリ
お妃候補を教育する「プリンセス・アカデミー」の生徒、小柄だけど明るくたくましい十四歳の少女 「プリンセス・アカデミー」 シャノン・ヘイル作;代田亜香子訳　小学館 2009年6月

ミルコ・コマン
スプリットの寄宿舎から都会のザグレブにきた転入生の偽名 「なぞの少年」 イワン・クーシャン作;山本郁子訳　冨山房インターナショナル 2010年11月

ミルディン
紀元五百年ごろブリテン島の統一を目指す司令官のアーサーに仕えていた吟遊詩人 「アーサー王ここに眠る」 フィリップ・リーヴ著;井辻朱美訳　東京創元社(sogen bookland) 2009年4月

ミルトル(海魔女)　みるとる(うみまじょ)
なんでもあつめるのがすきなとても年おいた人魚 「リトル・プリンセス 人魚のマリッサ姫」 ケイティ・チェイス作;日当陽子訳;泉リリカ絵　ポプラ社 2008年3月

ミロ
イギリスに住むとっぴなことばかりのアーミテージ家の息子、マークとハリエットの弟 「ゾウになった赤ちゃん」 ジョーン・エイキン作;猪熊葉子訳　岩波書店(岩波少年文庫) 2010年11月

ミンジェ
自分をかまってくれない両親や友だちそして生まれたばかりの弟にも不満をもっている小学三年生の少年 「願いをかなえる贈りもの」 キム・ソンヒ文;イ・サングォン絵;吉田昌喜訳 現文メディア(韓国人気童話シリーズ) 2008年12月

ミンティ
幽霊がすむ「キミワルーイ屋敷」に住んでいる幽霊好きの少女 「ようこそキミワルーイ屋敷へ―いたずらアラミンタ1」 アンジー・セイジ著;斎藤倫子訳 東京創元社(sogen bookland) 2009年12月

ミンティ(アラミンタ・キミワルーイ)
幽霊屋敷「キミワルーイ屋敷」に住みキミワルーイ探偵事務所をひらいた少女 「カエルはどこだ―いたずらアラミンタ3」 アンジー・セイジ著;斎藤倫子訳 東京創元社(sogen bookland) 2010年5月

ミンティ(アラミンタ・キミワルーイ)
幽霊屋敷「キミワルーイ屋敷」に住んでいる幽霊好きの少女 「お誕生日の剣―いたずらアラミンタ2」 アンジー・セイジ著;斎藤倫子訳 東京創元社(sogen bookland) 2010年1月

ミンティ(アラミンタ・キミワルーイ)
幽霊屋敷「キミワルーイ屋敷」に住んでいる幽霊好きの少女 「ちび吸血鬼捕獲作戦―いたずらアラミンタ4」 アンジー・セイジ著;斎藤倫子訳 東京創元社(sogen bookland) 2010年6月

ミントン先生　みんとんせんせい
家庭教師、ロンドンからブラジルまでの旅のあいだマリアのめんどうをみた女の人 「夢の彼方への旅」 エヴァ・イボットソン著;三辺律子訳 偕成社 2008年6月

【む】

ムクドリ
おばあさんのようなしわがれ声で人間の言葉をしゃべる不思議なムクドリ 「魔女のスプーン」 ルース・チュウ作;日当陽子訳;たんじあきこ絵 フレーベル館(魔女の本棚) 2010年6月

ムシバ先生　むしばせんせい
かいぞく船海ネズミ号の一等航海士、子どもがにがてなかいぞく学校の先生 「パイレーツスクール1 へび島ののろい」 ブライアン・ジェームズ作;中井はるの訳;大岩ピュン絵 ポプラ社 2009年2月

ムシバ先生　むしばせんせい
かいぞく船海ネズミ号の一等航海士、子どもがにがてなかいぞく学校の先生 「パイレーツスクール2 ゆうれい船がやってきた!」 ブライアン・ジェームズ作;中井はるの訳;大岩ピュン絵 ポプラ社 2009年6月

ムシバ先生　むしばせんせい
かいぞく船海ネズミ号の一等航海士、子どもがにがてなかいぞく学校の先生 「パイレーツスクール3 フケツ号をやっつけろ!」 ブライアン・ジェームズ作;中井はるの訳;大岩ピュン絵 ポプラ社 2009年11月

ムーチ
FBIの特殊スパイ部隊「Gフォース」の作戦行動の中心役のハエ 「スパイアニマルGフォース」 ジェームズ・ポンティ作;橘高弓枝訳 偕成社(ディズニーアニメ小説版) 2010年3月

ムッシュ・ジョゼ
少女・ルウの祖父、おばあちゃんと死別して悲しみの淵に立つおじいちゃん 「ルウとおじいちゃん」 クレール・クレマン作;藤本優子訳 講談社 2008年8月

ムーマ
森の中にあるオオカミ人間の子どもたちが暮らす「子どもの家」の院長 「オオカミ少年ドルフィ2期5 オオカミ人間のひみつ1」 パウル・ヴァン・ローン作;西村由美訳;小倉正巳絵 学研教育出版 2010年4月

ムーマ
森の中にあるオオカミ人間の子どもたちが暮らす「子どもの家」の院長、オオカミ女 「オオカミ少年ドルフィ2期6 オオカミ人間のひみつ2」 パウル・ヴァン・ローン作;西村由美訳;小倉正巳絵 学研教育出版 2010年4月

ムーリア(イニマイ)
ソートラント王国の若き王・エルギルのかつての乳母、エルギルの母のヴェーニア王妃の親友 「ミラート年代記3 シルマオの聖水」 ラルフ・イーザウ著;酒寄進一訳;佐竹美保画 あすなろ書房 2010年4月

ムーンビーム
お兄ちゃんを病気で亡くしてから心配ばかりするようになってしまった十歳の元気な女の子 「アニーのかさ」 リサ・グラフ作;武富博子訳 講談社 2010年7月

ムーン・ブレイク
アラバマ州の森で外界とほとんど接点を持たずに育った十歳の少年 「風の少年ムーン」 ワット・キー作;茅野美ど里訳 偕成社 2010年11月

【め】

メアリー
ナゲットという名前の大きな犬をかっている女の子、小学四年生のアリの親友 「ランプの精リトル・ジーニー16 ようこそ女王さま」 ミランダ・ジョーンズ作;宮坂宏美訳;サトウユカ画 ポプラ社 2010年10月

メアリー
リトルフラワー・タウンにすむ妖精、歯の妖精になりたい女の子 「妖精フェリシティ9 ぴかぴか大へんしん」 エマ・トムソン作・絵;神戸万知訳 岩崎書店 2010年1月

メアリー
歯の妖精になりたい妖精の女の子、妖精フェリシティとなかよしで勉強ねっしんなしっかりもの 「妖精フェリシティ1 ときめきおしゃれクラブ」 エマ・トムソン作;ヘレン・ベイリー作;エマ・トムソン絵;神戸万知訳; 岩崎書店 2008年8月

メアリー
歯の妖精になりたい妖精の女の子、妖精フェリシティとなかよしで勉強ねっしんなしっかりもの 「妖精フェリシティ2 ハラハラ遊園地」 エマ・トムソン作;ヘレン・ベイリー作;エマ・トムソン絵;神戸万知訳; 岩崎書店 2008年8月

メアリー
歯の妖精になりたい妖精の女の子、妖精フェリシティとなかよしで勉強ねっしんなしっかりもの 「妖精フェリシティ3 ルンルン大そうじ」 エマ・トムソン作;ヘレン・ベイリー作;エマ・トムソン絵;神戸万知訳; 岩崎書店 2008年11月

メアリー
歯の妖精になりたい妖精の女の子、妖精フェリシティとなかよしで勉強ねっしんなしっかりもの 「妖精フェリシティ4 ヒヤヒヤレストラン」 エマ・トムソン作;ヘレン・ベイリー作;エマ・トムソン絵;神戸万知訳; 岩崎書店 2008年11月

メアリー
歯の妖精になりたい妖精の女の子、妖精フェリシティとなかよしで勉強ねっしんなしっかりもの 「妖精フェリシティ5 ゴーゴーバカンス」 エマ・トムソン作・絵;神戸万知訳 岩崎書店 2009年2月

めあり

メアリー
歯の妖精になりたい妖精の女の子、妖精フェリシティとなかよしで勉強ねっしんなしっかりもの 「妖精フェリシティ6 わくわくねがいごと」エマ・トムソン作・絵;神戸万知訳 岩崎書店 2009年5月

メアリー
歯の妖精になりたい妖精の女の子、妖精フェリシティとなかよしで勉強ねっしんなしっかりもの 「妖精フェリシティ7 バイバイチョコレート」エマ・トムソン作・絵;神戸万知訳 岩崎書店 2009年9月

メアリー
歯の妖精になりたい妖精の女の子、妖精フェリシティとなかよしで勉強ねっしんなしっかりもの 「妖精フェリシティ8 うきうきコンクール」エマ・トムソン作・絵;神戸万知訳 岩崎書店 2009年11月

メアリアン
十四歳の少女、ヴァスティア国の魔法使いカルスタッフの三人の弟子のひとり 「黒猫オルドウィンの冒険－三びきの魔法使い、旅に出る」アダム・ジェイ・エプスタイン著;アンドリュー・ジェイコブスン著;大谷真弓訳 早川書房 2010年11月

メアリー・シェリダン
一八六二年のアイルランドに暮らす少女・オーガスタの乳母だった老婆 「ふしぎの国の誘拐事件」メアリー・ポープ・オズボーン著;食野雅子訳 メディアファクトリー（マジック・ツリーハウス29） 2010年11月

メアリ・ジェーン・パディントン
母さんの恋人から性的虐待を受けた少年・ブラッキーの同級生、学校でいじめられていつもひとりでいる女の子 「きみといつか行く楽園」アダム・ラップ作;代田亜香子訳 徳間書店 2008年5月

メイ・クロフォード
十六歳のジェイムズの姉、自分は超能力者だといい髪をピンクに染めている風変わりな十七歳の少女 「デーモンズ・レキシコン1 魔術師の息子」サラ・リース・ブレナン著;番由美子訳 メディアファクトリー 2009年4月

メイシー
副大統領候補の十六歳の娘、スパイ養成学校・ギャラガー・アカデミーの生徒 「スパイガール episode3 セレブ警護！」アリー・カーター作;橋本恵訳 理論社 2009年9月

メガン
森の魔女、拾いっ子のイサボーを育てた後見人 「エリアナンの魔女1 魔女メガンの弟子（上）」ケイト・フォーサイス作;井辻朱美訳 徳間書店 2010年12月

メグ（マーガレット）
アメリカの片田舎にあるマーチ家の四姉妹の長女、きれいでやさしい20歳 「若草物語2 夢のお城」オルコット作;谷口由美子訳;藤田香絵 講談社（青い鳥文庫） 2010年5月

メグ（マーガレット）
アメリカの片田舎に住むマーチ家の四姉妹の長女、十六歳の美しい少女 「若草物語」オルコット作;中山知子訳;藤田香絵 講談社（青い鳥文庫） 2009年3月

メグ・スケルトン
アングルザークという土地に住む魔女、きれいな女の人 「魔使いの秘密（魔使いシリーズ）」ジョゼフ・ディレイニー著;金原瑞人・田中亜希子訳 東京創元社（sogen bookland） 2008年2月

メサン
ねこの世界にある「ねこの学校」の水晶組の生徒、とても力もちの大がらのおすねこ 「ねこの学校3 ほんとうになった予言」キム・ジンギョン作;キムジェホン絵;ホン・カズミ訳 岩崎書店 2008年11月

メタルビーク
世界征服をたくらむ悪の集団＜純血団＞のリーダー、仮面をつけたフクロウ 「ガフールの勇者たち 6 聖エゴリウス運命の戦い」 キャスリン・ラスキー著;食野雅子訳 メディアファクトリー 2008年4月

メディア
氷の辺境アイスマーク王国の王女 「アイスマーク2 炎の刻印」 スチュアート・ヒル著;金原瑞人訳;中村浩美訳 ヴィレッジブックス 2009年11月

メドゥイン
22世紀のイングランドにいた海賊・リーヴァーズのボス、13歳の少年・ゼフの父 「リリーと海賊の身代金 上下 魔法の宝石に選ばれた少女」 エミリー・ダイアモンド著;上川典子訳 ゴマブックス 2009年2月

メラニー・デリア・パワーズ
イギリスのおやしきグリーン・ノウへ調査にきたジュネーブの哲学博士、上品な夫人 「グリーン・ノウの魔女―グリーン・ノウ物語5」 ルーシー・M・ボストン作;ピーター・ボストン絵;亀井俊介訳 評論社 2008年12月

メラ・ブゴシ
たくさんの映画でドラキュラ役をやっていることで有名なヨーロッパの俳優 「映画スターは吸血鬼?―ザックのふしぎたいけんノート」 ダン・グリーンバーグ著;原京子訳;原ゆたか絵 メディアファクトリー 2008年11月

メリンダ・ポッター
想像の世界に住む不思議な生き物ワンドゥードルに会うために二人の兄と博士といっしょに冒険の旅に出た七歳の少女 「偉大なワンドゥードル最後の一匹」 ジュリー・アンドリュース作;青柳祐美子訳 小学館 2008年6月

メル・ウォンパー
天才画家・ブレンクの工房の見習いとなった少年 「ミラースケープ」 マイク・ウィルクス著;三辺律子訳 ソフトバンククリエイティブ 2008年7月

メルキオール（マギ）
十四歳の少女ミトラが商隊宿で会った老人、ペルシアのゾロアスター教の祭祀 「星が導く旅のはてに」 スーザン・フレチャー作;冨永星訳 徳間書店 2010年7月

メルクリン
兄のトゥルビンと行方のしれない父をさがして冒険の旅に出た弟 「トゥルビンとメルクリンの不思議な旅」 ウルフ・スタルク作・絵;菱木晃子訳 小峰書店（Y.A.Books） 2009年8月

メルセデス（モルセール伯爵夫人） めるせです（もるせーるはくしゃくふじん）
一等航海士エドモン・ダンテスの婚約者、のちモルセール伯爵の夫人 「モンテ・クリスト伯 上下」 アレクサンドル・デュマ作;大友徳明訳 偕成社（偕成社文庫） 2010年10月

メルマン
親友のライオンのアレックス、シマウマのマーティ、カバのグロリアとニューヨーク・セントラパークル動物園を脱出したキリン 「マダガスカル2」 J.E.ブライト作;杉田七重訳 角川書店（ドリームワークスアニメーションシリーズ） 2009年3月

メロディ
「アイス王国」のミラクル・ダイヤを取りもどしに行った「マーメイド・ガールズ」の人魚 「マーメイド・ガールズ 2-1 バニラと白いゆうれい」 ジリアン・シールズ作;宮坂宏美訳;田中亜希子訳;つじむらあやこ絵 あすなろ書房 2008年7月

メロディ
「アイス王国」のミラクル・ダイヤを取りもどしに行った「マーメイド・ガールズ」の人魚 「マーメイド・ガールズ 2-2 メロディのマーメイド・ハープ」 ジリアン・シールズ作;宮坂宏美訳;田中亜希子訳;つじむらあゆこ絵 あすなろ書房 2008年7月

メロディ
「アイス王国」のミラクル・ダイヤを取りもどしに行った「マーメイド・ガールズ」の人魚 「マーメイド・ガールズ 2-4 ユウキとクジラの友だち」ジリアン・シールズ作;宮坂宏美訳;田中亜希子訳;つじむらあゆこ絵 あすなろ書房 2008年7月

メロディ
ミラクル・ダイヤを探しに「黄金海岸」へ行った「マーメイド・ガールズ」の人魚 「マーメイド・ガールズ 2-3 ハティと空飛ぶじゅうたん」ジリアン・シールズ作;宮坂宏美訳;田中亜希子訳;つじむらあゆこ絵 あすなろ書房 2008年7月

メロディ
ミラクル・ダイヤを探しに「禁じられた山」へ行った「マーメイド・ガールズ」の人魚 「マーメイド・ガールズ 2-6 イバリンとひみつの火山」ジリアン・シールズ作;宮坂宏美訳;田中亜希子訳;つじむらあゆこ絵 あすなろ書房 2008年8月

メロディ
五つめのダイヤを探しに人間のいる港へ行った「マーメイド・ガールズ」の人魚 「マーメイド・ガールズ 2-5 フローネのマジック・ロケット」ジリアン・シールズ作;宮坂宏美訳;田中亜希子訳;つじむらあゆこ絵 あすなろ書房 2008年8月

【も】

モー
「エジプトへ行く」とうそをついてしまったジジのクラスの悪友の男の子 「ジジのエジプト旅行」ラッシェル・オスファテール作;ダニエル遠藤みのり訳;風川恭子絵 文研出版（文研じゅべにーる）2010年11月

モー
パリ郊外の中学生の男の子、ヒップホップ・クラブの中心メンバー 「バレエ! 6 ファースト・キス」アンヌ=マリー・ポル著;寺澤孝子訳;松尾日出子訳 メディアファクトリー 2010年1月

モー
バレエを愛する女の子・ニーナの友だち、ヒップ・ホップを踊る15歳の男の子 「バレエ! 4 初めてのパートナー」アンヌ=マリー・ポル著;寺澤孝子・松尾日出子訳;小川彌生画 メディアファクトリー 2009年9月

モー
バレエを愛する女の子・ニーナの友だち、ヒップ・ホップを踊る15歳の男の子 「バレエ! 5 ニーナだけの秘密」アンヌ=マリー・ポル著;寺澤孝子・松尾日出子訳;小川彌生画 メディアファクトリー 2009年11月

モー
ヒップホップ・クラブの中心メンバーの中学生、プロのバレリーナを目指すニーナの恋人 「バレエ! 7 彼のパートナーはだれ?」アンヌ=マリー・ポル著;寺澤孝子訳;松尾日出子訳 メディアファクトリー 2010年4月

モー
ヒップホップ・クラブの中心メンバーの中学生、プロのバレリーナを目指すニーナの恋人 「バレエ! 8 夢はエトワール?」アンヌ=マリー・ポル著;寺澤孝子訳;松尾日出子訳 メディアファクトリー 2010年6月

モーア
ミーナの四歳の妹、おじいちゃんと〈三つ穴山〉へ探検に行くことになった孫 「三つ穴山へ、秘密の探検」ペール・オーロフ・エンクイスト作;菱木晃子訳;中村悦子画 あすなろ書房 2008年11月

モアメッド（モー）
パリ郊外の中学生の男の子、ヒップホップ・クラブの中心メンバー 「バレエ！6 ファースト・キス」 アンヌ＝マリー・ポル著;寺澤孝子訳;松尾日出子訳 メディアファクトリー 2010年1月

モアメッド（モー）
バレエを愛する女の子・ニーナの友だち、ヒップ・ホップを踊る15歳の男の子 「バレエ！4 初めてのパートナー」 アンヌ＝マリー・ポル著;寺澤孝子・松尾日出子訳;小川彌生画 メディアファクトリー 2009年9月

モアメッド（モー）
バレエを愛する女の子・ニーナの友だち、ヒップ・ホップを踊る15歳の男の子 「バレエ！5 ニーナだけの秘密」 アンヌ＝マリー・ポル著;寺澤孝子・松尾日出子訳;小川彌生画 メディアファクトリー 2009年11月

モアメッド（モー）
ヒップホップ・クラブの中心メンバーの中学生、プロのバレリーナを目指すニーナの恋人 「バレエ！7 彼のパートナーはだれ？」 アンヌ＝マリー・ポル著;寺澤孝子訳;松尾日出子訳 メディアファクトリー 2010年4月

モアメッド（モー）
ヒップホップ・クラブの中心メンバーの中学生、プロのバレリーナを目指すニーナの恋人 「バレエ！8 夢はエトワール？」 アンヌ＝マリー・ポル著;寺澤孝子訳;松尾日出子訳 メディアファクトリー 2010年6月

モイラ
呪われた町カーストンのスラム街ブロークン・タウンで暮らす13歳の貧しい盗賊の少女 「銀竜の騎士団―いかさま師と暗黒の迷宮」 デイル・ドノヴァン著;リンダ・ジョンズ著;安田均監訳 アスキー・メディアワークス（ダンジョンズ＆ドラゴンズスーパーファンタジー） 2008年5月

モイラ
呪われた町カーストンのスラム街ブロークン・タウンで暮らす13歳の貧しい盗賊の少女 「銀竜の騎士団―ドラゴンと黄金の瞳」 リー・ソーズビー著;安田均監訳 アスキー（ダンジョンズ＆ドラゴンズスーパーファンタジー） 2008年3月

モーウィーナ
魔使いの弟子トムの命を狙う魔王の娘、湿地や泥沼にすみつく魔女 「魔使いの過ち 上下（魔使いシリーズ）」 ジョゼフ・ディレイニー著;金原瑞人・田中亜希子訳 東京創元社（sogen bookland） 2010年3月

モーウェン
魔法の森の奥深くで九匹のネコと暮らしていた若い女性、ちっとも魔女らしくないはみだし魔女 「はみだしちゃった魔女」 パトリシア・C.リーデ著;田中亜希子訳 東京創元社（sogen bookland） 2010年9月

モーガン
悪を封じる職人・魔使いのかつての弟子、危険な魔術師の男 「魔使いの秘密（魔使いシリーズ）」 ジョゼフ・ディレイニー著;金原瑞人・田中亜希子訳 東京創元社（sogen bookland） 2008年2月

モグモグ
がんの闘病を続ける子どもたちをいやすセラピー犬、美容院を経営しているジェーンさんに飼われているシーズー犬 「セラピー犬からのおくりもの（マック動物病院ボランティア日誌）」 ローリー・ハルツ・アンダーソン作;中井はるの訳;藤丘ようこ画 金の星社 2009年12

モグラ（モンロー）
クリスマス・イブに大ふぶきの中ヒキガエルのウォートンと道にまよったモグラ 「ウォートンのとんだクリスマス・イブ ヒキガエルとんだ大冒険3」 ラッセル・E・エリクソン作;ローレンス・ディ・フィオリ絵;佐藤凉子訳 評論社（児童図書館・文学の部屋） 2008年4月

モグラくん
ドングリの木のネズミさんの家の下の穴ぐらにすむモグラ 「ネズミさんとモグラくん ネズミさんとモグラくんの楽しいおうち」 ウォン・ハーバート・イー作;小野原千鶴訳 小峰書店 2010年7月

モジャモジャゾク・キタイノアトツギ・ヒック・ホレンダス・ハドック三世　もじゃもじゃぞくきたいのあとつぎひっくほれんだすはどっくさんせい
ひ弱な少年バイキング、モジャモジャ族のリーダー・ストイックの息子 「ヒックとドラゴン 1 伝説の怪物」 クレシッダ・コーウェル作;相良倫子・陶浪亜希訳 小峰書店 2009年11月

モジャモジャゾク・キタイノアトツギ・ヒック・ホレンダス・ハドック三世　もじゃもじゃぞくきたいのあとつぎひっくほれんだすはどっくさんせい
ひ弱な少年バイキング、モジャモジャ族のリーダー・ストイックの息子 「ヒックとドラゴン 2 深海の秘宝」 クレシッダ・コーウェル作;相良倫子・陶浪亜希訳 小峰書店 2009年11月

モスウィング
リヴァー族の看護猫見習い、浮浪猫の母とサンダー族を裏切ったタイガースターの娘である雌猫 「ウォーリアーズ〔2〕－3 夜明け」 エリン・ハンター作;高林由香子訳 小峰書店 2009年7月

モーセ
フィンランドの十三歳の女の子・レベッカの兄、牧師の長男の十四歳 「レベッカと夏の王子さま」 トゥイヤ・レヘティネン作;末延弘子訳 講談社(青い鳥文庫) 2009年8月

モッシュ・ズー・カルマ
サンクチュアリにいるヴァンパイレーツの導師 「ヴァンパイレーツ 5－さまよえる魂」 ジャスティン・ソンパー作;海後礼子訳 岩崎書店 2009年12月

モード・ビギン博士　もーどびぎんはかせ
女の学者、イギリスの田舎にあるやしきグリーン・ノウを夏のあいだじゅう借りて住むことにしたおばあさん 「グリーン・ノウの川―グリーン・ノウ物語3」 ルーシー・M・ボストン作;ピーター・ボストン絵;亀井俊介訳 評論社 2008年7月

モートン
ウォートンのきょうだい、料理がだいすきなヒキガエル 「SOS!あやうし空の王さま号―ヒキガエルとんだ大冒険4」 ラッセル・E・エリクソン作;ローレンス・ディ・フィオリ絵;佐藤涼子訳 評論社(児童図書館・文学の部屋) 2008年4月

モートン
ウォートンのきょうだい、料理がだいすきなヒキガエル 「ウォートンのとんだクリスマス・イブ―ヒキガエルとんだ大冒険3」 ラッセル・E・エリクソン作;ローレンス・ディ・フィオリ絵;佐藤涼子訳 評論社(児童図書館・文学の部屋) 2008年4月

モートン
ウォートンのきょうだい、料理がだいすきなヒキガエル 「火曜日のごちそうはヒキガエル―ヒキガエルとんだ大冒険1」 ラッセル・E・エリクソン作;ローレンス・ディ・フィオリ絵;佐藤涼子訳 評論社(児童図書館・文学の部屋) 2008年2月

モートン
ウォートンのきょうだい、料理がだいすきなヒキガエル 「消えたモートンとんだ大そうさく―ヒキガエルとんだ大冒険2」 ラッセル・E・エリクソン作;ローレンス・ディ・フィオリ絵;佐藤涼子訳 評論社(児童図書館・文学の部屋) 2008年2月

モナ
ニューヨークに住むメレンディ家の四人きょうだいの長女、長くて太い黄色い三つ編みのおさげを二本たらした十三歳の女の子 「土曜日はお楽しみ」 エリザベス・エンライト作;谷口由美子訳 岩波書店(岩波少年文庫) 2010年12月

モーバレン
3人の青い尾をもつ人魚たちの一人、人魚の最高評議会のメンバー 「パイレーツ・オブ・カリビアンジャック・スパロウの冒険 12 新たなる水平線」 ロブ・キッド著;ジャン=ポール・オルピナス絵;ホンヤク社訳 講談社 2008年12月

モリー
フェアリーランドのペットの妖精のひとり、金魚の妖精 「金魚の妖精(フェアリー)モリー (レインボーマジック)」 デイジー・メドウズ作;田内志文訳 ゴマブックス 2008年5月

モリネズミ(バンディ)
沼地に住む取引屋のモリネズミ 「ウォートンとモリネズミの取引屋－ヒキガエルとんだ大冒険5」 ラッセル・E・エリクソン作;ローレンス・ディ・フィオリ絵;佐藤涼子訳 評論社(児童図書館・文学の部屋) 2008年1月

モリネズミ(ヒッグ)
沼地に住む取引屋のモリネズミ 「ウォートンとモリネズミの取引屋－ヒキガエルとんだ大冒険5」 ラッセル・E・エリクソン作;ローレンス・ディ・フィオリ絵;佐藤涼子訳 評論社(児童図書館・文学の部屋) 2008年1月

モリー・マホーニー
高校生のときからずっと「マゴリアムおじさんの不思議なおもちゃ屋」で働いている二十代のお姉さん 「マゴリアムおじさんの不思議なおもちゃ屋」 スザンヌ・ウェイン作;杉田七重訳 角川書店 2008年1月

モルセール伯爵　もるせーるはくしゃく
メルセデスのいとこの漁師、のち伯爵を名のった男 「モンテ・クリスト伯 上下」 アレクサンドル・デュマ作;大友徳明訳 偕成社(偕成社文庫) 2010年10月

モルセール伯爵夫人　もるせーるはくしゃくふじん
一等航海士エドモン・ダンテスの婚約者、のちモルセール伯爵の夫人 「モンテ・クリスト伯 上下」 アレクサンドル・デュマ作;大友徳明訳 偕成社(偕成社文庫) 2010年10月

モルペス
暗黒の星イスレアを支配する邪悪な魔女・ドラグウェナの召使い、年老いた小人のような男 「魔法少女レイチェル 滅びの呪文 上下」 クリフ・マクニッシュ作;亜沙美画;金原瑞人訳 理論社(フォア文庫) 2008年9月

モロッコ・レイス(レイス船長)　もろっこれいす(れいすせんちょう)
海でおぼれていた少年コナーを助けた海賊船・ディアブロ号の船長 「ヴァンパイレーツ 1－死の海賊船」 ジャスティン・ソンパー作;海後礼子訳 岩崎書店 2009年2月

モロッコ・レイス(レイス船長)　もろっこれいす(れいすせんちょう)
海で遭難していた少年コナーを助けた海賊船・ディアブロ号の船長 「ヴァンパイレーツ 2－運命の夜明け」 ジャスティン・ソンパー作;海後礼子訳 岩崎書店 2009年2月

モロッコ・レイス(レイス船長)　もろっこれいす(れいすせんちょう)
海で遭難していた少年コナーを助けた海賊船・ディアブロ号の船長 「ヴァンパイレーツ 3－うごめく野望」 ジャスティン・ソンパー作;海後礼子訳 岩崎書店 2009年5月

モロッコ・レイス(レイス船長)　もろっこれいす(れいすせんちょう)
海で遭難していた少年コナーを助けた海賊船・ディアブロ号の船長 「ヴァンパイレーツ 4－剣の重み」 ジャスティン・ソンパー作;海後礼子訳 岩崎書店 2009年8月

モロッコ・レイス(レイス船長)　もろっこれいす(れいすせんちょう)
海で遭難していた少年コナーを助けた海賊船・ディアブロ号の船長 「ヴァンパイレーツ 5－さまよえる魂」 ジャスティン・ソンパー作;海後礼子訳 岩崎書店 2009年12月

モワノー(グロリア・ダヴィール)
人間とドラゴンの国であるランコヴィ王国の王家の血筋を引く初級魔術師、危機におちいるとケダモノに変身する少女 「タラ・ダンカン 5 禁じられた大陸 上下」 ソフィー・オドゥワン・マミコニアン著;山本知子訳;加藤かおり訳 メディアファクトリー 2008年7月

モンタギューおじさん
森のはずれにぽつんとある屋敷に住んでいるおじさん、いつもエドガーに怖い話をする男の人 「モンタギューおじさんの怖い話」 クリス・プリーストリー著;デイヴィッド・ロバーツ画;三辺律子訳 理論社 2008年11月

モンタヌス
ローマ軍の大隊司令長官、辺境の氏族を理解していない男 「辺境のオオカミ」 ローズマリ・サトクリフ作;猪熊葉子訳 岩波書店(岩波少年文庫) 2008年10月

モンテ・クリスト伯　もんてくりすとはく
帆船「ファラオン号」の一等航海士エドモン・ダンテス、婚約披露宴の席上で突然逮捕され囚人となった青年 「モンテ・クリスト伯 上下」 アレクサンドル・デュマ作;大友徳明訳 偕成社(偕成社文庫) 2010年10月

モントヨ(カルロス・モントヨ)
ジョシュの事故死した父親が古代マヤ写本を解明するために助力を求めたユカタン大学の考古学の先生 「ジョシュア・ファイル2 見えない都市 下」 マリア・G.ハリス作;石随じゅん訳 評論社 2010年9月

モンロー
クリスマス・イブに大ふぶきの中ヒキガエルのウォートンと道にまよったモグラ 「ウォートンのとんだクリスマス・イブ―ヒキガエルとんだ大冒険3」 ラッセル・E・エリクソン作;ローレンス・ディ・フィオリ絵;佐藤凉子訳 評論社(児童図書館・文学の部屋) 2008年4月

【や】

ヤガー
少女ハレーのロンドンにいるおばあちゃんの家のメイド、ロシアのいなかからきた不細工な娘 「銀のらせんをたどれば」 ダイアナ・ウィン・ジョーンズ作;市田泉訳;佐竹美保絵 徳間書店 2010年3月

ヤーコブ
モンタナにある荒野の乗馬ツアーでオオカミの群れを見つけた少年 「こはく色の目」 リッケ・ランゲベック作;木村由利子訳;かみやしん画 文研出版(文研じゅべにーる) 2008年7月

ヤーラクスル
闇組織〈ブレガン・ダールセ傭兵団〉をひきいるダークエルフ、金のためならどんな悪事もする男 「ダークエルフ物語 ドロウの遺産」 R.A.サルバトーレ著;安田均監訳;笠井道子訳 アスキー・メディアワークス 2008年11月

ヤーラクスル
闇組織〈ブレガン・ダールセ傭兵団〉をひきいるダークエルフ、金のためならどんな悪事もする男 「ダークエルフ物語 暗黒の包囲」 R.A.サルバトーレ著;安田均監訳;笠井道子訳 アスキー・メディアワークス 2010年6月

ヤーラクスル
闇組織〈ブレガン・ダールセ傭兵団〉をひきいるダークエルフ、金のためならどんな悪事もする男 「ダークエルフ物語 星なき夜」 R.A.サルバトーレ著;安田均監訳;笠井道子訳 アスキー・メディアワークス 2009年6月

ヤンカー
北京からともに下放されてきたチェンジェンの親友、モンゴルのオロン草原で羊飼いとしてはたらく少年 「大草原のちいさなオオカミ」 姜戎作;唐亜明訳;関野喜久子訳 講談社 2010年12月

ヤン・テラー
北国の漁村に住む少年、さすらいの船乗り・ルーデンの友だち 「ぼくたちの船タンバリ」ベンノー・ブルードラ作;上田真而子訳 岩波書店(岩波少年文庫) 2008年2月

【ゆ】

ユウキ
「アイス王国」のミラクル・ダイヤを取りもどしに行った「マーメイド・ガールズ」の人魚 「マーメイド・ガールズ 2-1 バニラと白いゆうれい」 ジリアン・シールズ作;宮坂宏美訳;田中亜希子訳;つじむらあやこ絵 あすなろ書房 2008年7月

ユウキ
「アイス王国」のミラクル・ダイヤを取りもどしに行った「マーメイド・ガールズ」の人魚 「マーメイド・ガールズ 2-2 メロディのマーメイド・ハープ」 ジリアン・シールズ作;宮坂宏美訳;田中亜希子訳;つじむらあゆこ絵 あすなろ書房 2008年7月

ユウキ
「アイス王国」のミラクル・ダイヤを取りもどしに行った「マーメイド・ガールズ」の人魚 「マーメイド・ガールズ 2-4 ユウキとクジラの友だち」 ジリアン・シールズ作;宮坂宏美訳;田中亜希子訳;つじむらあゆこ絵 あすなろ書房 2008年7月

ユウキ
ミラクル・ダイヤを探しに「黄金海岸」へ行った「マーメイド・ガールズ」の人魚 「マーメイド・ガールズ 2-3 ハティと空飛ぶじゅうたん」 ジリアン・シールズ作;宮坂宏美訳;田中亜希子訳;つじむらあゆこ絵 あすなろ書房 2008年7月

ユウキ
ミラクル・ダイヤを探しに「禁じられた山」へ行った「マーメイド・ガールズ」の人魚 「マーメイド・ガールズ 2-6 イバリンとひみつの火山」 ジリアン・シールズ作;宮坂宏美訳;田中亜希子訳;つじむらあゆこ絵 あすなろ書房 2008年8月

ユウキ
五つめのダイヤを探しに人間のいる港へ行った「マーメイド・ガールズ」の人魚 「マーメイド・ガールズ 2-5 フローネのマジック・ロケット」 ジリアン・シールズ作;宮坂宏美訳;田中亜希子訳;つじむらあゆこ絵 あすなろ書房 2008年8月

幽霊 ゆうれい
クリスマス前夜にけちで欲ばりの老人スクルージの前に現れた幽霊 「クリスマス・キャロル」 チャールズ・ディケンズ作;脇明子訳 岩波書店(岩波少年文庫) 2009年10月

幽霊 ゆうれい
裏山の山頂にある見張り塚を守るために何千年も前からこの世に留まっている幽霊 「ブーカと最後の大王(ハイ・キング)」 ケイト・トンプソン著;渡辺庸子訳 東京創元社(sogen bookland) 2008年12月

雪の女王 ゆきのじょおう
魔法使いのタムシンに盗まれた心臓のかけらを取りもどすためにサンクトペテルブルクのホテルへやってきた雪の女王 「氷の心臓」 カイ・マイヤー著;遠山明子訳 あすなろ書房 2008年11月

ユゴー・カブレ
20世紀パリ駅にある秘密の部屋に隠れ住んでいた12歳の孤児の少年 「ユゴーの不思議な発明」 ブライアン・セルズニック著;金原瑞人訳 アスペクト 2008年1月

ユサフ王子 ゆさふおうじ
ムラード王が病気だといとこのアフマド王子に知らせに来た王子 「プリンセス♡クラブ 2ステキな王子にごようじん!」 スザンヌ・ウィリアムス作;泉リリカ絵;灰島かり訳 ポプラ社 2009年4月

ゆじぇ

ユージェニア
貧民街のイーストエンドに住むウィギンズの母親を頼って来たクララの娘 「〈カラス同盟〉事件簿 シャーロック・ホームズ外伝」 アレックス・シモンズ著;ビル・マッケイ著;片岡しのぶ訳;佐竹美保画 あすなろ書房 2008年2月

ユードキシア・プレイド
プレイド嵐晶石鉱山の鉱山主のガルストン・プレイドの娘 「崖の国物語10 滅びざる者たち」 ポール・スチュワート作;クリス・リデル絵;唐沢則幸訳 ポプラ社(ポプラ・ウイング・ブックス) 2009年9月

ユベール・ノエル
フランスのポール・エリュアール小学校五年生のシャルルたちの新しい担任 「ノエル先生としあわせのクーポン」 シュジー・モルゲンステルン作;宮坂宏美訳 講談社 2009年6月

ユリシーズ・ムーア
ふたごのジェイソンとジュリアが引っこしてきたアルゴ邸のもと持ち主 「ユリシーズ・ムーアとなぞの地図」 Pierdomenico Baccalario著;金原瑞人訳 学研パブリッシング 2010年10月

ユリシーズ・ムーア
ふたごのジェイソンとジュリアが引っこしてきたアルゴ邸のもと持ち主 「ユリシーズ・ムーアと鏡の館」 Pierdomenico Baccalario著;金原瑞人訳 学研パブリッシング 2010年12月

ユリシーズ・ムーア
ふたごのジェイソンとジュリアが引っこしてきたアルゴ邸のもと持ち主 「ユリシーズ・ムーアと時の扉」 Pierdomenico Baccalario著;金原瑞人訳 学研パブリッシング 2010年10月

【よ】

妖精　ようせい
砂漠の蜃気楼の世界で眠って見る夢で幻想的な世界をつくっている悪魔 「ペギー・スー2蜃気楼の国へ飛ぶ」 セルジュ・ブリュソロ作;金子ゆき子訳;町田尚子絵 角川書店(角川つばさ文庫) 2009年12月

ヨゴレータ家　よごれーたけ
犬型ロボットのロボ・ワンをひきとったなまけものの一家 「犬ロボ、売ります」 レベッカ・ライル作;松波佐知子訳;小栗麗加絵 徳間書店 2008年4月

ヨーゼフ・ヌリンガー
フローたちが通うお城学校にかくれて住むなぞのおじいさん発明家 「ひみつたんていダイアリー1 オイボレ発明家をすくえ!」 ヨアヒム・フリードリヒ作;はたさわゆうこ訳;はたこうしろう絵 徳間書店 2010年10月

ヨーゼフ・ヌリンガー
フローたちが通うお城学校に住む発明家で校務員のおじいさん、ひみつたんていのなかま 「ひみつたんていダイアリー2 金庫をやぶったのは、だれ?」 ヨアヒム・フリードリヒ作;はたさわゆうこ訳;はたこうしろう絵 徳間書店 2010年10月

ヨーゼフ・ヌリンガー
フローたちが通うお城学校に住む発明家で校務員のおじいさん、ひみつたんていのなかま 「ひみつたんていダイアリー3 おしゃべりオウムがきえちゃった!」 ヨアヒム・フリードリヒ作;はたさわゆうこ訳;はたこうしろう絵 徳間書店 2010年11月

ヨーゼフ・ヌリンガー
フローたちが通うお城学校に住む発明家で校務員のおじいさん、ひみつたんていのなかま 「ひみつたんていダイアリー4 宝の地図をとりもどせ!」 ヨアヒム・フリードリヒ作;はたさわゆうこ訳;はたこうしろう絵 徳間書店 2010年12月

ヨッヘン
海辺に住む子犬・ボーツマンとあそぼうと雪のなかやってきた六歳の男の子 「氷の上のボーツマン」 ベンノー・プルードラ作;上田真而子訳;ヴェルナー・クレムケ絵 岩波書店 2009年11月

ヨナ・サッカレー
嵐の夜に父の帰りを待つ兄妹がいる断崖のてっぺんにある古い宿屋にやってきた船乗り 「船乗りサッカレーの怖い話」 クリス・プリーストリー著;デイヴィッド・ロバーツ画;三辺律子訳 理論社 2009年10月

ヨハネス・マチアス
お城学校四年生の力もちの男の子、ひみつたんていのひとり 「ひみつたんていダイアリー2 金庫をやぶったのは、だれ?」 ヨアヒム・フリードリヒ作;はたさわゆうこ訳;はたこうしろう絵 徳間書店 2010年10月

ヨハネス・マチアス
お城学校四年生の力もちの男の子、ひみつたんていのひとり 「ひみつたんていダイアリー3 おしゃべりオウムがきえちゃった!」 ヨアヒム・フリードリヒ作;はたさわゆうこ訳;はたこうしろう絵 徳間書店 2010年11月

ヨハネス・マチアス
お城学校四年生の力もちの男の子、ひみつたんていのひとり 「ひみつたんていダイアリー4 宝の地図をとりもどせ!」 ヨアヒム・フリードリヒ作;はたさわゆうこ訳;はたこうしろう絵 徳間書店 2010年12月

ヨハネス・マチアス
四年生をやりなおすことになったお城学校の力もちででぶっちょの男の子 「ひみつたんていダイアリー1 オイボレ発明家をすくえ!」 ヨアヒム・フリードリヒ作;はたさわゆうこ訳;はたこうしろう絵 徳間書店 2010年10月

ヨハンカ・ゲルジョヴァー
川岸の「小さな丘」にある植物園の従業員の家に住んでいる九歳の女の子 「青いトラ」 テレザ・ホルヴァートヴァー文;ユライ・ホルヴァート絵;関沢明子訳 求龍堂 2008年11月

ヨランデッラ
ゼップ家に生まれたふしぎな力をもつ赤ちゃん、七人姉妹の七女 「赤ちゃんは魔女」 ビアンカ・ピッツォルノ作;杉本あり訳;高橋由為子絵 徳間書店 2010年10月

ヨンキ
貧しい親を助けるために年をごまかして中華料理屋で働きはじめた十三歳の少年 「ジャージャー麺がのびちゃうよ!」 イヒョン文;ユンジョンジュ絵;吉田昌喜翻訳 現文メディア(韓国人気童話シリーズ12) 2010年3月

【ら】

ライアム・ウェブ
科学クラブの実験中に目に劇薬がかかり失明したがすぐに角膜提供者があらわれ目が見えるようになった少年 「ニック・シャドウの真夜中の図書館14 死の目撃者」 ニック・シャドウ著;野村有美子訳 ゴマブックス 2009年2月

ライアン
祖国の大地震で遭難したデンマーク人の養子のラスムスが出会ったジャングルの村の女の子 「太陽のくに」 エヴァ・アスムセン作;枇谷玲子訳 金の星社 2010年12月

ライアン・エヴァンス
イースト高校演劇部のミュージカルスターの双子の姉弟の弟、ダンスが得意で優しくて気弱な性格の少年 「ハイスクール・ミュージカル イースト高校 スピリット・ウイーク」 キャサリン・ハプカ文;橘もも訳 講談社(ディズニー文庫) 2008年7月

らいあ

ライアン・エヴァンス
イースト高校演劇部のミュージカルスターの双子の姉弟の弟、ダンスが得意で優しくて気弱な性格の少年 「ハイスクール・ミュージカル イースト高校 バンド・バトル」 N.B.グレース文;橘もも訳 講談社(ディズニー文庫) 2008年5月

ライアン・エヴァンス
イースト高校演劇部のミュージカルスターの双子の姉弟の弟、ダンスが得意で優しくて気弱な性格の少年 「ハイスクール・ミュージカル イースト高校 ポエム・コンテスト」 アリス・アルフォンシ文;橘もも訳 講談社(ディズニー文庫) 2008年9月

ライアン・エヴァンス
イースト高校演劇部のミュージカルスターの双子の姉弟の弟、ダンスが得意で優しくて気弱な性格の少年 「ハイスクール・ミュージカル イースト高校 未来の僕たち」 N.B.グレース文;橘もも訳 講談社(ディズニー文庫) 2008年11月

ライアン・エヴァンス
イースト高校演劇部のミュージカルスターの双子の姉弟の弟、ダンスが得意で優しくて気弱な性格の少年 「ハイスクールミュージカル ザ・ムービー」 N.B.グレース文;橘もも訳 講談社(ディズニー文庫) 2009年1月

ライアン・クイン
動物解放運動の活動家、ゼブラ同盟の創設者 「英国情報局秘密組織 CHERUB(チェラブ) Mission6 リベンジ」 ロバート・マカモア作;大澤晶訳 ほるぷ出版 2010年8月

ライオン
ナルニア国の創造主で偉大なる王、すばらしく大きく威厳に満ち豊かな金色のたてがみをもったライオン 「ナルニア国物語カスピアン王子の角笛」 C.S.ルイス原作;間所ひさこ訳 講談社(映画版ナルニア国物語文庫) 2008年5月

ライオン
勇気をもらうために少女ドロシーと一緒に魔法使いオズのいるエメラルドの街をめざすことにした臆病なライオン 「オズの魔法使い」 L.フランク・ボウム作;リスベート・ツヴェルガー絵;江國香織訳 BL出版 2008年11月

ライオン(アレックス)
親友のキリンのメルマン、シマウマのマーティ、カバのグロリアとニューヨーク・セントラルパーク動物園を脱出したライオン 「マダガスカル2」 J.E.ブライト作;杉田七重訳 角川書店(ドリームワークスアニメーションシリーズ) 2009年3月

ライサンダー先生　らいさんだーせんせい
魔法の王国の王立バレエスクールの先生、グッドフェロー大臣のおいでいつも黄色いストッキングをはいている人 「魔法の国の小さなバレリーナ3 ローラ=ベラと春の祭り」 エメラルド・エバーハート著;岡田好惠訳 学研教育出版 2010年2月

ライサンドラ姫　らいさんどらひめ
もうすぐ赤ちゃんがうまれるお姉さまのおうえんにきたお姫さま、プリンセス・クラブの一人 「プリンセス♡クラブ 5 めざめのキスはリンゴ味」 スザンヌ・ウィリアムス作;灰島かり訳;泉リリカ画 ポプラ社 2010年4月

ライノ
ハリウッドをめざす犬・ボルトとともに旅をすることになったハムスター 「ボルト」 アイリーン・トリンブル作;倉田真木訳 偕成社(ディズニーアニメ小説版) 2009年6月

ライラ
ゾーエが通うイタリアの名門バレエ学校に通うフランス人の美少女、プライドが高い優等生 「バレエ・アカデミア 5 バレリーナの挑戦!」 ベアトリーチェ・マジーニ作;長野徹訳 ポプラ社 2008年7月

ライラ
魔法の国・エンチャンティアのオーレリア姫を守る妖精 「マジック・バレリーナ 5 デルフィと妖精の名づけ親」 ダーシー・バッセル著;ケイティ・メイ絵;神戸万知訳　新書館　2010年8月

ライリー
二十四歳のアウトドアスクールのインストラクター、二歳下のアリスの姉で別荘の隣人ポールの親友 「ラストサマー—さよならの季節に」 アン・ブラッシェアーズ著;雨海弘美訳　ヴィレッジブックス　2009年5月

ライリー・ウォルタース
スポーツが苦手で父親の期待にこたえられずストレスだらけの毎日をおくっていた少年 「チャンプ 風になって走れ!」 マーシャ・ソーントン・ジョーンズ作;もきかずこ訳;鴨下潤絵　あかね書房(スプラッシュ・ストーリーズ)　2008年5月

ライリー・オローク
サックスにあこがれているなぜか忘れものばかりしている九歳の男の子 「わすれんぼライリー、大統領になる!」 クラウディア・ミルズ文;R.W.アリー絵;三辺律子訳　あすなろ書房　2008年12月

ラウディ
インディアン保留地にあるウェルピニット校の生徒、十四歳のジュニアの親友で保留地でいちばん荒っぽい少年 「はみだしインディアンのホントにホントの物語」 シャーマン・アレクシー著;エレン・フォーニー絵;さくまゆみこ訳　小学館(SUPER!YA)　2010年2月

ラウハおばさん
リストと一緒にくらしている変装好きなおばさん 「リストとゆかいなラウハおばさん 1 謎のきょうはくじょうの巻」 S.ノポラ作;T.ノポラ作;末延弘子訳;S.トイヴォネン&A.ハヴカイネン絵　小峰書店　2008年10月

ラウハおばさん
電話セールス、リストと一緒にくらしている変装好きなおばさん 「リストとゆかいなラウハおばさん 2 ぶつぶつソーセージの巻」 S.ノポラ作;T.ノポラ作;末延弘子訳;S.トイヴォネン&A.ハヴカイネン絵　小峰書店　2008年10月

ラウハおばさん
電話セールス、リストと一緒にくらしている変装好きなおばさん 「リストとゆかいなラウハおばさん 3 はじめてのラブレター?!の巻」 S.ノポラ作;T.ノポラ作;末延弘子訳;S.トイヴォネン&A.ハヴカイネン絵　小峰書店　2008年12月

ラウハおばさん
電話セールス、リストと一緒にくらしている変装好きなおばさん 「リストとゆかいなラウハおばさん 4 ヘンテコおばさんやってきたの巻」 S.ノポラ作;T.ノポラ作;末延弘子訳;S.トイヴォネン&A.ハヴカイネン絵　小峰書店　2008年12月

ラウハおばさん
電話セールス、リストと一緒にくらしている変装好きなおばさん 「リストとゆかいなラウハおばさん 5 恋のライバルあらわるの巻」 S.ノポラ作;T.ノポラ作;末延弘子訳;S.トイヴォネン&A.ハヴカイネン絵　小峰書店　2009年2月

ラウハおばさん
電話セールス、リストと一緒にくらしている変装好きなおばさん 「リストとゆかいなラウハおばさん 6 こまったニキビで大事件の巻」 S.ノポラ作;T.ノポラ作;末延弘子訳;S.トイヴォネン&A.ハヴカイネン絵　小峰書店　2009年2月

ラウハおばさん
電話セールス、リストと一緒にくらしている変装好きなおばさん 「リストとゆかいなラウハおばさん 7 ラウハおばさん、先生になるの巻」 S.ノポラ作;T.ノポラ作;末延弘子訳;S.トイヴォネン&A.ハヴカイネン絵　小峰書店　2009年3月

ラウレンゾー
バビナ国の首都バイヌーの靴屋のふたご息子の兄、貴金属細工師 「ふたごの兄弟の物語 上下」 トンケ・ドラフト作;西村由美訳 岩波書店(岩波少年文庫) 2008年12月

ラクソン卿　らくそんきょう
反重力マシンを奪って21世紀にやってきた18世紀の英国貴族、タールマンの雇い主 「タイムトラベラー 3 さらば反重力マシン」 リンダ・バックリー・アーチャー著;小原亜美訳 ソフトバンククリエイティブ　2010年10月

ラスティ
中央アジアにある巨大な帝国・ティムール国の少年戦士、十二歳の男の子 「ティムール国のゾウ使い」 ジェラルディン・マコックラン作、こだまともこ訳　小学館　2010年3月

ラス・ボンバス伯爵　らすぼんばすはくしゃく
旅の興行師、いくつもの名を持つイカサマ師だが人柄の良い男 「ウェストマーク戦記 1 王国の独裁者」 ロイド・アリグザンダー作;宮下嶺夫訳　評論社　2008年11月

ラス・ボンバス伯爵　らすぼんばすはくしゃく
旅の興行師、いくつもの名を持つイカサマ師だが人柄の良い男 「ウェストマーク戦記 2 ケストレルの戦争」 ロイド・アリグザンダー作;宮下嶺夫訳　評論社　2008年11月

ラス・ボンバス伯爵　らすぼんばすはくしゃく
旅の興行師、いくつもの名を持つイカサマ師だが人柄の良い男 「ウェストマーク戦記 3 マリアンシュタットの嵐」 ロイド・アリグザンダー作;宮下嶺夫訳　評論社　2008年11月

ラスムス
初めて訪れた祖国で大地震に遭い遭難してしまったデンマーク人の養子の肌の茶色い男の子 「太陽のくに」 エヴァ・アスムセン作;枇谷玲子訳　金の星社　2010年12月

ラッキー
「黄金海岸」に来た「マーメイド・ガールズ」の人魚たちに協力したラッコのお父さん 「マーメイド・ガールズ 2-3 ハティと空飛ぶじゅうたん」 ジリアン・シールズ作;宮坂宏美訳;田中亜希子訳;つじむらあゆこ絵　あすなろ書房　2008年7月

犬(ラッキー)　らっきー(いぬ)
事故で昏睡状態となっている少年ロビーとともに交通事故にあった飼い犬 「負けるな、ロビー!」 マイケル・モーパーゴ作;マイケル・フォアマン絵;佐藤見果夢訳　評論社(児童図書館・文学の部屋)　2008年9月

ラッキー・トリンブル
カリフォルニア州南部の砂漠にある小さな町で暮らす十歳の女の子、サバイバルキットのつまったバックパックがいつも手放せない少女 「ラッキー・トリンブルのサバイバルな毎日」 スーザン・パトロン著;片岡しのぶ訳　あすなろ書房　2008年10月

ラッグルスさん
下町のふくろ小路一番地に住む子だくさんのラッグルスさん一家のだんなさん 「ふくろ小路一番地」 イーヴ・ガーネット作;石井桃子訳　岩波書店(岩波少年文庫)　2009年5月

ラッシュ
ニューヨークに住むメレンディ家の四人きょうだいの二番目、十二歳の男の子 「土曜日はお楽しみ」 エリザベス・エンライト作;谷口由美子訳　岩波書店(岩波少年文庫)　2010年12月

ラッセ
バッレビという小さな港町で学校のクラスメートのマヤと小さなたんていじむしょをしている男の子 「ラッセとマヤのたんていじむしょ カフェ強盗団」 マッティン・ビードマルク作;ヘレナ・ビリス絵;枇谷玲子訳　主婦の友社　2009年3月

ラッセ
バッレビという小さな港町で学校のクラスメートのマヤと小さなたんていじむしょをしている男の子 「ラッセとマヤのたんていじむしょ サーカスのどろぼう」 マッティン・ビードマルク作;ヘレナ・ビリス絵;枇谷玲子訳　主婦の友社　2009年3月

ラッセ
バッレビという小さな港町で学校のクラスメートのマヤと小さなたんていじむしょをしている男の子 「ラッセとマヤのたんていじむしょ ダイヤモンドのなぞ」 マッティン・ビードマルク作;ヘレナ・ビリス絵;枇谷玲子訳　主婦の友社　2009年1月

ラッセ
バッレビという小さな港町で学校のクラスメートのマヤと小さなたんていじむしょをしている男の子 「ラッセとマヤのたんていじむしょ なぞの映画館」 マッティン・ビードマルク作;ヘレナ・ビリス絵;枇谷玲子訳　主婦の友社　2009年7月

ラッセ
バッレビという小さな港町で学校のクラスメートのマヤと小さなたんていじむしょをしている男の子 「ラッセとマヤのたんていじむしょ ミステリーホテルの怪」 マッティン・ビードマルク作;ヘレナ・ビリス絵;枇谷玲子訳　主婦の友社　2009年1月

ラッセ
バッレビという小さな港町で学校のクラスメートのマヤと小さなたんていじむしょをしている男の子 「ラッセとマヤのたんていじむしょ 恐怖のミイラ」 マッティン・ビードマルク作;ヘレナ・ビリス絵;枇谷玲子訳　主婦の友社　2009年7月

ラッセル
インディアナ州のへんぴな農村の勉強嫌いな十五歳、代理教師・タンジーの弟 「ホーミニ・リッジ学校の奇跡!」 リチャード・ペック著;斎藤倫子訳　東京創元社(sogen bookland)　2008年4月

ラッセル
孤児の少女クリスチナをひきとった狩猟狂の伯父、マークとウィル兄弟の激しい気性を持った父親 「フランバーズ屋敷の人びと1 愛の旅だち」 K.M.ペイトン作;掛川恭子訳　岩波書店(岩波少年文庫)　2009年9月

ラッセル
自然探検隊の隊員、動物が大好きな八歳の少年 「カールじいさんの空飛ぶ家」 ジャスミン・ジョーンズ作;しぶやまさこ訳　偕成社(ディズニーアニメ小説版)　2009年10月

ラット
ロンドンの下町にいた少年たちのクラブのリーダー、十三歳の少年 「消えた王子 上下」 フランシス・ホジソン・バーネット作;中村妙子訳　岩波書店(岩波少年文庫)　2010年2月

ラティファ
魔女メガンの友人、王(リー)の城の料理女 「エリアナンの魔女1 魔女メガンの弟子(上)」 ケイト・フォーサイス作;井辻朱美訳　徳間書店　2010年12月

ラニー
ネバーランドのピクシー・ホロウにやってきた「自由に水をあやつること」ができる妖精 「妖精たちのうちあけ話」 テナント・レッドバンク作;ゲイル・ヘルマン作;小宮山みのり訳　講談社(ディズニーフェアリーズ文庫)　2009年10月

ラニー
魔法の島ネバーランドの妖精の谷ピクシー・ホロウに住むただひとり羽のない水の妖精 「ラニーと謎ときゲーム」 キキ・ソープ作;小宮山みのり訳　講談社(ディズニーフェアリーズ文庫)　2009年11月

らび(

ラヴィ(ラヴィンドラナータラム)
藩王国の王様の息子、父王に連れられてヴィクトリア女王にルビーを献上しにロンドンへ来たインド人の少年 「ベイカー少年探偵団3 呪われたルビー」 アンソニー・リード著;池央耿訳 評論社(児童図書館・文学の部屋) 2008年4月

ラヴィンドラナータラム
藩王国の王様の息子、父王に連れられてヴィクトリア女王にルビーを献上しにロンドンへ来たインド人の少年 「ベイカー少年探偵団3 呪われたルビー」 アンソニー・リード著;池央耿訳 評論社(児童図書館・文学の部屋) 2008年4月

ラファエル
パリから来た転校生、クラスメートの女子・ミナからのプレゼントをつっかえした小学生の男の子 「大スキ!大キライ!でも、やっぱり…」 スージー・モーゲンスターン作;伏見操訳;菅野由貴子絵 文研出版(文研ブックランド) 2010年5月

ラファエル・ハメルマン
エルサレムのお屋敷に公認の間がらの家政婦さんと住むミハエルのおじいちゃん 「くじらの歌」 ウーリー・オルレブ作;母袋夏生訳;下田昌克画 岩波書店 2010年6月

ラープスケンジャ
偉大な魔術師 「魔法少女レイチェル 滅びの呪文 上下」 クリフ・マクニッシュ作;亜沙美画;金原瑞人訳 理論社(フォア文庫) 2008年9月

ラブレター
ねこの世界にある「ねこの学校」の水晶組の生徒、いたずらきでスマートなめすねこ 「ねこの学校2 魔法のおくりもの」 キム・ジンギョン作;キムジェホン絵;ホン・カズミ訳 岩崎書店 2008年8月

ラブレター
ねこの世界にある「ねこの学校」の水晶組の生徒、いたずらきでスマートなめすねこ 「ねこの学校3 ほんとうになった予言」 キム・ジンギョン作;キムジェホン絵;ホン・カズミ訳 岩崎書店 2008年11月

ラブレター
ねこの世界にある「ねこの学校」の水晶組の生徒、いたずらきでスマートなめすねこ 「ねこの学校4 わたしはそなたの瞳のなかにいよう」 キム・ジンギョン作;キムジェホン絵;ホン・カズミ訳 岩崎書店 2009年1月

ラブレター
ねこの世界にある「ねこの学校」の水晶組の生徒、いたずらきでスマートなめすねこ 「ねこの学校5 たましいの丘」 キム・ジンギョン作;キムジェホン絵;ホン・カズミ訳 岩崎書店 2009年3月

ラーミン
ペルシアの王家の血をひく誇り高き少女、父の謀反が失敗し故郷から逃げた十四歳の女の子 「星が導く旅のはてに」 スーザン・フレッチャー作;冨永星訳 徳間書店 2010年7月

ラモーナ・クインビー
九歳のビーザスの妹、次から次へといたずらばかり思いつく四歳の女の子 「ビーザスといたずらラモーナ(ゆかいなヘンリーくんシリーズ)」 ベバリイ・クリアリー作;アラン・ティーグリーン画;松岡享子訳 学研教育出版 2009年11月

ラリー・デリー
ニューヨークにある「デリー・デバイス社」を設立した起業家、スミソニアン博物館を訪ねた男 「小説ナイトミュージアム2 バトル・オブ・スミソニアン」 マイケル・A・スティール著;ホンヤク社訳 講談社 2009年8月

ラルフ・オールダニー・ウィンクラー
コカ・コーラ本社役員、コカ・コーラの極秘レシピを知っている3人(コカ・コーラ3)のひとり 「盗まれたコカ・コーラ伝説」 ブライアン・フォークナー作;三辺律子訳 小学館 2010年4月

ラルフ・フレッチャー
マサチューセッツ州のマーシュフィールドの両側を森にかこまれたエイコーン通りの家で育った九人きょうだいの長男 「思い出のマーシュフィールド」 ラルフ・フレッチャー作;はらい訳;スギヤマカナヨ絵　文研出版(文研じゅべにーる)　2010年4月

ランダル
ブリタニー人の兵士の子、犬飼いの孤児から騎士ダグイヨンの孫ベービスの小姓になった少年 「運命の騎士」 ローズマリ・サトクリフ作;猪熊葉子訳　岩波書店(岩波少年文庫)　2009年8月

ランディ
ニューヨークに住むメレンディ家の四人きょうだいの三番目、十歳半の女の子 「土曜日はお楽しみ」 エリザベス・エンライト作;谷口由美子訳　岩波書店(岩波少年文庫)　2010年12月

ランディ
無人の家「モール・ハウス」に肝だめしにやってきた男女六人の一人、レイシーのボーイフレンド 「ヴァンパイアの運命」 キャロライン・B.クーニー著;神戸万知訳　講談社(YA! entertainment)　2009年4月

ランプー
小学四年生のアリにつかえているランプの精・リトル・ジーニーの友だち、服づくりをしているジーニー 「ランプの精リトル・ジーニー15 ちびっこジーニーをさがせ!」 ミランダ・ジョーンズ作;宮坂宏美訳;サトウユカ画　ポプラ社　2010年7月

【り】

リー
スパローのはたらく劇場に出演していた中国人曲芸団の花形、軽業師の少年 「ベイカー少年探偵団 4 ドラゴンを追え!」 アンソニー・リード著;池央耿訳　評論社(児童図書館・文学の部屋)　2008年8月

離　リー
銀色の半月のような武器・月牙鎌を持つ巨漢の道士、呪法の使い手 「天空の少年ニコロ 1 消えた龍王の謎」 カイ・マイヤー著;遠山明子訳;佐竹美保画　あすなろ書房　2010年2月

リアおばあちゃん
ニューヨークに住む小学五年のザックの祖母、シカゴに住み八十歳をこえているが元気で行動的なおばあちゃん 「映画スターは吸血鬼?－ザックのふしぎたいけんノート」 ダン・グリーンバーグ著;原京子訳;原ゆたか絵　メディアファクトリー　2008年11月

リアサン
ダルリアッド族の王・マイダーから不当に王位を奪ったカレドニア族の女王 「王のしるし 上下」 ローズマリ・サトクリフ作;猪熊葉子訳　岩波書店(岩波少年文庫)　2010年1月

リアナ
お妃候補を教育する「プリンセス・アカデミー」の生徒、村いちばんの美人の十七歳の少女 「プリンセス・アカデミー」 シャノン・ヘイル作;代田亜香子訳　小学館　2009年6月

リアム
秘密組織C2で育てられた天才児ジェシーのパートナー 「スパイ・ガール4 破壊者を止めろ」 クリスティーヌ・ハリス作;前沢明枝訳　岩崎書店　2008年1月

リーガリア・メイスン(マリア・プロフェテッサ)
もとブードゥー教の魔術師、科学の力で永遠の命を手に入れた科学者で企業家 「タングルレック」 ジャネット・ウィンターソン著;瓜生知寿子訳　小学館　2008年11月

りこ

リーコ
特別支援学級に通う子ども、オスカーの親友 「リーコとオスカーともっと深い影」 アンドレアス・シュタインヘーフェル作;森川弘子訳 岩波書店 2009年4月

リーコ
誘拐犯からぶじに親友を救い出しすっかり有名人になった特別支援学校に通う深い才能にめぐまれた少年 「リーコとオスカーとつぶれそうな心臓たち」 アンドレアス・シュタインヘーフェル作;森川弘子訳 岩波書店 2010年3月

リサベット
川のそばの大きな赤い家「おもしろ荘」にすむ女の子、マディケンのいもうと 「おもしろ荘の子どもたち」 アストリッド・リンドグレーン作;石井登志子訳 岩波書店(岩波少年文庫) 2010年7月

リジー
新しい家族となかよくできなくて話すことをやめてしまった女の子 「リジーとひみつのティーパーティ」 ジャクリーン・ウィルソン作;ニック・シャラット画;尾高薫訳 理論社(フォア文庫) 2008年1月

リジー
妖精にあこがれる少女 「ティンカー・ベルと妖精の家」 キンバリー・モリス作;橘高弓枝訳 偕成社(ディズニーアニメ小説版) 2010年12月

リジー・ベケル(ディジー)
トゥレヒター特別学校に通うおとなしく素直な少女 「コブタのしたこと」 ミレイユ・ヘウス著;野坂悦子訳 あすなろ書房 2010年1月

リス
南に渡れなかったツバメを見つけて家に連れて帰ったリス 「リスとツバメ」 マリア=ヴオリオ作;ミカ=ラウニス絵;末延弘子訳 講談社 2010年4月

リズ
十七歳のノアの父の再婚相手、典型的な南部美人 「とざされた時間のかなた」 ロイス・ダンカン作;佐藤見果夢訳 評論社(海外ミステリーBOX) 2010年1月

リズ
北極で行方不明となった青年デービッドの大家さん、陶器の龍に命を吹き込む力を持った陶芸家 「永遠の炎―龍のすむ家4」 クリス・ダレーシー著;三辺律子訳 竹書房 2009年9月

リスづれキキ
正義のみかた「くろて団」の団員、いつもリスといっしょの男の子 「くろて団は名探偵」 ハンス・ユルゲン・プレス作;大社玲子訳 岩波書店(岩波少年文庫) 2010年9月

リスト・ラッパーヤ
ラウハおばさんと一緒にくらしているラップとドラムが大好きな男の子 「リストとゆかいなラウハおばさん 1 謎のきょうはくじょうの巻」 S.ノポラ作;T.ノポラ作;末延弘子訳;S.トイヴォネン&A.ハヴカイネン絵 小峰書店 2008年10月

リスト・ラッパーヤ
ラウハおばさんと一緒にくらしているラップとドラムが大好きな男の子 「リストとゆかいなラウハおばさん 2 ぶつぶつソーセージの巻」 S.ノポラ作;T.ノポラ作;末延弘子訳;S.トイヴォネン&A.ハヴカイネン絵 小峰書店 2008年10月

リスト・ラッパーヤ
ラウハおばさんと一緒にくらしているラップとドラムが大好きな男の子 「リストとゆかいなラウハおばさん 3 はじめてのラブレター?!の巻」 S.ノポラ作;T.ノポラ作;末延弘子訳;S.トイヴォネン&A.ハヴカイネン絵 小峰書店 2008年12月

リスト・ラッパーヤ
ラウハおばさんと一緒にくらしているラップとドラムが大好きな男の子 「リストとゆかいなラウハおばさん 4 ヘンテコおばさんやってきたの巻」S.ノポラ作;T.ノポラ作;末延弘子訳;S.トイヴォネン＆A.ハヴカイネン絵　小峰書店　2008年12月

リスト・ラッパーヤ
ラウハおばさんと一緒にくらしているラップとドラムが大好きな男の子 「リストとゆかいなラウハおばさん 5 恋のライバルあらわるの巻」S.ノポラ作;T.ノポラ作;末延弘子訳;S.トイヴォネン＆A.ハヴカイネン絵　小峰書店　2009年2月

リスト・ラッパーヤ
ラウハおばさんと一緒にくらしているラップとドラムが大好きな男の子 「リストとゆかいなラウハおばさん 6 こまったニキビで大事件の巻」S.ノポラ作;T.ノポラ作;末延弘子訳;S.トイヴォネン＆A.ハヴカイネン絵　小峰書店　2009年2月

リスト・ラッパーヤ
ラウハおばさんと一緒にくらしているラップとドラムが大好きな男の子 「リストとゆかいなラウハおばさん 7 ラウハおばさん、先生になるの巻」S.ノポラ作;T.ノポラ作;末延弘子訳;S.トイヴォネン＆A.ハヴカイネン絵　小峰書店　2009年3月

リズ・フリー
中学生の仲良しグループが開業した便利屋「ティーン・パワー」株式会社のリーダー、元気な女の子 「ティーン・パワーをよろしく10 謎の脅迫状」エミリー・ロッダ著;岡田好惠訳　講談社(YA! entertainment)　2008年5月

リズ・フリー
中学生の仲良しグループが開業した便利屋「ティーン・パワー」株式会社のリーダー、元気な女の子 「ティーン・パワーをよろしく11 百万長者を救え！」エミリー・ロッダ著;岡田好惠訳　講談社(YA! entertainment)　2008年12月

リズ・フリー
中学生の仲良しグループが開業した便利屋「ティーン・パワー」株式会社のリーダー、元気な女の子 「ティーン・パワーをよろしく12 名画の秘密」エミリー・ロッダ著;岡田好惠訳　講談社(YA! entertainment)　2009年2月

リーゼ
銀の弾をこめたピストルでオオカミ男を撃ち殺した四年生の女の子 「ホラーバス 第2期 恐怖のウイルス1・2」パウル・ヴァン・ローン作;岩井智子訳;浜野史子絵　学研　2008年8月

リゼット・ベルジュ(リズ)
十七歳のノアの父の再婚相手、典型的な南部美人 「とざされた時間のかなた」ロイス・ダンカン作;佐藤見果夢訳　評論社(海外ミステリーBOX)　2010年1月

リーダ・コーリー・スミス
アメリカ南部ジョージア州のブリッジウォーター高校三年生、コンプレックスに悩む美人でセレブな女の子 「ピーチズ★卒業」ジョディ・リン・アンダーソン著;相山夏奏訳　小学館(SUPER!YA)　2010年3月

リーダ・コーリー・スミス
アメリカ南部ジョージア州のブリッジウォーター高校二年生、コンプレックスに悩む美人でセレブな女の子 「ピーチズ★初恋」ジョディ・リン・アンダーソン著;相山夏奏訳　小学館(SUPER!YA)　2009年12月

リチャード・ベスト(ビースト)
ポークストリート小学校でこどもの二年生をするらくだい生の男の子 「コンクリートで目玉やき」パトリシア・ライリー・ギフ作;もりうちすみこ訳;矢島眞澄絵　さ・え・ら書房(ポークストリート小学校のなかまたち10)　2009年4月

リチャード・ベスト(ビースト)
ポークストリート小学校で二どめの二年生をするらくだい生の男の子 「ターザンロープがこわい」 パトリシア・ライリー・ギフ作;もりうちすみこ訳;矢島眞澄絵 さ・え・ら書房(ポークストリート小学校のなかまたち8) 2009年3月

リチャード・ベスト(ビースト)
ポークストリート小学校で二どめの二年生をするらくだい生の男の子 「ライオンの風にのって」 パトリシア・ライリー・ギフ作;もりうちすみこ訳;矢島眞澄絵 さ・え・ら書房(ポークストリート小学校のなかまたち6) 2008年11月

リック・バナー
アルゴ邸に引っこしてきたふたご・ジェイソンとジュリアの友人、冷静沈着で体力もある12歳 「ユリシーズ・ムーアとなぞの地図」 Pierdomenico Baccalario著;金原瑞人訳 学研パブリッシング 2010年10月

リック・バナー
アルゴ邸に引っこしてきたふたご・ジェイソンとジュリアの友人、冷静沈着で体力もある12歳 「ユリシーズ・ムーアと鏡の館」 Pierdomenico Baccalario著;金原瑞人訳 学研パブリッシング 2010年12月

リック・バナー
アルゴ邸に引っこしてきたふたご・ジェイソンとジュリアの友人、冷静沈着で体力もある12歳 「ユリシーズ・ムーアと時の扉」 Pierdomenico Baccalario著;金原瑞人訳 学研パブリッシング 2010年10月

リッチェル・ブリンクレイ
中学生の仲良しグループが開業した便利屋「ティーン・パワー」株式会社のメンバー、メイクとおしゃれに夢中な学校一の美少女 「ティーン・パワーをよろしく10 謎の脅迫状」 エミリー・ロッダ著;岡田好惠訳 講談社(YA! entertainment) 2008年5月

リッチェル・ブリンクレイ
中学生の仲良しグループが開業した便利屋「ティーン・パワー」株式会社のメンバー、メイクとおしゃれに夢中な学校一の美少女 「ティーン・パワーをよろしく11 百万長者を救え!」 エミリー・ロッダ著;岡田好惠訳 講談社(YA! entertainment) 2008年12月

リッチェル・ブリンクレイ
中学生の仲良しグループが開業した便利屋「ティーン・パワー」株式会社のメンバー、メイクとおしゃれに夢中な学校一の美少女 「ティーン・パワーをよろしく12 名画の秘密」 エミリー・ロッダ著;岡田好惠訳 講談社(YA! entertainment) 2009年2月

リッチ・チャンス
十五歳の双子の弟、読書が好きな理論派 「消せない炎」 ジャック・ヒギンズ作;ジャスティン・リチャーズ作;田口俊樹訳 理論社 2008年7月

リディア・タッカー
シカゴのオークトン私立小学校六年生のジャックの母親、画家 「12分の1の冒険」 マリアン・マローン作;橋本恵訳 ほるぷ出版 2010年12月

リディア・ランプレヒト
ドイツ人の十四歳の女の子・ミシェルの天敵のクラスメイト 「ミシェルのゆううつな一日」 マルティナ・ヴィルトナー作;若松宣子訳 岩波書店 2010年1月

リトル・ジーニー
修行中のランプの精霊、ごしゅじんさまのアリといっしょにジーニーランドのダンスコンテストに出場した女の子 「ランプの精リトル・ジーニー 11 ゴキゲンなダンスコンテスト」 ミランダ・ジョーンズ作;宮坂宏美訳;サトウユカ絵 ポプラ社 2009年3月

リトル・ジーニー
修行中のランプの精霊、ごしゅじんさまのアリのクラスのなぞの転校生を調査しはじめた女の子 「ランプの精リトル・ジーニー 12 名たんていにおまかせ!」ミランダ・ジョーンズ作;宮坂宏美訳;サトウユカ絵 ポプラ社 2009年7月

リトル・ジーニー
修行中のランプの精霊、ごしゅじんさまのアリのために有名なアイドルグループをモンゴメリー小学校によんだ女の子 「ランプの精リトル・ジーニー 8 アイドルにドキドキ!」ミランダ・ジョーンズ作;宮坂宏美訳;サトウユカ絵 ポプラ社 2008年4月

リトル・ジーニー
修行中のランプの精霊、ごしゅじんさまの四年生のアリといっしょにペットショップに行った女の子 「ランプの精リトル・ジーニー 9 キュートなペット」ミランダ・ジョーンズ作;宮坂宏美訳;サトウユカ絵 ポプラ社 2008年8月

リトル・ジーニー
修行中のランプの精霊、サンタを信じていないごしゅじんさまのアリを連れて本物のサンタに会いにいった女の子 「ランプの精リトル・ジーニー 10 ハッピー・クリスマス!」ミランダ・ジョーンズ作;宮坂宏美訳;サトウユカ絵 ポプラ社 2008年11月

リトル・ジーニー
修行中のランプの精霊、たくさんの人形とドールハウスをコレクションしているおばあさんの家にいった女の子 「ランプの精リトル・ジーニー 13 ときめきのドールショップ」ミランダ・ジョーンズ作;宮坂宏美訳;サトウユカ絵 ポプラ社 2009年11月

リトル・ジーニー
小学四年生のアリにつかえているランプの精 「ランプの精リトル・ジーニー14 うきうき★キャンプ」ミランダ・ジョーンズ作;宮坂宏美訳;サトウユカ画 ポプラ社 2010年3月

リトル・ジーニー
小学四年生のアリにつかえているランプの精 「ランプの精リトル・ジーニー15 ちびっこジーニーをさがせ!」ミランダ・ジョーンズ作;宮坂宏美訳;サトウユカ画 ポプラ社 2010年7月

リトル・ジーニー
小学四年生のアリにつかえているランプの精 「ランプの精リトル・ジーニー16 ようこそ女王さま」ミランダ・ジョーンズ作;宮坂宏美訳;サトウユカ画 ポプラ社 2010年10月

リトレスト
記憶のかけらを集め人間に夢を授けるドリームギバー、何事にも興味しんしんで元気いっぱいの小さな精霊 「ドリーム・ギバー」ロイス・ローリー作;西川美樹訳 金の星社 2008年12月

リーナス・イダ
マディケンのすむ「おもしろ荘」に洗たくやそうじにきてくれるおばさん 「おもしろ荘の子どもたち」アストリッド・リンドグレーン作;石井登志子訳 岩波書店(岩波少年文庫) 2010年7月

リネット
イギリスのグリーン ノウの領地に一一二〇年にマナー館を建てた貴族の息子のロジャー少年が時をこえて出会った少女 「グリーン・ノウの石－グリーン・ノウ物語6」ルーシー・M・ボストン作;ピーター・ボストン絵;亀井俊介訳 評論社 2009年2月

リネット
三百年前にイギリスの田舎にあるおやしきグリーン・ノウで生きていた六つの女の子 「グリーン・ノウの子どもたち－グリーン・ノウ物語1」ルーシー・M・ボストン作;ピーター・ボストン絵;亀井俊介訳 評論社 2008年5月

リネット・ドイル
イギリスで指折りの大金持ちで美貌の持ち主、親友ジャッキーの婚約者を結婚相手に選んだ二十歳の女性 「ナイルに死す 上下」 アガサ・クリスティー著;佐藤耕士訳 早川書房(クリスティー・ジュニア・ミステリ8) 2008年6月

リネット・リッジウェイ(リネット・ドイル)
イギリスで指折りの大金持ちで美貌の持ち主、親友ジャッキーの婚約者を結婚相手に選んだ二十歳の女性 「ナイルに死す 上下」 アガサ・クリスティー著;佐藤耕士訳 早川書房(クリスティー・ジュニア・ミステリ8) 2008年6月

リヴァーウィンド
ソレースの町から半エルフのタニスたちと逃亡の旅に出た平原人、蛮族の姫の臣下 「ドラゴンランス1 廃都の黒竜 上」 マーガレット・ワイス作;トレイシー・ヒックマン作;安田均訳;ともひ絵 アスキー・メディアワークス(角川つばさ文庫) 2009年7月

リヴァーウィンド
半エルフのタニスたちと世界を救う秘宝を入手してソレースに戻った平原人、蛮族の姫の臣下 「ドラゴンランス3 城砦の赤竜」 マーガレット・ワイス作;トレイシー・ヒックマン作;安田均訳;ともひ絵 アスキー・メディアワークス(角川つばさ文庫) 2009年11月

リヴァーウィンド
半エルフのタニスたちと廃都ザク・ツァロスに向かった平原人、蛮族の姫の臣下 「ドラゴンランス2 廃都の黒竜 下」 マーガレット・ワイス作;トレイシー・ヒックマン作;安田均訳;ともひ絵 アスキー・メディアワークス(角川つばさ文庫) 2009年8月

リヒター学院長　りひたーがくいんちょう
世界最後の魔法学校「ローワン学院」の学院長 「タペストリー 下 封じられた物語」 ヘンリー・H.ネフ著;大嶌双恵訳 ヴィレッジブックス 2010年4月

リヒター学院長　りひたーがくいんちょう
世界最後の魔法学校「ローワン学院」の学院長 「タペストリー 上 運命の光る糸」 ヘンリー・H.ネフ著;大嶌双恵訳 ヴィレッジブックス 2010年4月

リーフ
少年・アーサーの友だち、現実世界と異世界『ハウス』を行き来する人間の少女 「王国の鍵3 海に沈んだ水曜日」 ガース・ニクス著;原田勝訳 主婦の友社 2009年12月

リーフ
少年・アーサーの友だち、現実世界と異世界『ハウス』を行き来する人間の少女 「王国の鍵4 戦場の木曜日」 ガース・ニクス著;原田勝訳 主婦の友社 2010年4月

リーフプール
サンダー族の看護猫、戦士猫・スクワーレルフライトの姉 「ウォーリアーズⅡ5 夕暮れ」 エリン・ハンター作;高林由香子訳 小峰書店 2010年5月

リーフプール
サンダー族の看護猫、戦士猫スクワーレルフライトの姉 「ウォーリアーズⅡ6 日没」 エリン・ハンター作;高林由香子訳 小峰書店 2010年10月

リーフプール
サンダー族の見習いの看護猫、新しく戦士猫になったスクワーレルフライトの姉 「ウォーリアーズⅡ4 星の光」 エリン・ハンター作;高林由香子訳 小峰書店 2010年2月

リーフポー
サンダー族の看護猫の見習い、族長ファイヤスターの娘で見習い戦士スクワーレルポーのふたごの姉 「ウォーリアーズ〔2〕-1 真夜中に」 エリン・ハンター作;高林由香子訳 小峰書店 2008年11月

リーフポー
サンダー族の看護猫の見習い、族長ファイヤスターの娘で見習い戦士スクワーレルポーのふたごの姉 「ウォーリアーズ〔2〕-2 月明り」エリン・ハンター作;高林由香子訳 小峰書店 2009年3月

リーフポー
サンダー族の看護猫の見習い、族長ファイヤスターの娘で見習い戦士スクワーレルポーのふたごの姉 「ウォーリアーズ〔2〕-3 夜明け」エリン・ハンター作;高林由香子訳 小峰書店 2009年7月

リーフポー(リーフプール)
サンダー族の見習いの看護猫、新しく戦士猫になったスクワーレルフライトの姉 「ウォーリアーズⅡ 4 星の光」エリン・ハンター作;高林由香子訳 小峰書店 2010年2月

竜(ファフニエル) りゅう(ふぁふにえる)
メイン州の沖合の孤島のドレイクの丘で三人きょうだいのハナたちが出会った黄金の翼竜 「危機のドラゴン」レベッカ・ラップ著;鏡哲生訳 評論社(児童図書館・文学の部屋) 2008年5月

リュウチャ
漢の国の孤独な若き皇帝、宮廷龍を少女ピンに逃がされ裏切られた帝 「ドラゴンキーパー 紫の幼龍」キャロル・ウィルキンソン作;もきかずこ訳 金の星社 2009年1月

リュウチャ
漢の国の孤独な若き皇帝、不老不死を求めるため死霊使いの力を借り幼龍カイの血を得ようとしている帝 「ドラゴンキーパー 月下の翡翠龍」キャロル・ウィルキンソン作;もきかずこ訳 金の星社 2009年11月

リュシー
育ててくれたおばあちゃんが亡くなり父親と継母と暮らしはじめた娘、家でストライキをはじめた八歳の少女 「あたしが部屋から出ないわけ」アメリー・クーテュール作;末松氷海子訳;小泉るみ子絵 文研出版(文研ブックランド) 2008年12月

リリ
夏休みに両親と車で南フランスに旅行にいったパリ郊外の中学校に通う十二歳の少女 「リリとことばをしゃべる犬」ヴァレリー・デール著;堀内久美子訳 ポプラ社 2008年7月

リリ
今どきで頭のいい十二歳の女の子、父親が消えたサムのいとこ 「時の書1 彫刻された石」ギヨーム・プレヴォー作;伊藤直子訳;建石修志絵 くもん出版 2009年11月

リリ
今どきで頭のいい十二歳の女の子、父親が消えたサムのいとこ 「時の書2 七枚のコイン」ギヨーム・プレヴォー作;伊藤直子訳;建石修志絵 くもん出版 2009年11月

リリー
あやまってガールフレンドを死なせてしまったデイヴィッドのいとこ、ケンブリッジに住む十一歳の女の子 「危険ないとこ」ナンシー・ワーリン作;越智道雄訳 評論社(海外ミステリーBOX) 2010年7月

リリー
ある日魔法の本を手に入れ魔女の見習いになったどこにでもいる10さいの女の子 「期間限定!秘密の見習い魔女」クニスター作;たかしなえみり訳;睦月ムンク画 金の星社 2010年11月

リリー
ネバーランドのピクシー・ホロウにやってきた植物を育てるのが得意な妖精 「妖精たちのうちあけ話」テナント・レッドバンク作;ゲイル・ヘルマン作;小宮山みのり訳 講談社(ディズニーフェアリーズ文庫) 2009年10月

リリ

リリー
積極的な十歳の女の子、内気な子・ヴァイオレットの双子の妹 「双子のヴァイオレット」 ジーン・ユーア作;渋谷弘子訳;笹森識絵 文研出版(文研じゅべにーる) 2009年2月

リリー
魔法の島ネバーランドの妖精の谷ピクシー・ホロウに住む植物の妖精 「リリーのミラクルパンジー」 キキ・ソープ作;小宮山みのり訳 講談社(ディズニーフェアリーズ文庫) 2009年7月

リリ(リリアーネ・スーゼウィンド)
小学四年生、動物と話せるという秘密のために転校をくりかえしている女の子 「動物と話せる少女リリアーネ 1 動物園は大さわぎ!」 タニヤ・シュテーブナー 著;中村智子訳;駒形イラスト 学研教育出版 2010年7月

リリ(リリアーネ・スーゼウィンド)
小学四年生、動物園で通訳として働きはじめた動物と話せる女の子 「動物と話せる少女リリアーネ 2 トラはライオンに恋してる!」 タニヤ・シュテーブナー 著;中村智子訳;駒形イラスト 学研教育出版 2010年9月

リリ(リリアーネ・スーゼウィンド)
動物と話せる能力を持つ小学四年生、バカンスで海に来た少女 「動物と話せる少女リリアーネ 3 イルカ救出大作戦!」 タニヤ・シュテーブナー 著;中村智子訳;駒形イラスト 学研教育出版 2010年12月

リリアーネ・スーゼウィンド
小学四年生、動物と話せるという秘密のために転校をくりかえしている女の子 「動物と話せる少女リリアーネ 1 動物園は大さわぎ!」 タニヤ・シュテーブナー 著;中村智子訳;駒形イラスト 学研教育出版 2010年7月

リリアーネ・スーゼウィンド
小学四年生、動物園で通訳として働きはじめた動物と話せる女の子 「動物と話せる少女リリアーネ 2 トラはライオンに恋してる!」 タニヤ・シュテーブナー 著;中村智子訳;駒形イラスト 学研教育出版 2010年9月

リリアーネ・スーゼウィンド
動物と話せる能力を持つ小学四年生、バカンスで海に来た少女 「動物と話せる少女リリアーネ 3 イルカ救出大作戦!」 タニヤ・シュテーブナー 著;中村智子訳;駒形イラスト 学研教育出版 2010年12月

リリー・クエンチ
アシュビー・ウォーターの町に住むドラゴン撃退係の家系・クエンチ一族の女の子 「リリーとアシュビーを守れ―リリー・クエンチ冒険ファンタジー7」 ナタリー・ジェーン・プライアー作;岡田好惠訳 学研 2009年8月

リリー・クエンチ
アシュビー・ウォーターの町に住むドラゴン撃退係の家系・クエンチ一族の女の子 「リリーとクイーン・ドラゴン―リリー・クエンチ冒険ファンタジー1」 ナタリー・ジェーン・プライアー作;岡田好惠訳 学研 2008年2月

リリー・クエンチ
アシュビー・ウォーターの町に住むドラゴン撃退係の家系・クエンチ一族の女の子 「リリーと恐怖の谷―リリー・クエンチ冒険ファンタジー2」 ナタリー・ジェーン・プライアー作;岡田好惠訳 学研 2008年2月

リリー・クエンチ
アシュビー・ウォーターの町に住むドラゴン撃退係の家系・クエンチ一族の女の子 「リリーと謎の盗賊―リリー・クエンチ冒険ファンタジー6」 ナタリー・ジェーン・プライアー作;岡田好惠訳 学研 2009年4月

リリー・クエンチ
アシュビー・ウォーターの町に住むドラゴン撃退係の家系・クエンチ一族の女の子 「リリーと秘宝の島－リリー・クエンチ冒険ファンタジー4」ナタリー・ジェーン・プライアー作;岡田好惠訳　学研　2008年9月

リリー・クエンチ
アシュビー・ウォーターの町に住むドラゴン撃退係の家系・クエンチ一族の女の子 「リリーと不思議な穴－リリー・クエンチ冒険ファンタジー3」ナタリー・ジェーン・プライアー作;岡田好惠訳　学研　2008年5月

リリー・クエンチ
アシュビー・ウォーターの町に住むドラゴン撃退係の家系・クエンチ一族の女の子 「リリーと魔法使い－リリー・クエンチ冒険ファンタジー5」ナタリー・ジェーン・プライアー作;岡田好惠訳　学研　2008年12月

リリー・トラスコット
じつは全米で大人気のアイドル「ハンナ・モンタナ」であるマイリーのいちばんの親友、元気いっぱいで明るい女の子 「ハンナ・モンタナ1 ハンナ・モンタナの秘密」ベス・ビーチウッド文;野田香里訳　講談社(ディズニー文庫)　2008年8月

リリー・トラスコット
じつは全米で大人気のアイドル「ハンナ・モンタナ」であるマイリーのいちばんの親友、元気いっぱいで明るい女の子 「ハンナ・モンタナ2 ニキビとメガネと友情と」アリス・アルフォンシ文;野田香里訳　講談社(ディズニー文庫)　2008年10月

リリー・トラスコット
じつは全米で大人気のアイドル「ハンナ・モンタナ」であるマイリーのいちばんの親友、元気いっぱいで明るい女の子 「ハンナ・モンタナ3 デートは大忙し！」ローリー・マッケロイ文;野田香里訳　講談社(ディズニー文庫)　2008年12月

リリー・トラスコット
じつは全米で大人気のアイドル「ハンナ・モンタナ」であるマイリーのいちばんの親友、元気いっぱいで明るい女の子 「ハンナ・モンタナ4 愛されちゃってオリバー」M.C.キング文;野田香里訳　講談社(ディズニー文庫)　2009年2月

リリー・トラスコット
じつは全米で大人気のアイドル「ハンナ・モンタナ」であるマイリーのいちばんの親友、元気いっぱいで明るい女の子 「ハンナ・モンタナ5 ステージがこわい!」ローリー・マッケロイ文;野田香里訳　講談社(ディズニー文庫)　2009年4月

リリー・トラスコット(ローラ・ルフォンダ)
じつは全米で大人気のアイドル「ハンナ・モンタナ」であるマイリーのいちばんの親友、元気いっぱいで明るい女の子 「ハンナ・モンタナ シーズン2 離れられない二人」ローリー・マッケロイ文;野田香里訳　講談社(ディズニー文庫)　2009年8月

リリー・トラスコット(ローラ・ルフォンダ)
じつは全米で大人気のアイドル「ハンナ・モンタナ」であるマイリーのいちばんの親友、元気いっぱいで明るい女の子 「ハンナ・モンタナ6 ジェイクに告白!?」ベス・ビーチウッド文;野田香里訳　講談社(ディズニー文庫)　2009年6月

リリー・メルカン
22世紀にイングランドの漁村からロンドンへネコと航海に出た13歳の少女 「リリーと海賊の身代金 上下 魔法の宝石に選ばれた少女」エミリー・ダイアモンド著;上川典子訳　ゴマブックス　2009年2月

リリー・モラハン
一九四四年戦時下のニューヨーク郊外の避暑地で祖母と夏休みを過ごした少女 「リリー・モラハンのうそ」パトリシア・ライリー・ギフ作;もりうちすみこ訳;吉川聡子画　さ・え・ら書房　2008年2月

リリー・ローズ
下町のふくろ小路一番地に住む子だくさんのラッグルスさん一家の長女 「ふくろ小路一番地」 イーヴ・ガーネット作;石井桃子訳 岩波書店(岩波少年文庫) 2009年5月

リロ(リリー・メルカン)
22世紀にイングランドの漁村からロンドンへネコと航海に出た13歳の少女 「リリーと海賊の身代金 上下 魔法の宝石に選ばれた少女」 エミリー・ダイアモンド著;上川典子訳 ゴマブックス 2009年2月

リンカン
カリフォルニア州南部の小さな町で暮らす少女ラッキーの親友、ヒモむすびの天才 「ラッキー・トリンブルのサバイバルな毎日」 スーザン・パトロン著;片岡しのぶ訳 あすなろ書房 2008年10月

リンクス
ねこの世界にある「ねこの学校」の野生組の生徒、みけんにしわのある皮肉やのおすねこ 「ねこの学校 3 ほんとうになった予言」 キム・ジンギョン作;キムジェホン絵;ホン・カズミ訳 岩崎書店 2008年11月

リンゴ
旅先でイヌをひろった少女、強情っぱりの気分屋 「気まぐれ少女と家出イヌ」 ダニエル・ペナック著;中井珠子訳 白水社 2008年12月

リンコ・ツジムラ
カリフォルニアに暮らしている日系二世の十三歳、日本語があまり得意でない女の子 「最高のハッピーエンド」 ヨシコ・ウチダ作;吉田悠紀子訳 ひくまの出版 2010年1月

リンダ・レーベルト
十二年生の男の子・マリウスのクラスメート、自分勝手でかんしゃく持ちの女の子 「ぼくとリンダと庭の船」 ユルゲン・バンシェルス作;若松宣子訳 偕成社 2010年6月

リンダ・ローカ
ポークストリート小学校の二年生、いばりんぼうの女の子 「からまっちゃんスパゲッティの宙返り」 パトリシア・ライリー・ギフ作;もりうちすみこ訳;矢島眞澄絵 さ・え・ら書房(ポークストリート小学校のなかまたち7) 2008年12月

リンティ
ミストマントル島の生まれたばかりのプリンセス・キャットキンの世話役を一時的に任された雌リス 「ミストマントル・クロニクル3 アーチンとプリンセス」 マージ・マカリスター著;嶋田水子訳 小学館 2008年4月

リンディ(メリンダ・ポッター)
想像の世界に住む不思議な生き物ワンドゥードルに会うために二人の兄と博士といっしょに冒険の旅に出た七歳の少女 「偉大なワンドゥードル最後の一匹」 ジュリー・アンドリュース作;青柳祐美子訳 小学館 2008年6月

リンデン・フランクリン
犯罪と戦う「スパイフォース」のスパイになったミンダワラに住む十一歳の男の子 「マックス・レミースーパースパイ Mission3 悪夢のうずを食い止めろ!」 デボラ・アベラ作;ジョービー・マーフィー絵;三石加奈子訳 童心社 2008年4月

【る】

ルー
スケートスクール「アイスマジック」スノードロップ組に通う習いごとが多すぎていつも疲れている女の子 「フィギュア☆ドリーム3 ドッキドキの競技会」 リア・チェリ著;サラ・ノット絵;飯田亮介訳 メディアファクトリ 2010年1月

ルー(ルーシー・ジェシカ・ハートリー)
バンド「ブラック・ストーン」の衣装をデザインすることになったファッションデザイナーを目指す8年生の女の子 「ファッション・ガールズ 3 ときめきのアイドル・バンド結成!」 ケリー・マケイン作;小竹由美子訳;魚住あお画 ポプラ社 2010年2月

ルー(ルーシー・ジェシカ・ハートリー)
映画のエキストラのオーディションに受かったファッションデザイナーを目指す女の子 「ファッション・ガールズ 4 まさかの映画デビュー!」 ケリー・マケイン作;小竹由美子訳;魚住あお画 ポプラ社 2010年6月

ルー(ルーピンダー)
テディベアを拾って「ホレース」と名づけた男の子・ジョエルのガールフレンド 「ぼくんちのテディベア騒動」 クリス・ダレーシー作;渡邉了介訳 徳間書店 2010年5月

ルイ
カナダ北西部にある荒れ地の沼で生まれトランペットを声代わりに都会へ冒険に出た鳴けない白鳥 「白鳥のトランペット」 E.B.ホワイト作;松永ふみ子訳;エドワード・フラシーノ画 福音館書店(福音館文庫) 2010年2月

ルイ・アームストロング
ニューオリンズに住む十四歳の少年、将来「ジャズの王様」と呼ばれる人 「嵐の夜の幽霊海賊」 メアリー・ポープ・オズボーン著;食野雅子訳 メディアファクトリー(マジック・ツリーハウス28) 2010年6月

ルーイ・ジェンキンス(クレージー・ルーイ)
ピッグ・バレーのブタ小屋とニワトリ小屋の動物たちの世話をする管理人 「わたしの犬、ラッキー」 ダイアン・メイコック作;若林千鶴訳;佐藤真紀子画 あすなろ書房 2010年12月

ルイス
交換練習でフランスからデヴィッド・ベッカム・アカデミーにきた少年、ものすごいストライカー 「デヴィッド・ベッカム・アカデミー 2 最高のライバル」 ジェイソン・ロボリック著;かとうりつこ訳 主婦の友社 2010年4月

ルイス
湿地帯で暮らすトランペットをふくのが大好きなさみしがりやのワニ 「プリンセスと魔法のキス」 アイリーン・トリンブル作;倉田真木訳 偕成社(ディズニーアニメ小説版) 2010年2月

ルイーズ
小さな商店街のお菓子屋さんで見つけた新商品を手に入れるためになかまたち三人と万びきの計画をたてた少女 「ニック・シャドウの真夜中の図書館 6 口は災いのもと」 ニック・シャドウ著;鮎川晶訳 ゴマブックス 2008年8月

ルイズ
フェアリーランドにいる七人の花びらの妖精たちのひとり、ゆりの妖精 「ゆりの妖精(フェアリー)ルイズ(レインボーマジック)」 デイジー・メドウズ作;田内志文訳 ゴマブックス 2009年3月

ルイーズ・レイドナー
テル・ヤリミア遺跡発掘調査団のメンバー、リーダーであるアメリカ人考古学者・レイドナー博士の妻 「メソポタミヤの殺人」 アガサ・クリスティー著;田村義進訳 早川書房(クリスティー・ジュニア・ミステリ3) 2008年1月

ルウ
妻と死別してショックを受けるムッシュ・ジョゼの孫娘、おじいちゃんを心配する女の子 「ルウとおじいちゃん」 クレール・クレマン作;藤本優子訳 講談社 2008年8月

ルカ
家の中でストライキをはじめた少女リュシーの幼い異母弟 「あたしが部屋から出ないわけ」 アメリー・クーチュール作;末松氷海子訳;小泉るみ子絵 文研出版(文研ブックランド) 2008年12月

ルーカス
イタリアの名門バレエ学校に通う少年、ゾーエのクラスメートで仲のよい友だち 「バレエ・アカデミア 3バレリーナの恋人は、天使！？」 ベアトリーチェ・マジーニ作;長野徹訳 ポプラ社 2008年1月

ルーカス
イタリアの名門バレエ学校に通う少年、ゾーエのクラスメートで仲のよい友だち 「バレエ・アカデミア 4夢みるトウシューズ」 ベアトリーチェ・マジーニ作;長野徹訳 ポプラ社 2008年4月

ルーカス・ウィンドチル
魔法の王国の北の湖地方に住む少年、王立バレエスクールの先生のクリスの幼なじみ 「魔法の国のかわいいバレリーナ 2 クリスとアイスミステリー」 エメラルド・エバーハート著;岡田好惠訳 学研教育出版 2010年12月

ルーカス・スウェイン
十歳のときに失踪した父親をめぐる秘密を探りはじめたロンドン北部の町に住んでいる十五歳の少年 「ヴァイオレットがぼくに残してくれたもの」 ジェニー・ヴァレンタイン著;冨永星訳 小学館(SUPER!YA) 2009年6月

ルーク
イギリスの孤児・デイヴィッドのもとに突然現れて友だちになった謎の少年 「ぼくとルークの一週間と一日」 ダイアナ・ウィン・ジョーンズ著;大友香奈子訳 東京創元社(sogen bookland) 2008年8月

ルーク
三年生のドルフィとノーラのクラスに転校してきた男の子 「オオカミ少年ドルフィ 2期4 恐ろしい三つ子2」 パウル・ヴァン・ローン作;西村由美訳;小倉正巳絵 学研教育出版 2010年1月

ルーク
伝言の神ヘルメスの息子、タイタン族の王クロノスに操られているハーフ訓練生だった少年 「パーシー・ジャクソンとオリンポスの神々 4迷宮の戦い」 リック・リオーダン作;金原瑞人訳;小林みき訳 ほるぷ出版 2008年12月

ルーク
伝言の神ヘルメスの息子ルークの体を使いついに復活したはるか昔に退治されたタイタン族の王 「パーシー・ジャクソンとオリンポスの神々 5最後の神」 リック・リオーダン作;金原瑞人訳;小林みき訳 ほるぷ出版 2009年12月

ルーク
放浪の旅にでた牧羊犬の子犬のジャックが出会った孤独な少年 「ぼくの羊をさがして」 ヴァレリー・ハブズ著;片岡しのぶ訳 あすなろ書房 2008年4月

ルーク・チャップマン
デヴィッド・ベッカム・アカデミーに入った少年、ディフェンダー 「デヴィッド・ベッカム・アカデミー 2 最高のライバル」 ジェイソン・ロボリック著;かとうりつこ訳 主婦の友社 2010年4月

ルーシー
ロンドンでくらすペベンシー家4人きょうだいの末っ子、ナルニア国で伝説の女王「頼もしの君」とされる少女 「ナルニア国物語カスピアン王子の角笛」 C.S.ルイス原作;間所ひさこ訳 講談社(映画版ナルニア国物語文庫) 2008年5月

ルシア
吟遊詩人になりたい娘、「森の仲間」のマザー・イザベルの孫 「この世のおわり」 ラウラ・ガジェゴ・ガルシア作;松下直弘訳 偕成社 2010年10月

ルシアン
ルーマニアの十九歳のストリートチルドレン、十五歳のサンダーレの彼氏 「マンホールの少女サンダーレの夢」 カロリン・フィリップス著;たかおまゆみ訳;佐竹美保絵 合同出版 2008年4月

ルシアン（ルチアーノ）
21世紀のロンドンからストラヴァガントし16世紀のベレッツァでくらしている少年 「ストラヴァガンザ 星の都 上下」 メアリ・ホフマン著;乾侑美子訳 小学館(SUPER!YA) 2010年11月

ルシアン（ルチアーノ）
21世紀のロンドンで悪性腫瘍をわずらう十五歳の少年、16世紀の架空都市ベレッツァに行き来するストラヴァガンテ 「ストラヴァガンザ 仮面の都 上下」 メアリ・ホフマン著;乾侑美子訳 小学館(SUPER!YA) 2010年7月

ルーシーおばさん
ペルーのリマ市にある「老グマホーム」にいるクマ、パディントンのおばさん 「パディントンの大切な家族」 マイケル・ボンド作;ペギー・フォートナム画;田中琢治松岡享子訳 福音館書店(世界傑作童話シリーズ) 2008年10月

ルーシー・ジェシカ・ハートリー
おしゃれがだいすきでしょうらいファッション・デザイナーを目指している少女 「ファッション・ガールズ 1 おしゃれに大変身!」 ケリー・マケイン作;小竹由美子訳;魚住あお絵 ポプラ社 2009年7月

ルーシー・ジェシカ・ハートリー
おしゃれがだいすきでしょうらいファッション・デザイナーを目指している少女 「ファッション・ガールズ 2 デザイン・コンテストにちょうせん!」 ケリー・マケイン作;小竹由美子訳;魚住あお絵 ポプラ社 2009年10月

ルーシー・ジェシカ・ハートリー
バンド「ブラック・ストーン」の衣装をデザインすることになったファッションデザイナーを目指す8年生の女の子 「ファッション・ガールズ 3 ときめきのアイドル・バンド結成!」 ケリー・マケイン作;小竹由美子訳;魚住あお画 ポプラ社 2010年2月

ルーシー・ジェシカ・ハートリー
映画のエキストラのオーディションに受かったファッションデザイナーを目指す女の子 「ファッション・ガールズ 4 まさかの映画デビュー!」 ケリー・マケイン作;小竹由美子訳;魚住あお画 ポプラ社 2010年6月

ルーシー・スチュワート
シカゴ美術館のソーン・ミニチュアルームに入っていける魔法の鍵を手に入れた女の子、オークトン私立小学校に通う六年生 「12分の1の冒険」 マリアン・マローン作;橋本恵訳 ほるぷ出版 2010年12月

ルーシー・ペニーケトル
北極で行方不明となったデービッドは生きていると確信している十六歳の少女、リズのひとり娘 「永遠の炎-龍のすむ家4」 クリス・ダレーシー著;三辺律子訳 竹書房 2009年9月

ルース
小学四年生のミーナの友だち、学校一足の速い女の子 「ムーン・ランナー ほんとの友だちのしるし」 キャロリン・マーズデン作;宮坂宏美訳;丹地陽子絵 ポプラ社(ポップコーン・ブックス) 2008年12月

ルース（ルーシー・ペニーケトル）
北極で行方不明となったデービッドは生きていると確信している十六歳の少女、リズのひとり娘 「永遠の炎-龍のすむ家4」 クリス・ダレーシー著;三辺律子訳 竹書房 2009年9月

ルチアーノ
21世紀のロンドンからストラヴァガントし16世紀のベレッツァでくらしている少年 「ストラヴァガンザ 星の都 上下」 メアリ・ホフマン著;乾侑美子訳 小学館(SUPER!YA) 2010年11月

ルチアーノ
21世紀のロンドンで悪性腫瘍をわずらう十五歳の少年、16世紀の架空都市ベレッツァに行き来するストラヴァガンテ 「ストラヴァガンザ 仮面の都 上下」 メアリ・ホフマン著;乾侑美子訳 小学館(SUPER!YA) 2010年7月

ルチル
オスネズミのカブスケのなかよしネズミ、メスネズミ 「ネズミだって考える ルチルとカブスケの、うるさいおはなしと静かなおはなし」 フレドリック・ヴァーレ文;ヴェレーナ・バルハウス絵;小森香折訳 BL出版 2009年11月

ルーデガー・フォム・ドルフ
ノルウェーの通称基地であるサズベルゲンの町に住む自称ドイツ商務官 「ノーチラス号の冒険 11 氷の下の街」 ヴォルフガンク・ホールバイン著;平井吉夫訳 創元社 2009年2月

ルーデン・ダッソウ
さすらいの船乗り、ふるさとである北国の漁村にふらりと舞いもどってきた男 「ぼくたちの船タンバリ」 ベンノー・プルードラ作;上田真而子訳 岩波書店(岩波少年文庫) 2008年2月

ルド・クリーフ
天才画家・ブレンクの工房の見習い、ユーモアがあって楽しい少年 「ミラースケープ」 マイク・ウィルクス著;三辺律子訳 ソフトバンククリエイティブ 2008年7月

ルドルフ
古書店の息子サムの叔母のイヴリンの恋人 「時の書Ⅲ黄金の環」 ギヨーム・プレヴォー作;伊藤直子訳;建石修志絵 くもん出版 2010年1月

ルドルフォ
いなか町に住む4人の少年のひとり、町のピンチを救う少年グループ「半ズボン隊」のメンバー 「帰ってきた半ズボン隊 上下」 ゾラン・ドヴェンカー作;木本栄訳 岩波書店 2009年10月

ルドルフォ
カナダのいなか町に住む11歳の少年、町のピンチを救う少年グループ「半ズボン隊」のメンバー 「走れ!半ズボン隊」 ゾラン・ドヴェンカー作;木本栄訳 岩波書店 2008年6月

ルナ・マックスウェル
ヴァンパイア、元婚約者だったいとこのアレクサンダーに敵意をもっている少女 「ヴァンパイア・キス3 ライバルはルーマニアから」 エレン・シュライバー著;高橋結花訳;カズアキイラスト メディアファクトリー 2009年11月

ルビー
フェアリーランドのすべての色をつかさどる虹の妖精の姉妹の一人、赤の妖精 「レインボーマジック虹の妖精(フェアリー) 上下」 デイジー・メドウズ著;田内志文訳 ゴマブックス 2009年4月

ルーピンダー
テディベアを拾って「ホレース」と名づけた男の子・ジョエルのガールフレンド 「ぼくんちのテディベア騒動」 クリス・ダレーシー作;渡邉了介訳 徳間書店 2010年5月

ルベリーナ・グッドフェロー
魔法の王国の王立バレエスクールに通うバレリーナのたまご、大臣のむすめでいばりんぼの少女 「魔法の国の小さなバレリーナ4 オーディション大作戦!」 エメラルド・エバーハート著;岡田好惠訳 学研教育出版 2010年4月

ルベリーナ・グッドフェロー
魔法の王国の王立バレエスクールに通うバレリーナのたまご、父親が大臣でいばりんぼの少女 「魔法の国の小さなバレリーナ1 バレエ学校は大さわぎ!」 エメラルド・エバーハート著;岡田好惠訳 学研教育出版 2009年11月

ルベリーナ・グッドフェロー
魔法の王国の王立バレエスクールに通うバレリーナのたまご、父親が大臣でいばりんぼの少女 「魔法の国の小さなバレリーナ2 伝説のプリマとクリスの秘密」 エメラルド・エバーハート著;岡田好惠訳 学研教育出版 2009年11月

ルベリーナ・グッドフェロー
魔法の王国の王立バレエスクールに通う少女、大臣の娘でいじわるな子 「魔法の国のかわいいバレリーナ1 ジェシカと秘密のスパイ」 エメラルド・エバーハート著;岡田好惠訳 学研教育出版 2010年9月

ルベリーナ・グッドフェロー
魔法の王国の王立バレエスクールに通う少女、大臣の娘でいじわるな子 「魔法の国のかわいいバレリーナ2 クリスとアイスミステリー」 エメラルド・エバーハート著;岡田好惠訳 学研教育出版 2010年12月

ルーミスさん（ジョン・R・ルーミス）　るーみすさん（じょんあーるるーみす）
放射能汚染からまぬかれた少女・アンが住む谷間に来たニューヨーク州イサカで化学の仕事をしていた男 「死の影の谷間」 ロバート・C.オブライエン作;越智道雄訳 評論社（海外ミステリーBOX） 2010年2月

ルル
問題児サミールの持病のため寝たきり生活を送っている妹、正体不明の化け物・ジョークから不思議な力をもらった少女 「ゴーレム2 地下室のトモダチ」 エルヴィール・ミュライユ著;ロリス・ミュライユ著;マリー＝オード・ミュライユ著;後平澪子訳 新樹社 2009年10月

ルル・チエロ
魔法がつかえるマジック一族にそだてられた十二歳の女の子、ひろわれた子 「ルルと魔法のぼうし」 スーザン・メドー作;おおつかのりこ訳;こやまこいこ絵 徳間書店 2009年7月

ルレット（ルウ）
妻と死別してショックを受けるムッシュ・ジョゼの孫娘、おじいちゃんを心配する女の子 「ルウとおじいちゃん」 クレール・クレマン作;藤本優子訳 講談社 2008年8月

【れ】

レア・ヴァイス
フランスのパリに住む明るく活発なユダヤ人の女の子 「わたしは忘れない」 ヤエル・ハッサン作;ダニエル遠藤みのり訳;金藤櫂絵 文研出版（文研じゅぺにーる） 2008年7月

レイ
ニューオーリンズの水辺で暮らすホタル、カエルの姿になったティアナたちの案内役 「プリンセスと魔法のキス」 アイリーン・トリンブル作;倉田真木訳 偕成社（ディズニーアニメ小説版） 2010年2月

レイ・グレイソン
クリフトンに引っ越してきたばかりの六年生の転校生、ジェイ・グレイソンとまったくうり二つのふたごの兄 「ジェイとレイふたりはひとり!?」 アンドリュー・クレメンツ著;田中奈津子訳 講談社 2010年1月

レイシー
無人の家「モール・ハウス」に肝だめしにやってきた男女六人の一人、ランディーのガールフレンド 「ヴァンパイアの運命」 キャロライン・B.クーニー著;神戸万知訳 講談社（YA! entertainment） 2009年4月

レイス船長　れいすせんちょう
海でおぼれていた少年コナーを助けた海賊船・ディアブロ号の船長 「ヴァンパイレーツ1 －死の海賊船」 ジャスティン・ソンパー作;海後礼子訳 岩崎書店 2009年2月

れいす

レイス船長　れいすせんちょう
海で遭難していた少年コナーを助けた海賊船・ディアブロ号の船長　「ヴァンパイレーツ 2 －運命の夜明け」ジャスティン・ソンパー作;海後礼子訳　岩崎書店　2009年2月

レイス船長　れいすせんちょう
海で遭難していた少年コナーを助けた海賊船・ディアブロ号の船長　「ヴァンパイレーツ 3 －うごめく野望」ジャスティン・ソンパー作;海後礼子訳　岩崎書店　2009年5月

レイス船長　れいすせんちょう
海で遭難していた少年コナーを助けた海賊船・ディアブロ号の船長　「ヴァンパイレーツ 4 －剣の重み」ジャスティン・ソンパー作;海後礼子訳　岩崎書店　2009年8月

レイス船長　れいすせんちょう
海で遭難していた少年コナーを助けた海賊船・ディアブロ号の船長　「ヴァンパイレーツ 5 －さまよえる魂」ジャスティン・ソンパー作;海後礼子訳　岩崎書店　2009年12月

レイス大佐　れいすたいさ
イギリスの情報部員、私立探偵ポアロの古い知り合い　「ナイルに死す　上下」アガサ・クリスティー著;佐藤耕士訳　早川書房(クリスティー・ジュニア・ミステリ8)　2008年6月

レイストリン
ソレースの町から仲間たちと蛮族の姫を連れて逃亡の旅に出た魔法使い、キャラモンの双子の弟　「ドラゴンランス 1 廃都の黒竜 上」マーガレット・ワイス作;トレイシー・ヒックマン作;安田均訳;ともひ絵　アスキー・メディアワークス(角川つばさ文庫)　2009年7月

レイストリン
世界を救う秘宝を求めて仲間たちと廃都ザク・ツァロスに向かった魔法使い、キャラモンの双子の弟　「ドラゴンランス 2 廃都の黒竜 下」マーガレット・ワイス作;トレイシー・ヒックマン作;安田均訳;ともひ絵　アスキー・メディアワークス(角川つばさ文庫)　2009年8月

レイストリン
仲間たちと世界を救う秘宝を入手して故郷のソレースに戻った魔法使い、キャラモンの双子の弟　「ドラゴンランス 3 城砦の赤竜」マーガレット・ワイス作;トレイシー・ヒックマン作;安田均訳;ともひ絵　アスキー・メディアワークス(角川つばさ文庫)　2009年11月

レイチェル
ハリウッドで活躍中のティーンアイドル、変装してクラーク・ホール高校に転入した十六歳の少女　「転校生は、ハリウッドスター」ジェン・キャロニタ著;灰島かり訳;松村紗耶訳　小学館(SUPER!YA)　2009年6月

レイチェル
地球から暗黒の星イスレアへ弟のエリックとともに連れ去られた少女　「魔法少女レイチェル 滅びの呪文 上下」クリフ・マクニッシュ作;亜沙美画;金原瑞人訳　理論社(フォア文庫)　2008年9月

レイチェル・ウォーカー
フェアリーランドに住む妖精たちの友だち、人間の女の子　「ハムスターの妖精(フェアリー)ハリエット(レインボーマジック)」デイジー・メドウズ作;田内志文訳　ゴマブックス　2008年4月

レイチェル・ウォーカー
フェアリーランドに住む妖精たちの友だち、人間の女の子　「バラの妖精(フェアリー)エラ(レインボーマジック)」デイジー・メドウズ作;田内志文訳　ゴマブックス　2009年6月

レイチェル・ウォーカー
フェアリーランドに住む妖精たちの友だち、人間の女の子　「ひまわりの妖精(フェアリー)シャーロット(レインボーマジック)」デイジー・メドウズ作;田内志文訳　ゴマブックス　2009年3月

レイチェル・ウォーカー
フェアリーランドに住む妖精たちの友だち、人間の女の子 「モルモットの妖精(フェアリー)ジョージア(レインボーマジック)」デイジー・メドウズ作;田内志文訳 ゴマブックス 2008年3月

レイチェル・ウォーカー
フェアリーランドに住む妖精たちの友だち、人間の女の子 「ゆりの妖精(フェアリー)ルイズ(レインボーマジック)」デイジー・メドウズ作;田内志文訳 ゴマブックス 2009年3月

レイチェル・ウォーカー
フェアリーランドに住む妖精たちの友だち、人間の女の子 「ランの妖精(フェアリー)オリビア(レインボーマジック)」デイジー・メドウズ作;田内志文訳 ゴマブックス 2009年5月

レイチェル・ウォーカー
フェアリーランドに住む妖精たちの友だち、人間の女の子 「火曜日の妖精(フェアリー)タルーラ (レインボーマジック)」デイジー・メドウズ作;田内志文訳 ゴマブックス 2008年9月

レイチェル・ウォーカー
フェアリーランドに住む妖精たちの友だち、人間の女の子 「海の妖精(フェアリー)シャノン(レインボーマジック夏休みスペシャルブック)」デイジー・メドウズ作;田内志文訳 ゴマブックス 2009年8月

レイチェル・ウォーカー
レインスペル島で出会ったカースティと虹の妖精たちを探す手だすけをすることになった女の子 「レインボーマジック虹の妖精(フェアリー) 上下」デイジー・メドウズ著;田内志文訳 ゴマブックス 2009年4月

レイチェル・ウォーカー
友だちのカースティといっしょに花の妖精たちの魔法の花びらを探している女の子 「チューリップの妖精(フェアリー)ティア (レインボーマジック)」デイジー・メドウズ作;田内志文訳 ゴマブックス 2009年2月

レイチェル・ウォーカー
友だちのカースティといっしょに花の妖精たちの魔法の花びらを探している女の子 「デイジーの妖精(フェアリー)ダニエル(レインボーマジック)」デイジー・メドウズ作;田内志文訳 ゴマブックス 2009年5月

レイチェル・ウォーカー
友だちのカースティといっしょに花の妖精たちの魔法の花びらを探している女の子 「ポピーの妖精(フェアリー)ピッパ(レインボーマジック)」デイジー・メドウズ作;田内志文訳 ゴマブックス 2009年2月

レイチェル・ウォーカー
友だちのカースティといっしょに妖精たちの魔法のペットを探している女の子 「ウサギの妖精(フェアリー)ベラ(レインボーマジック)」デイジー・メドウズ作;田内志文訳 ゴマブックス 2008年3月

レイチェル・ウォーカー
友だちのカースティといっしょに妖精たちの魔法のペットを探している女の子 「ポニーの妖精(フェアリー)ペニー (レインボーマジック)」デイジー・メドウズ作;田内志文訳 ゴマブックス 2008年5月

レイチェル・ウォーカー
友だちのカースティといっしょに妖精たちの魔法のペットを探している女の子 「金魚の妖精(フェアリー)モリー(レインボーマジック)」デイジー・メドウズ作;田内志文訳 ゴマブックス 2008年5月

れいち

レイチェル・ウォーカー
友だちのカースティといっしょに妖精たちの魔法のペットを探している女の子 「子ねこの妖精(フェアリー)ケイティ(レインボーマジック)」 デイジー・メドウズ作;田内志文訳 ゴマブックス 2008年3月

レイチェル・ウォーカー
友だちのカースティといっしょに妖精たちの魔法のペットを探している女の子 「子犬の妖精(フェアリー)ローレン (レインボーマジック)」 デイジー・メドウズ作;田内志文訳 ゴマブックス 2008年4月

レイチェル・ウォーカー
友だちのカースティといっしょに曜日の妖精たちの魔法の旗を探している女の子 「金曜日の妖精(フェアリー)フライヤ(レインボーマジック)」 デイジー・メドウズ作;田内志文訳 ゴマブックス 2008年11月

レイチェル・ウォーカー
友だちのカースティといっしょに曜日の妖精たちの魔法の旗を探している女の子 「月曜日の妖精(フェアリー)ミーガン(レインボーマジック)」 デイジー・メドウズ作;田内志文訳 ゴマブックス 2008年9月

レイチェル・ウォーカー
友だちのカースティといっしょに曜日の妖精たちの魔法の旗を探している女の子 「水曜日の妖精(フェアリー)ウィロー(レインボーマジック)」 デイジー・メドウズ作;田内志文訳 ゴマブックス 2008年10月

レイチェル・ウォーカー
友だちのカースティといっしょに曜日の妖精たちの魔法の旗を探している女の子 「土曜日の妖精(フェアリー)シエナ(レインボーマジック)」 デイジー・メドウズ作;田内志文訳 ゴマブックス 2008年11月

レイチェル・ウォーカー
友だちのカースティと一緒にフェアリーランドのぬすまれた旗を探している女の子 「日曜日の妖精(フェアリー)サラ(レインボーマジック)」 デイジー・メドウズ作;田内志文訳 ゴマブックス 2008年12月

レイチェル・ウォーカー
友だちのカースティと一緒にフェアリーランドのぬすまれた旗を探している女の子 「木曜日の妖精(フェアリー)シーア(レインボーマジック)」 デイジー・メドウズ作;田内志文訳 ゴマブックス 2008年10月

レイチェル・ウォーカー
妖精ジャック・フロストにぬすまれた結婚式の妖精ミアの魔法アイテムを探す女の子 「結婚式の妖精(フェアリー)ミア(レインボーマジック夏休みスペシャルブック)」 デイジー・メドウズ作;田内志文訳 ゴマブックス 2010年8月

レイチェル・ウォーカー
妖精ジャック・フロストにぬすまれた魔法のカーニバル帽子を探す女の子 「カーニバルの妖精(フェアリー)カイリー(レインボーマジック夏休みスペシャルブック)」 デイジー・メドウズ作;田内志文訳 ゴマブックス 2008年7月

レイチェル・ウォーカー
妖精ジャック・フロストにぬすまれた魔法のクリスマスデコレーションを探す女の子 「クリスマス星の妖精(フェアリー)ステラ(レインボーマジック)」 デイジー・メドウズ作;田内志文訳 ゴマブックス 2008年11月

レイチェル・エリザベス・デア
人間の目をごまかす魔法のミストにまどわされない人間の少女 「パーシー・ジャクソンとオリンポスの神々 4迷宮の戦い」 リック・リオーダン作;金原瑞人訳 小林みき訳 ほるぷ出版 2008年12月

れいん

レイチェル・エリザベス・デア
人間の目をごまかす魔法のミストにまどわされない人間の少女 「パーシー・ジャクソンとオリンポスの神々 5最後の神」リック・リオーダン作;金原瑞人訳;小林みき訳 ほるぷ出版 2009年12月

レイチェル・ワージー
学校新聞の記者に採用され毎週のコラムを書くことになった将来ジャーナリストを目ざしている高校生の少女 「ニック・シャドウの真夜中の図書館 9 闇よりささやく声」ニック・シャドウ著;富原まさ江訳 ゴマブックス 2008年10月

レイドナー博士　れいどなーはかせ
アメリカ人の考古学者、テル・ヤリミア遺跡発掘調査団のリーダー 「メソポタミヤの殺人」アガサ・クリスティー著;田村義進訳　早川書房(クリスティー・ジュニア・ミステリ3)　2008年1月

レイニー・ポーツネン
「秘密結社ベネディクト団」のリーダー、孤児院で育った頭脳明晰な11歳の少年 「秘密結社ベネディクト団 下 素直になったら負け」トレントン・リー・スチュワート著;久米真麻子訳 ヴィレッジブックス　2010年3月

レイニー・ポーツネン
「秘密結社ベネディクト団」のリーダー、孤児院で育った頭脳明晰な11歳の少年 「秘密結社ベネディクト団 上 孤独な子どもをねらえ」トレントン・リー・スチュワート著;久米真麻子訳 ヴィレッジブックス　2010年3月

レイブンヒルの目　れいぶんひるのめ
無料新聞『ペン』のゴシップ欄に毎週投稿してくる人のペンネーム、レイブンビルの町の動きにいつも目を光らせている匿名の投稿者 「ティーン・パワーをよろしく10 謎の脅迫状」エミリー・ロッダ著;岡田好惠訳　講談社(YA! entertainment)　2008年5月

レイヴン・マディソン
ヴァンパイアのアレクサンダーの恋人でゴシック系ファッションが大好きな十七歳の少女 「ヴァンパイア・キス 2 恋する棺桶」エレン・シュライバー著;高橋結花訳;カズアキイラスト メディアファクトリー　2009年9月

レイヴン・マディソン
ヴァンパイアのアレクサンダーの恋人でゴシック系ファッションが大好きな十七歳の少女 「ヴァンパイア・キス 3 ライバルはルーマニアから」エレン・シュライバー著;高橋結花訳;カズアキイラスト メディアファクトリー　2009年11月

レイヴン・マディソン
ゴシック系ファッションが大好きで幼い頃からヴァンパイアになることを夢みている十六歳の少女 「ヴァンパイア・キス 1 転校生は吸血鬼」エレン・シュライバー著;高橋結花訳;カズアキイラスト メディアファクトリー　2009年6月

レインボー
ネコイラン町チュウチュウ通り4番地にすむ絵をかくのが大すきなハツカネズミの画家 「レインボーとふしぎな絵(チュウチュウ通り4番地)」エミリー・ロッダ作;さくまゆみこ訳;たしろちさと絵 あすなろ書房　2010年4月

レインボー
ハツカネズミのネコイラン町のチュウチュウ通り4番地にすむ絵をかくのが大すきな画家 「チュウチュウ通りのゆかいななかまたち 4番地 レインボーとふしぎな絵」エミリー・ロッダ作;さくまゆみこ訳;たしろちさと画 あすなろ書房　2010年4月

レイン・マクドナルド
吸血鬼になりたいと願っている十六歳の高校生、ある組織から吸血鬼殺しに任命された女の子 「ヴァンパイア・キス―レインの恋」マリ・マンクーシ著;笠井道子訳　小学館(小学館ルルル文庫)　2008年12月

レイン・マクドナルド
吸血鬼に噛まれてしまったサニーの双子の姉、アンダーグラウンド趣味の持ち主 「ヴァンパイア・キス」 マリ・マンクーシ著;笠井道子訳 小学館(小学館ルルル文庫) 2008年5月

レイン・マクドナルド
吸血鬼のジェレスと熱愛中の十六歳の高校生、念願かなって吸血鬼になれたが特別な力はない女の子 「ヴァンパイア・キス－レインの挑戦」 マリ・マンクーシ著;笠井道子訳 小学館(小学館ルルル文庫) 2009年2月

レオ
森の中でくらすオオカミ少年、オオカミ少年・ドルフィのいとこ 「オオカミ少年ドルフィ2期1 オオカミ森を守れ！1」 パウル・ヴァン・ローン作;西村由美訳;小倉正巳絵 学研教育出版 2009年10月

レオ(レオンハルト・サエズリー)
お城学校に転校してきたものしりでやせっぽちの四年生の男の子 「ひみつたんていダイアリー1 オイボレ発明家をすくえ！」 ヨアヒム・フリードリヒ作;はたさわゆうこ訳;はたこうしろう絵 徳間書店 2010年10月

レオ(レオンハルト・サエズリー)
お城学校四年生のものしりの男の子、ひみつたんていのひとり 「ひみつたんていダイアリー2 金庫をやぶったのは、だれ？」 ヨアヒム・フリードリヒ作;はたさわゆうこ訳;はたこうしろう絵 徳間書店 2010年10月

レオ(レオンハルト・サエズリー)
お城学校四年生のものしりの男の子、ひみつたんていのひとり 「ひみつたんていダイアリー3 おしゃべりオウムがきえちゃった！」 ヨアヒム・フリードリヒ作;はたさわゆうこ訳;はたこうしろう絵 徳間書店 2010年11月

レオ(レオンハルト・サエズリー)
お城学校四年生のものしりの男の子、ひみつたんていのひとり 「ひみつたんていダイアリー4 宝の地図をとりもどせ！」 ヨアヒム・フリードリヒ作;はたさわゆうこ訳;はたこうしろう絵 徳間書店 2010年12月

レオ・ジフカック
いったんもとの世界にもどったが再びオルゴールの中にある異世界・ロンド国へいった責任感が強い少年 「ロンド国物語4」 エミリー・ロッダ作;神戸万知訳;水野真帆絵 岩崎書店 2009年9月

レオ・ジフカック
いったんもとの世界にもどったが再びオルゴールの中にある異世界・ロンド国へいった責任感が強い少年 「ロンド国物語5」 エミリー・ロッダ作;神戸万知訳;水野真帆絵 岩崎書店 2009年12月

レオ・ジフカック
いとこのミミとオルゴールの中にある異世界・ロンド国へ迷い込んでしまった責任感が強い少年 「ロンド国物語2」 エミリー・ロッダ作;神戸万知訳;水野真帆絵 岩崎書店 2008年12月

レオ・ジフカック
いとこのミミとオルゴールの中にある異世界・ロンド国へ迷い込んでしまった責任感が強い少年 「ロンド国物語3」 エミリー・ロッダ作;神戸万知訳;水野真帆絵 岩崎書店 2009年9月

レオ・ジフカック
オルゴールの中にある異世界・ロンド国を冒険するきまじめでしっかり者の少年 「ロンド国物語6 天空の城」 エミリー・ロッダ作;神戸万知訳;水野真帆絵 岩崎書店 2010年3月

レオ・ジフカック
オルゴールの中にある異世界・ロンド国を冒険するきまじめでしっかり者の少年 「ロンド国物語 7 崖の怪物」 エミリー・ロッダ作;神戸万知訳;水野真帆絵 岩崎書店 2010年6月

レオ・ジフカック
オルゴールの中にある異世界・ロンド国を冒険するきまじめでしっかり者の少年 「ロンド国物語 8 潮読みの洞くつ」 エミリー・ロッダ作;神戸万知訳;水野真帆絵 岩崎書店 2010年9月

レオ・ジフカック
オルゴールの中にある異世界・ロンド国を冒険するきまじめでしっかり者の少年 「ロンド国物語 9 ロンドの戦い」 エミリー・ロッダ作;神戸万知訳;水野真帆絵 岩崎書店 2010年12月

レオ・ジフカック
何百年間も一族の宝であったオルゴールを受けついだまじめで責任感が強い少年 「ロンド国物語 1」 エミリー・ロッダ作;神戸万知訳;水野真帆絵 岩崎書店 2008年10月

レオナルド・ダ・ヴィンチ（ダ・ヴィンチ）
ふしぎな旅をした兄妹・ジャックとアニーが十五世紀のフィレンツェで出会った変わり者の芸術家 「ダ・ヴィンチ空を飛ぶ」 メアリー・ポープ・オズボーン著;食野雅子訳 メディアファクトリー（マジック・ツリーハウス24） 2008年11月

レオ・ブルー
木の世界を支配する若き独裁者、少年トビーのかつての親友 「トビー・ロルネス 4 最後の戦い」 ティモテ・ド・フォンベル作;フランソワ・プラス画;伏見操訳 岩崎書店 2009年3月

レオン・タラソフ
英国パームヒルで中古車店を経営するかたわらパブ「キング・オブ・ロシア」も経営しているロシア出身の男 「チェラブ Mission4 大もうけ」 ロバート・マカモア作;大澤晶訳 ほるぷ出版 2009年2月

レオンツィオ王　れおんついおおう
シチリアを征服したクマの王さま、猟師にとらえられたトニオの父 「シチリアを征服したクマ王国の物語」 ディーノ・ブッツァーティ作;天沢退二郎;増山暁子訳 福音館書店（福音館文庫） 2008年5月

レオンハルト・サエズリー
お城学校に転校してきたものしりでやせっぽちの四年生の男の子 「ひみつたんていダイアリー1 オイポレ発明家をすくえ！」 ヨアヒム・フリードリヒ作;はたさわゆうこ訳;はたこうしろう絵 徳間書店 2010年10月

レオンハルト・サエズリー
お城学校四年生のものしりの男の子、ひみつたんていのひとり 「ひみつたんていダイアリー2 金庫をやぶったのは、だれ？」 ヨアヒム・フリードリヒ作;はたさわゆうこ訳;はたこうしろう絵 徳間書店 2010年10月

レオンハルト・サエズリー
お城学校四年生のものしりの男の子、ひみつたんていのひとり 「ひみつたんていダイアリー3 おしゃべりオウムがきえちゃった！」 ヨアヒム・フリードリヒ作;はたさわゆうこ訳;はたこうしろう絵 徳間書店 2010年11月

レオンハルト・サエズリー
お城学校四年生のものしりの男の子、ひみつたんていのひとり 「ひみつたんていダイアリー4 宝の地図をとりもどせ！」 ヨアヒム・フリードリヒ作;はたさわゆうこ訳;はたこうしろう絵 徳間書店 2010年12月

レオン・ルードヴィヒ
第二次世界大戦直後のアメリカの小学生、事故で左手を失った少年ノーマンの親友 「片腕のキャッチ」 M.J.アウク作;日当陽子訳 フレーベル館 2010年8月

れぎす

レギス
いたずら好きでのんきなハーフリング族、人をあやつる魔法の宝石を持つ男 「アイスウィンド・サーガ 暗黒竜の冥宮」 R.A.サルバトーレ著 アスキー・メディアワークス 2008年7月

レギス
いたずら好きでのんきなハーフリング族、人をあやつる魔法の宝石を持つ男 「アイスウィンド・サーガ 冥界の門」 R.A.サルバトーレ著 アスキー・メディアワークス 2009年9月

レギス
元盗賊のハーフリング、食いしん坊で怠けものだが機転がきく男 「ダークエルフ物語 ドロウの遺産」 R.A.サルバトーレ著;安田均監訳;笠井道子訳 アスキー・メディアワークス 2008年11月

レギス
元盗賊のハーフリング、食いしん坊で怠けものだが機転がきく男 「ダークエルフ物語 暗黒の包囲」 R.A.サルバトーレ著;安田均監訳;笠井道子訳 アスキー・メディアワークス 2010年6月

レギス
元盗賊のハーフリング、食いしん坊で怠けものだが機転がきく男 「ダークエルフ物語 星なき夜」 R.A.サルバトーレ著;安田均監訳;笠井道子訳 アスキー・メディアワークス 2009年6月

レジア
ヴァイオリニストの父の死の謎に立ち向かうヴァイオリンを愛する感性ゆたかな少女 「消えたヴァイオリン」 スザンヌ・ダンラップ著;西本かおる訳 小学館(SUPER!YA) 2010年8月

レシター
十五歳の双子の姉弟・ジェイドとリッチの前に現れた父親となのる男 「消せない炎」 ジャック・ヒギンズ作;ジャスティン・リチャーズ作;田口俊樹訳 理論社 2008年7月

レジナルド・フェアウェザー
コカ・コーラ本社最古参の役員 「盗まれたコカ・コーラ伝説」 ブライアン・フォークナー作;三辺律子訳 小学館 2010年4月

レスリー・マキンリー
世界的に有名なバイオリニストのパオロ・レヴィにインタビューすることになったロンドンの新米記者 「モーツァルトはおことわり」 マイケル・モーパーゴ作;マイケル・フォアマン絵;さくまゆみこ訳 岩崎書店 2010年7月

レダ
イタリアの名門バレエ学校に通う背の高い少女、ゾーエのクラスメートで一番の親友 「バレエ・アカデミア 3バレリーナの恋人は、天使！？」 ベアトリーチェ・マジーニ作;長野徹訳 ポプラ社 2008年1月

レダ
イタリアの名門バレエ学校に通う背の高い少女、ゾーエのクラスメートで一番の親友 「バレエ・アカデミア 4夢みるトウシューズ」 ベアトリーチェ・マジーニ作;長野徹訳 ポプラ社 2008年4月

レダ
イタリアの名門バレエ学校に通う背の高い少女、ゾーエのクラスメートで一番の親友 「バレエ・アカデミア 6バレリーナのおきゃくさま」 ベアトリーチェ・マジーニ作;長野徹訳 ポプラ社 2008年10月

レッド・ローバー
中学生のブルースの隣の家にすむ男の子・ジェリーの飼い犬、由緒正しい血統の犬 「ホテル・フォー・ドッグズ」 ロイス・ダンカン作;桜田直美訳 主婦の友社 2009年4月

レディ・ウェンズデー（ウェンズデー）
万物の創造主の不誠実な七人の管財人のうちの一人、、空腹に悩む女 「王国の鍵 3 海に沈んだ水曜日」ガース・ニクス著;原田勝訳 主婦の友社 2009年12月

レディ・ローラ・ロックウッド
海賊船「テュフォン号」に現れた目の周りを黒いハートで囲んだ謎の美女 「ヴァンパイレーツ 8 黒のハート」ジャスティン・ソンパー作;海後礼子訳 岩崎書店 2010年12月

レトロ
ネコイラン町チュウチュウ通り7番地にすむうでのいい車の修理工、古くて美しい車が大すきなハツカネズミの青年 「レトロと謎のボロ車（チュウチュウ通り7番地）」エミリー・ロッダ作;さくまゆみこ訳;たしろちさと絵 あすなろ書房 2010年11月

レトロ
ハツカネズミのネコイラン町のチュウチュウ通り7番地にすむ車の修理屋さん 「チュウチュウ通りのゆかいななかまたち 7番地 レトロと謎のボロ車」エミリー・ロッダ作;さくまゆみこ訳;たしろちさと画 あすなろ書房 2010年11月

レノックス・ハート
ホタルのフェアリー、たくさんの友だちがいる九歳の女の子 「フェアリーズ－妖精たちの冒険 4 ホタルと青い月のクローバー」J.H.スイート作;津森優子訳;唐橋美奈子絵 文溪堂 2009年1月

レヴィン
ハラドーン王国の農民の子、ドラゴンと心を通わせる不思議な力を持った少年 「ドラゴンゲート 上下」ジェニー=マイ・ニュエン著;天沼春樹訳 柏書房 2009年3月

レベッカ
お兄ちゃんを病気で亡くしてから心配ばかりするようになってしまったアニーの幽霊好きの親友 「アニーのかさ」リサ・グラフ作;武富博子訳 講談社 2010年7月

レベッカ
一家で離島から都会に出てきたフィンランドの十三歳の女の子、敬虔な牧師の娘 「レベッカと夏の王子さま」トゥイヤ・レヘティネン作;末延弘子訳 講談社（青い鳥文庫）2009年8月

レベッカ
謎につつまれた地下世界で序列一位の集団"スティックス"のメンバー、地表世界で十四歳のウィルの妹になりすましていた少女 「トンネル 2 謎の暗黒世界ディープス 上下」ロデリック・ゴードン著;ブライアン・ウィリアムズ著;堀江里美訳;田内志文訳 ゴマブックス 2008年8月

レベッカ・バローズ
十四歳のウィルの妹、一家の原動力で兄とは外見も性格も全く違う十二歳の少女 「トンネル 上下」ロデリック・ゴードン著;ブライアン・ウィリアムズ著;堀江里美訳;田内志文訳 ゴマブックス 2008年1月

レミー・スター
素直に愛を信じることができない美人でクールで仲間のなかでもリーダー的存在の十八歳の少女 「愛のうたをききたくて」サラ・デッセン作;おびかゆうこ訳 徳間書店 2008年7月

レモラ
とんでもなくつめたいかいぶつ 「りこうすぎた王子」アンドリュー・ラング作;福本友美子訳 岩波書店（岩波少年文庫）2010年4月

レモン大公　れもんたいこう
国をおさめているわがままな大公 「チポリーノの冒険」ジャンニ・ロダーリ作;関口英子訳 岩波書店（岩波少年文庫）2010年10月

レルダ・グリム
孤児だったグリム姉妹を引きとった父方の祖母、おとぎばなしの町で私立探偵をしている老婦人 「グリム姉妹の事件簿 1 事件のかげに巨人あり」 マイケル・バックリー著;三辺律子訳 東京創元社(sogen bookland) 2009年6月

レルダ・グリム
孤児だったグリム姉妹を引きとった父方の祖母、おとぎばなしの町で私立探偵をしている老婦人 「グリム姉妹の事件簿 2 学校の怪事件」 マイケル・バックリー著;三辺律子訳 東京創元社(sogen bookland) 2009年10月

【ろ】

老人(パパ・ジョルジュ) ろうじん(ぱぱじょるじゅ)
孤児の少年・ユゴーが隠れ住んでいたパリ駅構内にある小さなおもちゃ屋の老人 「ユゴーの不思議な発明」 ブライアン・セルズニック著;金原瑞人訳 アスペクト 2008年1月

ロウリー
日記を書く6年生・グレッグの親友 「グレッグのダメ日記」 ジェフ・キニー作;中井はるの訳 ポプラ社 2008年5月

ローカン・フューリー
ヴァンパイレーツ船の海尉、少女グレースとサンクチュアリに来た傷を負った若者 「ヴァンパイレーツ 6 血の偶像」 ジャスティン・ソンパー作;海後礼子訳 岩崎書店 2010年4月

ローカン・フューリー
ヴァンパイレーツ船の海尉、少女グレースと治療のためにサンクチュアリに来た若者 「ヴァンパイレーツ 7 目覚めし者たち」 ジャスティン・ソンパー作;海後礼子訳 岩崎書店 2010年7月

ローカン・フューリー
海で遭難していた少女グレースを助けたヴァンパイレーツ船の士官候補生 「ヴァンパイレーツ 1－死の海賊船」 ジャスティン・ソンパー作;海後礼子訳 岩崎書店 2009年2月

ローカン・フューリー
海で遭難していた少女グレースを助けたヴァンパイレーツ船の士官候補生 「ヴァンパイレーツ 2－運命の夜明け」 ジャスティン・ソンパー作;海後礼子訳 岩崎書店 2009年2月

ローカン・フューリー
海で遭難していた少女グレースを助けたヴァンパイレーツ船の士官候補生 「ヴァンパイレーツ 3－うごめく野望」 ジャスティン・ソンパー作;海後礼子訳 岩崎書店 2009年5月

ローカン・フューリー
海で遭難していた少女グレースを助けたヴァンパイレーツ船の士官候補生 「ヴァンパイレーツ 4－剣の重み」 ジャスティン・ソンパー作;海後礼子訳 岩崎書店 2009年8月

ローカン・フューリー
海で遭難していた少女グレースを助けたヴァンパイレーツ船の士官候補生 「ヴァンパイレーツ 5－さまよえる魂」 ジャスティン・ソンパー作;海後礼子訳 岩崎書店 2009年12月

ロキシー
ギブの妹、トラックにひかれ二度と意識をとりもどすことはないといわれた少女 「時間をまきもどせ!」 ナンシー・エチメンディ作;吉上恭太訳 杉田比呂美画 徳間書店 2008年10月

ロキシー
サマーキャンプでウィニーとなかよくなった女の子、馬術の選手 「キャンプで、おおあわて」 ジェニファー・リチャード・ジェイコブソン作;武富博子訳 講談社 2008年9月

ロクサーヌ
無人の家「モール・ハウス」に肝だめしにやってきた男女六人の一人、美人で聡明な少女 「ヴァンパイアの運命」キャロライン・B.クーニー著;神戸万知訳　講談社(YA! entertainment)　2009年4月

ロクシー
錬金術師のミーシャの実験室で勉強していた四人グループのひとり、筋肉もりもりでぽっちゃりしていて勇気がある少女 「ルナ・チャイルド4 ニーナと水の迷宮の秘密」ムーニー・ウィッチャー作;荒瀬ゆみこ訳;佐竹美保画　岩崎書店　2008年2月

ローザ
イギリス国籍をもつアフリカ生まれの黒人の少女、白人の母親とイギリスの町で暮らす十三歳 「ライオンとであった少女」バーリー・ドハーティ著;斎藤倫子訳　主婦の友社　2010年2月

ローザ
少女デルフィと同じバレエスクールの生徒、ひとりでいるときが多い女の子 「マジック・バレリーナ 6 デルフィと魔法のほれ薬」ダーシー・バッセル著;ケイティ・メイ絵;神戸万知訳　新書館　2010年10月

ローザ
少女デルフィと同じバレエスクールの生徒、感じがわるい女の子 「マジック・バレリーナ 5 デルフィと妖精の名づけ親」ダーシー・バッセル著;ケイティ・メイ絵;神戸万知訳　新書館　2010年8月

ロザリンド
りこうすぎてきらわれているプリジオ王子が恋におちたイギリス大使の美しいむすめ 「りこうすぎた王子」アンドリュー・ラング作;福本友美子訳　岩波書店(岩波少年文庫)　2010年4月

ロージー
スコットランドの大おばさんのプリンセスがかくされているお城にすんでいる九歳の女の子 「リトル・プリンセス 愛のまほうとイシドラ姫」ケイティ・チェイス作;日当陽子訳;泉リリカ絵　ポプラ社　2008年9月

ロージー
スコットランドの大おばさんのまほうがおこるお城にすんでいる九歳の女の子 「リトル・プリンセス エジプトのアイシャ姫」ケイティ・チェイス作;日当陽子訳;泉リリカ絵　ポプラ社　2008年6月

ロージー
スコットランドの大おばさんのまほうがおこるお城にすんでいる九歳の女の子 「リトル・プリンセス 人魚のマリッサ姫」ケイティ・チェイス作;日当陽子訳;泉リリカ絵　ポプラ社　2008年3月

ロージー
ロンドンの浮浪児集団〈ベイカー少年探偵団〉のメンバー、花売り娘をしている少女 「ベイカー少年探偵団 4 ドラゴンを追え!」アンソニー・リード著;池央耿訳　評論社(児童図書館・文学の部屋)　2008年8月

ロージー
下町のふくろ小路一番地に住む子だくさんのラッグルスさん一家のおかみさん 「ふくろ小路一番地」イーヴ・ガーネット作;石井桃子訳　岩波書店(岩波少年文庫)　2009年5月

ロージー　ろーじー
おさななじみで親友の少年ベイリーとけんかした十二歳の女の子 「トレッリおばあちゃんのスペシャル・メニュー」シャロン・クリーチ作;せなあいこ訳　評論社(児童図書館・文学の部屋)　2009年8月

ロジーナ
シカゴから養い親になってくれる人をさがすために西部行きの列車に乗った十二歳のポーランド人孤児 「ロジーナのあした」 カレン・クシュマン作;野沢佳織訳 徳間書店 2009年4月

ロジャー
北にある魔法使いたちのピラミッド群に住む三人の魔法使いの一人、天体観測が好きな男 「リリーと魔法使い―リリー・クエンチ冒険ファンタジー5」 ナタリー・ジェーン・プライアー作;岡田好惠訳 学研 2008年12月

ロジャー・ドルノー
イギリスのマナーとよばれた領地に一一二〇年にお城を兼ねた館を建てた貴族の息子、十一歳の少年 「グリーン・ノウの石―グリーン・ノウ物語6」 ルーシー・M・ボストン作;ピーター・ボストン絵;亀井俊介訳 評論社 2009年2月

ロジャ・ウォーカー
ウォーカー家四きょうだいの七歳の次男、帆船ツバメ号のシップスボーイ 「ツバメ号とアマゾン号 上下」 アーサー・ランサム作;神宮輝夫訳 岩波書店(岩波少年文庫) 2010年7月

ロジャー・バローズ
十四歳のウィルの父親、博物館館長であり採掘に情熱を傾けている男 「トンネル2 謎の暗黒世界ディープス 上下」 ロデリック・ゴードン著;ブライアン・ウィリアムズ著;堀江里美訳;田内志文訳 ゴマブックス 2008年8月

ロジャー・バローズ
十四歳のウィルの父親、博物館館長であり採掘に情熱を傾けている男 「トンネル 上下」 ロデリック・ゴードン著;ブライアン・ウィリアムズ著;堀江里美訳;田内志文訳 ゴマブックス 2008年1月

ローズ
おてんば魔女ハギー・アギーがかようスポーツ教室で友だちになった人間の女の子 「おてんば魔女パジャマパーティーで人気者!?―魔女ネコ日記3」 ハーウィン・オラム作;サラ・ウォーバートン絵;田中亜希子訳 ポプラ社 2008年10月

ローズソーン
ワインディング・サークル学院のディサプリン荘の監督者、園芸の達人で植物を操る魔法使い・ブライアーの先生 「サークル・マジック―ブライアーと癒しの木」 タモラ・ピアス著;西広なつき訳 小学館(小学館ルルル文庫) 2009年1月

ローズ・ベドフォード
イギリスにあるコラリー・チャールトン・バレエ教室に通う10才の女の子 「バレリーナ・ドリームズ3 ローズの大決心」 アン・ブライアント著;神戸万知訳;武蔵野ルネ絵 新書館 2009年1月

ローズ・ベドフォード
イギリスにあるコラリー・チャールトン・バレエ教室に通う6年生の女の子 「バレリーナ・ドリームズ6 いつまでも踊りたい」 アン・ブライアント著;神戸万知訳;武蔵野ルネ絵 新書館 2009年8月

ローズ・ベドフォード
イギリスにあるコラリー・チャールトン・バレエ教室に通う6年生の女の子 「バレリーナ・ドリームズ7 クリスマスの「くるみ割り人形」」 アン・ブライアント著;神戸万知訳;武蔵野ルネ絵 新書館 2009年11月

ローズマリー(ベイリー・リチャードソン)
すばらしい記憶力の才能をもつローズマリーのフェアリー 「NEWフェアリーズ 秘密の妖精たち1 ペリウィンクルと勇気の洞くつ」 J.H.スイート作;津森優子訳;唐橋美奈子絵 文溪堂 2010年6月

ローチ（ブライアー・モス）
元こそ泥、不揃いな黒髪に灰緑色の瞳で五ヶ国語を話す天涯孤独の少年 「サークル・マジック－サンドリと光の糸」 タモラ・ピアス著;西広なつき訳 小学館(小学館ルルル文庫) 2008年6月

ローチ（ブライアー・モス）
魔法学院ワインディング・サークル学院のディサプリン荘で暮らす植物を操る魔法使い、元こそ泥の少年 「サークル・マジック－ダジャと炎の絆」 タモラ・ピアス著;西広なつき訳 小学館(小学館ルルル文庫) 2008年1月

ローチ（ブライアー・モス）
魔法学院ワインディング・サークル学院のディサプリン荘で暮らす植物を操る魔法使い、元こそ泥の少年 「サークル・マジック－トリスと稲妻の矢」 タモラ・ピアス著;西広なつき訳 小学館(小学館ルルル文庫) 2008年8月

ローチ（ブライアー・モス）
魔法学院ワインディング・サークル学院のディサプリン荘で暮らす植物を操る魔法使い、元こそ泥の少年 「サークル・マジック－ブライアーと癒しの木」 タモラ・ピアス著;西広なつき訳 小学館(小学館ルルル文庫) 2009年1月

ロッキー（ロッキンヴァー）
子猫ほどの大きさで飛ぶことができる機械じかけの魔法のミニドラゴン 「銀竜の騎士団－いかさま師と暗黒の迷宮」 デイル・ドノヴァン著;リンダ・ジョンズ著;安田均監訳 アスキー・メディアワークス(ダンジョンズ&ドラゴンズスーパーファンタジー) 2008年5月

ロッキー（ロッキンヴァー）
子猫ほどの大きさで飛ぶことができる機械じかけの魔法のミニドラゴン 「銀竜の騎士団－ドラゴンと黄金の瞳」 リー・ソーズビー著;安田均監訳 アスキー(ダンジョンズ&ドラゴンズスーパーファンタジー) 2008年3月

ロッキンヴァー
子猫ほどの大きさで飛ぶことができる機械じかけの魔法のミニドラゴン 「銀竜の騎士団－いかさま師と暗黒の迷宮」 デイル・ドノヴァン著;リンダ・ジョンズ著;安田均監訳 アスキー・メディアワークス(ダンジョンズ&ドラゴンズスーパーファンタジー) 2008年5月

ロッキンヴァー
子猫ほどの大きさで飛ぶことができる機械じかけの魔法のミニドラゴン 「銀竜の騎士団－ドラゴンと黄金の瞳」 リー・ソーズビー著;安田均監訳 アスキー(ダンジョンズ&ドラゴンズスーパーファンタジー) 2008年3月

ロッタ
フーサンが住む大きな家の一階の住人・狐川さんの娘 「フーさん引っ越しをする」 ハンヌ・マケラ作;上山美保子訳 国書刊行会 2008年2月

ロッティ
プーさんのいる百エーカー森に学校をつくろうと思っているカワウソ 「プーさんの森にかえる」 デイヴィッド・ベネディクタス文;マーク・バージェス絵;こだまともこ訳 小学館 2010年10月

ロドリック・ヘフリー
三人兄弟の長男でグレッグの兄、ヘビメタバンドをしている少年 「グレッグのダメ日記 もう、がまんできない!」 ジェフ・キニー作;中井はるの訳 ポプラ社 2009年4月

ロドリック・ヘフリー
日記を書く6年生・グレッグの兄ちゃん、ヘビメタ好きの男の子 「グレッグのダメ日記」 ジェフ・キニー作;中井はるの訳 ポプラ社 2008年5月

ロドルフォ
時空を超えて異次元の世界へ旅するストラヴァガンテの一人で大魔法使い、女公主ドゥチェッサの恋人でルシアンの師匠 「ストラヴァガンザ 仮面の都 上下」 メアリ・ホフマン著;乾侑美子訳 小学館(SUPER!YA) 2010年7月

ロード・ロス
デモナータの魔将、熱狂的なチェスマニアでおおぜいの手下をしたがえている悪魔 「デモナータ10幕 地獄の英雄たち」 ダレン・シャン作;橋本恵訳;田口智子画 小学館 2009年12月

ロード・ロス
デモナータの魔将、熱狂的なチェスマニアでおおぜいの手下をしたがえている悪魔 「デモナータ6幕 悪魔の黙示録」 ダレン・シャン作;橋本恵訳;田口智子画 小学館 2008年3月

ローナン
魔法の島ネバーランドの妖精の谷ピクシー・ホロウに住むのんびりやのスパロー・マン 「ラニーと謎ときゲーム」 キキ・ソープ作;小宮山みのり訳 講談社(ディズニーフェアリーズ文庫) 2009年11月

ロナン
シーヘイブン島の人魚湾でドラゴン騎手のカーラと出会った人魚族の少年 「ドラゴンの谷2 嵐を越えて」 サラマンダ・ドレイク作;今居美月訳;田上俊介絵 学研教育出版 2010年1月

ロバート・ハーパー
十九世紀のイギリスにいた少年、寄宿学校へ向かうため一人で列車に乗った男の子 「トンネルに消えた女の怖い話」 クリス・プリーストリー著;デイヴィッド・ロバーツ画;三辺律子訳 理論社 2010年7月

ロバート・フィリップ
ニューヨークにある法律事務所の腕きき弁護士、男手一つで娘を育てているハンサムな男性 「魔法にかけられて」 ジャスミン・ジョーンズ作;橘高弓枝訳 偕成社(ディズニーアニメ小説版) 2008年2月

ロバート・フォスター
スペイン南部の小さな漁村・ウンブリーアに住むイギリス人、カメラを持ちあるく男 「フォスターさんの郵便配達」 エリアセル・カンシーノ作;宇野和美訳 偕成社 2010年11月

ロバン・マンジル
初級魔術師、エルフと人間の混血で弓の名手の少年 「タラ・ダンカン 5 禁じられた大陸 上下」 ソフィー・オドゥワン・マミコニアン著;山本知子訳;加藤かおり訳 メディアファクトリー 2008年7月

ロバン・マンジル
初級魔術師、十四歳のタラの恋人でエルフと人間の混血の弓の名手の少年 「タラ・ダンカン 6 マジスターの罠 上下」 ソフィー・オドゥワン・マミコニアン著;山本知子訳 メディアファクトリー 2009年7月

ロビー・エインズリー
デヴォン州の自宅の前で交通事故にあい昏睡状態となっている十歳の少年 「負けるな、ロビー!」 マイケル・モーパーゴ作;マイケル・フォアマン絵;佐藤見果夢訳 評論社(児童図書館・文学の部屋) 2008年9月

ロビー・ジェニングズ
バンド「スティフ・ディランズ」のメンバー、麗しの王子さま 「ゴーゴー・ジョージア1 運命の恋のはじまり!?」 ルイーズ・レニソン作;尾高薫訳 理論社 2009年4月

ロビー・ジェニングズ
バンド「スティフ・ディランズ」のメンバー、麗しの王子さま 「ゴーゴー・ジョージア2 男の子ってわかんない!!」 ルイーズ・レニソン作;尾高薫訳 理論社 2009年4月

ロビー・スチュワート
じつは全米で大人気のアイドル「ハンナ・モンタナ」であるマイリーの父親でモンタナのマネージャー 「ハンナ・モンタナ シーズン2 離れられない二人」 ローリー・マッケロイ文;野田香里訳 講談社(ディズニー文庫) 2009年8月

ロビー・スチュワート
じつは全米で大人気のアイドル「ハンナ・モンタナ」であるマイリーの父親でモンタナのマネージャー 「ハンナ・モンタナ3 デートは大忙し！」 ローリー・マッケロイ文;野田香里訳 講談社(ディズニー文庫) 2008年12月

ロビー・スチュワート
じつは全米で大人気のアイドル「ハンナ・モンタナ」であるマイリーの父親でモンタナのマネージャー 「ハンナ・モンタナ4 愛されちゃってオリバー」 M.C.キング文;野田香里訳 講談社(ディズニー文庫) 2009年2月

ロビー・スチュワート
じつは全米で大人気のアイドル「ハンナ・モンタナ」であるマイリーの父親でモンタナのマネージャー 「ハンナ・モンタナ5 ステージがこわい！」 ローリー・マッケロイ文;野田香里訳 講談社(ディズニー文庫) 2009年4月

ロビー・スチュワート
じつは全米で大人気のアイドル「ハンナ・モンタナ」であるマイリーの父親でモンタナのマネージャー 「ハンナ・モンタナ6 ジェイクに告白!?」 ベス・ビーチウッド文;野田香里訳 講談社(ディズニー文庫) 2009年6月

ロブ
南の島でなんでも売っている変わり者 「きつねのフォスとうさぎのハース その3」 シルヴィア・ヴァンデン・ヘーデ作;テー・チョンキン絵;野坂悦子訳 岩波書店 2009年5月

ロブ・ロシェル
白血病が再発したドーンの二十一歳の兄 「ドーン・ロシェルの季節2 ふたつのバースデイ」 ローレイン・マクダニエル作;日当陽子訳 岩崎書店 2010年7月

ロボ
ニューメキシコ北部にあるクルンパの谷を支配している王、すぐれた能力をもったハイイロオオカミ 「オオカミ王ロボ(シートン動物記)」 アーネスト・T.シートン文・絵;今泉吉晴訳 童心社 2009年12月

ロボ・ワン
新米発明家のトムが発明した本物そっくりの大型ロボット 「犬ロボ、売ります」 レベッカ・ライル作;松波佐知子訳;小栗麗加絵 徳間書店 2008年4月

ローラ・インガルス
ウィスコンシン州の森からインディアン居留地の大草原に移住したインガルス一家の七歳の娘 「大草原の小さな家」 ローラ・インガルス・ワイルダー作;足沢良子訳 草炎社(大草原の小さな家) 2008年7月

ローラ・インガルス
家族と離れてブルースター学校の教師になった少女 「この輝かしい日々」 ローラ・インガルス・ワイルダー作;足沢良子訳 そうえん社(大草原の小さな家) 2008年1月

ローラ・ギルロイ
ミドルスクールの七年生、同級生のコリーンを泣かせた意地悪な少女 「エマ・ジーン・ラザルス、木から落ちる」 ローレン・ターシス作;部谷真奈実訳 主婦の友社 2008年9月

ローラ・ブランド
悪人養成機関「HIVE」に入学させられた新入生、コンピューターに詳しい十三歳の少女 「ハイブ 悪のエリート養成機関－volume1」 マーク・ウォールデン作;三辺律子訳 ほるぷ出版 2008年6月

ローラ・ブランド
悪人養成機関「HIVE」の生徒でシェルビーの親友、コンピューターに詳しい少女 「ハイブ 悪のエリート養成機関－volume2 オーバーロード・プロトコル」 マーク・ウォールデン作;三辺律子訳 ほるぷ出版 2010年5月

ローラ・ベラ・ベルガモッタ
魔法の王国の王立バレエスクールに通うバレリーナのたまご、いつも元気いっぱいなムードメーカー 「魔法の国の小さなバレリーナ3 ローラ＝ベラと春の祭り」 エメラルド・エバーハート著;岡田好惠訳 学研教育出版 2010年2月

ローラ・ベラ・ベルガモッタ
魔法の王国の王立バレエスクールに通うバレリーナのたまご、いつも元気いっぱいなムードメーカー 「魔法の国の小さなバレリーナ4 オーディション大作戦!」 エメラルド・エバーハート著;岡田好惠訳 学研教育出版 2010年4月

ローラ・ベラ・ベルガモッタ
魔法の王国の王立バレエスクールに通うバレリーナのたまご、いつも元気いっぱいなムードメーカー 「魔法の国の小さなバレリーナ5 ウルスラと消えたプリンセス」 エメラルド・エバーハート著;岡田好惠訳 学研教育出版 2010年6月

ローラ・ベラ・ベルガモッタ
魔法の王国の王立バレエスクールに通うバレリーナのたまご、いつも元気いっぱいなムードメーカーの女の子 「魔法の国の小さなバレリーナ1 バレエ学校は大さわぎ!」 エメラルド・エバーハート著;岡田好惠訳 学研教育出版 2009年11月

ローラ・ベラ・ベルガモッタ
魔法の王国の王立バレエスクールに通うバレリーナのたまご、いつも元気いっぱいなムードメーカーの少女 「魔法の国の小さなバレリーナ2 伝説のプリマとクリスの秘密」 エメラルド・エバーハート著;岡田好惠訳 学研教育出版 2009年11月

ローラ・ベラ・ベルガモッタ
魔法の王国の王立バレエスクールに通う少女、ジェシカ・ジュニパーの親友 「魔法の国のかわいいバレリーナ 1 ジェシカと秘密のスパイ」 エメラルド・エバーハート著;岡田好惠訳 学研教育出版 2010年9月

ローラ・ベラ・ベルガモッタ
魔法の王国の王立バレエスクールに通う少女、ジェシカ・ジュニパーの親友 「魔法の国のかわいいバレリーナ 2 クリスとアイスミステリー」 エメラルド・エバーハート著;岡田好惠訳 学研教育出版 2010年12月

ローラ・ルフォンダ
じつは全米で大人気のアイドル「ハンナ・モンタナ」であるマイリーのいちばんの親友、元気いっぱいで明るい女の子 「ハンナ・モンタナ シーズン2 離れられない二人」 ローリー・マッケロイ文;野田香里訳 講談社(ディズニー文庫) 2009年8月

ローラ・ルフォンダ
じつは全米で大人気のアイドル「ハンナ・モンタナ」であるマイリーのいちばんの親友、元気いっぱいで明るい女の子 「ハンナ・モンタナ6 ジェイクに告白!?」 ベス・ビーチウッド文;野田香里訳 講談社(ディズニー文庫) 2009年6月

ローラン
ドラゴンライダー・エラゴンの従兄、カーヴァホール村を率いる青年 「ブリジンガー－炎に誓う絆 上下(ドラゴンライダー3)」 クリストファー・パオリーニ著;大嶌双恵訳 ヴィレッジブックス 2009年3月

ローリー
アメリカの片田舎にあるマーチ家のとなりに住むハンサムな青年 「若草物語 2 夢のお城」 オルコット作;谷口由美子訳;藤田香絵 講談社(青い鳥文庫) 2010年5月

ローリー
アメリカの片田舎に住むマーチ家のおとなりに住む男の子、礼儀正しくておもしろい少年 「若草物語」 オルコット作;中山知子訳;藤田香絵 講談社(青い鳥文庫) 2009年3月

ロリー(オーロラ・シルク)
ファッション界の超有名人と暮らすことになったなかよし姉妹の姉、ある日突然ふしぎな力が宿った十二歳の少女 「ブルー☆ロックガール(ロリー&エルシーのおしゃれマジック2)」 フィオナ・ダンバー作;露久保由美子訳;沖ふみか絵 フレーベル館 2008年11月

ロリー(オーロラ・シルク)
悪の巨大組織に狙われながらママとパパをさがすなかよし姉妹の姉 「ゴールド☆タイガーリリー [ロリー&エルシーのおしゃれマジック](3)」 フィオナ・ダンバー作;露久保由美子訳 フレーベル館 2010年2月

ロリー(オーロラ・シルク)
突然両親が行方不明になり寄宿学校に転校したなかよし姉妹の姉、かわいいのに自信がもてない十二歳の少女 「ピンク☆カメレオン(ロリー&エルシーのおしゃれマジック1)」 フィオナ・ダンバー作;露久保由美子訳;沖ふみか絵 フレーベル館 2008年7月

ロリスタン
祖国サマヴィアに忠誠を誓うよう息子のマルコに教えた父親、ロンドンにいる亡命者 「消えた王子 上下」 フランシス・ホジソン・バーネット作;中村妙子訳 岩波書店(岩波少年文庫) 2010年2月

ローリー・ヴァーガス
ジャイアント退治を義理の弟ニコラスと手伝うことになったフロリダの十一歳の少女 「NEWスパイダーウィック家の謎 第2巻 ジャイアント襲来」 ホリー・ブラック作;トニー・ディテルリッジ絵;飯野眞由美 文溪堂 2010年1月

ローリー・ヴァーガス
フロリダの町でジャイアントが目を覚ます理由を知った十一歳の少女、ニコラスの義理の姉 「NEWスパイダーウィック家の謎 第3巻 ワーム・ドラゴンの王」 ホリー・ブラック作;トニー・ディテルリッジ絵;飯野眞由美 文溪堂 2010年4月

ローリー・ヴァーガス
義理の弟のニコラスと倒れていた妖精・タロアを助けた十一歳の少女 「NEWスパイダーウィック家の謎 第1巻 妖精図鑑、ふたたび」 ホリー・ブラック作;トニー・ディテルリッジ絵;飯野眞由美訳 文溪堂 2009年11月

ロルネス教授(シム・ロルネス)　ろるねすきょうじゅ(しむろるねす)
身長1.5mmの少年トビーの投獄された父、木の世界で一番すぐれた科学者 「トビー・ロルネス 1 空に浮かんだ世界」 ティモテ・ド・フォンベル作;フランソワ・プラス画;伏見操訳 岩崎書店 2008年7月

ロルネス教授(シム・ロルネス)　ろるねすきょうじゅ(しむろるねす)
身長1.5mmの少年トビーの投獄された父、木の世界で一番すぐれた科学者 「トビー・ロルネス 2 逃亡者」 ティモテ・ド・フォンベル作;フランソワ・プラス画;伏見操訳 岩崎書店 2008年10月

ロルネス教授(シム・ロルネス)　ろるねすきょうじゅ(しむろるねす)
身長1.5mmの少年トビーの投獄された父、木の世界で一番すぐれた科学者 「トビー・ロルネス 3 エリーシャの瞳」 ティモテ・ド・フォンベル作;フランソワ・プラス画;伏見操訳 岩崎書店 2009年2月

ろるね

ロルネス教授(シム・ロルネス)　ろるねすきょうじゅ(しむろるねす)
身長1.5mmの少年トビーの投獄された父、木の世界で一番すぐれた科学者「トビー・ロルネス4 最後の戦い」ティモテ・ド・フォンベル作;フランソワ・プラス画;伏見操訳　岩崎書店　2009年3月

ロレーナ
オラクル寺院から追放された元侍女、別の名前を名乗り手紙の代筆屋をする女性「オラクルの光－預言に隠されし陰謀」ヴィクトリア・ハンリー著;杉田七重訳　小学館(小学館ルルル文庫)　2008年3月

ローレン
あわてんぼうだけどじっこうりょくのある女の子、茶色の雑種の子犬バスターのかい主「ミステリー・パピークラブ1 おじょう様の子犬をさがせ!」ジョディー・メラー作;もん訳　PHP研究所　2009年7月

ローレン
あわてんぼうだけどじっこうりょくのある女の子、茶色の雑種の子犬バスターのかい主「ミステリー・パピークラブ2 消えた名画をさがせ!」ジョディー・メラー作;もん訳　PHP研究所　2009年9月

ローレン
パピークラブのメンバーのあわてんぼうだけどじっこうりょくのある女の子、茶色の雑種犬・バスターのかい主「ミステリー・パピークラブ3 猫の映画スター誘拐事件」ジョディー・メラー作;もん訳　PHP研究所　2010年2月

ローレン
パピークラブのメンバーのあわてんぼうだけどじっこうりょくのある女の子、茶色の雑種犬・バスターのかい主「ミステリー・パピークラブ4 宝石どろぼうをつかまえろ!」ジョディー・メラー作;もん訳　PHP研究所　2010年2月

ローレン
フェアリーランドのペットの妖精のひとり、子犬の妖精「子犬の妖精(フェアリー)ローレン(レインボーマジック)」デイジー・メドウズ作;田内志文訳　ゴマブックス　2008年4月

ローレン・アダムス
英国情報局の指揮下にある秘密組織「チェラブ」の部員、仲間たちとカルト教団への潜入を試みた十一歳の少女「チェラブ Mission5 マインド・コントロール」ロバート・マカモア作;大澤晶訳　ほるぷ出版　2009年10月

ローレン・アダムス
英国情報局の指揮下にある秘密組織「チェラブ」の部員になるための厳しい最終テストを受けることになった十歳の少女、ジェームズの妹「チェラブ Mission3 脱獄」ロバート・マカモア作;大澤晶訳　ほるぷ出版　2008年8月

ローレン・アダムズ
英国情報局の裏組織で十七歳以下の子どもが活躍する極秘スパイ機関「チェラブ」の優秀な十一歳のエージェント、チェラブの一員・ジェームズの異父妹「英国情報局秘密組織 CHERUB(チェラブ) Mission6 リベンジ」ロバート・マカモア作;大澤晶訳　ほるぷ出版　2010年8月

ローレン・アダムス(ローレン・アニアンズ)
母の死後に義兄のジェームズと引き離され父親とふたりで暮らし始めた九歳の少女「チェラブ Mission1 スカウト」ロバート・マカモア作;大澤晶訳　ほるぷ出版　2008年2月

ローレン・アニアンズ
母の死後に義兄のジェームズと引き離され父親とふたりで暮らし始めた九歳の少女「チェラブ Mission1 スカウト」ロバート・マカモア作;大澤晶訳　ほるぷ出版　2008年2月

ローレン・ウルフ
友だちがほしくてたまらなくなりインターネット掲示板で別人になりすまして書きこみをはじめた内気な十三歳の少女 「ニック・シャドウの真夜中の図書館 5 うそつき」 ニック・シャドウ著;堂田和美訳 ゴマブックス 2008年6月

ローレン・ケリー（デューベリー）
知恵と知識の才能をもちユニコーンのしっぽの毛を編んだ杖をもつフェアリー 「NEWフェアリーズ 秘密の妖精たち2 シナバーと影の島」 J.H.スイート作;津森優子訳;唐橋美奈子絵 文溪堂 2010年8月

ロロ
正義のみかた「くろて団」の団員、いつもしまのセーターを着ている男の子 「くろて団は名探偵」 ハンス・ユルゲン・プレス作;大社玲子訳 岩波書店(岩波少年文庫) 2010年9月

ロン
皇帝軍に襲われた蔵真寺から生き残った五人の少年僧の一人、龍拳の遣い手の十三歳 「カンフーファイブ 1 ほえろフウ!怒りの虎拳」 ジェフ・ストーン作;もきかずこ訳;スカイエマ絵 ランダムハウス講談社 2009年6月

ロン
皇帝軍に襲われた蔵真寺から生き残った五人の少年僧の一人、龍拳の遣い手の十三歳 「カンフーファイブ 2 とべ!マァラオ樹上の猿拳」 ジェフ・ストーン作;もきかずこ訳;スカイエマ絵 ランダムハウス講談社 2009年9月

ロン・ウィーズリー
親友ハリー・ポッターとともに闇の魔法使い・ヴォルデモートを倒すための旅に出た魔法使いの少年 「ハリー・ポッターと死の秘宝 上下」 J.K.ローリング作;松岡佑子訳 静山社 2008年7月

ロン・カイデュアン
いたずらが大好きな紫色のオスの幼龍、老龍ダンザが少女ピンに託した子 「ドラゴンキーパー 紫の幼龍」 キャロル・ウィルキンソン作;もきかずこ訳 金の星社 2009年1月

ロン・カイデュアン
姿替えが得意な紫色のオスの幼龍、龍守りの少女・ピンと頭の中で会話ができる老龍ダンザの子 「ドラゴンキーパー 月下の翡翠龍」 キャロル・ウィルキンソン作;もきかずこ訳 金の星社 2009年11月

【わ】

わし
塔に閉じこめられたわがままな王女・キルディーンを厳しくしつけたわし 「わしといたずらキルディーン」 マリー女王著;長井那智子訳 春風社 2008年8月

ワトソン
ロンドンの私立探偵・ホームズの親友、開業医 「六つのナポレオン像」 ドイル作;亀山龍樹訳 ポプラ社(ポプラポケット文庫) 2009年10月

ワトソン
医者、名探偵ホームズの親友 「名探偵シャーロック・ホームズ」 コナン・ドイル作;石田文子訳 角川書店(角川つばさ文庫) 2010年3月

ワトソン
医者、名探偵ホームズの友人 「名探偵ホームズバスカビル家の犬」 コナン・ドイル作;日暮まさみち訳 講談社(青い鳥文庫) 2010年12月

わとそ

ワトソン
医者、名探偵ホームズの友人 「名探偵ホームズ赤毛組合」コナン・ドイル作;日暮まさみち訳 講談社(青い鳥文庫) 2010年11月

ワトソン
開業医、私立探偵ホームズの親友で事件の記録者 「名探偵ホームズ7 悪魔の足」ドイル作;亀山龍樹訳 ポプラ社(ポプラポケット文庫) 2010年3月

ワーマルド
リード村の名士・ノーウェルの屋敷にいる有能な女執事、魔女 「魔使いの戦い 上下(魔使いシリーズ)」ジョゼフ・ディレイニー著;金原瑞人・田中亜希子訳 東京創元社(sogen bookland) 2009年2月

ワリード・イブン・ホジュル
キンダ王国の王子、カスィーダのコンクールで三度も絨毯織りのハンマードに負けた男 「漂泊の王の伝説」ラウラ・ガジェゴ・ガルシア作;松下直弘訳 偕成社 2008年3月

わるい妖精　わるいようせい
魔法の国・エンチャンティアのオーレリア姫にのろいをかけたわるい妖精 「マジック・バレリーナ 5 デルフィと妖精の名づけ親」ダーシー・バッセル著;ケイティ・メイ絵;神戸万知訳 新書館 2010年8月

ワルキューレ・カイン(ステファニー)
魔術を習得中の女戦士、骸骨の姿の私立探偵スカルダガリーに魔法の世界へ導かれた十三歳の少女 「スカルダガリー 2」デレク・ランディ著;村上ゆみ子訳 小学館 2009年6月

ワルキューレ・カイン(ステファニー)
魔術を習得中の女戦士、骸骨の姿の私立探偵スカルダガリーに魔法の世界へ導かれた十四歳の少女 「スカルダガリー 3」デレク・ランディ著;村上ゆみ子訳 小学館 2010年6月

ワンダ
ふしぎなことが大好きな少年ザックの家をあらしていた八歳の子どもの悪霊 「ぼくの家はおばけやしき－ザックのふしぎたいけんノート」ダン・グリーンバーグ著;原京子訳;原ゆたか絵 メディアファクトリー 2009年9月

ワンダ・マホーツカイ
幽霊屋敷「キミワルーイ屋敷」に住みはじめた幽霊、屋敷で同居する少女・アラミンタの友だち 「お誕生日の剣－いたずらアラミンタ2」アンジー・セイジ著;斎藤倫子訳 東京創元社(sogen bookland) 2010年1月

ワンダ・マホーツカイ
幽霊屋敷「キミワルーイ屋敷」に住みはじめた幽霊、屋敷で同居する少女・アラミンタの友だち 「カエルはどこだ－いたずらアラミンタ 3」アンジー・セイジ著;斎藤倫子訳 東京創元社(sogen bookland) 2010年5月

ワンダ・マホーツカイ
幽霊屋敷「キミワルーイ屋敷」に住みはじめた幽霊、屋敷で同居する少女・アラミンタの友だち 「ちび吸血鬼捕獲作戦－いたずらアラミンタ4」アンジー・セイジ著;斎藤倫子訳 東京創元社(sogen bookland) 2010年6月

収録作品一覧（児童文学作家の姓の表記順→名の順→出版社の字順並び）

ユリシーズ・ムーアとなぞの地図／Baccalario 著／学研パブリッシング／2010/10
ユリシーズ・ムーアと鏡の館／Baccalario 著／学研パブリッシング／2010/12
ユリシーズ・ムーアと時の扉／Baccalario 著／学研パブリッシング／2010/10
やせっぽちの死刑執行人 上下／Darren Shan 作／小学館／2010/05
100の扉 1／N. D. Wilson 作／小学館（小学館ファンタジー文庫）／2009/02
100の扉 2 タンポポの炎 上下／N. D. Wilson 作／小学館（小学館ファンタジー文庫）／2009/08
100の扉 3 チェストナットの王 上下／N. D. Wilson 作／小学館（小学館ファンタジー文庫）／2010/11
シャーロット・ドイルの告白／アヴィ作／あすなろ書房／2010/07
片腕のキャッチ／M. J. アウク作／フレーベル館／2010/08
フランクとぼく／ヨーナス・アウティオ著／あすなろ書房／2009/11
太陽のくに／エヴァ・アスムセン作／金の星社／2010/12
タイムトラベラー2 ふたつの反重力マシン／リンダ・バックリー・アーチャー著／ソフトバンククリエイティブ／2009/01
タイムトラベラー 3 さらば反重力マシン／リンダ・バックリー・アーチャー著／ソフトバンククリエイティブ／2010/10
天才少年ダンボール博士の日記／フランク・アッシュ作／ポプラ社（ポップコーン・ブックス）／2009/05
チム・ラビットのぼうけん／A. アトリー作／童心社／2008/11
マックス・レミースーパースパイ Mission3 悪夢のうずを食い止めろ!／デボラ・アベラ作／童心社／2008/04
あきらめないで－白血病と闘ったわたしの日々／マルティナ・アマン作／徳間書店／2009/05
ウィッティントン／アラン・アームストロング作／さ・え・ら書房／2009/11
ウェストマーク戦記 1 王国の独裁者／ロイド・アリグザンダー作／評論社／2008/11
ウェストマーク戦記 2 ケストレルの戦争／ロイド・アリグザンダー作／評論社／2008/11
ウェストマーク戦記 3 マリアンシュタットの嵐／ロイド・アリグザンダー作／評論社／2008/11
ハンナ・モンタナ2 ニキビとメガネと友情と／アリス・アルフォンシ文／講談社（ディズニー文庫）／2008/10
ハイスクール・ミュージカル イースト高校 ポエム・コンテスト／アリス・アルフォンシ文／講談社（ディズニー文庫）／2008/09
はみだしインディアンのホントにホントの物語／シャーマン・アレクシー著／小学館（SUPER!YA）／2010/02
ピーチズ★初恋／ジョディ・リン・アンダーソン著／小学館（SUPER!YA）／2009/12
ピーチズ★卒業／ジョディ・リン・アンダーソン著／小学館（SUPER!YA）／2010/03
キケンな野良猫王国（マック動物病院ボランティア日誌）／ローリー・ハルツ・アンダーソン作／金の星社／2009/09
セラピー犬からのおくりもの（マック動物病院ボランティア日誌）／ローリー・ハルツ・アンダーソン作／金の星社／2009/12
マック動物病院ボランティア日誌 逃げおくれた猫を救え／ローリー・ハルツ・アンダーソン作／金の星社／2010/03
悪徳犬ブリーダーをさがせ（マック動物病院ボランティア日誌）／ローリー・ハルツ・アンダーソン作／金の星社／2009/08
マンディ／ジュリー・アンドリュース作／小学館／2008/11
偉大なワンドゥードル最後の一匹／ジュリー・アンドリュース作／小学館／2008/06
幼い王様の涙／イ・ギュヒ文／現文メディア（韓国人気童話シリーズ）／2009/03

チャリンコ・ヒコーキ・ジャージャー麺／イ・サンベ文／現文メディア（韓国人気童話シリーズ）／2008/07
ジャージャー麺がのびちゃうよ！／イヒョン文／現文メディア（韓国人気童話シリーズ12）／2010/03
お父さんみたいになりたいな／イ・ブン文／現文メディア（韓国人気童話シリーズ）／2009/12
太ってたってぼくはぼく／イ・ミエ文／現文メディア（韓国人気童話シリーズ15）／2010/03
フューチャーウォーカー1 彼女は飛ばない／イヨンド作／岩崎書店／2010/11
ネズミさんとモグラくん ネズミさんとモグラくんの楽しいおうち／ウォン・ハーバート・イー作／小峰書店／2010/07
ミラート年代記1 古の民シリリム／ラルフ・イーザウ著／あすなろ書房／2008/07
ミラート年代記2 タリンの秘密／ラルフ・イーザウ著／あすなろ書房／2009/04
ミラート年代記3 シルマオの聖水／ラルフ・イーザウ著／あすなろ書房／2010/04
黒魔女コンテスト／エヴァ・イボットソン著／偕成社／2009/10
夢の彼方への旅／エヴァ・イボットソン著／偕成社／2008/06
なんでもただ会社／ニコラ・ド・イルシング作／日本標準（シリーズ本のチカラ）／2008/04
ネズミだって考える ルチルとカブスケの、うるさいおはなしと静かなおはなし／フレドリック・ヴァーレ文／BL出版／2009/11
ヴァイオレットがぼくに残してくれたもの／ジェニー・ヴァレンタイン著／小学館（SUPER!YA）／2009/06
エバークエスト 連合帝国の興亡／スチュアート・ウィーク著／アスキー・メディアワークス／2008/04
ベスと風変わりな友だち／エイミー・ヴィセント作／講談社（ディズニーフェアリーズ文庫）／2008/09
ルナ・チャイルド4 ニーナと水の迷宮の秘密／ムーニー・ウィッチャー作／岩崎書店／2008/02
プリンセス♡クラブ2 ステキな王子にごようじん！／スザンヌ・ウィリアムス作／ポプラ社／2009/04
プリンセス♡クラブ3 かいぶつなんてこわくない!?／スザンヌ・ウィリアムス作／ポプラ社／2009/08
プリンセス♡クラブ4 わたしのかみにまほうをかけて／スザンヌ・ウィリアムス作／ポプラ社／2009/12
プリンセス♡クラブ5 めざめのキスはリンゴ味／スザンヌ・ウィリアムス作／ポプラ社／2010/04
プリンセス♡クラブ6 友情は、むてきのまほう／スザンヌ・ウィリアムス作／ポプラ社／2010/08
湖のほとりの小さな町／シーリア・ウィルキンズ作／福音館書店（世界傑作童話シリーズ）／2009/05
二人の小さな家／シーリア・ウィルキンズ作／福音館書店（世界傑作童話シリーズ）／2010/06
せせらぎのむこうに／シーリア・ウィルキンズ作／福音館書店（世界傑作童話シリーズ）／2008/11
ドラゴンキーパー 紫の幼龍／キャロル・ウィルキンソン作／金の星社／2009/01
ドラゴンキーパー 月下の翡翠龍／キャロル・ウィルキンソン作／金の星社／2009/11
ミラースケープ／マイク・ウィルクス著／ソフトバンククリエイティブ／2008/07
トレイシー・ビーカー物語1 おとぎ話はだいきらい／ジャクリーン・ウィルソン作／偕成社／2010/09
トレイシー・ビーカー物語2 舞台の上からママへ／ジャクリーン・ウィルソン作／偕成社／2010/09
トレイシー・ビーカー物語3 わが家がいちばん！／ジャクリーン・ウィルソン作／偕成社／2010/09
キスはオトナの味／ジャクリーン・ウィルソン作／理論社／2008/01
ベストフレンズいつまでも！／ジャクリーン・ウィルソン作／理論社／2010/09
リジーとひみつのティーパーティ／ジャクリーン・ウィルソン作／理論社（フォア文庫）／2008/01
ミシェルのゆううつな一日／マルティナ・ヴィルトナー作／岩波書店／2010/01
タングルレック／ジャネット・ウィンターソン著／小学館／2008/11
海竜めざめる－ボクラノエスエフ／ジョン・ウィンダム著／福音館書店／2009/02
インディ・ジョーンズ最後の聖戦（アドベンチャーズ・オブ・インディ・ジョーンズ3）／ライダー・ウィンダム著／ヴィレッジブックス／2008/05
インディ・ジョーンズ魔宮の伝説（アドベンチャーズ・オブ・インディ・ジョーンズ2）／スザンヌ・ウェイン作／ヴィレッジブックス／2008/05
マゴリアムおじさんの不思議なおもちゃ屋／スザンヌ・ウェイン作／角川書店／2008/01
ゴーストアビー／ロバート・ウェストール著／あかね書房（YA Dark）／2009/03
水深五尋／ロバート・ウェストール著／岩波書店／2009/03

リスとツバメ／マリア=**ヴオリオ**作／講談社／2010/04
ハイブ 悪のエリート養成機関－ｖｏｌｕｍｅ１／マーク・**ウォールデン**作／ほるぷ出版／2008/06
ハイブ 悪のエリート養成機関－ｖｏｌｕｍｅ２　オーバーロード・プロトコル／マーク・**ウォールデン**作／ほるぷ出版／2010/05
キルトにつづる物語－アメリカ開拓時代を生きた少女／アンドレア・**ウォーレン**作／汐文社／2008/12
北からやって来た女の子／**ウォン・ユスン**文／現文メディア（韓国人気童話シリーズ）／2008/12
最高のハッピーエンド／ヨシコ・**ウチダ**作／ひくまの出版／2010/01
わたしは、わたし／ジャクリーン・**ウッドソン**作／鈴木出版（鈴木出版の海外児童文学）／2010/07
トゥルー・ビリーヴァー／ヴァージニア・ユウワー・**ウルフ**著／小学館（SUPER!YA）／2009/06
おとなりさんは魔女－アーミテージ一家のお話1／ジョーン・**エイキン**作／岩波書店（岩波少年文庫）／2010/06
ゾウになった赤ちゃん／ジョーン・**エイキン**作／岩波書店（岩波少年文庫）／2010/11
ねむれなければ木にのぼれ／ジョーン・**エイキン**作／岩波書店（岩波少年文庫）／2010/08
ウィロビー・チェースのオオカミ－「ダイドーの冒険」シリーズ／ジョーン・**エイキン**作／冨山房／2008/11
ダイドーと父ちゃん－「ダイドーの冒険」シリーズ／ジョーン・**エイキン**作／冨山房／2008/01
少女イス－地下の国へ（「ダイドーの冒険」シリーズ）／ジョーン・**エイキン**作／冨山房／2010/03
暗い森のなかへ（イングリッドの謎解き大冒険）／ピーター・**エイブラハムズ**著／ソフトバンククリエイティブ／2009/08
オックスフォード物語 マリアの夏の日／ジリアン・**エイブリー**作／偕成社／2009/06
かいじゅうたちのいるところ／デイヴ・**エガーズ**著／河出書房新社／2009/12
時間をまきもどせ！／ナンシー・**エチメンディ**作／徳間書店／2008/10
オバマ／ロバータ・**エドワーズ**著／岩崎書店／2009/01
ミシェル・オバマ　ママはファーストレディー／ロバータ・**エドワーズ**著／岩崎書店／2009/05
魔法の国のかわいいバレリーナ 1 ジェシカと秘密のスパイ／エメラルド・**エバーハート**著／学研教育出版／2010/09
魔法の国のかわいいバレリーナ 2 クリスとアイスミステリー／エメラルド・**エバーハート**著／学研教育出版／2010/12
魔法の国の小さなバレリーナ1 バレエ学校は大さわぎ！／エメラルド・**エバーハート**著／学研教育出版／2009/11
魔法の国の小さなバレリーナ2 伝説のプリマとクリスの秘密／エメラルド・**エバーハート**著／学研教育出版／2009/11
魔法の国の小さなバレリーナ3 ローラ=ベラと春の祭り／エメラルド・**エバーハート**著／学研教育出版／2010/02
魔法の国の小さなバレリーナ4 オーディション大作戦！／エメラルド・**エバーハート**著／学研教育出版／2010/04
魔法の国の小さなバレリーナ5 ウルスラと消えたプリンセス／エメラルド・**エバーハート**著／学研教育出版／2010/06
黒猫オルドウィンの冒険－三びきの魔法使い、旅に出る／アダム・ジェイ・**エプスタイン**著／早川書房／2010/11
ゆかいな農場／マルセル・**エーメ**作／福音館書店（世界傑作童話シリーズ）／2010/03
火曜日のごちそうはヒキガエル－ヒキガエルとんだ大冒険1／ラッセル・E・**エリクソン**作／評論社（児童図書館・文学の部屋）／2008/02
消えたモートンとんだ大そうさく－ヒキガエルとんだ大冒険2／ラッセル・E・**エリクソン**作／評論社（児童図書館・文学の部屋）／2008/02
ウォートンのとんだクリスマス・イブ－ヒキガエルとんだ大冒険3／ラッセル・E・**エリクソン**作／評論社（児童図書館・文学の部屋）／2008/04

SOS！あやうし空の王さま号―ヒキガエルとんだ大冒険4／ラッセル・E・エリクソン作／評論社（児童図書館・文学の部屋）／2008/04
ウォートンとモリネズミの取引屋―ヒキガエルとんだ大冒険5／ラッセル・E・エリクソン作／評論社（児童図書館・文学の部屋）／2008/01
とむらう女／ロレッタ・エルスワース著／作品社／2009/11
三つ穴山へ、秘密の探検／ペール・オーロフ・エンクイスト作／あすなろ書房／2008/11
指ぬきの夏／エリザベス・エンライト作・絵／岩波書店（岩波少年文庫）／2009/06
土曜日はお楽しみ／エリザベス・エンライト作／岩波書店（岩波少年文庫）／2010/12
犬どろぼう完全計画／バーバラ・オコーナー作／文溪堂／2010/10
ジジのエジプト旅行／ラッシェル・オスファテール作／文研出版（文研じゅべにーる）／2010/11
ユニコーン奇跡の救出／メアリー・ポープ・オズボーン著／メディアファクトリー（マジック・ツリーハウス 22）／2008/02
江戸の大火と伝説の龍／メアリー・ポープ・オズボーン著／メディアファクトリー（マジック・ツリーハウス 23）／2008/06
ダ・ヴィンチ空を飛ぶ／メアリー・ポープ・オズボーン著／メディアファクトリー（マジック・ツリーハウス 24）／2008/11
巨大ダコと海の神秘／メアリー・ポープ・オズボーン著／メディアファクトリー（マジック・ツリーハウス 25）／2009/02
南極のペンギン王国／メアリー・ポープ・オズボーン著／メディアファクトリー（マジック・ツリーハウス 26）／2009/06
モーツァルトの魔法の笛／メアリー・ポープ・オズボーン著／メディアファクトリー（マジック・ツリーハウス 27）／2009/11
嵐の夜の幽霊海賊／メアリー・ポープ・オズボーン著／メディアファクトリー（マジック・ツリーハウス 28）／2010/06
ふしぎの国の誘拐事件／メアリー・ポープ・オズボーン著／メディアファクトリー（マジック・ツリーハウス 29）／2010/11
サリーの帰る家／エリザベス・オハラ作／さ・え・ら書房／2010/04
死の影の谷間／ロバート・C・オブライエン作／評論社（海外ミステリーBOX）／2010/02
おてんば魔女バレエ学校で123―魔女ネコ日記1／ハーウィン・オラム作／ポプラ社／2008/04
おてんば魔女ガールズバンドで大スター！？―魔女ネコ日記2／ハーウィン・オラム作／ポプラ社／2008/07
おてんば魔女パジャマパーティーで人気者！？―魔女ネコ日記3／ハーウィン・オラム作／ポプラ社／2008/10
おてんば魔女魔女料理は☆☆☆料理！！―魔女ネコ日記4／ハーウィン・オラム作／ポプラ社／2009/01
秘密の島のニム／ウェンディー・オルー著／あすなろ書房／2008/07
若草物語 2 夢のお城／オルコット作／講談社（青い鳥文庫）／2010/05
若草物語／オルコット作／講談社（青い鳥文庫）／2009/03
遠い親せき／ウーリー・オルレブ作／岩波書店／2010/11
くじらの歌／ウーリー・オルレブ作／岩波書店／2010/06
ハンター／ジョイ・カウリー作／偕成社／2010/06
ドラゴンとみんなの新学期！／ジューン・カウンスル作／日本標準（シリーズ本のチカラ）／2010/09
ドラゴンが教室にやってきた！／ジューン・カウンスル作／日本標準（シリーズ本のチカラ）／2010/04
一組のドラゴンとまほうの山！／ジューン・カウンスル作／日本標準（シリーズ本のチカラ）／2010/12
シャムロック・ティー／キアラン・カーソン著／東京創元社（海外文学セレクション）／2009/01
スパイガール episode2 男子禁制！／アリー・カーター作／理論社／2008/02
スパイガール episode3 セレブ警護！／アリー・カーター作／理論社／2009/09
怪盗ビショップの娘／アリー・カーター作／理論社／2010/04
校長先生はごほうびがすき！？―きょうもトンデモ小学校／ダン・ガットマン作／ポプラ社／2008/01

マネー先生まねーるだいすき！－きょうもトンデモ小学校／ダン・**ガットマン**作／ポプラ社／2008/04
人形劇場へごしょうたい（公園の小さななかまたち）／サリー・**ガードナー**作絵／偕成社／2009/12
コリアンダーと妖精の国／サリー・**ガードナー**著／主婦の友社／2008/11
ムーンレディの記憶／E.L.**カニグズバーグ**作／岩波書店／2008/10
ぼくとくジョージ／E.L.**カニグズバーグ**作／岩波書店（岩波少年文庫）／2008/01
ふくろ小路一番地／イーヴ・**ガーネット**作／岩波書店（岩波少年文庫）／2009/05
サーティーナイン・クルーズ5 闇の包囲網／パトリック・**カーマン**著／メディアファクトリー／2010/02
風をつかまえた少年－十四歳だったぼくはたったひとりで風力発電をつくった／ウィリアム・**カムクワンバ**著／文藝春秋／2010/11
マルコヴァルドさんの四季／イタロ・**カルヴィーノ**作／岩波書店（岩波少年文庫）／2009/06
カナリア王子－イタリアのむかしばなし／イタロ・**カルヴィーノ**再話／福音館書店（福音館文庫）／2008/10
漂泊の王の伝説／ラウラ・ガジェゴ・**ガルシア**作／偕成社／2008/03
この世のおわり／ラウラ・ガジェゴ・**ガルシア**作／偕成社／2010/10
でておいで森のようせい／エリナ・**カルヤライネン**作／学研教育出版（新しい世界の幼年童話）／2009/11
赤いぼうしのタルレーナ／エリナ・**カルヤライネン**作／学研教育出版（新しい世界の幼年童話）／2009/11
ジャミーラの青いスカーフ／ルクサナ・**カーン**作／さ・え・ら書房／2010/12
フォスターさんの郵便配達／エリアセル・**カンシーノ**作／偕成社／2010/11
風の少年ムーン／ワット・**キー**作／偕成社／2010/11
パイレーツ・オブ・カリビアンジャック・スパロウの冒険10　父の罪／ロブ・**キッド**著／講談社／2008/03
パイレーツ・オブ・カリビアンジャック・スパロウの冒険11　ポセイドンの峰／ロブ・**キッド**著／講談社／2008/07
パイレーツ・オブ・カリビアンジャック・スパロウの冒険12　新たなる水平線／ロブ・**キッド**著／講談社／2008/12
グレッグのダメ日記／ジェフ・**キニー**作／ポプラ社／2008/05
グレッグのダメ日記 ボクの日記があぶない！／ジェフ・**キニー**作／ポプラ社／2008/09
グレッグのダメ日記 もう、がまんできない！／ジェフ・**キニー**作／ポプラ社／2009/04
グレッグのダメ日記 あ〜あ、どうしてこうなるの!?／ジェフ・**キニー**作／ポプラ社／2009/11
グレッグのダメ日記 なんとか、やっていくよ／ジェフ・**キニー**作／ポプラ社／2010/11
ライオンの風にのって／パトリシア・ライリー・**ギフ**作／さ・え・ら書房（ポークストリート小学校のなかまたち6）／2008/11
からまっちゃんスパゲッティの宙返り／パトリシア・ライリー・**ギフ**作／さ・え・ら書房（ポークストリート小学校のなかまたち7）／2008/12
ターザンロープがこわい／パトリシア・ライリー・**ギフ**作／さ・え・ら書房（ポークストリート小学校のなかまたち8）／2009/03
みんなそろって、はい、チーズ！／パトリシア・ライリー・**ギフ**作／さ・え・ら書房（ポークストリート小学校のなかまたち9）／2009/04
コンクリートで目玉やき／パトリシア・ライリー・**ギフ**作／さ・え・ら書房（ポークストリート小学校のなかまたち10）／2009/04
リリー・モラハンのうそ／パトリシア・ライリー・**ギフ**作／さ・え・ら書房／2008/02
11をさがして／パトリシア・ライリー・**ギフ**作／文研出版（文研じゅべにーる）／2010/09
ねこの学校1 水晶どうくつの秘密／**キム**・ジンギョン作／岩崎書店／2008/08
ねこの学校2 魔法のおくりもの／**キム**・ジンギョン作／岩崎書店／2008/08
ねこの学校3 ほんとうになった予言／**キム**・ジンギョン作／岩崎書店／2008/11
ねこの学校4 わたしはそなたの瞳のなかにいよう／**キム**・ジンギョン作／岩崎書店／2009/01
ねこの学校5 たましいの丘／**キム**・ジンギョン作／岩崎書店／2009/03
願いをかなえる贈りもの／**キム**・ソンヒ文／現文メディア（韓国人気童話シリーズ）／2008/12

ぼくの名前はへんてこりん／キム・ヒャンイ文／現文メディア（韓国人気童話シリーズ）／2009/03
嘘つきは恋のはじまり／メグ・キャボット作／理論社／2010/03
メディエータ0　episode3　復讐のハイウェイ／メグ・キャボット作／理論社／2008/01
ジンクス　恋の呪い／メグ・キャボット作／理論社／2009/03
ハリウッドスターと謎のライバル／ジェン・キャロニタ著／小学館（SUPER!YA）／2010/07
ハリウッドスター、撮影開始！／ジェン・キャロニタ著／小学館（SUPER!YA）／2009/11
転校生は、ハリウッドスター／ジェン・キャロニタ著／小学館（SUPER!YA）／2009/06
不思議の国のアリス／ルイス・キャロル作／BL出版／2008/11
かがみの国のアリス／ルイス・キャロル作／アスキー・メディアワークス（角川つばさ文庫）／2010/08
ふしぎの国のアリス／ルイス・キャロル作／アスキー・メディアワークス（角川つばさ文庫）／2010/03
ふしぎの国のアリス／ルイス・キャロル作／講談社（青い鳥文庫）／2008/05
鏡の国のアリス／ルイス・キャロル作／講談社（青い鳥文庫）／2010/04
父さんと、キャッチボール？（もう、ジョーイったら！2）／ジャック・ギャントス作／徳間書店／2009/09
少女探偵ナンシー・ドルー　ハリウッド映画殺人事件／キャロリン・キーン作／金の星社／2008/09
少女探偵ナンシー・ドルー　ファッションデザイナーの疑惑／キャロリン・キーン作／金の星社／2008/09
ハンナ・モンタナ4　愛されちゃってオリバー／M.C.キング文／講談社（ディズニー文庫）／2009/02
ネコのアリストテレス／ディック・キング＝スミス作／評論社（児童図書館・文学の部屋）／2008/10
エレック・レックス1　竜の魔眼／カザ・キングスレイ著／エンターブレイン／2008/03
エレック・レックス2　闇の王子の誕生／カザ・キングスレイ著／エンターブレイン／2008/03
ゼルダとアイビー／ローラ・マギー・クヴァスナースキー作／BL出版／2008/07
ゼルダとアイビーのクリスマス／ローラ・マギー・クヴァスナースキー作／BL出版／2008/11
なぞの少年／イワン・クーシャン作／冨山房インターナショナル／2010/11
ロジーナのあした／カレン・クシュマン作／徳間書店／2009/04
あたしが部屋から出ないわけ／アメリー・クーチュール作／文研出版（文研ブックランド）／2008/12
ヴァンパイアの契約1　死を招く提案／キャロライン・B.クーニー著／講談社（YA! entertainment）／2008/03
ヴァンパイアの帰還／キャロライン・B.クーニー著／講談社（YA! entertainment）／2008/08
ヴァンパイアの運命／キャロライン・B.クーニー著／講談社（YA! entertainment）／2009/04
期間限定!秘密の見習い魔女／クニスター作／金の星社／2010/11
ターニング・ポイント1　ファイヤーストーム　神秘の光／デイヴィッド・クラス作／岩崎書店／2008/05
ターニング・ポイント2　ワールウィンド　運命の嵐／デイヴィッド・クラス作／岩崎書店／2008/12
ターニング・ポイント3　タイムロック最後の選択／デイヴィッド・クラス作／岩崎書店／2010/02
アニーのかさ／リサ・グラフ作／講談社／2010/07
アバラーのぼうけん（ゆかいなヘンリーくんシリーズ）／ベバリイ・クリアリー作／学研／2008/01
ヘンリーくんとビーザス（ゆかいなヘンリーくんシリーズ）／ベバリイ・クリアリー作／学習研究社／2009/05
ビーザスといたずらラモーナ（ゆかいなヘンリーくんシリーズ）／ベバリイ・クリアリー作／学研教育出版／2009/11
ハートビート／シャロン・クリーチ作／借成社／2009/03
トレッリおばあちゃんのスペシャル・メニュー／シャロン・クリーチ作／評論社（児童図書館・文学の部屋）／2009/08
宇宙船プロキシマ号の伝説／ブライアン・グリーン作／あすなろ書房／2009/10
ひいおじいちゃんはねこ？（ザックのふしぎたいけんノート）／ダン・グリーンバーグ著／メディアファクトリー／2010/03
ぼくのペットは恐竜－ザックのふしぎたいけんノート／ダン・グリーンバーグ著／メディアファクトリー／2008/07

ぼくの家はおばけやしき―ザックのふしぎたいけんノート／ダン・**グリーンバーグ**著／メディアファクトリー／2009/09

もうひとりのぼくの作り方（ザックのふしぎたいけんノート）／ダン・**グリーンバーグ**著／メディアファクトリー／2010/09

映画スターは吸血鬼？―ザックのふしぎたいけんノート／ダン・**グリーンバーグ**著／メディアファクトリー／2008/11

消えたUFOをさがせ！―ザックのふしぎたいけんノート／ダン・**グリーンバーグ**著／メディアファクトリー／2009/04

体をぬけだし空を飛べ！―ザックのふしぎたいけんノート／ダン・**グリーンバーグ**著／メディアファクトリー／2008/07

ABC殺人事件／アガサ・**クリスティー**著／早川書房（クリスティー・ジュニア・ミステリ7）／2008/05

ナイルに死す 上下／アガサ・**クリスティー**著／早川書房（クリスティー・ジュニア・ミステリ8）／2008/06

パディントン発4時50分／アガサ・**クリスティー**著／早川書房（クリスティー・ジュニア・ミステリ9）／2008/07

メソポタミヤの殺人／アガサ・**クリスティー**著／早川書房（クリスティー・ジュニア・ミステリ3）／2008/01

雲をつかむ死／アガサ・**クリスティー**著／早川書房（クリスティー・ジュニア・ミステリ6）／2008/04

茶色の服の男／アガサ・**クリスティー**著／早川書房（クリスティー・ジュニア・ミステリ10）／2008/08

秘密機関 上下／アガサ・**クリスティー**著／早川書房（クリスティー・ジュニア・ミステリ5）／2008/03

予告殺人／アガサ・**クリスティー**著／早川書房（クリスティー・ジュニア・ミステリ4）／2008/02

スルタンの象と少女／ジャン＝リュック・**クールクー**作／文遊社／2010/05

ミスター・ミー／アンドルー・**クルミー**著／東京創元社（海外文学セレクション）／2008/10

絶体絶命27時間！／キース・**グレイ**作／徳間書店／2008/03

デイジーのおおさわぎ動物園（いたずらデイジーの楽しいおはなし）／ケス・**グレイ**作／小峰書店／2010/02

デイジーのおさわがせ巨人くん（いたずらデイジーの楽しいおはなし）／ケス・**グレイ**作／小峰書店／2010/03

デイジーのこまっちゃうまいにち（いたずらデイジーの楽しいおはなし）／ケス・**グレイ**作／小峰書店／2010/01

ハイスクール・ミュージカル イースト高校 バンド・バトル／N.B.**グレース**文／講談社（ディズニー文庫）／2008/05

ハイスクール・ミュージカル イースト高校 未来の僕たち／N.B.**グレース**文／講談社（ディズニー文庫）／2008/11

ハイスクールミュージカル ザ・ムービー／N.B.**グレース**文／講談社（ディズニー文庫）／2009/01

チーター・ガールズ2 スペイン音楽祭の熱い夏／デボラ・**グレゴリー**文／講談社（ディズニー文庫）／2008/10

チーター・ガールズ 超人気ガールズ・バンド誕生！／デボラ・**グレゴリー**文／講談社（ディズニー文庫）／2008/08

ルウとおじいちゃん／クレール・**クレマン**作／講談社／2008/08

ジェイとレイふたりはひとり!?／アンドリュー・**クレメンツ**著／講談社／2010/01

デヴィッド・ベッカム・アカデミー4 ストライカーVSミッドフィルダー／マット・**クロジック**著／主婦の友社／2010/04

雪の日のたんじょう日／ヘレン・**ケイ**作／長崎出版／2008/11

いたずらゴブリン1 南の国なんて大きらい／ビクター・**ケラハー**作／小学館／2010/10

いたずらゴブリン2 海なんて大きらい／ビクター・**ケラハー**作／小学館／2010/10

いたずらゴブリン3 大都会なんて大きらい／ビクター・**ケラハー**作／小学館／2010/10

ぼくのすてきなお兄ちゃん／コ・ジョンウク文／現文メディア（韓国人気童話シリーズ）／2008/11
世界で一番小さないもうと／コ・スザンナ文／現文メディア（韓国人気童話シリーズ）／2008/11
不幸な少年だったトーマスの書いた本／フース・コイヤー著／あすなろ書房／2008/12
ヒックとドラゴン 1 伝説の怪物／クレシッダ・コーウェル作／小峰書店／2009/11
ヒックとドラゴン 2 深海の秘宝／クレシッダ・コーウェル作／小峰書店／2009/11
ヒックとドラゴン 3 天牢の女海賊／クレシッダ・コーウェル作／小峰書店／2010/01
ヒックとドラゴン 4 氷海の呪い／クレシッダ・コーウェル作／小峰書店／2010/03
ヒックとドラゴン 5 灼熱の予言／クレシッダ・コーウェル作／小峰書店／2010/06
ヒックとドラゴン 6 迷宮の図書館／クレシッダ・コーウェル作／小峰書店／2010/08
ヒックとドラゴン 7 復讐の航海／クレシッダ・コーウェル作／小峰書店／2010/12
トンネル 2 謎の暗黒世界ディープス 上下／ロデリック・ゴードン著／ゴマブックス／2008/08
トンネル 上下／ロデリック・ゴードン著／ゴマブックス／2008/01
ドリーム☆チーム 1／アン・コバーン作／偕成社／2008/10
ドリーム☆チーム 2／アン・コバーン作／偕成社／2008/10
ドリーム☆チーム 3／アン・コバーン作／偕成社／2009/02
ドリーム☆チーム 4／アン・コバーン作／偕成社／2009/04
サーティーナイン・クルーズ 2 偽りの楽譜／ゴードン・コーマン著／メディアファクトリー／2009/07
カンフー・パンダ／スーザン・コーマン作／角川書店（ドリームワークスアニメーションシリーズ）／2008/06
キメラの呪い コニー・ライオンハートシリーズ4／ジュリア・ゴールディング作／静山社／2010/06
コニー・ライオンハートシリーズ 2 ゴルゴンの眼光／ジュリア・ゴールディング作／静山社／2009/06
コニー・ライオンハートシリーズ 3 ミノタウルスの洞窟／ジュリア・ゴールディング作／静山社／2009/06
アルテミス・ファウル 失われし島／オーエン・コルファー著／角川書店／2010/08
トレマリスの歌術師 1 万歌の歌い手／ケイト・コンスタブル著／ポプラ社／2008/06
トレマリスの歌術師 2 水のない海／ケイト・コンスタブル著／ポプラ社／2008/09
トレマリスの歌術師 3. 第十の力／ケイト・コンスタブル著／ポプラ社／2009/01
ほとばしる夏／ジェイン・レズリー・コンリー作／福音館書店（世界傑作童話シリーズ）／2008/07
バージャック メソポタミアン・ブルーの影／SFサイード作／偕成社／2008/01
アリス・イン・ワンダーランド／T. T. サザーランド作／偕成社（ディズニーアニメ小説版）／2010/04
ウェイサイド・スクールはきょうもへんてこ／ルイス・サッカー作／偕成社／2010/04
ウェイサイド・スクールはますますへんてこ／ルイス・サッカー作／偕成社／2010/09
どうしてぼくをいじめるの？／ルイス・サッカー作／文研出版（文研ブックランド）／2009/04
先生と老犬とぼく／ルイス・サッカー作／文研出版（文研ブックランド）／2008/04
ともしびをかかげて 上下／ローズマリ・サトクリフ作／岩波書店（岩波少年文庫）／2008/04
運命の騎士／ローズマリ・サトクリフ作／岩波書店（岩波少年文庫）／2009/08
王のしるし 上下／ローズマリ・サトクリフ作／岩波書店（岩波少年文庫）／2010/01
辺境のオオカミ／ローズマリ・サトクリフ作／岩波書店（岩波少年文庫）／2008/10
ほこりまみれの兄弟／ローズマリ・サトクリフ著／評論社／2008/08
バンビ 森の、ある一生の物語／フェーリクス・ザルテン作／岩波書店（岩波少年文庫）／2010/10
アイスウィンド・サーガ 暗黒竜の冥宮／R. A. サルバトーレ著／アスキー・メディアワークス／2008/07
アイスウィンド・サーガ 冥界の門／R. A. サルバトーレ著／アスキー・メディアワークス／2009/09
ダークエルフ物語 ドロウの遺産／R. A. サルバトーレ著／アスキー・メディアワークス／2008/11
ダークエルフ物語 暗黒の包囲／R. A. サルバトーレ著／アスキー・メディアワークス／2010/06
ダークエルフ物語 星なき夜／R. A. サルバトーレ著／アスキー・メディアワークス／2009/06
透明人間のくつ下／アレックス・シアラー著／竹書房／2008/08
いちばんに、なりたい！／ジェニファー・リチャード・ジェイコブソン作／講談社／2009/07
キャンプで、おおあわて／ジェニファー・リチャード・ジェイコブソン作／講談社／2008/09

バレエなんて、きらい／ジェニファー・リチャード・ジェイコブソン作／講談社／2008/03
ライアーズ1 ひみつ同盟、16歳の再会／サラ・シェパード著／AC Books／2010/05
ライアーズ2 崩壊のはじまり／サラ・シェパード著／AC Books／2010/07
パイレーツスクール 1 へび島ののろい／ブライアン・ジェームズ作／ポプラ社／2009/02
パイレーツスクール 2 ゆうれい船がやってきた！／ブライアン・ジェームズ作／ポプラ社／2009/06
パイレーツスクール 3 フケツ号をやっつけろ！／ブライアン・ジェームズ作／ポプラ社／2009/11
パイレーツスクール 4 港のスパイに気をつけろ!／ブライアン・ジェームズ作／ポプラ社／2010/02
ママ・ショップ 母親交換取次店／セシ・ジェンキンソン著／主婦の友社／2009/10
オオカミ王ロボ（シートン動物記）／アーネスト・T. シートン文・絵／童心社／2009/12
〈カラス同盟〉事件簿 シャーロック・ホームズ外伝／アレックス・シモンズ著／あすなろ書房／2008/02
たいせつな友だち／モイヤ・シモンズ作／くもん出版／2009/07
シュワはここにいた／ニール・シャスタマン作／小峰書店（Y. A. Books）／2008/06
ニック・シャドウの真夜中の図書館 1 声が聞こえる／ニック・シャドウ著／ゴマブックス／2008/05
ニック・シャドウの真夜中の図書館 2 血ぬられた砂浜／ニック・シャドウ著／ゴマブックス／2008/05
ニック・シャドウの真夜中の図書館 3 ゲームオーバー／ニック・シャドウ著／ゴマブックス／2008/05
ニック・シャドウの真夜中の図書館 4 ネコばあさん／ニック・シャドウ著／ゴマブックス／2008/06
ニック・シャドウの真夜中の図書館 5 うそつき／ニック・シャドウ著／ゴマブックス／2008/06
ニック・シャドウの真夜中の図書館 6 口は災いのもと／ニック・シャドウ著／ゴマブックス／2008/08
ニック・シャドウの真夜中の図書館 7 見つけたよ／ニック・シャドウ著／ゴマブックス／2008/08
ニック・シャドウの真夜中の図書館 8 死のハンター／ニック・シャドウ著／ゴマブックス／2008/09
ニック・シャドウの真夜中の図書館 9 闇よりささやく声／ニック・シャドウ著／ゴマブックス／2008/10
ニック・シャドウの真夜中の図書館 10 逃げられない／ニック・シャドウ著／ゴマブックス／2008/12
ニック・シャドウの真夜中の図書館 11 ホラーパーティ／ニック・シャドウ著／ゴマブックス／2008/12
ニック・シャドウの真夜中の図書館 12 夢からでた悪魔／ニック・シャドウ著／ゴマブックス／2009/01
ニック・シャドウの真夜中の図書館 13 呪いのマスク／ニック・シャドウ著／ゴマブックス／2009/01
ニック・シャドウの真夜中の図書館 14 死の目撃者／ニック・シャドウ著／ゴマブックス／2009/02
ニック・シャドウの真夜中の図書館 15 血のドレス／ニック・シャドウ著／ゴマブックス／2009/02
ソフィーとガッシー いつもいっしょに／マージョリー・ワインマン・シャーマット文／BL出版／2008/05
ソフィーとガッシー／マージョリー・ワインマン・シャーマット文／BL出版／2008/03
デモナータ6幕 悪魔の黙示録／ダレン・シャン作／小学館／2008/03
デモナータ7幕 死の影／ダレン・シャン作／小学館／2008/09
デモナータ8幕 狼島／ダレン・シャン作／小学館／2009/02
デモナータ9幕 暗黒のよび声／ダレン・シャン作／小学館／2009/08
デモナータ10幕 地獄の英雄たち／ダレン・シャン作／小学館／2009/12
動物と話せる少女リリアーネ 1 動物園は大さわぎ！／タニヤ・シュテーブナー著／学研教育出版／2010/07
動物と話せる少女リリアーネ 2 トラはライオンに恋してる！／タニヤ・シュテーブナー著／学研教育出版／2010/09
動物と話せる少女リリアーネ 3 イルカ救出大作戦!／タニヤ・シュテーブナー著／学研教育出版／2010/12
ヴァンパイア・キス 1 転校生は吸血鬼／エレン・シュライバー著／メディアファクトリー／2009/06
ヴァンパイア・キス 2 恋する棺桶／エレン・シュライバー著／メディアファクトリー／2009/09
ヴァンパイア・キス 3 ライバルはルーマニアから／エレン・シュライバー著／メディアファクトリー／2009/11
リーコとオスカーとつぶれそうな心臓たち／アンドレアス・シュタインヘーフェル作／岩波書店／2010/03
リーコとオスカーともっと深い影／アンドレアス・シュタインヘーフェル作／岩波書店／2009/04
ぼくだけの山の家／ジーン・クレイグヘッド・ジョージ作／偕成社／2009/03
バディ たいせつな相棒／V. M. ジョーンズ著／PHP研究所／2008/02
カールじいさんの空飛ぶ家／ジャスミン・ジョーンズ作／偕成社（ディズニーアニメ小説版）／2009/10

魔法にかけられて／ジャスミン・ジョーンズ作／偕成社（ディズニーアニメ小説版）／2008/02
トイ・ストーリー3／ジャスミン・ジョーンズ作／偕成社（ディズニーアニメ小説版）／2010/06
メルストーン館の不思議な窓／ダイアナ・ウィン・ジョーンズ著／東京創元社（sogen bookland）／2010/12
ぼくとルークの一週間と一日／ダイアナ・ウィン・ジョーンズ著／東京創元社（sogen bookland）／2008/08
銀のらせんをたどれば／ダイアナ・ウィン・ジョーンズ作／徳間書店／2010/03
魔法の館にやとわれて（大魔法使いクレストマンシー）／ダイアナ・ウィン・ジョーンズ作／徳間書店／2009/05
キャットと魔法の卵（大魔法使いクレストマンシー）／ダイアナ・ウィン・ジョーンズ作／徳間書店／2008/08
チャンプ 風になって走れ！／マーシャ・ソーントン・ジョーンズ作／あかね書房（スプラッシュ・ストーリーズ）／2008/05
ランプの精リトル・ジーニー 8 アイドルにドキドキ！／ミランダ・ジョーンズ作／ポプラ社／2008/04
ランプの精リトル・ジーニー 9 キュートなペット／ミランダ・ジョーンズ作／ポプラ社／2008/08
ランプの精リトル・ジーニー 10 ハッピー・クリスマス！／ミランダ・ジョーンズ作／ポプラ社／2008/11
ランプの精リトル・ジーニー 11 ゴキゲンなダンスコンテスト／ミランダ・ジョーンズ作／ポプラ社／2009/03
ランプの精リトル・ジーニー 12 名たんていにおまかせ！／ミランダ・ジョーンズ作／ポプラ社／2009/07
ランプの精リトル・ジーニー 13 ときめきのドールショップ／ミランダ・ジョーンズ作／ポプラ社／2009/11
ランプの精リトル・ジーニー14 うきうき★キャンプ／ミランダ・ジョーンズ作／ポプラ社／2010/03
ランプの精リトル・ジーニー15 ちびっこジーニーをさがせ！／ミランダ・ジョーンズ作／ポプラ社／2010/07
ランプの精リトル・ジーニー16 ようこそ女王さま／ミランダ・ジョーンズ作／ポプラ社／2010/10
アイドロン 2 闇の世界へ／ミランダ・ジョーンズ作／フレーベル館／2008/03
アイドロン 3 復活の光／ミランダ・ジョーンズ作／フレーベル館／2008/12
シャーロック・ホームズには負けない／ピート・ジョンソン作／文研出版（文研じゅべにーる）／2009/09
ゴハおじさんのゆかいなお話　エジプトの民話／ジョンソン - デイヴィーズ再話／徳間書店／2010/01
マーメイド・ガールズ 2-1 バニラと白いゆうれい／ジリアン・シールズ作／あすなろ書房／2008/07
マーメイド・ガールズ 2-2 メロディのマーメイド・ハープ／ジリアン・シールズ作／あすなろ書房／2008/07
マーメイド・ガールズ 2-3 ハティと空飛ぶじゅうたん／ジリアン・シールズ作／あすなろ書房／2008/07
マーメイド・ガールズ 2-4 ユウキとクジラの友だち／ジリアン・シールズ作／あすなろ書房／2008/07
マーメイド・ガールズ 2-5 フローネのマジック・ロケット／ジリアン・シールズ作／あすなろ書房／2008/08
マーメイド・ガールズ 2-6 イバリンとひみつの火山／ジリアン・シールズ作／あすなろ書房／2008/08
NEWフェアリーズ 秘密の妖精たち1 ペリウィンクルと勇気の洞くつ／J.H. スイート作／文溪堂／2010/06
NEWフェアリーズ 秘密の妖精たち2 シナバーと影の島／J.H. スイート作／文溪堂／2010/08
NEWフェアリーズ 秘密の妖精たち3 ミモザと知恵の川／J.H. スイート作／文溪堂／2010/09
NEWフェアリーズ 秘密の妖精たち4 サクラソウと魔法の玉／J.H. スイート作／文溪堂／2010/11
フェアリーズ―妖精たちの冒険 1 マリーゴールドと希望のはね／J.H. スイート作／文溪堂／2008/09
フェアリーズ―妖精たちの冒険 2 カゲロウと夢の巣／J.H. スイート作／文溪堂／2008/09
フェアリーズ―妖精たちの冒険 3 アザミと笑いの貝がら／J.H. スイート作／文溪堂／2008/11
フェアリーズ―妖精たちの冒険 4 ホタルと青い月のクローバー／J.H. スイート作／文溪堂／2009/01
フェアリーズ―妖精たちの冒険 5 スパイダーワートと俳句のお姫さま／J.H. スイート作／文溪堂／2009/02
ノンニとマンニのふしぎな冒険／ヨーン・スウェンソン原作／出帆新社／2008/10

魔術師ニコロ・マキャベリ(アルケミスト2)／マイケル・スコット著／理論社／2008/11
呪術師ペレネル(アルケミスト3)／マイケル・スコット著／理論社／2009/11
パーシーとアラビアの王子さま／ウルフ・スタルク著／小峰書店／2009/07
パーシーの魔法の運動ぐつ／ウルフ・スタルク著／小峰書店／2009/07
パーシーと気むずかし屋のカウボーイ／ウルフ・スタルク著／小峰書店／2009/07
トゥルビンとメルクリンの不思議な旅／ウルフ・スタルク作・絵／小峰書店（Y.A.Books）／2009/08
崖の国物語 9 大飛空船団の壊滅／ポール・スチュワート作／ポプラ社（ポプラ・ウイング・ブックス）／2008/10
崖の国物語 10 滅びざる者たち／ポール・スチュワート作／ポプラ社（ポプラ・ウイング・ブックス）／2009/09
秘密結社ベネディクト団 上 孤独な子どもをねらえ／トレントン・リー・スチュワート著／ヴィレッジブックス／2010/03
秘密結社ベネディクト団 下 素直になったら負け／トレントン・リー・スチュワート著／ヴィレッジブックス／2010/03
小説ナイトミュージアム2 バトル・オブ・スミソニアン／マイケル・A・スティール著／講談社／2009/08
びんの悪魔／R.L.スティーブンソン作／福音館書店（世界傑作童話シリーズ）／2010/04
勇者の谷／ジョナサン・ストラウド作／理論社／2009/08
すっとび犬指名手配／ジェレミー・ストロング作／文研出版（文研ブックランド）／2008/01
カンフーファイブ 1 ほえろフゥ！怒りの虎拳／ジェフ・ストーン作／ランダムハウス講談社／2009/06
カンフーファイブ 2 とべ！マァラオ樹上の猿拳／ジェフ・ストーン作／ランダムハウス講談社／2009/09
世にも不幸なできごと 13 終わり／レモニー・スニケット著／草思社／2008/11
ビーバー族のしるし／エリザベス・ジョージ・スピア著／あすなろ書房／2009/02
Eggs／ジェリー・スピネッリ作／理論社／2009/07
ラブ、スターガール／ジェリー・スピネッリ作／理論社／2008/04
バリスタ少女の恋占い／クリスティーナ・スプリンガー著／小学館（SUPER!YA）／2010/11
真夜中の子ネコ／ドディー・スミス著／文溪堂（Modern Classic Selection6）／2008/12
お誕生日の剣−いたずらアラミンタ2／アンジー・セイジ著／東京創元社（sogen bookland）／2010/01
カエルはどこだ−いたずらアラミンタ 3／アンジー・セイジ著／東京創元社（sogen bookland）／2010/05
ちび吸血鬼捕獲作戦−いたずらアラミンタ 4／アンジー・セイジ著／東京創元社（sogen bookland）／2010/06
ようこそキミワルーイ屋敷へ−いたずらアラミンタ 1／アンジー・セイジ著／東京創元社（sogen bookland）／2009/12
ありのフェルダ／オンドジェイ・セコラ作・絵／福音館書店（世界傑作童話シリーズ）／2008/11
ソードハンド 闇の血族／マーカス・セジウィック著／あかね書房（YA Dark）／2009/03
ユゴーの不思議な発明／ブライアン・セルズニック著／アスペクト／2008/01
銀竜の騎士団−ドラゴンと黄金の瞳／リー・ソーズビー著／アスキー（ダンジョンズ&ドラゴンズスーパーファンタジー）／2008/03
ヴィディアとはじめての友だち／キキ・ソープ作／講談社（ディズニーフェアリーズ文庫）／2009/05
ラニーと謎ときゲーム／キキ・ソープ作／講談社（ディズニーフェアリーズ文庫）／2009/11
リリーのミラクルパンジー／キキ・ソープ作／講談社（ディズニーフェアリーズ文庫）／2009/07
帰ってきた珍島（チンド）犬ペック／ソン・ジェチャン文／現文メディア（韓国人気童話シリーズ）／2008/10
キャットとアラバスターの石／ケイト・ソーンダズ作／小峰書店（Y.A.Books）／2008/12
ヴァンパイレーツ 1−死の海賊船／ジャスティン・ソンパー作／岩崎書店／2009/02
ヴァンパイレーツ 2−運命の夜明け／ジャスティン・ソンパー作／岩崎書店／2009/02
ヴァンパイレーツ 3−うごめく野望／ジャスティン・ソンパー作／岩崎書店／2009/05
ヴァンパイレーツ 4−剣の重み／ジャスティン・ソンパー作／岩崎書店／2009/08

ヴァンパイレーツ 5―さまよえる魂／ジャスティン・ソンパー作／岩崎書店／2009/12
ヴァンパイレーツ 6 血の偶像／ジャスティン・ソンパー作／岩崎書店／2010/04
ヴァンパイレーツ 7 目覚めし者たち／ジャスティン・ソンパー作／岩崎書店／2010/07
ヴァンパイレーツ 8 黒のハート／ジャスティン・ソンパー作／岩崎書店／2010/12
リリーと海賊の身代金 上下 魔法の宝石に選ばれた少女／エミリー・**ダイアモンド**著／ゴマブックス／2009/02
16歳、死ぬ前にしてみたいこと／ジェニー・ダウンハム著／PHP研究所／2008/10
エマ・ジーン・ラザルス、木から落ちる／ローレン・ターシス作／主婦の友社／2008/09
子ネコききいっぱつ（こちら動物のお医者さん）／ルーシー・ダニエルズ作／ほるぷ出版／2010/04
子犬おおそうどう（こちら動物のお医者さん）／ルーシー・ダニエルズ作／ほるぷ出版／2010/02
ミムス 宮廷道化師／リリ・タール作／小峰書店（Y.A.Books）／2009/12
永遠の炎―龍のすむ家4／クリス・ダレーシー著／竹書房／2009/09
ぼくんちのテディベア騒動／クリス・ダレーシー作／徳間書店／2010/05
ホテル・フォー・ドッグズ／ロイス・ダンカン作／主婦の友社／2009/04
とざされた時間のかなた／ロイス・ダンカン作／評論社（海外ミステリーBOX）／2010/01
ピンク☆カメレオン（ロリー&エルシーのおしゃれマジック 1）／フィオナ・ダンバー作／フレーベル館／2008/07
ブルー☆ロックガール（ロリー&エルシーのおしゃれマジック 2）／フィオナ・ダンバー作／フレーベル館／2008/11
ゴールド☆タイガーリリー［ロリー&エルシーのおしゃれマジック］(3)／フィオナ・**ダンバー**作／フレーベル館／2010/02
消えたヴァイオリン／スザンヌ・**ダンラップ**著／小学館（SUPER!YA）／2010/08
ゴーストばあちゃん／**チェミンギョン**文／現文メディア／2010/03
フィギュア☆ドリーム 1 アダはフィギュアスケーター／リア・**チェリ**著／メディアファクトリー／2009/11
フィギュア☆ドリーム 2 アイスショーにデビュー？／リア・**チェリ**著／メディアファクトリー／2009/12
フィギュア☆ドリーム 3 ドッキドキの競技会／リア・**チェリ**著／メディアファクトリー／2010/01
フィギュア☆ドリーム 4 伝説のコーチあらわる！／リア・**チェリ**著／メディアファクトリー／2010/02
リトル・プリンセス エジプトのアイシャ姫／ケイティ・**チェイス**作／ポプラ社／2008/06
リトル・プリンセス 愛のまほうとイシドラ姫／ケイティ・**チェイス**作／ポプラ社／2008/09
リトル・プリンセス 人魚のマリッサ姫／ケイティ・**チェイス**作／ポプラ社／2008/03
デビルズ・キス テンプル騎士団の少女／サルワット・**チャダ**著／メディアファクトリー／2010/01
13番目の魔女／ルース・**チュウ**作／フレーベル館（魔女の本棚）／2008/09
お城の魔女／ルース・**チュウ**作／フレーベル館（魔女の本棚）／2010/11
青魔女とほうき／ルース・**チュウ**作／フレーベル館（魔女の本棚）／2008/11
魔女と空飛ぶきのこ／ルース・**チュウ**作／フレーベル館（魔女の本棚）／2009/01
魔女のお菓子／ルース・**チュウ**作／フレーベル館（魔女の本棚）／2010/08
魔女のスプーン／ルース・**チュウ**作／フレーベル館（魔女の本棚）／2010/06
魔女のボタン／ルース・**チュウ**作／フレーベル館（魔女の本棚）／2009/08
魔女の宝物／ルース・**チュウ**作／フレーベル館（魔女の本棚）／2009/10
魔法の本と魔女／ルース・**チュウ**作／フレーベル館（魔女の本棚）／2009/06
成績があがる魔法のチョコ／**チョンソンラン**文／現文メディア（韓国人気童話シリーズ 13）／2010/03
ピーターと象と魔術師／ケイト・ディカミロ作／岩波書店／2009/11
グリーンワールド 上下／ドゥーガル・ディクソン著／ダイヤモンド社／2010/01
クリスマス・キャロル／チャールズ・ディケンズ作／岩波書店（岩波少年文庫）／2009/10
ケニー&ドラゴン／トニー・**ディテルリッジ**作・絵／文溪堂／2009/11
魔使いの戦い 上下（魔使いシリーズ）／ジョゼフ・ディレイニー著／東京創元社（sogen bookland）／2009/02

魔使いの秘密（魔使いシリーズ）／ジョゼフ・ディレイニー著／東京創元社（sogen bookland）／2008/02
魔使いの過ち 上下（魔使いシリーズ）／ジョゼフ・ディレイニー著／東京創元社（sogen bookland）／2010/03
愛のうたをききたくて／サラ・デッセン作／徳間書店／2008/07
モンテ・クリスト伯 上下／アレクサンドル・デュマ作／偕成社（偕成社文庫）／2010/10
リリとことばをしゃべる犬／ヴァレリー・デール著／ポプラ社／2008/07
くもりときどきミートボール／ステーシー・ドイチェ著／メディアファクトリー／2009/09
名探偵ホームズ7 悪魔の足／ドイル作／ポプラ社（ポプラポケット文庫）／2010/03
六つのナポレオン像／ドイル作／ポプラ社（ポプラポケット文庫）／2009/10
名探偵シャーロック・ホームズ／コナン・ドイル作／角川書店（角川つばさ文庫）／2010/03
名探偵ホームズバスカビル家の犬／コナン・ドイル作／講談社（青い鳥文庫）／2010/12
名探偵ホームズ赤毛組合／コナン・ドイル作／講談社（青い鳥文庫）／2010/11
帰ってきた半ズボン隊 上下／ゾラン・ドヴェンカー作／岩波書店／2009/10
走れ！半ズボン隊／ゾラン・ドヴェンカー作／岩波書店／2008/06
おばあちゃん、ぼしゅう中！／アーニャ・トゥッカーマン作／徳間書店／2009/02
ヒットラーのカナリヤ／サンディー・トクスヴィグ作／小峰書店（Y.A.Books）／2008/08
銀竜の騎士団―いかさま師と暗黒の迷宮／デイル・ドノヴァン著／アスキー・メディアワークス（ダンジョンズ&ドラゴンズスーパーファンタジー）／2008/05
ライオンとであった少女／バーリー・ドハーティ著／主婦の友社／2010/02
妖精フェリシティ1 ときめきおしゃれクラブ／エマ・トムソン作／岩崎書店／2008/08
妖精フェリシティ2 ハラハラ遊園地／エマ・トムソン作／岩崎書店／2008/08
妖精フェリシティ3 ルンルン大そうじ／エマ・トムソン作／岩崎書店／2008/11
妖精フェリシティ4 ヒヤヒヤレストラン／エマ・トムソン作／岩崎書店／2008/11
妖精フェリシティ5 ゴーゴーバカンス／エマ・トムソン作／岩崎書店／2009/02
妖精フェリシティ6 わくわくねがいごと／エマ・トムソン作／岩崎書店／2009/05
妖精フェリシティ7 バイバイチョコレート／エマ・トムソン作／岩崎書店／2009/09
妖精フェリシティ8 うきうきコンクール／エマ・トムソン作／岩崎書店／2009/11
妖精フェリシティ9 ぴかぴか大へんしん／エマ・トムソン作／岩崎書店／2010/01
ふたごの兄弟の物語 上下／トンケ・ドラフト作／岩波書店（岩波少年文庫）／2008/12
わなにかかったフォーン／ローラ・ドリスコール作／講談社（ディズニーフェアリーズ文庫）／2008/03
プリンセスと魔法のキス／アイリーン・トリンブル作／偕成社（ディズニーアニメ小説版）／2010/02
WALL・E ウォーリー／アイリーン・トリンブル作／偕成社（ディズニーアニメ小説版）／2008/11
ボルト／アイリーン・トリンブル作／偕成社（ディズニーアニメ小説版）／2009/06
ドラゴンの谷1 舞え、大空へ／サラマンダ・ドレイク作／学研教育出版／2009/10
ドラゴンの谷2 嵐を越えて／サラマンダ・ドレイク作／学研教育出版／2010/01
デヴィッド・ベッカム・アカデミー3 ちっちゃなヒーロー／トミー・ドンバヴァンド著／主婦の友社／2010/04
プーカと最後の大王（ハイ・キング）／ケイト・トンプソン著／東京創元社（sogen bookland）／2008/12
ヨハネスブルクへの旅／ビバリー・ナイドゥー作／さ・え・ら書房／2008/04
マルベリーボーイズ／ドナ・ジョー・ナポリ作／偕成社／2009/11
王国の鍵1 アーサーの月曜日／ガース・ニクス著／主婦の友社／2009/04
王国の鍵2 地の底の火曜日／ガース・ニクス著／主婦の友社／2009/08
王国の鍵3 海に沈んだ水曜日／ガース・ニクス著／主婦の友社／2009/12
王国の鍵4 戦場の木曜日／ガース・ニクス著／主婦の友社／2010/04
セブンスタワー4 キーストーン／ガース・ニクス作／小学館（小学館ファンタジー文庫）／2008/02
セブンスタワー5 戦い／ガース・ニクス作／小学館（小学館ファンタジー文庫）／2008/03
セブンスタワー6 紫の塔／ガース・ニクス作／小学館（小学館ファンタジー文庫）／2008/04

少年グリフィン／C.W ニコル作／小学館／2010/07
永遠に生きるために／サリー・ニコルズ作／偕成社／2009/02
王の森のふしぎな木(チャーリー・ボーンの冒険5)／ジェニー・ニモ作／徳間書店／2008/01
ドラゴンゲート 上下／ジェニー＝マイ・ニュエン著／柏書房／2009/03
タペストリー 下 封じられた物語／ヘンリー・H．ネフ著／ヴィレッジブックス／2010/04
タペストリー 上 運命の光る糸／ヘンリー・H．ネフ著／ヴィレッジブックス／2010/04
リストとゆかいなラウハおばさん 1 謎のきょうはくじょうの巻／S．ノポラ作／小峰書店／2008/10
リストとゆかいなラウハおばさん 2 ぶつぶつソーセージの巻／S．ノポラ作／小峰書店／2008/10
リストとゆかいなラウハおばさん 3 はじめてのラブレター?!の巻／S．ノポラ作／小峰書店／2008/12
リストとゆかいなラウハおばさん 4 ヘンテコおばさんやってきたの巻／S．ノポラ作／小峰書店／2008/12
リストとゆかいなラウハおばさん 5 恋のライバルあらわるの巻／S．ノポラ作／小峰書店／2009/02
リストとゆかいなラウハおばさん 6 こまったニキビで大事件の巻／S．ノポラ作／小峰書店／2009/02
リストとゆかいなラウハおばさん 7 ラウハおばさん、先生になるの巻／S．ノポラ作／小峰書店／2009/03
ヒラメ釣り漂流記（ヘイナとトッスの物語4)／シニッカ・ノポラ&ティーナ・ノポラ作／講談社（青い鳥文庫）／2008/07
秘密のマシン、アクイラ／アンドリュー・ノリス著／あすなろ書房／2009/12
靴を売るシンデレラ／ジョーン・バウアー著／小学館（SUPER!YA）／2009/07
希望(ホープ)のいる町／ジョーン・バウアー著／作品社／2010/03
ブリジンガー―炎に誓う絆 上下（ドラゴンライダー3)／クリストファー・パオリーニ著／ヴィレッジブックス／2009/03
リキシャ★ガール／ミタリ・パーキンス作／鈴木出版（鈴木出版の海外児童文学）／2009/10
グリム姉妹の事件簿 1 事件のかげに巨人あり／マイケル・バックリー著／東京創元社（sogen bookland）／2009/06
グリム姉妹の事件簿 2 学校の怪事件／マイケル・バックリー著／東京創元社（sogen bookland）／2009/10
わたしは忘れない／ヤエル・ハッサン作／文研出版（文研じゅべにーる）／2008/07
マジック・バレリーナ 1 デルフィと魔法のバレエシューズ／ダーシー・バッセル著／新書館／2009/12
マジック・バレリーナ 2 デルフィと変身のじゅもん／ダーシー・バッセル著／新書館／2010/02
マジック・バレリーナ 3 デルフィと仮面舞踏会／ダーシー・バッセル著／新書館／2010/04
マジック・バレリーナ 4 デルフィとガラスの靴／ダーシー・バッセル著／新書館／2010/06
マジック・バレリーナ 5 デルフィと妖精の名づけ親／ダーシー・バッセル著／新書館／2010/08
マジック・バレリーナ 6 デルフィと魔法のほれ薬／ダーシー・バッセル著／新書館／2010/10
デヴィッド・ベッカム・アカデミー 1 ふたりはひとつ／バリー・ハッチソン著／主婦の友社／2010/04
ラッキー・トリンブルのサバイバルな毎日／スーザン・パトロン著／あすなろ書房／2008/10
ササフラス・スプリングスの七不思議／ベティ・G・バーニィ作／評論社（児童図書館・文学の部屋）／2009/05
リトル・プリンセス／バーネット著／西村書店／2008/12
小公子セドリック／バーネット著／西村書店／2010/02
消えた王子 上下／フランシス・ホジソン・バーネット作／岩波書店（岩波少年文庫）／2010/02
イリデッサとティンクの大冒険／リサ・パパディメトリュー作／講談社（ディズニーフェアリーズ文庫）／2008/06
ハイスクール・ミュージカル イースト高校 スピリット・ウイーク／キャサリン・ハプカ文／講談社（ディズニー文庫）／2008/07
ぼくの羊をさがして／ヴァレリー・ハブズ著／あすなろ書房／2008/04
ピーター・パンとウェンディ／ジェームズ・マシュー・バリ作／講談社（青い鳥文庫）／2010/11
ゴースト・ガール／トーニャ・ハーリー作／ポプラ社／2009/04
ジャミールの新しい朝／クリスティーメ・ハリス作／くもん出版／2008/03
スパイ・ガール4 破壊者を止めろ／クリスティーヌ・ハリス作／岩崎書店／2008/01

ジョシュア・ファイル1 見えない都市 上／マリア・G. ハリス作／評論社／2010/09
ジョシュア・ファイル3 未来からの使者 上／マリア・G. ハリス作／評論社／2010/11
ジョシュア・ファイル4 未来からの使者 下／マリア・G. ハリス作／評論社／2010/11
ジョシュア・ファイル2 見えない都市 下／マリア・G. ハリス作／評論社／2010/09
ダリウスが飛んだ!／ビル・ハーレイ作／PHP研究所／2009/09
XX・ホームズの探偵ノート1 名画「すみれ色の少女」の謎／トレーシー・バレット作／フレーベル館／2010/11
ぼくとリンダと庭の船／ユルゲン・バンシェルス作／偕成社／2010/06
ウォーリアーズ〔2〕−1 真夜中に／エリン・ハンター作／小峰書店／2008/11
ウォーリアーズ〔2〕−2 月明り／エリン・ハンター作／小峰書店／2009/03
ウォーリアーズ〔2〕−3 夜明け／エリン・ハンター作／小峰書店／2009/07
ウォーリアーズⅡ 4 星の光／エリン・ハンター作／小峰書店／2010/02
ウォーリアーズⅡ 5 夕暮れ／エリン・ハンター作／小峰書店／2010/05
ウォーリアーズⅡ6 日没／エリン・ハンター作／小峰書店／2010/10
オラクルの光−風に選ばれし娘／ヴィクトリア・ハンリー著／小学館（小学館ルルル文庫）／2008/02
オラクルの光−預言に隠されし陰謀／ヴィクトリア・ハンリー著／小学館（小学館ルルル文庫）／2008/03
サークル・マジック−サンドリと光の糸／タモラ・ピアス著／小学館（小学館ルルル文庫）／2008/06
サークル・マジック−ダジャと炎の絆／タモラ・ピアス著／小学館（小学館ルルル文庫）／2008/01
サークル・マジック−トリスと稲妻の矢／タモラ・ピアス著／小学館（小学館ルルル文庫）／2008/08
サークル・マジック−ブライアーと癒しの木／タモラ・ピアス著／小学館（小学館ルルル文庫）／2009/01
消せない炎／ジャック・ヒギンズ作／理論社／2008/07
ハンナ・モンタナ1 ハンナ・モンタナの秘密／ベス・ビーチウッド文／講談社（ディズニー文庫）／2008/08
ハンナ・モンタナ6 ジェイクに告白!?／ベス・ビーチウッド文／講談社（ディズニー文庫）／2009/06
赤ちゃんは魔女／ビアンカ・ピッツォルノ作／徳間書店／2010/10
ラッセとマヤのたんていじむしょ カフェ強盗団／マッティン・ビードマルク作／主婦の友社／2009/03
ラッセとマヤのたんていじむしょ ミステリーホテルの怪／マッティン・ビードマルク作／主婦の友社／2009/01
ラッセとマヤのたんていじむしょ 恐怖のミイラ／マッティン・ビードマルク作／主婦の友社／2009/07
ラッセとマヤのたんていじむしょ サーカスのどろぼう／マッティン・ビードマルク作／主婦の友社／2009/03
ラッセとマヤのたんていじむしょ ダイヤモンドのなぞ／マッティン・ビードマルク作／主婦の友社／2009/01
ラッセとマヤのたんていじむしょ なぞの映画館／マッティン・ビードマルク作／主婦の友社／2009/07
フェリックスとお金の秘密／ニコラウス・ピーパー作／徳間書店／2008/07
ダーティ・ドラゴン／キャロル・ヒューズ著／小学館／2008/09
しょうぼうしょは大いそがし／ハネス・ヒュットナー作／徳間書店／2009/11
オペラ座のバレリーナ／ロルナ・ヒル作／ポプラ社（ポプラポケット文庫）／2009/04
アイスマーク2 炎の刻印／スチュアート・ヒル著／ヴィレッジブックス／2009/11
ウェディング・ウェブ サムがつむいだ夢／ネット・ヒルトン作／くもん出版／2008/08
ラスト★ショット／ジョン・ファインスタイン著／評論社（海外ミステリーBOX）／2010/10
くまのバルデマール ぼくって、サイコー!／クヌート・ファルバッケン作／文研出版（文研ブックランド）／2010/07
心に刺さったガラスの破片／ファン・ソンミ文／現文メディア（韓国人気童話シリーズ）／2008/07
楽しいスケート遠足／ヒルダ・ファン・ストックム作・絵／福音館書店（世界傑作童話シリーズ）／2009/10
リンゴの丘のベッツィー／ドロシー・キャンフィールド・フィッシャー作／徳間書店／2008/11

マンホールの少女サンダーレの夢／カロリン・フィリップス著／合同出版／2008/04
ミアの選択／ゲイル・フォアマン著／小学館（SUPER!YA）／2009/11
大きなクマのタハマパー 家をたてるのまき／ハンネレ・フオヴィ作／ひさかたチャイルド(SHIRAKABA BUNKO)／2010/03
盗まれたコカ・コーラ伝説／ブライアン・フォークナー作／小学館／2010/04
ジェミーと走る夏／エイドリアン・フォゲリン作／ポプラ社（ポプラ・ウイング・ブックス）／2009/07
エリアナンの魔女1 魔女メガンの弟子（上）／ケイト・フォーサイス作／徳間書店／2010/12
トビー・ロルネス 1 空に浮かんだ世界／ティモテ・ド・フォンベル作／岩崎書店／2008/07
トビー・ロルネス 2 逃亡者／ティモテ・ド・フォンベル作／岩崎書店／2008/10
トビー・ロルネス 3 エリーシャの瞳／ティモテ・ド・フォンベル作／岩崎書店／2009/02
トビー・ロルネス 4 最後の戦い／ティモテ・ド・フォンベル作／岩崎書店／2009/03
シチリアを征服したクマ王国の物語／ディーノ・ブッツァーティ作／福音館書店（福音館文庫）／2008/05
少年探偵団ザ・スリー8 よみがえった恐竜たち／ボリス・プファイファ作／草土文化／2009/04
リリーとアシュビーを守れーリリー・クエンチ冒険ファンタジー7／ナタリー・ジェーン・プライアー作／学研／2009/08
リリーとクイーン・ドラゴンーリリー・クエンチ冒険ファンタジー1／ナタリー・ジェーン・プライアー作／学研／2008/02
リリーと恐怖の谷ーリリー・クエンチ冒険ファンタジー2／ナタリー・ジェーン・プライアー作／学研／2008/02
リリーと謎の盗賊ーリリー・クエンチ冒険ファンタジー6／ナタリー・ジェーン・プライアー作／学研／2009/04
リリーと秘宝の島ーリリー・クエンチ冒険ファンタジー4／ナタリー・ジェーン・プライアー作／学研／2008/09
リリーと不思議な穴ーリリー・クエンチ冒険ファンタジー3／ナタリー・ジェーン・プライアー作／学研／2008/09
リリーと魔法使いーリリー・クエンチ冒険ファンタジー5／ナタリー・ジェーン・プライアー作／学研／2008/12
バレリーナ・ドリームズ 1 ポピーの秘密の願い／アン・ブライアント著／新書館／2008/09
バレリーナ・ドリームズ 2 ジャスミンの幸運の星／アン・ブライアント著／新書館／2008/11
バレリーナ・ドリームズ 3 ローズの大決心／アン・ブライアント著／新書館／2009/01
バレリーナ・ドリームズ 4 バレエのプリンセス／アン・ブライアント著／新書館／2009/03
バレリーナ・ドリームズ 5 スターをめざして／アン・ブライアント著／新書館／2009/05
バレリーナ・ドリームズ 6 いつまでも踊りたい／アン・ブライアント著／新書館／2009/08
バレリーナ・ドリームズ 7 クリスマスの「くるみ割り人形」／アン・ブライアント著／新書館／2009/11
マダガスカル2／J.E.ブライト作／角川書店（ドリームワークスアニメーションシリーズ）／2009/03
おばけのジョージーてじなをする／ロバート・ブライト作・絵／徳間書店／2009/03
おばけのジョージーのハロウィーン／ロバート・ブライト作・絵／徳間書店／2008/08
おちゃめなふたごのさいごの秘密／ブライトン作／ポプラ社（ポプラポケット文庫）／2010/11
おちゃめなふたごのすてきな休暇／ブライトン作／ポプラ社（ポプラポケット文庫）／2009/09
闘技場／フレドリック・ブラウン著／福音館書店（ボクラノSF）／2009/02
見習い魔女ティファニーと懲りない仲間たち／テリー・プラチェット著／あすなろ書房／2010/06
NEWスパイダーウィック家の謎 第1巻 妖精図鑑、ふたたび／ホリー・ブラック作／文溪堂／2009/11
NEWスパイダーウィック家の謎 第2巻 ジャイアント襲来／ホリー・ブラック作／文溪堂／2010/01
NEWスパイダーウィック家の謎 第3巻 ワーム・ドラゴンの王／ホリー・ブラック作／文溪堂／2010/04
雲じゃらしの時間／マロリー・ブラックマン作／あすなろ書房／2010/10
ラストサマーーさよならの季節に／アン・ブラッシェアーズ著／ヴィレッジブックス／2009/05
フレンズ・ツリー／アン・ブラッシェアーズ作／理論社／2009/05

少年探偵団ザ・スリー1 幽霊船／ウルフ・ブランク作／草土文化／2008/06
少年探偵団ザ・スリー2 アトランティスを救え！／ウルフ・ブランク作／草土文化／2008/06
少年探偵団ザ・スリー3 魔術師の魔力／ウルフ・ブランク作／草土文化／2008/07
少年探偵団ザ・スリー4 魔法の噴水／ウルフ・ブランク作／草土文化／2008/09
少年探偵団ザ・スリー5 インターネット海賊／ウルフ・ブランク作／草土文化／2008/10
少年探偵団ザ・スリー6 密輸業者の島／ウルフ・ブランク作／草土文化／2008/12
少年探偵団ザ・スリー7 ゴースト・ハンターズ／ウルフ・ブランク作／草土文化／2009/04
シェフィーはがんばる／カート・フランケン文／BL出版／2010/04
マチルダばあや、ロンドンへ行く／クリスティアナ・ブランド作／あすなろ書房／2008/05
トンネルに消えた女の怖い話／クリス・プリーストリー著／理論社／2010/07
モンタギューおじさんの怖い話／クリス・プリーストリー著／理論社／2008/11
船乗りサッカレーの怖い話／クリス・プリーストリー著／理論社／2009/10
ひみつたんていダイアリー1 オイボレ発明家をすくえ！／ヨアヒム・フリードリヒ作／徳間書店／2010/10
ひみつたんていダイアリー2 金庫をやぶったのは、だれ？／ヨアヒム・フリードリヒ作／徳間書店／2010/10
ひみつたんていダイアリー3 おしゃべりオウムがきえちゃった！／ヨアヒム・フリードリヒ作／徳間書店／2010/11
ひみつたんていダイアリー4 宝の地図をとりもどせ！／ヨアヒム・フリードリヒ作／徳間書店／2010/12
ビャーカのすてきな家（森のクイーシーものがたり）／ミーラ・プリノワ文／静山社／2010/09
シャーパ鳥になる（森のクイーシーものがたり）／ミーラ・プリノワ文／静山社／2010/09
ハロウィーンのまじょティリー／ドン・フリーマン作／BL出版／2008/09
ペギー・スー 9 光の罠と明かされた秘密／セルジュ・ブリュソロ著／角川書店／2008/03
ペギー・スー 10 魔法の星の嫌われ王女／セルジュ・ブリュソロ著／角川書店／2009/02
ペギー・スー 11 呪われたサーカス団の神さま／セルジュ・ブリュソロ著／角川書店／2010/07
ペギー・スー 1 魔法の瞳をもつ少女／セルジュ・ブリュソロ作／角川書店（角川つばさ文庫）／2009/03
ペギー・スー 2 蜃気楼の国へ飛ぶ／セルジュ・ブリュソロ作／角川書店（角川つばさ文庫）／2009/12
サマーハウス／アリソン・プリンス作／小峰書店（Y.A.Books）／2008/07
ウルフ谷の兄弟／デーナ・ブルッキンズ作／評論社（海外ミステリーBOX）／2010/01
マイカのこうのとり／ベンノー・プルードラ作／岩波書店／2008/02
氷の上のボーツマン／ベンノー・プルードラ作／岩波書店／2009/11
ぼくたちの船タンバリ／ベンノー・プルードラ作／岩波書店（岩波少年文庫）／2008/02
井戸の中の虎 上下 サリー・ロックハートの冒険／フィリップ・プルマン著／東京創元社（sogen bookland）／2010/11
時の書 1 彫刻された石／ギヨーム・プレヴォー作／くもん出版／2009/11
時の書 2 七枚のコイン／ギヨーム・プレヴォー作／くもん出版／2009/11
時の書Ⅲ 黄金の環／ギヨーム・プレヴォー作／くもん出版／2010/01
くろて団は名探偵／ハンス・ユルゲン・プレス作／岩波書店（岩波少年文庫）／2010/09
マルカの長い旅／ミリヤム・プレスラー作／徳間書店／2010/06
星が導く旅のはてに／スーザン・フレッチャー作／徳間書店／2010/07
アイアンハンド／チャーリー・フレッチャー著／理論社（THE STONE HEART TRILOGY）／2008/04
シルバータン／チャーリー・フレッチャー著／理論社（THE STONE HEART TRILOGY）／2009/04
思い出のマーシュフィールド／ラルフ・フレッチャー作／文研出版（文研じゅべにーる）／2010/04
ビースト・クエスト 1 火龍フェルノ／アダム・ブレード作／ゴマブックス／2008/02
ビースト・クエスト 2 海竜セプロン／アダム・ブレード作／ゴマブックス／2008/02
ビースト・クエスト 3 山男アークタ／アダム・ブレード作／ゴマブックス／2008/02
ビースト・クエスト 4 馬人テーガス／アダム・ブレード作／ゴマブックス／2008/02
ビースト・クエスト 5 雪獣ナヌーク／アダム・ブレード作／ゴマブックス／2008/02
ビースト・クエスト 6 炎鳥エポス／アダム・ブレード作／ゴマブックス／2008/02

ビースト・クエスト 7 怪物イカゼファー／アダム・ブレード作／ゴマブックス／2008/11
ビースト・クエスト 8 大猿クロウ／アダム・ブレード作／ゴマブックス／2008/11
ビースト・クエスト 9 石魔女ソルトラ／アダム・ブレード作／ゴマブックス／2008/12
ビースト・クエスト 10 蛇男ヴィペロ／アダム・ブレード作／ゴマブックス／2008/12
ビースト・クエスト 11 巨大グモアラクニド／アダム・ブレード作／ゴマブックス／2009/01
ビースト・クエスト 12 三頭ライオントリリオン／アダム・ブレード作／ゴマブックス／2009/01
ビースト・クエスト 13 牛怪人トーゴー／アダム・ブレード作／ゴマブックス／2009/07
ビースト・クエスト 14 魔馬スコール／アダム・ブレード作／ゴマブックス／2009/09
ビースト・クエスト 15 海獣ナーガ／アダム・ブレード作／ゴマブックス／2010/08
ビースト・クエスト 16 ゴルゴン犬ケイモン／アダム・ブレード作／ゴマブックス／2010/10
ビースト・クエスト 19 （別巻）双竜ベドラとクリモン／アダム・ブレード作／ゴマブックス／2008/06
デーモンズ・レキシコン 1 魔術師の息子／サラ・リース・ブレナン著／メディアファクトリー／2009/04
北のはてのイービク／ピーパルク・フロイゲン作／岩波書店（岩波少年文庫）／2008/05
大どろぼうホッツェンプロッツ／**プロイスラー作**／偕成社（ドイツのゆかいな童話）／2010/09
大どろぼうホッツェンプロッツふたたびあらわる／**プロイスラー作**／偕成社（ドイツのゆかいな童話）／2010/10
星と話す少年／ペ・イクチョン文／現文メディア（韓国人気童話シリーズ）／2008/10
フランバーズ屋敷の人びと 1 愛の旅だち／K.M.ペイトン作／岩波書店（岩波少年文庫）／2009/09
フランバーズ屋敷の人びと 2 雲のはて／K.M.ペイトン作／岩波書店（岩波少年文庫）／2009/10
フランバーズ屋敷の人びと 3 めぐりくる夏／K.M.ペイトン作／岩波書店（岩波少年文庫）／2009/11
フランバーズ屋敷の人びと 4,5 愛ふたたび（上下）／K.M.ペイトン作／岩波書店（岩波少年文庫）／2009/12
ふたりのプリンセス／シャノン・ヘイル作／小学館／2010/05
プリンセス・アカデミー／シャノン・ヘイル作／小学館／2009/06
コブタのしたこと／ミレイユ・ヘウス著／あすなろ書房／2010/01
カティーにおまかせ！／マイリー・ヘダーウィック作・絵／文研出版（文研ブックランド）／2010/10
ホーミニ・リッジ学校の奇跡！／リチャード・ペック著／東京創元社（sogen bookland）／2008/04
きつねのフォスとうさぎのハース その2／シルヴィア・ヴァンデン・ヘーデ作／岩波書店／2008/08
きつねのフォスとうさぎのハース その3／シルヴィア・ヴァンデン・ヘーデ作／岩波書店／2009/05
気まぐれ少女と家出イヌ／ダニエル・ペナック著／白水社／2008/12
それはないよ!?クレメンタイン（クレメンタイン3）／サラ・ペニーパッカー作／ほるぷ出版／2008/12
どうなっちゃってるの!?クレメンタイン（クレメンタイン1）／サラ・ペニーパッカー作／ほるぷ出版／2008/05
なにをやるつもり!?クレメンタイン（クレメンタイン2）／サラ・ペニーパッカー作／ほるぷ出版／2008/07
プーさんの森にかえる／デイヴィッド・ベネディクタス文／小学館／2010/10
アリスは友だちをつくらない／グニラ・リン・ペルソン作／さ・え・ら書房／2008/04
赤毛のゾラ 上下／クルト・ヘルト著／長崎出版／2009/03
ジュゼッペとマリア 上下／クルト・ヘルト作／長崎出版／2009/09
ケルップの友だち／サリ・ペルトニエミ作／文研出版（文研ブックランド）／2010/02
健太、斧を取れ！／クリストファー・ベルトン著／幻冬舎／2010/11
マイカのとんだ災難／ゲイル・ヘルマン作／講談社（ディズニーフェアリーズ文庫）／2009/03
毎日がミステリー／ゲイル・ヘルマン作／講談社（ディズニーフェアリーズ文庫）／2009/11
キョーレツ科学者・フラニー 7／ジム・ベントン作／あかね書房／2009/06
キョーレツ科学者・フラニー フラニー、大統領になる！／ジム・ベントン作／あかね書房／2009/06
ビースト☆レスキュー 1 王立ビースト愛護協会／ビーストリー・ボーイズ著／金の星社／2009/11
ビースト☆レスキュー 2 恐怖のビースト晩餐会／ビーストリー・ボーイズ著／金の星社／2010/02

ビースト☆レスキュー 3 禁断のビースト狩り／ビーストリー・ボーイズ著／金の星社／2010/07
ビースト☆レスキュー 4 幻のジャングル・ビースト／ビーストリー・ボーイズ著／金の星社／2010/11
縞模様のパジャマの少年／ジョン・ボイン作／岩波書店／2008/09
オズの魔法使い／L. フランク・ボウム作／BL出版／2008/11
宇宙に秘められた謎（ホーキング博士のスペース・アドベンチャー）／ルーシー・ホーキング作／岩崎書店／2009/07
宇宙への秘密の鍵（ホーキング博士のスペース・アドベンチャー）／ルーシー・ホーキング作／岩崎書店／2008/02
グリーン・ノウの子どもたち―グリーン・ノウ物語1／ルーシー・M・ボストン作／評論社／2008/05
グリーン・ノウの煙突―グリーン・ノウ物語2／ルーシー・M・ボストン作／評論社／2008/05
グリーン・ノウの川―グリーン・ノウ物語3／ルーシー・M・ボストン作／評論社／2008/07
グリーン・ノウのお客さま―グリーン・ノウ物語4／ルーシー・M・ボストン作／評論社／2008/09
グリーン・ノウの魔女―グリーン・ノウ物語5／ルーシー・M・ボストン作／評論社／2008/12
グリーン・ノウの石―グリーン・ノウ物語6／ルーシー・M・ボストン作／評論社／2009/02
地下の幽霊トンネル1（ちいさな霊媒師オリビア）／エレン・ポッター著／主婦の友社／2008/04
地下の幽霊トンネル2（ちいさな霊媒師オリビア）／エレン・ポッター著／主婦の友社／2008/04
真夜中の秘密学校（ちいさな霊媒師オリビア）／エレン・ポッター著／主婦の友社／2008/01
本だらけの家でくらしたら／N. E. ボード作／徳間書店／2009/12
小さな可能性／マルヨライン・ホフ著／小学館／2010/05
聖人と悪魔／メアリ・ホフマン作／小学館／2008/10
ストラヴァガンザ 仮面の都 上下／メアリ・ホフマン作／小学館（SUPER!YA）／2010/07
ストラヴァガンザ 星の都 上下／メアリ・ホフマン作／小学館（SUPER!YA）／2010/11
だいすきだよ、オルヤンおじいちゃん／カミラ・ボルイストレム作／徳間書店／2010/08
ダイヤモンドブラザーズ ケース1 危険なチョコボール／アンソニー・ホロヴィッツ作／文溪堂／2009/01
ダイヤモンドブラザーズ ケース2 裏切りのクジャク／アンソニー・ホロヴィッツ作／文溪堂／2009/02
ダイヤモンドブラザーズ ケース3 逆転のオークション／アンソニー・ホロヴィッツ作／文溪堂／2009/02
ダイヤモンドブラザーズ ケース4 空とぶフランス菓子／アンソニー・ホロヴィッツ作／文溪堂／2009/03
ダイヤモンドブラザーズ ケース5 禁断のクロコダイル／アンソニー・ホロヴィッツ作／文溪堂／2009/03
バレエ！1 バレリーナの卵 ニーナ／アンヌ=マリー・ポル著／メディアファクトリー／2009/06
バレエ！2 選ぶのはニーナ／アンヌ=マリー・ポル著／メディアファクトリー／2009/06
バレエ！3 舞台裏は大さわぎ／アンヌ=マリー・ポル著／メディアファクトリー／2009/07
バレエ！4 初めてのパートナー／アンヌ=マリー・ポル著／メディアファクトリー／2009/09
バレエ！5 ニーナだけの秘密／アンヌ=マリー・ポル著／メディアファクトリー／2009/11
バレエ！6 ファースト・キス／アンヌ=マリー・ポル著／メディアファクトリー／2010/01
バレエ！7 彼のパートナーはだれ？／アンヌ=マリー・ポル著／メディアファクトリー／2010/04
バレエ！8 夢はエトワール？／アンヌ=マリー・ポル著／メディアファクトリー／2010/06
ダンス！1 バレリーナの卵／アンヌ=マリー・ポル著／草思社／2008/01
ダンス！2 選ぶのはわたし／アンヌ=マリー・ポル著／草思社／2008/01
青いトラ／テレザ・ホルヴァートヴァー文／求龍堂
ハリスとぼくの夏／ゲイリー・ポールセン作／文研出版（文研じゅべにーる）／2008/09
ノーチラス号の冒険 8 灰色の監視者／ヴォルフガンク・ホールバイン著／創元社／2008/03
ノーチラス号の冒険 9 失われた人びとの街／ヴォルフガンク・ホールバイン著／創元社／2008/06
ノーチラス号の冒険 10 火山の島／ヴォルフガンク・ホールバイン著／創元社／2008/10
ノーチラス号の冒険 11 氷の下の街／ヴォルフガンク・ホールバイン著／創元社／2009/02
ノーチラス号の冒険 12 ノーチラス号の帰還／ヴォルフガンク・ホールバイン著／創元社／2009/06
ペニー・フロム・ヘブン／ジェニファー・L. ホルム著／ほるぷ出版／2008/07
白鳥のトランペット／E. B. ホワイト作／福音館書店（福音館文庫）／2010/02

ベルおばさんが消えた朝／ルース・ホワイト作／徳間書店／2009/03
マデックの罠／ロブ・ホワイト著／評論社（海外ミステリーBOX）／2010/03
なんでももってるく？男の子／イアン・ホワイブラウ作／徳間書店／2010/04
ポルフィの長い旅／ポール・ジャック・ボンゾン作／岩崎書店／2008/03
スパイアニマルGフォース／ジェームズ・ポンティ作／偕成社（ディズニーアニメ小説版）／2010/03
パディントンのラストダンス／マイケル・ボンド作／福音館書店（世界傑作童話シリーズ）／2008/10
パディントンの大切な家族／マイケル・ボンド作／福音館書店（世界傑作童話シリーズ）／2008/10
パディントン街へ行く／マイケル・ボンド作／福音館書店（世界傑作童話シリーズ）／2008/10
殺人者の涙／アン・ロール・ボンドゥ著／小峰書店（Y.A.Books）／2008/12
ファイアベリー 考えるカエル、旅に出る／J.C.マイケルズ著／日本放送出版協会／2008/09
スピリットベアにふれた島／ベン・マイケルセン作／鈴木出版（鈴木出版の海外児童文学）／2010/09
ピーティ／ベン・マイケルセン作／鈴木出版（鈴木出版の海外児童文学）／2010/05
天空の少年ニコロ1 消えた龍王の謎／カイ・マイヤー著／あすなろ書房／2010/02
氷の心臓／カイ・マイヤー著／あすなろ書房／2008/11
英国情報局秘密組織CHERUB（チェラブ） Mission6 リベンジ／ロバート・マカモア作／ほるぷ出版／2010/08
チェラブ Mission1 スカウト／ロバート・マカモア作／ほるぷ出版／2008/02
チェラブ Mission2 クラスA／ロバート・マカモア作／ほるぷ出版／2008/02
チェラブ Mission3 脱獄／ロバート・マカモア作／ほるぷ出版／2008/08
チェラブ Mission4 大もうけ／ロバート・マカモア作／ほるぷ出版／2009/02
チェラブ Mission5 マインド・コントロール／ロバート・マカモア作／ほるぷ出版／2009/10
ミストマントル・クロニクル3 アーチンとプリンセス／マージ・マカリスター著／小学館／2008/04
クロティの秘密の日記／パトリシア・C.マキサック作／くもん出版（くもんの海外児童文学）／2010/11
カイロ・ジム1 インディオの秘薬と謎の空中都市／ジェフリー・マクスキミング著／ランダムハウス講談社／2008/03
カイロ・ジム2 ファラオの秘宝とうもれた死者の扉／ジェフリー・マクスキミング著／ランダムハウス講談社／2008/07
カイロ・ジム3 黄金の棺と謎の海底都市／ジェフリー・マクスキミング著／ランダムハウス講談社／2008/11
カイロ・ジム4 わすれられたギリシャの神々と謎の壺／ジェフリー・マクスキミング著／ランダムハウス講談社／2009/03
ドーン・ロシェルの季節1 さよならの贈りもの／ローレイン・マクダニエル作／岩崎書店／2010/07
ドーン・ロシェルの季節2 ふたつのバースデイ／ローレイン・マクダニエル作／岩崎書店／2010/07
ドーン・ロシェルの季節3 いつまでも忘れない／ローレイン・マクダニエル作／岩崎書店／2010/11
魔法少女レイチェル 滅びの呪文 上下／クリフ・マクニッシュ作／理論社（フォア文庫）／2008/09
暗黒天使メストラール／クリフ・マクニッシュ著／理論社／2008/05
ドラゴン・スレイヤー・アカデミー2-8 トロルのご用心／ケイト・マクミュラン作／岩崎書店／2010/06
ファッション・ガールズ1 おしゃれに大変身！／ケリー・マケイン作／ポプラ社／2009/07
ファッション・ガールズ2 デザイン・コンテストにちょうせん！／ケリー・マケイン作／ポプラ社／2009/10
ファッション・ガールズ3 ときめきのアイドル・バンド結成！／ケリー・マケイン作／ポプラ社／2010/02
ファッション・ガールズ4 まさかの映画デビュー！／ケリー・マケイン作／ポプラ社／2010/06
フーさん引っ越しをする／ハンヌ・マケラ作／国書刊行会／2008/02
ホワイトダークネス 上下／ジェラルディン・マコックラン著／あかね書房（YA Dark）／2009/03
ティムール国のゾウ使い／ジェラルディン・マコックラン作／小学館／2010/03
男子って犬みたい！／レスリー・マーゴリス作／PHP研究所／2010/08

アキンボとクロコダイル／アレグザンダー・マコール・スミス作／文研出版（文研ブックランド）／2009/01
アキンボと毒ヘビ／アレグザンダー・マコール・スミス作／文研出版（文研ブックランド）／2010/07
バンパイア＊ガールズ no.1／シーナ・マーサー作／理論社／2008/08
バンパイア＊ガールズ no.2／シーナ・マーサー作／理論社／2009/01
バンパイア＊ガールズ no.3／シーナ・マーサー作／理論社／2009/08
バンパイア＊ガールズ no.4 吸血鬼のプレゼント！／シーナ・マーサー作／理論社／2010/01
バレエ・アカデミア 3 バレリーナの恋人は、天使！？／ベアトリーチェ・マジーニ作／ポプラ社／2008/01
バレエ・アカデミア 4 夢みるトウシューズ／ベアトリーチェ・マジーニ作／ポプラ社／2008/04
バレエ・アカデミア 5 バレリーナの挑戦！／ベアトリーチェ・マジーニ作／ポプラ社／2008/07
バレエ・アカデミア 6 バレリーナのおきゃくさま／ベアトリーチェ・マジーニ作／ポプラ社／2008/10
フィッシュ／L.S.マシューズ作／鈴木出版（鈴木出版の海外児童文学）／2008/02
ムーン・ランナー ほんとの友だちのしるし／キャロリン・マースデン作／ポプラ社（ポップコーン・ブックス）／2008/12
シルクの花／キャロリン・マースデン作／鈴木出版（鈴木出版の海外児童文学）／2008/03
ハンナ・モンタナ シーズン2 離れられない二人／ローリー・マッケロイ文／講談社（ディズニー文庫）／2009/08
ハンナ・モンタナ3 デートは大忙し！／ローリー・マッケロイ文／講談社（ディズニー文庫）／2008/12
ハンナ・モンタナ5 ステージがこわい！／ローリー・マッケロイ文／講談社（ディズニー文庫）／2009/04
マディガンのファンタジア 上下／マーガレット・マーヒー作／岩波書店／2008/02
タラ・ダンカン 5 禁じられた大陸 上下／ソフィー・オドゥワン・マミコニアン著／メディアファクトリー／2008/07
タラ・ダンカン 6 マジスターの罠 上下／ソフィー・オドゥワン・マミコニアン著／メディアファクトリー／2009/07
2140 サープラス・アンナの日記／ジェマ・マリー著／ソフトバンククリエイティブ／2008/07
わしといたずらキルディーン／マリー女王著／春風社／2008/08
12分の1の冒険／マリアン・マローン作／ほるぷ出版／2010/12
シュトッフェルの飛行船／エーリカ・マン作／岩波書店（岩波少年文庫）／2008/08
ヴァンパイア・キス レインの挑戦／マリ・マンクーシ著／小学館（小学館ルルル文庫）／2009/02
ヴァンパイア・キス／マリ・マンクーシ著／小学館（小学館ルルル文庫）／2008/05
ヴァンパイア・キス レインの恋／マリ・マンクーシ著／小学館（小学館ルルル文庫）／2008/12
アンランダン 上 ザナと傘飛び男の大冒険／チャイナ・ミエヴィル著／河出書房新社／2010/08
アンランダン 下 ディーバとさかさま銃の大逆襲／チャイナ・ミエヴィル著／河出書房新社／2010/08
プー横丁にたった家／A.A.ミルン作／岩波書店／2008/02
わすれんぼライリー、大統領になる！／クラウディア・ミルズ文／あすなろ書房／2008/12
オリバー、世界を変える！／クラウディア・ミルズ作／さ・え・ら書房／2010/12
ゴーレム1 究極のゲームソフト／エルヴィール・ミュライユ著／新樹社／2009/09
ゴーレム2 地下室のトモダチ／エルヴィール・ミュライユ著／新樹社／2009/10
なかないで、毒きのこちゃん／デイジー・ムラースコヴァー作／理論社／2010/05
グリーンフィンガー ＜約束の庭＞／ポール・メイ作／さ・え・ら書房／2009/06
わたしの犬、ラッキー／ダイアン・メイコック作／あすなろ書房／2010/12
ベッドタイム・ストーリー／ヘレナ・メイヤー作／偕成社（ディズニーアニメ小説版）／2009/03
ウサギの妖精（フェアリー）ベラ（レインボーマジック）／デイジー・メドウズ作／ゴマブックス／2008/03
カーニバルの妖精（フェアリー）カイリー（レインボーマジック夏休みスペシャルブック）／デイジー・メドウズ作／ゴマブックス／2008/07
クリスマス星の妖精（フェアリー）ステラ（レインボーマジック）／デイジー・メドウズ作／ゴマブックス／2008/11

チューリップの妖精(フェアリー)ティア （レインボーマジック）／デイジー・メドウズ作／ゴマブックス／2009/02
デイジーの妖精（フェアリー）ダニエル（レインボーマジック）／デイジー・メドウズ作／ゴマブックス／2009/05
ハムスターの妖精（フェアリー）ハリエット（レインボーマジック）／デイジー・メドウズ作／ゴマブックス／2008/04
バラの妖精(フェアリー)エラ（レインボーマジック）／デイジー・メドウズ作／ゴマブックス／2009/06
ひまわりの妖精(フェアリー)シャーロット（レインボーマジック）／デイジー・メドウズ作／ゴマブックス／2009/03
ポニーの妖精(フェアリー)ペニー （レインボーマジック）／デイジー・メドウズ作／ゴマブックス／2008/05
ポピーの妖精（フェアリー）ピッパ（レインボーマジック）／デイジー・メドウズ作／ゴマブックス／2009/02
モルモットの妖精（フェアリー）ジョージア（レインボーマジック）／デイジー・メドウズ作／ゴマブックス／2008/03
ゆりの妖精(フェアリー)ルイズ（レインボーマジック）／デイジー・メドウズ作／ゴマブックス／2009/03
ランの妖精(フェアリー)オリビア（レインボーマジック）／デイジー・メドウズ作／ゴマブックス／2009/05
火曜日の妖精(フェアリー)タルーラ （レインボーマジック）／デイジー・メドウズ作／ゴマブックス／2008/09
海の妖精（フェアリー）シャノン（レインボーマジック夏休みスペシャルブック）／デイジー・メドウズ作／ゴマブックス／2009/08
金魚の妖精(フェアリー)モリー （レインボーマジック）／デイジー・メドウズ作／ゴマブックス／2008/05
金曜日の妖精(フェアリー)フライヤ （レインボーマジック）／デイジー・メドウズ作／ゴマブックス／2008/11
結婚式の妖精（フェアリー）ミア（レインボーマジック夏休みスペシャルブック）／デイジー・メドウズ作／ゴマブックス／2010/08
月曜日の妖精（フェアリー）ミーガン（レインボーマジック）／デイジー・メドウズ作／ゴマブックス／2008/09
子ねこの妖精（フェアリー）ケイティ（レインボーマジック）／デイジー・メドウズ作／ゴマブックス／2008/03
子犬の妖精(フェアリー)ローレン （レインボーマジック）／デイジー・メドウズ作／ゴマブックス／2008/04
水曜日の妖精（フェアリー）ウィロー（レインボーマジック）／デイジー・メドウズ作／ゴマブックス／2008/10
土曜日の妖精（フェアリー）シエナ（レインボーマジック）／デイジー・メドウズ作／ゴマブックス／2008/11
日曜日の妖精(フェアリー)サラ（レインボーマジック）／デイジー・メドウズ作／ゴマブックス／2008/12
木曜日の妖精（フェアリー）シーア（レインボーマジック）／デイジー・メドウズ作／ゴマブックス／2008/10
レインボーマジック虹の妖精(フェアリー)　上下／デイジー・メドウズ著／ゴマブックス／2009/04
ルルと魔法のぼうし／スーザン・メドー作／徳間書店／2009/07
ミステリー・パピークラブ1 おじょう様の子犬をさがせ！／ジョディー・メラー作／PHP研究所／2009/07
ミステリー・パピークラブ2 消えた名画をさがせ！／ジョディー・メラー作／PHP研究所／2009/09
ミステリー・パピークラブ3 猫の映画スター誘拐事件／ジョディー・メラー作／PHP研究所／2010/02
ミステリー・パピークラブ4 宝石どろぼうをつかまえろ！／ジョディー・メラー作／PHP研究所／2010/02

大スキ！大キライ！でも、やっぱり…／スージー・モーゲンスターン作／文研出版（文研ブックランド）／2010/05
モーツァルトはおことわり／マイケル・モーパーゴ作／岩崎書店／2010/07
負けるな、ロビー！／マイケル・モーパーゴ作／評論社（児童図書館・文学の部屋）／2008/09
忘れないよリトル・ジョッシュ／マイケル・モーパーゴ作／文研出版（文研じゅべにーる）／2010/12
ティンカー・ベル／キンバリー・モリス作／偕成社（ディズニーアニメ小説版）／2008/12
ティンカー・ベル／キンバリー・モリス作／講談社（ディズニーフェアリーズ）／2008/12
ティンカー・ベルと月の石／キンバリー・モリス作／偕成社（ディズニーアニメ小説版）／2009/12
ティンカー・ベルと妖精の家／キンバリー・モリス作／偕成社（ディズニーアニメ小説版）／2010/12
ノエル先生としあわせのクーポン／シュジー・モルゲンステルン作／講談社／2009/06
アンの青春／L・M・モンゴメリ作／講談社（青い鳥文庫）／2009/09
赤毛のアン／L・M・モンゴメリ作／講談社（青い鳥文庫）／2008/07
カエデ騎士団と月の精／リーッカ・ヤンッティ作／評論社（児童図書館・文学の部屋）／2010/09
双子のヴァイオレット／ジーン・ユーア作／文研出版（文研じゅべにーる）／2009/02
ぼくらのスーパー大戦争／ユン・スチョン文／現文メディア（韓国人気童話シリーズ14）／2010/03
犬ロボ、売ります／レベッカ・ライル作／徳間書店／2008/04
キャンプ・ロック　ミッチー輝く私を探して！／ルーシー・ラグルス文／講談社（ディズニー文庫）／2009/01
ガフールの勇者たち6 聖エゴリウス運命の戦い／キャスリン・ラスキー著／メディアファクトリー／2008/04
ガフールの勇者たち7 宿命の子ナイロック／キャスリン・ラスキー著／メディアファクトリー／2008/07
ガフールの勇者たち8 ＜新しい王＞の誕生／キャスリン・ラスキー著／メディアファクトリー／2008/12
ガフールの勇者たち9 「ガフール伝説」の誕生／キャスリン・ラスキー著／メディアファクトリー／2010/07
ガフールの勇者たち10 「ガフール伝説」と炎の王子／キャスリン・ラスキー著／メディアファクトリー／2010/09
ガフールの勇者たち11 「ガフール伝説」と真実の王／キャスリン・ラスキー著／メディアファクトリー／2010/12
おじいちゃんとテオのすてきな庭／アンドリュー・ラースン文／あすなろ書房／2009/10
きみといつか行く楽園／アダム・ラップ作／徳間書店／2008/05
危機のドラゴン／レベッカ・ラップ著／評論社（児童図書館・文学の部屋）／2008/05
しあわせの子犬たち／メアリー・ラバット作／文研出版（文研ブックランド）／2008/11
ザック・パワー 任務その1／H.I.ラリー作／ゴマブックス／2009/02
ザック・パワー 任務その2／H.I.ラリー作／ゴマブックス／2009/02
ザック・パワー 任務その3／H.I.ラリー作／ゴマブックス／2009/03
ザック・パワー 任務その4／H.I.ラリー作／ゴマブックス／2009/03
ザック・パワー 任務その5／H.I.ラリー作／ゴマブックス／2009/05
ザック・パワー 任務その6／H.I.ラリー作／ゴマブックス／2009/06
ザック・パワー 任務その7／H.I.ラリー作／ゴマブックス／2009/07
ザック・パワー 任務その8／H.I.ラリー作／ゴマブックス／2009/08
りこうすぎた王子／アンドリュー・ラング作／岩波書店（岩波少年文庫）／2010/04
トロール・ブラッド 上 呪われた船／キャサリン・ラングリッシュ作／あかね書房／2008/06
トロール・ブラッド 下 長い旅路の果て／キャサリン・ラングリッシュ作／あかね書房／2008/06
こはく色の目／リッケ・ランゲベック作／文研出版（文研じゅべにーる）／2008/07
ツバメ号とアマゾン号 上下／アーサー・ランサム作／岩波書店（岩波少年文庫）／2010/07
スカルダガリー 3／デレク・ランディ著／小学館／2010/06
スカルダガリー 2／デレク・ランディ著／小学館／2009/06

スタークロス／フィリップ・リーヴ著／理論社／2008/09
アーサー王ここに眠る／フィリップ・リーヴ著／東京創元社（sogen bookland）／2009/04
パーシー・ジャクソンとオリンポスの神々 5 最後の神／リック・リオーダン作／ほるぷ出版／2009/12
パーシー・ジャクソンとオリンポスの神々 外伝 ハデスの剣／リック・リオーダン作／ほるぷ出版／2010/12
パーシー・ジャクソンとオリンポスの神々 4 迷宮の戦い／リック・リオーダン作／ほるぷ出版／2008/12
サーティーナイン・クルーズ 1 骨の迷宮／リック・リオーダン著／メディアファクトリー／2009/06
エミリーの記憶喪失ワンダーランド／ロブ・リーガー作・画／理論社／2010/02
はみだしちゃった魔女／パトリシア・C. リーデ著／東京創元社（sogen bookland）／2010/09
ベイカー少年探偵団 3 呪われたルビー／アンソニー・リード著／評論社（児童図書館・文学の部屋）／2008/04
ベイカー少年探偵団 4 ドラゴンを追え！／アンソニー・リード著／評論社（児童図書館・文学の部屋）／2008/08
ベイカー少年探偵団 5 盗まれた宝石／アンソニー・リード著／評論社（児童図書館・文学の部屋）／2009/01
ベイカー少年探偵団 6 地下牢の幽霊／アンソニー・リード著／評論社（児童図書館・文学の部屋）／2009/04
日曜日島のパパ［ヴィンニ！］(1)／ペッテル・リードベック作／岩波書店／2009/06
おもしろ荘の子どもたち／アストリッド・リンドグレーン作／岩波書店（岩波少年文庫）／2010/07
ハンスぼうやの国／バルブロ・リンドグレーン文／あすなろ書房／2009/02
ナルニア国物語カスピアン王子の角笛／C. S. ルイス原作／講談社（映画版ナルニア国物語文庫）／2008/05
オタバリの少年探偵たち／セシル・デイ・ルイス作／岩波書店（岩波少年文庫）／2008/09
ほらふきじゅうたん／デイヴィッド・ルーカス作／偕成社／2009/11
パワー―西のはての年代記 3／ル・グウィン著／河出書房新社／2008/08
ゲド戦記 1 影との戦い／アーシュラ・K. ル・グウィン作／岩波書店（岩波少年文庫）／2009/01
真夏のマウンド／マイク・ルピカ著／あかね書房／2010/07
サーティーナイン・クルーズ 3 奪われた刀／ピーター・ルランジス著／メディアファクトリー／2009/09
サーティーナイン・クルーズ 7 毒蛇の巣窟／ピーター・ルランジス著／メディアファクトリー／2010/11
クリスマス物語／マルコ・レイノ著／講談社／2010/11
センター・オブ・ジ・アース地底探検／マーク・レヴィン著／メディアファクトリー／2008/10
みんながそろう日／ヨーケ・ファン・レーウェン作／鈴木出版（鈴木出版の海外児童文学）／2009/11
流砂にきえた小馬／アリソン・レスター著／朔北社／2010/08
妖精たちのうちあけ話／テナント・レッドバンク作／講談社（ディズニーフェアリーズ文庫）／2009/10
ゴーゴー・ジョージア 1 運命の恋のはじまり!?／ルイーズ・レニソン作／理論社／2009/04
ゴーゴー・ジョージア 2 男の子ってわかんない!!／ルイーズ・レニソン作／理論社／2009/04
レベッカと夏の王子さま／トゥイヤ・レヘティネン作／講談社（青い鳥文庫）／2009/08
ウィッチ 1 選ばれた少女たち／エリザベス・レンハード文／講談社（ドリーム＆マジック文庫）／2008/06
ウィッチ 2 消えた友だち／エリザベス・レンハード文／講談社（ドリーム＆マジック文庫）／2008/12
ウィッチ 3 悪の都メリディアン／エリザベス・レンハード文／講談社（ドリーム＆マジック文庫）／2009/07
無人島の冒険／ロン・ロイ作／国土社／2009/06
青矢号 おもちゃの夜行列車／ジャンニ・ロダーリ作／岩波書店（岩波少年文庫）／2010/05
チポリーノの冒険／ジャンニ・ロダーリ作／岩波書店（岩波少年文庫）／2010/10
チャイブとしあわせのおかし（チュウチュウ通り 5 番地）／エミリー・ロッダ作／あすなろ書房／2010/07
レインボーとふしぎな絵（チュウチュウ通り 4 番地）／エミリー・ロッダ作／あすなろ書房／2010/04
フィーフィーのすてきな夏休み（チュウチュウ通り 3 番地）／エミリー・ロッダ作／あすなろ書房／2010/01

レトロと謎のボロ車（チュウチュウ通り7番地）／エミリー・ロッダ作／あすなろ書房／2010/11
クイックと魔法のスティック（チュウチュウ通り6番地）／エミリー・ロッダ作／あすなろ書房／2010/10
クツカタッポと三つのねがいごと　（チュウチュウ通り2番地）／エミリー・ロッダ作／あすなろ書房（チュウチュウ通り2番地）／2009/09
ゴインキョとチーズどろぼう（チュウチュウ通り1番地）／エミリー・ロッダ作／あすなろ書房（チュウチュウ通り1番地）／2009/09
チュウチュウ通りのゆかいななかまたち6番地 クイックと魔法のスティック／エミリー・ロッダ作／あすなろ書房／2010/10
チュウチュウ通りのゆかいななかまたち5番地 チャイブとしあわせのおかし)／エミリー・ロッダ作／あすなろ書房／2010/07
チュウチュウ通りのゆかいななかまたち3番地 フィーフィーのすてきな夏休み／エミリー・ロッダ作／あすなろ書房／2010/01
チュウチュウ通りのゆかいななかまたち4番地 レインボーとふしぎな絵／エミリー・ロッダ作／あすなろ書房／2010/04
チュウチュウ通りのゆかいななかまたち7番地 レトロと謎のボロ車／エミリー・ロッダ作／あすなろ書房／2010/11
テレビのむこうの謎の国／エミリー・ロッダ作／あすなろ書房／2009/04
デルトラ王国探検記／エミリー・ロッダ作／岩崎書店／2009/07
ロンド国物語 6 天空の城／エミリー・ロッダ作／岩崎書店／2010/03
ロンド国物語 7 崖の怪物／エミリー・ロッダ作／岩崎書店／2010/06
ロンド国物語 8 潮読みの洞くつ／エミリー・ロッダ作／岩崎書店／2010/09
ロンド国物語 9 ロンドの戦い／エミリー・ロッダ作／岩崎書店／2010/12
ロンド国物語 1／エミリー・ロッダ作／岩崎書店／2008/10
ロンド国物語 3／エミリー・ロッダ作／岩崎書店／2009/09
ロンド国物語 2／エミリー・ロッダ作／岩崎書店／2008/12
ロンド国物語 4／エミリー・ロッダ作／岩崎書店／2009/09
ロンド国物語 5／エミリー・ロッダ作／岩崎書店／2009/12
ティーン・パワーをよろしく11 百万長者を救え!／エミリー・ロッダ作／講談社（YA! entertainment）／2008/12
ティーン・パワーをよろしく12 名画の秘密／エミリー・ロッダ作／講談社（YA! entertainment）／2009/02
ティーン・パワーをよろしく10 謎の脅迫状／エミリー・ロッダ作／講談社（YA! entertainment）／2008/05
ルール!／シンシア・ロード作／主婦の友社／2008/12
空からきたひつじ／フレート・ロドリアン作／徳間書店／2010/03
ドリトル先生／ロフティング作／ポプラ社（ポプラポケット文庫）／2009/09
タブスおばあさんと三匹のおはなし／ヒュー・ロフティング文・絵／集英社／2010/10
おじいちゃんとケーキをつくろう／マリサ・ロペス・ソリア作／日本標準（シリーズ本のチカラ）／2010/04
デヴィッド・ベッカム・アカデミー 2 最高のライバル／ジェイソン・ロボリック著／主婦の友社／2010/04
ナイトメア・アカデミー 異界からの招待状／ディーン・ローリー著／主婦の友社／2008/11
ドリーム・ギバー／ロイス・ローリー作／金の星社／2008/12
ハリー・ポッターと死の秘宝 上下／J.K.ローリング作／静山社／2008/07
つぐみ通りのトーベ／ビルイット・ロン作／徳間書店／2008/03
オオカミ少年ドルフィ 1期1 はじまりの夜1／パウル・ヴァン・ローン作／学研／2009/01
オオカミ少年ドルフィ 1期2 はじまりの夜2／パウル・ヴァン・ローン作／学研／2009/01
オオカミ少年ドルフィ 1期3 満月の夜1／パウル・ヴァン・ローン作／学研／2009/04

オオカミ少年ドルフィ 1期4 満月の夜2／パウル・ヴァン・ローン作／学研／2009/04
オオカミ少年ドルフィ 1期5 銀のわな1／パウル・ヴァン・ローン作／学研／2009/07
オオカミ少年ドルフィ 1期6 銀のわな2／パウル・ヴァン・ローン作／学研／2009/07
ホラーバス　第2期　暗黒の世界1・2／パウル・ヴァン・ローン作／学研／2008/10
ホラーバス　第2期　恐怖のウイルス1・2／パウル・ヴァン・ローン作／学研／2008/08
ホラーバス　第2期　呪いのバス旅行1・2／パウル・ヴァン・ローン作／学研／2008/06
オオカミ少年ドルフィ 2期1 オオカミ森を守れ！1／パウル・ヴァン・ローン作／学研教育出版／2009/10
オオカミ少年ドルフィ 2期2 オオカミ森を守れ！2／パウル・ヴァン・ローン作／学研教育出版／2009/10
オオカミ少年ドルフィ 2期3 恐ろしい三つ子1／パウル・ヴァン・ローン作／学研教育出版／2010/01
オオカミ少年ドルフィ 2期4 恐ろしい三つ子2／パウル・ヴァン・ローン作／学研教育出版／2010/01
オオカミ少年ドルフィ 2期5 オオカミ人間のひみつ1／パウル・ヴァン・ローン作／学研教育出版／2010/04
オオカミ少年ドルフィ 2期6 オオカミ人間のひみつ2／パウル・ヴァン・ローン作／学研教育出版／2010/04
ドラゴンランス魂の戦争 第3部 消えた月の竜／マーガレット・ワイス著／アスキー／2008/01
ドラゴンランス 1 廃都の黒竜 上／マーガレット・ワイス作／アスキー・メディアワークス（角川つばさ文庫）／2009/07
ドラゴンランス 2 廃都の黒竜 下／マーガレット・ワイス作／アスキー・メディアワークス（角川つばさ文庫）／2009/08
ドラゴンランス 3 城砦の赤竜／マーガレット・ワイス作／アスキー・メディアワークス（角川つばさ文庫）／2009/11
空へ、いのちのうたを／デボラ・ワイルズ作／ポプラ社（ポプラ・ウイング・ブックス）／2008/10
この輝かしい日々／ローラ・インガルス・ワイルダー作／そうえん社（大草原の小さな家）／2008/01
大草原の小さな家／ローラ・インガルス・ワイルダー作／草炎社（大草原の小さな家）／2008/07
幸せな王子／オスカー・ワイルド作／ポプラ社（ポプラポケット文庫）／2008/11
サーティーナイン・クルーズ 6 遠い記憶／ジュード・ワトソン著／メディアファクトリー／2010/06
サーティーナイン・クルーズ 4 死者の伝言／ジュード・ワトソン著／メディアファクトリー／2009/11
危険ないとこ／ナンシー・ワーリン作／評論社（海外ミステリーBOX）／2010/07
ねがいごと／マリー・ンディアイ著／駿河台出版社／2008/11
大草原のちいさなオオカミ／姜戎作／講談社／2010/12

世界の児童文学登場人物索引 単行本篇 2008-2010

2018年1月15日　第1刷発行

発行者	道家佳織
編集・発行	株式会社DBジャパン
	〒223-0058　神奈川県横浜市港北区新吉田東3-11-53
電話	045-453-1335
ファクス	045-453-1347
e-mail	books@db-japan.co.jp
装丁	DBジャパン
電算漢字処理	DBジャパン
印刷・製本	大日本法令印刷株式会社
制作スタッフ	後宮信美、加賀谷志保子、小寺恭子、竹中陽子、野本純子、古田紗英子、森田香、森雅子

不許複製・禁無断転載
〈落丁・乱丁本はお取り換えいたします〉
ISBN 978-4-86140-033-9
Printed in Japan 2018